Englische und amerikanische Dichtung

Band I

Englische Dichtung

Von Chaucer bis Milton

Herausgegeben von
Friedhelm Kemp und Werner von Koppenfels

Verlag C. H. Beck München

Gefördert von der Robert Bosch Stiftung

Die Deutsche Bibliothek – CIP-Einheitsaufnahme

Englische und amerikanische Dichtung.
– München : Beck
ISBN 3-406-46464-5

Bd. 1. Englische Dichtung.
Von Chaucer bis Milton / hrsg. von Friedhelm Kemp
und Werner von Koppenfels. – 2000
ISBN 3-406-46456-4

ISBN 3 406 46456 4 für diese Ausgabe
ISBN 3 406 46464 5 für die Gesamtausgabe

Satz: Fotosatz Otto Gutfreund GmbH, Darmstadt
Druck- und Bindearbeiten: Franz Spiegel Buch GmbH, Ulm-Jungingen
Gedruckt auf säurefreiem, alterungsbeständigem Papier
(hergestellt aus chlorfrei gebleichtem Zellstoff)
Printed in Germany

www.beck.de

Englische und amerikanische Dichtung

Zweisprachig

Erster Band
Von Chaucer bis Milton

Herausgegeben von
Friedhelm Kemp und Werner von Koppenfels

Zweiter Band
Von Dryden bis Tennyson

Herausgegeben von
Werner von Koppenfels und Manfred Pfister

Dritter Band
Von R. Browning bis Heaney

Herausgegeben von
Horst Meller und Klaus Reichert

Vierter Band
Amerikanische Dichtung von den Anfängen
bis zur Gegenwart

Herausgegeben von
Eva Hesse und Heinz Ickstadt

Zum Geleit

Unter den Förderungsgebieten der Robert Bosch Stiftung nehmen neben der Gesundheits- und Wohlfahrtspflege, der Völkerverständigung und der Bildung und Erziehung Kunst und literarische Kultur einen vergleichsweise schmalen Raum ein. Ihre Förderung dient zudem nie ausschließlich dem künstlerischen Schaffen oder der Vermittlung seiner Werke, sondern ist stets, in zeitgemäßer Interpretation des Stifterwillens, praxis- und gemeinwohlorientierten Zielen unterworfen. So unterstützt die Stiftung in «völkerverständigender» Absicht besondere Publikationsvorhaben, die geeignet sind, dem geistigen Austausch mit den Nachbarländern Deutschlands neue Impulse zu geben und in der Öffentlichkeit ein Signal zu setzen.

In Richtung auf unsere ost-mitteleuropäischen Nachbarn sind dies etwa die bis zum Jahr 2000 vollständig herausgegebenen fünfzig Bände der «Polnischen Bibliothek» und die ihr nachfolgende «Tschechische Bibliothek», die in den kommenden zehn Jahren in dreiunddreißig Bänden eine repräsentative Anthologie der tschechischen Literatur in moderner deutscher Übersetzung vorlegen wird.

Daß es auch bei den uns kulturell vertrauteren westeuropäischen Nachbarn literarisch noch einiges zu entdecken gibt, zeigte sich auf einer 1985 an der Universität Düsseldorf durchgeführten Tagung zur Präsenz und Rezeption französischer Literatur in Deutschland. Dort entstand die Idee einer umfassenden, neue Maßstäbe setzenden Anthologie französischer Lyrik in stilistisch anspruchsvollen deutschen Übertragungen. Zusammen mit dem Verlag C. H. Beck und einem Herausgeberkreis von Romanisten und Übersetzern unter der Ägide von Friedhelm Kemp nahm die Robert Bosch Stiftung diese Anregung auf: 1990 lag die Anthologie in vier Bänden vor und erfreut sich seitdem eines guten Ansehens und einer ebensolchen Nachfrage.

Ein ebenso günstiges Geschick sei ihrer Nachfolgerin beschieden, dem nicht minder ambitionierten Projekt einer wiederum zweisprachigen und vierbändigen Anthologie der englischen und amerikanischen Dichtung, das ein Jahrzehnt später, im Millenniumsjahr, das Licht der Öffentlichkeit erblickt. Unser Dank gilt allen Mitwirkenden: Ernst-Peter Wieckenberg und seinen Helfern im Verlag für die verständnisvolle Betreuung, vor allem aber den Herausgebern Eva Hesse, Heinz Ickstadt, Friedhelm Kemp, Horst Meller, Manfred Pfister, Klaus Reichert und dem Spiritus Rector Werner von Koppenfels. Wir wünschen diesem poetischen Brückenschlag über das – gar nicht so schmale – binneneuropäische und das breite atlantische Wasser Tragfähigkeit und Dauer.

Robert Bosch Stiftung

Zur Einführung

Das Europa des Einheitsmarktes und der Einheitswährung tut gut daran, seine andere, so vielfältige und unökonomische Währung nicht zu vergessen: das kulturelle Kapital der über Jahrhunderte hin geprägten und erstaunlich wenig inflationsanfälligen Worte, die Goldreserven seiner Vielsprachigkeit. Nach wie vor gilt hierzulande wie andernorts, daß wir Europäer die reiche poetische Tradition unserer Nachbarn in ihrer geschichtlichen Entfaltung nur unzulänglich, meist vom Hörensagen und allenfalls in höchst einseitig begrenzter Auswahl kennen. Es wäre lohnend, darüber zu spekulieren, warum unser weltoffener und hochdifferenzierter Buchmarkt bisher eine großzügig angelegte poetische Anthologie aus dem Bereich der modernen *lingua franca* vermissen ließ, mit Übertragungen, die die Beziehung zwischen angelsächsischer und deutscher Literatur spiegeln, und die mehr sind als nur Interlinearversionen. Das trotz Herder, Goethe, Schlegel, George, Rilke und Celan immer noch in vielen Köpfen fest verankerte Dogma von der Unübersetzbarkeit der Poesie dürfte dabei ebenso von Belang sein wie die deutschen Berührungsängste zwischen Literaten und Philologen, aber auch die Aufwendigkeit eines solchen Unternehmens, die bei der Fülle des Bedeutenden bisher erstaunlich partielle Eindeutschung, die unzureichende Qualität vieler braver und wässeriger Übersetzungen, und nicht zuletzt die Schwerverkäuflichkeit der konzentriertesten Art von Literatur im Zeitalter der allgemeinen Zerstreuung. Doch gerade die zeitgenössische Beliebigkeit des Unterhaltungsangebots könnte ein heilsames Bedürfnis nach Konzentration auf Gehaltvolles und damit nicht zuletzt auch eine neue Qualität des Lesens fördern; und unsere Öffnung für die angelsächsische Welt böte die Chance eines literarischen Dialogs, der über das ökonomische, touristische und popkulturelle *Basic English* hinausreicht.

Unter diesen Umständen ist die Wunschvorstellung einer nach Text und Übertragung verantwortlich und qualitätsbewußt ausgewählten, komponierten und kommentierten, für den ‹unverbildeten› Leser wie für den fachlich Gewitzten erkenntnisreichen und genußvollen Anthologie englischsprachiger Dichtung keineswegs ein unabänderliches Stück Utopie. Daß endlich der Versuch gewagt werden mußte, diesem Desiderat abzuhelfen, und daß dieses Wagnis lohnt, wollen die vier Bände dieses Werkes möglichst auf jeder Seite vor Augen führen. Es entstand dank einer jahrelangen, kritischen Zusammenarbeit poetischer Übersetzer und für Dichtung und ihre Übertragung aufgeschlossener Fachwissenschaftler, mit substantieller Förderung und Betreuung durch die Robert Bosch Stiftung, vertreten durch Günter Gerstberger, und in freundschaftlicher Abstimmung mit dem den C. H. Beck Verlag und seinem Lektor Ernst-Peter Wieckenberg. Allen Beteiligten sei an dieser Stelle für ihren Einsatz und ihre Bereitschaft zum Miteinander herzlich gedankt.

Die Herausgeber fanden ihre Aufgabe durch das Vorbild der zehn Jahre früher erschienenen Anthologie französischer Dichtung in vier Bänden wesentlich erleichtert. Freilich wurde auch deutlich, daß sich das Konzept dieser Ausgabe nur teilweise auf den angelsächsischen Bereich übertragen ließ. So mußte der Auftakt mit der überragenden Gestalt Chaucers fast ein Jahrhundert früher erfolgen, und die europäisch bedeutsamen Volksballaden sowie die ältere lyrische Tradition Englands verlangten eine stärkere Berücksichtigung der anonymen Dichtung; die Aufnahme der reizvollen mittelenglischen Liedlyrik war eine willkommene Folge dieser veränderten Konstellation. Weiterhin schließt der Begriff «Englische Dichtung» zur Vermeidung von Pedanterie, wenn auch politisch unkorrekterweise, die Poesie der Schotten, Iren und Waliser mit ein, soweit sie nicht auf Gälisch geschrieben ist. Ferner stand außer Frage, daß ein eigener – etwas umfangreicherer – Band der amerikanischen Dichtung vorbehalten sein mußte. (Auf die wachsende Bedeutung der neuen englischsprachigen Literaturen außerhalb Großbritanniens und der Vereinigten Staaten weist am Ende des dritten Bandes die Stimme des karibischen Nobelpreisträgers Derek Walcott stellvertretend hin. Ihre Dichtung soll nach Möglichkeit in einem späteren Ergänzungsband vorgestellt werden.)

All diese Faktoren trugen, zusammen mit dem außerordentlichen Reichtum englischer Poesie in allen neuzeitlichen Epochen, dazu bei, das Problem der Textauswahl gegenüber dem französischen Vorbild zu komplizieren und zu verschärfen. Der Dichtungsbegriff, der der Auswahl zugrunde gelegt wurde, war ‹katholisch› und unpuristisch. Erhabenes und Allzumenschliches mußten darin Platz finden, intensive Subjektivität und der kühle Blick der Desillusion, politische und religiöse Leidenschaft und satirische Galle, Anstößiges und Exzentrisches, Grenzfälle ‹lyrischer› Prosa ebenso wie Humor und Nonsens. Die Vielstimmigkeit und die instrumentale Fülle dieses Konzerts durften nicht ausgedünnt werden.

Es war das natürliche Ziel der Herausgeber, den angelsächsischen Dichtungskanon – verstanden als geschichtlich gewachsenen, für Revisionen offenen ästhetischen Konsens der Generationen – in seinen Umrissen, also durchaus auch mit den entsprechenden Anthologiestücken, sichtbar zu machen, zumal dieser Kanon in Deutschland nur bruchstückhaft rezipiert wurde. Gleichzeitig wurden Anregungen der gegenwärtigen Diskussion, diesen Kanon zu erweitern und zu dezentrieren, dankbar und engagiert aufgenommen. Die Absicht, eine große und in vieler Hinsicht für Europa vorbildhafte Tradition bewußtzuhalten, und die Dichtung des 20. Jahrhunderts in ihrer geschichtlichen Herkunft zu präsentieren, verband sich mit dem Vertrauen auf die fortdauernde Lebendigkeit der gewählten Texte; eine Lebendigkeit, die nicht nur der sprachlichen Abnutzung widersteht, sondern oft auch eine spürbare Entsprechung vergangener und gegenwärtiger Sehweisen einschließt. Eine solche unerwartete Affinität weitauseinanderliegender Epochen erscheint etwa – um ein unvertrautes Beispiel zu wählen – in den folgenden Versen des obskuren elisabethanischen Epigrammatikers Thomas Bastard. Sie stehen in keiner englischen Anthologie und sind doch unserer Ressourcen-verschlingenden Zeit förmlich auf den Leib geschrieben:

Our fathers did but use the world before,
And having used did leave the same to us:
We spill whatever resteth of their store.
What can our heirs inherit but our curse?
For we have sucked the sweet and sap away,
And sowed consumption in the fruitful ground;

The woods and forests clad in rich array
With nakedness and baldness we confound.
We have defaced the lasting monuments,
And caused all honour to have end with us ... (S. 162)

Unsere Väter gebrauchten nur die Welt
Und gaben sie uns weiter nach Gebrauch;
Doch wir vergeuden, was reich an uns fällt.
Was ernten unsere Erben? Unsern Fluch.
Wir saugten alle Süße, allen Saft,
Säten Auszehrung aus auf fettem Grund;
Schlugen der Wälder üppig grüne Pracht
Zu kahler Blöße und zu nacktem Schwund;
Weihten der Zeiten Mahnmal dem Verfall,
Und schlossen hinter uns das Ruhmesbuch ...

Der Kahlschlag der Eichenwälder Englands, die dem Aufbau der britischen Flotte geopfert wurden, spricht hier das moderne Bewußtsein auf eine Weise an, die auch der unspektakulären poetischen Form Einprägsamkeit verleiht. Solcher Brücken sind viele. Bei der Wahl der Texte den Blick auf die Gegenwart zu richten, heißt ja nicht, diese Gegenwart für die Epiphanie des Weltgeistes zu halten, sondern die bloß dokumentarische und museale Sicht zu meiden. Gerade angesichts der Fülle des Älteren, und im Licht seines Glanzes, mußte das soeben abgeschlossene leidvolle 20. Jahrhundert in seinem zwanghaften Bewußtsein sprachlicher und kultureller Krisen besonders reichhaltig vertreten sein.

Auf nachdrückliche Weise stellte sich die Auswahlfrage bei den Langtexten. Daß die bedeutsame epische Tradition von Chaucer über Spenser und Milton bis hin zu Wordsworth und Ezra Pound nicht in epischer Breite erscheinen konnte, verstand sich von selbst. Doch angesichts der Raumknappheit war auch sonst das ehrenwerte Prinzip, nur vollständige Texte abzudrucken, nicht haltbar. Übersetzer und Herausgeber mußten sich als kürzende Bearbeiter betätigen, um wichtige Langgedichte wenigstens teilweise aufzunehmen, ein problematischer, aber auch reizvoller Aspekt des Unternehmens. Gelegentlich wurde, mit der gebotenen Behutsamkeit und entsprechendem Hinweis im Kommentar, eine vorliegende Übertragung im Hinblick auf Verständnisfehler oder Ungelenkheiten überarbeitet.

Eine gewisse Herausgeberlizenz ergab sich auch aus der Zielvorstellung einer mit philologischer Verantwortung zu vereinbarenden Leserfreundlichkeit der Anthologie. So wurden bei älteren englischen Texten nach 1500 Schreibung und Zeichensetzung dem modernen Gebrauch angeglichen. Auf die Kennzeichnung von Auslassungen im Textteil konnte der Lesbarkeit zuliebe verzichtet werden: die Angabe *From* bzw. *Aus* im Titel zeigt generell eine vorgenommene Auswahl an, deren genauen Umfang der Kommentar anhand der verwendeten Ausgabe nachweist. Der Anmerkungsteil will im übrigen den Leser nicht für eine vorgegebene Textdeutung einnehmen, sondern dient vor allem der Wort- und Sacherklärung und dem geschichtlichen Kontext. Auswahlbibliographie, Kurzbiographien der Dichter, sowie ein einführendes Nachwort zur jeweiligen Epoche ergänzen die Leserinformation.

Als ‹komponierte› und nicht bloß reihende Textsammlung ordnet die Anthologie die Abfolge der Autoren nicht mechanisch nach deren Geburts- oder Todesdaten, sondern orientiert sich an den Schwerpunkten ihres Schaffens, wobei die Zusammengehörigkeit von Schulen, aber auch von besonders verwandten Texten sichtbar werden soll. Darüber hinaus leisten gewisse Grundthemen, die in ihren historischen Metamorphosen erscheinen, eine Art ‹Vernetzung› der Gedichte über die Zeiten hinweg. So eröffnet das – für ein Inselvolk zentrale – Thema der Seefahrt in seiner elegisch schicksalhaften Ausführung («The Seafarer») den ersten, in seiner patriotisch merkantilen Wandlung («Annus Mirabilis») den zweiten Band, um in Draytons Virginia-Ode ebenso anzuklingen wie in Denhams berühmtem Preis der Themse. Natur- und Liebeserfahrung, geistliche Meditation und Zeitkritik, verbale Komödie und poetologische Reflexion – die vielfältigen motivischen Muster laden zu lesender Erkundung quer durch die Epochen ein. Um der Gefahr einer atomistischen Vielzahl von Autoren und Texten zu begegnen, wurden (auf Kosten der *minor poets*) die wegweisenden Figuren besonders eingehend, nach Möglichkeit mit den verschiedenen Aspekten ihres Werkes und in den wichtigsten Phasen ihrer Entwicklung, vorgestellt – ein Grundsatz, der mit zunehmender Annäherung an die Gegenwart nicht immer einzuhalten war. Die beherrschenden Dichterfiguren, die auf den Bandtiteln wichtige Schwellenmomente der Poesiegeschichte markieren, betonen die Gleichzeitigkeit des Ungleichzeitigen: Milton und Dryden, Tennyson und Robert Browning sind Zeitgenossen. Der Umstand, daß das Ehepaar Browning und – noch gravierender – der ‹amerikanische› und der ‹englische› T. S. Eliot – durch die Bandgrenzen getrennt werden, spricht für die Relativität solcher Grenzziehungen, die freilich auch keine Akte herausgeberischer Willkür darstellen.

Die Geschichte der englisch-deutschen Poesieübertragung setzt bekanntlich im zweiten Drittel des 18. Jahrhunderts ein, als die englische Literatur allmählich die Vorbildrolle der französischen übernahm, und als man begann, neben moralistischer und romanhafter Prosa auch klassizistische und empfindsame Dichtung aus England einzudeutschen. Die ersten Versionen des europäischen Modelldichters Pope im Zeitalter Gottscheds waren mehr am moralischen Gehalt als an der glänzenden Form interessiert; aber auch die frühen Milton- und Thomson-Ausgaben, die einen epochalen Geschmackswandel einleiten, sind für uns Heutige kein rechtes Lesevergnügen mehr. Herders Übertragung englischer Volkspoesie (einschließlich Shakespearescher Lieder) bezeichnet die entscheidende Wende zu einer formtreueren und expressiveren Übersetzungskunst. Doch während von den großen Romantikern neben Byron, den Goethe und Heine übertrugen, gerade noch Burns als ländliches ‹Original-Genie› ein gewisses Übersetzerinteresse auf sich zog, blieben Blake, Wordsworth, Coleridge und Keats ihren deutschen Zeitgenossen weitgehend unbekannt; Shelley fand erst im Zeichen des Vormärz ein gewisses Echo. Die vielfältigen Bemühungen um Shakespeares Sonette kamen der älteren englischen Dichtung insgesamt nur wenig zugute – ein Zustand, der im Grunde bis heute anhält. Dafür wurde bald in größerem Umfang Lyrik des 19. Jahrhunderts aus England und Amerika übertragen. Auf die handwerklich soliden, aber etwas pedestren Versionen eines Freiligrath folgte eine wahre Übersetzungsindustrie im Zeitalter der Goldschnittlyrik, über deren Qualitäten Rudolf Borchardt ein schneidendes, aber nicht unzutreffendes Urteil fällt: «Es kam schließlich, geschichtlich gesprochen als die letzte Auflösung der späteren Romantik, die rosenrote Zeit, in der man alles konnte, wo alles leicht war und es zwar noch Schwierigkeiten gab, aber keinen mehr, der sie fühlte ...» (*Dante und deutscher Dante*, 1908)

Die Übertragungen Georges und Borchardts selbst verstanden sich, in all ihrer angestrengten Prosaferne, als poetischer Einspruch gegen die oberflächenglatte, den ungewöhnlichen Ausdruck gnadenlos konventionalisierende Übersetzungspraxis ihrer Zeit, doch gelang es auch ihnen nicht, deren nivellierenden Einfluß dauerhaft zu brechen. Hier hat sich ein lyrisches *translationese* oder Übersetzerdeutsch herausgebildet, das, vom poetischen Umbruch der Moderne unberührt, in Kriegs- und Nachkriegszeiten im Namen der deutschen Innerlichkeit weiterreimte – und wer wollte behaupten, es sei inzwischen ausgestorben? Erst in jüngerer Zeit hat sich durch das große Interesse an der verspätet aufgenommenen angloamerikanischen Moderne die Situation grundlegend gebessert, wie sich an zahlreichen Einzelausgaben und Auswahlbänden zeitgenössischer Dichter zeigt. Auch die englische Romantik fand nun stärkere Beachtung, während die Aufwertung der *Metaphysical Poets* von den Übersetzern nur zögernd zur Kenntnis genommen wurde und die meisten Dichter des 16. bis 18. Jahrhunderts weiterhin im Schatten blieben. Die in ihrer Qualität schwankenden, relativ schmalen Anthologien von Hennecke, von der Vring, Schücking und Flatter vermochten schon durch ihre begrenzte, vielfach persönlich motivierte Auswahl kein umfassendes Bild von der großen poetischen Überlieferung der angelsächsischen Länder zu vermitteln. Dies gelang noch am ehesten Hans Feists 1944 in Zürich erschienener Sammlung *Ewiges England*, die in Deutschland aus einsichtigen Gründen wenig Beachtung fand; aus ihr wurde, mit freundlicher Erlaubnis des Rechtsnachfolgers, eine größere Zahl von Übertragungen, meist in bearbeiteter Form, in die vorliegende Ausgabe übernommen.

Aus der hier skizzierten Sachlage und dem Anspruch der Herausgeber, sich an Rang und Repräsentanz der Originale und nicht an der Verfügbarkeit deutscher Versionen zu orientieren, ergab sich die Notwendigkeit, viele Texte erstmals und nicht wenige neu zu übersetzen. Ältere Übertragungen wurden nach dem Kriterium ihrer Ausdrucksleistung ausgewählt, gelegentlich auch, um eine bestimmte historische Rezeptionsstufe zu illustrieren. Die Neuübersetzungen bedienen sich, je nach Epoche, Dichter- und Übersetzerpersönlichkeit, unterschiedlicher Verfahren der Wiedergabe, von der strenger formtreuen Version bis hin zur rhythmisierten Prosafassung. Sie versuchen, sich von Plüsch und Krampf gleichermaßen freizuhalten und von der obersten Priorität der konventionellen Versübersetzung abzurücken, die den Gesamtausdruck der Gedichte rigoros dem Reimzwang unterordnet: Halbreime und Assonanzen boten erheblichen Freiheitsgewinn, und manches ursprünglich in Reimpaaren geschriebene Gedicht nimmt sich im Blankvers auch nicht übel aus.

So erhebt diese Anthologie einen nicht minder hohen Anspruch als ihre französische Vorgängerin: in ihrer Art neu und umfassend zu sein, entdeckungsfreudiger und weiter ausgreifend als die bisherigen, enger begrenzten Unternehmen meist einzelner Übersetzer. Angesichts der banalen, aber elementar handwerklichen Schwierigkeit, bei zeilen- und silbengleicher Verswiedergabe die Bedeutungsdichte der knappen englischen Sprache in das soviel silbenreichere Deutsch hinüberzuretten und angesichts der poetischen Kraft der ausgewählten Texte war naturgemäß das Ideal einer Übertragung, die mit dem Gedankenreichtum die bildliche, syntaktische und klangliche Expressivität der Vorlagen respektiert, nur annähernd und mit unterschiedlichem Erfolg zu verwirklichen. Diese Relativität des Gelingens war jedoch kein hinreichender Grund, auf das Wagnis überhaupt zu verzichten. Die Theorie und Praxis der großen deutschen Übersetzertradition seit Herder sagt uns, daß gerade die Dichtung als besonders eindringliche Form von Sprachlichkeit übersetzt werden will und muß, daß das aus dem Verstehen gestaltete Abbild sein Vorbild bereichert und nicht entstellt. Der Leser wird durch den vergleichenden Blick auf Original und deutsche Fassung Vorzüge und Mängel der jeweiligen Übertragung zu beurteilen wissen, und im besten Fall die unabdingbare Differenz von Vorlage und Nachbildung als produktive Spannung erfahren. Im übrigen vertrauen Herausgeber und Übersetzer darauf, daß die Freude an poetischer Entdeckung und sprachlicher Formung, die ihnen diese Anthologie bereitet hat, auch bei der Lektüre spürbar wird.

München im Sommer 2000 Werner von Koppenfels

Inhalt

Henry Howard, Earl of Surrey

Elizabeth I

George Gascoigne

Edmund Spenser

The Shepherd's Calendar · Der Schäfer-Kalender

Amoretti

The Fairy Queen · Die Feenkönigin

Sir Philip Sidney

Astrophil and Stella · Astrophil und Stella

Christopher Marlowe

Doctor Faustus · Doktor Faustus

GEORGE PEELE

JOHN LYLY

THOMAS NASHE

A. W.

ROBERT SOUTHWELL

CHIDIOCK TICHBORNE

THOMAS BASTARD

WILLIAM SHAKESPEARE

The Sonnets · Die Sonette

From the Plays · Aus den Dramen

ANONYMOUS LYRICS · ANONYME LYRIK

SIR WALTER RALEIGH

SAMUEL DANIEL

MICHAEL DRAYTON

FULKE GREVILLE, LORD BROOKE

George Chapman

John Donne

Holy Sonnets · Geistliche Sonette

BEN JONSON

THOMAS CAMPION

ANONYMOUS SONGS · ANONYME LIEDER

SIR HENRY WOTTON

JOHN CLEVELAND

LADY MARY WROTH

JOHN WEBSTER

FRANCIS BEAUMONT (?)

GEORGE HERBERT

JOHN HALL

RICHARD CRASHAW

RICHARD LOVELACE

SIR JOHN SUCKLING

THOMAS CAREW

THOMAS TRAHERNE

Centuries of Meditation: III · Betrachtungen: III

JOHN MILTON

Paradise Lost · Das verlorene Paradies

ANHANG

Von Chaucer
bis Milton

ANONYMOUS

The Seafarer

Mæg ic be me sylfum soðgied wrecan,
siþas secgan, hu ic geswincdagum
earfoþhwile oft þrowade,
bitre breostceare gebiden hæbbe,
gecunnad in ceole cearselda fela,
atol yþa gewealc, þær mec oft bigeat
nearo nihtwaco æt nacan stefnan,
þonne he be clifum cnossað. Calde geþrungen
wæron mine fet, forste gebunden
caldum clommum. Þær þa ceare seofedun
hat ymb heortan; hungor innan slat
merewerges mod. Þæt se mon ne wat
þe him on foldan fægrost limpeð,
hu ic earmcearig iscealdne sæ
winter wunade wræccan lastum,
winemægum bidroren,
bihongen hrimgicelum; hægl scurum fleag.
Þær ic ne gehyrde butan hlimman sæ,
iscaldne wæg. Hwilum ylfete song
dyde ic me to gomene, ganetes hleoþor
ond huilpan sweg fore hleahtor wera,
mæw singende fore medodrince.
Stormas þær stanclifu beotan, þær him stearn oncwæð
isigfeþera; ful oft þæt earn bigeal,
urigfeþra; nænig hleomæga
feasceaftig ferð frefran meahte.
Forþon him gelyfeð lyt, se þe ah lifes wyn
gebiden in burgum, bealosiþa hwon,
wlonc ond wingal, hu ic werig oft
in brimlade bidan sceolde.
Nap nihtscua, norþan sniwde,
hrim hrusan bond, hægl feol on eorþan,
corna caldast. Forþon cnyssað nu

Anonym

Der Seefahrer

Kann wohl von mir selbst   ein wahres Lied künden,
Erzählen von Fahrten,   wie in Zeiten der Mühsal
Schwere Stunden   so oft mir beschieden,
Von bitterer Sorge   in der Brust beklommen,
Wie ich im Kiel durchfuhr   der Kummersitze viele,
Der Wogen furchtbares Gewälze,   allwo mir oftmals
Angstvolle Nachtwache zufiel   an des Nachens Steven,
Wenn er an Klippen vorbeitrieb.   Von Kälte durchdrungen
Waren meine Füße,   von Frost gebunden
Mit kalten Fesseln;   Kummer seufzte da
Heiß um das Herz;   Hunger schnitt innen
Das Gemüt des Meermüden.   Das weiß der Mann nicht,
Der immerdar in Freuden   auf Erden hier lebt,
Wie ich elend und kummervoll   auf der eiskalten See
Den Winter über weilte   auf Wegen des Verbannten,
Der lieben Verwandten beraubt,
Von Eiszapfen umhangen;   Hagel flog in Schauern.
Nichts hört ich da   als die Hochflut tosen,
Die eiskalte Woge.   An des Schwanes Gesang,
An des Tölpels Ruf bisweilen   suchte ich meine Wonne
Und an des Brachvogels Laut   statt an dem Lachen der Männer,
An der schreienden Möwe   statt an dem Met-Trank.
Sturm schlug die Steinklippen;   zurück schrie die Seeschwalbe,
Die eisgefiederte;   gar oft gellte der Adler dagegen,
Der taugefiederte;   trösten konnte
Der Freunde keiner   die freudlose Seele.
  Wenig glaubt das,   wer nur Wonne des Lebens
Erfährt in den Wohnungen   und wenig Mühsal,
Weinüppig und stolz,   wie ich oft wegmüde
Auf der Brandungsstraße   bleiben mußte.
Nachtschatten dunkelte,   von Norden schneite es,
Und Frost band die Erde,   Hagel fiel auf die Fluren,
Kälteste Körner.   Drum bestürmen kräftig nun

heortan geþohtas þæt ic hean streamas,
sealtyþa gelac sylf cunnige;
monað modes lust mæla gehwylce
ferð to feran, þæt ic feor heonan
elþeodigra eard gesece.
Forþon nis þæs modwlonc mon ofer eorþan,
ne his gifena þæs god, ne in geoguþe to þæs hwæt,
ne in his dædum to þæs deor, ne him his dryhten to þæs hold,
þæt he a his sæfore sorge næbbe,
to hwon hine Dryhten gedon wille.
Ne biþ him to hearpan hyge ne to hringþege,
ne to wife wyn ne to worulde hyht,
ne ymbe owiht elles, nefne ymb yða gewealc,
ac a hafað longunge se þe on lagu fundað.
Bearwas blostmum nimað, byrig fægriað,
wongas wlitigiað, woruld onetteð;
ealle þa gemoniað modes fusne
sefan to siþe, þam þe swa þenceð
on flodwegas feor gewitan.
Swylce geac monað geomran reorde,
singeð sumeres weard, sorge beodeð
bitter in breosthord. Þæt se beorn ne wat,
sefteadig secg, hwæt þa sume dreogað
þe þa wræclastas widost lecgað.
  Forþon nu min hyge hweorfeð ofer hreþerlocan,
min modsefa mid mereflode
ofer hwæles eþel hweorfeð wide,
eorþan sceatas, cymeð eft to me
gifre ond grædig; gielleð anfloga,
hweteð on hwælweg hreþer unwearnum
ofer holma gelagu.
            Forþon me hatran sind
Dryhtnes dreamas þonne þis deade lif,
læne on londe. Ic gelyfe no
þæt him eorðwelan ece stondað.
Simle þreora sum þinga gehwylce,
ær his tiddege to tweon weorþeð;
adl oþþe yldo oþþe ecghete

Gedanken das Herz, daß ich die hohen Ströme,
Der Salzwogen Getriebe selbst erprobe;
Mut-Verlangen mahnt zu jeglicher Zeit,
Das Herz, auszufahren, daß ferne von hier
Fremder Völker Land ich versuche.
Denn so mutstolz ist kein Mann auf Erden,
So gut in seinen Gaben, noch in Jugend so mutig,
Nicht in seinen Taten so tapfer, noch sein Herr ihm so hold,
Daß er um der Seefahrt willen nicht immer Sorge trüge,
Wohin der Herr ihn bringen wolle.
Der Sinn steht ihm nicht nach der Harfe, noch nach der Spende der Ringe,
Setzt nicht an ein Weib seine Wonne, noch an die Welt seine Freude,
Noch an irgend anderes als das Tosen der Wellen;
Dennoch fühlt Sehnsucht immer, wer auf das Meer hinausstrebt.
Wälder bekommen Blüten, Wohnstätten werden lieblich,
Wiesen erstrahlen, die Welt wird munter;
Dies alles mahnt den im Gemüt Bereiten,
Hinaus zu ziehen, der also gedenkt,
Fernhin zu wandern auf Flutenwegen.
Der Kuckuck auch mahnt mit klagenden Rufen;
Des Sommers Wächter singt, Sorge verkündend,
Bitternis für den Brust-Hort. Das weiß der Mann nicht,
Der gemächlich im Glück lebt, was die für Mühsal tragen,
Die am weitesten ziehn auf Pfaden der Verbannten.
Drum schweift mein Sinn nunmehr über die Herzensfeste hinaus,
Wandert im Geist mit der Meerflut,
Über des Walfischs Heimat, weithin schweifend
Über der Erde Fluren, und kehrt wieder zu mir,
Gierig verlangend; es gellt der Einsamfliegende
Und treibt unwiderstehlich auf den Walweg das Herz
Über der Holm-Flut Masse.
Denn lieber sind mir
Die Freuden des Herrn als dieses Leben, das tote,
Das vergängliche an Land: ich glaube nimmer,
Daß Erdenreichtum wird ewig bestehn.
Immer wird eines von dreien, auf alle Fälle,
Vor seinem Zeitende zweifelhaft sein:
Siechtum oder Alter oder Schwerthaß

fægum fromweardum feorh oðþringeð.
  Forþon bið eorla gehwam æftercweþendra
lof lifgendra lastworda betst,
þæt he gewyrce, ær he on weg scyle,
fremum on foldan wið feonda niþ,
deorum dædum deofle togeanes,
þæt hine ælda bearn æfter hergen,
ond his lof siþþan lifge mid englum
awa to ealdre, ecan lifes blæd,
dream mid dugeþum.
          Dagas sind gewitene,
ealle onmedlan eorþan rices;
næron nu cyningas ne caseras
ne goldgiefan swycle iu wæron,
þonne hi mæst mid him mærþa gefremedon
ond on dryhtlicestum dome lifdon.
Gedroren is þeos duguð eal, dreamas sind gewitene;
wuniað þa wacran ond þas woruld healdaþ,
brucað þurh bisgo. Blæd is gehnæged,
eorþan indryhto ealdað ond searað,
swa nu monna gehwylc geond middangeard.
Yldo him on fareð, onsyn blacað,
gomelfeax gnornað, wat his iuwine,
æþelinga bearn, eorþan forgiefene.
Ne mæg him þonne se flæschoma, þonne him þæt feorg losað,
ne swete forswelgan ne sar gefelan,
ne hond onhreran ne mid hyge þencan.
Þeah þe græf wille golde stregan
broþor his geborenum, byrgan be deadum,
maþmum mislicum, þæt hine mid wille,
ne mæg þære sawle þe biþ synna ful
gold to geoce for Godes egsan,
þonne he hit ær hydeð þenden he her leofað.
  Micel biþ se Meotudes egsa, forþon hi seo molde oncyrreð;
se gestaþelade stiþe grundas,
eorþan sceatas ond uprodor.
Dol biþ se þe him his Dryhten ne ondrædeþ; cymeð him se deað unþinged.
Eadig bið se þe eaþmod leofaþ; cymeð him seo ar of heofonum.

Abringen das Leben   dem zum Scheiden bestimmten Sterblichen.
Drum ist der Edelinge jedem   der Überlebenden,
Der Nachredenden Lob,   der Nachreden beste,
Daß er wirke,   ehe er hinweg muß,
Wohltuend auf Erden   wider der Feinde Haß,
Mit tapferen Taten   dem Teufel entgegen,
Daß ihn der Menschen Kinder   künftig preisen
Und daß sein Lob alsdann   lebe bei den Engeln
Immer ohne Ende,   Glanz des ewigen Lebens,
Freude bei den Seligen!
Dahin sind die Tage
Und aller Übermut   des Erdenreiches;
Keine Könige sind   noch Kaiser mehr,
Noch Austeiler des Goldes,   wie sie waren vordem,
Als sie Ruhmestaten   vollbrachten, die reichsten,
Und in dem edelsten Ansehn   ehrenvoll lebten:
Gesunken ist diese Schar,   der Jubel geschwunden;
Die Schwächeren bleiben,   sie halten diese Welt,
In Mühsal sie genießend.   Darnieder liegt das Glück,
Der Adel der Erde   altet und verdorrt,
Wie jetzt der Menschen jeder   in der Mittelerde.
Das Alter fällt ihn an,   das Antlitz bleicht,
Greishaarig greint er,   da er übergeben weiß
Der Erde seine einstigen Freunde,   der Edelinge Kinder.
Nicht kann das Fleischgewand,   wenn dies Leben ihm schwindet,
Weder Süße schmecken,   noch fühlen Schmerzen,
Kann nicht die Hand bewegen,   noch im Herzen denken.
Wenn das Grab auch will   mit Gold bestreuen
Dem Verwandten ein Bruder   und bei den Toten ihn bestatten
Mit mancherlei Kleinoden,   die er will gehen lassen mit ihm,
So kann doch nicht der Seele,   die voller Sünden ist,
Gold je helfen   vor Gottes Schrecken,
Dem, der es hütet vorher,   solang er hier noch lebt.
Gewaltig ist des Schöpfers Schrecken, vor dem sich wendet die Erde,
Der den Grund, den festen,   gegründet hat,
Dieser Erde Weite   so wie den Oberhimmel.
Toll ist, wer den Herrn nicht fürchtet; unversehens kommt ihm der Tod.
Selig, wer in Demut lebt: ihm kommt die Gnade vom Himmel,

Meotod him þæt mod gestaþelað, forþon he in his meahte gelyfeð.
Stieran mon sceal strongum mode, ond þæt on staþelum healdan,
ond gewis werum, wisum clæne.
Scyle monna gehwylc mid gemete healdan
wiþ leofne ond wið laþne . . .
Wyrd biþ swiþre,
Meotud meahtigra þonne ænges monnes gehygd.
Uton we hycgan hwær we ham agen,
ond þonne geþencan hu we þider cumen,
ond we þonne eac tilien, þæt we to moten
in þa ecan eadignesse,
þær is lif gelong in lufan Dryhtnes,
hyht in heofonum. Þæs sy þam Halgan þonc,
þæt he usic geweorþade, wuldres Ealdor,
ece Dryhten, in ealle tid. Amen.

Und Gott stärkt ihm den Geist, dieweil er glaubt an seine Macht.
Steuern soll man starkem Sinn und ihn in Schranken halten
Und wahrhaftig zu den Männern, lauter in seiner Weise,
Soll der Menschen jeder sein Gemüt in Maßen halten
Wider Freund und wider Feind . . .
Härter ist das Schicksal
Und mächtiger der Schöpfer denn eines Mannes Gedanken.
Drum laßt uns beherzigen, wo wir Heimat haben mögen,
Und laßt uns bedenken, wie wir kommen mögen dorthin,
Und auch, wie dies zu erstreben, daß wir dereinstmals
Eingehen mögen in die ewige Seligkeit,
Wo in der Liebe des Herrn Leben beschlossen ist,
Hohe Freude in den Himmeln. Des sei dem heiligen Herren Dank,
Daß er uns gewürdigt hat, der Walter der Glorie,
Der ewige Herr, in alle Zeiten. Amen.

Geoffrey Chaucer

From The Prologue to The Canterbury Tales

Whan that Aprill with his shoures soote
The droghte of March hath perced to the roote,
And bathed every veyne in swich licour
Of which vertu engendred is the flour;
Whan Zephirus eek with his sweete breeth
Inspired hath in every holt and heeth
The tendre croppes, and the yonge sonne
Hath in the Ram his halve cours yronne,
And smale foweles maken melodye,
That slepen al the nyght with open ye
(So priketh hem nature in hir corages);
Thanne longen folk to goon on pilgrimages,
And palmeres for to seken straunge strondes,
To ferne halwes, kowthe in sondry londes;
And specially from every shires ende
Of Engelond to Caunterbury they wende,
The hooly blisful martir for to seke,
That hem hath holpen whan that they were seeke.

From The Parlement of Foules

With that myn hand in his he tok anon,
Of which I confort caughte, and wente in faste,
But, Lord, so I was glad and wel begoon!
For overal where that I myne eyen caste
Were treës clad with leves that ay shal laste,
Ech in his kynde, of colour fresh and greene
As emeraude, that joye was to seene.

The byldere ok, and ek the hardy asshe;
The piler elm, the cofre unto carayne;
The boxtre pipere, holm to whippes lashe;

Geoffrey Chaucer

Aus Prolog der Canterbury Geschichten

Wenn erst April, der süße Schauer schenkt,
Des Märzen Dürre bis zur Wurzel tränkt
Und jede Faser taucht in solchen Saft,
Daß bald die Blume sprießt aus dieser Kraft;
Wenn Zephyrus durch seinen Hauch, so süß,
Die frischen Schößlinge austreiben ließ
In Wald und Flur, und schon im Kreis des Widders
Die junge Sonne halb die Bahn durchschritten,
Und wenn Musik die kleinen Vöglein machen,
Die in den Nächten offenen Auges schlafen
(Denn die Natur rührt ihre Brust so stark):
Dann sehnt sich alle Welt nach Pilgerfahrt,
Und Wallfahrer ziehn fort zum fremden Strande,
Zu Heiligen fern, bekannt in manchem Lande;
Hier sieht man sie zumal, aus allen Enden
Von England, sich nach Canterbury wenden,
Dem hohen, heiligen Märtyrer zu Ehren,
Der ihrer Not und Krankheit treulich wehrte.

Aus Das Parlament der Vögel

Nun, da er seine Hand in meine legte
Und Trost mir gab, hin meines Wegs zu ziehn,
Da schaut ich, Gott, was wonnig mich bewegte;
Wo immer auch den Blick ich wandte hin:
Ein Zweigicht wars mit Blättern grün und grün,
Und jedes glomm in seiner Farbe Glast,
Als wärn lauter Smaragde hier gefaßt.

Der Eiche Bauholz und der Eschen Härte,
Die steile Rüster für den Totenschrein,
Buchsbaum für Pfeifen und der Holm für Gerten,

The saylynge fyr; the cipresse, deth to playne;
The shetere ew; the asp for shaftes pleyne;
The olyve of pes, and eke the dronke vyne;
The victor palm, the laurer to devyne.

A gardyn saw I ful of blosmy bowes
Upon a ryver, in a grene mede,
There as swetnesse everemore inow is,
With floures white, blewe, yelwe, and rede,
And colde welle-stremes, nothying dede,
That swymmen ful of smale fishes lighte,
With fynnes rede and skales sylver-bryghte.

On every bow the bryddes herde I synge,
With voys of aungel in here armonye;
Som besyede hem here bryddes forth to brynge;
The litel conyes to here pley gonne hye;
And ferther al aboute I gan aspye
The dredful ro, the buk, the hert and hynde,
Squyrels, and bestes smale of gentil kynde.

Of instruments of strenges in acord
Herde I so pleye a ravyshyng swetnesse,
That God, that makere is of al and lord,
Ne herde nevere beter, as I gesse.
Therwith a wynd, unnethe it myghte be lesse,
Made in the leves grene a noyse softe
Accordaunt to the foules song alofte.

Th'air of that place so attempre was
That nevere was ther grevaunce of hot ne cold;
Ther wex ek every holsom spice and gras;
No man may there waxe sek ne old;
Yit was there joye more a thousandfold
Then man can telle; ne nevere wolde it nyghte,
But ay cler day to any manes syghte.

Der Tanne Mast, Zypreß am Friedhofsrain,
Die Bogner-Eibe und der trunkne Wein,
Ölbaum dem Frieden, Espe für den Speer,
Palme dem Sieg und Lorbeer für den Seher.

Ein Garten war es voller Blatt und Blüte,
An eines Wassers Rand gar hold zu schauen,
Und war, als ob ihm süßer Duft entsprühte
Von Blumen, weißen, gelben, roten, blauen,
Und kühl Geflute goß sich durch die Auen,
Darinnen schossen kleine Fische schnell
Mit Flossen rot und Schuppen silberhell.

Auf jedem Zweige hört ich Vöglein singen,
Mit Engelsstimmen voller Harmonie,
Und sah sie ihre Brut zu Tage bringen
Und flinke Häslein viel umspielten sie;
Und in der Ferne dann erspäht ich, wie
Das scheue Reh, der Bock, der Hirsch, die Hinde,
Das Eichhorn und viel klein Getier sich finden.

Der Saiten und der Pfeifen süßen Psalter
Hört ich so gehen, wie durch Zauberei,
Daß Gott, der aller Schöpfer ist und Walter,
Wohl Sanges nie genoß, der süßer sei;
Und leichter als ein Windhauch wehts vorbei,
Daß leis ein Lispeln durch die Blätter flieht,
Begleitend hoch in Lüften Vogellied.

Auch ist die Luft so wundermild getönt,
Daß niemand klagt, es sei zu heiß, zu kalt;
Mit Heilkraut ist der Ort so dich begrünt,
Daß nie ein Mensch dort siech ward oder alt;
Und Freude herrscht allda mehr tausendfalt
Als man erzählen kann; nie lischt das Licht,
Ein einzig heller Tag strahlt aller Sicht.

TROILUS AND CRISEYDE

This Troilus, with blisse of that supprised,
Putte al in Goddes hand, as he that mente
Nothyng but wel; and sodeynly avysed,
He hire in armes faste to hym hente.
And Pandarus, with a ful good entente,
Leyde hym to slepe, and seyde, «If ye be wise,
Swouneth nought now, lest more folk arise!»

Criseyde, which that felte hire thus itake,
As writen clerkes in hire bokes olde,
Right as an aspes leef she gan to quake,
Whan she hym felte hire in his armes folde.
But Troilus, al hool of cares colde,
Gan thanken tho the blisful goddes sevene.
Thus sondry peynes bryngen folk to hevene.

This Troilus in armes gan hire streyne,
And seyde, «O swete, as evere mot I gon,
Now be ye kaught, now is ther but we tweyne!
Now yeldeth yow, for other bote is non!»
To that Criseyde answerde thus anon,
«Ne hadde I er now, my swete herte deere,
Ben yold, ywis, I were now nought heere!»

Criseyde, al quyt from every drede and tene,
As she that juste cause hadde hym to triste,
Made hym swich feste, it joye was to seene,
Whan she his trouthe and clene entente wiste;
And as aboute a tree, with many a twiste,
Bytrent and writh the swote wodebynde,
Gan ech of hem in armes other wynde.

And as the newe abaysed nyghtingale,
That stynteth first whan she bygynneth to synge,

TROILUS UND CRISEYDE

Die Liebesnacht

Troilus, ganz überrascht von seinem Glück,
Gab sein Geschick in Gottes Hand, als einer,
Der nur auf Gutes sann; dann, rasch entschlossen,
Nahm er sie in den Arm und hielt sie fest.
Und Pandarus, den beiden wohlgewogen,
Mahnte sie, da er schlafen ging: «Seid klug,
Stöhnt nicht zu sehr, damit euch niemand stört!»

Criseyde, die sich so umfangen fühlte
(Dieses berichten uns die alten Bücher),
Begann zu beben wie ein Espenblatt,
Als seine Arme sie so stark umschlangen.
Troilus jedoch, des kalten Kummers ledig,
Sagte den sieben seligen Göttern Dank:
So führt viel Leiden uns ins Himmelreich.

Nun fing er an, sie fest ans Herz zu drücken,
Und sprach: «Du süßer Schatz, bei meinem Leben,
Du bist gefangen, hier sind nur wir zwei!
Ergib dich mir, es hilft kein andres Mittel!»
Sogleich erwiderte darauf Criseyde:
«Hätt ich zuvor, mein liebes, süßes Herz,
Mich nicht ergeben, wär ich wohl kaum hier!»

Criseyde, ganz erlöst von Angst und Kummer,
Die soviel Grund fand, ganz auf ihn zu bauen,
Die seine Treu und reine Absicht kannte,
Hat ihm ein Fest der Freuden nun bereitet:
Und wie um einen Baum mit viel Gewinde
Sich eng das süße Geißblatt rankt und schlängelt,
So herzten und umschlangen sie einander.

Und wie die jäh erschreckte Nachtigall,
Die abbricht, da sie schon begann zu singen,

Whan that she hereth any herde tale,
Or in the hegges any wyght stirynge,
And after siker doth hire vois out rynge,
Right so Criseyde, whan hie drede stente,
Opned hire herte, and tolde hym hire entente.

And right as he that seth his deth yshapen,
And dyen mot, in ought that he may gesse,
And sodeynly rescous doth him escapen,
And from his deth is brought in sikernesse,
For al this world, in swych present gladnesse
Was Troilus, and hath his lady swete.
With worse hap God lat us nevere mete!

Hire armes smale, hire streghte bak and softe,
Hire sydes longe, flesshly, smothe, and white
He gan to stroke, and good thrift bad ful ofte
Hire snowisshe throte, hire brestes rounde and lite:
Thus in this hevene he gan hym to delite,
And therwithal a thousand tyme hire kiste,
That what to don, for joie unnethe he wiste.

Than seyde he thus, «O Love, O Charite!
Thi moder ek, Cithere the swete,
After thiself next heried be she,
Venus mene I, the wel-willy planete!
And next that, Imeneus, I the grete;
For nevere man was to yow goddes holde
As I, which ye han brought fro cares colde.»

And therwithal Criseyde anon he kiste,
Of which certein she felte no disese,
And thus seyde he, «Now wolde God I wiste,
Myn herte swete, how I yow myght plese!
What man,» quod he, «was evere thus at ese
As I, on which the faireste and the beste
That evere I say, deyneth hire herte reste?

Wenn eines Hirten Rede sie vernimmt
Oder hört in der Hecke etwas rascheln,
Um dann, erlöst, die Stimme neu zu heben –
So schloß, als ihr die Furcht verflog, Criseyde
Ihr Herz auf, und verriet ihm, was sie fühlte.

Und so wie einer, dem der Tod beschlossen,
Der weiß: Jetzt heißt es sterben – kein Entrinnen!
Und unverhofft wird Rettung ihm zuteil,
Und er sieht sich, halbtot schon, neu geboren –
So ganz und gar von Freude frisch durchdrungen
War Troilus, die süße Herrin herzend:
Mag schlimmeres Schicksal Gott uns nie bescheren!

Die Arme zart, den weichen geraden Rücken,
Die Hüften lang und lockend, weiß und glatt,
Begann er ihr zu streicheln, und genoß
Den Hals so weiß wie Schnee, die Brüste rund und klein.
In diesem Himmel fand er seine Wonne,
Und dabei küßte er sie tausendfach,
Und wußte weder aus noch ein vor Freude.

Da rief er aus: «O Amor, Gott der Liebe,
Die Mutter auch, Cytherea, die süße,
Nach dir gleich soll sie hochgepriesen sein,
Planetengöttin Venus, mir gewogen!
Und ihr zunächst grüß ich Dich, Hymenäus –
Nie war ein Mensch Euch Göttern mehr verpflichtet
Als ich, den Ihr aus kaltem Gram errettet.»

Dann küßte er Criseyde noch einmal
– Ihr war dabei gewiß nicht unbehaglich –
Und sprach zu ihr: «Nun wollte Gott, ich wüßte,
Mein süßes Herz, was dich erfreuen könnte!
War je ein Mann», sprach er, «so hochbeglückt,
Wie ich, auf den die Schönste und die Beste,
Die ich je sah, ihr Herz zu betten liebt?

For certes, fresshe wommanliche wif,
This dar I seye, that trouth and diligence,
That shal ye fynden in me al my lif;
N'y wol nat, certein, breken youre defence;
And if I do, present or in absence,
For love of God, lat sle me with the dede,
If that it like unto youre wommanhede.»

«Iwys,» quod she, «myn owen hertes list,
My ground of ese, and al myn herte deere,
Gramercy, for on that is al my trist!
But lat us falle awey fro this matere,
For it suffiseth, this that seyd is heere,
And at o word, withouten repentaunce,
Welcome, my knyght, my pees, my suffisaunce!»

Of hire delit, or joies oon the leeste,
Were impossible to my wit to seye;
But juggeth ye that han ben at the feste
Of swich gladnesse, if that hem liste pleye!
I kan namore, but thus thise ilke tweye,
That nyght, bitwixen drede and sikernesse,
Felten in love the grete worthynesse.

O blisful nyght, of hem so longe isought,
How blithe unto hem bothe two thow weere!
Why nad I swich oon with my soule ybought,
Ye, or the leeste joie that was theere?
Awey, thow foule daunger and thow feere,
And lat hem in this hevene blisse dwelle,
That is so heigh that al ne kan I telle!

Thise ilke two, that ben in armes laft,
So loth to hem asonder gon it were,
That ech from other wenden ben biraft,
Or elles, lo, this was hir mooste feere,
That al this thyng but nyce dremes were;
For which ful ofte ech of hem seyde, «O swete,
Clippe ich yow thus, or elles I it meete?»

Wahrlich, du frische Zierde aller Frauen,
Dies wag ich frei zu sagen: Treu und Eifer,
Du findest sie bei mir ein Leben lang;
Und niemals brechen will ich dein Gebot:
Tu ich es doch, sei's nah dir oder fern,
Dann soll die eigne Tat mich selber töten,
In Gottes Namen, wenn dir so beliebt.»

«Wahrhaftig», sprach sie, «meines Herzens Lust,
Mein Ruhe-Grund, du liebes teures Herz,
Dank deinem Wort, fest will ich darauf bauen!
Doch laß uns nun von diesen Dingen schweigen,
Genug davon, was nottut, ist gesagt.
Mit einem Wort und ohne Reu: Willkommen,
Mein Ritter, du mein Frieden, mein Genügen!»

Von ihren Wonnen auch nur die geringste
Zu schildern, dazu ist mein Witz zu klein;
Doch urteilt ihr, die solche Freudenfeste
Selbst kannten, ob die zwei mit Lust gespielt!
Ich kann nicht mehr – nur soviel: dieses Paar
Hat jene Nacht, halb bang und halb geborgen,
Der Liebe allerhöchste Gunst genossen.

O segensreiche Nacht, so lang ersehnt
Von beiden, wie sehr hast du sie beglückt!
Warum hab ich mir nicht mit meiner Seele
Je solche Nacht erkauft, nein, ihrer Freuden kleinste?
Fort, Furcht und böse Spröde, fort mit euch,
Laßt schwelgen sie in ihrer Seligkeit,
Die so tief ist, daß mir die Worte fehlen!

Die zwei, einander in den Armen liegend,
Dachten nicht an ein Auseinandergehn –
Wie wechselseitiger Raub wär dies erschienen;
Und ihre größte Furcht war doch dabei,
Es sei am End nur leerer Traum gewesen;
Drum sprach oft eins zum andern: «Du mein Schatz,
Halt ich dich wirklich, oder ists ein Wahn?»

Troilus' Song

Love, that of erthe and se hath governaunce,
Love, that his hestes hath in hevenes hye,
Love, that with an holsom alliaunce
Halt peples joyned, as hym lest hem gye,
Love, that knetteth lawe of compaignie,
And couples doth in vertu for to dwelle,
Bynd this acord, that I have told and telle.

That that the world with feith, which that is stable,
Diverseth so his stowndes concordynge,
That elementz that ben so discordable
Holden a bond perpetuely durynge,
That Phebus mote his rosy day forth brynge,
And that the mone hath lordshipe over the nyghtes, –
Al this doth Love, ay heried be his myghtes!

That that the se, that gredy is to flowen,
Constreyneth to a certeyn ende so
His flodes that so fiersly they ne growen
To drenchen erthe and al for evere mo;
And if that Love aught lete his bridel go,
Al that now loveth asondre sholde lepe,
And lost were al that Love halt now to-hepe.

So wolde God, that auctour is of kynde,
That with his bond Love of his vertu liste
To cerclen hertes alle, and faste bynde,
That from his bond no wight the wey out wiste;
And hertes colde, hem wolde I that he twiste
To make hem love, and that hem liste ay rewe
On hertes sore, and kepe hem that ben trewe!

Hymne an die Liebe

O Liebe, Herr der Erde und der Meere,
O Liebe, die der Himmel uns gesellt,
O Liebe, die in freundlichem Verkehre
Die Völker bindet und geziemend hält;
Liebe, die der Gemeinschaft Recht bestellt
Und fügt, daß sich das Paar in Züchten eine,
Flicht auch dies Band, das ich gemeint und meine.

Daß unsere Welt in stetiglichem Wandern
Der Zeiten Eintracht wechselreich verquickt,
Der Elemente Vielfalt eins zum andern
In einen ewig festen Bund sich schickt,
Daß Phoebus' Rosenschein hernieder blickt
Und lichter Mond gebietet dunkeln Nächten,
All dies tut Liebe; Segen ihren Mächten!

Daß selbst der Meere nimmer müde Welle
Am End mit einer Grenze sich beschränkt,
So daß sie nicht in schrecklichem Erschwellen
Die Erde ewig unter sich ertränkt;
Und fiel der Liebe je ihr Zügel hin,
Müßte, was jetzt sich liebt, gleich auseinanderstieben,
Verloren wär, was sich erhält durch Lieben.

Das walte Gott, der Schöpfer aller Dinge;
Die Herzen gürt er mit der Liebe Band,
Daß es von allen Seiten sie umschlinge
Und nie der Fessel sich ein Mensch entwand.
Und kalte Herzen wringe seine Hand
Zur Liebe, daß ihr Unrecht sie bereuen,
Und seine Gnade schenke er den treuen.

Chaucers Wordes unto Adam, His Owne Scriveyn

Adam scriveyn, if ever it thee bifalle
Boece or Troylus for to wryten newe,
Under thy long lokkes thou most have the scalle,
But after my makyng thou wryte more trewe;
So ofte a-daye I mot thy werk renewe,
It to correcte and eek to rubbe and scrape;
And al is thorugh thy negligence and rape.

The Complaint of Chaucer to his Purse

To yow, my purse, and to noon other wight
Complayne I, for ye be my lady dere!
I am so sory, now that ye been lyght;
For certes, but ye make me hevy chere,
Me were as leef be layd upon my bere;
For which unto your mercy thus I crye:
Beth hevy ageyn, or elles mot I dye!

Now voucheth sauf this day, or yt be nyght,
That I of yow the blisful soun may here,
Or see your colour lyk the sonne bryght,
That of yelownesse hadde never pere.
Ye be my lyf, ye be myn hertes stere,
Quene of comfort and of good companye:
Beth hevy ageyn, or elles moot I dye!

Now purse, that ben to me my lyves lyght
And saveour, as doun in this world here,
Out of this toune helpe me thurgh your myght,
Syn that ye wole nat ben my tresorere;
For I am shave as nye as any frere.
But yet I pray unto your curtesye:
Beth hevy agen, or elles moot I dye!

Chaucers Ermahnung an Adam, seinen Schreiber

Mein Schreiber Adam, wenn du nächstes Mal
Boethius und Troilus kopierst,
Fahr dir der Grind ins lange Lockenhaar,
Wenn du den Text nicht besser buchstabierst.
Das Bessern, Kratzen, Streichen jeden Tag
An deinem Werk kostet mich zuviel Zeit:
Schuld ist nur deine Hast und Unbekümmertheit!

Chaucer an seine leere Börse

Geliebte, der keine Geliebte mehr gleicht,
Ach Liebe, wie bist Du so leer;
Wie bist Du so winzig und jämmerlich leicht:
Das macht mir das Leben so schwer.
Und lieber schon wär ich zur Bahre gebleicht:
Erbarme Dich meiner, und sei wieder schwer,
Sonst leb ich nicht mehr.

Erklinge mir wieder mit himmlischem Ton,
Und zeige den strahlenden Glanz,
Der, ach, nun schon lange Dein Antlitz geflohn,
Zum Troste mir wiederum ganz.
Nur Du bist mir Leben und Leitung und Lohn,
Du liebliche Trösterin, sei wieder schwer,
Sonst leb ich nicht mehr.

Geliebteste Borse, mein einzigstes Licht
Du einzige Retterin hier,
Hilf jetzt nur mit lächelndem Sonnengesicht
Aus dieser Verlegenheit mir!
Geschoren bin ich wie vom Kloster ein Wicht.
Erbarme Dich meiner, und sei wieder schwer,
Sonst leb ich nicht mehr.

Balade de Bon Conseyl

Flee fro the prees, and dwelle with sothfastnesse,
Suffyce unto thy good, though it be smal;
For hord hath hate, and climbing tikelnesse,
Prees hath envye, and wele blent overal;
Savour no more than thee bihove shal;
Reule wel thyself, that other folk canst rede;
And trouthe thee shal delivere, it is no drede.

Tempest thee noght al croked to redresse,
In trust of hir that turneth as a bal;
Gret reste stant in litel besinesse;
Be war also to sporne ayeyns an al;
Stryve not, as doth the crokke with the wal.
Daunte thyself, that dauntest otheres dede;
And trouthe thee shall delivere, it is no drede.

That thee is sent, receyve in buxumnesse,
The wrastling for this world axeth a fal.
Her is non hoom, her nis but wildernesse:
Forth, pilgrim, forth! Forth, beste, out of thy stal!
Know thy contree, look up, thank God of al;
Hold the heye wey, and lat thy gost thee lede;
And trouthe thee shal delivere, it is no drede.

Envoy

Therfore, thou Vache, leve thyn old wrecchednesse;
Unto the world leve now to be thral;
Crye him mercy, that of his hy goodnesse
Made thee of noght, and in especial
Draw unto him, and pray in general
For thee, and eek for other, hevenlich mede;
And trouthe thee shal delivere, it is no drede.

Ballade vom Guten Rat

Die Menge flieh, leb in Wahrhaftigkeit,
Laß dir dein Gut genügen, sei's auch schmal;
Reichtum macht blind, die Menge nähret Neid,
Horten heckt Haß, hoch Klettern führt zum Fall.
Genieße, was dir zukommt, allzumal;
Sei klar in dir, so bringst du andern Licht,
Und Wahrheit macht dich frei, da zweifle nicht.

Mußt nicht begradigen die krumme Zeit,
Nicht halten, die da wirbelt wie ein Ball;
Find große Ruh in kleiner Tätigkeit:
Du schlägst umsonst gegen die spitze Ahl;
Zerscherbst, ein irdener Topf, am Mauerwall.
Verzichtend lehr die anderen Verzicht,
Und Wahrheit macht dich frei, da zweifle nicht.

Was dir beschert, nimm in Bescheidenheit:
Das Balgen um die Welt verheißt nur Qual;
Hier ist nicht Heimat, ist nur Wildnis weit:
Auf, Pilgrim, auf! Auf, Tier, aus deinem Stall!
Erkenn dein Land, dem Herrn dank überall;
Zieh hohe Bahnen, die dein Geist erschließt,
Und Wahrheit macht dich frei, da zweifle nicht.

Geleit

Laß, armes Jochvieh, das elende Leid:
Verlaß die Welt, verlaß der Knechtschaft Tal;
Ihn fleh um Gnade, der so gnadenreich
Dich schuf aus nichts: und sorg zumal,
Daß du ihm nah bist; bet für dich und all
Die andern, die ersehnen Himmels Licht,
Und Wahrheit macht dich frei, da zweifle nicht.

Anonymous

From Sir Gawain and the Green Knight

Mony clyff he overclambe in contrayes straunge,
Fer floten fro his frendes fremedly he rides.
At uch warthe auther water there the wye passed
He fonde a foo him before, bot ferly hit were,
And that so foule and so felle that fyght him behoved.
So mony mervayl by mount there the mon findes
Hit were to tor for to telle of the tenthe dole.
Sumwhyle with wormes he werres and with wolves als,
Sumwhyle with wodwos that woned in the knarres,
Both with bulles and beres, and bores otherwhyle,
And etaynes that him anelede of the high felle.
Nad he bene doghty and drye and Dryghtyn had served,
Douteles he had bene ded and dreped ful oft;
For werre wrathed him not so much that wynter nas wors,
When the colde clere water fro the cloudes schadde
And fres ere hit falle myght to the fale erthe.
Nere slayn with the slete he slepte in his yrnes
Mo nightes then innogh in naked rokkes,
There as claterande fro the crest the colde borne rennes
And henged high over his hede in hard iisse-ikkles.
Thus in peryl and payne and plytes ful hard
By contray cayres this knight til Cristmasse even
All one.
The knight wel that tyde
To Mary made his mone
That ho him rede to ride
And wysse him to sum wone.

Anonym

Aus Sir Gawain und der Grüne Ritter

Manche Klippen erklomm er in fernen Landen,
Weit von Freunden entfernt durchritt er die Fremde.
Bei jedem Gewässer am Wege, o Wunder,
Bei jeder Furt fand er neue Feinde,
So grimmig und grausam, daß Kämpfen Gebot war.
Soviel Wunderbares begegnet im Bergland
Dem Mann; nicht ein Zehntel läßt sich erzählen.
Mit Drachenwürmern stritt er und Wölfen,
Bisweilen mit Trollen an steiniger Steile,
Mit Bullen und Bären und Ebern bisweilen,
Und Riesen, die ihn vom Felsgrat verfolgten.
Wär er nicht treu im Ertragen und Gott ergeben,
Sie hätten gewiß ihn gefaßt und getötet.
Schwer war ihm der Streit, doch schlimmer der Winter,
Wenn klar und kalt Wasser stürzte aus Wolken,
Und gefror, eh es fiel auf die fahle Erde.
Schier vom Hagel erschlagen schlief er gerüstet
Auf nacktem Felsen genug der Nächte,
Wo tosend vom Kamm kalte Sturzbäche schäumten,
Ihm hoch übers Haupt harte Eiszapfen hängten.
So mit Fährnis und Pein und furchtbarer Plage
Ritt der Ritter durchs Land bis zum Weihnachtsabend
Alleine.
Da tat er heilsame Tat,
Rief an Maria, die reine,
Bat sie für seinen Ritt um Rat,
Daß sie ihm Wohnstatt weise.

Anonymous Middle English Lyrics

Now goth sonne under wod:
Me reweth, Marye, thy faire rode.
Now goth sonne under tre:
Me reweth, Marye, thy sone and thee.

I sing of a maiden
That is makeles:
King of alle kinges
To here sone she ches.

He cam also stille
Ther his moder was,
As dew in Aprille
That falleth on the grass.

He cam also stille
To his moderes bowr,
As dew in Aprille
That falleth on the flowr.

He cam also stille
Ther his moder lay,
As dew in Aprille
That falleth on the spray.

Moder and maiden
Was never non but she:
Well may swich a lady
Godes moder be.

Adam lay ibounden,
Bounden in a bond:
Foure thousand winter

Anonyme Mittelenglische Lyrik

Nun sinkt die Sonne unter den Wald:
Um dein Kreuz, Maria, ist mir leid.
Nun sinkt die Sonne unter den Baum:
Leid ist mir um dich und deinen Sohn.

Ich sing von einer Maget,
Die war makellos;
Den König aller Könige
Empfing sie in ihren Schoß.

Er kam also stille,
Wo seine Mutter was,
Wie der Tau im April,
Der fällt auf das Gras.

Er kam also stille
In seiner Mutter Gemach
Wie der Tau im April
Auf Blume und Blatt.

Er kam also stille,
Wo seine Mutter lag,
Wie der Tau im April
Sinkt in den grünen Hag.

Mutter und Maget
War keine als sie allein;
Wohl darf solche Fraue
Gottes Mutter sein.

Adam lag gebunden,
Gebunden in ein Band;
Vier tausend Winter

Thought he not too long.
And all was for an apple,
An apple that he tok,
As clerkes finden
Wreten in here book.

Ne hadde the apple take ben,
The apple taken ben,
Ne hadde never our Lady
A ben Hevene Quen.
Blissed be the time
That apple take was!
Therfore we moun singen,
‹Deo gracias!›

WANNE MINE eyhnen misten,
And mine heren sissen,
And my nose coldet,
And my tunge foldet,
And my rude slaket,
And mine lippes blaken,
And my muth grennet,
And my spotel rennet,
And mine her riset,
And mine herte griset,
And mine honden bivien,
And mine fet stivien –
Al to late! al to late!
Wanne the bere is ate gate.

Thanne I schel flutte
From bedde to flore,
From flore to here,
From here to bere,
From bere to putte,
And te putt fordut.
Thanne lyd mine hus uppe nine nose.
Of al this world ne give I it a pese!

Deucht ihn nicht zu lang.
Alles für einen Apfel,
Einen Apfel, den er aß,
Wie die Pfaffen finden
In ihrem Buche das.

Hätt nicht den Apfel gessen er,
Den Apfel gessen er,
Unsere liebe Fraue nicht
Himmels Königin wär.
Gesegnet sei die Stunde,
Da er den Apfel aß!
Dafür mögen wir singen
‹Deo gratias!›

WENN MEINE Augen triefen
Und meine Ohren pfeifen
Und die Nase mir erkaltet
Und sich die Zunge faltet
Und meine Wange schlaff wird
Und meine Lippe schwarz wird
Und mein Mund grinst
Und mein Speichel rinnt
Und mein Haar steht zu Berg
Und mein Herz erbebt
Und die Hände fallen
Und die Füße erstarren –
Alles zu spät! alles zu spät!
Wenn die Bahre in der Türe steht.

Dann muß ich mich bequemen
Vom Bett auf den Boden
Vom Boden ins Totenhemd
Vom Totenhemd auf die Bahre
Von der Bahre zum Grab
Und das Grab zugescharrt.
Dann liegt mein Haus auf meiner Nas
Und ich geb für die Welt nicht eine Nuß!

A Carol of St. George

Enfors we us with all our might
To love Seint George, our Lady knight.

Worship of virtu is the mede,
And seweth him ay of right:
To worship George then have we nede,
Which is our soverein Lady's knight.

He keped the mad from dragon's dred,
And fraid all France and put to flight.
At Agincourt – the crownecle ye red –
The French him se formest in fight.

In his virtu he wol us lede
Againis the Fend, the ful wight,
And with his banner us oversprede,
If we him love with all oure might.

Corpus Christi Carol

Lully, lulley, lully, lulley,
The falcon hath borne my make away.

He bare him up, he bare him down,
He bare him into an orchard brown.

In that orchard there was a hall,
It was hangèd with purple and pall.

And in the hall there was a bed:
It was hangèd with gold so red.

And in that bed there lieth a knight,
His woundès bleeding day and night.

Preislied auf Sankt Georg

Ganz auf Sankt Georg laßt uns bauen,
Den Ritter unsrer Lieben Fraue.

Sind Lob und Ehr der Tugend Lohn
Und ihr Verdienst nach altem Brauch,
So singen wir Sankt Georg Lob,
Dem Ritter unsrer Höchsten Frau.

Er schützte vor des Drachens Grauen
Die Maid, und trieb in Agincourt
Ganz Frankreich selbst in Furcht und Flucht:
Vornan im Kampf war er zu schaun.

Sei seine Tugend unser Schild
Wider den Höllen-Unhold schlau,
All unsere Liebe, die ihm gilt,
Sein Banner über unsrem Haupt.

Fronleichnamslied

Eia, eia, schlafe ein,
Fort trug der Falke den Liebsten mein.

Trug ihn hinauf, trug ihn hinab,
Trug ihn in einen Garten falb.

Und in dem Garten stand ein Saal,
Behängt mit purpurnem Brokat.

Und in dem Saal da stand ein Bett,
Seine Vorhänge waren von Gold so rot.

Und in dem Bett ein Ritter lag,
Seine Wunden bluten Tag und Nacht.

By that bed's side there kneeleth a may,
And she weepeth both night and day.

And by that bed's side there stondeth a stone,
‹Corpus Christi› written thereon.

SING! CUCCU, nu. Sing! cuccu.
Sing! cuccu. Sing! cuccu, nu.

Summer is icumen in –
Lhude sing! cuccu
Groweth sed and bloweth med
And springth the wude nu –
Sing! cuccu.

Awe bleteth after lomb,
Lhouth after calve cu,
Bulluc sterteth, bucke verteth,
Murie sing! cuccu.
Cuccu, cuccu,
Well singes thu, cuccu –
Ne swik thu naver nu!

MIRIE IT IS, while sumer ilast,
With fugheles song.
Oc nu necheth windes blast,
And weder strong.
Ey! ey! what this night is long!
And ich, with well michel wrong,
Soregh and murne and fast.

FOWELES in the frith,
The fisses in the flood
And I mon waxe wod:
Mulch sorw I walke with
For beste of bon and blod.

Und vor dem Bett kniet eine Magd,
Und weint und weint nur Nacht und Tag.

Und neben dem Bett sich ein Stein erhebt,
Drauf ‹Corpus Christi› geschrieben steht.

SING, KUCKUCK, immerzu! Kuckuck, sing du!
Kuckuck, sing du! sing, Kuckuck, immerzu!

Sommer kam ins Land gezogen –
Kuckuck, sing nur zu!
Es sprießt die Saat, frisch grünt der Hag,
Es blüht die weite Flur –
Sing nur, Kuckuck!

Blökt nach dem Lamm das Mutterschaf,
Laut nach dem Kalb die Kuh;
Es springt der Ochs, es furzt der Bock,
Sing, Kuckuck, lustig zu!
Kuckuck, Kuckuck,
Wie schön singst du:
Nur zu, gib niemals Ruh!

LUSTIG IST des Sommers Dauer
Mit Vogelsang;
Doch nun naht Sturmes Schauer
Mit rauhem Klang.
Oh! oh! Wie ist die Nacht so lang!
Wie wird die Seele mir so bang –
Sorge mich in großer Trauer.

VÖGLEIN im Hag
Und Fische in der Flut –
Verstört ist mir der Mut:
Viel Leides muß ich tragen
Um das beste Fleisch und Blut.

LENTEN IS COME with love to toune,
With blosmen and with briddes roune,
That all this blisse bringeth.
Dayeseyes in this dales,
Notes swete of nightegales,
Uch fowl song singeth.
The threstelcok him threteth oo.
Away is huere winter wo
When woderofe springeth.
This fowles singeth ferly fele,
And wliteth on huere wynne wele,
That all the wode ringeth.

The rose raileth hire rode,
The leves on the lighte wode
Waxen all with wille.
The mone mandeth hire ble,
The lilye is lossom to se,
The fennel and the fille.
Wowes this wilde drakes,
Miles murgeth huere makes,
Ase strem that striketh stille.
Mody meneth, so doth mo;
Ichot ich am on of tho
For love that likes ille.

The mone mandeth hire light,
So doth the semly sonne bright,
When briddes singeth breme.
Deawes donketh the dounes,
Deores with huere derne rounes
Domes for to deme.
Wormes woweth under cloude,
Wimmen waxeth wounder proude,
So well it wol hem seme.
Yef me shall wonte wille of on,
This wunne wele I wole forgon,
And wiht in wode be fleme.

Lenz kam mit Liebe gezogen ins Land
Mit Blumen bunt und Vogelsang,
  Die Freudenfülle bringen;
Von Gänseblümchen glänzt das Tal,
Süß lockt das Lied der Nachtigall,
  Und viele Vögel singen.
Die Drossel plustert auf ihr Kleid;
Verwunden ist das Winterleid,
  Wenn Waldestriebe springen;
Die Vogelbrut aus voller Brust
Jubelt in frischer Frühlingslust,
  Daß alle Wälder klingen.

Nun rötet sich die Rose bald,
Die Blätter rings im lichten Wald
  Wachsen so wundersam;
Der Mond schickt seinen hellen Schein,
Und lieblich schaut die Lilie drein,
  Lauch treibt und Thymian.
Zur Ente strebt der Enterich,
Flugs paart sich, was da fliegt und kriecht,
  Wie Wasser strömt, so sanft;
Doch mancher steht in Trübsal da:
Ich weiß, ich bin aus dieser Schar,
  Vor Liebesleiden krank.

Der Mond gibt seinen hellen Glanz,
Die Sonne steht in Schönheit ganz,
  Wenn Vögel froh anheben;
Es tränkt der Tau den Hügel ein,
Die Tiere raunen insgeheim:
  Viel gibt es zu bereden.
Selbst Würmer werben unterm Holz,
Und Weiber werden wunderstolz,
  Wollen vor Glück vergehen.
Wenn mir der Einen Freude fehlt,
Ist alle Frühlingslust vergällt:
  Will wild im Walde leben.

Alison

Betwene Mersh and Averil,
When spray beginneth to springe,
The lutel fowl hath hire will
On hire lud to singe.
Ich libbe in love-longinge
For semlokest of alle thinge –
He may me blisse bringe;
Ich am in hire baundoun.

An hendy hap ich habbe ihent!
Ichot from Hevene it is me sent.
From alle wimmen my love is lent,
And light on Alisoun.

On hew hire her is fair inogh,
Hire browe browne, hire eye blake;
With lossum chere he on me logh,
With middle small and well imake.
Bote he me wolle to hire take,
For to ben hire owen make,
Longe to liven ichulle forsake,
And feye fallen adoun.

Nightes when I wende and wake –
Forthy mine wonges waxeth won –
Levedy, all for thine sake,
Longinge is ilent me on.
In world nis non so witer mon
That all hire bounte telle con:
Hire swire is whittore then the swon,
And fairest may in toun.

Ich am for wowing all forwake,
Wery so water in wore,
Lest eny reve me my make,
Ich habbe iyirned yore.

Alison

Der März vergeht, es naht April,
Am Zweig die Knospen springen:
Der allerkleinste Vogel will
Nun auch sein Liedchen singen.
Mich hebt auf ihren Schwingen
Die Sehnsucht, zu erringen
Sie, die das Heil mir bringen
Und stillen kann den Schmerz.

Es fiel mir zu ein schönes Los,
Der Himmel warfs mir in den Schoß,
Von allen sagt mein Herz sich los
Und liebt nur Alison.

Schön ist sie in der Locken Pracht,
Mit Augen schwarz und Braue braun;
Ihr Mund wie lieblich, wenn sie lacht,
Die Mitte schlank und schön zu schaun!
Sie lieb ich über alle Fraun;
Will sie sich mir nicht anvertraun,
So wird das Leben mir ein Graun,
Und Tod stillt meinen Schmerz.

Des Nachts wälz ich mich ohne Ruh,
Und Gram färbt mir die Wange bleich;
Was ich ersehne, bist nur du,
Nur dich sucht meine Liebe heiß.
Die Schönste in dem ganzen Kreis –
Ihr Nacken leuchtet schwanenweiß;
Nur ihr gebührt der höchste Preis,
Die mir bringt Freud und Schmerz.

Vor Liebessehnsucht krank und matt,
Müd wie das Wasser in dem Wehr,
Fürcht ich, daß sich ein Räuber naht
Dem Schatz, den ich so sehr begehr.

Betere is tholien while sore
Then mournen evermore.
Geynest under gore,
Herkne to my roun!

An hendy hap ich habbe ihent!
Ichot from Hevene it is me sent.
From alle wimmen my love is lent,
And light on Alisoun.

ICH AM of Irlaunde,
And of the holy londe
Of Irlande.

Gode sire, pray ich thee,
For of sainte charite,
Come and daunce wit me
In Irlaunde.

AL NIST by the rose, rose –
Al nist bi the rose i lay;
Darf ich noust the rose stele,
Ant yet ich bar the flour away.

MAIDEN in the mor lay,
In the mor lay;
Sevenight fulle,
Sevenight fulle,
Maiden in the mor lay;
In the mor lay,
Sevenightes fulle and a day.

Welle was hire mete.
What was hire mete?
The primerole and the –

Besser ein kurzes Leid und schwer,
Als hinzutrauern immermehr:
Schönste Herrin hold und hehr,
Ende meinen Schmerz.

Es fiel mir zu ein edles Los,
Der Himmel warfs in meinen Schoß,
Von allen sagt mein Herz sich los
Und liebt nur Alison.

Ich bin aus Irland,
Aus dem heiligen Land
Irland.

Guter Herr, ich bitt dich sehr,
Aus lauter frommer Nächstenlieb,
Komm herbei und tanz mit mir
In Irland.

Allnacht bei der Rose, Rose –
Lag bei der Rose allnacht;
Durfte nicht die Rose stehlen,
Und die Blüte nahm ich doch.

Ein Mädchen lag im Moore,
Im Moore lag;
Volle sieben Nächte,
Volle sieben Nächte,
Ein Mädchen lag im Moore,
Im Moore lag;
Sieben Nächte voll und einen Tag.

Wohl war ihre Speise.
Was war ihre Speise?
Die Primel und –

The primerole and the –
Welle was hire mete.
What was hire mete?
The primerole and the violet.

Welle was hire dring.
What was hire dring?
The chelde water of the –
The chelde water of the –
Welle was hire dring.
What was hire dring?
The chelde water of the welle-spring.

Welle was hire bowr.
What was hire bowr?
The rede rose and the –
The rede rose and the –
Welle was hire bowr.
What was hire bowr?
The rede rose and the lilye flour.

I HAVE a gentil cock,
Croweth me day:
He doth me risen erly
My matins for to say.

I have a gentil cock,
Comen he is of gret:
His comb is of red coral,
His tail is of jet.

I have a gentil cock,
Comen he is of kinde:
His comb is of red coral,
His tail is of inde.

Die Primel und –
Wohl war ihre Speise.
Was war ihre Speise?
Die Primel und das Veilchen.

Wohl war auch ihr Trunk.
Was denn war ihr Trunk?
Kühles Wasser aus dem –
Kühles Wasser aus dem –
Wohl war auch ihr Trunk.
Was denn war ihr Trunk?
Kühles Wasser aus dem Brunn.

Wohl war ihre Hütte.
Was war ihre Hütte?
Rose rot und –
Rose rot und –
Wohl war ihre Hütte.
Was war ihre Hütte?
Rose rot und Lilienblüte.

HAB EINEN edlen Hahn,
Kräht mir vor Tage;
Läßt mich beizeiten aufstehn,
Das Frühgebet sagen.

Hab einen edlen Hahn,
Von vornehmer Art:
Rote Koralle ist sein Kamm,
Sein Schwanz von Gagat.

Hab einen edlen Hahn;
Er kommt aus gutem Haus:
Rote Koralle ist sein Kamm,
Sein Schwanz indisch blau.

His legges ben of asor,
So gentle and so smale;
His spores arn of silver whit
Into the wortewale.

His eynen arn of cristal,
Loken all in aumber:
And every night he percheth him
In mine ladye's chaumber.

WESTERN WIND, when wilt thou blow,
The small rain down can rain?
Christ, if my love were in my arms,
And I in my bed again!

I AM AS LIGHT as any roe
To praise women where that I go.

To unpraise women it were a shame,
For a woman was thy dame:
Our Blessed Lady beareth the name
Of all women, where that they go.

A woman is a worthy thing:
They do the wash and do the wring;
‹Lullay, lullay,› she doth thee sing,
And yet she hath but care and woe.

A woman is a worthy wight:
She serveth a man both day and night;
Therto she putteth all her might,
And yet she hath but care and woe.

THIS DAY day dawes,
This gentil day day dawes,

Seine Beine sind Azur,
So fein und schlank;
Seine Sporen silberweiß,
Von der Wurzel an.

Seine Augen sind Kristall,
Von Bernstein umfangen;
Zum Schlafen kommt er jede Nacht
In meiner Herrin Kammer.

Westwind, wann willst du blasen,
Daß der feine Regen fällt?
Ach, hielt ich die Liebste in meinem Arm,
Und läg wieder in meinem Bett!

Ich bin so leicht als wie ein Reh,
Die Frauen zu preisen, wo ich auch geh.

Unpreis der Frauen wäre Scham,
Für den, der selbst vom Weibe kam.
Unser Liebfraue trägt den Nam
Von jeder Frau, wo sie auch geh.

Die Frau zählt zu den besten Dingen;
Sie weiß zu waschen und zu wringen,
Dich «eia ei» in Schlaf zu singen;
Und hat doch selbst nur Sorg und Weh.

Die Frau ist eine Zier und Pracht,
Dient ihrem Mann bei Tag und Nacht;
Sie legt darein all ihre Macht;
Bleibt ihr auch selbst nur Sorg und Weh.

Der Tag, Tag bricht an,
Der schöne Tag bricht an,

This gentil day dawes,
And I must home gone.

In a glorius garden grene
Sawe I sitting a comly quene
Among the floures that fresh bene.
She gaderd a floure and set betwene.
The lily-whighte rose me thought I sawe,
The lily-whighte rose me thought I sawe.
And ever she sang.

In that garden be floures of hewe,
The gelofir gent that she well knewe;
The floure-de-luce she did on rewe,
And said: «The white rose is most trewe
This garden to rule by rightwis lawe.»
The lily-whighte rose me thought I sawe,
And ever she sang.

THE MAIDENS came
When I was in my mother's bower;
I had all that I would.
The bailey beareth the bell away;
The lily, the rose, the rose I lay.

The silver is white, red is the gold;
The robes they lay in fold.
The bailey beareth the bell away;
The lily, the rose, the rose I lay.

And through the glass window shines the sun.
How should I love, and I so young?
The bailey beareth the bell away;
The lily, the rose, the rose I lay.

Der schöne Tag bricht an
Und ich muß nun heim.

In einem prächtigen Garten grün
Sah ich ein holdes Mädchen stehn
Dort wo die frischen Blumen blühn.
Eine brach sie und saß unter Blüten schön.
Lilienweiße Rose glaubt ich zu sehn,
Lilienweiße Rose glaubt ich zu sehn,
Und sie sang dabei.

Die Blumen blühten in bunten Reihn:
Der sanften Nelke war sie Freund,
Es rührte sie der Lilie Schein,
Doch sie sprach: «Die weiße Rose allein
Ist des Gartens wahre Königin.»
Lilienweiße Rose glaubt ich zu sehn,
Und sie sang dabei.

Die Mägde kamen
Zu mir in der Mutter Gemach;
Da hatte ich, was mein Herz verlangt.
Der Burgvogt trägt den Preis diesen Tag;
Lilie und Rose, Rose ich lag,

Silber ist weiß, und rot das Gold;
Die Kleider lagen zusammengerollt.
Der Burgvogt trägt den Preis diesen Tag;
Lilie und Rose, Rose ich lag.

Durch das Glasfenster leuchtet die Sonn:
Wie soll ich nur lieben, bin noch so jung?
Der Burgvogt trägt den Preis diesen Tag;
Lilie und Rose, Rose ich lag.

ON THE PEASANTS' RISING, 1381

When Adam dalf and Eve span,
Who was tho a gentleman?

MAN BE WARE and be no fool,
Thenke upon the ax, and of the stool.
The stool was hard, the ax was sharp
The fourthe yere of King Richard.

SWARTE-SMEKED smethes, smatered with smoke,
Drive me to deth with den of here dintes:
Swich nois on nightes ne herd men never,
What knavene cry and clatering of knockes!
The cammede kongons cryen after ‹Col! col!›
And blowen here bellewes that all here brain brestes.
‹Huf, puf,› seith that on, ‹Haf, paf,› that other.
They spitten and sprawlen and spellen many spelles,
They gnawen and gnacchen, they grones togidere,
And holden hem hote with here hard hamers.
Of a bole hide ben here barm-felles,
Here shankes ben shakeled for the fere-flunderes.
Hevy hameres they han that hard ben handled,
Stark strokes they striken on a steled stocke.
‹Lus, bus, las, das,› rowten by rowe.
Swiche dolful a dreme the Devil it todrive!
The maister longeth a litil and lasheth a lesse,
Twineth hem twein and toucheth a treble.
‹Tik, tak, hic, hac, tiket, taket, tik, tak,
Lus, bus, lus, das›. Swich lif they leden,
Alle clothemeres, Christ hem give sorwe!
May no man for brenwateres on night han his rest.

Verse zum Bauernaufstand 1381

Als Adam grub und Eva spann,
Wer war denn da ein Edelmann?

Mensch, sieh dich vor und sei kein Narr:
Denk an den Block, denk an die Axt!
Die Axt war scharf, der Block war hart
In König Richards viertem Jahr.

Wider die lärmenden Schmiede

Rauchschwarze, schmutzstarrende Schmiede –
Treibt in den Tod mich, ihr tolles Getöse:
Nie hat man solch närrischen Nachtlärm vernommen,
Gemeines Geschrei und schmetternde Schläge!
‹Kohle her!› kreischen krummnasige Kerle,
Blasen den Balg, bis das Hirn ihnen birst.
‹Huff, puff› brüllt der eine, und ‹Haff, paff› der andre;
Das spuckt aus und streckt sich und schwätzt im Schwitzen,
Knirscht und knarzt und ächzt um die Wette,
Hält sich in Hitze mit hartem Gehämmer.
Stierlederner Schurz umschlingt ihre Lenden,
Schirmt die Schenkel vorm Flug der Funken.
Schwingen harte Hämmer in schwieligen Handen,
Schlagen starke Streiche auf stählernen Stock.
‹Rums, bums, russ, buss›, so rattert die Runde –
Daß der Teufel den tristen Trubel austreibe!
Streckt der Meister ein Stück und schlägt ein zweites,
Verzwängt die zwei, läßt die Zwinge schrill klingen.
‹Ritsch, ratsch, hick, hack, ritsch, ratsch, hick, hack,
Rums, bums, russ, buss›, tagein und tagaus.
Die Klepperbeschirrer, Gott soll sie strafen!
Ihr Wassergezische läßt keinen nachts schlafen.

Popular Ballads

The Cherry Tree Carol

Joseph was an old man,
And an old man was he,
When he wedded Mary,
In the land of Galilee.

Joseph and Mary walked
Through an orchard good,
Where was cherries and berries,
So red as any blood.

Joseph and Mary walked
Through an orchard green,
Where was berries and cherries
As thick as might be seen.

O then bespoke Mary,
So meek and so mild:
Pluck me one cherry, Joseph,
For I am with child.

O then bespoke Joseph,
With words most unkind:
«Let him pluck thee a cherry
That brought thee with child.»

O then bespoke the babe,
Within his mother's womb:
«Bow down then the tallest tree,
For my mother to have some.»

Then bowed down the highest tree
Unto his mother's hand;
Then she cried, «See, Joseph,
I have cherries at command.»

Volksballaden

Das Lied vom Kirschbaum

Ein alter Mann war Joseph,
War schon ein alter Mann,
Als er Maria freite
Im Galiläerland.

Ging Joseph mit Maria
Durch einen Garten groß,
Da wuchsen Kirschen und Beeren
Wie Blut so rot.

Ging Joseph mit Maria
Durch einen Garten grün,
Drin waren Beeren und Kirschen
In Fülle zu sehn.

O da sprach Maria,
So hold und so mild:
«Pflück mir eine Kirsche, Joseph,
Denn ich trag ein Kind.»

O da sagte Joseph
Worte hart und bös:
«Die Kirsche soll dir pflücken,
Der des Kindes Vater ist.»

O da sprach das Kindlein
In seiner Mutter Schoß:
«So neige, der Bäume höchster,
Zur Mutter hinab deine Last.»

Da neigte sich der höchste Baum
Zu seiner Mutter Hand;
Da rief sie aus: «Sieh, Joseph,
Hier sind Kirschen, soviel mich verlangt.»

O then bespoke Joseph:
«I have done Mary wrong:
But cheer up, my dearest,
And be not cast down.»

Then Mary plucked a cherry,
As red as the blood,
Then Mary went home
With her heavy load.

Then Mary took her babe,
And sat him on her knee,
Saying, «My dear son, tell me
What the world will be.»

«O I shall be as dead, mother,
As the stones in the wall;
O the stones in the streets, mother,
Shall mourn for me all.

Upon Easter-day, mother,
My uprising shall be;
O the sun and the moon, mother,
Shall both rise with me.»

Edward

Why dois your brand sae drap wi bluid,
  Edward, Edward,
Why dois your brand sae drap wi bluid,
  And why sae sad gang yee O?
O I hae killed my hauke sae guid,
  Mither, mither,
O I hae killed my hauke sae guid,
  And I had nae mair bot hee O. –

O da sagte Joseph:
«Hab Maria Unrecht getan;
Doch nun ermuntre dich, Liebste,
Und sei nicht traurig fortan.»

Da pflückte Maria ein Kirschlein,
So blutrot anzusehn,
Wandte sich wieder heimwärts
Mit ihrer Bürde schwer.

Da nahm ihr Kindlein Maria,
Setzte es auf ihre Knie
Und sprach: «So sag mir, lieber Sohn,
Was aus der Welt noch wird.»

«O, ich werde tot sein, Mutter,
Wie die Steine in der Mauer;
Und die Steine am Wege, Mutter,
Werden alle um mich trauern.

Und am Ostertage, Mutter,
Da werde ich auferstehn:
Und Mond und Sonne, Mutter,
Sie werden mit mir aufgehn.»

Edward

Dein Schwert, wie ists von Blut so rot?
  Edward, Edward!
Dein Schwert, wie ists von Blut so rot,
  Und gehst so traurig her? – O!
O ich hab geschlagen meinen Geier tot,
  Mutter, Mutter!
O ich hab geschlagen meinen Geier tot,
  Und keinen hab ich wie er – O!

Your haukis bluid was nevir sae reid,
Edward, Edward,
Your haukis bluid was nevir sae reid,
My deir son I tell thee O.
O I hae killed my reid-roan steid,
Mither, mither,
O I hae killed my reid-roan steid,
That erst was sae fair and frie O.

Your steid was auld, and ye hae gat mair,
Edward, Edward,
Your steid was auld, and ye hae gat mair,
Sum other dule ye drie O.
O I hae killed my fadir deir,
Mither, mither,
O I hae killed my fadir deir,
Alas, and wae is mee O!

And whatten penance wul ye drie for that,
Edward, Edward?
And whatten penance wul ye drie for that?
My deir son, now tell me O:
Ile set my feit in yonder boat,
Mither, mither,
Ile set my feit in yonder boat,
And Ile fare ovir the sea O.

And what wul ye dow wi your towirs and your ha,
Edward, Edward?
And what wul ye doe wi your towirs and your ha,
That were sae fair to see O?
Ile let thame stand tul they doun fa,
Mither, mither,
Ile let thame stand tul they doun fa,
For here nevir mair maun I bee O.

Dein's Geiers Blut ist nicht so rot,
Edward, Edward!
Dein's Geiers Blut ist nicht so rot,
Mein Sohn, bekenn mir frei – O!
O ich hab geschlagen mein Rotroß tot,
Mutter, Mutter!
O ich hab geschlagen mein Rotroß tot,
Und's war so stolz und treu – O!

Dein Roß war alt und hasts nicht not,
Edward, Edward!
Dein Roß war alt und hasts nicht not,
Dich drückt ein ander Schmerz – O!
O ich hab geschlagen meinen Vater tot,
Mutter, Mutter!
O ich hab geschlagen meinen Vater tot,
Und weh, weh ist mein Herz – O!

Und was für Buße willst du nun tun?
Edward, Edward!
Und was für Buße willst du nun tun?
Mein Sohn bekenn mir mehr – O!
Auf Erden soll mein Fuß nicht ruhn,
Mutter, Mutter!
Auf Erden soll mein Fuß nicht ruhn,
Will gehn fern übers Meer – O!

Und was soll werden dein Hof und Hall?
Edward, Edward!
Und was soll werden dein Hof und Hall?
So herrlich sonst und schön – O!
Ich laß es stehn, bis es sink und fall',
Mutter, Mutter!
Ich laß es stehn, bis es sink und fall',
Mag nie es wieder sehn – O!

And what wul ye leive to your bairns and your wife,
Edward, Edward?
And what wul ye leive to your bairns and your wife,
Whan ye gang ovir the sea O?
The warldis room, late them beg thrae life,
Mither, mither,
The warldis room, late them beg thrae life,
For thame nevir mair wul I see O.

And what wul ye leive to your ain mither deir,
Edward, Edward?
And what wul ye leive to your ain mither deir?
My deir son, now tell me O.
The curse of hell frae me sall ye beir,
Mither, mither,
The curse of hell frae me sall ye beir,
Sic counseils ye gave to me O.

The Three Ravens

There were three ravens sat on a tree,
They were as black as they might be.

The one of them said to his mate,
«Where shall we our breakfast take?»

«Down in yonder green field,
There lies a knight slain under his shield.

His hounds they lie down at his feet,
So well they can their master keep.

His hawks they fly so eagerly,
There's no fowl dare come him nigh.»

Down there comes a fallow doe,
As great with young as she might go.

Und was soll werden dein Weib und Kind?
 Edward, Edward!
Und was soll werden dein Weib und Kind,
 Wann du gehst über Meer? – O!
Die Welt ist groß, laß sie betteln drin,
 Mutter, Mutter!
Die Welt ist groß, laß sie betteln drin,
 Ich seh sie nimmermehr – O!

Und was willst du lassen deiner Mutter teur?
 Edward, Edward!
Und was willst du lassen deiner Mutter teur?
 Mein Sohn, das sage mir – O!
Fluch will ich Euch lassen und höllisch Feur,
 Mutter, Mutter!
Fluch will ich Euch lassen und höllisch Feur,
 Denn Ihr, Ihr rietets mir! – O!

Die drei Raben

Drei Raben saßen auf einem Baum,
Drei schwärzere Raben gab es kaum.

Der eine sprach zu den andern zwein:
«Wo nehmen wir unser Frühmahl ein?»

Die andern sprachen: «Dort unten im Feld
Unterm Schilde liegt ein erschlagener Held.

Zu seinen Füßen liegt sein Hund
Und hält die Wache seit mancher Stund.

Und seine Falken umkreisen ihn scharf,
Kein Vogel, der sich ihm nahen darf.»

Sie sprachens. Da kam eine Hinde daher;
Unterm Herzen trug sie ein Junges schwer.

She lifted up his bloody head,
And kissed his wounds that were so red.

She got him up upon her back,
And carried him to earthen lak.

She buried him before the prime,
She was dead herself ere even-song time.

God send every gentleman
Such hawks, such hounds, and such a leman.

The Twa Corbies

As I was walking all alane,
I heard twa corbies making a mane:
The tane unto the tither did say,
«What sall we gang and dine the day?»

«In behint yon auld fail dyke
I wot there lies a new-slain knight;
And naebody kens that he lies there
But his hawk, his hound, and his lady fair.

His hound is to the huntig gane,
His hawk to fetch the wild-fowl hame,
His lady's ta'en anither mate,
So we may mak our dinner sweet.

Ye'll sit on his white hause-bane,
And I'll pike out his bonny blue e'en:
Wi' ae lock o' his gowden hair
We'll theek our nest when it grows bare.

Mony a one for him maks mane,
But nane sall ken whar he is gane:
O'er his white banes, when they are bare,
The wind sall blaw for evermair.»

Sie hob des Toten Haupt in die Höh
Und küßte die Wunden; ihr war so weh.

Sie lud auf ihren Rücken ihn bald
Und trug ihn hinab zwischen See und Wald.

Sie begrub ihn da vor Morgenrot,
Vor Abend war sie selber tot.

Gott sende jedem Ritter zumal
Solche Falken und Hund und solches Gemahl.

Die zwei Raben

Ich ging übers Heidemoor allein,
Da hört ich zwei Raben kreischen und schrein;
Der eine rief dem andern zu:
«Wo machen wir Mittag, ich und du?»

«Im Wald drüben liegt unbewacht,
Ein erschlagener Ritter seit heute nacht,
Und niemand sah ihn in Waldesgrund
Als sein Lieb und sein Falke und sein Hund.

Sein Hund auf neuer Fährte geht,
Sein Falk auf frische Beute späht,
Sein Lieb ist mit ihrem Buhlen fort –
Wir können speisen in Ruhe dort.

Du setzest auf seinen Nacken dich,
Seine blauen Augen, die sind für mich;
Eine goldene Locke aus seinem Haar
Soll wärmen das Nest uns nächstes Jahr.

Manch einer wird sprechen: ‹Ich hatt ihn lieb›,
Doch keinen wirds kümmern, wo er blieb,
Und hinziehn über sein bleich Gebein
Wird Wind und Regen und Sonnenschein.»

Sir Patrick Spence

The king sits in Dunferling toune,
Drinking the blude-reid wine:
«O whar will I get a guid sailor,
To sail this schip of mine?»

Up and spak an eldern knicht,
Sat at the king's richt kne:
«Sir Patrick Spence is the best sailor
That sails upon the se.»

The king has written a braid letter,
And signed it wi' his hand;
And sent it to Sir Patrick Spence,
Was walking on the sand.

The first line that Sir Patrick red,
A loud lauch lauchèd he:
The next line that Sir Patrick red,
The teir blinded his e'e.

«O wha is this has don this deid,
This ill deid don to me;
To send me out this time o' the yeir,
To sail upon the se?

Mak haste, mak haste, my mirry men all,
Our guid schip sails the morne.»
«O say na sae, my master deir,
For I feir a deadlie storme.

Late, late yestreen I saw the new moone
Wi' the auld moone in hir arme;
And I feir, I feir, my deir master,
That we will com to harme.»

Sir Patrick Spens

Der König sitzt im Dumferlin-Schloß,
Er trinkt blutroten Wein:
«Wer ist mein bester Segler?
Er muß in See hinein!»

Sprach da ein schottischer Ritter
(Er saß an des Königs Seit):
«Der beste, das ist Sir Patrick,
Im Lande weit und breit.»

Der König schreibt einen offenen Brief,
Einen Brief mit eigener Hand. –
Sir Patrick schritt am Meere
Über den knirschenden Sand.

Er las die erste Zeile
Und lachte, als er sie sah;
Er las die zweite Zeile,
Nicht weiter las er da.

Sein Auge stand in Tränen:
«Wem tat ich also weh,
Zu schicken in dieser Sturmzeit
Mich über die weiße See?

Zu Schiff nun, liebe Mannen,
Wir segeln vor Tagesschein!»
Da sprach ein alter Matrose:
«Lieb Herre, das kann nicht sein!

Ich hörte in meiner Koje
Die Windsbraut, wie sie gelacht,
Und der Neumond hielt den alten
Im Arme die letzte Nacht.»

O our Scots nobles wer richt laith
To weet their cork-heiled schoone;
Bot lang owre a' the play wer played,
Thair hats they swam aboone.

O lang, lang may thair ladies sit
Wi' thair fans into their hand,
Or eir they se Sir Patrick Spence
Cum sailing to the land.

O lang, lang may the ladies stand
Wi' thair gold kems in their hair,
Waiting for thair ain deir lords,
For they'll se thame na mair.

Haf owre, haf owre to Aberdour,
It's fiftie fadom deip:
And thair lies guid Sir Patrick Spence,
Wi' the Scots lords at his feit.

Barbara Allan

It was in and about the Martinmas time,
When the green leaves were a-fallin;
That Sir John Graeme in the West Country
Fell in love with Barbara Allan.

He sent his man down through the town
To the place where she was dwellin:
«O haste and come to my master dear,
Gin ye be Barbara Allan.»

Im Winde flaggten die Wimpel,
Hoch tanzten Schiff und Flut; –
Drei Tage, da schwamm auf dem Meere
Nur noch ein bebänderter Hut.

Nun sitzen viel schöne Frauen
Mit blitzenden Fächern am Strand,
Und stützen die weiße Stirne
Auf ihre weiße Hand.

Sie tragen goldene Kämme
Und starren hinaus aufs Meer,
Doch sie erharren keinen
Und sehen keinen mehr.

Fünfzig Faden tief und tiefer,
Da pflegen sie alle der Ruh:
Sir Patrick und die Seinen,
Und die schottischen Lords dazu.

Barbara Allen

Es war im Herbst, im bunten Herbst,
Wenn die rotgelben Blätter fallen,
Da wurde John Graham vor Liebe krank,
Vor Liebe zu Barbara Allen.

Seine Läufer liefen hinab in die Stadt
Und suchten, bis sie gefunden:
«Ach, unser Herr ist krank nach dir,
Komm, Lady, und mach ihn gesunden.»

O slowly, slowly raise she up,
To the place where he was lyin,
And when she drew the curtain by:
«Young man, I think you're dyin.»

«O it's I'm sick, and very, very sick,
And 'tis a' for Barbara Allan.»
«O the better for me ye sal never be,
Though your heart's blood were a-spillin.

O dinna ye mind, young man», said she,
«When ye the cups were fillin,
That ye made the healths gae round and round,
And slighted Barbara Allan?»

He turned his face unto the wall,
And death with him was dealin:
«Adieu, adieu, my dear friends all,
And be kind to Barbara Allan.»

And slowly, slowly, raise she up,
And slowly, slowly left him;
And sighing said she could not stay,
Since death of life had reft him.

She had not gane a mile but twa,
When she heard the dead-bell knellin,
And every jow that the dead-bell ga'ed
It cried, «Woe to Barbara Allan!»

«O mother, mother, make my bed,
O make it soft and narrow:
Since my love died for me today,
I'll die for him tomorrow.»

Die Lady schritt zum Schloß hinan,
Schritt über die marmornen Stufen,
Sie trat ans Bett, sie sah ihn an:
«John Graham, du ließest mich rufen.»

«Ich ließ dich rufen, ich bin im Herbst,
Und die rotgelben Blätter fallen.
Hast du kein letztes Wort für mich?
Ich sterbe, Barbara Allen.»

«John Graham, ich hab ein letztes Wort:
Du warst mein all und eines;
Du teiltest Pfänder und Bänder aus,
Mir aber gönntest du keines.

John Graham, und ob du mich lieben magst,
Ich weiß, ich hatte dich lieber;
Ich sah nach dir, du lachtest mich an
Und gingest lachend vorüber.

Wir haben gewechselt, ich und du,
Die Sprossen der Liebesleiter,
Du bist nun unten, du hast es gewollt,
Ich aber bin oben und heiter.»

Sie ging zurück. Eine Meil oder zwei
Da hörte sie Glocken schallen;
Sie sprach: «Die Glocken klingen für ihn,
Für ihn und für Barbara Allen.

Liebe Mutter, mach' ein Bett für mich,
Unter Weiden und Eschen geborgen;
John Graham ist heute gestorben um mich,
Und ich sterbe um ihn morgen.»

Gae out and bar the door

It fell about the Martinmas time,
And a gay time it was then,
When our goodwife got puddings to make,
And she's boild them in the pan.

The wind sae cauld blew south and north,
And blew into the floor;
Quoth our goodman to our goodwife,
«Gae out and bar the door.»

«My hand is in my hussyfskap,
Goodman, as ye may see;
An it shoud nae be barrd this hundred year,
It's no be barrd for me.»

They made a paction tween them twa,
They made it firm and sure,
That the first word whaeer shoud speak,
Shoud rise and bar the door.

Then by there came two gentlemen,
At twelve o clock at night,
And they could neither see house nor hall,
Nor coal nor candle-light.

«Now whether is this a rich man's house,
Or whether is it a poor?»
But neer a word wad ane o them speak,
For barring of the door.

And first they ate the white puddings,
And then they ate the black;
Tho muckle thought the goodwife to hersel,
Yet neer a word she spake.

Altschottisch

Und morgen fällt Sankt Martins Fest,
Gutweib liebt ihren Mann;
Da knetet sie ihm Puddings ein
Und bäckt sie in der Pfann.

Im Bette liegen beide nun,
Da saust ein wilder West;
Und Gutmann spricht zur guten Frau:
«Du riegle die Türe fest.»

«Bin kaum erholt und halb erwarmt,
Wie käm ich da zur Ruh!
Und klapperte sie einhundert Jahr,
Ich riegelte sie nicht zu.»

Drauf eine Wette schlossen sie
Ganz leise sich ins Ohr:
So wer das erste Wörtlein spräch,
Der schöbe den Riegel vor.

Zwei Wanderer kommen um Mitternacht
Und wissen nicht, wo sie stehn;
Die Lampe losch, der Herd verglomm,
Zu hören ist nichts, zu sehn.

«Was ist das für ein Hexenort?
Da bricht uns die Geduld!»
Doch hörten sie kein Sterbenswort,
Des war die Türe schuld.

Den weißen Pudding speisten sie,
Den schwarzen ganz vertraut;
Und Gutweib sagte sich selber viel,
Doch keine Silbe laut.

Then said the one unto the other,
  «Here, man, tak ye my knife;
Do ye tak aff the auld man's beard,
  And I'll kiss the goodwife.»

«But there's nae water in the house,
  And what shall we do than?»
«What ails ye at the pudding-broo,
  That boils into the pan?»

O up then started our goodman,
  An angry man was he:
«Will ye kiss my wife before my een,
  And scad me wi pudding-bree?»

Then up and started our goodwife,
  Gied three skips on the floor:
«Goodman, you've spoken the foremost word,
  Get up and bar the door.»

Zu diesem sprach der jene dann:
«Wie trocken ist mir der Hals!
Der Schrank, der klafft, und geistig riechts,
Da findet sichs allenfalls.

Ein Fläschchen Schnaps ergreif ich da,
Das trifft sich doch geschickt!
Ich bring es dir, du bringst es mir,
Und bald sind wir erquickt.»

Doch Gutmann sprang so heftig auf
Und fuhr sie drohend an:
«Bezahlen soll mit teurem Geld,
Wer mir den Schnaps vertan!»

Und Gutweib sprang auch froh heran,
Drei Sprünge, als wär sie reich:
«Du, Gutmann, sprachst das erste Wort,
Nun riegle die Türe gleich!»

Henry VIII

The Holly

As the holly groweth green,
And never changeth hue,
So I am, ever have been
Unto my lady true;

As the holly groweth green
With ivy all alone,
When flowers cannot be seen
And green wood-leaves be gone.

Now unto my lady
Promise to her I make,
From all the other only
To her I me betake.

Adieu, mine own lady,
Adieu, my special,
Who hath my heart truly,
Be sure, and ever shall!

Heinrich VIII.

Das Immergrün

So wie das Immergrün
Die Farbe nicht verliert,
So war ich stets und bin
Treu allzeit meinem Lieb;

So wie das Immergrün
Grünt und der Efeu auch,
Wenn keine Blumen blühn
Und kahl sind Baum und Strauch.

Der edlen Herrin mein
Gelob ich jetzt und hier:
Aus all der Schönen Reihn
Dien ich allein nur ihr.

Adieu, mein lieber Schatz,
Du, der ich mich geweiht,
Die mein Herz treulich hat
Und haben wird allzeit.

John Skelton

From Why Come Ye Not to Court?

Why come ye not to Court?
To which court?
To the King's Court,
Or to Hampton Court?
Nay, to the Kings's Court.
The King's Court
Should have the excellence,
But Hampton Court
Hath the preeminence,
And Yorke's Place,
With My Lord's Grace!
To whose magnificence
Is all the confluence,
Suits and supplications,
Embassades of all nations.
Straw for the Law Canon,
Or for the Law Common,
Or for Law Civil!
It shall be as He will.
  Such a prelate, I trow,
Were worthy to row
Thorogh the straits of Marock
To the gibbet of Baldock!
He would dry up the streams
Of nine kings' realms,
All rivers and wells,
All waters that swells,
For with us he so mells
That within England dwells,
I would he were somewhere else;
For else by and by
He will drink us so dry,
And suck us so nigh,

John Skelton

Aus Warum kommt Ihr nicht zu Hof?

Warum kommt Ihr nicht zu Hof.
Zu welchem Hof?
Zu des Königs Hof?
Oder zum Hampton-Hof?
Nicht doch, des Königs Hof!
Dem Königs-Hof
Gebührt alle Dignität;
Doch längst schon hat Hampton-Hof
Alle Priorität,
Und Yorks Palast,
Dank der Gunst Seiner Lordschaft!
Zu Seiner Herrlichkeit
Pilgert man weit und breit;
Ihn bestürmen die Supplikationen,
Anträge, Botschaften aller Nationen.
Nicht mehr als ein Dreck
Gilt das Gemeine, Kanonische Recht,
Das ius civile:
Es geschieht nur Sein Wille.
  Ein solcher Pfaff, auf Ehre,
Gehört auf die Galeere;
Soll nach Marokko rudern,
Zu Baldock am Galgen modern!
Er würde die Ströme
Aus neun Reichen dörren:
Alle Flüsse und Quellen,
Alle Wasser, die schwellen;
So will ers uns bestellen,
Und will ganz England melken;
Wünsch ihn in andre Welten.
Bald trinkt sein gieriger Mund
Uns leer bis auf den Grund,
Und saugt uns so sehr aus,

That men shall scantly
Have penny or halfpenny.
God save His noble Grace,
And grant him a place
Endless to dwell
With the Devil of Hell!
For and he were there
We need never fear
Of the fiends black,
For I undertake
He would so brag and crack
That he would then make
The devils to quake,
To shudder and to shake,
Like a fire-drake,
And with a coal rake
Bruise them on a brake,
And bind them to a stake,
And set hell on fire,
At his own desire.
He is such a grim sire
And such a potestolate,
And such a potestate,
That he would break the brains
Of Lucifer in his chains,
And rule them each one
In Lucifer's throne:
I would he were gone.

From The Tunning of Elinor Rumming

Then Margery Milkduck
Her kirtle she did uptuck
An inch above her knee
Her legs that ye might see;
But they were sturdy and stubbèd,
Mighty pestles and clubbèd,

Daß einem Menschen kaum
Ein lumpiger Heller bleibt.
Gott bewahr seine Erhabenheit,
Gewähre ihr in Ewigkeit
Einen Platz inmitten
Der höllischen Sippen!
Denn wenn er erst dort wär,
Dann schreckte uns nicht mehr
Das schwarze Teufelsheer:
Dort würd er, meiner Seele,
So prahlen und krakeelen,
Daß die Herren der Hölle
Anfingen zu erbeben,
Zu zittern und zagen;
Würd wie ein Feuerdrachen
Die Kohlenglut anfachen,
Auf Eisenrost sie martern,
Sodann an Pfähle binden,
Die ganze Höll anzünden,
Nach seinem Belieben.
Ein strenger Herr, fürwahr!
Solch ein Potestolat
Und solch ein Präpotentat
Würde das Hirn zerschmettern
Dem Luzifer in Ketten,
Und herrschte sodann
Auf Luzifers Thron –
Ach, wär er nur schon auf und davon.

Aus Wie es zuging im Schankhaus von Elinor Rumming

Als Margery Milkduck
Den Rockrupfen hochschob
Ein Zollbreit übers Knie,
Wo man die Beine sieht,
Warn sie klumpig und wurstig,
Mordsstampfer und borstig,

As fair and as white
As a foot of a kite:
She was somewhat foul,
Crooked-necked like an owl;
And yet she brought her fees:
A cantel of Essex cheese,
Was well a foot thick
Full of maggots quick;
It was huge and great,
And mighty strong meat
For the devil to eat
It was tart and pungete!
Another set of sluts:
Some brought walnuts,
Some apples, some pears,
Some brought their clipping shears,
Some brought this and that,
Some brought I wot ne'er what;
Some brought their husband's hat,
Some puddings and links,
Some tripes that stinks.
One came them among,
She seemed half a leech,
And began to preach
Of the Tuesday in the week
When the mare doth kick,
Of the virtue of an unset leek,
Of her husband's breek;
With the feathers of a quail
She could to Bordeaux sail;
And with good ale barm
She could make a charm
To help withal a stitch:
She seemed to be a witch.

Schön weiß anzuschauen
Wie zwei Habichtklauen.
Hübsch war sie wie eine Beule,
Schiefnackig wie eine Eule;
Doch auch sie brachte Essen:
Eine Schwarte Essexkäse,
Fußdick und verschimmelt,
Von Maden durchwimmelt,
Gewaltig und groß,
Gar kräftige Kost,
So beißend und scharf –
Ein wahrer Teufelsfraß.
Schlampen kamen in Massen:
Schleppten Säcke mit Nüssen,
Manche Äpfel und Birnen,
Und alte Heckenscheren;
Manche brachten dies und das,
Manche wer weiß was,
Manche Blutwurst und Schinken,
Manche Kutteln, die stinken.
Doch mitten im Haufen
Kam eine gelaufen,
Die war schon halb gelehrt,
Konnte predigen wie geschmiert:
Vom Dienstag mit Schreck,
Wenn die Mähre ausschlägt,
Vom heilsamen Jungfern-Lauch,
Von ihres Mannsbilds Hose auch;
Mit einer Wachtelfeder
Kann sie bis Frankreich segeln;
Aus Bierhefe und Spucke
Braut sie euch Zaubersuppe,
Die hilft, wenn alles reißt –
Ein wahres Hexenweib!

To Mistress Margery Wentworth

With marjoram gentle,
The flower of goodlihead,
Embroidered the mantle
Is of your maidenhead.

Plainly, I cannot glose:
Ye be, as I devine,
The pretty primrose,
The goodly columbine.

With marjoram gentle,
The flower of goodlihead,
Embroidered the mantle
Is of your maidenhead.

Benign, courteous, and meek,
With words well devised;
In you, who list to seek,
Be virtues well comprised.

With marjoram gentle,
The flower of goodlihead,
Embroidered the mantle
Is of your maidenhead.

Für Jungfer Margery Wentworth

Majoran sanft,
Blüte der Schönheit,
Ziert dein Gewand
Aus Jungfräulichkeit.

Ich sags ohne Schmeichelei:
Du bist erschienen
Frisch wie die Akelei,
Hold wie die Primel.

Majoran sanft,
Blüte der Schönheit,
Ziert dein Gewand
Aus Jungfräulichkeit.

Fromm, artig, gut und mild,
Mit Worten wohlgewählt –
Hier findet sich soviel
Herrliches wohlgesellt.

Majoran sanft,
Blüte der Schönheit,
Ziert dein Gewand
Aus Jungfräulichkeit.

Sir Thomas Wyatt

Whoso list to hunt, I know where is an hind,
But as for me, alas, I may no more:
The vain travail hath wearied me so sore –
I am of them that farthest cometh behind.
Yet may I, by no means, my wearied mind
Draw from the deer, but as she fleeth afore,
Fainting I follow. I leave off therefore,
Since in a net I seek to hold the wind.
Who list her hunt, I put him out of doubt,
As well as I, may spend his time in vain;
And, graven with diamonds,in letters plain
There is written, her fair neck round about,
«*Noli me tangere,* for Caesar's I am,
And wild for to hold, though I seem tame.»

Madame, withouten many words,
Once, I am sure, ye will or no,
And if ye will, then leave your bourds,
And use your wit, and show it so.

And with a beck ye shall me call,
And if of one that burneth alway
Ye have any pity at all,
Answer him fair with yea or nay.

If it be yea, I shall be fain,
If it be nay, friends as before;
Ye shall another man obtain,
And I mine own, and yours no more.

And wilt thou leave me thus?
Say nay, say nay, for shame!
To save thee from the blame

Sir Thomas Wyatt

Wer jagen will, dem weiß ich ein Hinde.
Ich selber aber, ach! ich mag nicht mehr;
Die eitle Müh erschöpfte mich so sehr:
Ich bin der letzte Mann im Troßgesinde.
   Noch so erschöpft, kann ich mich nicht dreinfinden,
Mein Wild zu lassen. Wie sie flieht vor mir,
So folg ich taumelnd. Doch ich will nicht mehr
Mit einem Netz auf Jagd gehn nach dem Winde.
   Wer sie erjagen will, wird seine Stunden
Ganz fraglos so wie ich vergeudet haben;
Denn klar mit Diamanten eingegraben
Ist eine Schrift um ihren Hals gewunden:
   «*Noli me tangere,* die ich Caesars bin,
   Wild, nicht zu halten, ob auch zahm ich schien.»

Madame, erlaubt dies Wort in Kürze:
Entweder wollt Ihr, oder nicht;
Und wenn Ihr wollt, laßt Eure Scherze,
Und zeigt mirs an – braucht Euren Witz.

Um mich zu rufen, reicht ein Wink:
Und ahnt Ihr nur des Menschen Leid,
Der immerzu um Euch verbrennt,
Ja oder Nein! – gebt ihm Bescheid.

Wird es ein Ja, so solls mich freuen;
Wenn Nein, die Freundschaft bleibt uns dann:
Ihr nehmt Euch einen andren Mann,
Und ich bin mein, und nicht mehr Euer.

Und willst mich lassen so?
Sag nein, aus Scham, sag nein!
Sonst mußt du schuldig sein

Of all my grief and grame.
And wilt thou leave me thus?
  Say nay, say nay!

And wilt thou leave me thus,
That hath loved thee so long
In wealth and woe among;
And is thy heart so strong
As for to leave me thus?
  Say nay, say nay!

And wilt thou leave me thus,
That hath given thee my heart
Never for to depart
Neither for pain nor smart:
And wilt thou leave me thus?
  Say nay, say nay!

And wilt thou leave me thus,
And have no more pitỳ
Of him that loveth thee?
Alas, thy crueltỳ!
And wilt thou leave me thus?
  Say nay, say nay!

THEY FLEE from me, that sometime did me seek,
With naked foot stalking in my chamber.
I have seen them gentle, tame, and meek,
That now are wild, and do not remember
That sometime they put themselves in danger
To take bread at my hand; and now they range,
Busily seeking with a continual change.

Thanked be fortune, it hath been otherwise
Twenty times better; but once in special,
In thin array, after a pleasant guise,
When her loose gown from her shoulders did fall,

All meiner Sorg und Pein.
Und willst mich lassen so?
Sag nein, sag nein!

Und willst mich lassen so,
Der dich so manche Zeit
Geliebt in Lust und Leid?
Und ist dein Herz gefeit,
Daß du mich ließest so?
Sag nein, sag nein!

Und willst mich lassen so,
Der dir mein Herz geweiht,
Daß es nie von dir weicht
Um weder Not noch Leid?
Und willst mich lassen so?
Sag nein, sag nein!

Und willst mich lassen so?
Schenkst dem nicht Mitleid mehr,
Der dich geliebt so sehr?
O Grausamkeit, wie schwer!
Und willst mich lassen so?
Sag nein, sag nein!

Sie fliehn vor mir, die einst mich suchen kamen:
Ich seh sie stelzen noch auf nackten Füßen
In mein Gemach, die sanften, zarten, zahmen,
Die nun so wild, und wollens wahr nicht wissen,
Daß Fährnis oft sie haben wagen müssen,
Aus meiner Hand zu naschen; und nun wandern
Sie emsig jagend immerfort nach andern.

Dem Glück sei Dank, das mir einst Besseres spann,
Für jenes eine Mal vor allem Dank:
Leicht und gefällig war sie angetan;
Als ihr das lose Kleid vom Rücken sank,

And she me caught in her arms long and small,
Therewithal sweetly did me kiss,
And softly said, «Dear heart, how like you this?«

It was no dream, I lay broad waking.
But all is turned, thorough my gentleness,
Into a strange fashion of forsaking;
And I have leave to go, of her goodness,
And she also to use newfangleness.
But since that I so kindely am served,
I would fain know what *she* hath deserved.

Lux, my fair Falcon, and your fellows all,
How well pleasant it were your liberty!
Ye not forsake me that fair might ye befall,
But they that sometime liked my company,
Like lice away from dead bodies they crawl:
Lo what a proof in light adversity!
But ye, my birds, I swear by all your bells
Ye be my friends, and so be but few else.

I am that I am and so will be,
But how that I am none knoweth trulỳ,
Be it ill, be it well, be I bond, be I free,
I am as I am and so will I be.

I lead my life indifferently;
I mean no thing but honestly,
And though folks judge full diversely,
I am as I am and so will I die.

Who judgeth well, well God him send.
Who judgeth ill, God them amend;
To judge the best therefore intend,
For I am as I am and so will I end.

Nahm sie mich in die Arme, lang und schlank,
Und küßte mich dabei, herzlich und süß,
Und sagte sacht: «Lieb, wie gefällt dir dies?»

Es war kein Traum; hell wachend lag ich da:
Doch alles ist verkehrt, durch meine Sanftheit,
In ein Verlassensein von fremder Art.
In Gnaden gab sie mir den Wegbescheid,
Sich selbst Vollmacht für Unbeständigkeit.
Doch da sie mich so freundlich hat bedient,
Wüßt ich doch gern, welch ein Los *sie* verdient.

Lux, schöner Falke mein, und alle deinesgleichen,
Wie, stände euch nach Freisein nicht der Sinn?
Doch ihr verlaßt mich nicht, um Besseres einzustreichen;
Seht nur, wie sie, denen einst meine Gunst Gewinn,
Gleich Läusen aus dem Aas sich von mir schleichen:
O Not, du strenge Menschen-Prüferin!
Ja ihr, bei euren Glöckchen schwör ichs, bleibt mir treu,
Ihr meine Vögel – und kaum einer außer euch.

Ich bin der ich bin und ich bleibe dabei,
Und weiß es doch keiner, wer wirklich ich sei,
Ob schlecht, ob gut, ob Knecht, ob frei,
Ich bin der ich bin und ich bleibe dabei.

Ich führ mein Panier ohne Ziel noch Partei,
Und meine nichts anders als gut Kumpanei,
Und gibts auch Richter mancherlei,
Ich bin der ich bin, mir zum Tode getreu.

Wer gut richtet, dem Gott Gutes send,
War fehl richtet, den Gott besser wend;
Drum richtet stets so gut ihr könnt,
Denn ich bin der ich bin und so bring ichs zu End.

Yet some there be that take delight
To judge folks' thought for envy and spite,
But whether they judge me wrong or right,
I am as I am and so do I write.

And from this mind I will not flee,
But to you all that misjudge me
I do protest, as ye may see,
That I am as I am and so will I be.

Throughout the world, if it were sought,
Fair words enough a man shall find;
They be good cheap, they cost right nought,
Their substance is but only wind.
But well to say, and so to mean,
That sweet accord is seldom seen.

From Satire I

Say he is rude that cannot lie and feign,
The lecher a lover, and tyranny
To be the right of a prince's reign:
   I cannot, I, no, no, it will not be!
This is the cause that I could never yet
Hang on their sleeves that weigh, as thou may'st see,
   A chip of chance more than a pound of wit.
This maketh me at home to fish and hawk,
And in foul weather at my book to sit,
   In frost and snow then with my bow to stalk:
No man doth mark whereso I ride and go.
In lusty leas at liberty I walk,
   And of these news I feel not weal nor woe,
Save that a clog doth hang yet at my heel –
No force for that, for it is ordered so
   That I may leap both hedge and dike full well.
I am not now in France to judge the wine,
With savoury sauce the delicates to feel;

Ist auch manch einer, den es sticht,
Und der voll Haß sein Urteil spricht,
Doch ob er wahr, ob falsch mich richt,
Ich bin der ich bin und so ist mein Gedicht.

Und dieser Meinung bleib ich treu:
Drum wer auch immer mich verschrei,
Ihr seht, mir ist es einerlei,
Denn ich bin der ich bin und ich bleibe dabei.

Wer da gesucht hin durch die Welt,
Genug der schmucken Worte findt;
Ist leichte War, kostet nicht Geld,
Ja, ihr Enthalt ist nur ein Wind.
Doch gut gesagt und gut gemeint:
Solch süßer Einklang selten scheint.

Aus Satire I

Nennt einen rüde, lügt und trügt er schlecht,
Den Lüstling Liebhaber, und Tyrannei
Nennt eines Fürsten gutes Herrscherrecht:
  Nur, ich kann da nicht mit, ich nicht, nein, nein!
Das ist der Grund, warum ich jenen nie
Am Ärmel hing, für die, Freund, wie du weißt,
  Ein Zufallsschnitz mehr wiegt als ein Pfund Witz.
Dies macht, daß ich hier Fisch und Vogel fange,
Bei üblem Wetter überm Buche sitz,
  Bei Frost und Schnee mit meinem Bogen jage,
Und keinen kümmerts, wo ich geh und steh:
Auf frischer Flur genieß ich frei die Tage;
  Der Weltlauf macht mir weder Wohl noch Weh,
Nur daß ein Klotz an meinem Beine hängt –
Allein, was tuts? er ist so angelegt,
  Daß mein Fuß Heck und Graben überspringt!
Bin nicht in Frankreich, Weine zu probieren,
Wo würzige Soße mir den Gaumen tränkt,

  Nor yet in Spain, where one must him incline,
Rather than to be, outwardly to seem –
I meddle not with wits that be so fine;
  Nor Flanders cheer letteth not my sight to deem
Of black and white, nor taketh my wit away
With beastliness – they beasts do so esteem;
  Nor am I not where Christ is given in prey
For money, poison and traison, at Rome
A common practice usèd night and day:
  But here I am in Kent and Christendom,
Among the Muses where I read and rhyme;
Where if thou list, my Poins, for to come,
Thou shalt be judge how I do spend my time.

STAND, whoso list, upon the slipper top
Of court's estate, and let me here rejoice
And use me quiet without let or stop,
Unknown in court that hath such brackish joys.

In hidden place so let my days forth pass
That, when my years be done, withouten noise
I may die aged, after the common trace.

For him death grippeth right hard by the crop
That is much known of other, and of himself, alas,
Doth die unknown, dazèd, with dreadful face.

Innocentia
Veritas Viat Fides
Circumdederunt me inimici mei

Who list his wealth and ease retain,
Himself let him unknown contain;
Press not too fast in at that gate
Where the return stands by disdain,
For sure, *circa Regna tonat.*

  In Spanien nicht, wo alle nur studieren
Den äußeren Schein und nicht das wahre Sein:
Ich mach mir nichts aus so feinen Manieren;
  Noch tauscht den Witz mir flämische Völlerei
Für viehische Art, und macht das Auge schwach,
Daß es den Unterschied verlernt von Schwarz und Weiß;
  Noch bin ich dort, wo Christus dem Verrat,
Dem Gift und Geld zum Raube fällt – in Rom
Ein fester Brauch, geübt bei Tag und Nacht;
  Nein, ich bin hier in Kent, bei Christenvolk,
Unter den Musen lese ich und reime,
Und hast du Lust dazu, mein Poins, so komm,
Und sieh selbst zu, wie ich die Zeit vertreibe.

STEH, wer da will, hoch auf dem glatten Grat
Höfischer Gunst, und lasse mir Genuß
Der Stille hier, ganz ohne Zwang und Not,
Dem Hofe fremd, und seiner brackigen Lust.

So soll mir am verborgenen Ort der Tag
Vergehn, daß voll Gelassenheit zum Schluß
Ich Alters sterbe nach gemeiner Art.

Den packt mit harter Hand beim Schopf der Tod,
Der, andern wohlbekannt, sich selber, ach,
Als Fremder stirbt, betäubt, das Antlitz schreckensstarr.

Unschuld
Wahrheit Wyatt Treue
Von meinen Feinden bin ich umgeben

Wer Frieden liebt und Wohlergehn
Mag unbekannt und abseits stehn;
Drängt euch nicht durch das Tor zu rasch,
Aus dem man schmählich wiederkehrt,
Denn *circa Regna tonat.*

The high mountains are blasted oft
When the low valley is mild and soft.
Fortune with Health stands at debate:
The fall is grievous from aloft,
And sure, *circa Regna tonat.*

These bloody days have broke my heart;
My lust, my youth did them depart,
And blind desire of estate.
Who hastes to climb seeks to revert:
Of truth, *circa Regna tonat.*

The Bell Tower showed me such sight
That in my head sticks day and night;
There did I learn out of a grate,
For all favour, glory, or might,
That yet *circa Regna tonat.*

By proof, I say, there did I learn:
Wit helpeth not defence to earn,
Of innocence to plead or prate.
Bear low, therefore, give God the stern,
For sure, *circa Regna tonat.*

Die hohen Gipfel schlägt der Blitz,
Indes das Tal besänftigt liegt;
Heil und Fortuna sind sich gram:
Wer von der Höhe stürzt, zerbricht,
Und *circa Regna tonat.*

Mein Herz zerschlug die blutige Zeit,
Hat Jugend mir und Lust verscheucht,
Und blinde Gier nach hohem Stand.
Wer fallen will, der klettert steil:
Ja, *circa Regna tonat.*

Sah eine Sicht vom Glockenturm,
Die geht im Kopf mir um und um.
Durchs Gitter ward mir offenbar:
Wie groß auch Gunst und Kraft und Ruhm,
Stets *circa Regna tonat.*

Erfahrung war mir hier Lektion,
Daß Unschuldsplappern wenig frommt,
Und Witz taugt schlecht als Advokat.
Drum beug dich, laß das Steuer Gott,
Denn *circa Regna tonat.*

Henry Howard, Earl of Surrey

The soote season, that bud and bloom forth brings,
With green hath clad the hill and eke the vale;
The nightingale with feathers new she sings;
The turtle to her make hath told her tale.
  Summer is come, for every spray now springs;
The hart hath hung his old head on the pale;
The buck in brake his winter coat he flings,
The fishes float with new repairèd scale;
  The adder all her slough away she slings,
The swift swallow pursueth the flies small;
The busy bee her honey now she mings.
Winter is worn, that was the flowers' bale.
  And thus I see among these pleasant things
  Each care decays, and yet my sorrow springs.

Alas, so all things now do hold their peace:
Heaven and earth disturbèd in no thing;
The beasts, the air, the birds their song do cease,
The nightès car the stars about doth bring.
  Calm is the sea, the waves work less and less;
So am not I, whom love, alas, doth wring,
Bringing before my face the great increase
Of my desires, whereat I weep and sing,
  In joy and woe, as in a doubtful ease.
For my sweet thoughts sometime do pleasure bring,
But by and by the cause of my disease
Gives me a pang that inwardly doth sting,
  When that I think what grief it is again
  To live and lack the thing should rid my pain.

Henry Howard, Earl of Surrey

Die süße Zeit, die Knosp und Blumen bringt,
Hat wieder frisch begrünet Berg und Tal;
Die Nachtigall in neuen Federn singt,
Die Turtel sagt ihr Wörtlein dem Gemahl;
  Der Sommer kommt, da Aug und Rinde springt;
Der Hirsch verstieß sein alt Geweih am Pfahl;
Rehbock im Ginst den Winterrock verjüngt,
Die Fische ziehn mit frischer Schupp und Schal;
  Die Natter sich dem alten Balg entringt,
Die flinke Schwalb hascht Fliegen sonder Zahl;
Mit Honig sich die muntre Bien beschwingt,
Denn hin ist Winter nun, der Blumen Qual.
  Und so seh ich, von Fröhlichkeit umringt,
  Wie aller Freuden nur mein Leid entspringt!

Ach, alle Dinge finden nun zur Ruh:
Himmel und Erde friedvoll, ohne Laut;
Die Tiere, Vögel, Lüfte sind verstummt,
Der nächtige Wagen zieht gestirnt herauf;
  Ruhig steht die See, der Wellen Mühn gestillt;
Doch nicht mein Weh, den, ach, die Liebe wringt,
Dem sie, stets wachsend noch, vor Augen stellt
Begehren, das zu Träne wird und Lied,
  In Lust und Schmerz, ein zweifelhafter Fall.
Liebes Gedenken macht mich manchmal froh,
Doch bald schon schickt die Quelle meiner Qual
Mir eine Pein, die sich ins Innere bohrt,
  Wenn ich bedenke, welch ein Leid es ist,
  Lebend das zu entbehrn, was Leben gibt.

Sardanapalus

The Assyrian king – in peace, with foul desire
And filthy lusts that stained his regal heart –
In war, that should set princely hearts on fire,
Did yield vanquished for want of martial art.
  The dint of swords from kisses seemèd strange;
And harder than his lady's side, his targe:
From glutton feasts to soldier's fare, a change;
His helmet, far above a garland's charge.
  Who scarce the name of manhood did retain,
Drenchèd in sloth and womanish delight,
Feeble of sprite, unpatient of pain,
When he had lost his honour and his right
  (Proud, time of wealth; in storms, appalled with dread)
  Murdered himself, to show some manful deed.

The Happy Life

My friend, the things that do attain
The happy life be these, I find:
The riches left, not got with pain,
The fruitful ground, the quiet mind;

The equal friend, no grudge nor strife,
No charge of rule nor governance;
Without disease, the healthful life,
The household of continuance;

The mean diet, no delicate fare,
True wisdom joined with simpleness;
The night dischargèd of all care,
Where wine the wit may not oppress;

The faithful wife, without debate,
Such sleeps as may beguile the night;
Contented with thine own estate
Ne wish for death, ne fear his might.

Sardanapal

Assyriens Herr, im Frieden bös erkrankt
An Lüsten, die sein Königsherz befleckten,
Ergab im Krieg, der Fürstenmut entflammt,
Sich feig, dem alle Kampfeskünste fehlten.
  Fremd nach den Küssen schmeckt der Schwerter Streich;
Vom Schlemmermahl zur Kriegskost – welch ein Wandel!
Weit härter drückt der Schild als Frauenfleisch;
Schwerer der Helm als üppige Weinlaubranken.
  Er, der kaum mehr ein Mann dem Namen nach,
Versunken träg in weibischen Genuß,
Unfähig, Schmerz zu tragen, mutlos, schwach,
Nachdem er Recht und Ehre eingebüßt
  (In Fülle hochgemut, im Sturm verzagt),
  Erschlug sich selbst als erste Mannestat.

Das glückliche Leben

Die Dinge, Freund, die (wie mir scheint)
Des Lebens Glück bestimmen, sind:
Besitz ererbt, und mühlos dein,
Fruchtbarer Grund, friedvoller Sinn;

Der rechte Freund, kein Groll, kein Streit,
Nicht Herrscherpflicht noch lästiges Amt;
Von Krankheit frei ein tüchtiger Leib,
Und Häuslichkeit nach festem Gang;

Frugale Kost, kein Schlemmertisch;
Die Nächte heiter, sorgenfrei,
Wo Wein den Geist nicht überhitzt;
Weisheit mit Schlichtheit im Verein;

Ein treues Weib, das niemals schilt,
Ein Schlaf, der sanft die Nacht umspannt,
Ein Stand, den du nicht bessern willst –
Nicht Todeswunsch noch Todesangst.

Bonum est mihi quod humiliasti me

The storms are past; the clouds are overblown;
And humble cheer great rigour hath represt.
For the default is set a pain foreknown;
And patience graft in a determined breast.
And in the heart, where heaps of griefs were grown,
The sweet revenge hath planted mirth and rest:
No company so pleasant as mine own.

Thraldom at large hath made this prison free;
Danger well past, remembered, works delight.
Of lingering doubts such hope is sprung, pardie!
That nought I find displeasant in my sight
But when my glass presented unto me
The cureless wound, that bleedeth day and night;
To think, alas! such hap should granted be
Unto a wretch, that hath no heart to fight,
To spill that blood, that hath so oft been shed
For Britain's sake, alas, and now is dead!

Zu meinem Heil hast du mich erniedrigt

Vorbei der Sturm, die Wolken sind verweht;
Der Schuld war ihre Pein vorher bewußt.
Die Demut ward der grimmen Härte Herr,
Und die Geduld sprießt aus gefaßter Brust.
Ins Herz, das noch von Kummerernten schwer,
Senkt holde Sühne Saat der Ruh und Lust:
Im besten Kreis ist, wer alleine geht.

Die Knechtschaft draußen macht den Kerker frei;
Erinnerte Gefahr wird zum Genuß.
Aus alter Furcht keimt soviel Hoffnung neu,
Daß hier mein Blick vor nichts erschauern muß,
Als vor den Spiegel, der mir, ungestillt,
Die Wunde weist, im Blute Tag und Nacht.
Zu denken, ach, welch ein Triumph zufiel
Einem Feigling, zu herzlos für die Schlacht:
Blut zu vergießen, das so oft schon floß
Für Englands Heil, und das im Tod nun stockt.

Elizabeth I

Written on a Wall at Woodstock

Oh fortune, thy wresting wavering state
Hath fraught with cares my troubled wit,
Whose witness this present prison late
Could bear, where once was joy's loan quit.
Thou causedst the guilty to be loosed
From bands where innocents were inclosed,
And caused the guiltless to be reserved,
And freed those that death had well deserved.
But all herein can be nothing wrought,
So God send to my foes all they have thought.

On Monsieur's Departure

I grieve and dare not show my discontent,
I love and yet am forced to seem to hate,
I do, yet dare not say I ever meant,
I seem stark mute but inwardly do prate.
I am and not, I freeze and yet am burned,
Since from myself another self I turned.

My care is like my shadow in the sun:
Follows me flying, flies when I pursue it,
Stands and lies by me, doth what I have done;
His too familiar care doth make me rue it.
No means I find to rid him from my breast,
Till by the end of things it be suppressed.

Some gentler passion slide into my mind,
For I am soft and made of melting snow;
Or be more cruel, Love, and so be kind.
Let me or float or sink, be high or low:
Or let me live with some more sweet content,
Or die and so forget what love ere meant.

Elisabeth I.

Inschrift auf einer Wand in Woodstock

Schicksal, wie hat dein rastlos unstet Schwanken
Mit Harm belastet den verstörten Sinn!
Des sind die stummen Zeugen diese Schranken
Und alle Lust, der ich verlustig bin.
Du löstest Schuldige aus der Haft,
Unschuldige schmachten in Gefangenschaft;
Du fesselst den, der frei von Schuld und treu,
Die längst den Tod verdienten, machst du frei.
Und doch wird ihre Mißgunst nichts gewinnen,
So Gott den Feinden schickt, was sie für mich ersinnen.

Auf die Abreise des Herzogs von Anjou

Ich quäle mich, und darf die Qual nicht zeigen;
Ich liebe: Haß zu heucheln zwingt man mich;
Ich will – und muß den eignen Willen leugnen,
Nach außen stumm, redselig innerlich.
Ich bin – bin nicht, bin Eis, und steh in Flammen;
Von mir mußt ich mein anderes Ich verbannen.

Mein Kummer gleicht dem Schatten meiner Bahn:
Folgt mir im Flug, flieht, wenn ich selbst ihn treibe,
Steht und liegt bei mir, tut, was ich getan;
Sein allzu trautes Kümmern macht mich leiden.
Weiß keinen Weg, ihn aus der Brust zu zwingen
Bis er vergeht am Ende aller Dinge.

Daß sanftere Leidenschaft mein Herz erfüllte –
Denn ich bin weich, schmelzender Schnee im Innern;
Oder sei grimmiger, Liebe, laß die Milde –
Hoch oder tief, will sinken oder schwimmen:
Laß mich zu süßer Freude bald genesen,
Oder im Tod den Liebestraum vergessen.

George Gascoigne

The Lullaby of a Lover

Sing lullaby, as women do,
Wherewith they bring their babes to rest,
And lullaby can I sing too,
As womanly as can the best.
With lullaby they still the child,
And if I be not much beguiled,
Full many wanton babes have I,
Which must be stilled with lullaby.

First, lullaby, my youthful years,
It is now time to go to bed,
For crooked age and hoary hairs
Have won the haven within my head.
With lullaby then, youth, be still,
With lullaby content thy will,
Since courage quails and comes behind,
Go sleep, and so beguile thy mind.

Next, lullaby, my gazing eyes,
Which wonted were to glance apace;
For every glass may now suffice
To show the furrows in my face.
With lullaby then wink awhile,
With lullaby your looks beguile.
Let no fair face nor beauty bright
Entice you eft with vain delight.

And lullaby, my wanton will,
Let reason's rule now rein thy thought,
Since all too late I find by skill
How dear I have thy fancies bought.
With lullaby now take thine ease,
With lullaby thy doubts appease,

George Gascoigne

Wiegenlied eines Liebenden

‹Eia, schlaf ein› ist Mütterlied,
Wenn sie ihr Kind in Schlummer wiegen,
Und ‹eia, schlaf› so sing auch ich,
Ebenso mütterlich und liebend;
Mit ‹eia› stillen sie ihr Kind –
Auch ich (bin ich nicht gänzlich blind)
Hab der mutwilligen Kinder viele:
Muß sie mit ‹eia, eia› stillen.

Eia, schlaft ein, ihr Jugendjahre,
Zeit ist es, euch zu Bett zu bringen;
Denn krummes Alter, graue Haare,
Seht, wie sie mir das Haupt bezwingen!
Drum eia, Jugend, sei jetzt still,
Mit ‹eia, schlaf› vergiß dein Spiel;
Beherztheit zagt und bleibt zurück,
Drum schlaf, und find im Schlummer Glück!

Eia, mein Auge, einst bereit,
Nach Schönheit flink umherzuspähn;
Jetzt zeigt dir jeder Spiegel gleich,
Wie schön dir deine Runzeln stehn!
Drum eia, schließ dich eine Weile,
Daß ‹eia› dich vom Schauen heile:
Laß keiner Schönheit helle Stirn
Dich neu zu eitler Lust verführn.

Und eia, meine muntren Sinne:
Vernunft soll euch im Zaume halten,
Da ich, zu spät gewitzigt, finde,
Wie schwer ich eure Gier bezahle;
Mit ‹eia, eia› dürft ihr ruhn,
Mit ‹eia›, was euch quält, abtun,

For trust to this, if thou be still,
My body shall obey thy will.

Eke lullaby, my loving boy,
My little Robin, take thy rest.
Since age is cold and nothing coy,
Keep close thy coin, for so is best.
With lullaby be thou content,
With lullaby thy lusts relent.
Let others pay which hath mo pence:
Thou art too poor for such expense.

Thus, lullaby, my youth, mine eyes,
My will, my ware, and all that was.
I can no mo delays devise,
But welcome pain, let pleasure pass.
With lullaby now take your leave,
With lullaby your dreams deceive,
And when you rise with waking eye,
Remember then this lullaby.

A Farewell

«And if I did, what then?
Are you aggrieved therefore?
The sea hath fish for every man,
And what would you have more?»

Thus did my mistress once
Amaze my mind with doubt;
And popped a question for the nonce,
To beat my brains about.

Whereto I thus replied;
«Each fisherman can wish,
That all the seas at every tide
Were his alone to fish.

Denn, glaubt mir, könnt ihr Frieden finden,
Ist länger nicht mein Leib von Sinnen.

Eia auch dir, mein lieber Junge,
Mein kleiner Robin: schlafe jetzt!
Kälte bringt Spröde, notgedrungen,
Drum halt die wenigen Münzen fest!
Mit ‹eia, schlaf› gib dich zufrieden,
Mit ‹eia› laß die Lüste ziehen:
Zahlen solln die, die reicher sind,
Denn dein Vermögen ist gering.

Eia euch: Jugend, Augen, Sinnen,
Und eia dir, mein Mannsgerät;
Kann keinen Aufschub mehr gewinnen,
Willkommen, Leid – die Lust vergeht;
Mit ‹eia› müßt ihr Abschied nehmen,
Mit ‹eia› euren Traum beschämen;
Und steht ihr auf mit wachem Blick,
So denkt an dieses Wiegenlied.

Ein Lebewohl

«Und wenn ichs tat, was dann?
Mußt du dich drum beschwern?
Die See hat Fisch für jedermann,
Und was willst du noch mehr?»

So hat mein Schatz mich jüngst
In arge Not gebracht:
Sie warf mir eine Frage hin,
Die mir den Kopf zerbrach.

Drauf gab ich so Bescheid:
«Es wünscht sich leicht, wer fischt,
Daß jede See zu jeder Zeit
Sein eigener Fischgrund ist.

And so did I, in vain,
But since it may not be,
Let such fish there as find the gain,
And leave the loss for me.

And with such luck and loss
I will content myself,
Till tides of turning time may toss
Such fishers on the shelf.

And when they stick on sands,
That every man may see,
Then will I laugh and clap my hands,
As they do now at me.»

Vergebens wars gewünscht:
Es konnte nicht geraten;
Drum fische, wem Gewinn dort winkt,
Und lasse mir den Schaden.

Mit dem Verlust für jetzt
Bescheidet sich mein Stand,
Bis die Gezeit umschlägt, und setzt
Die Fischer auf den Sand.

Und liefen sie auf Grund,
Daß alle Welt es sah,
Dann lach und klatsch ich in die Hand,
Wie sie's jetzt mir getan.»

Edmund Spenser

The Shepherd's Calendar

From April

Ye dainty nymphs, that in this blessed brook
   Do bathe your breast,
Forsake your watery bowers, and hither look
   At my request:
And eke you virgins, that on Parnasse dwell,
Whence floweth Helicon, the learned well,
   Help me to blaze
   Her worthy praise,
Which in her sex doth all excel.

Of fair Elisa be your silver song,
   That blessed wight,
The flower of virgins: may she flourish long
   In princely plight!
For she is Syrinx' daughter without spot,
Which Pan, the shepherds' god, of her begot:
   So sprong her grace
   Of heavenly race,
No mortal blemish may her blot.

See, where she sits upon the grassy green,
   (O seemly sight!)
Yclad in scarlet, like a maiden queen,
   And ermines white:
Upon her head a crimson coronet,
With damask roses and daffadilies set:
   Bay leaves between,
   And primroses green,
Embellish the sweet violet.

Edmund Spenser

Der Schäfer-Kalender

Aus April

Ihr Nymphen zart, die ihr euch hier am Bach
  Den Busen netzt,
Entsteigt dem kühlen Naß, hierher zu mir
  Wendet den Blick,
Und auch ihr Musen, hoch auf dem Parnaß,
Der Helikon, den edlen Strom, gebiert,
  Stimmt mit mir an
  Den Lobgesang
Auf Sie, ihres Geschlechtes Zier.

Elisa gelte euer silbern Lied,
  Der edlen Frau,
Der Jungfraun Blume: möge lang sie blühn,
  Fürstlich gedeihn;
Syrinxens Tochter ist sie, ohne Fehl,
Die Pan, dem Schäfergott, die Nymph gebar:
  Ihr Reiz entsproß
  Des Himmels Schoß,
Und irdischer Makel bleib ihr fern.

Seht, wie sie huldreich ruht auf grüner Au:
  O süßes Bild,
Gleich einer Königin in Scharlachkleid
  Und Hermelin;
Auf ihrem Haupt ein purpurroter Kranz
Aus Rosen und Narzissen fein gewirkt,
  Das Lorbeergrün
  Mit Schlüsselblum
Und süßen Veilchen schön geschmückt.

Tell me, have ye seen her angelic face,
  Like Phoebe fair?
Her heavenly haviour, her princely grace,
  Can you well compare?
The red rose meddled with the white yfere
In either cheek depeincten lively cheer:
  Her modest eye,
  Her majesty,
Where have you seen the like but there?

I saw Phoebus thrust out his golden head,
  Upon her to gaze:
But, when he saw how broad her beams did spread,
  It did him amaze.
He blushed to see another sun below,
Ne durst again his fiery face out-show:
  Let him, if he dare,
  His brightness compare
With hers, to have the overthrow.

Ye shepherds' daughters, that dwell on the green,
  Hie you there apace:
Let none come there but that virgins bene,
  To adorn her grace:
And when you come, whereas she is in place,
See that your rudeness do not you disgrace:
  Bind your fillets fast,
  And gird in your waist,
For more fineness, with a tawdry lace.

Bring hither the pink and purple columbine,
  With gillyflowers;
Bring coronations, and sops in wine,
  Worn of paramours:
Strow me the ground with daffadowndillies,
And cowslips, and kingcups, and lovèd lilies:
  The pretty paunce,
  And the chevisaunce,
Shall match with the fair flower-de-lis.

Saht ihr bereits ihr englisches Gesicht
Der Phoebe gleich?
Die hehre Art, ihr stolzer Wuchs, kennt ihr
Dergleichen denn?
Die rote Ros, der weißen schön vermählt,
Zaubern auf beide Wangen heiteren Glanz:
Der züchtige Blick,
Die Majestät,
Wo saht ihr solchen Liebreiz schon?

Selbst Phoebus neigt' herab sein gülden Haupt,
Sie anzuschaun;
Doch war er von der überirdischen Pracht
Geblendet schier:
Errötend sah er eine zweite Sonn,
Und barg sein flammend Antlitz fürderhin;
Soll er mit ihr
Sich messen nur,
Den Sieg trägt doch ihr Glanz davon.

Ihr Schäferinnen auf der grünen Au,
Eilt flink herbei:
Doch nur wer Jungfrau ist, soll sich ihr nahn
Zur Huldigung;
Und zeigt ihr euch in ihrer Gegenwart,
So mach euch eure Grobheit keine Schand:
Flechtet das Haar,
Gürtet das Kleid
Zu größerer Zier mit einem schmucken Band.

Bringt her Vergißmeinnicht und Löwenzahn
Und Akelei,
Bringt Hyazinthen, Mohn und Nelken auch,
Der Liebe Schmuck;
Den Teppich aus Narzissen breitet hin,
Und Lilien, Hahnenfuß und Tausendschön.
Streut Goldlack aus
Und Tulipan,
Zu mehren der Gladiolen Pracht.

Now rise up, Elisa, decked as thou art
In royal array;
And now ye dainty damsels may depart
Each one her way.
I fear I have troubled your troops too long:
Let dame Elisa thank you for her song;
And if you come hether
When damsons I gether,
I will part them all you among.

AMORETTI

37

What guile is this, that those her golden tresses
She doth attire under a net of gold;
And with sly skill so cunningly them dresses,
That which is gold or hair, may scarce be told?
Is it that men's frail eyes, which gaze too bold,
She may entangle in that golden snare;
And being caught may craftily enfold
Their weaker hearts, which are not well aware?
Take heed therefore, mine eyes, how ye do stare
Henceforth too rashly on that guileful net,
In which if ever ye entrappèd are,
Out of her bands ye by no means shall get.
Fondness it were for any being free,
To covet fetters, though they golden be.

75

One day I wrote her name upon the strand;
But came the waves, and washèd it away:
Again, I wrote it with a second hand;
But came the tide, and made my pains his prey.
Vain man, said she, that dost in vain assay
A mortal thing so to immortalize;

Erhebt euch nun, Elisa, reich geschmückt
Im Königskleid;
Und euch, ihr Jungfern, stehts jetzt frei zu gehn,
Wohin ihr wollt.
Denn allzu lang beschwerlich fiel ich euch:
Für euer Lied dankt Frau Elisa nun;
Seid ihr nicht weit,
Wenn die Pflaumen reif,
Dann werf ich jeder eine zu.

Amoretti

37

Was will die List, daß sie ihr golden Haar
Zusammenhält mit einem Netz von Gold,
Daß man kaum kennt – wie schlau, wie wunderbar –
Ists Goldschmuck? – Locke? – was so schön sich rollt.
Ists, daß sie den, der einen Blick ihr zollt,
Im goldnen Garn sogleich gefangen setzt
Und sich an ihm, so wenig er gewollt,
Nun er ihr Sklav, heimlich ihr Herz ergötzt?
Hütet euch, Augen, daß ihr nicht zuletzt,
Betört vom Schaun, euch in der Falle fangt,
Aus deren Haft, seid ihr erst eingenetzt,
Ihr niemals mehr zur Freiheit heimgelangt.
Närrisch der freie Mann, vor Narrheit blind,
Der Ketten sucht, wenn sie auch golden sind!

75

Einst ihren Namen schrieb ich auf den Strand:
Die Woge kam und wusch die Stelle rein;
Stracks schrieb ich ihn mit einer zweiten Hand:
Da brach die Flut auf meine Mühn herein.
Tor, sprach sie, der Unsterblichkeit verleihn
Dem will, was sterblich ist und bald verblüht!

For I myself shall like to this decay,
And eke my name be wipèd out likewise.
  Not so, quoth I; let baser things devise
To die in dust, but you shall live by fame:
My verse your virtues rare shall eternize,
And in the heavens write your glorious name,
  Where, when as death shall all the world subdue,
  Our love shall live, and later life renew.

89

Like as the culver, on the barèd bough,
Sits mourning for the absence of her mate,
And in her songs sends many a wishful vow
For his return, that seems to linger late:
  So I alone, now left disconsolate,
Mourn to myself the absence of my love;
And, wandering here and there all desolate,
Seek with my plaints to match that mournful dove.
  Ne joy of ought that under heaven doth hove
Can comfort me, but her own joyous sight:
Whose sweet aspect both god and man can move
In her unspotted pleasance to delight.
  Dark is my day whiles her fair light I miss,
  And dead my life that wants such lively bliss.

THE FAIRY QUEEN

From The Bower of Bliss

Eftsoons they heard a most melodious sound
Of all that might delight a dainty ear,
Such as at once might not on living ground,
Save in this paradise, be heard elsewhere:
Right hard it was for wight which did it hear
To read what manner music that might be;
For all that pleasing is to living ear

Wie dies Vergehn, so werd ich selber sein:
So schwind auch ich, von Wellen übersprüht.
  Nicht so, rief ich; laß Schlechtres im Gebiet
Des Staubes weilen! Du sollst glorreich bleiben!
Verewigen deine Tugend soll mein Lied,
Und an den Himmel deinen Namen schreiben,
  Wo, wenn der Tod die ganze Welt begräbt,
  Allzeit von neuem unsre Liebe lebt.

89

Wie sich die Taub am dürren Aste schwingt,
In Trauer bangend um den fernen Freund,
Und sehnsuchtsvoll viel Wünsche nach ihm singt,
Bis sie ihn sieht, der lang zu zögern scheint:
  So trauer ich für mich nun, ganz verweint,
Um die Entfernung von der teuren Lieben,
Und such umirrend, meiner Ruhe feind,
In Klagen, wie die Taube, mich zu üben.
  Und was auch sonst der Welt an Reiz verblieben,
Nichts kann mich trösten als ihr Wiedersehn,
Den holden Blick, den Gott und Menschen lieben,
In fleckenloser Schöne zu erspähn.
  Trüb ist mein Tag, fehlt mir ihr heitres Licht,
  Und tot mein Leben, dem dies Heil gebricht.

Die Feenkönigin

Aus Der Garten der Lüste

Bald hörten Klänge sie, so hold und süß,
Von allem, was ein zartes Ohr erfreut;
Wie sie, außer in diesem Paradies,
Auf Erden nie vernommen weit und breit;
Und wer sie auch vernahm, wüßte nicht leicht
Zu sagen, welcher Art die Melodie;
Denn was je ein lebendiges Ohr erfreut,

  Was there consorted in one harmony;
Birds, voices, instruments, winds, waters, all agree.

  The joyous birds, shrouded in cheerful shade,
  Their notes unto the voice attempered sweet;
  Th'angelical soft trembling voices made
  To th' instruments divine respondence meet;
  The silver-sounding instruments did meet
  With the base murmur of the water's fall;
  The water' s fall with difference discrete,
  Now soft, now loud, unto the wind did call;
The gentle warbling wind low answerèd to all.

  There, whence that music seemèd heard to be,
  Was the fair Witch herself now solacing
  With a new lover, whom, through sorcery
  And witchcraft, she from far did thither bring:
  There she had him now laid a-slumbering
  In secret shade after long wanton joys;
  Whilst round about them pleasantly did sing
  Many fair ladies and lascivious boys,
That ever mixed their song with light licentious toys.

  And all that while right over him she hong
  With her false eyes fast fixèd in his sight,
  As seeking medicine whence she was stong,
  Or greedily depasturing delight;
  And oft inclining down, with kisses light,
  For fear of waking him, his lips bedewed,
  And through his humid eyes did suck his sprite,
  Quite molten into lust and pleasure lewd;
Wherewith she sighèd soft, as if his case she rued.

  The whiles some one did chant this lovely lay:
  «Ah, see, whoso fair thing dost fain to see,
  In springing flower the image of thy day!
  Ah, see the virgin rose, how sweetly she
  Doth first peep forth with bashful modesty,

Schien hier gestimmt zu einer Harmonie –
Eines warn Vögel, Lied, Wind, Wellen, Saitenspiel.

Im frischen Laub die frohen Vögel sangen,
Rein aus den Kehlen stieg der Noten Schall;
Die Kehlen, engelsgleich erbebend, klangen
Dem Spiel der Instrumente Widerhall;
Der Klang des Spiels drang silbern durch das Tal,
Bis an der Wasser raunend dunkle Gründe;
Unstetig wechselnd, sang der Wasserfall
Bald leis, bald laut sein Rufen nach dem Winde:
Und rauschend gab der Wind allen Bescheid gelinde.

Und dort, von wo sich regte dies Getöne,
Ergötzte sich die holde Magierin
Mit einem neuen Buhlen, dem die Schöne
Von weither zauberisch betört den Sinn.
Im Schatten legt den Schlummenden sie hin,
Bettet den langer Liebeskünste Matten,
Während ringsum in heiterem Kreise ihn
Viel schöne Frauen und gefällige Knaben
Mit leichten Liedern und wollüstigen Spielen laben.

Nun neigt das Haupt sie über seinen Schlaf,
Läßt tief in ihn die falschen Augen sinken,
Als wär Arznei, was sie als Stachel traf,
Und weidet gierig dort, wo Wonnen winken;
Und oft mit leiser Küsse Tau besprengt
Den Mund sie, die ihn aufzuwecken scheut;
Und aus dem feuchten Aug die Seele trinkt
Sie hingeschmolzen ganz in Lüsternheit,
Sacht seufzend zwischendrin, als ob sein Fall sie reut.

Dazu erklang ein wunderbares Lied:
«Sieh her, wer immer gern ein Schönes sieht:
Die Frühlingsblume, deines Tages Bild!
Die Rose sieh, jungfräulich, kaum erglüht,
Wie sie, scheu um sich spähend in der Früh,

That fairer seems the less ye see her may!
Lo! see soon after how more bold and free
Her barèd bosom she doth broad display;
Lo! see soon after how she fades and falls away!

So passeth in the passing of a day
Of mortal life the leaf, the bud, the flower!
Ne more doth flourish after first decay
That erst was sought to deck both bed and bower
Of many a lady and many a paramour!
Gather therefore the rose whilst yet is prime,
For soon comes age that will her pride deflower:
Gather the rose of love whilst yet is time,
Whilst loving thou mayst lovèd be with equal crime.»

From Mutability Cantos

And after all came Life; and lastly Death:
Death with most grim and grisly visage seen,
Yet he is naught but parting of the breath;
Ne aught to see, but like a shade to ween,
Unbodièd, unsouled, unheard, unseen:
But Life was like a fair young lusty boy,
Such as they feign Dan Cupid to have been,
Full of delightful health and lively joy,
Decked all with flowers, and wings of gold fit to employ.

When these were past, thus gan the Titaness:
«Lo! mighty Mother, now be judge, and say
Whether in all thy creatures more or less
Change doth not reign and bear the greatest sway,
For who sees not that time on all doth prey?
But times do change and move continually:
So nothing here long standeth in one stay;
Wherefore this lower world who can deny
But to be subject still to Mutability?»

Je weniger gesehn, je mehr gefällt!
Doch sieh, wie bald sie, frei und kühn erblüht,
Den bloßen Busen weit dem Blick enthüllt;
Und sieh! wie bald darauf sie welk zu Boden fällt!

So neigt sich hin mit eines Tages Neigen
Das Blatt, die Knospe, Blüte dieser Welt;
Und wird kein zweites Mal im Lenz sich zeigen
Wie einst, da sie geschmückt der Schönheit Zelt,
Da sie das Liebeslager hat bedeckt;
Die Rose pflücke drum im vollen Werden,
Eh sie entblättert, ihre Pracht zerfällt;
Der Liebe Rose pflück, solang auf Erden
Mit gleicher Schuld du liebst, und hoffst, geliebt zu werden.»

Aus Gesänge der Unbeständigkeit

Zuletzt erschien das Leben und der Tod:
Ihn malt man sich mit grimmig-grausem Blick,
Indes, er gleicht nur einem Scheidehauch;
Verhüllt, als bloßen Schatten denkt ihn euch,
Ohn Leib und Seel, ohn Laut und ohne Spur:
Das Leben doch trat auf als schöner Knab,
In der Gestalt des Gottes Cupido,
Gesund und frisch und voller Lebenslust,
Mit reichem Blumenschmuck und güldnem Flügelpaar.

Als dies vorbei, hub die Titanin an:
«Nun! mächtige Mutter, tu Dein Urteil kund,
Ob über der Geschöpfe ganze Schar
Der Wandel übet nicht die größte Macht:
Du siehst, ein jeder zahlt der Zeit den Zoll.
Die Zeiten ändern sich, sie stehn nicht still:
Und nichts hier bleibet lange von Bestand:
Wer mag es da denn noch in Zweifel ziehn,
Daß Unbeständigkeit die niedere Welt regiert?»

Then thus gan Jove: «Right true it is, that these
And all things else that under heaven dwell
Are changed of Time, who doth them all disseize
Of being: but who is it (to me tell)
That Time himself doth move and still compel
To keep his course? Is not that, namely, We,
Which pour that virtue from our heavenly cell
That moves them all, and makes them changèd be?
So them we Gods do rule, and in them also thee.»

To whom thus Mutability: «The things
Which we see not how they are moved and swayed,
Ye may attribute to yourselves as kings,
And say, they by your secret power are made.
But what we see not, who shall us persuade?
But were they so, as ye them feign to be,
Moved by your might, and ordered by your aid,
Yet what if I can prove, that even Ye
Yourselves are likewise changed, and subject unto Me?

Then are ye mortal born, and thrall to Me,
Unless the kingdom of the sky ye make
Immortal and unchangeable to be;
Besides, that power and virtue, which ye spake,
That ye here work, doth many changes take,
And your own natures change: for each of you,
That virtue have or this or that to make,
Is checked and changèd from his nature true,
By others' opposition or obliquid view.

Besides, the sundry motions of your sphere,
So sundry ways and fashions as clerks feign,
Some in short space, and some in longer years,
What is the same but alteration plain?
Only the starry sky doth still remain;
Yet do the stars and signs therein still move,
And even itself is moved, as wizards sayn.
But all that moveth doth mutation love:
Therefore both you and them to me I subject prove.

Sprach Jupiter: «Wohl wahr ist, was Du sagst,
Ein jeglich Ding, so unterm Himmel weilt,
Erfährt Veränderung aufgrund der Zeit,
Die ihm das Dasein raubt; doch wer gebeut
Der Zeit höchstselbst und regelt ihren Gang?
Sinds namentlich nicht Wir, die solches tun
Und wirken von des Himmels Thron die Macht,
Die Wandel schafft und alle Dinge treibt?
Die Götter herrschen also über sie und Dich.»

Drauf sprach die Unbeständigkeit: «Ihr mögt
Euch Herrscher nennen über jedes Ding,
Das eine unsichtbare Hand bewegt,
Und dürft behaupten, dies sei Euer Werk.
Allein, wir glauben nur dem Augenschein.
Doch selbst gesetzt, es stünde, wie Ihr sagt,
Und alles ginge nur mit Eurer Hülf,
Was wäre, wenn ich den Beweis erbrächt,
Daß Ihr Euch gleichfalls wandelt und mir unterliegt?

So seid Ihr sterblicher Geburt und drum
Mein Knecht, wofern Euch nicht des Himmels Reich
Für ewig gilt und unveränderlich;
Und auch die Macht, die Ihr angeblich übt,
Erfährt so mancherlei Veränderung;
Selbst Euer eignes Wesen wandelt sich,
Auch werdet Ihr gehemmt in Eurem Tun,
Von Eurem wahren Wesen abgebracht
Durch fremden Widerstand wie durch verzerrte Sicht.

Bedenket gleichfalls der Gestirne Gang,
Wie sie so ganz und gar verschieden ziehn:
Hie kurz ihr Lauf, dort ausgedehnt die Bahn.
Bezeugt dies nicht aufs neu Unstetigkeit?
Beständig bleibt allein das Firmament –
Indes, auch *seine* Sterne stehn nicht still;
Auch soll es selber kreisen, wie man sagt.
Was sich bewegt, liebt die Veränderung:
Dies zum Beweis, daß Ihr, wie Alles, mir gehorcht.

Then since within this wide great Universe
Nothing doth firm and permanent appear,
But all things tossed and turnèd by trasverse;
What then should let, but I aloft should rear
My trophy, and from all the triumph bear?
Now judge then, O thou greatest Goddess true,
According as thyself dost see and hear,
And unto me addoom that is my due;
That is, the rule of all; all being ruled by you.»

So having ended, silence long ensued;
Ne Nature to or fro spake for a space,
But with firm eyes affixed the ground still viewed.
Meanwhile all creatures, looking in her face,
Expecting th'end of this so doubtful case,
Did hang in long suspense what would ensue,
To whether side should fall the sovereign place;
At length she, looking up with cheerful view,
The silence brake, and gave her doom in speeches few:

«I well consider all that ye have said;
And find that all things steadfastness do hate,
And changèd be; yet, being rightly weighed,
They are not changèd from their first estate,
But by their change their being do dilate;
And, turning to themselves at length again,
Do work their own perfection so by fate:
Then over them Change doth not rule and reign,
But they reign over Change, and do their states maintain.

Cease therefore, Daughter, farther to aspire,
And thee content thus to be ruled by me;
For thy decay thou seek'st by thy desire.
But time shall come that all shall changèd be;
And from thenceforth, none no more change shall see!»
So was the Titaness put down and whist,
And Jove confirmed in his imperial see.
Then was that whole assembly quite dismissed
And Nature's self did vanish, whither no man wist.

Da nun in diesem großen Weltenall
Nichts fest besteht und dauerhaft erscheint,
Vielmehr in jedem Ding der Zufall wirkt,
So sollte in der Höh mein Banner wehn,
Weil überall nur mir der Sieg zusteht.
Drum, wahrhaft große Göttin, urteilt frei,
Wie's Euch nach allem Anschein richtig dünkt,
Und sprecht mir zu, was mir zurecht gebührt:
Die Herrschaft über alles, wo auch Ihr regiert.»

Nach dieser Rede blieb es endlos still,
Selbst die Natur sprach lange Zeit kein Wort;
Sah starren Augs den Boden vor sich an,
Indes der Wesen kunterbunte Schar
Die Lösung dieses ungewissen Falls
Gespannt erwartete, im Zweifel noch,
Wem nun am End der höchste Rang gebührt;
Dann endlich hob sie frohgemut den Blick
Und brach zuletzt ihr Schweigen mit dem Richterspruch:

«Ich hab erwogen Deiner Worte Sinn,
Erkenne auch, daß nichts den Stillstand liebt
Und alles nach Veränderung strebt; doch recht
Bedacht, verläßt kein Ding den Urzustand:
Im Wandel weiten sie das eigene Sein,
Und kehren schließlich zu sich selbst zurück,
Vervollkommnen sich selbst durch Schicksals Macht:
Veränderung drum beherrscht die Dinge nicht,
Nein, die beherrschen sie, und wahren ihren Stand.

Von Deinem Streben, Tochter, lasse ab,
Und schick Dich drein, daß Du mir untertan,
Denn ins Verderben führt Dich nur Dein Wunsch:
Einst kommt die Zeit, wo alles anders wird,
Und fürderhin verändert sich nichts mehr!»
So wurde die Titanin streng belehrt,
Und Jupiter in seiner Macht bestärkt.
Sodann zerstreute sich die ganze Schar,
Und die Natur entschwand zuletzt – wer weiß wohin.

Sir Philip Sidney

My true love hath my heart, and I have his,
By just exchange one for another given;
I hold his dear, and mine he cannot miss,
There never was a better bargain driven:
My true love hath my heart, and I have his.

His heart in me keeps him and me in one;
My heart in him his thoughts and senses guides.
He loves my heart, for once it was his own;
I cherish his, because in me it bides:
My true love hath my heart, and I have his.

When to my deadly pleasure,
When to my lively torment,
Lady, mine eyes remained
Joined, alas, to your beams,
With violence of heavenly
Beauty tied to virtue,
Reason abashed retired,
Gladly my senses yielded;
Gladly my senses yielding
Thus to betray my heart's fort
Left me devoid of all life.
They to the beamy suns went,
Where, by the death of all deaths,
Find to what harm they hastened;
Like to the silly sylvan
Burned by the light he best liked,
When with a fire he first met.
Yet, yet, a life to their death,
Lady, you have reserved;
Lady, the life of all love;
For though my sense be from me,
And I be dead, who want sense;

Sir Philip Sidney

Mein Liebster hat mein Herz und ich hab seines,
Gerecht getauscht eins um das andere hin;
Ich halte seins in Ehren und er meines;
Nie bracht ein Handel redlicher Gewinn:
Mein Liebster hat mein Herz und ich hab seines.

Sein Herz in mir macht eins uns immerdar;
Mein Herz in ihm, das Geist und Sinn ihm trägt;
Er liebt mein Herz, weils einst sein eignes war;
Ich liebe seins, weil nun in mir es schlägt:
Mein Liebster hat mein Herz und ich hab seines.

Als tödlich solche Lust mir,
Lebhaftest solche Qual mir,
Herrin, an deine Strahlen
Die Blicke, ach, gebunden,
An deine Himmelsreize,
An deine Tugend hielten,
Zog die Vernunft beschämt ab,
Ergab sich froh mein Sinn.
Mein Sinn, sich froh ergebend,
Verriet die Herzensfestung
Und ließ mich ohne Leben;
Ging zu den Strahlen-Sonnen,
Wo aller Tode Tod ihn lehrte,
Zu welchem Harm er eilte;
So wie der Bauerntölpel sich,
Als er das erste Feuer sah,
Ins Licht verliebt verbrannte.
Doch seinem Tod ein Leben
Hast, Herrin, du bewahrt,
Das Leben, Herrin, aller Liebe.
Denn ob mein Sinn mir auch schwand
Und ich sinnberaubt tot bin,

Yet do we both live in you;
Turned anew by your means
Unto the flower that aye turns:
As you, alas, my sun bends.
Thus do I fall, to rise thus;
Thus do I die, to live thus;
Changed to a change, I change not.
Thus may I not be from you;
Thus be my senses on you;
Thus what I think is of you;
Thus what I seek is in you;
All what I am, it is you.

ASTROPHIL AND STELLA

1

Loving in truth, and fain in verse my love to show,
That she (dear she) might take some pleasure of my pain,
Pleasure might cause her read, reading might make her know,
Knowledge might pity win, and pity grace obtain,
  I sought fit words to paint the blackest face of woe,
Studying inventions fine, her wits to entertain;
Oft turning others' leaves, to see if thence would flow
Some fresh and fruitful showers upon my sunburnt brain.
  But words came halting forth, wanting invention's stay;
Invention, nature's child, fled step-dame study's blows;
And others' feet still seemed but strangers in my way.
Thus great with child to speak, and helpless in my throes,
  Biting my truant pen, beating myself for spite,
  «Fool», said my Muse to me, «look in thy heart, and write.»

2

Not at first sight, nor with a dribbèd shot,
Love gave the wound which while I breathe will bleed:
But known worth did in tract of time proceed,

Dennoch leben wir beide in dir;
Umgewandelt durch dich, ach,
In jene Blume, die, wie meine Sonne
Du wanderst, sich wendet.
So falle ich himmelaufwärts,
So sterbe ich tiefer ins Leben,
Verwandelt unwandelbar.
So weiche ich nicht von dir,
So weilt mein Sinnen bei dir,
So hängt mein Denken an dir,
Ist, was ich suche, in dir:
Was ich bin, bist nur du.

Astrophil und Stella

1

Treu liebend und und in Versen meine Liebe zu zeigen willens,
Daß ihr (der Teuren!) meine Qual ein wenig Lust bereite,
Und Lust sie lesen mache, Lesen sie erkennen lasse,
Kenntnis ihr Mitleid wecke, Mitleid Gunst erringe,
  Forschte nach Worten ich, des Schmerzes schwärzestes Gesicht zu malen,
Den Witz ihr zu erfreun mit ausgeklügelter Erfindung;
Anderer Seiten oft umblätternd, ob von dort nicht
Ein frischer Schauer mein versengtes Hirn befruchten möchte.
  Doch Worte kamen hinkend nur, haltlos; Erfindung, Kind der Natur,
Floh der Stiefmutter Gelehrsamkeit Streiche,
Und andrer Füße schienen Fremde nur auf meinem Weg.
So redeschwanger, doch zu keinem Wurf gelangend,
  Die träge Feder beißend und erbost mich selber schlagend –
  «Narr», sprach die Muse zu mir, «schau in dein Herz, und schreibe.»

2

Nicht auf den ersten Blick, und blindlings nicht,
Schoß Amor mir die Wunde, die, solang ich atme, bluten wird.
Doch Wert, den ich erkannte, grub sich stufenweis

Till by degrees it had full conquest got.
I saw, and liked; I liked, but lovèd not;
I loved, but straight did not what Love decreed:
At length to Love's decrees I, forced, agreed,
Yet with repining at so partial lot.
Now even that footstep of lost liberty
Is gone, and now, like slave-born Muscovite,
I call it praise to suffer tyranny;
And now employ the remnant of my wit
To make myself believe that all is well,
While with a feeling skill I paint my hell.

27

Because I oft, in dark abstracted guise,
Seem most alone in greatest company,
With dearth of words, or answers quite awry,
To them that would make speech of speech arise,
They deem, and of that doom the rumour flies,
That poison foul of bubbling pride doth lie
So in my swelling breast, that only I
Fawn on myself, and others do despise.
Yet pride, I think, doth not my soul possess,
Which looks too oft in his unflattering glass;
But one worse fault, ambition, I confess,
That makes me oft my best friends overpass,
Unseen, unheard, while thought to highest place
Bends all his powers, even unto Stella's grace.

31

With how sad steps, O moon, thou climb'st the skies;
How silently, and with how wan a face!
What, may it be that even in heavenly place
That busy archer his sharp arrows tries?
Sure, if that long-with-love-acquainted eyes
Can judge of love, thou feel'st a lover's case;
I read it in thy looks; thy languished grace

Durchs Erdreich in der Festung innersten Bezirk.
Ich sah und schätzte; schätzte, liebte nicht;
Ich liebte, doch was Liebe mir befahl, zu tun, verzog ich,
Bis ich zuletzt, bezwungen, dem Geheiß mich unterwarf,
Nicht ohne laut zu murren: Ausgerechnet ich!
Nun ist auch dieser letzte Fußbreit Freiheit
Verloren, und wie ein Moskowiter, ein geborener Sklave,
Rühme der Tyrannei ich mich, die ich erdulde;
Und was noch an Verstand mir blieb, benutze ich,
Mich selbst zu überzeugen, daß alles gut sei,
Indes ich kunstreich die gefühlte Hölle male.

27

Weil oft abwesend, wie in dunkle Nacht verloren,
Einsam ich ganz, wo viele sich gesellen, scheine,
Einsilbig oder schiefe Antwort gebend,
Wenn Rede rasche Gegenrede lockt,
So scheint es ihnen, und dies Urteil flattert um,
Daß böses Gift siedenden Stolzes so
Die Brust mir schwellt, daß ich allein
In mich vernarrt bin und die anderen verachte.
Doch Stolz nicht, denk ich, haust in meiner Seele,
Die in den Spiegel oft, der ihr nicht schmeichelt, schaut.
Ein Fehler, schlimmer noch, Ehrgeiz, sei euch gestanden,
Der oft mich meine besten Freunde achtlos weder
Sehen noch hören läßt, indessen höchsten Orts
Mein Sinnen ganz sich Stellas Gnade beugt.

31

Wie traurig steigst du, Mond, am Himmel auf,
Wie still, und mit wie bleichem Angesicht!
Will denn in himmlischen Gefilden auch
Geschäftig dieser Schütze sein Geschoß erproben?
Gewiß, wenn leidgewohnt dein Auge Liebe
Erkennt, so fühlst du, was verliebt ich fühle;
Ich lese es in deinem Blick, und was du leidest,

To me, that feel the like, thy state descries.
  Then even of fellowship, O moon, tell me,
Is constant love deemed there but want of wit?
Are beauties there as proud as here they be?
Do they above love to be loved, and yet
  Those lovers scorn whom that love doth possess?
  Do they call virtue there ungratefulness?

38

This night, while sleep begins with heavy wings
To hatch mine eyes, and that unbitted thought
Doth fall to stray, and my chief powers are brought
To leave the sceptre of all subject things,
  The first that straight my fancy's error brings
Unto my mind, is Stella's image, wrought
By Love's own self; but with so curious draught
That she, methinks, not only shines, but sings.
  I start, look, heark; but what in closed-up sense
Was held, in opened sense it flies away,
Leaving me nought but wailing eloquence.
I, seeing better sights in sight's decay,
  Called it anew, and wooèd sleep again:
  But him, her host, that unkind guest had slain.

41

Having this day my horse, my hand, my lance,
Guided so well, that I obtained the prize,
Both by the judgement of the English eyes
And of some sent from that sweet enemy, France;
  Horsemen my skill in horsemanship advance;
Town-folks my strength; a daintier judge applies
His praise to sleight, which from good use doth rise;
Some lucky wits impute it but to chance;
  Others, because of both sides I do take
My blood from them, who did excel in this,
Think nature me a man of arms did make.

Verrät dem Leidenden dein sanfter Gram.
So sage, du Geselle mir, o Mond,
Gilt Treue dort auch nur als Unverstand? Sind dort
Die Schönen auch so stolz, wie sie hinieden sind?
Beliebt es ihnen droben auch, geliebt zu werden,
Und schmähen doch die liebessiech Verliebten?
Gibt sich auch dort Undank als Tugend aus?

38

Heut Nacht, da Schlaf mit schweren Schwingen
Auf meinen Augen brütet, zaumlos die Gedanken
Irr wandern, und den obern Kräften der Stab entsinkt,
Dem untertan die Dinge all sich beugen,
Bringt, wie mein Sinnen schweift, als erstes es
Mir Stellas Bildnis her, das Amor selbst
Gewirkt; doch wundersam beschaffen, denn
Sie leuchtet zwar, doch mehr noch: Stella singt!
Ich schrecke auf, ich blicke, lausche, aber was,
Verschlossen, die Sinne hielten, die aufgetanen flieht es;
Nichts bleibt mir, als beredt ihr Schwinden zu beklagen.
Da, wenn der Blick erlischt, er Besseres erblickt,
Rief ich zurück sie, und beschwor den Schlaf:
Ungütig aber hatte sie, der Gast, den Wirt erschlagen.

41

Da Pferd ich, Hand und Lanze heut
So wohl geführt, daß ich den Preis gewann,
Mir zuerkannt sowohl von Kennern hierzuland
Als auch von einigen, die Frankreich uns, die süße Feindin, sandte;
So loben Reiter mein Geschick als Reitersmann,
Die Stadtbewohner meine Stärke; wer heikler ist,
Rühmt jene Kunst, die gute Übung uns erwirbt;
Ein Schlaukopf schreibt es nur dem Zufall zu;
Andere wiederum, weil ich von solchen stamme,
Die beiderseits als Ritter sich hervorgetan,
Sehn die Natur in meiner Waffentat am Werk.

How far they shoot awry! The true cause is,
Stella looked on, and from her heavenly face
Sent forth the beams, which made so fair my race.

47

What, have I thus betrayed my liberty?
Can those black beams such burning marks engrave
In my free side? or am I born a slave,
Whose neck becomes such yoke of tyranny?
Or want I sense to feel my misery?
Or spirit, disdain of such disdain to have,
Who for long faith, though daily help I crave,
May get no alms, but scorn of beggary?
Virtue, awake; beauty but beauty is;
I may, I must, I can, I will, I do
Leave following that, which it is gain to miss.
Let her go. Soft, but here she comes. Go to,
Unkind, I love you not – O me, that eye
Doth make my heart give to my tongue the lie!

56

Fie, school of patience, fie; your lesson is
Far, far too long to learn it without book:
What, a whole week without one piece of look,
And think I should not your large precepts miss?
When I might read those letters fair of bliss,
Which in her face teach virtue, I could brook
Somewhat thy leaden counsels, which I took
As of a friend that meant not much amiss.
But now that I, alas, do want her sight,
What, dost thou think that I can ever take
In thy cold stuff a phlegmatic delight?
No, patience; if thou wilt my good, then make
Her come, and hear with patience my desire,
And then with patience bid me bear my fire.

Wie weit verfehlen sie das Ziel! Die wahre Ursach ist:
  Stella sah zu: von ihrem Himmelsangesicht
  Schoß sie die Strahlen, die mein Rennen so geraten ließen.

47

Wie, hab ich meine Freiheit so verraten?
Können so schwarze Strahlen meiner freien Brust
Ein solches Mal einbrennen? Oder bin als Sklave ich
Geboren, dem das Joch der Tyrannei geziemt?
  Oder fehlt mir der Sinn, mein Elend zu empfinden?
Bin ich, Verachtung zu verachten, allzu blöde?
Für lange Treue wird dem täglich Hilfeflehenden
Spott nur als einziger Bettlerlohn.
  Auf, Tugend, auf! Schönheit ist Schönheit bloß!
Ich könnte, sollte, ja ich will, ich kann
Aufgeben dies, das zu entbehren Gewinn ist.
Laß sie gehn! Doch still, hier kommt sie. Komm nur,
  Du Grausame, ich lieb dich nicht – weh mir, dies Auge
  Macht, daß mein Herz die Zunge Lügen straft!

56

Pfui, Schule der Geduld, pfui, allzu lang ist,
Sie ohne Buch zu lernen, deine Lektion:
Was, eine ganze Woche ohne auch nur einen Blick,
Wie sollt ich deine strenge Vorschrift nicht vergessen?
  Wenn ich in seligen Lettern ihrem Antlitz eingeschrieben
Der Tugend Lehre läse, ich könnte das Bleigewicht
Einigermaßen aushalten deines Rats, als käme er
Von einem Freund, ders so verkehrt nicht meint.
  Doch jetzt, da ich, ach! ihren Anblick misse,
Wie, denkst du, soll ich je phlegmatisch
An deinem kalten Kram mich erlustieren? Nein,
Meinst du, Geduld, es gut mit mir, so mache,
  Daß sie herkommt und hört geduldig mein Begehren,
  Und heiße dann mich, in Geduld mein Feuer zu ertragen.

71

Who will in fairest book of nature know
How virtue may best lodged in beauty be,
Let him but learn of love to read in thee,
Stella, those fair lines which true goodness show.
  There shall he find all vices' overthrow,
Not by rude force, but sweetest sovereignty
Of reason, from whose light those night birds fly,
That inward sun in thine eyes shineth so.
  And not content to be perfection's heir
Thyself, dost strive all minds that way to move,
Who mark in thee what is in thee most fair;
So while thy beauty draws the heart to love,
  As fast thy virtue bends that love to good.
  But ah, desire still cries: «Give me some food.»

Splendidis longum valedico nugis

Leave me, O Love which reachest but to dust,
And thou my mind aspire to higher things;
Grow rich in that which never taketh rust;
Whatever fades but fading pleasure brings.
  Draw in thy beams, and humble all thy might
To that sweet yoke where lasting freedoms be;
Which breaks the clouds and opens forth the light,
That doth both shine and give us sight to see.
  O take fast hold; let that light be thy guide
In this small course which birth draws out to death,
And think how ill becometh him to slide,
Who seeketh heaven, and comes of heavenly breath.
  Then farewell world; thy uttermost I see;
  Eternal Love, maintain thy life in me.

71

Will aus schönstem Buch, das die Natur uns bietet, einer,
Wie in Schönheit Tugend vorzüglich wohnt, erfahren,
Laß ihn die Liebe lesen lernen, daß er, Stella, in dir
Die schönen Zeilen lese, die von wahrem Werte zeugen.
  Alle Laster wird er dort überwunden sehn,
Durch rohe Kraft nicht, sondern weil Verständigkeit
Dort allerlieblichst herrschend dieses Nachtgevögel scheucht:
So strahlt aus deinen Augen diese innere Sonne.
  Und nicht zufrieden, daß Vollkommenheit als Erbe
Dir zufiel, willst du jeglichem Gemüt den Weg
Zu dem, was allerschönst in dir ist, weisen.
So beugt, indessen deine Schönheit das Herz zu lieben lockt,
  Zum Guten deine Tugend diese Liebe. Aber, ach!
  Begierde hört nicht auf zu schrein: «Mich hungert: füttre mich!»

Den glänzenden Possen von einst Lebewohl

Fahr, Liebe, hin, die nur zu Staube strebt;
Und du, mein Geist, sei höheren Ziels bewußt;
Werd reich an dem, was unvergänglich lebt,
Denn, was verwelkt, es bringt nur welke Lust.
  Dämpf deinen Strahl – und vor dem süßen Joch,
Das uns befreit, laß deine Macht zergehn;
Es schließt das Licht auf, reißt die Wolken hoch –
Licht, das uns scheint, und Augen gibt, zu sehn.
  Nimm festen Halt, von jenem Licht geführt
Im kurzen Laufe von Geburt zum Tod;
Bedenk, wie schlecht ein Straucheln dem gebührt,
Der Himmel sucht, dem Himmel Ursprung bot.
  Drum, Welt, leb wohl; dein Letztes ward mir kund;
  Sei, ewige Liebe, meines Lebens Grund.

Christopher Marlowe

The Passionate Shepherd to His Love

Come live with me, and be my love,
And we will all the pleasures prove
That valleys, groves, hills, and fields,
Woods, or steepy mountain yields.

And we will sit upon the rocks,
Seeing the shepherds feed their flocks,
By shallow rivers to whose falls
Melodious birds sing madrigals.

And I will make thee beds of roses,
And a thousand fragrant posies,
A cap of flowers, and a kirtle,
Embroidered all with leaves of myrtle;

A gown made of the finest wool
Which from our pretty lambs we pull;
Fair linèd slippers for the cold,
With buckles of the purest gold;

A belt of straw and ivy-buds,
With coral clasps and amber studs:
And if these pleasures may thee move,
Come live with me, and be my love.

The shepherd swains shall dance and sing
For thy delight each May morning:
If these delights thy mind may move,
Then live with me, and be my love.

Christopher Marlowe

Der verliebte Schäfer an seinen Schatz

Komm leb mit mir und laß dich lieben,
Und uns wird alle Lust beschieden,
Die Hain und Hügel, Berg und Feld
Und Wald gewährt auf dieser Welt.

Auf Felsen sitzen wir dann beide,
Sehn Hirten ihre Herden weiden,
Am Bachesrand, im grünen Tale,
Zum Klang der Vogel-Madrigale.

Dann mach ich dir ein Bett von Rosen,
Sträuße aus Blüten, frischentsprossen,
Kopfputz aus Blumen, einen Rock
Mit Myrtenzweiglein hübsch besteckt;

Aus feiner Wolle ein Gewand –
Wir nehmen sie vom schönsten Lamm –,
Pantöffelchen, mit Pelz beschlagen,
Und darauf setz ich goldene Spangen;

Ein Gurt aus Stroh und Efeuranken,
Mit Bernsteinschnallen, Silberhaken –
Wenn solche Freuden dich bewegen,
Komm leb mit mir und laß dich lieben.

Die Schäferschar soll tanzen, springen,
Im jungen Mai dir Ständchen singen –
Wenn diese Wonnen dich bewegen,
Dann leb mit mir und laß dich lieben.

From Hero and Leander

By this Leander, being near the land,
Cast down his weary feet and felt the sand.
Breathless albeit he were, he rested not
Till to the solitary tower he got.
And knocked and called; at which celestial noise
The longing heart of Hero much more joys
Than nymphs and shepherds when the timbrel rings,
Or crooked dolphin when the sailor sings.
She stayed not for her robes, but straight arose,
And, drunk with gladness, to the door she goes;
Where, seeing a naked man, she screeched for fear
(Such sights as this to tender maids are rare),
And ran into the dark herself to hide –
Rich jewels in the dark are soonest spied.
Unto her was he led, or rather drawn
By those white limbs which sparkled through the lawn.
The nearer that he came, the more she fled,
And, seeking refuge, slipped into her bed;
Whereon Leander sitting, thus began,
Through numbing cold all feeble, faint, and wan:
«If not for love, yet, love, for pity's sake
Me in thy bed and maiden bosom take;
At least vouchsafe these arms some little room
Who, hoping to embrace thee, cheerly swum.
This head was beat with many a churlish billow,
And therefore let it rest upon thy pillow.»
Herewith affrighted Hero shrunk away
And in her lukewarm place Leander lay;
Whose lively heat, like fire from heaven fet,
Would animate gross clay, and higher set
The drooping thoughts of base declining souls
Than dreary Mars carousing nectar bowls.
His hands he cast upon her like a snare;
She, overcome with shame and sallow fear,

Aus Hero und Leander

Die Vereinigung

Endlich fühlt sich Leander nah dem Land,
Streckt tief die müden Beine, spürt den Sand;
Gönnt, atemlos, sich keine Rast, und eilt,
Bis er den abgelegenen Turm erreicht.
Dort klopft und ruft er – himmlisches Geräusch,
Das Heros sehnsuchtsvolles Herz mehr freut
Als Hirt und Schäferin das Tamburin,
Als Seemannslied den buckligen Delphin.
Sie springt vom Bett – und läßt die Kleider liegen –
Im Freudenrausch, die Türe zu entriegeln;
Sieht kaum den nackten Mann, schon schreit sie laut
(Ein Anblick zarten Jungfern unvertraut)
Und stürzt ins Dunkel, um sich zu verstecken;
Doch Glanz verrät im Dunkeln die Juwelen:
Die weißen Glieder, unterm Linnen glänzend,
Führen, nein, ziehen ihn in ihre Nähe.
Je mehr er naht, je mehr sucht sie zu fliehen,
Und schlüpft ins Bett, als könnt es Zuflucht bieten.
Er setzt sich zu ihr, spricht mit ihr, ganz schwach
Vor Kälte, starr und matt, der Ohnmacht nah:
«Wenn liebend nicht, aus Mitleid laß mich ein
In dieses Bett, an deinen Busen rein;
Gönn diesem Arm hier nur ein wenig Raum,
Der, um dich zu umarmen, freudig schwamm;
Mein Haupt entrann der wilden Wellenwut,
Daß es zum Lohn auf deinem Kissen ruht.»
Die arme Hero weicht bestürzt zur Seite:
Ihr warmer Platz wird so Leanders Beute.
Lebendige Hitze spürt er, Himmelsglut,
Die Lehm belebt, die den erschlafften Mut
Verzagter Seelen hoch zum Himmel reißt,
Dorthin, wo Mars, der Blutige, Nektar speist.
Schon faßt, arglistig, seine Hand nach ihr;
Und sie, vor Scham und bleicher Angst verstört,

Like chaste Diana when Actaeon spied her,
Being suddenly betrayed, dived down to hide her,
And as her silver body downward went,
With both her hands she made the bed a tent,
And in her own mind thought herself secure,
O'ercast with dim and darksome coverture.
And now she lets him whisper in her ear,
Flatter, entreat, promise, protest, and swear;
Yet ever as he greedily assayed
To touch those dainties, she the Harpy played,
And every limb did, as a soldier stout,
Defend the fort and keep the foeman out.
For though the rising ivory mount he scaled,
Which is with azure circling lines empaled,
Much like a globe (a globe may I term this
By which love sails to regions full of bliss),
Yet there with Sisyphus he toiled in vain
Till gentle parley did the truce obtain.
Wherein Leander on her quivering breast
Breathless spoke something and sighed out the rest;
Which so prevailed, as he, with small ado,
Enclosed her in his arms and kissed her, too.
And every kiss to her was as a charm.
And to Leander as a fresh alarm.
So that the truce was broke, and she, alas,
Poor silly maiden, at his mercy was.
Love is not full of pity, as men say,
But deaf and cruel, where he means to prey.
Even as a bird which in our hands we wring
Forth plungeth and oft flutters with her wing,
She trembling strove; this strife of hers, like that
Which made the world, another world begat
Of unknown joy. Treason was in her thought,
And cunningly to yield herself she sought.
Seeming not won, yet won she was at length.
(In such wars women use but half their strength).
Leander now, like Theban Hercules,
Entered the orchard of th' Hesperides,

Diana gleich, die sich verraten sah
Dem spähenden Aktäon, taucht hinab,
Um sich zu bergen. Wie so silberhell
Ihr Leib entschlüpft, formt sie sich rasch ein Zelt
Mit beiden Händen, glaubt sich wohlversteckt
Im dunklen Deckenberg, der sie bedeckt.
Von draußen darf er flüsternd sie betören,
Beteuern, schmeicheln, heilige Eide schwören;
Doch greift er gierig nach den Leckerbissen,
Läßt sie ihn, harpyiengleich, den Vorwitz büßen,
Und jedes Glied, ein tapferer Soldat,
Beschützt die Festung, wehrt den Gegner ab.
Zwar hat das Vorwerk, jene weißen Hügel,
Von Blau geädert, er schon bald erstiegen
(Weltkugeln, die den Weg der Liebe zeigen,
Auf dem die Seligen Inseln zu erreichen),
Doch dort heißt es, wie Sisyphus, erst schmachten,
Verhandeln und nach Waffenstillstand trachten;
Den nützt er aus, und haucht an ihre Brust,
Die süß erbebt, zwei Worte, seufzt den Rest;
Gewinnt soviel an Boden, daß er sie
Umarmen kann und küssen, ohne Müh.
Ein jeder Kuß schlägt sie in Zauberbann,
Treibt ihn zu neuen Mannestaten an.
So bricht die Waffenruh – sie aber, ach,
Arglose Maid, ist nun in seiner Macht.
Liebe sei voller Mitleid, hört man sagen –
Nein: taub und grausam, will sie Beute schlagen:
Dem Vogel gleich, den unsere Hand fest hält,
Der bebt und drängt und mit den Flügeln schlägt,
Wehrt Hero sich; doch dieser Widerstreit
(Dem gleich, der Welten schuf) zeugt eine neue Welt
Der niegekannten Lust. Verrat im Sinn,
Strebt listig sie zur Übergabe hin:
Scheint unnachgiebig, und läßt sich besiegen
(Halbherzig kämpfen Fraun in solchen Kriegen).
Leander, wie einst Herkules von Theben,
Darf jetzt den Hesperidenhain betreten,

Whose fruit none rightly can describe but he
That pulls or shakes it from the golden tree.
And now she wished this night were never done,
And sighed to think upon th'approaching sun,
For much it grieved her that the bright daylight
Should know the pleasure of this blessèd night.

From Tamburlaine

Nature, that framed us of four elements
Warring within our breasts for regiment,
Doth teach us all to have aspiring minds;
Our soul, whose faculties can comprehend
The wondrous architecture of the world,
And measure every planet's wandering course,
Still climbing after knowledge infinite,
And always moving as the restless spheres,
Wills us to wear ourselves and never rest
Until we reach the ripest fruit of all,
That perfect bliss and sole felicity,
The sweet fruition of an earthly crown.

Doctor Faustus

Was this the face that launched a thousand ships
And burnt the topless towers of Ilium?
Sweet Helen, make me immortal with a kiss.
Her lips suck forth my soul; see where it flies! –
Come, Helen, come, give me my soul again.
Here will I dwell, for heaven is in these lips,
And all is dross that is not Helena.
I will be Paris, and for love of thee,
Instead of Troy, shall Wittenberg be sacked:
And I will combat with weak Menelaus,

Mit Früchten, die nur der zu schildern weiß,
Der sie vom goldnen Baume pflückt und reißt.
Jetzt wünscht sie, ohne Ende wär die Nacht,
Denkt seufzend dran, wie bald der Morgen naht,
Denn es betrübt sie, daß der helle Tag
Die Freuden dieser Wundernacht gewahrt.

Aus Tamburlaine

Natur, die uns aus Elementen schuf,
Daß sie um Herrschaft ringen in der Brust,
Lehrt uns: es zählt der Geist, der aufwärts strebt;
Und unsere Seele, deren Fähigkeit
Die Wunder-Baukunst dieser Welt begreift,
Jedes Planeten flüchtige Spur ermißt,
Stets nach unendlicher Erkenntnis giert,
Ewig bewegt wie die getriebenen Sphären,
Will, daß wir uns abmühn und niemals ruhn,
Bis wir die reifste aller Früchte pflücken,
Vollkommne Wonne, einzige Seligkeit:
Irdischer Krone köstlichen Genuß.

Doktor Faustus

An Helena

War dies das Antlitz, Ziel den tausend Schiffen,
Und Ilions himmelhoher Türme Brand?
Helena, mach unsterblich mich im Kuß.
Ihr Mund saugt meine Seele: sieh, sie fliegt!
Komm, Helena, komm; gib mir zurück die Seele.
Hier will ich wohnen: Himmel diese Lippen,
Und alles Schlacke, was nicht Helena.
Will Paris sein und leg aus Liebe dir
Statt Troja Wittenberg in Staub und Asche;
Will mit dem schwachen Menelaos kämpfen

And wear thy colours on my plumèd crest:
Yea, I will wound Achilles in the heel,
And then return to Helen for a kiss.
Oh, thou art fairer than the evening air
Clad in the beauty of a thousand stars;
Brighter art thou than flaming Jupiter
When he appeared to hapless Semele:
More lovely than the monarch of the sky
In wanton Arethusa's azured arms;
And none but thou shall be my paramour.

AH, FAUSTUS,
Now hast thou but one bare hour to live,
And then thou must be damned perpetually!
Stand still, you ever-moving spheres of heaven,
That time may cease, and midnight never come;
Fair Nature's eye, rise, rise again, and make
Perpetual day; or let this hour be but
A year, a month, a week, a natural day,
That Faustus may repent and save his soul!
O lente, lente currite, noctis equi!
The stars move still, time runs, the clock will strike,
The devil will come, and Faustus must be damned.
Oh, I'll leap up to my God! Who pulls me down?
See, see, where Christ's blood streams in the firmament!
One drop would save my soul, half a drop: ah, my Christ!
Ah, rend not my heart for naming of my Christ!
Yet will I call on him: Oh, spare me, Lucifer!
Where is it now? 'tis gone: and see, where God
Stretcheth out his arm, and bends his ireful brows!
Mountains and hills, come, come, and fall on me,
And hide me from the heavy wrath of God!

Und deine Farb an meinem Helmbusch tragen.
Ich will Achilles in die Ferse treffen
Und kehr zu Helena um einen Kuß.
O du bist holder als die Abendluft
In ihrer tausendfach gestirnten Schönheit,
Bist leuchtender denn Jupiter in Flammen,
Als furchtbar er der Semele erschien;
Bist herrlicher als der Monarch des Himmels
In den azurnen Armen Arethusas;
Und du allein sollst meine Liebste sein!

Fausts Verdammnis

Ach Faustus,
Nun bleibt dir eine nackte Stunde Leben,
Und dann bist du auf ewige Zeit verdammt!
Steht still, ihr Himmelssphären, immer-kreisend,
Daß Zeit aufhört und Mitternacht nie naht;
Du schönes Auge der Natur, geh nochmals auf,
Bring ewigen Tag; oder laß diese Stunde
Ein Jahr, nein, einen Monat, Woche, Tag nur sein,
Daß Faust bereuend seine Seele rette!
O lente, lente currite, noctis equi!
Noch kreisen Sterne, rast die Zeit – die Stunde schlägt,
Satan erscheint, und Faustus muß verdammt sein.
O, ich will auf zu meinem Gott! Wer wirft mich nieder?
Sieh, sieh, wie Christi Blut am Himmel strömt!
Ein Tropfen löst, ein halber, meine Seele: Christus!
Ach, reiß mir nicht das Herz auf, weil ich Christus rief!
Ich ruf ihn doch! O schon mich, Luzifer!
Wo ist es hin? Es schwand. Sieh dort, wie Gott
Den Arm reckt und die finstere Braue senkt!
Kommt, kommt, ihr Hügel, Berge, stürzt auf mich,
Daß ihr mich bergt vor Gottes schwerem Zorn!

George Peele

Bethsabe's Song

Hot sun, cool fire, tempered with sweet air,
Black shade, fair nurse, shadow my white hair:
Shine, sun; burn, fire; breathe, air, and ease me;
Black shade, fair nurse, shroud me and please me:
Shadow, my sweet nurse, keep me from burning,
Make not my glad cause cause of mourning.
Let not my beauty's fire
Inflame unstaid desire,
Nor pierce any bright eye
That wandereth lightly.

When as the rye reach to the chin,
And chopcherry, chopcherry ripe within,
Strawberries swimming in the cream,
And school-boys playing in the stream;
Then O, then O, then O my true love said,
Till that time come again,
She could not live a maid.

The Heads Speak in the Well

Gently dip, but not too deep,
For fear you make the golden beard to weep.
Fair maiden, white and red,
Comb me smooth, and stroke my head,
And thou shalt have some cockle-bread.

Gently dip, but not too deep,
For fear thou make the golden beard to weep.
Fair maid, white and red,
Comb me smooth, and stroke my head,

George Peele

Bathsebas Lied

Sonne heiß, Feuer frisch, mit süßer Luft vermischt,
Schattennacht, schirmende, schatte mein Haar so licht;
Schein, Sonne; Feuer, brenn; Lufthauch, erquick mich;
Schirmende Schattennacht, birg und beglück mich;
Schatten, der mich beschirmt, laß mich nicht brennen,
Laß nicht mein frohes Glück Unglück aussenden:
Daß nicht der Schönheit Brand
Unstete Gier entflammt,
Ein helles Aug verzehrt,
Das da schweift unbeschwert.

Wenn erst der Roggen reicht ans Kinn,
Und Herzkirschen, Herzkirschen reifen drin,
Erdbeeren gleich in Sahne schwimmen,
Schuljungen auf dem Flußgrund springen,
Bis dann erst, bis dann, sprach die Liebste mein,
Bis diese Zeit erst kommt herein,
Solang kann sie nicht Jungfrau sein.

Die Häupter in der Quelle sprechen

Sacht tauch ein, doch nicht zu tief,
Daß nicht der goldne Bart von Tränen trieft.
Schöne Maid, weiß und rot,
Kämm mich glatt, streich meinen Kopf,
Zum Lohn bekommst du Knusperbrot.

Sacht tauch ein, doch nicht zu tief,
Daß nicht der goldne Bart von Tränen trieft.
Schöne Maid, weiß und rot,
Kämm mich glatt, streich meinen Kopf:

And every hair a sheaf shall be,
And every sheaf a golden tree.

His golden locks time hath to silver turned –
Oh, time too swift! Oh, swiftness never ceasing!
His youth 'gainst time and age hath ever spurned,
But spurned in vain; youth waneth by increasing:
Beauty, strength, youth, are flowers but fading seen;
Duty, faith, love, are roots, and ever green.

His helmet now shall make a hive for bees,
And lovers' sonnets turned to holy psalms;
A man-at-arms must now serve on his knees,
And feed on prayers, which are age's alms:
But though from court to cottage he depart,
His saint is sure of his unspotted heart.

And when he saddest sits in homely cell,
He'll teach his swains this carol for a song:
«Blest be the hearts that wish my sovereign well,
Curst be the souls that think her any wrong.»
Goddess, allow this aged man his right,
To be your beadsman now, that was your knight.

Und jedes Haar eine Garbe voll,
Und jede Garbe ein Baum von Gold.

Sein Goldgelock nun Zeit in Silber kehrte,
O Zeit zu jäh, o Jähe nimmer weilend!
Ihm, der gen Zeit und Alter stets sich wehrte,
Jugend, je mehr sie dauert, mehr enteilend:
Schönheit, Kraft, Jugend: Blumen, die verblühn;
Pflicht, Glauben, Liebe: Wurzeln immergrün.

Nun ward zum Bienenstock sein Helmvisier,
Das Liebeslied ward ihm zum heiligen Psalter;
Ein Held im Harnisch dient auf Knieen Dir,
Fürbitte frommt als Opferdienst dem Alter:
Und zieht er auch zur Hütte aus dem Schloß,
Glaub, Herrin, an sein Herz, das fleckenlos.

Wenn er dann ernst in trauter Zelle sitzt,
Lehrt er die Schäfer solchen Lieds Legende:
«Gesegnet sei, wer meine Fürstin schützt,
Dem Bösgesinnten werd ein böses Ende.»
Göttin, dies Vorrecht räum dem Greisen ein:
Fürbitter soll Dein einstiger Ritter sein.

John Lyly

Song of Apelles

Cupid and my Campaspe played
At cards for kisses. Cupid paid:
He stakes his quiver, bow, and arrrows,
His mother's doves, and team of sparrows;
Loses them too; then, down he throws
The coral of his lip, the rose
Growing on's cheek (but none knows how);
With these, the crystal of his brow,
And the dimple of his chin:
All these did my Campaspe win.
At last, he set her both his eyes;
She won, and Cupid blind did rise.
O Love! has she done this to thee?
What shall (alas!) become of me?

A Fairy Song

Pinch him, pinch him, black and blue;
Saucy mortals must not view
What the queen of stars is doing,
Nor pry into our fairy wooing.
        Pinch him blue.
        And pinch him black.
        Let him not lack
Sharp nails to pinch him blue and red,
Till sleep has rocked his addle head.
For the trespass he hath done,
Spots o'er all his flesh shall run.
Kiss Endimion, kiss his eyes,
Then to our midnight haydegeyes.

John Lyly

Lied des Apelles

Campaspe spielte einst mit Cúpido
Karten um Küsse – er verlor.
Verpfändet Köcher, Pfeile, Bogen,
Den Sperlingszug, der Mutter Tauben;
Verspielt auch das; und nun versetzt der Lose
Lippenkorallen samt den Rosen
Die ihm (o Wunder) auf den Wangen blühn,
Und gleich drauf den Kristall der Stirn,
Und dann das Grübchen auf dem Kinn
(Campaspe nimmt es als Gewinn);
Versetzt die Augen noch am End,
Verspielt, erhebt sich und ist blind.
O Amor, tat sie solches dir?
Was wird dann (weh und ach) aus mir?

Elfenlied

Kneift ihn, kneift ihn grün und blau!
Dreistes Menschlein darf nicht schaun
Nach der Sternenherrin Treiben,
Spähen, wie die Geister freien.
  Kneift ihn blau
  Und kneift ihn grün:
  Spitze Nägel, hin zu ihm,
Und rot und blau den Kerl gezwickt,
Bis Schlaf den Hohlkopf eingewiegt.
Wolln für seine Untat ihm
Das Fleisch mit Flecken überziehn.
Ein Kuß noch auf Endymions Augen,
Dann fort zum mitternächtigen Reigen!

Thomas Nashe

Fair summer droops, droop men and beasts therefore;
So fair a summer look for never more.
All good things vanish, less than in a day,
Peace, plenty, pleasure, suddenly decay.
   Go not yet away, bright soul of the sad year:
   The earth is hell when thou leav'st to appear.

What, shall those flowers, that decked thy garland erst,
Upon thy grave be wastefully dispersed?
O trees, consume your sap in sorrow's source;
Streams, turn to tears your tributary course;
   Go not yet hence, bright soul of the sad year:
   The earth is hell when thou leav'st to appear.

A Litany in Time of Plague

Adieu, farewell, earth's bliss:
This world uncertain is;
Fond are life's lustful joys;
Death proves them all but toys;
None from his darts can fly;
I am sick, I must die.
   Lord, have mercy on us!

Rich men, trust not in wealth,
Gold cannot buy you health,
Physic himself must fade,
All things to end are made.
The plague full swift goes by;
I am sick, I must die.
   Lord, have mercy on us!

Beauty is but a flower
Which wrinkles will devour;
Brightness falls from the air,

Thomas Nashe

Der schöne Sommer krankt; klagt, Mensch und Tier:
Solch schöner Sommer wird euch niemals mehr!
Was gut ist, flieht – nie bleibt ihm Zeit genug;
Freude, Lust, Fülle, sie vergehn im Flug.
  Bleib doch, des trüben Jahres lichte Seele:
  Ohne dein Leuchten wird die Welt zur Hölle.

Wie, solln die Blüten, Schmuck für dein Gebinde
Noch eben, jetzt sich an dein Grab verschwenden?
Trinkt, Bäume, euren Saft als Trauerquelle;
Löst, Ströme, euren Lauf in Tränenfälle!
  Bleib noch, des trüben Jahres lichte Seele:
  Ohne dein Leuchten wird die Welt zur Hölle.

Litanei zur Pestzeit

Adieu, Erdenherrlichkeit:
Ungewiß ist die Zeit,
Torheit das Lebensspiel,
Tod aller Weltlust Ziel;
Keiner, der ihm entrinnt –
Ich bin krank, muß dahin.
  Herr, erbarm Dich unser.

Ihr Reichen, mißtraut dem Geld:
Kein Gold euch heil erhält.
Ärztekunst muß vergehn,
Nichts wird und bleibt bestehn;
Pesthauch befällt den Sinn –
Ich bin krank, muß dahin.
  Herr, erbarm Dich unser.

Blühende Schönheit
Verschlingt der Runzeln Neid.
Glanz sinkt aus Himmelsluft –

Queens have died young and fair,
Dust hath closed Helen's eye.
I am sick, I must die.
   Lord, have mercy on us!

Strength stoops unto the grave,
Worms feed on Hector brave;
Swords may not fight with fate,
Earth still holds ope her gate.
«Come, come!» the bells do cry:
I am sick, I must die.
   Lord, have mercy on us.

Wit with his wantonness
Tasteth death's bitterness;
Hell's executioner
Hath no ears for to hear
What vain art can reply:
I am sick, I must die.
   Lord, have mercy on us.

Haste, therefore, each degree
To welcome destiny;
Heaven is our heritage,
Earth but a player's stage;
Mount we unto the sky:
I am sick, I must die.
   Lord, have mercy on us.

Königin jung zur Gruft;
Staub macht Helenen blind –
Ich bin krank, muß dahin.
  Herr, erbarm Dich unser.

Der Kraft nimmt die Grube Maß:
Würmern wird Hektor Fraß.
Kein Schwert bezwingt das Los,
Erde tut auf den Schoß;
«Komm, komm», die Glocke klingt –
Ich bin krank, muß dahin.
  Herr, erbarm Dich unser.

Witz, noch voll Übermut,
Spürt bittren Todes Wut.
Der Höllen Henkersknecht
Hat kein Ohr, hört drum schlecht,
Was eitle Kunst erfindt –
Ich bin krank, muß dahin.
  Herr, erbarm Dich unser.

Gern geb sich jeder Stand
In seines Lenkers Hand.
Uns ruft der Himmel heim:
Welt narrt mit Spiel und Schein,
Aufwärts hebt euren Sinn –
Ich bin krank, muß dahin.
  Herr, erbarm Dich unser.

A. W.

Eternal Time, that wastest without waste,
That art, and art not, diest, and livest still;
Most slow of all, and yet of greatest haste;
Both ill and good, and neither good nor ill:
   How can I justly praise thee, or dispraise?
   Dark are thy nights, but bright and clear thy days.

Both free and scarce, thou giv' st and tak'st again;
Thy womb that all doth breed, is tomb to all;
What so by thee hath life, by thee is slain;
From thee do all things rise, by thee they fall:
   Constant, inconstant, moving, standing still;
   Was, Is, Shall be, do thee both breed and kill.

I lose thee, while I seek to find thee out;
The farther off, the more I follow thee;
The faster hold, the greater cause of doubt;
Was, Is, I know; but *Shall* I cannot see.
   All things by thee are measured; thou, by none:
   All are in thee; thou, in thyself alone.

A. W.

Ewige Zeit, verzehrend, unversehrt:
Du bist, bist nicht, stirbst und lebst immerzu,
Kriechst träg dahin, und hastest überschnell,
Bist gut und böse, weder bös noch gut;
   Wie ich dich recht erhöhe, schmähe – sag!
   Schwarz deine Nächte, klar und licht dein Tag.

Vergeudest geizend, gibst und nimmst die Gaben;
Dein Schoß trägt und begräbt die Dinge all;
Was durch dich lebt, durch dich wird es erschlagen,
Du aller Wesen Aufstieg, aller Fall.
   Unstet und stetig, rasend, unbewegt:
   War, Ist, und *Wird* tötet dich und belebt.

Entziehst dich mir, noch während ich dich greife;
Je ferner, umso mehr stell ich dir nach;
Je dichter dran, umso stärker die Zweifel:
War kenn ich wohl, und *Ist* – das *Wird* bleibt unsichtbar.
   Jedes mißt du, und doch ermißt dich Keines;
   In dir ist Alles – du in dir alleine.

Robert Southwell

The Burning Babe

As I in hoary winter's night
  Stood shivering in the snow,
Surprised I was with sudden heat
  Which made my heart to glow.

And lifting up a fearful eye
  To view what fire was near,
A pretty Babe all burning bright
  Did in the air appear;

Who, scorchèd with excessive heat,
  Such floods of tears did shed,
As though his floods should quench his flames
  Which with his tears were fed.

«Alas!» quoth he, «but newly born
  In fiery heats I fry,
Yet none approach to warm their hearts
  Or feel my fire but I.

My faultless breast the furnace is,
  The fuel wounding thorns;
Love is the fire, and sighs the smoke,
  The ashes shame and scorns.

The fuel justice layeth on,
  And mercy blows the coals;
The metal in this furnace wrought
  Are men's defilèd souls.

For which, as now on fire I am
  To work them to their good,
So will I melt into a bath
  To wash them in my blood.»

Robert Southwell

Das brennende Kindlein

Als ich in rauher Winternacht
Im Schnee erschauernd stand,
Kam plötzlich Hitze über mich,
Mein Herz geriet in Brand;

Und furchtsam hob die Augen ich
Zu sehn, was das wohl war;
Ein lieblich Kindlein, brennendhell,
Bot meinem Blick sich dar.

Das ließ, von heißer Glut versengt,
Ströme von Tränen fließen,
Doch statt zu löschen, machten sie
Mehr noch die Flammen schießen.

«O weh», sprach es, «daß, neugeborn,
In solcher Glut ich leide,
Und niemand naht, damit sein Herz
Sich an der Wärme weide.

Mein reines Herz der Ofen ist,
Brennstoff sind Dornenbande,
Liebe das Feuer, Seufzer Rauch,
Und Asche Hohn und Schande.

Gerechtigkeit legt Kohle drauf,
Gnade die Flamme weckt,
Das Erz, das in der Esse glüht,
Sind Seelen, schuldbefleckt.

Um sie zu läutern, brenn ich hier
In so entfachter Glut
Und schmelze hin zu einem Bad,
Wasch sie mit meinem Blut.»

With this he vanished out of sight
And swiftly sunk away,
And straight I callèd unto mind
That it was Christmas Day.

Decease, Release

Dum morior, orior

The pounded spice both taste and scent doth please;
In fading smoke the force doth incense show;
The perished kernel springeth with increase;
The loppèd tree doth best and soonest grow.

God's spice I was, and pounding was my due;
In fading breath my incense savoured best;
Death was the mean my kernel to renew;
By lopping shot I up to heavenly rest.

Alive a queen, now, dead, I am a saint:
Once Mary called, my name now Martyr is;
From earthly reign debarrèd by restraint,
In lieu whereof I reign in heavenly bliss.

My scaffold was the bed where ease I found,
The block a pillow of eternal rest;
My headman cast me in a blissful swound:
His axe cut off my cares from cumbered breast.

Rue not my death, rejoice at my repose!
It was no death to me but to my woe:
The bud was opened to let out the rose,
The chains unloosed to let the captive go.

Damit entschwand es meinem Blick
Verging im Dunkel sacht,
Und plötzlich kam mir in den Sinn:
Es war die Heilige Nacht.

Entleibt, befreit

Da ich vergehe, erstehe ich neu

Gestampft wächst das Gewürz an Kraft und Duft;
Weihrauch wirkt erst, verweht sein Dunst im Raum;
Begrabener Kern entspringt zu neuer Frucht;
Mehr himmelwärts wächst ein gestutzter Baum.

Gottes Gewürz war ich, dem Stampfen nützt;
Verwehter Atem gab dem Weihrauch Weihe;
Tod war der Weg, auf dem mein Kern neu sprießt;
Gestutzt erst durfte ich zum Himmel steigen.

Im Leben Königin, bin Heilige ich im Tode:
Marie hieß ich, die Märtyrer heut heißt;
Durch Zwang von irdischer Herrschaft ausgeschlossen,
Herrsche ich nun in Himmelsseligkeit.

Ein Bett war das Schaffott, das Ruh verspricht;
Der Block als Kissen lud zu ewiger Rast;
Mein Henker warf in selige Ohnmacht mich;
Die Axt schnitt Sorgen mir aus schwerer Brust.

Beklagt nicht meinen Tod: freut euch an meinem Frieden!
Es war für mich kein Tod, nur für mein Leid:
Die Knospe brach, damit die Rose blühte;
Die Kette fiel – nun ist die Sklavin frei.

Chidiock Tichborne

On the Eve of His Execution

My prime of youth is but a frost of cares,
My feast of joy is but a dish of pain,
My crop of corn is but a field of tares,
And all my good is but vain hope of gain;
The day is past, and yet I saw no sun,
And now I live, and now my life is done.

My tale was heard, and yet it was not told,
My fruit is fallen, and yet my leaves are green,
My youth is spent, and yet I am not old,
I saw the world, and yet I was not seen;
My thread is cut, and yet it was not spun,
And now I live, and now my life is done.

I sought my death, and found it in my womb,
I looked for life, and saw it was a shade,
I trod the earth, and knew it was my tomb,
And now I die, and now I was but made;
My glass is full, and now my glass is run,
And now I live, and now my life is done.

Chidiock Tichborne

Am Vorabend seiner Hinrichtung

Mein Lebensmai ist nur ein Sorgenfrost,
Mein Fest der Freude nur ein Trog voll Weh,
Statt Weizen trägt mein Feld mir nichts als Spreu,
Mein Gut ist eitel Hoffen auf Ertrag;
Der Tag verstrichen, ohne Sonnenblick:
Und noch am Leben, ist mein Leben aus.

Mein Los vernommen, und doch nicht erzählt,
Die Frucht gefallen bei noch grünem Laub,
Die Jugend ist vertan, doch unbejahrt,
Ich sah die Welt, ward selber nicht gesehn;
Mein Faden, kaum gesponnen, wird gekappt:
Und noch am Leben, ist mein Leben aus.

Suchte den Tod, fand ihn im Mutterleib,
Forschte nach Leben, sah es schattenhaft,
Beschritt die Erde, wußte sie mein Grab,
Ich sterbe jetzt, ward eben erst gezeugt;
Mein Stundenglas jetzt voll, ist jetzt versiegt:
Und noch am Leben, ist mein Leben aus.

Thomas Bastard

Our fathers did but use the world before,
And having used did leave the same to us.
We spill whatever resteth of their store.
What can our heirs inherit but our curse?
For we have sucked the sweet and sap away,
And sowed consumption in the fruitful ground;
The woods and forests clad in rich array
With nakedness and baldness we confound.
We have defaced the lasting monuments,
And caused all honour to have end with us;
The holy temples feel our ravishments.
What can our heirs inherit but our curse?
The world must end, for men are so accurst;
Unless God end it sooner, they will first.

In Getam

Geta from wool and weaving first began
Swelling and swelling to a gentleman.
When he was gentleman, and bravely dight,
He left not swelling till he was a knight.
At last (forgetting what he was at first)
He swole to be a lord: and then he burst.

India, which so long feared, now hath our Drake:
Her fears lie buried in her golden sands;
Which we will oft revisit for his sake,
Till we have ransomed him out of her hands.
You, which will venture for a golden prey,
Go on, brave lads, by water is your way.

Thomas Bastard

Unsre Väter gebrauchten nur die Welt
Und gaben sie uns weiter nach Gebrauch;
Doch wir vergeuden, was reich an uns fällt.
Was ernten unsere Erben? Unsern Fluch.
Wir saugten alle Süße, allen Saft,
Säten Auszehrung aus auf fettem Grund;
Schlugen der Wälder üppig grüne Pracht
Zu kahler Blöße und zu nacktem Schwund;
Weihten der Zeiten Mahnmal dem Verfall,
Und schlossen hinter uns das Ruhmesbuch;
Heiligen Tempeln taten wir Gewalt.
Was ernten unsere Erben? Unsern Fluch.
Die Menschheit ist verhext: die Welt muß enden –
Wenn Gott sie nicht bald endigt, tuns die Menschen.

Auf Geta

Mit Schaf und Wolle einst fing Geta an,
Schwoll dann, und schwoll zu einem Edelmann;
Und als er edel war, und hübsch gewandet,
Da schwoll er weiter, bis zum Ritterstande;
Vergaß am Ende den Beginn: schwoll gar zu prall
Zu einem Lord – und platzt mit lautem Knall.

Indien hält unseren Drake, der es mit Furcht erfüllte:
Begraben liegt die Furcht in seinem goldenen Sand,
Den wir heimsuchen wolln, noch oft, um seinetwillen,
Bis wir ihn freigekauft aus fremdem Land und Band.
Ihr, die ihr euch ins Feld um goldene Beute wagt,
Vorwärts, ihr Tapferen! übers Wasser führt der Pfad.

William Shakespeare

From Venus and Adonis

«Fair queen,» quoth he, «if any love you owe me,
Measure my strangeness with my unripe years;
Before I know myself, seek not to know me,
No fisher but the ungrown fry forbears;
    The mellow plum doth fall, the green sticks fast,
    Or being early plucked, is sour to taste.

Look the world's comforter, with weary gait,
His day's hot task hath ended in the west;
The owl (night's herald) shrieks, 'tis very late;
The sheep are gone to fold, birds to their nest,
    And coal-black clouds that shadow heaven's light
    Do summon us to part, and bid good night.

Now let me say ‹Good night›, and so say you;
If you will say so, you shall have a kiss.»
«Good night», quoth she; and, ere he says «Adieu»,
The honey fee of parting tendered is:
    Her arms do lend his neck a sweet embrace;
    Incorporate then they seem; face grows to face,

Till breathless he disjoined, and backward drew
The heavenly moisture, that sweet coral mouth,
Whose precious taste her thirsty lips well knew,

William Shakespeare

Aus Venus und Adonis

«Hast du», so nahm er jetzt das Wort,
«O schöne Königin, nur irgend Liebe
Für mich: so miß mein fremd Betragen
Nach der Unreife meiner Jahre.
Such nicht, mich zu erkennen,
Bevor ich selbst mich kenne:
Der Fischer schont der kleinen
Noch unerwachsnen Fischlein;
Die reife Pflaume fällt, die grüne steckt
Fest – oder schmecket sauer, wird
Sie früh gepflückt. – Sieh, dort im Westen
Hat an der müden Pforte schon der Trost der Welt
Sein heißes Tagewerk vollbracht.
Der Nacht Herold, die Eule, schreit.
Es ist sehr spät; die Schafe sind
Zu ihren Hürden, und die Vögel
Zu ihren Nestern. Die
Kohlschwarzen Wolken, so
Des Himmels Licht beschatten,
Ermahnen uns,
Einander gute Nacht zu sagen,
Und uns zu trennen.
Ich wünsch dir gute Nacht: tu du es auch.
Wenn du das willst, geb ich
Dir einen Kuß.» – Schnell sagt sie gute Nacht;
Und eh er Lebewohl gesagt, war schon
Der süße Lohn der Trennung dargereicht.
Sanft schlingen ihre Arme sich
Um seinen Hals, daß sie zusammen
Zu einem Leib gewachsen scheinen;
Gesicht wächst an Gesicht;
Bis atemlos er sich entwand,
Und ihr den Himmelshauch entzog des süßen
Korallenmundes, dessen köstlichen Geschmack
Wohl ihre durstigen Lippen kannten,

Whereon they surfeit, yet complain on drouth.
   He with her plenty pressed, she faint with dearth,
   Their lips together glued, fall to the earth.

Now quick desire hath caught the yielding prey,
And glutton-like she feeds, yet never filleth;
Her lips are conquerors, his lips obey,
Paying what ransom the insulter willeth;
   Whose vulture thought doth pitch the price so high
   That she will draw his lips' rich treasure dry.

And having felt the sweetness of the spoil,
With blindfold fury she begins to forage;
Her face doth reek and smoke, her blood doth boil,
And careless lust stirs up a desperate courage,
   Planting oblivion, beating reason back,
   Forgetting shame's pure blush and honour's wrack.

Hot, faint and weary with her hard embracing,
Like a wild bird being tamed with too much handling,
Or as the fleetfoot roe that's tired with chasing,
Or like the froward infant stilled with dandling,
   He now obeys and now no more resisteth,
   While she takes all she can, not all she listeth.

Woran sie schwelgten, und doch über Schmachten klagten.
Er, schon mit Überfluß von ihr
Gesättigt, sie, von Durste lechzend,
Und ihre Lippen aneinander
Geleimet, fielen sie zur Erde.
  So hat die rasche Leidenschaft nun ihre Beute,
Die sich nicht länger wehrt, erhascht.
Sie schwelget wie ein Vielfraß,
Und sättigt sich doch nie.
Denn ihre Lippen siegen, seine
Gehorchen, und bezahlen,
Welch Lösegeld der Übermut
Des Siegers fordert, dessen Geiersinn
Den Preis so sehr erhöht, daß sie
Die reichen Schätze seiner Lippen
Ausdörren wird.
  Und da sie einmal nun die Süßigkeit der Beute
Geschmeckt, so weidet sie mit blinder Wut
An ihrem Raube sich.
Wie ihr Gesicht so glüht und dampft,
Ihr Blut so kocht vor Leidenschaft!
Denn die gedankenlose Wollust
Entflammt verzweiflungsvollen Mut,
Und pflanzt Vergessenheit;
Schlägt die Vernunft zurück,
Denkt nicht an das Erröten
Der reinen Scham, und den Ruin
Der Ehre.
            Heiß und matt, und müde
Von ihrer heftigen Umarmung –
So wie ein wilder Vogel,
Gezähmt durch allzuviel Betasten;
Wie ein schnellfüßig Reh,
Von langer Jagd ermüdet, oder wie
Ein Kind, des Unzufriedenheit
Mit Tanzen man gestillt –
Gehorcht er nun und widersteht nicht mehr;
Indes sie nimmt, soviel sie kann,
Doch nicht, soviel sie will.

The Sonnets

2

When forty winters shall besiege thy brow,
And dig deep trenches in thy beauty's field,
Thy youth's proud livery, so gazed on now,
Will be a tattered weed of small worth held.
  Then being asked where all thy beauty lies,
Where all the treasure of thy lusty days,
To say within thine own deep-sunken eyes
Were an all-eating shame and thriftless praise.
  How much more praise deserved thy beauty's use
If thou couldst answer «This fair child of mine
Shall sum my count and make my old excuse,»
Proving his beauty by succession thine.
  This were to be new made when thou art old,
  And see thy blood warm when thou feel'st it cold.

18

Shall I compare thee to a summer's day?
Thou art more lovely and more temperate:
Rough winds do shake the darling buds of May,
And summer's lease hath all too short a date.
  Sometime too hot the eye of heaven shines,
And often is his gold complexion dimmed;
And every fair from fair sometime declines,
By chance or nature's changing course untrimmed.
  But thy eternal summer shall not fade,
Nor lose possession of that fair thou ow'st,
Nor shall Death brag thou wand'rest in his shade,
When in eternal lines to time thou grow'st.
  So long as men can breathe or eyes can see,
  So long lives this, and this gives life to thee.

Die Sonette

2

Wenn vierzig Winter deine Stirn umdrängen,
Der Schönheit Flur voll Furchen steht, verheert,
Und deiner Jugend Kleid, dran soviel Augen hängen,
Ist Plunder, Kram, und keinen Groschen wert,
Wirst, da sie dich nach ihr, der Schönheit, fragen,
Nach all der Tage und der Schätze Ort,
Du dies: «Beim eingesunknen Auge» sagen?
So spräche Scham, ein Unwort wär dies Wort.
Ein Wort sprächst du, der Schönheit angemessen,
Indem du sprächst: «Mein ists, dies schöne Kind.
Er setzt mich fort, ich bin, bin unvergessen.
Seht, wie die Schönheit mit ihm neu beginnt.»
So wärst du, altgeworden, nimmer alt.
Wer sagt, dein Blut verebbe? Nein, es wallt.

18

Soll ich vergleichen einem sommertage
Dich der du lieblicher und milder bist?
Des maien teure knospen drehn im schlage
Des sturms und allzukurz ist sommers frist.
Des himmels aug scheint manchmal bis zum brennen •
Trägt goldne farbe die sich oft verliert •
Jed schön will sich vom schönen manchmal trennen
Durch zufall oder wechsels lauf entziert.
Doch soll dein ewiger sommer nie ermatten:
Dein schönes sei vor dem verlust gefeit.
Nie prahle Tod • du gingst in seinem schatten ...
In ewigen reimen ragst du in die zeit.
Solang als menschen atmen • augen sehn
Wird dies und du der darin lebt bestehn.

20

A woman's face, with Nature's own hand painted,
Hast thou, the master-mistress of my passion;
A woman's gentle heart, but not acquainted
With shifting change, as is false women's fashion;
  An eye more bright than theirs, less false in rolling,
Gilding the object whereupon it gazeth;
A man in hue all hues in his controlling,
Which steals men's eyes and women's souls amazeth.
  And for a woman wert thou first created,
Till Nature as she wrought thee fell a-doting,
And by addition me of thee defeated,
By adding one thing to my purpose nothing.
  But since she pricked thee out for women's pleasure,
  Mine be thy love, and thy love's use their treasure.

23

As an unperfect actor on the stage,
Who with his fear is put besides his part,
Or some fierce thing replete with too much rage,
Whose strength's abundance weakens his own heart,
  So I, for fear of trust, forget to say
The perfect ceremony of love's rite,
And in mine own love's strength seem to decay,
O'ercharged with burden of mine own love's might.
  O, let my books be then the eloquence
And dumb presagers of my speaking breast,
Who plead for love, and look for recompense,
More than that tongue that more hath more expressed.
  O, learn to read what silent love hath writ;
  To hear with eyes belongs to love's fine wit.

29

When, in disgrace with Fortune and men's eyes,
I all alone beweep my outcast state,
And trouble deaf heaven with my bootless cries,

20

Ein frauenantlitz das Natur selbsthändig
Gemalt – hast du • Herr-Herrin meiner minne •
Ein zartes frauenherz • doch das nicht ständig
Den wechsel sucht nach falscher frauen sinne.
Ein aug so hell wie ihrs doch nicht so hehlend •
Jed ding vergoldend worauf es sich wendet •
Ein mann in form • den formen all befehlend •
Der mannes aug und weibes seele blendet.
Du warst als frau gedacht als erst dich schaffte
Natur • doch sie verliebte sich beim werke •
Indem durch zutat sie dich mir entraffte
Tat sie ein ding bei – nicht für meine zwecke.
Doch da sie dich erlas zu weibes labe •
Sei mein dein lieben • ihnen liebes-gabe.

23

Wie auf der Bühn' ein schlechter Spieler tut,
Der in der Rede stockt, von Angst beklommen,
Und wie ein wild Geschöpf, erfüllt von Wut,
Dem Übermaß an Kraft die Kraft genommen,
So, furchtgedrückt, wag ich nicht auszusprechen
Den heiligen, dir geweihten Liebesschwur:
Die Liebe scheint der Liebe Macht zu schwächen,
Und Wonn' erschöpft die irdische Natur.
So laß denn Redner meine Bücher sein;
Sie tun des Herzens Sprache schweigend kund,
Sie flehn um Liebe, klagen Liebespein,
Mehr als des Redners sprucherfüllter Mund.
Was schweigend Liebe schrieb, o nimm es hin!
Mit Augen hört der Liebe zarter Sinn.

29

Wenn ich, verbannt vom Glück und bar der Ehre,
Als Ausgestoßener mein Los beklage,
Mit eitlem Ruf den tauben Himmel störe

And look upon myself and curse my fate,
  Wishing me like to one more rich in hope,
Featured like him, like him with friends possessed,
Desiring this man's art, and that man's scope,
With what I most enjoy contented least;
  Yet, in these thoughts myself almost despising,
Haply I think on thee, and then my state
(Like to the lark at break of day arising
From sullen earth) sings hymns at heaven's gate;
  For thy sweet love remembered such wealth brings
  That then I scorn to change my state with kings.

40

Take all my loves, my love, yea, take them all;
What hast thou then more than thou hadst before?
No love, my love, that thou mayst true love call;
All mine was thine, before thou hadst this more.
  Then if for my love thou my love receivest,
I cannot blame thee for my love thou usest;
But yet be blamed, if thou thyself deceivest
By wilful taste of what thyself refusest.
  I do forgive thy robbery, gentle thief,
Although thou steal thee all my poverty;
And yet love knows it is a greater grief
To bear love's wrong than hate's known injury.
  Lascivious grace, in whom all ill well shows,
  Kill me with spites; yet we must not be foes.

60

Like as the waves make towards the pebbled shore,
So do our minutes hasten to their end;
Each changing place with that which goes before,
In sequent toil all forwards do contend.
  Nativity, once in the main of light,
Crawls to maturity, wherewith being crowned,
Crooked eclipses 'gainst his glory fight,

Und, meinem Schicksal fluchend, mich befrage
  Und will wie jener sein, an Hoffnung reich,
Wie der gebildet und wie der geliebt,
Will dessen Kunst und dessen Wirkbereich
Und werde grad vom Köstlichsten betrübt, –
  Dann eben, in so bittern Sinnes Qual
Gedenk ich deiner, und mein Los, es singt
Der Lerche gleich, die sich im Morgenstrahl
Vom düstern Grund zum Himmelstore schwingt.
  Da ich mich reich durch deine Liebe weiß,
  Geb ich mein Los um keine Krone preis.

40

Nimm, Lieber, meine Liebe, jede Liebe:
Was hast du dann, das du nicht schon bekamst?
Nicht Liebe, Lieber, nicht die wahre Liebe –
Dein war die meine, eh du diese nahmst.
  Wenn du mein Lieb statt meiner Lieb empfingst –
Ich tadl'es nicht, du nutzt ja meine Liebe;
Doch tadl' ich es, wenn du mich hintergingst
Aus Laun und Lust und nicht aus innerm Triebe.
  Den Raub vergeb ich meinem holden Diebe,
Nimmt er mir auch mein ganzes armes Gut;
Und doch weiß Liebe, schwerer trifft die Liebe,
Wenn sie uns kränkt, als jeder Haß es tut.
  Lust, Anmut, Schalk, drin Böses gut erscheint,
  Quäl mich zu Tode, doch sei nicht mein Feind!

60

Wie wogen drängen nach dem steinigen strand
Ziehn unsre stunden eilig an ihr end
Und jede tauscht mit der die vorher stand
Mühsamen zugs nach vorwärts nötigend.
  Geburt • einstmals in einer flut von licht •
Kriecht bis zur reife . . kaum damit geschmückt •
Droht schiefe finstrung die den glanz durchbricht

And Time that gave doth now his gift confound.
  Time doth transfix the flourish set on youth,
And delves the parallels in beauty's brow,
Feeds on the rarities of nature's truth,
And nothing stands but for his scythe to mow.
  And yet to times in hope my verse shall stand,
  Praising thy worth, despite his cruel hand.

62

Sin of self-love possesseth all mine eye,
And all my soul, and all my every part;
And for this sin there is no remedy,
It is so grounded inward in my heart.
  Methinks no face so gracious is as mine,
No shape so true, no truth of such account,
And for myself mine own worth do define,
As I all other in all worths surmount.
  But when my glass shows me myself indeed,
Beated and chopped with tanned antiquity,
Mine own self-love quite contrary I read –
Self so self-loving were iniquity:
  'Tis thee, myself, that for myself I praise,
  Painting my age with beauty of thy days.

66

Tired with all these, for restful death I cry:
As to behold desert a beggar born,
And needy nothing trimmed in jollity,
And purest faith unhappily forsworn,
  And gilded honour shamefully misplaced,
And maiden virtue rudely strumpeted,
And right perfection wrongfully disgraced,
And strength by limping sway disablèd,
  And art made tongue-tied by authority,
And folly, doctor-like, controlling skill,
And simple truth miscalled simplicity,

Und Zeit die gab hat ihr geschenk entrückt.
Zeit sticht ins grün der jugend ihre spur
Und höhlt die linie in der schönheit braue •
Frißt von den kostbarkeiten der natur . .
Nichts ist worein nicht ihre sense haue.
Doch hält mein vers für künftig alter stand •
Preist deinen wert trotz ihrer grimmen hand.

62

Von sündiger Eigenliebe ist mein Blick,
Ist meine Seele, bin ich ganz besessen;
Und nichts holt mich aus diesem Wahn zurück,
So tief hat er ins Herz sich eingefressen.
Kein Antlitz dünkt so reizend mich wie meins,
Kein Wuchs so stolz, kein Stolz von solchem Rang,
Und über meinen Wert sag ich nur eins,
Daß Jeden ich durch jeden Wert bezwang.
Doch wenn der Spiegel dann mein Selbst mich lehrt,
Vom Alter ja gegerbt, zerhaun, zerrieben,
Dann les ich meine Liebe umgekehrt –
Es wär ein Greuel, solch ein Selbst zu lieben:
Du bist mein Selbst, ich preise dich in mir,
Mein Alter blüht in deiner Jugend Zier.

66

Müd alles des, schrei ich nach Ruh im Tod.
Seh ich Verdienst in Lumpen und verlacht
Und dürftiges Nichts in Glanz und höchster Macht
Und reine Treu meineidig in der Not
Und goldne Ehre schändlich mißverwandt
Und Keuschheit, edeln Zartsinn roh geschwächt
Und das Vollkommne ungerecht verbannt
Und Kraft durch krumme Führung abgeflächt
Und Kunst lahm, mundtot vor der Obrigkeit
Und Geist vor leerer Narrheit ohne Recht
Und Wahr und Grad mißnannt Einfältigkeit

And captive good attending captain ill.
  Tired with all these, from these would I be gone,
  Save that, to die, I leave my love alone.

71

No longer mourn for me when I am dead
Than you shall hear the surly sullen bell
Give warning to the world that I am fled
From this vile world with vilest worms to dwell.
  Nay, if you read this line, remember not
The hand that writ it, for I love you so
That I in your sweet thoughts would be forgot
If thinking on me then should make you woe.
  O, if (I say) you look upon this verse,
When I, perhaps, compounded am with clay,
Do not so much as my poor name rehearse,
But let your love even with my life decay;
  Lest the wise world should look into your moan,
  And mock you with me after I am gone.

73

That time of year thou mayst in me behold
When yellow leaves, or none, or few, do hang
Upon those boughs which shake against the cold,
Bare ruined choirs where late the sweet birds sang.
  In me thou seest the twilight of such day
As after sunset fadeth in the west,
Which by and by black night doth take away,
Death's second self, that seals up all in rest.
  In me thou seest the glowing of such fire
That on the ashes of his youth doth lie,
As the deathbed whereon it must expire,
Consumed with that which it was nourished by.
  This thou perceiv'st, which makes thy love more strong,
  To love that well which thou must leave ere long.

Und Sklaven Gut im Dienst des Herren Schlecht:
  Des alles müd, schrei ich nach Ruh im Tod.

71

Du sollst, bin ich hinweg, so lang nur klagen,
Als du die Glocke hörst, die düstere, vom Turm;
So lange, als sie braucht, der Welt zu sagen:
Der bei dir wohnte, ging und wohnt beim Wurm.
  Dies schreibe ich, doch du, hast du's gelesen,
Vergiß, wers schrieb. Denn sieh, ich liebe dich:
Ich wollt, ich wäre nie in deinem Sinn gewesen,
Wenn, da du mein gedenkst, dich Gram beschlich'.
  Du laß, ruht einst dein Blick auf diesen Worten,
Derweil ich Staub bin, Staub bin und nicht mehr,
Die Liebe werden, was auch ich geworden,
Und meinen Namen, sag ihn nicht mehr her:
  Die Welt, klugäugig, sucht schon deine Tränen,
  Dich, da ich fort bin, mit mir zu verhöhnen.

73

Die zeit des jahres magst du in mir sehn
Wo gelbe blätter • keine • wenige hangen
Auf diesen ästen die im wind sich drehn •
Chor-trümmer kahl wo einst die vögel sangen.
  In mir siehst du zwielicht von solchem tag
Der nach der sonne weggang bleicht im west:
Das schwarze nacht gar bald entführen mag . .
Zwilling des tods umhüllt sie alles fest.
  In mir siehst du das brennen solcher glut
Die auf den aschen ihrer jugend schwebt
Wie auf dem totenbett wo sie bald ruht –
Durch das verzehrt wovon sie einst gelebt.
  Dein lieben wächst • wirst du dir dess bewusst •
Und du liebst wohl was du bald lassen musst.

95

How sweet and lovely dost thou make the shame
Which, like a canker in the fragrant rose,
Doth spot the beauty of thy budding name!
O, in what sweets dost thou thy sins enclose!
That tongue that tells the story of thy days,
Making lascivious comments on thy sport,
Cannot dispraise but in a kind of praise;
Naming thy name blesses an ill report.
O, what a mansion have those vices got
Which for their habitation chose out thee,
Where beauty's veil doth cover every blot,
And all things turn to fair that eyes can see!
Take heed, dear heart, of this large privilege;
The hardest knife ill-used doth lose his edge.

98

From you have I been absent in the spring,
When proud-pied April (dressed in all his trim)
Hath put a spirit of youth in everything,
That heavy Saturn laughed and leapt with him.
Yet nor the lays of birds, nor the sweet smell
Of different flowers in odour and in hue,
Could make me any summer's story tell,
Or from their proud lap pluck them where they grew.
Nor did I wonder at the lily's white,
Nor praise the deep vermilion in the rose;
They were but sweet, but figures of delight,
Drawn after you, you pattern of all those.
Yet seemed it winter still, and, you away,
As with your shadow I with these did play.

104

To me, fair friend, you never can be old,
For as you were when first your eye I eyed,
Such seems your beauty still. Three winters cold

95

Wie süss und lieblich machst du gar die schmach
Die wie der wurm in einer duftigen rose
Die schönheit deines blühenden namens stach!
Wie süss umhüllest du das sittenlose!
Wer deinen taglauf und • unzüchtigerweis
Auslegend • deinen zeitvertreib bespricht:
Kann tadeln nur mit einer art von preis . .
Dein name segnet widrigen bericht.
Für solche laster – o welch ein versteck
Die dich sich ausgesucht zu ihrem haus!
Der schönheit schleier schwebt auf jedem fleck
Und schön fällt jeglich ding fürs auge aus.
Dich mahne • teures herz • solch ein triumph:
Die schärfste schneide schlecht gebraucht wird stumpf.

98

Von dir bin ich im Lenz entfernt gewesen,
Als froh der Mai sein buntes Kleid erneute,
Und Lust der Jugend goß in jedes Wesen,
Daß selbst Saturn sich tanzend mit ihm freute.
Doch nicht der Vöglein Sang, der Blumen Blühen,
Die mannigfaltig Feld und Wiese schmücken,
Erweckten mich zu Frühlingsmelodien,
Und von dem grünen Schoß sie abzupflücken;
Nicht staunt' ich ob der Lilie weißem Licht,
Und lobte nicht der Rose Purpurschein:
Sie waren schön; doch von sich selber nicht,
Gezeichnet und geformt nach dir allein.
Von dir getrennt, deckt' Winter die Gefilde:
Mit jenen spielt ich, als mit deinem Bilde.

104

Für mich, mein schöner Freund, seid Ihr nie alt;
So wie ich Euch zum erstenmal gesehn,
Scheint Eure Schönheit mir: den Sommerwald

Have from the forests shook three summers' pride,
  Three beauteous springs to yellow autumn turned
In process of the seasons have I seen,
Three April perfumes in three hot Junes burned,
Since first I saw you fresh, which yet are green.
  Ah, yet doth beauty, like a dial hand,
Steal from his figure, and no pace perceived;
So your sweet hue, which methinks still doth stand,
Hath motion, and mine eye may be deceived;
  For fear of which, hear this, thou age unbred:
  Ere you were born was beauty's summer dead.

107

Not mine own fears nor the prophetic soul
Of the wide world dreaming on things to come
Can yet the lease of my true love control,
Supposed as forfeit to a confined doom.
  The mortal moon hath her eclipse endured,
And the sad augurs mock their own presage;
Incertainties now crown themselves assured,
And peace proclaims olives of endless age.
  Now with the drops of this most balmy time
My love looks fresh, and Death to me subscribes,
Since, spite of him, I'll live in this poor rhyme,
While he insults o'er dull and speechless tribes.
  And thou in this shalt find thy monument,
  When tyrants' crests and tombs of brass are spent.

110

Alas, 'tis true, I have gone here and there,
And made myself a motley to the view,
Gored mine own thoughts, sold cheap what is most dear,
Made old offences of affections new.
  Most true it is that I have looked on truth
Askance and strangely; but, by all above,
These blenches gave my heart another youth,

Entlaubte dreier Winter kaltes Wehn.
Dreimal sah ich den Frühling schon verblüht,
Zum Herbst geworden in des Jahres Kreis,
Und Maiendüfte im August verglüht,
Seit ich Euch sah wie heut, ein frisches Reis.
Ach, aber lautlos, wie der Zeiger geht,
Weicht auch die Schönheit unvermerkt zurück;
So ist in Euch, der immer vor mir steht,
Bewegung doch und trügt wohl meinen Blick –
Und solches fürchtend, sag ich künftiger Zeit:
Die Schönheit war, eh du erschienst, schon weit.

107

Nicht Angst, mir eigen, nicht der weltenweiten
Wahrträume Sinn für Dinge, die da kommen, kann
Bemessen meiner Liebe Fristen oder Zeiten,
Entgrenzt und unverwirkt ist sie, in niemands Bann.
Der Mond, der sterbliche, verschattete: er blinkt!
Augurenwort, dir war Augurenspott beschieden.
Das Schwankende von einst? Gekrönt und unbedingt.
Und mit dem alterslosen Ölzweig kommt der Frieden.
Umbalsamt, meine Liebe, bist du, bis umtaut
Von frischer Zeit – kein Tod, dich fortzuschwemmen.
Ich lebe, ihm zum Trotz, im Reim, den ich gebaut,
Derweil er dumpfen grollt und sprachelosen Stämmen.
Und du: in diesem hier, da steht es noch, dein Bild,
Wenn Gräbererz verwittert und Tyrannenschild.

110

Ach, wohl ists wahr, ich schwärmte her und hin,
Bot mich der Welt zum Spielwerk; in die Seele
Schnitt ich mir selbst, gab Höchstes wohlfeil hin;
Mit neuen Trieben mehrt' ich alte Fehle.
Sehr wahr ists: fremd und schielend und bedingt
Sah ich die Wahrheit. Doch, bei allen Mächten!
Dies Straucheln hat mein Herz mir nur verjüngt;

And worse essays proved thee my best of love.
   Now all is done, have what shall have no end;
Mine appetite I never more will grind
On newer proof, to try an older friend,
A god in love, to whom I am confined.
   Then give me welcome, next my heaven the best,
   Even to thy pure and most most loving breast.

116

Let me not to the marriage of true minds
Admit impediments; love is not love
Which alters when it alteration finds,
Or bends with the remover to remove.
   O no, it is an ever-fixèd mark
That looks on tempests and is never shaken;
It is the star to every wandering bark,
Whose worth's unknown, although his height be taken.
   Love's not Time's fool, though rosy lips and cheeks
Within his bending sickle's compass come;
Love alters not with his brief hours and weeks,
But bears it out even to the edge of doom.
   If this be error and upon me proved,
   I never writ, nor no man ever loved.

129

Th'expense of spirit in a waste of shame
Is lust in action, and, till action, lust
Is perjured, murderous, bloody, full of blame,
Savage, extreme, rude, cruel, not to trust,
   Enjoyed no sooner but despisèd straight,
Past reason hunted, and no sooner had,
Past reason hated as a swallowed bait
On purpose laid to make the taker mad.
   Mad in pursuit, and in possession so,
Had, having, and in quest to have, extreme,
A bliss in proof, and proved, a very woe,

Dich besten Freund erprobt' ich unter Schlechten.
Nun ist es alles, bis auf eins getan,
Das ewig währt. Nie kommt zu neuer Probe
Des alten Freundes mehr der Trieb mich an,
Des Liebesgottes, dem ich mich gelobe.
Gib nächst dem Himmel denn die höchste Lust,
Den Willkomm mir an deiner liebsten Brust!

116

Ich laß, wo treue Geister sich vermählen,
Kein Hemmnis gelten. Liebe wär nicht sie,
Wollt sie, wo Wandlung ist, die Wandlung wählen;
Noch beugt sie vor dem Beugenden die Knie.
O nein, sie steht, ein unverrückbar Zeichen,
Sie sieht über die Stürme weg, sie währt;
Sie ist der Barke Stern, hoch, ohnegleichen –:
Die Höh – ermessen, unbekannt sein Wert.
Legt sie, die Sichel, sich auch um die Wangen,
Die rosigen – Lieb' ist kein Narr der Zeit.
Nicht können Stunden, Wochen sie belangen;
Der Jüngste Tag, er findet sie bereit.
So ich dies hier als Wahn erwiesen seh,
So schrieb ich nie und keiner liebte je.

129

Verbrauch von geist in schändlicher verzehr
Ist lust in tat • und bis zur tat • ist lust
Meineidig • mörderisch • blutig • voll unehr •
Wild • tierisch • grausam • roh • des lugs bewusst.
Genossen wo gleich drauf verachtung trifft •
Sinnlos erjagt und gleich nach dem empfang
Sinnlos gehasst wie ein verschlucktes gift •
Eigens gelegt dass toll wird wer es schlang.
Toll im verfolg und im besitz zumal •
Erlangt und im und beim erlangen wild •
Glück beim versuch und wenn versucht nur qual •

Before, a joy proposed, behind, a dream.
  All this the world well knows, yet none knows well
  To shun the heaven that leads men to this hell.

137

Thou blind fool, Love, what dost thou to mine eyes
That they behold and see not what they see?
They know what beauty is, see where it lies,
Yet what the best is take the worst to be.
  If eyes corrupt by over-partial looks
Be anchored in the bay where all men ride,
Why of eyes' falsehood hast thou forgèd hooks,
Whereto the judgement of my heart is tied?
  Why should my heart think that a several plot,
Which my heart knows the wide world's common place?
Or mine eyes seeing this, say this is not,
To put fair truth upon so foul a face?
  In things right true my heart and eyes have erred,
  And to this false plague are they now transferred.

143

Lo, as a careful housewife runs to catch
One of her feathered creatures broke away,
Sets down her babe, and makes all swift dispatch
In pursuit of the thing she would have stay;
  Whilst her neglected child holds her in chase,
Cries to catch her whose busy care is bent
To follow that which flies before her face,
Not prizing her poor infant's discontent:
  So run'st thou after that which flies from thee,
Whilst I, thy babe, chase thee afar behind;
But if thou catch thy hope, turn back to me
And play the mother's part – kiss me, be kind.
  So will I pray that thou mayst have thy Will,
  If thou turn back and my loud crying still.

Erst: freudig hoffen • nachher: schattenbild.
Dies weiss jedweder . . doch nicht wie man flieht
Den himmel der zu dieser hölle zieht.

137

Narrsts Aug mir, Blindling Liebe, fort und fort!
Es schaut, nimmt wahr – sieht nicht, was es gewahrt,
Erkennt die Schönheit, sieht der Schönheit Ort,
Siehts Beste – hälts für dessen Widerpart.
Verschautes Aug, solls nun vor Anker gehn
In jener Bucht, wo festmacht alle Welt:
Mußt, Liebe, Trug zum Haken schmieden, den
Das Herz fühlt, wenn es Herzensurteil fällt?
Kanns dies sein eigen nennen, da es sah:
Allmend ist diese Flur und nimmer sein?
Mein Aug, dies schauend, sagts, dies sei nicht da?
Läßts wahr sein, schön, und weiß: es ist gemein?
Mein Herz, mein Aug: verirrt im Wahren, beide,
Und heimgesucht nun von dem Lügen-Leide.

143

Grad wie die Hausfrau läuft, von Sorg erfaßt,
Ein Federvieh, das ihr entwich, zu fangen,
Und setzt ihr Kind zu Boden voller Hast,
Den Vogel, dem sie nacheilt, zu erlangen;
Im Stich gelassen, schreit indes das Kind
Und drängt ihr nach, doch sie ist nur bedacht,
Das Tier zu fassen, das ihr sonst entrinnt,
Und nimmt die Not des Kindes nicht in Acht:
So läufst du hinter dem, was flieht vor dir,
Und ich, dein Kind, bin weit zurück geblieben;
Doch hast du, was du willst, kehr um zu mir,
Als Mutter mich zu küssen, mich zu lieben:
So wünsch ich gern, du habest deinen Willen,
Kehrst du zurück, mein Wehgeschrei zu stillen.

144

Two loves I have, of comfort and despair,
Which like two spirits do suggest me still;
The better angel is a man right fair,
The worser spirit a woman coloured ill.
  To win me soon to hell, my female evil
Tempteth my better angel from my side,
And would corrupt my saint to be a devil,
Wooing his purity with her foul pride.
  And whether that my angel be turned fiend
Suspect I may, yet not directly tell;
But being both from me, both to each friend,
I guess one angel in another's hell.
  Yet this shall I ne'er know, but live in doubt
  Till my bad angel fire my good one out.

146

Poor soul, the centre of my sinful earth,
My sinful earth these rebel powers array,
Why dost thou pine within and suffer dearth,
Painting thy outward walls so costly gay?
  Why so large cost, having so short a lease,
Dost thou upon thy fading mansion spend?
Shall worms, inheritors of this excess,
Eat up thy charge? Is this thy body's end?
  Then, soul, live thou upon thy servant's loss,
And let that pine to aggravate thy store;
Buy terms divine in selling hours of dross;
Within be fed, without be rich no more:
  So shalt thou feed on Death, that feeds on men,
  And Death once dead there's no more dying then.

144

Zweifache Liebe, Trost und Seelenpein,
Bedrängt mich stets durch zweier Geister Macht:
Der gute Engel männlich, schön und rein,
Der böse Geist ein Weib wie schwarze Nacht.
Die Böse will die Hölle mir bereiten;
Sie lockt den guten Engel zu sich hin
Und möchte ihn zu Teufelswerk verleiten;
Durch düstern Reiz versucht sie seinen Sinn.
So ist mein guter Engel mir nun feind?
Ich weiß es nicht, vermuten kann ichs leicht;
Mir sind sie fern, einander sind sie freund –
Hat eins im andern wohl das Ziel erreicht.
Nein, wissen werd ichs nie, und leb im Zweifel,
Bis sich der Engel einst verbrennt am Teufel.

146

Ach, Seele, meines sündigen Staubes Kern,
Was soll der Aufstand? bist du nicht am Darben?
Läßt dich von Mangel innerlich verzehrn
Und tünchst dein Äußres in den schönsten Farben!
Wozu der Aufwand bei so kurzer Pacht?
Nicht lange, und dein schönes Haus ist weg.
Solln denn die Würmer, Erben all der Pracht,
Fressen die Müh? Ist das des Leibes Zweck?
Leb, Seele, davon, was vermißt dein Knecht,
Und laß sein Darben dein Gedeihen sein,
Kauf dir mit Stundenschlacke ewiges Recht;
Sei innen reich, doch arm an äußrem Schein.
So nährst du dich vom Tod, der Menschen frißt,
Und keiner stirbt mehr, wenn der Tod tot ist.

From the Plays

How sweet the moonlight sleeps upon this bank!
Here will we sit, and let the sounds of music
Creep in our ears. Soft stillness and the night
Become the touches of sweet harmony.
Sit, Jessica. Look how the floor of heaven
Is thick inlaid with patens of bright gold.
There's not the smallest orb which thou behold'st
But in his motion like an angel sings,
Still quiring to the young-eyed cherubins;
Such harmony is in immortal souls,
But whilst this muddy vesture of decay
Doth grossly close it in, we cannot hear it. –
  The man that hath no music in himself,
Nor is not moved with concord of sweet sounds,
Is fit for treasons, strategems, and spoils;
The motions of his spirit are dull as night,
And his affections dark as Erebus:
Let no such man be trusted.

Tell me, where is fancy bred?
  Or in the heart, or in the head?
How begot, how nourishèd?
  Reply, reply.

It is engendered in the eyes,
  With gazing fed; and fancy dies
In the cradle where it lies.
  Let us all ring fancy's knell:
  I'll begin it – Ding, dong, bell.

(The Merchant of Venice)

Come away, come away, death,
  And in sad cypress let me be laid.

Aus den Dramen

Wie süß das Mondlicht auf dem Hügel schläft!
Hier wolln wir sitzen, und den süßen Schall
Zum Ohre lassen schlüpfen. Sanfte Stille
Und Nacht wird Taste süßer Harmonie.
Sitz, Jessica, sieh, wie die Himmelsflur
Ist eingelegt mit Stücken reichen Goldes!
Da ist kein kleiner Kreis, den du da siehst,
Der nicht in seinem Lauf wie'n Engel singt,
Stimmt ein ins Chor der jungen Cherubim.
Die Harmonie ist in den ewigen Tönen;
Nur wir, so lang dies Kotkleid Sterblichkeit
Uns grob einhüllet, können sie nicht hören. –
  Der Mann, der nicht Musik hat in ihm selbst,
Gerührt nicht wird vom Einklang süßer Töne,
Zu Ränken, Raub, Verrat ist der gemacht;
Die Triebe seines Geistes sind wie Nacht,
Sein Herz ist schwarz, wie Erebus –
Trau nicht dem Manne!

Sagt, woher stammt Liebeslust?
  Aus den Sinnen, aus der Brust?
Ist euch ihr Lebenslauf bewußt?

In den Augen erst gehegt,
  Wird Liebeslust durch Schaun gepflegt;
Stirbt das Kindchen, beigelegt
In der Wiege, die es trägt.
  Läutet Totenglöcklein ihm!
  Ich beginne: Bim, bim, bim.

(Der Kaufmann von Venedig)

Komm herbei, komm herbei, Tod!
  Und versenk in Zypressen den Leib.

Fly away, fly away breath!
  I am slain by a fair cruel maid.
My shroud of white, stuck all with yew,
  O prepare it!
My part of death, no one so true
  Did share it.

Not a flower, not a flower sweet
  On my black coffin let there be strewn.
Not a friend, not a friend greet
  My poor corpse where my bones shall be thrown.
A thousand thousand sighs to save,
  Lay me, O, where
Sad true lover never find my grave
  To weep there.

(Twelfth Night)

«TOMORROW is Saint Valentine's day,
  All in the morning betime,
And I a maid at your window,
  To be your Valentine.»

Then up he rose, and donned his clothes,
  And dupped the chamber door;
Let in the maid, that out a maid
  Never departed more.

By Gis and by Saint Charity,
  Alack, and fie for shame!
Young men will do' t, if they come to't;
  By Cock, they are to blame.

Quoth she: «Before you tumbled me,
  You promised me to wed.»
«So would I 'a done, by yonder sun,
  And thou hadst not come to my bed.»

(Hamlet)

Laß mich frei, laß mich frei, Not!
Mich erschlägt ein holdseliges Weib.
Mit Rosmarin mein Leichenhemd
O bestellt es!
Ob Lieb auch ans Herz mir tödlich kommt –
Treue hält es.

Keine Blum, keine Blume süß
Sei gestreut auf den schwärzlichen Sarg.
Keine Seel, keine Seele grüß
Mein Gebein, wo die Erde es barg.
Und Ach und Weh zu wenden ab,
Legt alleine
Mich, wo kein Treuer walle ans Grab,
Und weine.

(Was Ihr wollt)

«Auf Morgen ist Sankt Valentins Tag,
Wohl an der Zeit so früh,
Und ich, eine Maid, am Fensterschlag
Will sein Euer Valentin.»

Er war bereit, tat an sein Kleid,
Tat auf die Kammertür,
Ließ ein die Maid, die als 'ne Maid
Ging nimmermehr herfür.

Bei Unsrer Frau und Sankt Kathrin!
O pfui! was soll das sein?
Ein junger Mann tuts, wenn er kann,
Beim Himmel, 's ist nicht fein.

Sie sprach: «Eh Ihr gescherzt mit mir
Gelobtet Ihr zu frein!»
«Ich brächs auch nicht, beim Sonnenlicht!
Wärst du nicht kommen herein.»

(Hamlet)

TAKE, O take those lips away,
  That so sweetly were forsworn!
And those eyes, the break of day,
  Lights that do mislead the morn:
But my kisses bring again,
  Bring again;
Seals of love, but sealed in vain,
  Sealed in vain.

(Measure for Measure)

FEAR NO MORE the heat o' th' sun,
  Nor the furious winter's rages:
Thou thy wordly task hast done,
  Home art gone and ta'en thy wages.
Golden lads and girls all must,
As chimney-sweepers, come to dust.

Fear no more the frown o' th' great,
  Thou art past the tyrant's stroke;
Care no more to clothe and eat:
  To thee the reed is as the oak;
The sceptre, learning, physic, must
All follow this and come to dust.

Fear no more the lightning flash,
  Nor th' all-dreaded thunder-stone.
Fear not slander, censure rash:
  Thou hast finished joy and moan.
All lovers young, all lovers must
Consign to thee and come to dust.

No exorciser harm thee!
Nor no witchcraft charm thee!
Ghost unlaid forbear thee!
Nothing ill come near thee!
Quiet consummation have,
And renownèd be thy grave!

(Cymbeline)

Bleibt, ob bleibt, ihr Lippen, ferne,
  Die so lieblich falsch geschworen;
Und ihr Augen, Morgensterne,
  Die mir keinen Tag geboren!
Doch den Kuß gib mir zurück,
  Gib zurück!
Falsches Siegel falschem Glück,
  Falschem Glück.

(Maß für Maß)

Fürchte nicht mehr Sonnenglut
  Noch des Winters grimmen Hohn!
Jetzt dein irdisch Treiben ruht,
  Gingst heim und nahmst den Tageslohn:
Goldene Jugend fällt zum Raub,
Wie Schornsteinfeger, schnödem Staub.

Fürstenzorn macht dir nicht Not,
  Fürchte nicht Tyrannenstreich;
Sorge nicht um Kleid und Brot –
  Eiche, Binse gilt dir gleich:
König, Doktor, Hochgelahrt
All in einem Staub gepaart.

Fürchte nicht mehr Flammenblitze,
  Zittre nicht vorm Donnerschlage;
Stumpf ist der Verleumdung Spitze –
  Dir verstummt jetzt Lust und Klage:
Junge Liebe fällt zum Raub,
Wie du es tust, dem schnöden Staub.

Kein Zauberspruch verstör dich!
Keine Hexenkunst beschwör dich!
Kein Irrgespenst umschwärm dich!
Und keine Bosheit härm dich!
Es vergeh dein Leib in Frieden,
Ruhm sei deinem Grab beschieden.

(Cymbeline)

WHERE the bee sucks, there suck I:
In a cowslip's bell I lie;
There I couch when owls do cry.
On the bat's back do I fly
After summer merrily.
Merrily, merrily shall I live now
Under the blossom that hangs on the bough.

FULL FATHOM five thy father lies;
   Of his bones are coral made;
Those are pearls that were his eyes:
   Nothing of him that doth fade,
But doth suffer a sea-change
Into something rich and strange.
Sea-nymphs hourly ring his knell:
         Ding-dong
Hark! now I hear them.
         Ding-dong, bell.

(The Tempest)

Hamlet

To be, or not to be – that is the question;
Whether 'tis nobler in the mind to suffer
The slings and arrows of outrageous fortune
Or to take arms against a sea of troubles
And by opposing end them. To die, to sleep –
No more – and by a sleep to say we end
The heartache and the thousand natural shocks
That flesh is heir to. 'Tis a consummation
Devoutly to be wished. To die, to sleep –
To sleep – perchance to dream. Ay, there's the rub.
For in that sleep of death what dreams may come
When we have shuffled off this mortal coil
Must give us pause. There's the respect

Wo die Biene trinkt, trink ich,
Weich in Primeln bett ich mich,
Wenn der Kauz schreit, schlafe ich.
Reit den Fledermäuserich
Durch den Sommer lustiglich.
Lustig, ja lustig, so leb ich nun bald
Unter den Blumen im blühenden Wald.

Fünf Faden tief dein Vater liegt;
Sein Skelett wird zu Koralle,
Seine Augen Meerkristalle:
Nichts Lebendiges versiegt,
Geht Verwandlungen des Meeres
Ein in Seltsames und Hehres.
Nymphen tönen Glockenklang –
Ding, dong.
Horch! Ding-dong klang im Wellensang.

(Der Sturm)

Hamlet spricht

Sein, oder Nichtsein; dieses ist die Frage!
Ists edler, im Gemüt des Schicksals Wut
Und giftige Geschoß zu dulden; oder
Sein ganzes Heer von Qualen zu bekämpfen,
Und kämpfend zu vergehn? – Vergehen? – Schlafen!
Mehr heißt es nicht. Ein süsser Schlummer ists,
Der uns von tausend Herzensangst befreit,
Die dieses Fleisches Erbteil sind. – Wie würdig
Des frommen Wunsches ist vergehen, schlafen! –
Doch schlafen? – Nicht auch träumen? Ach, hier liegt
Der Knoten! Träume, die im Todesschlaf
Uns schrecken, wenn einst dies Fleisch verwest,
Sind furchtbar. Diese lehren uns geduldig

That makes calamity of so long life.
For who would bear the whips and scorns of time,
Th' oppressor's wrong, the proud man's contumely,
The pangs of despised love, the law's delay,
The insolence of office, and the spurns
That patient merit of th'unworthy takes,
When he himself might his quietus make
With a bare bodkin? Who would fardels bear,
To grunt and sweat under a weary life,
But that the dread of something after death,
The undiscovered country, from whose bourn
No traveller returns, puzzles the will,
And makes us rather bear those ills we have
Than fly to others that we know not of?
Thus conscience does make cowards of us all;
And thus the native hue of resolution
Is sicklied o'er with the pale cast of thought,
And enterprises of great pitch and moment
With this regard their currents turn awry
And lose the name of action.

Des langen Lebens schweres Joch ertragen.
Wer litte sonst des Glückes Schmach und Geißel,
Der Stolzen Übermut, die Tyrannei
Der Mächtigen, die Qual verschmähter Liebe,
Den Mißbrauch der Gesetze, und jedes Schalks
Verspottung der Verdienste, mit Geduld?
Könnt uns ein bloßer Dolch die Ruhe schenken,
Wo ist der Tor, der unter dieser Bürde
Des Lebens länger seufzete? – Allein
Die Furcht vor dem, was nach dem Tode folgt,
Das Land, von da kein Reisender zurück
Auf Erden kam, entwaffnen unsern Mut.
Wir leiden lieber hier bewußte Qual,
Eh wir zu jener Ungewißheit fliehen. –
So macht uns alle das Gewissen feige!
Die Überlegung kränkt mit bleicher Farbe
Das Angesicht des feurigsten Entschlusses.
Dies unterbricht die größte Unternehmung
In ihrem Lauf, und jede wichtige Tat
Erstirbt – – –

Anonymous Lyrics

Back and side go bare, go bare,
Both foot and hand go cold;
But, belly, God send thee good ale enough,
Whether it be new or old.

I cannot eat but little meat,
My stomach is not good;
But sure I think that I can drink
With him that wears a hood.
Though I go bare, take ye no care,
I am nothing a-cold;
I stuff my skin so full within
Of jolly good ale and old.

I love no roast but a nut-brown toast,
And a crab laid in the fire;
A little bread shall do me stead,
Much bread I not desire.
No frost nor snow, no wind, I trow,
Can hurt me if it would,
I am so wrapped, and throughly lapped
Of jolly good ale and old.

And Tib my wife, that as her life
Loveth well good ale to seek,
Full oft drinks she, till ye may see
The tears run down her cheeks.
Then doth she troll to me the bowl,
Even as a maltworm should,
And saith, «Sweetheart, I took my part
Of this jolly good ale and old.»

Now let them drink, till they nod and wink,
Even as good fellows should do;
They shall not miss to have the bliss

Anonyme Lyrik

Kopf und Rumpf, geht nackt, geht nackt,
Hand und Fuß mag frieren,
Doch dir, lieber Bauch, sende Gott genug
Vom guten, vom alten Biere.

Seht her, mir reicht ganz wenig Fleisch,
Sonst kommt das Magendrücken,
Doch trinken kann ich wie ein Mann,
So gut wie Doktorhüte.
Daß ich barhaupt geh, tut mir nicht weh,
Ich muß darum nicht frieren:
Mein Wanst ist satt und vollgepackt
Mit gutem, mit altem Biere.

Als Braten taugt mir Röstbrot braun
Und ein Krebs, im Herd gebacken;
Ein wenig Brot – mehr tut nicht not –
Viel Brot schlägt auf den Magen.
Nicht Frost, nicht Schnee, nicht Sturmeswehn
Kann mich plagen und beirren:
Bin wohlgestillt und festumhüllt
Vom guten, vom alten Biere.

Und Tib, mein Weib, der nah und weit
Der Weg zum Wirtshaus leicht wird,
Trinkt gern und oft vom Gerstensaft,
Bis ihr das Auge feucht wird.
Setzt mit frohem Sinn den Humpen hin –
Kein Malzwurm mag sich zieren –
Und sagt: «Mein Schatz, voll bin ich jetzt
Vom guten, vom alten Biere.»

Frisch auf, nun trinkt, bis das Auge sinkt,
Nach guter Gesellen Art:
Es spürt schon heut die Seligkeit,

Good ale doth bring men to;
And all poor souls that have scoured bowls
Or have them lustily trolled,
God save the lives of them and their wives,
Whether they be young or old.

Back and side go bare, go bare,
Both foot and hand go cold;
But, belly, God send thee good ale enough,
Whether it be new or old.

THULE, the period of cosmography,
Doth vaunt of Hecla, whose sulphurious fire
Doth melt the frozen clime and thaw the sky;
Trinacrian Aetna's flames ascend not higher.
These things seem wondrous, yet more wondrous I,
Whose heart with fear doth freeze, with love doth fry.

The Andalusian merchant, that returns
Laden with cochineal and china dishes,
Reports in Spain how strangely Fogo burns
Amidst an ocean full of flying fishes.
These things seem wondrous, yet more wondrous I,
Whose heart with fear doth freeze, with love doth fry.

MY LOVE in her attire doth show her wit,
It doth so well become her;
For every season she hath dressings fit,
For winter, spring, and summer.
No beauty she doth miss
When all her robes are on;
But beauty's self she is
When all her robes are gone.

Wer am guten Bier nicht spart.
All die armen Seelen, all die trocknen Kehlen,
Die sich brav die Gurgel schmieren:
Gott erhalt ihren Leib samt Kind und Weib,
Ob jung oder alt, beim Biere!

Kopf und Rumpf, geht nackt, geht nackt,
Hand und Fuß mag frieren –
Doch dir, lieber Bauch, sende Gott genug
Vom guten, vom alten Biere.

THULE, der Endpunkt der Kosmographie,
Rühmt sich des Hekla, dessen Schwefelfeuer
Eishimmel taut und frostigen Landstrich schmilzt:
Siziliens Ätna selbst lodert nicht höher.
All dies sind Wunder – wunderbarer ich:
In eisiger Furcht verbrennt die Liebe mich.

Der andalusische Kaufmann, der zurück-
Gekehrt mit Porzellan und Koschenillen,
Erzählt daheim, wie seltsam Fuego glüht
In einem Ozean, wo die Fische fliegen.
All dies sind Wunder – wunderbarer ich:
In eisiger Furcht verbrennt die Liebe mich.

DIE LIEBSTE zeigt in ihrer Kleidung Witz,
Alles steht ihr vollkommen:
Für jede Jahreszeit hat sie das rechte Stück,
Ob Winter, Frühling, Sommer.
Keine Schönheit, die ihr fehlt,
Wenn sie ihre Kleider trägt,
Doch sie ist die Schönheit selbst,
Wenn sie ihr Kleid ablegt.

FAIN WOULD I change that note
To which fond Love hath charmed me;
Long, long to sing by rote,
Fancying that that harmed me:
Yet when this thought doth come,
«Love is the perfect sum
   Of all delight»,
I have no other choice
Eilther for pen or voice
   To sing or write.

O Love! they wrong thee much
That say thy sweet is bitter,
When thy rich fruit is such
As nothing can be sweeter.
Fair house of joy and bliss,
Where truest pleasure is,
   I do adore thee:
I know thee what thou art,
I serve thee with my heart,
   And fall before thee.

THERE IS A LADY sweet and kind,
Was never face so pleased my mind;
I did but see her passing by,
And yet I love her till I die.

Her gesture, motion, and her smiles,
Her wit, her voice my heart beguiles,
Beguiles my heart, I know not why,
And yet I love her till I die.

Cupid is wingèd and doth range:
Her country so my love doth change;
But change she earth, or change she sky,
Yet will I love her till I die.

Wechseln möcht ich den Ton,
Zu dem Liebe mich verhext hat;
Lang, lang sing ich ihn schon,
Lobe, was mich verletzt hat;
Doch wenns im Herzen spricht:
«Liebe, du Inbegriff
  Jeglicher Freude»,
Dann bleibt mir weiter nichts
Als gleich in Wort und Schrift
  Dies zu bezeugen.

Lügner nur sinds, die dich
Je bitter schalten;
Sind deine Früchte nicht
Süßer als alles?
Du Haus der Seligkeit,
Wo lauter Wonne weilt,
  Dir will ich dienen;
Ich kenn dich wahr und rein,
Will dir mein Leben weihn,
  Und vor dir knieen.

Da ist ein Fräulein, süß und mild;
Sah nie so schön und rein ein Bild.
's war kaum ein Blick, was sie mir gab –
Und doch, ich lieb sie bis ins Grab!

Ihr Geist, ihr Lächeln, Stimme, Gang –
Ich weiß nicht, was mein Herz bezwang;
Ich weiß nicht, was ich an ihr hab –
Und doch, ich lieb sie bis ins Grab!

Mag auch die Liebe, leichtbeschwingt,
Entfliehn, wohin kein Strahl mehr dringt,
Fiel selbst die Sonn ins Meer hinab –
Ich lieb sie dennoch bis ins Grab!

WEEP YOU no more, sad fountains;
What need you flow so fast?
Look how the snowy mountains
Heaven's sun doth gently waste.
But my sun's heavenly eyes
View not your weeping,
That now lies sleeping
Softly, now softly lies
Sleeping.

Sleep is a reconciling,
A rest that peace begets.
Doth not the sun rise smiling
When fair at even he sets?
Rest you then, rest, sad eyes,
Melt not in weeping,
While she lies sleeping
Softly, now softly lies
Sleeping.

Weint nicht mehr, Tränenbrunnen;
Was strömt ihr gar so schnell?
Seht wie die Himmelssonne
Sanft schmilzt der Berge Schnee.
Doch meiner Sonne Blick
Sieht nicht euren Kummer,
Denn sie liegt und schlummert,
Sachte, so sacht gewiegt,
Schlummert.

Schlummer ist ein Versöhnen,
Rasten, das Frieden bringt:
Aufgeht die Sonne schöner,
Die sanft zur Ruhe ging.
Ruh drum, du Tränenblick,
Schmilz nicht im Kummer,
Während sie schlummert,
Sachte, so sacht gewiegt
Schlummert.

Sir Walter Raleigh

The Nymph's Reply to the Shepherd

If all the world and love were young,
And truth in every shepherd's tongue,
These pretty pleasures might me move
To live with thee and be thy love.

Time drives the flocks from field to fold
When rivers rage and rocks grow cold,
And Philomel becometh dumb;
The rest complains of cares to come.

The flowers do fade, and wanton fields
To wayward winter reckoning yields;
A honey tongue, a heart of gall,
Is fancy's spring, but sorrow's fall.

Thy gowns, thy shoes, thy beds of roses,
Thy cap, thy kirtle, and thy posies
Soon break, soon wither, soon forgotten –
In folly ripe, in reason rotten.

Thy belt of straw and ivy buds,
Thy coral clasps and amber studs,
All these in me no means can move
To come to thee and by thy love.

But could youth last and love still breed,
Had joys no date nor age no need,
Then these delights my mind might move
To live with thee and be thy love.

Sir Walter Raleigh

Die Nymphe antwortet dem Schäfer

Wär Welt und Liebe ewig jung,
Wahrheit in jedem Schäfermund,
Könnt solche Wonne mich bewegen,
Dein Lieb zu sein, mit dir zu leben.

Doch Zeit zerstreut die Herde bald,
Es schwillt der Bach, der Fels wird kalt,
Die Nachtigall im Hag verstummt,
Der Rest klagt, daß die Sorge kommt.

Die Blumen welken, saftige Wiesen
Müssen des Winters Starrsinn büßen;
Ein Honigmund, ein galliges Herz –
Lenz des Verlangens, Kummers Herbst.

Dein Kleid, dein Schuh, die Rosenbetten,
Dein Rock, die Sträuße, Blütenketten:
Verschlissen, welk und bald vorbei –
Weisheit verwest, was Torheit reift.

Dein Gurt aus Stroh und Efeuranken,
Die Bernsteinknöpfe, Silberhaken
Können mich nimmermehr bewegen,
Dein Lieb zu sein, mit dir zu leben.

Hätt Jugend Bleibe, Liebe Dauer,
Wonne nicht Frist, noch Not das Alter –
Ja, solche Lust könnt mich bewegen,
Dein Lieb zu sein, mit dir zu leben.

A Vision upon this Conceit of the Fairy Queen

Methought I saw the grave where Laura lay,
Within that temple, where the vestal flame
Was wont to burn; and passing by that way
To see that buried dust of living fame,
  Whose tomb fair love and fairer virtue kept,
All suddenly I saw the Fairy Queen;
At whose approach the soul of Petrarch wept,
And from thenceforth those graces were not seen,
  For they this queen attended; in whose stead
Oblivion laid him down on Laura's hearse.
Hereat the hardest stones were seen to bleed,
And groans of buried ghosts the heavens did pierce;
  Where Homer's sprite did tremble all for grief,
  And cursed th'access of that celestial thief.

OUR PASSIONS ARE most like to floods and streams;
The shallow murmur, but the deep are dumb.
So, when affections yield discourse, it seems
The bottom is but shallow whence they come.
They that are rich in words must needs discover
That they are poor in that which makes a lover.

MY BODY in the walls captived
Feels not the wounds of spiteful envy;
But my thralled mind, of liberty deprived,
Fast fettered in her ancient memory,
  Doth nought behold but sorrow's dying face:
Such prison erst was so delightful
As it desired no other dwelling place,
But time's effects and destinies despiteful
  Have changèd both my keeper and my fare.
Love's fire and beauty's light I then had store;
But now, close kept, as captives wonted are,
That food, that heat, that light, I find no more.
  Despair bolts up my doors, and I, alone,
  Speak to dead walls: but those hear not my moan.

Eine Vision: Die Erscheinung der Fairy Queen

Mich däucht', ich sah die Gruft, die Laura barg
In jenem Tempel, wo vestalisch Feuer
Einst brannte; als ich hinging nach dem Sarg,
Dem Staub, des Ruhm fortlebt im Grabesschleier,
Wo reine Lieb und reinere Tugend wachte,
Sah auf einmal der Feen Fürstin ich,
Sah wie ihr Bild den Geist Petrarcas weinen machte,
Und wie das Wächter-Paar sofort entwich;
Denn dieser Fürstin folgt' es: Jene Stelle
An Lauras Gruft nahm das Vergessen ein.
Da blutete des Grabes Felsenzelle,
Und bis zum Himmel drang verscharrter Seelen Schrein;
Der Geist Homers mit zitternd bangen Mienen
Flucht', daß die Himmelsdiebin dort erschienen.

Die Leidenschaften sind den Wassern gleich:
Das seichte plaudert; tiefes nur ist stumm.
Drum scheint es, Liebe, die zum Schwatzen neigt,
Verrät: ihr Strom fließt über flachen Grund.
Wer reich an Worten ist, des Wort enthüllt,
Daß er arm ist an dem, was Liebende erfüllt.

Mein Körper, eingesperrt in Kerkerwänden,
Spürt Stiche nicht, die Bosheit führt und Neid;
Doch in den Fesseln ihres Angedenkens
Starrt mein trostloser, mein versklavter Geist
Nur noch dem Jammer in die Totenfratze.
Einstmals schien solcher Kerker ihm ein Glück,
Und er verlangte nicht nach besserem Platze;
Doch Last der Zeit und haßvolles Geschick
Wandelten mir den Wärter und die Nahrung.
Einst fühlt ich Liebesglut, der Schönheit Licht;
Als Sträfling jetzt, in grimmiger Verwahrung,
Find ich dies Licht, die Glut, die Speise nicht.
Verzweiflung schließt die Türen – und allein
Klag ich zur toten Wand, die taub ist für mein Schrein.

To His Son

Three things there be that prosper all apace
And flourish, whilst they grow asunder far;
But on a day, they meet all in one place,
And when they meet, they one another mar;
  And they be these: the wood, the weed, the wag.
The wood is that which makes the gallow tree;
The weed is that which strings the hangman's bag;
The wag, my pretty knave, betokens thee.
  Mark, well, dear boy, whilst these assemble not,
Green springs the tree, hemp grows, the wag is wild;
But when they meet, it makes the timber rot,
It frets the halter, and it chokes the child.
  Then bless thee, and beware, and let us pray
  We part not with thee at this meeting day.

On the Life of Man

What is our life? a play of passion;
Our mirth the music of division;
Our mothers' wombs the tiring-houses be
Where we are dressed for this short comedy.
Heaven the judicious sharp spectator is,
That sits and marks still who doth act amiss;
Our graves that hide us from the searching sun
Are like drawn curtains when the play is done.
Thus march we, playing, to our latest rest,
Only we die in earnest – that's no jest.

The Passionate Man's Pilgrimage

Give me my scallop-shell of quiet,
My staff of faith to walk upon,
My scrip of joy, immortal diet,
My bottle of salvation,

An seinen Sohn

Drei Dinge gibts, die rasch und gut gedeihn,
Schön aufblühn, wenn sie sorglich sind getrennt;
Doch kann ein Tag sie aneinander reihn,
Und wenn geeint, verderben sie am End.
Und diese sinds: das Holz, der Hanf, der Hans.
Das Holz verwandelt in den Galgen sich;
Hanf steht für Henkerstrick; und mit dem Hans
Benenn ich, liebes Bürschlein, diesmal dich.
Gib acht, mein Junge: sind die Drei sich fern,
Bleibt frisch das Holz, Hanf grün, Hans wohlgemut;
Doch wenn vereint, so fault das Holz im Kern,
Der Strick wird bös, und würgt das Kind zu Tod.
Drum sieh dich vor – bete, daß uns der Tag,
Der sie vereint, nicht von dir trennen mag.

Das Menschenleben

Was ist das Leben? Leidenschaft, gespielt;
Und unser Frohsein: Zwischenaktmusik;
Uns als Garderobe dient der Mutterleib,
Der für das kurze Stück Kostüme leiht;
Der Himmel stets, als strenges Publikum,
Merkt auf, wer seine Rolle schlecht gekonnt;
Das Grab, das uns dem Sonnenlicht entzieht,
Ist wie der Vorhang, der zum Schluß sich schließt.
So ziehn wir spielend hin zur letzten Rast.
Doch sterben ernstlich – Tod kennt keinen Spaß.

Des leidvollen Mannes Pilgergang

Reicht mir mein Muschelrund voll Frieden,
Den Stab des Glaubens, der mich hält,
Die Wegzehrtasche ewiger Freuden,
Mein Fläschlein, ganz mit Heil gefüllt,

My gown of glory, hope's true gage,
And thus I'll take my pilgrimage.

Blood must be my body's balmer,
No other balm will there be given,
Whilst my soul like a white palmer
Travels to the land of heaven,
  Over the silver mountains,
  Where spring the nectar fountains;
  And there I'll kiss
  The bowl of bliss,
  And drink my everlasting fill
  On every milken hill.
My soul will be a-dry before,
But after it will thirst no more.

And by the happy blissful way
More peaceful pilgrims I shall see,
That have shook off their gowns of clay,
And go apparelled fresh like me.
  I'll bring them first
  To slake their thirst,
And then to taste those nectar suckets,
  At the clear wells
  Where sweetness dwells,
Drawn up by saints in crystal buckets.

And when our bottles and all we
Are filled with immortality,
Then the holy paths we'll travel,
Strewed with rubies thick as gravel,
Ceilings of diamonds, sapphire floors,
High walls of coral and pearl bowers.
From thence to heaven's bribeless hall
Where no corrupted voices brawl,
No conscience molten into gold,
Nor forged accusers bought and sold,
No cause deferred, nor vain-spent journey,

Mein Glorienkleid, der Hoffnung Pfand:
Und so beginnt mein Pilgergang.

Mit Blut gesalbt sein muß der Leib –
Kein anderer Balsam ist zur Hand,
Indes die Seele, pilgerweiß,
Sich aufmacht nach dem heiligen Land;
  Über silberne Höhen,
  Wo Nektarquellen strömen:
  Dort mich zu laben
  An seligen Schalen,
  Mich ewig zu stillen
  Auf milchweißen Hügeln;
Wie war die Seele dürr vorher –
Danach dürstet sie niemals mehr.

Ich werd auf der glückseligen Bahn
Viel andere Friedenspilger sehn,
Die auch ihr Lehmkleid abgetan,
Wie ich nun frischgewandet gehn.
  Bring ihrem Durst
  Erquickung erst,
Und führ sie dann zur Nektarsüße,
  Von heiliger Schar
  Aus Brunnen klar
Gesammelt in kristallnen Krügen.

Sind unsere Flaschen und wir selbst
Ganz von Unsterblichkeit erfüllt,
Wolln wir die heiligen Pfade ziehn:
Statt Kieselstein deckt sie Rubin,
Saphirgrund trägt diamantne Dächer,
Korallenwände, Perlgemächer;
In Himmels unkäuflichen Saal,
Wo nie gedungene Stimme schallt,
Gewissen nie zu Gold zerschmolzen,
Falsch Zeugnis niemals feilgeboten,
Kein Fall verschleppt, kein Gang vergebens:

For there Christ is the King's Attorney,
Who pleads for all without degrees,
And he hath angels, but no fees.

When the grand twelve million jury
Of our sins and direful fury
'Gainst our souls black verdicts give,
Christ pleads his death, and then we live.
Be thou my speaker, taintless pleader,
Unblotted lawyer, true proceeder;
Thou movest salvation even for alms,
Not with a bribèd lawyer's palms.

And this is my eternal plea
To him that made heaven, earth, and sea:
Seeing my flesh must die so soon,
And want a head to dine next noon:
Just at the stroke when my veins start and spread,
Set on my soul an everlasting head.
Then am I ready, like a palmer fit,
To tread those blest paths which before I writ.

The Author's Epitaph, Made by Himself

Even such is time, which takes in trust
Our youth, our joys, and all we have,
And pays us but with age and dust;
Who in the dark and silent grave,
When we have wandered all our ways,
Shuts up the story of our days;
And from which earth, and grave, and dust
The Lord shall raise me up, I trust.

Christus ist Anwalt dieses Königs,
Plädiert für alle – ohne Sold,
Hat Engel viel – doch nicht von Gold.

Wenn zwölf Millionen (die Geschworenen)
Für unser sündig wüstes Irren
Der Seele schwarzen Schuldspruch geben,
Plädiert Sein Tod für unser Leben.
Sei Du mein Fürsprech, bester Sprecher,
Gerechter Anwalt, wahrer Rechter:
Sprichst um Almosen uns das Heil,
Hältsts nicht wie Advokaten feil.

Hör mein endgültiges Plädoyer,
Der Himmel, Erde schuf, und Meer:
Da mein Fleisch so bald sterben soll,
Daß ihm das Haupt zum Nachtmahl fehlt –
Grad auf den Streich, da mein Blut schrickt und graut,
Setz auf die Seele mir ein unvergänglich Haupt,
Daß ich gerüstet, wie's dem Pilger ziemt,
Den seligen Weg gehn darf, von dem ich schrieb.

Des Autors eigener Grabspruch

So ist die Zeit: sie nimmt als Raub
Uns Jugend, Glück, all unsre Habe,
Und zahlt mit Alter uns und Staub;
Sie schließt im düstern, stillen Grabe,
Wenn wir vollendet unsre Bahn,
Die Mär von dem, was wir getan.
Doch aus dem Grab, dem Erdenstaube
Weckt mich einst Gott – dies ist mein Glaube!

Samuel Daniel

Care-charmer Sleep, son of the sable Night,
Brother to Death, in silent darkness born,
Relieve my languish, and restore the light,
With dark forgetting of my cares return.
And let the day be time enough to mourn
The shipwreck of my ill-adventured youth;
Let waking eyes suffice to wail their scorn,
Without the torment of the night's untruth.
Cease, dreams, the images of day-desires,
To model forth the passions of the morrow;
Never let rising sun approve you liars,
To add more grief to aggravate my sorrow.
Still let me sleep, embracing clouds in vain;
And never wake to feel the day's disdain.

Are they shadows that we see?
And can shadows pleasure give?
Pleasures only shadows be
Cast by bodies we conceive,
And are made the things we deem
In those figures which they seem.
But these pleasures vanish fast,
Which by shadows are expressed;
Pleasures are not, if they last;
In their passing is their best.
Glory is most bright and gay
In a flash, and so away.
Feed apace, then, greedy eyes
On the wonder you behold;
Take it sudden as it flies,
Though you take it not to hold.
When your eyes have done their part,
Thought must length it in the heart.

Samuel Daniel

Schlaf, Gram-Verzauberer, Sohn der schwarzen Nacht,
Du Todes-Bruder, stummen Dunkels Sohn,
Gib leichtere Last, so gibst du neues Licht:
Du meines Kummers dunkle Tilgung, komm!
  Laß du dem Tag ruhig für die Trauer Zeit
Um Schiffbruch der verirrten Jugendtage;
Gib, daß ein waches Auge sie beweint,
Ohne die Folter nächtiger Schattenplage.
  Laßt ab, ihr Träume, Bilder vorzutrügen
Von Tageslüsten und dem Leid von Morgen;
Nie mehr straf euch die Morgenröte Lügen,
Nie mehr vermehrt mit neuem Weh die Sorgen.
  Laß mich, fortschlafend, Wolkentrug umschließen,
  Nie mehr, erwacht, des Tages Kränkung büßen.

Sind dies Schatten, was wir sehn?
Können Schatten Freuden bringen?
Freuden wie die Schatten stehn
Hinter den gedachten Dingen,
Und sie werden, was wir meinen,
In den Formen, die sie scheinen.
  Doch die Freuden bald enteilen,
Deren Ausdruck schattenhaft;
Sind nicht Freuden, wenn sie weilen:
Ihr Entfliehn ist ihre Kraft.
Glorie ist am hellsten hell
Als ein Blitz und blitzesschnell.
  Durstiges Auge, vollen Zuges
Trink das Wunder, das du siehst;
Greife rasch in raschem Flug es,
Greifst, was nie zu halten ist.
Auge nahm erst Teil daran,
Denken dehnts im Herzen dann.

Michael Drayton

Since there's no help, come let us kiss and part.
Nay, I have done, you get no more of me,
And I am glad, yea glad with all my heart
That thus so cleanly I myself can free;
   Shake hands forever, cancel all our vows,
And when we meet at any time again,
Be it not seen in either of our brows
That we one jot of former love retain.
   Now at the last gasp of love's latest breath,
When, his pulse failing, passion speechless lies,
When faith is kneeling by his bed of death,
And innocence is closing up his eyes;
   Now if thou wouldst, when all have given him over,
   From death to life thou mightst him yet recover.

Ode: To the Virginian Voyage

You brave heroic minds
Worthy your country's name,
   That honour still pursue,
   Go, and subdue
Whilst loitering hinds
Lurk here at home, with shame.

Britons, you stay too long;
Quickly aboard bestow you,
   And with a merry gale
   Swell your stretched sail,
With vows as strong
As the winds that blow you.

Your course securely steer,
West and by south forth keep;
   Rocks, lee shores, nor shoals,

Michael Drayton

Da nichts mehr hilft: ein Kuß! dann laß uns gehn.
So – nun genug; nichts weiter, füg dich drein!
Und ich bin froh, ja herzlich froh, zu sehn,
Daß ichs vermag, so rasch mich zu befrein.
   Nochmals die Hand –: denk nicht an Eid und Schwur!
Und treffen wir einander irgendwann,
Merkt man uns, hoffen wirs, nicht eine Spur
Von unsrer längst verfloßnen Liebe an.
   Doch wenn auch unsre Lieb im Sterben liegt,
Schon ohne Puls, kaum röchelnd hin und wieder –
Die Treue kniet, ob ihr Gebet nicht siegt,
Die Unschuld steht und schlägt die Augen nieder –
   Versuchs, noch jetzt, wenn sie auch aufgegeben:
   Erweck sie neu vom sichern Tod zum Leben!

Ode auf die Fahrt nach Virginia

Ihr tapferen Heldenseelen,
Ihr, Englands ganzer Stolz:
   Auf Ruhm allein bedacht,
   Zieht hin und siegt;
Die Bärenhäuter
Laßt feig zu Hause bleiben.

Briten, was säumt ihr noch?
Auf, auf, geht schnell an Bord!
   Und mit munterem Wind
   Die Segel geschwellt,
In Treue so stark
Wie der Wind, der euch treibt.

Fest nur haltet den Kurs:
West bei Süd, immerzu;
   Küste, Sandbank und Riff,

When Aeolus scowls,
You need not fear,
So absolute the deep.

And cheerfully at sea,
Success you still entice,
To get the pearl and gold,
And ours to hold,
Virginia,
Earth's only paradise,

Where nature hath in store
Fowl, venison, and fish,
And the fruitful'st soil:
Without your toil
Three harvests more,
All greater than your wish.

And the ambitious vine
Crowns with his purple mass
The cedar reaching high
To kiss the sky,
The cypress, pine,
And useful sassafras.

To whose the golden age
Still nature's laws doth give,
No other cares that tend,
But them to defend
From winter's age,
That long there doth not live.

Whenas the luscious smell
Of that delicious land,
Above the seas that flows,
The clear wind throws,
Your hearts to swell
Approaching the dear strand,

Wenn Äolus zürnt,
Müßt ihr nicht scheun –
So grundlos tief das Meer.

Geht nur beherzt auf See:
Es winkt Gewinn wie nie!
Greift euch Perlen und Gold,
Haltet fest unser Teil –
Virginia,
Der Erde einziges Paradies;

Wo Natur euch beschenkt,
Mit Fisch, Vogel und Wild,
Wo euch fruchtbarstes Land
Ganz ohne Plackerei
Drei Ernten mehr beschert,
Und größere, als ihr denkt;

Wo der strebsame Wein
Mit seiner Purpurlast
Die hohe Zeder krönt,
Die den Himmel küßt,
Samt Pinie und Zypresse,
Und wackerem Sassafras.

Seinen Bewohnern ist noch heut
Das Goldne Zeitalter Gesetz:
Und die Natur verlangt
Nur soviel Mühn,
Daß man dem Winter wehrt,
Der nicht lang dauert dortzuland.

Wenn den üppigen Duft
Jenes köstlichen Orts
Über die wogende Flut
Der helle Wind gesandt,
Der euch die Herzen schwellt,
Und ihr naht dem teuren Strand;

In kenning of the shore,
Thanks to God first given,
  Oh you, the happiest men,
  Be frolic then,
Let cannons roar,
Frighting the wide heaven.

And in regions far
Such heroes bring ye forth
  As those from whom we came,
  And plant our name
Under that star
Not known unto our north.

And as there plenty grows
Of laurel everywhere,
  Apollo's sacred tree,
  You it may see
A poet's brows
To crown, that may sing there.

Thy voyages attend,
Industrious Hakluyt,
  Whose reading shall enflame
  Men to seek fame,
And much commend
To after times thy wit.

Nachdem am Ufer erst
Ihr alle Gott gedankt,
    Dann, glücklichste der Männer,
    Feiert ein Freudenfest:
Laßt die Kanonen donnern,
Daß weit die Himmel zittern!

Und dort im fernen Land
Bringt Helden in die Welt,
    Wie unsre Ahnen warn;
    Und pflanzt unseren Namen
Ein unter jenem Stern,
Der hier im Norden unbekannt.

Da Lorbeer dort in Fülle
Gedeiht an allen Stellen,
    Apollos heiliger Baum:
    Nehmt ihn und krönt
Des Dichters Stirn,
Der dort von euren Taten singt.

Begleite du die Fahrt,
Geschäftiger Hakluyt:
    Denn Dich-lesen entflammt
    Die Menschen zum Ruhm,
Empfiehlt künftiger Zeit
Deinen witzigen Geist.

Fulke Greville, Lord Brooke

From Caelica

Caelica, I overnight was finely used,
Lodged in the midst of Paradise, your heart;
Kind thoughts had charge I might not be refused:
Of every fruit and flower I had part.
  But curious knowledge, blown with busy flame,
The sweetest fruits had in down shadows hidden,
And for it found nine eyes had seen the same.
I from my paradise was straight forbidden;
  Where that cur, rumour, runs in every place,
Barking with care, begotten out of fear;
And glassy honour, tender of disgrace,
Stands seraphim to see I come not there;
  While that fine soil which all these joys did yield,
  By broken fence is proved a common field.

Chorus Sacerdotum

Oh wearisome condition of Humanity!
Born under one law, to another bound;
Vainly begot, and yet forbidden vanity;
Created sick, commanded to be sound:
What meaneth Nature by these diverse laws?
Passion and Reason, self-division cause.

Is it the mark or majesty of power
To make offences that it may forgive?
Nature herself doth her own self deflower,
To hate those errors she herself doth give.
For how should man think that he may not do,
If Nature did not fail, and punish too?

Fulke Greville, Lord Brooke

Aus Caelica

Liebste, wie war ich über Nacht beglückt!
In deinem Herzen wohnt ich, ganz im Paradies;
Dein milder Sinn, er wies mich nicht zurück:
An jeder Frucht und Blüte labt ich mich.
  Geheimes Wissen aber hielt versteckt
Süßeste Frucht im Hügelschatten tief;
Kaum streifte sehnend sie mein erster Blick,
Vertrieb man mich aus meinem Paradies.
  Nun schießt Gerücht, der giftige Köter, hin und her
Und kläfft vor Angst, und tut als wärs aus Grimm;
Mich abzuschrecken und der Schmach zu wehrn
Steht glasige Ehre dort als Seraphin;
  Doch zeigt der Grund und Boden aller Freude,
  Da ihm der Zaun brach, sich als offene Weide.

Priesterchor

Mühseliger Stand des menschlichen Geschlechtes!
Einem Gesetz entstammt, dem anderen verfallen;
Eitel gezeugt, der Eitelkeit entrechtet;
Geschaffen heillos, heil zu sein gehalten:
Was will Natur mit diesem Widerspruch?
Leidenschaft und Vernunft: der Selbstentzweiung Fluch.

Verstöße schaffen, um sie zu vergeben –
Zeigt sich darin die Majestät der Macht?
So schändet die Natur ihr eigenes Wesen
Im Haß auf Fehler, die sie selbst erdacht.
Wie käm dem Menschen in den Sinn, was er nicht darf,
Wenn ihn Natur nicht fehlbar macht, und straft?

Tyrant to others, to herself unjust,
Only commands things difficult and hard,
Forbids us all things which it knows is lust,
Makes easy pains, impossible reward.
If Nature did not take delight in blood,
She would have made more easy ways to good.

We that are bound by vows and by promotion,
With pomp of holy sacrifice and rites,
To teach belief in good and still devotion,
To preach of Heaven's wonders and delights;
Yet when each of us in his own heart looks,
He finds the God there far unlike his books.

WHENAS MAN'S LIFE, the light of human lust,
In socket of his earthly lanthorn burns,
That all this glory unto ashes must,
And generation to corruption turns;
Then fond desires that only fear their end
Do vainly wish for life, but to amend.

But when this life is from the body fled,
To see itself in that eternal glass
Where time doth end and thoughts accuse the dead,
Where all to come is one with all that was;
Then living men ask how he left his breath,
That while he livèd never thought of death.

Tyrann für andere, schnöde gegen sich,
Verdammt sie alles, was an Lust sie weiß,
Gebietet nur, was hart und mühsam ist,
Macht Lohn unmöglich, dafür Leiden leicht.
Würde Natur nach Blut nicht so sehr gieren,
Sie müßte uns auf leichterem Weg zum Guten führen.

Wir, die gehalten sind durch Amt und Schwur,
Unter hochheiligem Pomp und Opferfeiern,
Glauben ans Gute, stete Andacht nur,
Wunder und Lust des Himmels zu beteuern:
Wenn wir in unseren eignen Herzen suchen,
Finden wir einen Gott, ganz anders als im Buche.

WENN MENSCHENLEBEN, Licht der Erdenlust,
Am Grund der irdischen Laterne schwelt,
Und aller Glanz zu Asche werden muß,
Und das Gezeugte an Verwesung fällt,
Dann ruft Begier, von Todesangst besessen,
Umsonst nach Leben, um sich noch zu bessern.

Doch ist das Leben aus dem Leib entflohen,
Daß es im ewigen Spiegel sich besieht,
Wo Zeit vergeht, und Schuld verklagt die Toten,
Wo was da kommt eins wird mit dem was schied,
Dann fragt sich, wer noch lebt, wie einer starb,
Der seiner Lebtag nie den Tod gewahrt.

George Chapman

Peace Discovers the Poet

Thou wretched man, whom I discover, born
To want and sorrow and the vulgar's scorn;
Why hauntst thou freely these unhaunted places
Empty of pleasures? Empty of all graces,
Fashions, and riches; by the best pursued
With broken sleep, toil, love, zeal, servitude;
With fear and trembling, with whole lives and souls?
While thou breakst sleeps, digst under earth, like moles
To live, to seek me out, whom all men fly;
And thinkst to find light in obscurity,
Eternity in this deep vale of death:
Lookst ever upwards, and liv'st still beneath;
Fillst all thy actions with strife, what to think,
Thy brain with air, and scatterst it in ink:
Of which thou mak'st weeds for thy soul to wear,
As out of fashion as the bodies are.

Muses that sing Love's sensual empery,
And lovers kindling your enragèd fires
At Cupid's bonfires burning in the eye,
Blown with the empty breath of vain desires;
   You that prefer the painted cabinet
Before the wealthy jewels it doth store ye,
That all your joys in dying figures set,
And stain the living substance of your glory:
   Abjure those joys, abhor their memory,
And let my love the honoured subject be
Of Love, and Honour's complete history;
Your eyes were never yet let in to see
   The majesty and richness of the mind,
   But dwell in darkness; for your God is blind.

George Chapman

Der Frieden spricht zum Dichter

Elender Mensch, der vor mich tritt, geboren
Zu Kummer, Armut, und des Pöbels Spott:
Weshalb entweihst du den geweihten Ort,
Der keine Künste kennt und keine Moden,
Nicht Lust noch Reichtum; dem die Besten nur
Sich wachend, leidend, liebend, dienend geben,
Mit Furcht und Zittern, ganzem Leib und Leben?
Indes du schlaflos deine Maulwurfsspur
Im Boden wühlst, und suchst, den alle fliehen –
Mich; und hoffst, Licht in Finsternis zu finden,
Und Ewigkeit in Todes dunklen Gründen:
Siehst ewig aufwärts, und lebst in der Tiefe;
Füllst all dein Tun mit Streit, und bläst im Sinnen
Das Hirn voll Luft, vergeudest es in Tinte;
Draus schneiderst du dir ein Gewand der Seele,
So aus der Mode wie des Leibes Hülle.

Musen, die ihr der Sinne Reich, verführt,
Betörend singt, und Liebende, die ihr
Die Glut an Amors Scheiterhaufen schürt,
Geschwellt vom leeren Hauche der Begier;
Ihr, die den Schrein ihr vorzieht, schön bemalt,
Den Perlenschätzen, die er euch bewahrt,
Und Lust habt an vergänglicher Gestalt
Und schmäht lebendige Glorie eurer Art:
Bannt dieser Freuden letzte Spur! Und drum
Laßt meine Liebe sein ruhmvolles Ziel
Der Liebe, und des Ruhms Kompendium;
Ach, eure Augen sahen niemals viel:
Nie Geistes Glanz und Fülle, nein – sie sind
Voll Finsternis; denn euer Gott ist blind.

John Donne

The Flea

Mark but this flea, and mark in this
How little that which thou deny'st me is;
It sucked me first, and now sucks thee,
And in this flea our two bloods mingled be;
Thou know'st that this cannot be said
A sin, nor shame, nor loss of maidenhead.
Yet this enjoys before it woo,
And pampered swells with one blood made of two,
And this, alas, is more than we would do!

Oh stay, three lives in one flea spare,
Where we almost, yea more than married are.
This flea is you and I, and this
Our marriage bed, and marriage temple is;
Though parents grudge, and you, we're met
And cloistered in these living walls of jet.
Though use make you apt to kill me,
Let not to that self-murder added be,
And sacrilege, three sins in killing three.

Cruel and sudden, hast thou since
Purpled thy nail in blood of innocence?
Wherein could this flea guilty be,
Except in that drop which it sucked from thee?
Yet thou triumph'st and say'st that thou
Find'st not thyself, nor me, the weaker now;
'Tis true; then learn how false fears be;
Just so much honour, when thou yield'st to me,
Will waste, as this flea's death took life from thee.

John Donne

Der Floh

Sieh diesen Floh! und sieh zugleich
Wie wenig das, was du mir weigerst, heißt.
Mich biß er erst, nun beißt er dich,
In ihm wird unser beider Blut vermischt.
Gesteh, daß solchen Akt kein Mensch
Sündig, schandbar, und Raub der Unschuld nennt.
Der da genießt, eh er lang freit,
Labt sich, und schwillt vom einen Blut der zwei;
Und uns wär dies mißgönnt aus Schicklichkeit?

Doch sacht! halt ein! Drei Leben laß
Dem Floh, der uns vermählt, und mehr als das:
Der Floh bist du, dann ich, zuletzt
Ist er uns Hochzeitstempel, Hochzeitsbett:
Den Eltern, dir, zum Trotz, gepaart
In der Klausur aus lebendem Gagat.
Zwar bist du meinen Mord gewohnt,
Doch Selbstmord laß, und Sakrileg – vor Gott
Drei Todsünden für dreifach grausen Tod.

O rasche Willkür! hast du jetzt
Den Nagel mit der Unschuld Blut benetzt?
Worin denn fehlte dieser Floh
Als in dem Tröpfchen, das er aus dir sog?
Du sagst (und brüstest dich erst recht),
Du fändest weder dich noch mich geschwächt.
Schon wahr – wie eitel Ängste sind!
Nur soviel Ehre, gibst du dich mir hin,
Verfällt, wie dir der Flohtod Leben nimmt.

To His Mistress Going to Bed

Come, madam, come, all rest my powers defy,
Until I labour, I in labour lie.
The foe oft-times having the foe in sight,
Is tired with standing, though he never fight.
Off with that girdle, liken heaven's zone glistering,
But a far fairer world encompassing.
Unpin that spangled breastplate, which you wear
That the eyes of busy fools may be stopped there.
Unlace yourself, for that harmonious chime
Tells me from you that now 'tis your bed time.
Off with that happy busk, which I envy,
That still can be, and still can stand so nigh.
Your gown, going off, such beauteous state reveals,
As when from flowery meads the hill's shadow steals.
Off with that wiry coronet, and show
The hairy diadem which on you doth grow;
Now off with those shoes, and then safely tread
In this love's hallowed temple, this soft bed.
In such white robes, heaven's angels used to be
Received by men; thou, Angel, bring'st with thee
A heaven like Mahomet's Paradise; and though
Ill spirits walk in white, we easily know
By this these angels from an evil sprite:
Those set our hairs, but these our flesh upright.
  License my roving hands, and let them go
Before, behind, between, above, below.
O my America! my New-found-land,
My kingdom, safeliest when with one man manned,
My mine of precious stones, my empery,
How blest am I in this discovering thee!
To enter in these bonds is to be free;
Then where my hand is set, my seal shall be.
  Full nakedness! All joys are due to thee,
As souls unbodied, bodies unclothed must be
To taste whole joys. Gems which you women use
Are like Atlanta's balls, cast in men's views,

An seine Geliebte: Beim Zubettgehen

Komm, Liebste, komm! mein Sinn steht nicht nach Ruhn;
Ja, Untat wärs, hier keine Tat zu tun!
Ein Krieg, in dem der Feind den Feind nur sieht,
Und wird nicht handgemein, macht stehend müd.
Fort mit dem Gurt, wie Himmels Sternrund glänzend,
Und doch weit schönere Welten noch umgrenzend!
Lös ab den Brustschild, glitzernd reich bestickt,
Daß sich verfängt der dreisten Toren Blick.
Entschnür dein Mieder – süßestes Geläut:
Mir kündets, jetzt ist deine Schlafenszeit.
Fort mit dem Stabwerk, denn ich seh voll Neid,
Wie es, dir angeschmiegt, stets aufrecht bleibt.
Gleitend enthüllt dein Kleid ein Zauberreich,
Wie wenn von Maienflur Bergschatten weicht.
Fort mit dem goldnen Haarreif! wahrhaft schön
Ist nur das Haargeschmeide, das dich krönt.
Die Schuh leg ab, und dann, voll Andacht, tritt
Ein in den Liebestempel hier, dies weiche Bett.
In solch weißem Gewand sind Engel einst
Zu Menschen eingekehrt; du, engelsgleich,
Bringst mir Mohammeds Paradies. Zwar gehn
In Weiß auch böse Geister, doch man kennt
Das Engelswunder leicht vom Geisterspuk:
Dies läßt das Fleisch erstarrn, jener das Blut.
  Dem Drang der trunkenen Hände gib dich hin,
Vorn, hinten, oben, unten, zwischendrin.
O mein Amerika, mein Neu-Fundland!
Mein Reich, sicher mit einem Mann bemannt!
Mein Diamantenschacht, mein Reichskleinod,
Dich zu entdecken macht mich jubelfroh!
Von dir gefesselt, bin ich wahrhaft frei,
Wo ich dich fasse, soll mein Siegel sein.
  Vollkommene Nacktheit – alle Seligkeit,
Leiblos den Seelen, kleiderlos dem Leib,
Ist dein Geschenk! Schmuck, der euch Frauen ziert,
Soll wie Atlantas Ball den Blick verführn,

That when a fool's eye lighteth on a gem,
His earthly soul may covet theirs, not them.
Like pictures, or like books' gay coverings made
For lay-men, are all women thus arrayed;
Themselves are mystic books, which only we
(Whom their imputed grace will dignify)
Must see revealed. Then, since that I may know,
As liberally as to a midwife show
Thyself: cast all, yea, this white linnen hence.
There is no penance due to innocence.
To teach thee, I am naked first; why then,
What needst thou have more covering than a man?

The Good Morrow

I wonder by my troth, what thou and I
Did, till we loved? were we not weaned till then,
But sucked on country pleasures childishly?
Or snorted we in the seven sleepers' den?
'Twas so; but this, all pleasures fancies be.
If ever any beauty I did see,
Which I desired, and got, 'twas but a dream of thee.

And now good morrow to our waking souls,
Which watch not one another out of fear;
For love all love of other sights controls,
And makes one little room an everywhere.
Let sea-discoverers to new worlds have gone,
Let maps to others worlds on worlds have shown,
Let us possess one world, each hath one, and is one.

My face in thine eye, thine in mine appears,
And true plain hearts do in the faces rest.
Where can we find two better hemispheres
Without sharp north, without declining west?
What ever dies, was not mixed equally;
If our two loves be one, or thou and I
Love so alike, that none do slacken, none can die.

Daß, wenn Geschmeide Narrenaugen reizt,
Den köstlichsten Juwel das Blendwerk schützt.
Wie Bücher, bildgeschmückt, in bunter Pracht,
Sind Fraun für Laienblicke aufgemacht;
Mystische Schriften sind sie, und nur wir,
Die ihre Gnadenwahl prädestiniert,
Sehn sie enthüllt. Daß ich dich ganz erkenn,
Sei mir dein freier Anblick so vergönnt
Wie der Entbinderin. Wirf dein Linnen weit –
Was taugt der Unschuld ein Armsünderkleid?
Sieh, in der Nacktheit geh ich dir voran:
Was brauchst du mehr Bedeckung als den Mann?

Der Gute Morgen

Ich frag mich nur, was taten du und ich,
Bis wir uns liebten? Warn wir nicht entwöhnt,
Und saugten kindisch Lust wie Ammenmilch?
Schnarchten wir in der Siebenschläferhöhle?
Ja! – was sonst Wonne schien, ist Phantasie:
War mir je eine andre Schönheit lieb,
Begehrt ich und besaß, wars nur ein Traum von dir.

Guten Morgen den Seelen, die erwacht,
Und die einander, frei von Furcht, beschaun;
Denn Liebe hat auf was sie liebt nur acht,
Und macht zum All den allerkleinsten Raum.
Entdecker laß zu neuen Welten eilen,
Karten laß andern Welt um Welten reihen,
Uns laß uns, *eine* Welt, besitzen, *eine* sein.

Mein Bild ist dein, deins ist mein Augenstern,
Und treu das Herz, das in den Augen wohnt.
Wo finden wir zwei bessere Hemisphärn,
Von bitterem Nord und trübem West verschont?
Was immer stirbt, es war ungleich gemischt:
Sind unsere Lieben eins, liebst du und ich
So gleich, daß keiner nachläßt, trifft der Tod uns nicht.

His Picture

Here take my picture; though I bid farewell,
Thine, in my heart, where my soul dwells, shall dwell.
'Tis like me now, but I dead, 'twill be more
When we are shadows both, than 'twas before.
When weather-beaten I come back; my hand
Perhaps with rude oars torn, or sun-beams tanned,
My face and breast of haircloth, and my head
With care's rash sudden hoariness o'erspread,
My body a sack of bones, broken within,
And powder's blue stains scattered on my skin;
If rival fools tax thee to have loved a man,
So foul, and coarse, as Oh, I may seem then,
This shall say what I was: and thou shalt say,
Do his hurts reach me? doth my worth decay?
Or do they reach his judging mind, that he
Should now love less, what he did love to see?
That which in him was fair and delicate,
Was but the milk, which in love's childish state
Did nurse it: who now is grown strong enough
To feed on that, which to disused tastes seems tough.

A Valediction: Forbidding Mourning

As virtuous men pass mildly away,
And whisper to their souls to go,
Whilst some of their sad friends do say,
The breath goes now, and some say, no:

So let us melt, and make no noise,
No tear-floods, nor sigh-tempests move;
'Twere profanation of our joys
To tell the laity our love.

Moving of the earth brings harms and fears,
Men reckon what it did and meant,
But trepidation of the spheres,
Though greater far, is innocent.

Sein Bildnis

Hier, nimm mein Bild. Lebwohl, der Aufbruch drängt
(Deins hab ich seelentief ins Herz versenkt).
Noch gleicht es mir: trifft mich der Tod, so steigt
Durch unser beider Schattentum sein Preis.
Und kehr ich heim, sonnengedunkelt, derb
Die Hand verschwielt vom Ruder, sturmgegerbt,
Gesicht und Brust ein Haarwald, und das Haupt
Vom eisigen Leidens-Rauhreif jäh ergraut,
Mein Leib ein Sack voll Knochen, schlecht vertäut,
Die Haut mit Pulverflecken blau bestreut, –
Reizt, was du liebst, dann der Rivalen Spott,
Ein Mann, der ich erschein, so wüst und grob,
So sagt dies, was ich war; und du sagst dann:
Trifft mich sein Mangel? Schmält er meinen Rang?
Und trübt er ihm das Auge, daß er heut,
Was er am liebsten sah, zu sehen scheut?
Was einst an ihm gefällig war und fein,
War Milch, die Liebe in der Kinderzeit
Zu stillen: doch sie wuchs und ist erstarkt:
Was sie jetzt nährt, scheint schwachem Biß zu hart.

Ein Abschied: Mit dem Verbot, zu trauern

Sacht, wie ein guter Mensch erlischt,
Wenn er der Seele zuraunt: geh,
Und rätselnd, ob der Atem wich,
Die Freundesschar ihn bang umsteht,

Wolln wir uns lösen, insgeheim;
Kein Seufzersturm und Tränenmeer
Darf unsern Freudenbund entweihn,
Preisgeben an das Laienheer.

Erdbeben wirken Harm und Graun,
Entsetzt fragt jeder, was geschah,
Doch bebt der hohe Sphärenraum,
Weit mächtiger, nimmts keiner wahr.

Dull sublunary lovers' love
(Whose soul is sense) cannot admit
Absence, because it doth remove
Those things which elemented it.

But we by a love so much refined
That ourselves know not what it is,
Inter-assurèd of the mind,
Care less, eyes, lips, and hands to miss.

Our two souls therefore, which are one,
Though I must go, endure not yet
A breach, but an expansion,
Like gold to airy thinness beat.

If they be two, they are two so
As stiff twin compasses are two:
Thy soul, the fixed foot, makes no show
To move, but doth, if the other do.

And though it in the centre sit,
Yet when the other far doth roam,
It leans, and hearkens after it,
And grows erect, as that comes home.

Such wilt thou be to me, who must
Like the other foot obliquely run;
Thy firmness makes my circle just,
And makes me end, where I begun.

Song

Go, and catch a falling star,
Get with child a mandrake root,
Tell me, where all past years are,
Or who cleft the Devil's foot;
Teach me to hear Mermaids singing,

Was dumpf dahinliebt unterm Mond
Im Sein der Sinne, es vergeht
Am Fernsein, und verliert den Grund,
Der seine Elemente hegt.

Doch unsere Liebe, so verfeint,
Daß wir ihr Rätsel nimmer lösen,
Im Geist, den Gegenbürgschaft eint,
Mag Augen, Hand und Lippen missen.

Der Doppelseele Einigkeit
Erfährt nun, da ich scheiden soll,
Ja keinen Bruch – sie dehnt sich weit
Wie luftig dünn geschlagnes Gold.

Und sind wir zwei, wir sind es bloß
Nach fester Zirkel Zwillingsweise:
Der stete Fuß du, regungslos,
Und kreist doch mit des andern Kreise.

Zwar hält er in der Mitte Wacht,
Doch schweift der andere weit hinaus,
So neigt er sich, und lauscht ihm nach,
Und reckt sich, kehrt der Freund nach Haus.

Bist du mir so, dann zieh ich gleich
Dem zweiten Fuß die schräge Bahn:
Dein Festsein rundet meinen Kreis,
Und endet mich, wo ich begann.

Lied

Hasch mir den Kometenschweif,
Zeug ein Kind mit der Alraun,
Sag, wer stahl den vorigen Mai,
Wer krümmte des Teufels Klaun?
Mach, daß ich Nixen singen höre,

Or to keep off envy's stinging,
    And find
    What wind
Serves to advance an honest mind.

If thou be'st born to strange sights,
Things invisible to see,
Ride ten thousand days and nights,
Till age snow white hairs on thee:
Thou, when thou return'st, wilt tell me
All strange wonders that befell thee,
    And swear,
    Nowhere
Lives a woman true and fair.

If thou find'st one, let me know:
Such a pilgrimage were sweet;
Yet do not, I would not go,
Though at next door we might meet;
Though she were true, when you met her,
And last, till you write your letter,
    Yet she
    Will be
False, ere I come, to two or three.

The Apparition

When by thy scorn, o murderess, I am dead,
  And that thou think'st thee free
From all solicitation from me,
Then shall my ghost come to thy bed,
And thee, feigned vestal, in worse arms shall see;
Then thy sick taper will begin to wink,
And he, whose thou art then, being tired before,
Will, if thou stir, or pinch to wake him, think
    Thou call'st for more,
And in false sleep will from thee shrink;
And then, poor aspen wretch, neglected, thou

Aller Bosheit mich erwehre,
        Und find
        Den Wind,
Der mir Treu und Glauben bringt.

Ist dir seltene Schau verliehn,
Unsichtbares gar zu sehn,
Reit zehntausend Tage hin,
Bis dich deckt der Altersschnee;
Bei der Rückkehr wirst du sagen,
Was sich Rares zugetragen,
        Bereit
        Zum Eid:
Du sahst kein schön- und treues Weib.

Triffst du doch eins, sag mirs gleich,
Süß wird meine Wallfahrt dann;
Doch laß – vergeudet wär die Zeit!
Wohnte sie auch nebenan,
Und *war* treu, als du sie gefragt,
Ja, *blieb* treu, bis du mirs gesagt,
        Zweien
        Nein, dreien,
Wird, bis ich komm, sie untreu sein.

Der Geisterspuk

Wenn deine Kälte, Mörderin, mich entseelt,
    Und du dich, ungerührt,
Nur meiner lästigen Werbung ledig spürst,
Dann kommt mein Geist nachts an dein Bett,
Wo du, Scheinkeusche, schlechterem Arm erliegst;
Dann flackert fahl die Kerzenflamme auf,
Und der grad bei dir schläft, schon ausgezehrt,
Kneifst du ihn fest, und willst ihn wecken, glaubt,
    Du gierst nach mehr,
Und schreckt von dir in vorgetäuschtem Traum.
Dann, elend preisgegebener Espenwicht,

Bathed in a cold quicksilver sweat wilt lie,
  A verier ghost than I;
What I will say, I will not tell thee now,
Lest that preserve thee; and since my love is spent,
I had rather thou shouldst painfully repent,
Than by my threatenings rest still innocent.

Love's Alchemy

Some that have deeper digged love's mine than I,
Say, where his centric happiness doth lie:
  I have loved, and got, and told,
But should I love, get, tell, till I were old,
I should not find that hidden mystery;
    Oh, 'tis imposture all:
And as no chemic yet the elixir got,
  But glorifies his pregnant pot,
  If by the way to him befall
Some odoriferous thing, or medicinal,
So lovers dream a rich and long delight,
But get a winter-seeming summer's night.

Our ease, our thrift, our honour, and our day,
Shall we for this vain bubble's shadow pay?
  Ends love in this, that my man
Can be as happy as I can, if he can
Endure the short scorn of a bridegroom's play?
    That loving wretch that swears
'Tis not the bodies marry, but the minds,
  Which he in her angelic finds,
  Would swear as justly that he hears
In that day's rude hoarse minstrelsy the spheres.
Hope not for mind in women; at their best
Sweetness and wit, they are but mummy, possessed.

Umfließt dich eisiger Quecksilberschweiß,
  Mehr als ich selbst ein Geist!
Der Stunde Schreckenswort verrat ich nicht:
Bleib nur verstockt – da meine Liebe starb,
Seh ich dich lieber büßen bis zum Grab,
Als daß mein Drohen dir Blutschuld erspart.

Alchimie der Liebe

Wer tiefer grub im Liebes-Schacht als ich,
Mag sagen, wo ihr Schatz an Freuden liegt.
  Ich hab geliebt, gerafft, gezählt,
Doch lieb, raff, zähl ich, bis die Kraft mir fehlt,
Das heilige Mysterium find ich nicht.
    Ach, lauter Gaukelspiel!
Fand auch kein Elixier der Alchimist,
  Den trächtigen Tiegel lobpreist er gewiß,
  Wenn auf dem Weg zum hohen Ziel
Ein Tropfen Duft, ein Heiltränklein abfiel.
So hat sich Liebe lange Lust erdacht,
Und erntet winterkalte Sommernacht.

Geb ich denn alles, Zeit, Gut, Ruh und Ehr,
Für dieses eitlen Abgotts Schatten her?
  Ist dies der Sinn, daß mein Lakai
So glücklich liebt wie ich, wenn er dabei
Sich in des Brautspiels rascher Schmach bewährt?
    Ein Liebesnarr, der schwört,
Es paarten sich nicht Leiber, sondern Geist,
  Den er bei seiner Liebsten himmlisch heißt,
  Schwört auch, daß er im Lärmgeplärr
Der Hochzeitsfiedeln Sphärenklänge hört.
Hoffst du auf Geist bei Weibern? Was dir bleibt
Von Reiz und Witz im Akt, ist Mumienfleisch.

From Satire III: Of Religion

Seek true religion. O where? Mirreus
Thinking her unhoused here, and fled from us,
Seeks her at Rome; there, because he doth know
That she was there a thousand years ago;
He loves her rags so, as we here obey
The statecloth where the Prince sate yesterday.
Crants to such brave loves will not be enthralled,
But loves her only, who at Geneva is called
Religion: plain, simple, sullen, young,
Contemptuous, yet unhandsome; as among
Lecherous humours there is one that judges
No wenches wholesome but coarse country drudges.
Graius stays still at home here, and because
Some preachers, vile ambitious bawds, and laws
Still new like fashions, bid him think that she
Which dwells with us, is only perfect, he
Embraceth her, whom his godfathers will
Tender to him, being tender; as wards still
Take such wives as their guardians offer, or
Pay values. Careless Phrygius doth abhor
All, because all cannot be good, as one
Knowing some women whores, dares marry none.
Gracchus loves all as one, and thinks that so
As women do in divers countries go
In divers habits, yet are still one kind,
So doth, so is religion; and this blind-
ness too much light breeds; but unmoved thou
Of force must one, and forced but one allow –
And the right; ask thy father which is she,
Let him ask his; though truth and falsehood be
Near twins, yet truth a little elder is.
Be busy to seek her, believe me this:
He's not of none, nor worst, that seeks the best.
To adore, or scorn an image, or protest,
May all be bad; doubt wisely. In strange way
To stand inquiring right, is not to stray;

Aus Satire III: Von der Religion

Such du die wahre Religion. Doch wo?
Von hier sei sie vertrieben und geflohn,
Meint Mirreus, und sucht in Rom; er weiß,
Daß sie vor tausend Jahren dort geweilt;
Schmachtet nach ihrem Plunder, so wie wir das Kissen,
Auf dem der König gestern saß, ergebenst grüßen.
Crantz läßt solch leckere Liebschaft ungerührt –
Er liebt nur, die in Genf den Namen führt
Des wahren Glaubens: mürrisch, derb, unlieb,
Hausbacken, jung und eingebildet – wie
Man unter geilen Temperamenten eines findet,
Dem nur die grobe Bauerndirne mundet.
Graius bleibt faul im eigenen Land, und weil
Kuppelnde Pfarrer und Gesetze, ewig neu
Wie Moden, ihn zu glauben lehren, daß
Nur die bei uns wohnt, wirklich zu ihm paßt,
Umarmt er sie, die ihm die lieben Paten,
Da er selbst ratlos ist, zu nehmen raten;
So nimmt ein Mündel brav, wen ihm der Vormund wählt,
Zum Weib, oder zahlt drauf. Der lose Phrygius hält
Alle in Abscheu, weil nicht alle gut sein können,
Wie einer sich, da manche hurn, kein Weib zu nehmen
Traut. Gracchus liebt alle gleich und meint, wie Weiber
Verschiedener Länder sich verschieden kleiden,
Und dabei doch nur eine Gattung sind,
So sei's auch mit dem Glauben: diese Blind-
heit kommt von zuviel Licht. Doch du, laß standhaft du
Zwangsläufig, gegen allen Zwang, nur eine zu,
Und zwar die rechte. Deinen Vater frage,
Frag er den seinen: Mag die falsche auch der wahren
Verschwistert sein – Wahrheit ist älter doch.
Drum such mit Eifer; wer das Beste sucht,
Kann zu den Eitlen, Schlechten nicht gehören.
Bildkult, und Bilderhaß, und Protestieren –
Alles kann falsch sein. Zweifle klug! Auf fremdem Weg
Stehnbleiben, um zu fragen, ist kein Irregehn;

To sleep, or run wrong, is. On a huge hill,
Craggèd, and steep, Truth stands, and he that will
Reach her, about must, and about must go,
And what the hill's suddenness resists, win so:
Yet strive so that before age, death's twilight,
Thy soul rest, for none can work in that night.

From An Anatomy of the World

And new philosphy calls all in doubt,
The element of fire is quite put out;
The sun is lost, and th'earth, and no man's wit
Can well direct him where to look for it.
And freely men confess that this world's spent,
When in the planets, and the firmament
They seek so many new; they see that this
Is crumbled out again to his atomies.
'Tis all in pieces, all coherence gone;
All just supply, and all relation:
Prince, subject, father, son, are things forgot,
For every man alone thinks he hath got
To be a phoenix, and that then can be
None of that kind, of which he is, but he.

HOLY SONNETS

Batter my heart, three-personed God; for you
As yet but knock, breathe, shine, and seek to mend;
That I may rise and stand, o'erthrow me, and bend
Your force, to break, blow, burn, and make me new!
  I, like an usurped town, to another due,
Labour to admit you, but Oh, to no end!
Reason, your viceroy in me, me should defend,
But is captived, and proves weak or untrue.

Wer schläft, wer falsch läuft, irrt. Auf riesigem Berg,
Der schroff gezackt ragt, steht die Wahrheit; wer
Zu ihr will, muß herum und um ihn ziehn,
Daß er, was jähe Steile weigert, so gewinnt:
Doch streb, daß eh das Alter, Todes Zwielicht, naht,
Die Seele Ruhe finde – weglos ist die Nacht.

Aus Eine Anatomie der Welt

An allem zweifelt neue Wissenschaft:
Das Feuer-Element ist ganz gelöscht,
Sonne verlorn und Erde – keines Menschen Geist,
Der sie zu suchen und zu finden weiß.
Freiweg bekennen sie den Tod der Welt,
Da sie im Sternkreis und am Himmelszelt
Soviele neue schaun, und sehn, daß diese hier
Wieder in der Atome Staub zerfiel.
Alles zerstückt – Zusammenhalt zerschellt:
Kein Austausch mehr und kein Verwandtsein gilt:
Gefolgsmann, Fürst, Sohn, Vater – alles nichts,
Denn jeder meint, er muß allein für sich
Ein Phönix sein, und zu der Gattung, der
Er selbst entstammt, gehört nur einer: er.

GEISTLICHE SONETTE

Bestürm mein Herz, dreifaltiger Gott! Bis heut
Klopfst Du nur an, hauchst, reinigst, besserst sanft;
Damit ich aufsteh, wirf mich nieder, spann
Den Arm: spreng, brenn, zerschlag und mach mich neu!
  Gleich einer Stadt, die fremde Herrschaft beugt,
Ersehn ich meinen Herrn – umsonst. Verstand,
Dein Vizekönig, mir zum Schutz gesandt,
Zeigt sich, in Banden, schwach und ungetreu.

Yet dearly I love you, and would be loved fain,
But am betrothed unto your enemy:
Divorce me, untie or break that knot again,
Take me to you, imprison me, for I,
Except you enthrall me, never shall be free,
Nor ever chaste, except you ravish me.

DEATH, BE NOT PROUD, thou some have callèd thee
Mighty and dreadful, for thou art not so;
For those whom thou think'st thou dost overthrow
Die not, poor death, nor yet canst thou kill me.
From rest and sleep, which but thy pictures be,
Much pleasure, then from thee much more must flow,
And soonest our best men with thee do go,
Rest of their bones, and soul's delivery.
Thou art slave to fate, chance, kings, and desperate men,
And dost with poison, war, and sickness dwell,
And poppy, or charm, can make us sleep as well
And better than thy stroke – why swell'st thou then?
One short sleep past we wake eternally,
And death shall be no more: Death, thou shalt die.

SHOW ME, DEAR CHRIST, thy Spouse, so bright and clear:
What, is it she, which on the other shore
Goes richly painted? or which robbed and tore
Laments and mourns in Germany and here?
Sleeps she a thousand, then peeps up one year?
Is she self truth and errs? now new, now outwore?
Doth she, and did she, and shall she evermore
On one, on seven, or on no hill appear?
Dwells she with us, or like adventuring knights
First travail we to seek, and then make love?
Betray, kind husband, thy Spouse to our sights,
And let mine amorous soul court thy mild Dove,
Who is most true and pleasing to thee then
When she's embraced and open to most men.

Dich lieb ich, bin nach Deiner Liebe krank,
Doch Deinem Feind verlobt. Ach, scheide mich,
Den Knoten lös, oder zerhau das Band;
Nimm mich, schlag mich in Deinen Bann, denn ich
Werd niemals frei, außer in Knechtsgestalt,
Noch jemals keusch, tust Du mir nicht Gewalt.

Tod, sei nicht stolz! Zwar nennen manche dich
Mächtig und furchtbar, doch das kann nicht sein.
Denn jene, die du zwingst und wähnest dein,
Sie sterben, Armer, nicht, noch tötst du mich.
Vom Schlaf schon fließt (der nur dein Abbild ist)
Viel Lust: von dir muß sie noch höher sein;
Die Besten gehen ehstens zu dir ein,
Des Leibes los, befreit die Seele sich.
Der Macht, des Zufalls, der Verzweiflung Knecht,
Tust du, was Gift und Krieg und Krankheit tut;
Mit Mohn und Spruch schläft es sich grad so gut
Und besser als durch dich – Stolz steht dir schlecht!
Ein kurzer Schlaf, dann ewiges Morgenrot,
Und Tod wird nicht mehr sein: mußt sterben, Tod.

Zeig, Christus, Deine Braut mir, licht und klar:
Wie, ist es die Geschminkte überm Meer,
In reichem Putz? ists jene, die, verstört,
Beraubt, zerlumpt, hier und in Deutschland klagt?
Schläft sie erst tausend, und wacht dann ein Jahr?
Ist wahr, und irrt? bald jung, bald abgelebt?
Hat sieben, oder einen Berg erwählt,
Oder auch keinen, einst, jetzt, immerdar?
Wohnt sie hier? oder, fahrendem Ritter gleich,
Muß ich weit reisen, eh mir Liebe wird?
Gib Deine Braut, Herr, allen Blicken preis,
Daß meine Seele Deine Taube wirbt,
Die Dir am meisten treu ist und gefällt,
Wenn sie die Arme öffnet aller Welt.

A Hymn to Christ
At the Author's Last Going into Germany

In what torn ship soever I embark,
That ship shall be my emblem of thy ark;
What sea soever swallow me, that flood
Shall be to me an emblem of thy blood.
Though thou with clouds of anger do disguise
Thy face; yet through that mask I know those eyes,
   Which, though they turn away sometimes,
      They never will despise.

I sacrifice this Island unto thee,
And all whom I loved there, and who loved me.
When I have put our seas 'twixt them and me,
Put thou thy sea betwixt my sins and thee.
As the tree's sap doth seek the root below
In winter, in my winter now I go,
   Where none but thee, the eternal root
      Of true love I may know.

Nor thou nor thy religion dost control
The amorousness of an harmonious soul,
But thou wouldst have that love thyself; as thou
Art jealous, Lord, so I am jealous now:
Thou lov'st not, till from loving more thou free
My soul; whoever gives, takes liberty.
   O, if thou car'st not whom I love,
      Alas, thou lov'st not me.

Seal then this bill of my divorce to all
On whom those fainter beams of love did fall;
Marry those loves, which in youth scattered be
On fame, wit, hope (false mistresses) to thee.
Churches are best for prayer that have least light:
To see God only I go out of sight,
   And to 'scape stormy days I choose
      An everlasting night.

Geistliches Lied: An Christus, bei des Autors Aufbruch zu einer Fahrt nach Deutschland

Wie brüchig auch das Schiff, das ich besteig,
Dies Schiff soll Sinnbild Deiner Arche sein;
Und welche See mich auch verschlingt, die Flut
Sei mir ein Sinnbild für Dein teures Blut.
Wenn Du auch Dein Gesicht mit Zorngewölk
Verstellst, seh ich doch, durch die Maske selbst,
Dein Auge, das sich wenden mag,
Doch das mich nie verstößt.

Hier diese Insel opfere ich für Dich,
Und sie, die ich geliebt, und liebten mich:
Leg ich ein Meer erst zwischen sie und mich,
So scheide Dein Meer mein Vergehn und Dich.
Wie winters aller Saft zur Wurzel hin
Drängt, will ich, winterlich, zu Grunde gehn,
Wo ich Dich, ewigen Wurzelgrund
Der wahren Liebe, find.

Nicht Du, noch Dienst an Deiner Lehre hemmt
Der Seelen Liebesdrang, die wohlgestimmt;
Doch willst Du alle Liebe selbst. Wie Du,
Eifriger Gott, bin ich voll Eifersucht:
Du liebst nicht, bis Du mir vom Liebestrieb
Die Seele freist – Freiheit nimmt, wer sie gibt;
Und ist Dir, wen ich liebe, gleich,
So hast Du mich nicht lieb.

Drum siegle mir nun diesen Scheidungsbrief
Von allem, worauf Liebes-Abglanz fiel:
Frei Du die Liebe, die ich, jung, verstreut
An Ruhm, Geist, Hoffnung – alle ungetreu.
Kirchen sind andachtsvoller ohne Licht:
Gott nur zu schauen, geh ich aus der Sicht,
Und statt stürmischer Tage sei
Ewige Nacht um mich.

Hymn to God my God in my Sickness

Since I am coming to that holy room
Where, with Thy quire of saints, for evermore
I shall be made Thy music, as I come
I tune the instrument here at the door,
And what I must do then, think here before.

Whilst my physicians by their love are grown
Cosmographers, and I their map, who lie
Flat on this bed, that by them may be shown
That this is my South-west discovery
Per fretum febris, by these straits to die,

I joy that in these straits I see my West;
For though their currents yield return to none,
What shall my West hurt me? As West and East
In all flat maps (and I am one) are one,
So death doth touch the resurrection.

Is the Pacific Sea my home, or are
The Eastern riches? Is Jerusalem?
Anyan, and Magellan, and Gibraltar,
All straits, and none but straits, are ways to them,
Whether where Japhet dwelt, or Cham, or Shem.

We think that Paradise and Calvary,
Christ's cross and Adam's tree, stood in one place.
Look Lord, and find both Adams met in me;
As the first Adam's sweat surrounds my face,
May the last Adam's blood my soul embrace.

So, in his purple wrapped, receive me, Lord;
By these his thorns give me his other crown;
And as to others' souls I preached Thy word,
Be this my text, my sermon to mine own:
Therefore that He may raise the Lord throws down.

Hymne an Gott, meinen Gott, in meiner Krankheit

Da ich mich nahe dem erhabenen Raume,
Um ewig dort mit Deiner Heiligen Chor
Deine Musik zu sein, stimm ich im Kommen
Mein Instrument noch vor dem Himmelstor,
Und was hernach mein Amt, bedenk ich hier zuvor.

Während die Ärzte, die zu Kosmographen
Aus Liebe wurden – ich, aufs Bett gebreitet,
Ihr Weltenplan – mir die Südwestpassage
Des Lebens und mein nahes Schicksal zeigen,
Per fretum febris bitteren Enge-Tod zu leiden,

Weist Freuden durch die Enge mir mein West;
Denn wenn die Flut auch unumkehrbar strömt,
Kann mein West schaden? So wie West und Ost
Auf Karten, flach wie ich, in eines gehn,
So rührt das Sterben an das Wiederauferstehn.

Ist denn mein Heim der Stille Ozean?
Sinds Ostens Schätze? Ists Jerusalem?
Anian, Gibraltar, oder Magellan –
Engen, und nichts als Engen, führen hin,
Ob dort, wo Ham einst lebte, Japhet oder Sem.

Eden und Golgatha, so glauben wir,
Das Kreuz, der Baum standen am selben Fleck.
Sieh, Herr: die beiden Adam sind in mir;
So wie des ersten Schweiß mein Antlitz tränkt,
Gib, daß des zweiten Blut die Seele mir umfängt.

In diesem Purpur nimm mich an, mein Gott;
Gib für die Dornen Seine andere Krone;
Und wie ich andern predigte Dein Wort,
Soll nun dies Wort der eigenen Predigt frommen:
Dazu, daß Er uns aufhebt, wirft der Herr zu Boden.

Ben Jonson

On My First Daughter

Here lies, to each her parents' ruth,
Mary, the daughter of their youth;
Yet, all heaven's gifts being heaven's due,
It makes the father less to rue.
At six months' end she parted hence
With safety of her innocence;
Whose soul heaven's Queen (whose name she bears),
In comfort of her mother's tears,
Hath placed amongst her virgin train;
Where, while that severed doth remain,
This grave partakes the fleshly birth;
Which cover lightly, gentle earth.

On My First Son

Farewell, thou child of my right hand, and joy;
My sin was too much hope of thee, loved boy.
Seven years thou wert lent to me, and I thee pay,
Exacted by thy fate, on the just day.
Oh could I lose all father now! For why
Will man lament the state he should envy?
To have so soon 'scaped world's and flesh's rage,
And, if no other misery, yet age?
Rest in soft peace, and, asked, say here doth lie
Ben Jonson his best piece of poetry;
For whose sake, henceforth, all his vows be such,
As what he loves may never like too much.

Ben Jonson

Auf meine erste Tochter

Hier liegt, zu beider Eltern Leid,
Marie, Kind ihrer Jugendzeit.
Was Himmel schenkt, es bleibt sein eigen –
Dies denken dämpft des Vaters Leiden.
Schon nach sechs Monden ging sie hin,
Verwahrt in Unschuld blieb ihr Sinn.
Des Himmels Herrin, die den Namen gab,
Nahm sie zu ihrer Jungfraun Schar,
Zum Trost für all die Muttertränen.
Und weilt dort abgetrennt die Seele,
So birgt das Grab den Teil von Fleisch:
Deck ihn, du liebe Erde, leicht!

Auf meinen ersten Sohn

Leb wohl, Kind meiner rechten Hand, und Wonne:
Zuviel Hoffnung auf dich war meine Sünde.
Warst sieben Jahre mir geliehn – ich zahl
Dem Schicksal, das dich fordert, auf den Tag.
Will nicht mehr vaterfühlen – ach, warum
Beklagt der Mensch, was ihm zu neiden Grund?
So rasch der Welt und Fleischeswut entrissen,
Frei aller Not – und sei's: nicht altern müssen!
Ruh sanft, und fragt man dich, so sag: Hier liegt
Ben Jonsons bestes Stücklein Poesie.
Mein Vorsatz sei fortan, um seinetwillen,
Das, was ich liebe, nicht zu sehr zu lieben.

On the Union

When was there contract better driven by Fate?
Or celebrated with more truth of state?
The world the temple was, the priest a king;
The spousèd pair two realms, the sea the ring.

From To Penshurst

Thou art not, Penshurst, built to envious show
Of touch or marble, nor canst boast a row
Of polished pillars, or a roof of gold;
Thou hast no lantern whereof tales are told,
Or stair, or courts; but stand'st an ancient pile,
And these grudged at, art reverenced the while.
Thou joy'st in better marks, of soil, of air,
Of wood, of water, therein thou art fair.
Thou hast thy walks for health as well as sport:
Thy Mount, to which the dryads do resort,
Where Pan and Bacchus their high feasts have made,
Beneath the broad beech and the chestnut shade;
That taller tree, which of a nut was set
At His great birth, where all the Muses met.
   Then hath thy orchard fruit, thy garden flowers,
Fresh as the air and new as are the hours:
The early cherry, with the later plum,
Fig, grape and quince, each in his time doth come;
The blushing apricot and woolly peach
Hang on thy walls, that every child may reach.
And though thy walls be of the country stone,
They're reared with no man's ruin, no man's groan;
There's none that dwell about them wish them down,
But all come in, the farmer and the clown,
And no one empty-handed, to salute
Thy lord and lady, though they have no suit.
Some bring a capon, some a rural cake,
Some nuts, some apples; some that think they make

Auf die Vereinigung Englands mit Schottland

Wann schloß je das Schicksal besseren Bund,
Feierte Treue mit stolzerem Prunk?
Der Priester ein König, der Tempel die Welt,
Zwei Reiche das Paar, das ein Meeresring hält.

Aus Auf Penshurst

Dich, Penshurst, hat man nicht zur Schau erbaut
Aus Marmor und Basalt, noch schmücken dich
Glänzende Säulen und ein Dach von Gold;
Hast keine Kuppel, Höfe, Treppen weitbestaunt:
Stehst einfach da, ehrwürdiges Gemäuer,
Und wo den andern Groll gilt, ehrt man dich.
Hast bessere Erde, bessere Luft als sie,
Wald und Gewässer – die nur sind dein Schmuck;
Alleen für gesunden Zeitvertreib,
Dann deinen Berg, bevölkert von Dryaden,
Wo Pan und Bacchus Lustbarkeiten halten
Unter dem Buchendach, im Schatten der Kastanie,
Und jenen höhern Baum – bei Seiner Ankunft einst
Gepflanzt aus einer Eichel –, den die Musen lieben.
  Dein Obsthain bringt dir Frucht, dein Garten Blumen,
Frisch wie die Luft, jung wie die neue Stunde:
Die frühe Kirsche, später dann die Pflaume,
Die Feige, Traube, Quitte, nach der Zeit;
Die Aprikose rot behaucht, im Flaum der Pfirsich
Hängt im Spalier, für jedes Kind zu greifen.
Sind deine Mauern auch aus Ortsgestein,
Ihr Bau schuf keinem Unheil, keinem Leid;
Ringsum wohnt keiner, der sie niederwünscht;
Bauer und Hirt, sie alle treten ein,
Und nicht mit leeren Händen, um den Herrn
Zu grüßen und die Herrin, ohne Bittgesuch.
Einen Kapaun bringt der, und jener einen Kuchen,
Ein andrer Nüsse, Äpfel; wer da glaubt,

The better cheeses, bring 'em; or else send
By their ripe daughters, whom they would commend
This way to husbands; and whose baskets bear
An emblem of themselves, in plum or pear.
But what can this (more than express their love)
Add to thy free provisions, far above
The need of such? whose liberal board doth flow
With all that hospitality doth know!
Where comes no guest but is allowed to eat
Without his fear, and of thy lord's own meat:
Where the same beer and bread and self-same wine
That is his lordship's shall be also mine;
And I not fain to sit, as some this day
At great men's tables, and yet dine away.
Here no man tells my cups, nor, standing by,
A waiter, doth my gluttony envý,
But gives me what I call, and lets me eat;
He knows below he shall find plenty of meat:
Thy tables hoard not up for the next day.
Nor when I take my lodging, need I pray
For fire or lights or livery: all is there,
As if thou then wert mine, or I reigned here.
These, Penshurst, are thy praise, and yet not all.
Thy lady's noble, fruitful, chaste withal;
His children thy great lord may call his own,
A fortune in this age but rarely known.
They are and have been taught religion; thence
Their gentler spirits have sucked innocence.
Each morn and even they are taught to pray
With the whole household, and may every day
Read in their virtuous parents' noble parts
The mysteries of manners, arms and arts.
Now, Penshurst, they that will proportion thee
With other edifices, when they see
Those proud, ambitious heaps, and nothing else,
May say, their lords have built, but thy lord dwells.

Sein Käse sei der beste, bringt ihn, oder schickt
Die reifen Töchter (um auf diesem Weg
Sie einem Gatten zu empfehlen), deren Korb
Ein Sinnbild ihrer selbst an Früchten trägt.
   Doch wie, außer als Zeichen ihrer Liebe,
Kann all dies deine Fülle mehren, die doch
Dessen gar nicht bedarf? und deren Tafel
Frei überfließt von aller Gastfreundschaft;
Wo kein Gast anlangt, der nicht ungescheut
An deines Herren Speise sich erfrischt;
Wo man das gleiche Bier und Brot, denselben Wein,
Den seine Lordschaft nimmt, mir selber reicht;
Und ich sitz nicht, wie viele heute tun,
An hoher Herren Tisch, um hungrig aufzustehn.
Keiner zählt mir die Becher, kein Bedienter
Steht nah, um mir die Eßlust zu verleiden,
Gibt mir vielmehr nach Wunsch, und läßt mich speisen –
Drunten wird ihm dann reichlich aufgetragen,
Denn deine Tische horten nicht für morgen.
Wenn ich hier weile, muß ich nicht lang bitten
Um Feuer, Licht und Lager: alles ist bereit,
Als wärst du mein, und ich regierte hier.
   All dies, und mehr noch, Penshurst, ist dein Ruhm:
Edel ist deine Herrin, fruchtbar, keusch dazu;
Die Kinder kann dein großer Herr sein eigen nennen:
Ein Glück, das wenige dieser Zeit genießen!
Frommsein lehrte und lehrt man sie: daher
Zog Unschuld ein in ihren zarten Geist.
Früh mit dem ganzen Haus und abends beten
Läßt man sie täglich, und an jedem Tag
Lesen sie in der edlen Eltern Art,
Was Sitte lehrt und Waffenmut und Kunst.
Drum, Penshurst, wer dich recht vergleichen will
Mit andern Bauten, und betrachtet sich
Ihre Massen aus Stolz und Ehrgeiz, der erkennt:
So mancher Herr mag bauen – dein Herr wohnt.

To Celia

Drink to me only with thine eyes,
   And I will pledge with mine;
Or leave a kiss but in the cup,
   And I'll not look for wine.
The thirst that from the soul doth rise
   Doth ask a drink divine:
But might I of Jove's nectar sup,
   I would not change for thine.

I sent thee late a rosy wreath,
   Not so much honouring thee,
As giving it in hope that there
   It could not withered be.
But thou thereon didst only breathe,
   And sent'st it back to me;
Since when it grows and smells, I swear,
   Not of itself, but thee.

QUEEN AND HUNTRESS, chaste and fair,
Now the sun is laid to sleep,
Seated in thy silver chair,
State in wonted manner keep:
   Hesperus entreats thy light,
   Goddess excellently bright.

Earth, let not thy envious shade
Dare itself to interpose;
Cynthia's shining orb was made
Heaven to clear, when day did close:
   Bless us then with wishèd sight,
   Goddess excellently bright.

Lay thy bow of pearl apart,
And thy crystal-shining quiver;
Give unto the flying hart

An Celia

Trink mir nur zu mit deinem Blick,
  Gleich gibt Bescheid der meine;
Läßt du mir einen Kuß am Glas,
  Schau ich nicht nach dem Weine.
Den Durst, der aus der Seele stieg,
  Stillt Himmelstrank alleine;
Doch hätt ich Jovis Göttersaft,
  Ich tauscht ihn nicht für deinen.

Gab einen Kranz von Rosen dir,
  Tats nicht, um dich zu ehren;
Nur hoffend, daß in deinem Licht
  Er niemals welken werde.
Hast ihn mit deinem Hauch berührt
  Und hießest ihn heimkehren:
Nun wächst er, duftet, nicht nach sich,
  Nach dir – ich kanns beschwören.

HEHRE JÄGERIN, keusch und schön,
Da die Sonn zur Ruhe sank,
Halt auf deinem Silberthron
Hof nach deinem hohen Rang:
  Hesperus erfleht dein Licht,
  Göttin strahlend von Gesicht.

Daß, Erde, deines Schattens Neid
Nicht dazwischenfällt –
Leihn will Cynthias heller Kreis
Nach Tages Scheiden Glanz der Welt:
  Gönn uns die ersehnte Sicht,
  Göttin strahlend von Gesicht.

Laß den Perlenbogen jetzt
Und den Köcher von Kristall;
Schenk dem Hirsch, vom Hund gehetzt,

Space to breathe, how short soever:
  Thou that mak'st a day of night,
  Goddess excellently bright.

Her Triumph

Do but look on her eyes: they do light
  All that Love's world compriseth!
Do but look on her hair: it is bright
  As Love's star when it riseth!
Do but mark: her forehead's smoother
  Than the words that soothe her!
And from her arched brows such a grace
  Sheds itself through the face,
As alone there triumphs to the life
All the gain, all the good, of the elements' strife.

Have you seen but a bright lily grow,
  Before rude hands have touched it?
Have you marked but the fall of the snow,
  Before the soil hath smudged it?
Have you felt the wool of the beaver?
  Or swan's down ever?
Or have smelt of the bud of the briar?
  Or the nard in the fire?
Or have tasted the bag of the bee?
O so white! O so soft! O so sweet is she!

STILL TO BE NEAT, still to be dressed,
As you were going to a feast;
Still to be powdered, still perfumed:
Lady, it is to be presumed,
Though art's hid causes are not found,
All is not sweet, all is not sound.

Etwas Atemrast im Wald:
Mach zum Tag die Finsternis,
Göttin strahlend von Gesicht.

Ihr Triumph

O, schau ihr Auge: Wie es die Nacht
Der liebenden Welt umlichtet!
O, schau ihr Haar: Wie es die Pracht
Des Morgensterns vernichtet!
O, schau ihre Stirn: sie ist eben,
Wie schmeichelnde Worte sich weben;
Die Grazien selber zogen
Der Brauen gewölbte Bogen!
Ihr Antlitz verkündet die Herrlichkeit,
Die erblüht aus der Elemente Streit.

Sahst du knospende Lilien je,
Eh rauhe Hände sie kränkten?
Erblicktest du den fallenden Schnee,
Eh sich Erd ihm und Staub vermengten?
Fühltest des Bibers samtenen Flaum,
Oder des Schwanengefieders Saum?
Oder duftete dir die Rose blühend?
Oder in Flammen die Narde glühend?
Oder schmecktest den Raub der Biene je?
O, so weiß! O, so sanft! O, so süß ist sie!

Stets so geputzt, geschmückt so reich,
Als gings zu einem Feste gleich,
Gepudert, parfümiert zum Schluß:
Da, Lady, denkt man mit Verdruß –
Wird keiner auch die Kunst gewahr,
Nicht alles sei gesund und klar.

Give me a look, give me a face,
That makes simplicity a grace;
Robes loosely flowing, hair as free:
Such sweet neglect more taketh me
Than all the adulteries of art;
They strike mine eyes, but not my heart.

My Picture Left in Scotland

I now think Love is rather deaf than blind,
For else it could not be
That she
Whom I adore so much should so slight me,
And cast my love behind;
I'm sure my language to her was as sweet,
And every close did meet
In sentence of as subtle feet,
As hath the youngest he
That sits in shadow of Apollo's tree.

Oh, but my conscious fears
That fly my thoughts between
Tell me that she hath seen
My hundred of grey hairs,
Told seven-forty years,
Read so much waste, as she cannot embrace
My mountain belly, and my rocky face;
And all these through her eyes have stopped her ears.

A Fragment of Petronius Arbiter

Doing a filthy pleasure is, and short;
And done, we straight repent us of the sport.
Let us not then rush blindly on unto it,
Like lustful beasts that only know to do it:
For lust will languish, and that heat decay.

Gebt einen Blick mir, ein Gesicht,
Draus Einfachheit und Anmut spricht,
Nur lose fließend Haar und Kleid:
Glaubt mir, solch süße Lässigkeit
Den Zauber aller Künste bricht –
Er trifft das Aug, das Herze nicht!

Auf mein Bild, das ich in Schottland zurückließ

Nicht taub, nein, blind ist Liebe, das ist klar!
Wie wärs sonst möglich, wie,
Daß sie
Mich nicht beachtet hat, die ich beknie,
Und meine Lieb verwarf?
Warn meine Worte doch von solcher Süße,
So elegant die Zeilenschlüsse,
So fein der Verse muntere Füße
Wie sie der jüngste Fant
Je in Apollos Lorbeerschatten fand!

Ach, welche Ängste fahren
Mir durch die Sinne da,
Und sagen mir: Sie sah
Die hundert grauen Haare,
Zählte die siebenundvierzig Jahre,
Maß eine Wüste, die sie nie umschließt,
Mein Bauchgebirg, mein felsiges Gesicht –
Und so verschloß das Auge ihr die Ohren.

Ein Fragment des Petronius

Im Tun ist kurze, ekle Lust der Akt,
Und, kaum getan, bereuen wir die Tat.
Nicht blind drauflos wolln wir, nicht hingerissen
Wie brünstige Tiere, die's nicht besser wissen;
Denn Lust erlahmt, und Hitze muß erkalten.

But thus, thus, keeping endless holiday,
Let us together closely lie, and kiss,
There is no labour, nor no shame in this;
This hath pleased, doth please, and long will please; never
Can this decay, but is beginning ever.

From To the Memory of My Beloved, The Author, Mr. William Shakespeare, And What He Hath Left Us

To draw no envy, Shakespeare, on thy name,
Am I thus ample to thy book and fame,
While I confess thy writings to be such
As neither man nor muse can praise too much.
I therefore will begin. Soul of the age!
The applause, delight, the wonder of our stage!
My Shakespeare, rise: I will not lodge thee by
Chaucer or Spenser, or bid Beaumont lie
A little further, to make thee a room;
Thou art a monument without a tomb,
And art alive still while thy book doth live,
And we have wits to read, and praise to give.
That I not mix thee so, my brain excuses:
I mean with great, but disproportioned, muses;
For if I thought my judgement were of years
I should commit thee surely with thy peers:
And tell how far thou didst our Lyly outshine,
Or sporting Kyd, or Marlowe's mighty line.
And though thou hadst small Latin, and less Greek,
From thence to honour thee I would not seek
For names, but call forth thundering Aeschylus,
Euripides, and Sophocles to us.
Triumph, my Britain, thou hast one to show
To whom all scenes of Europe homage owe.
He was not of an age, but for all time!

Nein, sondern so, so, ewigen Festtag haltend,
Laß uns, einander angeschmiegt, nur küssen,
Und nicht mit Schweiß noch Scham die Liebe büßen.
So nur gefällts und wirds gefallen; nimmer
Vergeht uns solche Lust – denn sie erneut sich immer.

Aus Dem Gedächtnis meines geliebten Herrn William Shakespeare und dessen, was er uns hinterlassen hat

Um, Shakespeare, deinen Namen vor dem Neid
Zu schützen, braucht mein Lied geraume Zeit;
Doch weiß ich, solcher Artung ist dein Geist,
Daß nie zuviel ihn Mensch noch Muse preist.
  Drum fang ich an: Du Seele unsrer Welt!
Du unsrer Bühne Ruhm, Entzücken, Held!
Mein Shakespeare, auf! Ich lasse dich nicht dort,
Wo Chaucers oder Spensers Ruheort;
Auch rück ich darum Beaumonts Grab nicht ab:
Du bist ein ragend Denkmal ohne Grab
Und lebst, solang dein Buch lebt, unser Geist
Zu lesen weiß und rühmen, was er preist.
Bewußt gesell ich dich nicht diesen Meistern,
Den großen, aber ungleichmäßigen Geistern;
Denn wollte nur mein Urteil dazu reichen,
Wie gern verglich ich dich mit Deinesgleichen!
Da doch dein Ruhm selbst Lylys übertraf,
Kyds Kühnheit, Marlowes Vers von mächtiger Kraft.
Verstandest du auch Griechisch kaum, Latein
Nur schwach – ich suche nicht bei uns allein:
Ruf den gewaltigen Aeschylus herauf,
Euripides und Sophokles , steht auf!
  Triumph, Britannien: du nennst ihn dein eigen,
Vor dem Europas Bühnen sich verneigen.
Nicht einer Ära Sohn, nein, aller Zeit.

And all the Muses still were in their prime
When like Apollo he came forth to warm
Our ears, or like a Mercury to charm!
Nature herself was proud of his designs,
And joyed to wear the dressing of his lines,
Which were so richly spun and woven so fit
As, since, she will vouchsafe no other wit.
 Yet must I not give nature all: thy art,
My gentle Shakespeare, must enjoy a part.
For though the poet's matter nature be,
His art doth give the fashion. And that he
Who casts to write a living line must sweat
(Such as thine are) and strike the second heat
Upon the Muses' anvil, turn the same
(And himself with it) that he thinks to frame,
Or for the laurel he may gain a scorn:
For a good poet's made, as well as born –
And such wert thou. Look how the father's face
Lives in his issue: even so, the race
Of Shakespeare's mind and manners brightly shines
In his well-turnèd and true-filèd lines:
In each of which he seems to shake a lance,
As brandished at the eyes of ignorance.
 Sweet swan of Avon! What a sight it were
To see thee in our waters yet appear,
And make those flights upon the banks of Thames
That so did take Eliza, and our James!
But stay, I see thee in the hemisphere
Advanced, and made a constellation there!
Shine forth, thou star of poets, and with rage
Or influence chide or cheer the drooping stage;
Which, since thy flight from hence, hath mourned like night,
And despairs day, but for thy volume's light.

Und alle Musen waren jung, bereit,
Als er erschien – Apollo-gleich nicht nur,
Und süß dem Ohr – auch Magier wie Merkur.
Selbst der Natur ward Ruhm, was er erfand,
Und selig trug sie seines Worts Gewand,
Dem sie solch reichen, dichten Stoff beschert,
Wie sie seitdem nie anderm Geist gewährt.
  Doch schenkt Natur nicht alles; deiner Kunst,
Mein holder Shakespeare, zoll ich gleiche Gunst.
Ist auch Natur des Dichters Stoff und Grund,
Die Formkunst erst tut uns den Meister kund;
Lebendig Wort, wie deins, wird nur im Schweiß
Geschaffen, wenn der Musen Amboß heiß
Erglüht: wer es dann läutert mit Gewalt
Und sich mit ihm, zeugt dauernde Gestalt.
Sonst erntet er statt Lorbeer doch nur Spott:
Der Dichter schafft sich selbst, wie ihn der Gott.
Solch einer warst du. Wie des Vaters Art
In seinen Kindern fortlebt, so gepaart
Lebt Shakespeares Geist und Weise strahlend weiter
In seinen wahrgefügten, wohlgefeilten Zeilen:
In jeder schüttelt er den Speer aus Erz
Und schleudert ihn der Torheit in das Herz.
  Du süßer Schwan vom Avon! Welch ein Glück,
Kehrtest du je an unseren Fluß zurück,
Und zögst die Kreise stolz am Themsestrand,
Die unsere Liza, unseren James gebannt.
Doch bleib – schon seh ich dich ans Firmament
Entrückt, ein Sternbild, das der Welt nun brennt.
Strahl, Stern der Dichter – ob mit Zorn, mit Gunst –
Schilt, sporne unsre sieche Bühnenkunst,
Denn, seit du gingst, verhüllt sie ihr Gesicht,
In Nacht versunken, gäb dein Werk nicht Licht.

Ode. To Himself

Come, leave the loathèd stage,
And the more loathsome age,
Where pride and impudence, in faction knit,
Usurp the chair of wit:
Indicting and arraigning every day
Something they call a play.
Let their fastidious, vain
Commission of the brain
Run on and rage, sweat, censure, and condemn:
They were not made for thee, less thou for them.

Say that thou pour'st them wheat,
And they will acorns eat:
'Twere simple fury still thyself to waste
On such as have no taste;
To offer them a surfeit of pure bread
Whose appetites are dead.
No, give them grains their fill,
Husks, draff to drink, and swill;
If they love lees, and leave the lusty wine,
Envy them not, their palate's with the swine.

No doubt some mouldy tale
Like Pericles, and stale
As the shrieve's crusts, and nasty as his fish –
Scraps out of every dish,
Thrown forth, and raked into the common tub,
May keep up the play club:
There sweepings do as well
As the best-ordered meal;
For who the relish of these guests will fit
Needs set them but the alms-basket of wit.

And much good do't you then;
Brave plush and velvet men

Ode: An sich selbst

Komm, die verfluchte Bühne laß,
Und diese Zeit, noch mehr verhaßt,
Wo Frechheit, Stolz und stumpfes Hirn
Den Thron des Geistes usurpiern,
Und jeden Tag verklagen und verhöhnen
Etwas, das sie Theater nennen!
Laß ihre eitel selbstbestallt
Kleinlich kopflose Amtsgewalt
Rasen und röhren, Galle spein und Gift:
Für die da taugst du nicht, noch sie für dich.

Willst ihnen Weizen reichen –
Sie gieren nur nach Eicheln:
Ein Wahnwitz wärs, dich weiter zu vergeuden
An die geistlose, blöde Meute;
Mit Fülle feinen Backwerks die zu locken,
Denen schon längst der Gaumen trocken!
Schütt ihnen Spreu und Schund in Haufen,
Und Treber hin, sich zu besaufen!
Wer Spülicht liebt, und scheut den frischen Wein,
Den neide nicht – er hält es mit dem Schwein.

Ein stinkendes Gewäsch,
Und schal, wie Pericles,
Schimmlig wie Krusten aus dem Armenkorbe,
Wie Reste alten Fischs, verdorben,
Im Abfallfaß vermengt zu trübem Brei,
Gebührt dem Komödienverein!
Kein Schlemmermahl taugt besser,
Als Kehricht, solchen Essern:
Willst du den Gaumen dieser Gäste kitzeln,
Dann mäste sie am Schweinetrog des Witzes!

Und wohl bekomms euch dann!
Männer in Plüsch und Samt,

Can feed on orts; and safe in your stage-clothes
  Dare quit, upon your oaths,
The stagers and the stage-wrights too (your peers)
  Of larding your large ears
  With their foul comic socks,
  Wrought upon twenty blocks:
Which, if they're torn and turned and patched enough,
The gamesters share your guilt, and you their stuff.

  Leave things so prostitute,
  And take the Alcaic lute,
Or thine own Horace, or Anacreon's lyre;
  Warm thee by Pindar's fire:
And though thy nerves be shrunk and blood be cold
  Ere years have made thee old,
  Strike that disdainful heat
  Throughout, to their defeat:
As curious fools, and envious of thy strain,
May, blushing, swear no palsy's in thy brain.

  But when they hear thee sing
  The glories of thy king,
His zeal to God, and his just awe o'er men,
  They may, blood-shaken, then
Feel such a flesh-quake to possess their powers,
  As they shall cry: Like ours
  In sound of peace or wars
  No harp e'er hit the stars,
In tuning forth the acts of his sweet reign,
And raising Charles's chariot 'bove his Wain.

Abfall-Verwerter, thront in Bühnenfetzen,
  Klatscht zu, laßt immer euch ergötzen
Von Komödiant und Schmierer – euresgleichen!
  Laßt euch die langen Ohren streicheln
  Von den unflätigen Lustspielsocken,
  An tausend Klötzen abgestoßen!
Sind sie nur Flickwerk, löchrig, abgeschlurft,
Teilt ihr euch mit den Spielern Schmach und Stoff.

  Laß das ekle Geschmeiß,
  Und die alkäische Laute greif,
Horaz, den du so liebst, Anakreons Leier!
  Wärm dich an Pindars Feuer!
Schlafft auch die Sehne, will das Blut erkalten,
  Eh dich die Jahre altern,
  Schlag deiner Schmähung Flamme
  Über der Brut zusammen!
Daß naseweise Narrn und Neider schwörn,
Schamrot, von Krampf und Gicht frei sei dein Hirn.

  Und stimmt erst dein Gesang
  Des Königs Preislied an,
Singt seine Gottesfurcht und hohen Mut,
  Dann endlich wallt es auf, ihr Blut,
Ihr Fleisch erbebt, sie sehn sich übermannt,
  Und alle rufen: Nie erklang
  Des Kriegs und Friedens Harfe so
  Begeisternd bis zum Sternendom,
Des goldenen Reiches Glanz uns anzusagen,
Und hebt Karl, der es lenkt, über den Großen Wagen.

Thomas Campion

There is a garden in her face,
Where roses and white lilies grow;
A heavenly paradise is that place,
Wherein all pleasant fruits do flow.
There cherries grow which none may buy,
Till «Cherry-ripe» themselves do cry.

Those cherries fairly do enclose
Of orient pearl a double row,
Which when her lovely laughter shows,
They look like rosebuds filled with snow.
Yet them nor peer nor prince can buy,
Till «Cherry-ripe» themselves do cry.

Her eyes like angels watch them still;
Her brows like bended bows do stand,
Threatening with piercing frowns to kill
All that attempt with eye or hand
Those sacred cherries to come nigh,
Till «Cherry-ripe» themselves do cry.

Hark, all you ladies that do sleep;
  The fairy queen Proserpina
Bids you awake and pity them that weep.
  You may do in the dark
What the day doth forbid;
  Fear not the dogs that bark,
    Night will have all hid.

But if you let your lovers moan,
  The fairy queen Proserpina
Will send abroad her fairies every one,
  That shall pinch black and blue
Your white hands and fair arms

Thomas Campion

Sie trägt ein Gärtlein im Gesicht,
Wo Rosen rot und Lilien blühn;
Ein wahres Himmels-Paradies,
Darin die rarsten Früchte stehn:
Zwei Kirschen schwelln, die keinem feil,
Bis sie selbst rufen ‹Kirschen reif!›

Unter den Kirschen, schön versteckt,
Erscheint von Perlen ein Rondell,
Wenn lächelnd sich der Vorhang hebt,
Wie frischer Schnee im Rosenkelch.
Kein Fürst, kein Prinz erbringt den Preis,
Bis sie selbst rufen ‹Kirschen reif!›

Die Augen stehn wie Engel Wacht;
Die Brauen drohn, gespannte Bogen,
Mit Todespfeilen zu durchbohren
Jeden, der dreist mit Blick und Hand
Nach jenen heiligen Kirschen greift,
Bevor sie rufen ‹Kirschen reif!›

Hört, all ihr Frauen, schlafgewiegt,
Proserpina, der Elfen Königin,
Ruft euch: Erwacht,
Erbarmt euch derer, die da weinen.
Ob auch der Tag, was ihr im Dunkeln treibt, verbietet,
Fürchtet der Hunde Bellen nicht,
Nacht hält euch wohlversteckt.

Doch laßt ihr, die euch lieben, seufzen –
Proserpina, der Elfen Königin,
Wird ihrer Elfen jegliche
Aussenden, blau zu kneifen euch und schwarz
Die weißen Hände und die schönen Arme,

That did not kindly rue
Your paramours' harms.

In myrtle arbours on the downs
The fairy queen Proserpina
This night by moonshine leading merry rounds
Holds a watch with sweet love,
Down the dale, up the hill;
No plaints or groans may move
Their holy vigil.

All you that will hold watch with love,
The fairy queen Proserpina
Will make you fairer than Dione's dove;
Roses red, lilies white,
And the clear damask hue,
Shall on your cheeks alight:
Love will adorn you.

All you that love, or loved before,
The fairy queen Proserspina
Bids you increase that loving humour more:
They that yet have not fed
On delight amorous,
She vows that they shall lead
Apes in Avernus.

SHALL I COME, sweet love, to thee,
When the evening beams are set?
Shall I not excluded be?
Will you find no feignèd let?
Let me not, for pity, more
Tell the long hours at your door.

Who can tell what thief or foe,
In the covert of the night,
For his prey will work my woe,

Die eurer Buhler sich und ihres Wehs
Mitleidig nicht erbarmten.

In Myrtenlauben auf den Hügeln führt
Proserpina, der Elfen Königin,
Heut nacht bei Mondschein frohe Tänze an:
Mit Amor hält sie dort die Wacht
Das Tal entlang, den Hang hinab, hinauf;
Kein Klagen stört, kein Ächzen
Ihr frommes Treiben dort.

Ihr all, die ihr mit Amor wachen wollt,
Proserpina, der Elfen Königin,
Läßt schöner euch erglänzen als die Tauben
Im Luftgespann Dionens,
Und Lilien sollen, Damaszenerrosen
Auf eure Wangen regnen;
Aufschmücken wird der Gott der Liebe euch.

Ihr alle, die ihr liebt, die ihr geliebt habt,
Proserpina, der Elfen Königin,
Heißt dies Verliebtsein euch vermehren;
Die aber solche Köstlichkeiten
Der Liebe nie verkostet, die, so schwört sie,
Werden in des Avernus Finsternissen
Unbändige Affen hüten müssen.

DARF ICH, SÜSSE, bei dir sein,
Wenn die Sterne sich erheben?
Läßt du mich zur Tür hinein?
Wirds kein falsches Hemmnis geben?
  Laß mich nicht, o hör mein Flehn,
  Stunden durch im Dunkeln stehn!

Weiß ich denn, ob nicht ein Dieb,
Höllenschwarz in Nacht verkleidet,
Durch ein Trugwerk, das er trieb,

Or through wicked foul despite?
   So may I die unredrest
   Ere my long love be possest.

But to let such dangers pass,
Which a lover's thoughts disdain,
'Tis enough in such a place
To attend love's joys in vain:
   Do not mock me in thy bed,
   While these cold nights freeze me dead.

ROSE-CHEEKED Laura, come,
   Sing thou smoothly with thy beauty's
Silent music, either other
   Sweetly gracing.

Lovely forms do flow
   From concent divinely framed;
Heaven is music, and thy beauty's
   Birth is heavenly.

These dull notes we sing
   Discords need for helps to grace them;
Only beauty purely loving
   Knows no discord,

But still moves delight,
   Like clear springs renewed by flowing,
Ever perfect, ever in them-
   Selves eternal.

Anacreontic Verses

Follow, follow,
Though with mischief
Armed: like whirlwind

Schon auf meiner Weide weidet?
   Seis zuvor, daß man mich henkt,
   Eh ein andrer dich umfängt!

Derlei Irrwahn und Verdacht,
Den ein Liebender verachtet,
Wächst im Düster trüber Nacht,
Weil dein Hochmut mein nicht achtet:
   Liegst im Bett, fragst nicht nach mir,
   Während ich zu Eis gefrier!

ROSENWANGIGE Laura, erscheine:
   Sing, wie du hold bist, mit deiner Schönheit
Stummer Musik, daß eins das andre
   Such und belebe.

Was reizend sich zeigt, es fließt
   Wie Einklang der Töne, göttlich ersonnen,
Hohen Ursprungs; deine Schönheit
   Stammt von den Göttern.

Was wir dir bringen, dürftige
   Töne und Lieder, zum Lob dir erklungen –
Ach, allein was in Liebe schön ist,
   Kennt keinen Mißton.

Stets sich erneuernde Freude, bleib uns,
   Dem Frühling gleich in Blüten erschauernd;
Ruh in dir selber, in solcher Vollendung
   Wie unvergänglich.

Anakreontische Verse

Folge, folg ihr
Unheilschwangeren
Sinnes: wie die Windsbraut

Now she flies thee;
Time can conquer
Love's unkindness;
Love can alter
Time's disgraces;
Till death faint not
Then, but follow.
Could I catch that
Nimble traitor,
Scornful Laura,
Swiftfoot Laura,
Soon then would I
Seek avengement!
What's th'avengement?
Even submissively
Prostrate then to
Beg for mercy.

FIRE, FIRE, fire, fire!
Look, here I burn in such desire
That all the tears that I can strain
Out of mine idle empty brain
Cannot allay my scorching pain.
Come Trent, and Humber, and fair Thames,
Dread Ocean, haste with all thy streams:
And, if you cannot quench my fire,
O drown both me and my desire.

Fire, fire, fire, fire!
There is no hell to my desire:
See, all the rivers backward fly,
And th'ocean doth his waves deny,
For fear my heat should drink them dry.
Come, heavenly showers, then, pouring down;
Come, you that once the world did drown:
Some then you spared, but now save all,
That else must burn, and with me fall.

Flieht sie vor dir;
Zeit bezwingt
Der Liebe Unmut;
Liebe heilt
Der Zeit Vergehen;
Bis zum Tode unverzagt
Folg ihr also.
Könnt ich die flinke
Verräterin fassen,
Hochmütige Laura,
Leichtfüßige Laura,
Grimmige Rache
Wollt ich nehmen!
Welche Rache?
Untertänigst sie
Und kniend
Um Erbarmen betteln.

FEUER, FEUER, Feuer, Feuer!
Mich brennt Begier so ungeheuer,
Daß, was sich auch an Tränen löst
Aus meinem Hirn, so dumpf und wüst,
Nicht dieses Sengen in mir löscht.
Komm, Humber, Trent, Themse du schöne,
Komm, wildes Meer mit deinen Strömen:
Und könnt ihr meinem Brand nicht wehren,
Ertränkt mich selbst, und mein Begehren.

Feuer, Feuer, Feuer, Feuer!
Die Hölle kennt nicht schlimmere Greuel:
Seht, wie's die Flüsse rückwärts treibt,
Der Ozean mit den Wogen geizt,
Aus Furcht, daß sie mein Brand verheizt.
Kommt, Himmelsschauer, stürzt herab,
Kommt, die ihr einst die Welt verdarbt,
Nur wenige schontet: schont nun alle,
Die sonst mit mir lodern und fallen.

THRICE TOSS these oaken ashes in the air;
Thrice sit thou mute in this enchanted chair;
Then thrice three times tie up this true love's knot,
And murmur soft: «She will, or she will not.»

Go burn these poisonous weeds in yon blue fire,
These screech-owl's feathers and this prickling briar,
This cypress gathered at a dead man's grave,
That all thy fears and cares an end may have.

Then come, you fairies, dance with me a round;
Melt her hard heart with your melodious sound.
In vain are all the charms I can devise;
She hath an art to break them with her eyes.

WHEN THOU MUST HOME to shades of underground,
And there arrived, a new admired guest,
The beauteous spirits do engirt thee round,
White Iope, blithe Helen and the rest,
To hear the stories of thy finished love
From that smooth tongue, whose music hell can move:
Then wilt thou speak of banqueting delights,
Of masks and revels which sweet youth did make,
Of tourneys and great challenges of knights,
And all these triumphs for thy beauty's sake.
When thou hast told these honours done to thee,
Then tell, O! tell, how thou didst murder me.

THE CYPRESS CURTAIN of the night is spread,
And over all a silent dew is cast;
The weaker cares by sleep are conquerèd:
But I alone, with hideous grief aghast,
In spite of Morpheus' charms, a watch do keep
Over mine eyes, to banish careless sleep.

DREIMAL WIRF Eichenasche in die Luft;
Sitz dreimal stumm auf diesem Zauberstuhl;
Zieh diesen Liebesknoten neunmal dicht,
Und murmle leise: «Sie will, sie will nicht».

Geh, brenn dies Giftkraut in der blauen Flamme,
Diesen Zypressenast vom Kirchhofsstamme,
Die Eulenfedern und den Dornenzweig,
Daß alle Angst und Trübsal von dir weicht.

Dann kommt, ihr Elfen, tanzt mit mir den Reigen:
Mit süßen Tönen schmelzt ihr Herz von Eisen.
Umsonst das Zauberwerk, das ich zurichte –
Die Schwarzkunst ihrer Augen machts zunichte.

WENN DU MUSST NIEDERGEHN zum Schattengrund,
Als neuer Gast erscheinst, geehrt auch da,
Und all die schönen Seelen stehn im Rund,
So Iope, die heitre Helena;
Und du erzählst, wie du geliebt alsdann,
Mit deiner Stimm, die Höll'n entzücken kann –
Da gilts zu künden von Musik und Freud,
Von Mummenschanz im jugendfrohen Kreis,
Turnier und Kampfesmut der Rittersleut,
Von Sieg um Sieg zu deiner Schönheit Preis;
Und hast du jede Ehr dir angemaßt,
So sag, sag, wie du mich gemordet hast.

SCHON LÄSST DIE NACHT den dunklen Vorhang sinken,
Ein stiller Tau deckt schon das ganze Land;
Schon kann der Schlaf das schwächere Weh bezwingen:
Nur ich, von wildem Kummer übermannt,
Halte, trotz Morpheus' Zauber, meine Wacht,
Daß ja kein Schlummer meinen Lidern naht.

Yet oft my trembling eyes through faintness close,
And then the Map of Hell before me stands;
Which ghosts do see, and I am one of those
Ordained to pine in sorrow's endless bands;
Since from my wretched soul all hopes are reft,
And now no cause of life to me is left.

Grief, seize my soul! for that will still endure
When my crazed body is consumed and gone;
Bear it to thy black den! there keep it sure
Where thou ten thousand souls dost tire upon!
Yet all do not afford such food to thee
As this poor one, the worser part of me.

NOW WINTER nights enlarge
The number of their hours,
And clouds their storms discharge
Upon the airy towers:
Let now the chimneys blaze
And cups o'erflow with wine;
Let well-tuned words amaze
With harmony divine!
Now yellow waxen lights
Shall wait on honey love,
While youthful revels, masques, and courtly sights
Sleep's leaden spells remove.

This time doth well dispense
With lovers' long discourse;
Much speech hath some defence,
Though beauty no remorse.
All do not all things well:
Some measures comely tread,
Some knotted riddles tell,
Some poems smoothly read.
The summer hath his joys,

Und schließt bebende Schwachheit mir das Auge,
Steht vor dem innern Blick der Hölle Plan;
Geisterhaft seh ich, was nur Geister schauen,
Zur Qual ewiger Leidensfron verdammt.
Die Hoffnung fahrn ließ meine arme Seele:
Wie fänd ich da noch Gründe, fortzuleben?

Nimm meine Seele, Schmerz! sie wird noch leiden,
Wenn mein zerstückter Leib zu nichts verging;
Schleif sie zur schwarzen Höhle, dich zu weiden,
Wo Seelen ohne Zahl dir dienstbar sind!
Kaum eine wird dir solche Nahrung sein
Wie die elende hier, mein schlechteres Teil.

Jetzt, wo uns Winternächte
Die dunklen Stunden mehren,
Aus Wolken Stürme brechen,
Die um die Zinnen fegen,
Laßt lodern den Kamin,
Laßt Wein in Fülle fließen,
Strömt Worte, wohlgestimmt
Zu Himmelsharmonien!
Sein Licht soll goldenes Wachs
Der süßen Liebe reichen,
Und Jugendlust, Tanz, Masken, höfische Pracht
Des Schlafes dumpfen Bann verscheuchen!

Nicht ziemt in dieser Zeit .
Wortreiche Liebesklage:
Klug ist Beredsamkeit,
Doch Schönheit ohne Gnade.
Jeder hält andere Gaben:
Der kann fein deklamieren,
Der knifflige Rätsel raten,
Der hübsch den Reigen führen.
Sommer hat seine Freuden,

And winter his delights;
Though love and all his pleasures are but toys,
They shorten tedious nights.

To MUSIC bent is my retired mind,
And fain would I some song of pleasure sing;
But in vain joys no comfort now I find:
From heavenly thoughts all true delight doth spring.
Thy power, O God, thy mercies to record
Will sweeten every note, and every word.

All earthly pomp or beauty to express,
Is but to carve in snow, on waves to write.
Celestial things, though men conceive them less,
Yet fullest are they in themselves of light:
Such beams they yield as know no means to die;
Such heat they cast as lifts the Spirit high.

AWAKE, AWAKE, thou heavy sprite,
That sleep'st the deadly sleep of sin!
Rise now and walk the ways of light!
'Tis not too late yet to begin.
Seek heaven early, seek it late:
True Faith still finds an open gate.

Get up, get up, thou leaden man!
Thy track to endless joy or pain
Yields but the model of a span;
Yet burns out thy life's lamp in vain!
One minute bounds thy bane or bliss:
Then watch and labour, while time is!

Wie Winter seine Würze:
Sind Lust und Liebe auch nur Kindereien,
Ihr Spiel hilft lange Nächte kürzen.

Bang nach Musik seufzt mein vereinsamt Herz
Und gern, zur Labsal, säng ich mir ein Lied;
Doch nirgends Trost, in Klage nicht noch Scherz:
Der Himmel ists, zu dem mein Sehnen flieht.
Herr, deine Pracht ists, Deine Gnad und Macht,
Die goldensüß aus Ton und Wort mir lacht.

Beschreib ich Erdenprunk, der Schönheit Schein,
Schreib ich in Wasser, schneide Schrift in Schnee.
Des Himmels Licht, nur trübe fällts herein;
Ein Hauch nur dessen, was ich künftig seh:
Ein Meer von Glanz, drin Ewigkeit gedeiht;
Der, der sie ahnt, lebt in Glückseligkeit.

Wach auf, wach auf aus deinem Nichts,
Du Seel, die schwer in Sünden schlief;
Steh auf und such den Weg des Lichts.
Lägst du im Staub auch noch so tief,
Denk an den Tagruf des Gerichts.
Such früh den Himmel, such ihn spät,
Du weißt, daß er dir offen steht.

Drum auf, drum auf, bleierner Geist,
Und wandle durch die Dunkelheit;
Die Lampe, die den Weg dir weist,
Ob er nun kurz ist oder weit,
Es ist dein Leben, das sie speist.
In einem Nu, im Hauch entflohn,
Stehst du allein vor Gottes Thron.

Anonymous Songs

Love Will Find Out the Way

Over the mountains,
  And over the waves,
Under the fountains,
  And under the graves,
Under floods that are deepest,
  Which Neptune obey,
Over rocks that are steepest,
  Love will find out the way.

Where there is no place
  For the glow-worm to lie,
Where there is no space
  For receipt of a fly,
Where the midge dares not venture,
  Lest herself fast she lay;
If Love come, he will enter,
  And will find out the way.

You may esteem him
  A child for his might;
Or you may deem him
  A coward from his flight:
But if she, whom Love doth honour,
  Be concealed from the day,
Set a thousand guards upon her,
  Love will find out the way.

You may train the eagle
  To stoop to your fist;
Or you may inveigle
  The phoenix of the east;
The lioness, you may move her
  To give over her prey;
But you'll ne'er stop a lover:
  He will find out the way.

Anonyme Lieder

Weg der Liebe

Über die Berge,
  Über die Wellen,
Unter den Gräbern,
  Unter den Quellen,
Über Fluten und Seen,
  In der Abgründe Steg,
Über Felsen, über Höhen,
  Findt Liebe den Weg!

In Ritzen, in Falten,
  Wo der Feurwurm nicht liegt,
In Höhlen, in Spalten,
  Wo die Fliege nicht kriecht,
Wo Mücken nicht fliegen
  Und schlüpfen hinweg;
Kommt Liebe, sie wird siegen
  Und finden den Weg!

Sprecht, Amor sei nimmer
  Zu fürchten, das Kind!
Lacht über ihn immer
  Als Flüchtling, als blind,
Und schließt ihn durch Riegel
  Vom Taglicht hinweg;
Durch Schlösser und Siegel
  Findt Liebe den Weg.

Wenn Phönix und Adler
  Sich unter euch beugt,
Wenn Drache, wenn Tiger
  Gefällig sich neigt,
Die Löwin läßt kriegen
  Den Raub sich hinweg;
Kommt Liebe, sie wird siegen
  Und finden den Weg.

Tom o'Bedlam

The moon's my constant mistress,
And the lovely owl my marrow;
The flaming drake
And the night-crow make
Me music to my sorrow.

I know more than Apollo,
For oft, when he lies sleeping,
I see the stars
At bloody wars
In the wounded welkin weeping;

The moon embrace her shepherd,
And the queen of love her warrior,
While the first doth horn
The star of morn,
And the next the heavenly farrier.

With an host of furious fancies
Whereof I am commander,
With a burning spear
And a horse of air
To the wilderness I wander;

By a knight of ghosts and shadows
I summoned am to tourney
Ten leagues beyond
The wide world's end –
Methinks it is no journey.

Tom aus dem Tollhaus

Der Mond ist mein Treuliebchen,
Und die Eule mein Geselle;
  Der Flammendrachen
  Und Nachtraben machen
Meinem Jammer die Choräle.

Ich weiß mehr als Apollo,
Denn oftmals, wenn er schlummert,
  Seh das Sternenheer
  Ich mit Schwert und Speer,
Und der Himmel weint vor Wunden.

Luna wills mit ihrem Hirten,
Mit Mars wills Venus treiben:
  Die erste hörnt
  Den Morgenstern,
Und den Himmelsschmied die zweite.

An der Spitze eines Heeres
Von heftigen Wahngebilden,
  Flammenspeer-bewehrt,
  Aus Luft mein Pferd,
So streif ich durch die Wildnis.

Ein Geist, ein Schattenritter
Hat mich zum Turnier geladen,
  Zehn Meilen im Feld
  Hinterm Rand der Welt –
Dahin reit ich im Schlafe.

Tobacco

The Indian weed witherèd quite,
Green at noon, cut down at night,
Shows thy decay: all flesh is hay:
  Thus think, then drink Tobacco.

The pipe that is so lily white
Shows thee to be a mortal wight,
And even such, gone with a touch:
  Thus think, then drink Tobacco.

And when the smoke ascends on high,
Think thou behold'st the vanity
Of worldly stuff, gone with a puff:
  Thus think, then drink Tobacco.

But when the pipe grows foul within,
Think on thy soul defiled with sin,
And then the fire doth it require:
  Thus think, then drink Tobacco.

The ashes that are left behind
May serve to put thee still in mind
That unto dust return thou must:
  Thus think, then drink Tobacco.

Tabaklied

Das indische Kraut, es welkt so rasch:
Des Mittags grün, und gelb zur Nacht;
Wie es dir gleicht: Gras ist das Fleisch!
So denk, und zieh Tabak ein.

Die Meerschaumpfeife, lilienweiß,
Zeigt dir: zerbrechlich ist dein Leib
Wie sie – ein Stoß, und es ist Schluß!
So denk, und zieh Tabak ein.

Und wenn der Rauch zum Himmel steigt,
Nimm ihn als Bild der Eitelkeit:
Wie Erdenstoff im Nu verpufft!
So denk, und zieh Tabak ein.

Doch stockt die Pfeife, schwärzlich schwelend,
Denk an den Sündenschmutz der Seele:
Wie er verlangt nach Feuerbrand!
So denk, und zieh Tabak ein.

Die Asche, die am Ende bleibt,
Laß sie zur Mahnung dir gedeihn:
Du bist nur Staub, wirst Staubes Raub!
So denk, und zieh Tabak ein.

Sir Henry Wotton

On His Mistress, the Queen of Bohemia

You meaner beauties of the night,
   That poorly satisfy our eyes
More by your number than your light,
   You common people of the skies –
   What are you when the sun shall rise?

You curious chanters of the wood
   That warble forth Dame Nature's lays,
Thinking your voices understood
   By your weak accents, what's your praise
   When Philomel her voice shall raise?

You violets that first appear,
   By your pure purple mantles known
Like the proud virgins of the year,
   As if the spring were all your own, –
   What are you when the rose is blown?

So, when my mistress shall be seen
   In form and beauty of her mind,
By virtue first, then choice, a queen,
   Tell me if she were not designed
   Th'eclipse and glory of her kind?

Upon the Sudden Restraint of the Earl of Somerset, Then Falling from Favour

Dazzled thus with height of place,
Whilst our hopes our wits beguile,
No man marks the narrow space
'Twixt a prison and a smile.

Sir Henry Wotton

Auf seine Herrin, die Königin von Böhmen

Ihr kleinen Sterne, die zur Nacht
Das Aug erfreun, wie goldner Tand,
Durch Menge mehr denn Lichtespracht,
Ihr niedres Volk im Wolkenland –
Was seid ihr, wenn die Sonn erstand?

Ihr Sänger, die ihr grünumlaubt
Singt, wie euch Frau Natur bedacht,
Und euer Lied verstanden glaubt: –
Wer lauscht auf euch in Waldesnacht,
Wenn Philomelens Klang erwacht?

Ihr Veilchen, die zuerst sich nahn,
Als Jungfraun stolz im Jahresreigen
Mit Purpurmänteln angetan,
Als wär der Lenz für euch allein –
Was seid ihr vor der Rose Schein?

So zeigt sich meine Herrscherin,
An Geist und Zügen anmutreich,
Durch Wert und Wahl als Königin:
Vor ihr wird jeder Schimmer bleich;
Ihr ist der Frauen keine gleich!

Auf den plötzlichen Freiheitsentzug des Earl of Somerset, als er jüngst in Ungnade fiel

Geblendet so von stolzem Stand,
Wo Hoffnung unseren Witz verhöhnt,
Bemerkt kein Mensch den schmalen Rand,
Der Kerkerloch und Lächeln trennt.

Then, since Fortune's favours fade,
You that in her arms do sleep:
Learn to swim, and not to wade,
For the hearts of Kings are deep.

But if Greatness be so blind
As to trust in towers of air,
Let it be with Goodness lined
That at least the fall be fair.

Then, though darkened, you shall say,
When friends fail, and princes frown:
Virtue is the roughest way,
But proves at night a bed of down.

Im Flug vergehn Fortunas Gnaden;
Ihr, die in ihren Armen schlieft,
Lernt zu schwimmen, nicht zu waten:
Denn ein Fürstenherz ist tief.

Doch wenn schon Größe, bös verblendet,
Ihren Turm aus Luft erklimmt,
Sei von Tugend sie gesäumt,
Daß der Fall in Schönheit endet.

Dann sprecht, verdunkelt und verlassen,
Wenn Fürsten zürnen, Freunde zagen:
Tugend ist die rauheste Straße –
Doch zur Nacht ein Daunenlager.

John Cleveland

Epitaph on the Earl of Strafford

Here lies wise and valiant dust,
Huddled up 'twixt fit and just:
Strafford, who was hurried hence
'Twixt treason and convenience.
He spent his time here in a mist,
A Papist, yet a Calvinist;
His Prince's nearest joy and grief;
He had, yet wanted, all relief;
The Prop and Ruin of the State,
The people's violent love and hate,
One in extremes loved and abhorred.
Riddles lie here, or in a word,
Here lies blood, and let it lie
Speechless still, and never cry.

From The Rebel Scot

Nature herself does Scotchmen beasts profess,
Making their country such a wilderness.
Had Cain been Scot, God would have changed his doom:
Not forced him wander but confined him home!
Like Jews they spread, and as infections fly,
As if the devil had ubiquity.
Hence 'tis they live as rovers, and defy
This or that place, rags of geography.
They're citizens of the world; they're all in all:
Scotland's a Nation Epidemical.
Nor gold, nor Acts of Grace – 'tis steel must tame
The stubborn Scot; a Prince that would reclaim
Rebels by yielding, doth like him (or worse)
Who saddled his own back to shame his horse.

John Cleveland

Grabspruch auf den Earl of Strafford

Staub klug und kühn liegt hier, verstreut
Zwischen Recht und Ratsamkeit:
Strafford, zwischen Hochverrat
Und Heuchelei in Hast verscharrt;
Lebte in Wolken seine Frist,
Papist zugleich und Kalvinist;
Des Königs größte Last und Lust;
Besaß, entbehrte allen Trost;
Der Pfeiler und Ruin des Staats,
Vom Volk gehätschelt und gehaßt;
Vergötzt, verteufelt ohne Maß.
Ein Rätsel liegt hier – kurz gesagt:
Hier liegt Blut, hier soll es bleiben,
Sprachlos liegen, niemals schreien.

Aus Der aufrührerische Schotte

Für die Natur selbst sind die Schotten Vieh,
Dem sie nur Wüstenei zur Weide gibt;
Und Gott verdammte Kain, wär er ein Schotte,
Zum Hausarrest, und nicht zum ewigen Trotte!
Wie Juden wimmeln sie, wie Seuchensaat –
Als hätt der Teufel die Allgegenwart.
So streunen sie, und trotzen aus Prinzip
Jeglicher Bleibe: Treibgut der Geographie.
Weltbürger sind sie, ihre Zahl Legion:
Schottland, du epidemische Nation!
Es zähmt nicht Gold noch Gnade – nur das Schwert –
Den störrischen Schotten: kein Monarch bekehrt
Durch Sanftmut Rebellion – er sattelt bloß
Sich selbst die Packlast auf, und schont das Roß.

Lady Mary Wroth

Song

Love what art thou? A vain thought
In our minds by fancy wrought.
Idle smiles did thee beget,
While fond wishes made the net
Which so many fools have caught.

Love, what art thou? Light and fair,
Fresh as morning, clear as th'air.
But too soon thy evening change
Makes thy worth with coldness range;
Still thy joy is mixed with care.

Love what art thou? A sweet flower
Once full blown, dead in an hour;
Dust in wind as staid remains
As thy pleasure, or our gains,
If thy humour change to lour.

Love what art thou? childish, vain,
Firm as bubbles made by rain:
Wantonness thy greatest pride;
These foul faults thy virtues hide,
But babes can no staidness gain.

Love what art thou? causeless cursed,
Yet alas these not the worst:
Much more of thee may be said;
But thy law I once obeyed –
Therefore say no more at first.

Lady Mary Wroth

Lied

Liebe, was bist du? Eitles Denken,
Das Wahnideen ins Herz versenken,
Durch Lächeln in die Welt gesetzt –
Müßiges Wünschen flocht das Netz,
In dem soviele Toren hängen.

Liebe, was bist du? Hold und licht,
Wie Lufthauch hell, wie Morgen frisch;
Doch bald schon, wenn der Abend fällt,
Kälte deinen Wert vergällt:
Stets ist dein Glück mit Leid vermischt.

Liebe, was bist du? Süße Blume,
Erblüht, verblüht in einer Stunde;
So stetig wie der Staub im Winde,
Was dir beliebt, was wir gewinnen,
Sobald sich deine Stirn verdunkelt.

Liebe, was bist du? Kinderei,
Blase, die im Wasser treibt;
Liederlich ist dein Begehr,
Zuviel Schmach schwärzt deinen Wert –
Doch kennt ein Kind je Stetigkeit?

Liebe, was bist du? Ohne Grund
Geschmäht? – o weh, weit schlimmeres Tun,
Als hier gesagt, ist deine Schuld;
Doch ich selbst bin dir einst gefolgt –
Darum schweige jetzt, mein Mund.

AM I THUS CONQUERED? have I lost the powers
That to withstand, which joys to ruin me?
Must I be still while it my strength devours
And captive leads me prisoner, bound, unfree?
  Love first shall leave men's fancies to them free,
Desire shall quench love's flames, spring hate sweet showers,
Love shall loose all his darts, have sight, and see
His shame, and wishings hinder happy hours;
  Why should we not Love's purblind charms resist?
Must we be servile, doing what he list?
No, seek some host to harbour thee: I fly
  Thy babish tricks, and freedom do profess.
But O my hurt makes my lost heart confess
I love, and must: So farewell liberty.

IN THIS STRANGE LABYRINTH how shall I turn?
Ways are on all sides while the way I miss:
If to the right hand, there, in love I burn;
Let me go forward, therein danger is;
  If to the left, suspicion hinders bliss;
Let me turn back, shame cries I ought return
Nor faint, though crosses with my fortunes kiss;
Stand still is harder, although sure to mourn;
  Then let me take the right, or left hand way;
Go forward, or stand still, or back retire;
I must these doubts endure without allay
Or help, but travail find for my best hire;
  Yet that which most my troubled sense doth move
  Is to leave all, and take the thread of love.

So bin ich denn besiegt? erstarb die Kraft,
Dem, der mich freudig übermannt, zu widerstehn?
Muß dulden, daß er meine Stärke niederwarf,
Und mich gefangen führt, in Fesseln, fort zur Fron?
  Eher soll die Liebe Wahn den Menschen nehmen,
Begier die Gluten löschen, Lenz den Regen scheun,
Amor sei pfeillos, blind nicht mehr, und sehe
Die eigene Schmach, Wunsch sei Erfüllung feind!
  Was, müssen wir dem blinden Lieb-Reiz folgen?
Wie Sklaven tun, was Amor uns befohlen?
Nein, kehr bei einer anderen ein: die Kinderpossen
  Spiel ich nicht mit, die freisein will und soll!
Doch ach, mein Schmerz bekennt, was mich getroffen:
Ich lieb, und muß; drum, Freiheit, lebewohl!

In diesem fremden Labyrinth, wohin mich wenden?
Überall Wege – doch wo liegt mein Weg?
Geh ich nach rechts, muß ich in Liebe brennen,
Geh ich nach vorn, so droht Gefahr und schreckt;
  Wend ich mich links, hemmt Argwohn alle Freuden,
Und kehr ich um, ruft Scham, ich muß zurück,
Das Kreuz zu küssen, darf nicht Schwäche zeigen;
Schwer, still zu stehn, und sicheres Mißgeschick.
  Dann laßt mich rechts oder laßt links mich gehn,
Nach vorn, nach hinten, oder stehenbleiben:
Muß alle Zweifel unberuhigt bestehn
Ganz ohne Hilfe und als Lohn nur Leiden!
  Doch was am schwersten fällt: dies alles lassen,
  Und Amors Ariadnefaden fassen.

John Webster

A Dirge

Call for the robin-redbreast and the wren,
  Since o'er shady groves they hover,
  And with leaves and flowers do cover
The friendless bodies of unburied men.
  Call unto his funeral dole
  The ant, the field-mouse, and the mole,
To rear him hillocks that shall keep him warm,
And (when gay tombs are robbed) sustain no harm;
But keep the wolf far thence, that's foe to men,
For with his nails he'll dig them up again.

Hark! now everything is still,
The screech-owl and the whistler shrill
Call upon our dame aloud,
And bid her quickly don her shroud.

Much you had of land and rent;
Your length in clay's now competent.
A long war disturbed your mind;
Here your perfect peace is signed.
Of what is't fools make such vain keeping? –
Sin their conception, their birth weeping,
Their life a general mist of error,
Their death a hideous storm of terror.
Strew your hair with powders sweet,
Don clean linen, bathe your feet,
And (the foul fiend more to check)
A crucifix let bless your neck:
'Tis now full tide 'tween night and day;
End your groan, and come away.

John Webster

Totenklage

Ruft Rotkehlchen und Zaunkönig herbei,
  Die über schattigen Hainen fliegen,
  Daß sie mit Blattwerk und mit Blüten
Decken den freundlos unbegrabnen Leib.
  Ruft auch zu seinem Totenamt
  Ameise, Maulwurf, Maus heran,
Hügel zu baun, die warm und heil ihn halten,
Wenn stolze Gräber unter Räuber fallen.
Doch haltet fern den Wolf, der Menschen Graus:
Mit seinen Krallen gräbt er sonst ihn aus!

Horcht, wie alles ringsum schweigt;
Nur Käuzchenruf und Eulenschrei
Trifft das Ohr der Dame schrill:
Rasch ins Totenhemd gehüllt!

Pacht hattest du und Land genug –
Nun reicht ein Stück Lehm, groß wie du.
Lang lag dein Geist im Widerstreit;
Schließest vollkommenen Frieden heut.
Wozu der Aufwand, eitle Toren?
Sündhaft gezeugt, in Schmerz geboren;
Das Leben nur ein Dunst aus Wahn,
Der Tod ein grauser Schreckenssturm.
Bestreu dein Haar mit Wohlgeruch,
Nimm reines Linnen, wasch den Fuß,
Und laß (den Unhold abzuwehren)
Ein Kruzifix den Nacken zieren.
Der Tag verebbt, Nacht flutet an:
Genug geseufzt! Steh auf und komm.

Francis Beaumont (?)

On the Tombs in Westminster Abbey

Mortality, behold, and fear,
What a change of flesh is here!
Think how many royal bones
Sleep within this heap of stones,
Hence removed from beds of ease,
Dainty fare, and what might please,
Fretted roofs, and costly shows,
To a roof that flats the nose:
Which proclaims all flesh is grass;
How the world's fair glories pass;
For here they lie had realms and lands,
That now want strength to stir their hands;
Where from their pulpits sealed with dust
They preach: «In greatness is no trust».
Here's an acre sown indeed
With the richest royalest seed
That the earth did e'er suck in
Since the first man died for sin.
Here the bones of birth have cried,
«Though Gods they were, as men they died».
Here are sands (ignoble things)
Dropped from the ruined sides of kings;
With whom the poor man's earth being shown
The difference is not easily known.
Here's a world of pomp and state,
Forgotten, dead, disconsolate;
Think, then, this scythe that mows down kings
Exempts no meaner mortal things.

Francis Beaumont (?)

Auf die Königsgräber in Westminster

Ihr Staubgeborenen, bebt und seht,
Wie hier das Fleisch fällt und vergeht!
Wieviel erhabenes Gebein
Schläft unter diesem Haufen Stein;
Weggefegt von weichen Pfühlen,
Gaumenlust und heiteren Spielen,
Schaugepränge, goldenem Dach,
Unter eins, das Nasen flacht.
Drauf steht geschrieben: Fleisch ist Gras;
Auf Glanz der Welt ist kein Verlaß.
Hier kann, der Reiche einst bewegte,
Vor Schwachheit keinen Finger regen;
Von seiner Kanzel, staubverpicht,
Predigt er: «Traut der Größe nicht».
Hier liegt ein Acker, Zoll an Zoll
Von reichstem Königssamen voll,
Wie ihn nur je die Erde schlang,
Seit sündig starb der erste Mann.
Hier künden Knochen hochgeboren
Wie einstige Götter Menschen wurden.
Hier rieselt Sand (unedler Stoff)
Aus der zerfallenen Königsbrust:
Legt Armen-Erde man daneben,
Ist wenig Unterschied zu sehen!
Hier liegt die Welt von Pomp und Glanz,
Tot, ohne Trost, vergessen ganz.
Der Sense, die selbst Könige mäht,
Kann kein geringeres Ding entgehn.

George Herbert

Jordan (1)

Who says that fictions only and false hair
Become a verse? Is there in truth no beauty?
Is all good structure in a winding stair?
May no lines pass, except they do their duty
   Not to a true, but painted chair?

Is it no verse, except enchanted groves
And sudden arbours shadow coarse-spun lines?
Must purling streams refresh a lover's loves?
Must all be veiled, while he that reads, divines,
   Catching the sense at two removes?

Shepherds are honest people; let them sing;
Riddle who list, for me, and pull for prime:
I envy no man's nightingale or spring;
Nor let them punish me with loss of rhyme,
   Who plainly say, «My God, My King.»

Easter Wings

Lord, who createdst man in wealth and store,
   Though foolishly he lost the same,
      Decaying more and more,
         Till he became
            Most poor:
            With thee
         O let me rise
      As larks, harmoniously,
   And sing this day thy victories:
Then shall the fall further the flight in me.

George Herbert

Jordan (1)

Wer sagt, Erfindung nur und falsches Haar
Schickt für den Vers sich? Ist in dem, was wahr
Nicht Schönheit auch? Ist, die sich windet, wohlgebaut
Allein die Treppe? Soll keine Zeile durchgehn,
Sie leiste ihre Pflicht denn, nicht einem wahren,
  Sondern einem gemalten Thron?

Ist das kein Vers, es sei denn Zauberhaine
Und Laubengänge werfen ihre Schatten
Auf Zeilen, rauh gesponnen? Müssen
Murmelnde Ströme des Verliebten Brunst erfrischen?
Muß alles denn verschleiert sein, daß, wer da liest,
  Den Sinn erst um zwei Ecken herum erfaßt?

Schäfer sind redliche Gesellen; laßt sie singen;
In Rätseln rede, von mir aus, wer hoch hinauswill;
Ich neide keinem seinen Lenz und seine Nachtigall;
Doch wenn ich schmucklos nur «Mein Gott, mein König» sage,
  Soll keiner mir, in Versen dies zu tun, mißgönnen.

Oster-Flügel

Herr, der den Menschen schuf zu Pracht und Glanz,
  Wenngleich er irrend sie verlor,
    Und mehr und mehr verkam,
      Und ward, der Tor,
        So arm:
        Mit Dir
      O laß mich steigen
    Auf zu Lerchen-Harmonien,
  Froh heute Deine Siege preisen,
So wird der Fall des Fluges Freund in mir.

My tender age in sorrow did begin:
    And still with sicknesses and shame
        Thou didst so punish sin
            That I became
                Most thin.
                With thee
            Let me combine
        And feel this day thy victory:
    For, if I imp my wing on thine,
Affliction shall advance the flight in me.

Prayer

Prayer, the Church's banquet, Angels' age,
God's breath in man returning to his birth,
The soul in paraphrase, heart in pilgrimage,
The Christian plummet sounding heaven and earth;
    Engine against th'Almighty, sinners' tower,
Reversèd thunder, Christ-side-piercing spear,
The six-days' world transposing in an hour,
A kind of tune, which all things hear and fear;
    Softness, and peace, and joy, and love, and bliss,
Exalted Manna, gladness of the best,
Heaven in ordinary, man well drest,
The milky way, the bird of Paradise,
    Church bells beyond the stars heard, the soul's blood,
    The land of spices; something understood.

Life

I made a posy while the day ran by:
Here will I smell my remnant out, and tie
    My life within this band.
But time did beckon to the flowers, and they
By noon most cunningly did steal away,
    And withered in my hand.

Mein Kindsein schon war Kummer und Verfall:
  Als Du mit Schmach und Kränklichkeit
    Straftest die Sünden all,
      Ward ich vor Leid
        So schmal.
        Mit Dir
      Sei ich vereint,
    Daß Deinen Sieg ich spür:
  Und stützt Dein Flügel meinen heut,
Wird Heimsuchung des Fluges Helfer mir.

Gebet

Gebet, Bankett der Kirche, Engelsfrist,
Des Menschen Gottesatem, heimgesandt,
Seelen-Umschreibung, Herz im Pilgerstand,
Das Christen-Lot, das Erd und Himmel mißt;
  Anschlag auf den Allmächtigen, Sünder-Säule,
Verkehrter Donner, Christ-durchbohrender Speer,
Sechstagewelt, im Augenblick beschert,
Geheimes Lied, allseits gehört, geheiligt;
  Zartheit und Friede, Liebe, Jubel, Wonne,
Die Lust der Besten, hocherhabene Manna,
Himmel im Alltag, Mensch im Festgewande,
Die Milchstraße, des Paradieses Vogel,
  Kirchglocken, sternenweit, das Blut der Seele,
  Land aller Würze; etwas Eingesehnes.

Leben

Ich halt den Strauß, den unter Tag ich wand,
Saug meinen Rest aus seinem Duft: ich band
  Mein Leben ein in ihn.
Den Blumen winkt die Zeit; nun spür ich, wie,
Um Mittag heimlich sich fortstehlend, sie
  Mir in der Hand verblühn.

My hand was next to them, and then my heart:
I took, without more thinking, in good part
   Time's gentle admonition,
Who did do sweetly death's sad taste convey,
Making my mind to smell my fatal day,
   Yet sugaring the suspicion.

Farewell, dear flowers; sweetly your time ye spent,
Fit, while ye lived, for smell or ornament,
   And after death for cures.
I follow straight without complaints or grief,
Since, if my scent be good, I care not if
   It be as short as yours.

The Collar

   I struck the board, and cried, No more:
         I will abroad.
   What, shall I ever sigh and pine?
My lines and life are free; free as the road,
   Loose as the wind, as large as store.
      Shall I be still in suit?
   Have I no harvest but a thorn
   To let me blood, and not restore
   What I have lost with cordial fruit?
         Sure there was wine
Before my sighs did dry it: there was corn
      Before my tears did drown it.
   Is the year only lost to me?
      Have I no bays to crown it?
   No flowers, no garlands gay? All blasted?
         All wasted?
   Not so, my heart: but there is fruit,
         And thou hast hands.
   Recover all thy sigh-blown age
On double pleasures: leave thy cold dispute
Of what is fit, and not; forsake thy cage,

Die Hand ganz nah bei ihnen, und das Herz,
Begreif ich ohne Denken, ohne Schmerz
Der Zeit gelinde Mahnung,
Durch die Geschmack des Todes köstlich schmeckt,
Die mir des letzten Tages Hauch zuträgt,
Und süßt die bittere Ahnung.

Blumen, lebt wohl: wie schön nützt ihr
Die Zeit; im Leben seid ihr Duft und Zier,
Und noch im Tode Arzenein.
Ich folg euch nach, ganz ohne Klag und Groll:
War nur mein Hauch so gut, mein Leben soll
So kurz wie eures sein.

Das Halsband

Ich schlug den Tisch und schrie: Nichts mehr!
Ich will davon!
Wie? soll ich ewig seufzen, flehn?
Frei ist mein Lied, mein Leben: frei von Fron,
Wild wie der Wind; reich wie ein Schatz.
Was, muß ich betteln gehn?
Hab ich als Ernte nur den Dorn,
Der bluten macht? Trägt nicht Ersatz
Für den Verlust lebendige Frucht?
Da wuchs wohl Wein,
Eh ihn mein Seufzen dörrte; wuchs wohl Korn,
Eh's meine Trän ertränkte.
Ist denn das Jahr nur mir verlorn?
Hab ich nicht Lorbeern, es zu krönen?
Nicht Blumen? Frohe Kränze? Ganz verdorben?
Erstorben?
Nicht so, mein Herz; denn da ist Frucht
Und du hast deine Hand.
Greif dir für die verseufzte Zeit
Doppelte Lust; laß deinen müßigen Streit,
Was recht ist und was nicht; den Kerker laß,

Thy rope of sands,
Which petty thoughts have made, and made to thee
Good cable, to enforce and draw,
And be thy law,
While thou didst wink and wouldst not see.
Away; take heed!
I will abroad.
Call in thy death's-head there: tie up thy fears.
He that forbears
To suit and serve his need,
Deserves his load.
But as I raved and grew more fierce and wild
At every word,
Methought I heard one calling, *Child:*
And I replied, *My Lord.*

The Pulley

When God at first made man,
Having a glass of blessings standing by,
«Let us», said he, «pour on him all we can:
Let the world's riches, which dispersèd lie,
Contract into a span.»

So strength first made a way;
Then beauty flowed, then wisdom, honour, pleasure;
When almost all was out, God made a stay,
Perceiving that alone of all his treasure
Rest in the bottom lay.

«For if I should», said he,
«Bestow this jewel also on my creature,
He would adore my gifts instead of me,
And rest in Nature, not the God of Nature:
So both should losers be.

Den Strick aus Sand,
Den kleinliche Bedenken für dich drehn
Zum Tau, das dich in Fesseln schnürt
Und dich dann führt,
Wenn deine blinden Augen nicht mehr sehn.
Wach auf! Brich aus!
Ich will hinaus!
Schluß mit der Furcht: fort mit dem Totenkopf!
Denn wer entbehrt
Und dient nicht seiner Not,
Der ists nicht wert.
Doch als mit jedem Wort ich wild und blind
Wütete mehr und mehr,
War mir, als hört ich rufen: *Kind!*
Und ich gab Antwort: *Herr!*

Der Seilzug

Als Gott den Mensch schuf,
Stand neben ihm ein Glas voll Segnungen.
«Laßt uns (sprach er) ausgießen auf ihn alles dies;
Der Welt verteilte Schätze mögen
In eine Spanne sich zusammenziehn.»

So fand als erste Stärke ihren Weg,
Dann strömte Schönheit, Weisheit, Ehre, Lust;
Als alles fast heraus war, hielt Gott inne:
Von allen seinen Schätzen, sah er,
Lag Ruhe nur am Grunde noch.

«Denn sollte ich (sprach er)
Mit diesem Kleinod mein Geschöpf auch schmücken,
Statt meiner würde meine Gaben es anbeten,
In der Natur zu ruhn, nicht ihrem Gott;
Für beide wär dies ein Verlust.

Yet let him keep the rest,
But keep them with repining restlessness:
Let him be rich and weary, that at least,
If goodness lead him not, yet weariness
May toss him to my breast.»

Virtue

Sweet day, so cool, so calm, so bright,
The bridal of the earth and sky:
The dew shall weep thy fall to-night;
For thou must die.

Sweet rose, whose hue angry and brave
Bids the rash gazer wipe his eye,
Thy root is ever in its grave,
And thou must die.

Sweet spring, full of sweet days and roses,
A box where sweets compacted lie,
My music shows ye have your closes,
And all must die.

Only a sweet and virtuous soul,
Like seasoned timber, never gives;
But though the whole world turn to coal,
Then chiefly lives.

The Agony

Philosophers have measured mountains,
Fathomed the depths of seas, of states, and kings,
Walked with a staff to heaven, and tracèd fountains:
But there are two vast, spacious things,
The which to measure it doth more behove,
Yet few there are that sound them: Sin and Love.

Mag er das übrige behalten,
Nur Ruhe unzufrieden stets entbehrend;
Reich, ja, doch müde auch, auf daß, wenn Güte
Ihm nicht den Weg weist, Müdigkeit ihn
Zuletzt an meine Brust wirft.»

Tugend

Du süßer Tag, kühl, still und hell,
Brauttag des Himmels und der Erde,
Zur Nacht der Tau weint deinen Fall,
Denn du mußt sterben.

Du süße Rose, stolz und wild
Blendet das Auge deine Farbe;
Im Grabe deine Wurzel liegt,
Und du mußt sterben.

Voll süßer Rosentage, Lenz,
Du Schatzhaus aller süßen Werke,
Mein Lied weist auch dir die Kadenz:
Alles muß sterben.

Die süße, tugendreine Seele
Nur bleibt, wie Kernholz, ungeschwächt;
Und wenn die Welt verglüht wie Kohle,
Lebt sie erst recht.

Die Todesnot

Weltweise haben das Gebirg, des Meeres Tiefe
Ermessen, Staaten, Könige ergründet, haben
Den Himmel ausgezirkt, den Quellen nachgespürt;
Zwei Dinge aber gibt es, unermeßlicher,
Die zu erkunden es noch mehr bedarf;
Und wenige nur erloten sie: Sünde und Liebe.

Who would know Sin, let him repair
Unto Mount Olivet; there shall he see
A man so wrung with pains, that all his hair,
His skin, his garments bloody be.
Sin is that press and vice, which forceth pain
To hunt his cruel food through every vein.

Who knows not Love, let him assay
And taste that juice, which on the cross a pike
Did set again abroach; then let him say
If ever he did taste the like.
Love is that liquor sweet and most divine,
Which my God feels as blood; but I, as wine.

Jordan (2)

When first my lines of heavenly joy made mention,
Such was their lustre, they did so excel.
That I sought out quaint words and trim invention;
My thoughts began to burnish, sprout, and swell,
Curling with metaphors a plain intention,
Decking the sense, as if it were to sell.

Thousands of notions in my brain did run,
Offering their service, if I were not sped;
I often blotted what I had begun:
This was not quick enough, and that was dead.
Nothing could seem too rich to clothe the sun,
Much less those joys which trample on his head.

As flames do work wind when they ascend,
So did I weave myself into the sense;
But while I bustled, I might hear a friend.
Whisper: «How wide is all this long pretence!
There is in love a sweetness ready penned –
Copy out only that, and save expense.»

Wer Sünde kennen will, laß in den Ölbaumgarten
Ihn zurückgehn; einen Menschen wird er dort sehn:
So sehr ein Schmerzensmann, daß all sein Haar,
Die Haut und das Gewand ganz blutig sind.
Sünde ist diese Kelter, die ihn schraubt, und preßt
Den Schmerz durch jede Ader, seine Nahrung zu erjagen.

Wem Liebe unbekannt ist, laß den Saft ihn
Verkosten, den am Kreuz ein Speer
Aufs neu zum Strom entsiegelte; dann laß ihn sagen,
Ob er dergleichen je verkostet hat.
Liebe ist göttlich-köstlich dieser süße Saft,
Als Blut spürt ihn mein Gott, doch ich als Wein.

Jordan (2)

Als mein Vers erstmals Himmelsfreuden schrieb,
Wollt er so glänzen, so vorzüglich sein,
Daß ich um raren Wortschatz rang und Einfallskunst;
Mein Denken funkelte, und sproß, und schwoll,
Metaphern kräuselten den schlichten Sinn,
Färbten ihn schön, als stünd er zum Verkauf.

Tausend Begriffe schossen mir durchs Hirn,
Boten sich an, falls ich noch Besseres brauchte;
Und oftmals löschte ich, was ich begann:
Dies war zu abgestanden, jenes tot.
Nichts schien zu reich als Zierat für die Sonne,
Noch für die Wonne, der sie nur als Fußbank dient.

Wie Flammen sich im Steigen wirbelnd winden,
So wand und wob ich mich in meinen Sinn;
Doch während ich mich plagte, flüsterte ein Freund
Mir zu: «Wie ist dein ganzer Aufwand weit vom Schuß!
Der Liebe selbst ist alle Süße eingeschrieben –
Die nur schreib nach, und laß die Mühe sein.»

The Forerunners

The harbingers are come: see, see their mark;
White is their colour, and behold my head.
But must they have my brain? must they dispark
Those sparkling notions which therein were bred?
   Must dullness turn me to a clod?
Yet have they left me «Thou art still my God».

Good men ye be to leave me my best room,
Even all my heart and what is lodgèd there:
I pass not, I, what of the rest become,
So «Thou art still my God» be out of fear.
   He will be pleasèd with that ditty;
And if I please Him, I write fine and witty.

Farewell, sweet phrases, lovely metaphors:
But will ye leave me thus? when ye before
Of stews and brothels only knew the doors,
Then did I wash you with my tears, and more,
   Brought you to church well-dressed and clad:
My God must have my best, even all I had.

Lovely enchanting language, sugar cane,
Honey of roses, whither wilt thou fly?
Hath some fond lover 'ticed thee to thy bane?
And wilt thou leave the church and love a sty?
   Fie! thou wilt soil thy 'broidered coat,
And hurt thyself and him that sings the note.

Let foolish lovers, if they will love dung,
With canvas, not with arras, clothe their shame:
Let Folly speak in her own native tongue.
True Beauty dwells on high; ours is a flame
   But borrowed thence to light us thither:
Beauty and beauteous words should go together.

Die Vorboten

Quartier zu machen kamen sie. Ihr Zeichen: schau!
Weiß ihre Farbe, sieh nach meinem Haupt.
Doch sollen sie mein Hirn einnehmen, müssen
Die funkelnden dort, die Gesellen, ihnen weichen?
   Soll Stumpfsinn mich zum Tölpel machen?
Eins dennoch ließen sie mir: «Du bleibst mein Gott».

Wie gut von euch, mir meinen besten Raum zu lassen,
Ja, all mein Herz, und was dort wohnt:
Mich kümmerts nicht, was mit dem Rest geschieht,
Solang «Du bleibst mein Gott» nichts zu befürchten hat.
   Dies Lied gefällt ihm; klug und vortrefflich
Ist, was ich schreibe, wenn ich ihm gefalle.

Lebt, süße Sätze, liebliche Metaphern, wohl!
Doch wollt ihr so davongehn? Wenn ihr früher
Die Tür allein des Hurenhauses kanntet,
Da wusch ich euch mit Tränen, brachte euch
   Zur Kirche, ehrbar ausstaffiert:
Gott muß mein Bestes, ja all meine Habe haben.

Liebreiz der Zauberworte, Zuckerrohr,
Der Rosen Honig, wohin wollt ihr fliehn?
Hat ein Verliebter ins Verderben euch gelockt?
Wollt ihr die Kirche meiden, einen Schweinestall zu lieben?
   Pfui, euer schöngesticktes Wams so zu besudeln,
Euch selbst zur Schmach, und dem, der singt.

Laßt närrische Verliebte, die auf Kot versessen sind,
Mit Sacktuch, nicht mit Seide, ihre Schande decken:
Laßt Narrheit ihre eigne angeborne Sprache reden.
Wahre Schönheit wohnt in der Höhe: unsre ist
   Dorther entlehnt, dorthin uns zu leuchten, eine Flamme.
Schönheit und schöne Worte sollten sich gesellen.

Yet, if you go, I pass not; take your way.
For «Thou art still my God» is all that ye
Perhaps with more embellishment can say.
Go, birds of spring; let winter have his fee;
  Let a bleak paleness chalk the door,
So all within be livelier than before.

Love

Love bade me welcome; yet my soul drew back,
    Guilty of dust and sin.
But quick-eyed love, observing me grow slack
    From my first entrance in,
Drew nearer to me, sweetly questioning
    If I lacked anything.

A guest, I answered, worthy to be here:
    Love said, «You shall be he.»
«I the unkind, ungrateful? Ah my dear,
    I cannot look on thee.»
Love took my hand, and smiling did reply,
    «Who made the eyes but I?»

«Truth Lord, but I have marred them: let my shame
    Go where it doth deserve.»
«And know you not», says love, «who bore the blame?»
    «My dear, then I will serve.»
«You must sit down», says love, «and taste my meat»:
    So I did sit and eat.

Doch wenn ihr geht, mich kümmerts nicht; zieht eures Wegs.
Denn «Du mein Gott, du bleibst» ist, was allein
Und schöner noch vielleicht zu sagen euch vergönnt ist.
Ihr Frühlingsvögel, geht! Gönnt dem Winter seinen Sold!
  Laßt bleiche Kreide an die Tür ihr trübes Zeichen malen,
Wenn innen nur alles lebendiger als zuvor sich regt.

Liebe

Liebe bot mir Willkomm; doch meine Seele schrak zurück,
  In Schuld des Staubes, Schuld der Sünde.
Sie aber, Liebe, flinken Auges merksam, wie ich träg
  Den Fuß kaum von der Schwelle setzte,
Drang näher an mich, zärtlich fragend,
  Ob etwas mir zu mangeln schien.

«Ein Gast», gab ich zur Antwort, «würdig dieses Orts.»
  Und Liebe sprach: «Du sollst es sein.»
«Ich, der des Undanks, der Ungüte voll? ach, lieber Freund,
  Der nicht dich anzuschaun vermag.»
Liebe ergriff mich bei der Hand und sagte lächelnd:
  «Wer schuf die Augen, wenn nicht ich?»

«Zu wahr, Herr, aber ich verdarb sie nur; laß meine Schande
  Dort hingehn, wo sie es verdient.»
«Und weißt du nicht», spricht Liebe, «wer den Tadel auf sich nahm?»
  «Dann will ich, lieber Freund, dir dienen.»
«Du mußt,» spricht Liebe, «niedersitzen und mein Mahl genießen».
  So setzte ich mich denn, und aß.

John Hall

On an Hour-Glass

My life is measured by this glass, this glass
By all those little sands that thorough pass.
See how they press, see how they strive, which shall
With greatest speed and greatest quickness fall.
See how they raise a little mount, and then
With their own weight do level it again.
But when th' have all got thorough, they give o'er
Their nimble sliding down, and move no more.
Just such is man, whose hours still forward run,
Being almost finished ere they are begun;
So perfect nothings, such light blasts are we,
That ere we're aught at all, we cease to be.
Do what we will, our hasty minutes fly,
And while we sleep, what do we else but die?
How transient are our joys, how short their day!
They creep on towards us, but fly away.
How stinging are our sorrows! where they gain
But the least footing, there they will remain.
How groundless are our hopes, how they deceive
Our childless thoughts, and only sorrow leave!
How real are our fears! they blast us still,
Still rend us, still with gnawing passions fill;
How senseless are our wishes, yet how great!
With what toil we pursue them, with what sweat!
Yet most times for our hurts, so small we see,
Like children crying for some mercury.
This gapes for marriage, yet his fickle head
Knows not what cares wait on a marriage bed;
This vows virginity, yet knows not what
Loneness, grief, discontent, attends that state.
Desires of wealth another's wishes hold,
And yet how many have been choked with gold?
This only hunts for honour, yet who shall

John Hall

Auf ein Stundenglas

Mein Leben mißt dies Stundenglas; dem Glas
Nimmt jedes Sandkorn, das hindurchfällt, Maß.
Sieh, wie sichs um die Wette drängt und schiebt:
Als erstes fallen ist das höchste Ziel!
Wie sie ihr Berglein türmen, und im Nu
Ebnet und deckts die eigene Masse zu.
Wenn jedes durch die Enge glitt, erstarb
Das muntere Gleiten: dann ruht alles starr.
So ist der Mensch: stets hasten seine Stunden,
Sind, kaum begonnen, auch schon hingeschwunden;
So lauter Nichts sind wir, so leichter Wind,
Daß wir vergehn, bevor wir irgend sind.
Was wir auch tun, unsre Minuten fliegen;
Und unser Schlaf? nichts als ein Sterben-Üben.
Wie flüchtig unsre Freuden, kurz ihr Tag!
Sie nahn uns kriechend, doch sie gehn im Flug.
Und unsere Stachel-Sorgen – finden sie
Den kleinsten Halt nur, du verjagst sie nie.
Wie grundlos unser Hoffen! es betrügt
Den Geist um Kindschaft, läßt nur Leid zurück.
Und unsere Angst, wie echt! wie sie uns rafft
Und reißt und füllt mit giftiger Leidenschaft!
Wie sinnlos unser Wünschen, und wie groß!
Mit Gier und Schweiß verfolgt und mit Verdruß,
Doch meist zum Schaden – Kurzsichtige wir,
Dem Kleinkind gleich, das mit Quecksilber spielt.
Der giert nach Heirat, doch sein Wirbelsinn
Ahnt nicht die Sorgen, die ein Ehbett bringt;
Der schwört auf Keuschheit, weiß nicht, wieviel Leid
Der Zustand birgt, Mißmut und Einsamkeit.
Gelüst auf Reichtum macht den da verrückt –
Wieviele sind nicht schon am Gold erstickt?
Der jagt allein nach Ehre – doch so sehr

Ascend the higher, shall more wretched fall.
This thirsts for knowledge, yet how is it bought?
With many a sleepless night, and racking thought.
This needs will travel, yet how dangers lay
Most secret ambuscados in the way!
These triumph in their beauty, though it shall
Like a plucked rose or fading lily fall.
Another boasts strong arms: 'las! giants have
By silly dwarfs been dragged unto their grave.
These ruffle in rich silk: though ne'er so gay,
A well-plumed peacock is more gay than they.
Poor man! what art? A tennis-ball of error,
A ship of glass tossed in a sea of terror;
Issuing in blood and sorrow from the womb,
Crawling in tears and mourning to the tomb:
How slippery are thy paths! How sure thy fall!
How art thou nothing, when th'art most of all!

Einer sich hebt, er fällt nur umso mehr.
Den plagt der Wissensdurst – teuer bezahlt
Mit Schädelschmerz und Nächten ohne Schlaf;
Der muß partout auf Reisen – doch wie bald
Legt ihm Gefahr manch tückischen Hinterhalt!
Die prunkt mit Schönheit, doch was kurz entzückt,
Wie Lilien welkts, wie Rosen, kaum gepflückt.
Der ballt die starke Faust – ach, Riesenmacht
Wird leicht durch Zwergengeist zu Tod gebracht!
Die plustern sich in Seide, bunt und kraus,
Doch jede Pfauenfeder sticht sie aus.
Was bist du, armer Mensch? Des Irrtums Tennisball,
Gläsernes Schiff in eines Angstmeers Schwall;
Kommst aus dem Mutterschoß in Blut und Schmerz,
Kriechst kläglich unter Tränen grabeswärts:
Haltlos dein Pfad! der Sturz ist dir gewiß!
Wie bist du nichts, wenn du am meisten bist!

Richard Crashaw

Upon the Gunpowder Treason

Grow plump, lean Death: His Holiness a feast
Hath now prepared, and you must be his guest.
Come grim destruction, and in purple gore
Dye seven times deeper than they were before
Thy scarlet robes; for here you must not share
A common banquet. No, here's princely fare!
And lest thy bloodshot eyes should lead aside
This mass of cruelty, to be thy guide
Three coalblack sisters (whose long sooty hair,
And grisly visages do fright the air;
When Night beheld them, shame did almost turn
Her sable cheeks into a blushing morn,
Too see some fouler than herself) – these stand,
Each holding forth to light the airy brand,
Whose purer flames tremble to be so nigh,
And in fell hatred burning, angry die;
Sly, lurking treason is his bosom-friend,
Whom faint, and pale-faced fear doth still attend.
These need no invitation; only thou,
Black dismal horror, come; make perfect now
Th' Epitome of Hell: oh let thy pinions
Be a gloomy canopy to Pluto's minions.
In this infernal Majesty close shroud
Yourselves, you Stygian states; a pitchy cloud
Shall hang the room, and for your tapers bright,
Sulphurous flames, snatched from eternal night.
But rest, affrighted Muse; thy silver wings
May not row nearer to these dusky Kings.
Cast back some amorous glances on the cates
That here are dressing by the hasty fates.
Nay, stop thy cloudy eyes: It is not good,
To drown thyself in this pure pearly flood;
But since they are for fireworks, rather prove

Richard Crashaw

Auf die Pulver-Verschwörung

Werde fett, du dürrer Tod: Seine Heiligkeit hat nun ein Festmahl zugerüstet, und du sollst ihr Gast sein. Komm, grausame Zerstörung, und siebenmal tiefer, als sie es vorher waren, färbe deine Scharlachgewänder in purpurrotem Blut. Denn hier bist du nicht auf ein gewöhnliches Bankett gebeten. Nein, hier wird fürstliche Kost gereicht. Und daß deine blutunterlaufenen Augen diese aufgehäufte Grausamkeit nicht verfehlen, stehn hier, deine Führer zu sein, drei kohlschwarze Schwestern (deren lange rußige Haare und gräßliche Gesichter die Luft erschrecken; als Nacht sie sah, verkehrte Scham ihre schwarzen Wangen fast in einen errötenden Morgen, da sie hier Häßlicheres als sich selbst erblickte); da stehn sie, jede reckt, dies zu beleuchten, eine luftige Fackel, deren reinere Flammen erzittern, so nah zu sein, und in grimmigem Hasse brennend zornig verlöschen. Schlauer, lauernder Verrat ist ihr Busenfreund, den feig und fahlgesichtig Furcht noch begleitet. Diese eigens einzuladen, erübrigt sich. Du aber, schwarzes, gräßliches Grauen, komm; mach ihn vollkommen nun, den Ausbund der Hölle; o laß deine Schwingen einen düsteren Baldachin über Plutos Günstlingen sein.

Und ihr, in diese höllische Majestät hüllt eng euch ein, ihr stygischen Gewalten; der Raum sei ausgeschlagen mit pechschwarzem Gewölk, und schweflige Flammen, der ewigen Nacht entrissen, sollen euch als helle Lichter brennen. Doch du, entsetzte Muse, hemme deinen Flug; deine Silberschwingen sollen diesen Herrschern der Düsternis nicht näher rudern. Einige Blicke wirf liebevoll zurück auf diese Speisen, welche anzurichten die Parzen voreilig schon am Werk sind. Nein, halte die Tränen deiner unwölkten Augen zurück. Es ist nicht gut, in dieser reinen Perlenflut dich selber zu ertränken.

A Phoenix, and in chastest flames of love
Offer thyself a virgin sacrifice
To quench the rage of hellish deities.
  But dares destruction eat these candid breasts,
The Muses', and the Graces' sugared nests?
Dares hungry death snatch off one cherry lip?
Or thirsty treason offer once to sip
One drop of this pure nectar, which doth flow
In azure channels warm through mounts of snow?
The roses fresh, conservèd from the rage
And cruel ravishing of frosty age,
Fear is afraid to taste of; only this:
He humbly craved to banquet on a kiss.
Poor meagre horror straightways was amazed,
And in the stead of feeding, stood, and gazed.
Their appetites were gone at th' very sight;
But yet their eyes surfeit with sweet delight.
Only the Pope a stomach still could find;
But yet they were not powdered to his mind.
Forthwith each God stept from his starry throne,
And snatched away the banquet; every one
Conveyed his sweet delicious treasury
To the close closet of eternity:
Where they will safely keep it, from the rude,
And rugged touch of Pluto's multitude.

Upon the Body of our Blessed Lord, Naked and Bloody

They have left Thee naked, Lord, O that they had!
This garment too I wish they had denied.
Thee with Thyself they have too richly clad,
Opening the purple wardrobe in Thy side.
O never could there be garment too good
For Thee to wear, but this of Thine own blood.

Doch da sie ein Feuerwerk bereiten, erweise dich lieber als ein Phönix, und in keuschesten Liebesflammen bringe dich selber als ein jungfräuliches Opfer dar, die Wut der höllischen Gottheiten zu stillen.

Doch wird Zerstörung es wagen, diese reinen Brüste zu essen, der Musen und der Grazien zuckersüße Nester? Wagt hungrig der Tod, nach einer einzigen Kirschen-Lippe zu haschen? Oder wird durstiger Verrat sich erdreisten, einmal einen Tropfen dieses reinen Nektars zu kosten, der in azurnen Kanälen warm durch Hügel von Schnee fließt? Diese frischen Rosen, behütet vor dem Wüten, dem grausamen Verwüsten froststarren Alters, Furcht scheut sich, sie zu kosten; nur dies: demütig trachtet sie, an einem Kuß sich zu erlaben. Arm, ausgemergelt, war das Grauen stracks erstaunt, und statt sich zu nähren stand es nur, und schaute. Bei dem bloßen Anblick war ihr Appetit dahin; doch ihre Augen übersättigt mit süßer Lust. Nur den Papst wandelt noch ein Gelüst an; doch fehlte ihnen, seines Bedünkens, das Pulver, das sie gesalzen hätte. Niederwärts trat jeder Gott von seinem Sternenthron und schnappte das Mahl hinweg. Jeder brachte seinen süßen köstlichen Schatz in das verschlossene Gelaß der Ewigkeit; wo sie ihn sicher hüten werden vor dem rohen Griff, mit dem das höllische Gewimmel ihn ihnen zu entreißen droht.

Auf den Leichnam Unseres Heiligen Herrn, nackt und blutig

Sie ließen Dich nackt, Herr; ach hätten sie's getan!
Auch dieses Kleid, ich wünschte, sie hätten Dir's verweigert.
Zu reich bekleideten sie mit Dir selber Dich,
Als sie die purpurne, die Kleiderkammer öffneten in Deiner Seite.
O nimmer könnte ein Gewand, daß Du es trügest,
Zu gut sein, außer diesem aus Deinem eignen Blut.

I am the Door

And now th' art set wide ope: the spear's sad art
Lo! hath unlocked thee at the very heart;
He to himself (I fear the worst)
And his own hope
Hath shut these doors of heaven, that durst
Thus set them ope.

And He Answered Them Nothing

Mighty Nothing! unto thee,
Nothing, we owe All Things that be.
God spake once when He All Things made;
He saved All when He nothing said.
The world was made of Nothing then:
' This made by Nothing now again.

From The Flaming Heart

Upon the Book and Picture of the Seraphical Saint Teresa
as she is usually expressed
with a Seraphim beside her

Well-meaning readers! you that come as friends
And catch the precious name this piece pretends;
Make not too much haste to admire
That fair-cheeked fallacy of fire.
That is a seraphim, they say,
And this the great Teresia.
Readers, be ruled by me; and make
Here a well-placed and wise mistake:
You must transpose the picture quite,
And spell it wrong to read it right;
Read him for her, and her for him,
And call the saint the seraphim.

Ich bin die Tür

Nun klaffst du weit: des Speeres schlimme Kunst,
Sieh! riß dich auf bis auf den Herzensgrund.
Ich fürchte nur, sich selbst verschloß
Und seinem Hoffen
Dies Himmelstor, wer sich vermaß,
Es so zu öffnen.

Und Er antwortete ihnen nichts

Gewaltiges Nichts! Allein dir, Nichts,
Verdankt sich Alles, was da ist:
Gott schuf das All, als Er einst sprach;
Nichts sprechend hat er Alles uns bewahrt.
Aus Nichts ward einst die Welt entbunden:
Aus Nichts ist sie nun neu erstanden.

Aus Das flammende Herz

Auf das Buch und Bildnis der seraphischen Heiligen Teresa,
wie sie für gewöhnlich dargestellt wird
mit einem Seraphim ihr zur Seite

Geneigte Leser! die ihr als Freunde kommt
Und gleich fällt euch der Name auf, der köstliche,
Den, was ihr seht, zu tragen
Beansprucht, eilt nicht gar zu sehr,
Die schönen Wangen dieses Feuertrugbilds zu bewundern.
Dies ist ein Seraphim, so sagen sie, jene Teresia die Große.
Leser, laßt euch von mir belehren, und
Begeht hier einen weise angebrachten Irrtum:
Verkehren müßt ihr das Bild, vertauscht
Gelesen wird der rechte Sinn daraus;
Lest Ihn als Sie, und Sie als Ihn,
Und nennt die Heilige den Seraphim.

Painter, what didst thou understand
To put the dart into his hand?
See, even the years and size of him
Shows this the mother seraphim.
This is the mistress flame; and duteous he
Her happy fire-works, here, comes down to see.
O most poor-spirited of men!
Had thy cold pencil kist her pen,
Thou couldst not so unkindly err
To show us this faint shade for her.
Why man, this speaks pure mortal frame;
And mocks with female frost Love's manly flame.
One would suspect thou meant'st to paint
Some weak, inferior, woman saint.
But had thy pale-faced purple took
Fire from the burning cheeks of that bright book,
Thou wouldst on her have heaped up all
That could be found seraphical.

Give her the dart, for it is she
(Fair youth) shoots both thy shaft and thee;
Say, all ye wise and well-pierced hearts
That live and die amidst her darts,
What is't your tasteful spirits do prove
In that rare life of her, and love?
Say, and bear witness. Sends she not
A seraphim at every shot?

But if it be the frequent fate
Of worse faults to be fortunate;
If all's prescription; and proud wrong
Hearkens not to an humble song;
For all the gallantry of him,
Give me the suffering seraphim.
His be the bravery of all those bright things,
The glowing cheeks, the glistering wings;
The rosy hand, the radiant dart;
Leave her alone the flaming heart.

Maler, was war deine Meinung, als
Du ihren Pfeil in seine Hand gabst?
Sieh, seine Jahre, seine Größe selbst erweisen
Sie als den mütterlichen Seraphim.
Sie ist die Meisterflamme; pflichtgemäß kommt er hernieder,
Ihr Feuerwerk hier, das selige, zu sehn.
O Geistverlassenster der Menschen!
Hätte dein kalter Pinsel ihre Feder
Geküßt, so lieblos könntest du nicht irren,
Statt ihrer diesen blassen Schatten uns zu zeigen.
Wie, Mann, dies zeigt uns sterblich eine Hülle nur;
Weibliche Kälte spottet hier der männlich starken Liebesflamme.
So regt sich der Verdacht, du wolltest nur ein schwaches Weib
Als eine Heilige der untern Grade malen.
Doch hätte bleichgesichtig dein Purpur
Feuer gefangen an den Wangen,
Die helleuchtend auf diesem Buche brennen,
Du hättest alles nur auf sie gehäuft,
Was als seraphisch gelten möchte.
Gib ihr den Pfeil, denn (schöner Jüngling) sie
Schießt beide, deinen Schaft und dich.
Sprecht, all ihr weisen, wohldurchbohrten Herzen,
Die unter ihren Pfeilen ihr lebt und sterbt,
Was schmecken, was empfinden eure Geister
In diesem ihren auserwählten Leben,
In, überköstlich, ihrer Liebe?
Sprecht und gebt Zeugnis. Schickt sie nicht
Einen Seraphim mit jedem Schuß?
Doch sollten schlimmere Fehler noch
Wie so oft zum Glück ausschlagen, sollten
Die Regeln deiner Kunst dies alles fordern
Und stolzer Irrtum ein bescheidnes Lied verachten,
Für all sein Engel-Heldentum
Gib mir als leidenden den Seraphim!
Sein sei die Pracht all dieses Leuchtenden,
Glühend die Wangen, schimmerschön die Schwingen,
Rosig die Hand, erstrahlend der Pfeil –
Laß ihr allein das Herz in Flammen!

Leave her that; and thou shalt leave her
Not one loose shaft, but Love's whole quiver;
For in Love's field was never found
A nobler weapon than a wound.
Love's passives are his activ'st part:
The wounded is the wounding heart.
Live here, great heart; and love and die and kill;
And bleed and wound; and yield and conquer still.
O sweet incendiary! show here thy art,
Upon this carcass of a hard cold heart;
Let all thy scattered shafts of light that play
Among the leaves of thy large books of day,
Combined against this breast, at once break in
And take away from me my self and sin;
This gracious robbery shall thy bounty be,
And my best fortunes such fair spoils of me.
O thou undaunted daughter of desires!
By all thy dower of lights and fires;
By all the eagle in thee, all the dove;
By all thy lives and deaths of love;
By thy large draughts of intellectual day,
And by thy thirsts of love more large than they;
By all thy brim-filled bowls of fierce desire,
By thy last morning's draught of liquid fire;
By the full kingdom of that final kiss
That seized thy parting soul, and sealed thee His;
By all the heavens thou hast in Him
(Fair sister of the seraphim!)
By all of HIM we have in THEE;
Leave nothing of my SELF in me.
Let me so read thy life, that I
Unto all life of mine may die.

Laß ihr dies! So läßt du ihr
Nicht diesen einen Pfeil nur, Amors ganzen Köcher;
Denn niemals ward edlere Wappnung
Gefunden in der Liebe Feld als eine Wunde.
Die Leiden sind der Liebe tatkräftiges Tun:
Verwundet schlägt das Herz erst Wunden.
Hier lebe, großes Herz, und liebe; stirb, und töte;
Hier blute und verwunde, und dich ergebend siege stets!
O süße Brandstifterin! hier zeige deine Kunst,
Auf diesen Leichnam eines harten, kalten Herzens
Versende all deine zerstreuten Pfeile
Des Lichts, die durch die Blätter
Hinspielen deiner weiten taghellen Bücher;
Alle auf diese Brust versammelt, laß sie
Mit eins einbrechen und mein Selbst hinweg
Und meine Sünde nehmen; du beschenkst mich,
Wenn du gnädig mich so beraubst; so schön geplündert,
Will ich mich überglücklich schätzen.
O du furchtlose Tochter des Begehrens,
Bei all deiner Mitgift an Licht und Feuer;
Bei all dem Adler in dir, all der Taube;
Bei allen deinen Liebe-Leben und -Toden;
Bei deinen tief eingetrunknen Zügen geistlichen Taglichts,
Und bei deinem Überdurst nach einem Mehr an Liebe;
Bei allen deinen randvollen Schalen kühnsten Verlangens;
Bei deinem letzten Morgen-Trunk flüssigen Feuers;
Bei jenes Todeskusses vollem Königtum,
Der deine Seele, die fliehende, ergriff
Und dich versiegelte als sein;
Bei allen Himmeln, die du in ihm hast
(Du schöne Schwester der Seraphim!),
Bei all dem SEINEN, das in DIR wir haben;
Laß nichts von meinem SELBST in mir!
Laß mich dein Leben so lesen, daß ich
All diesem meinem eigenen Leben sterbe.

A Song

Lord, when the sense of Thy sweet grace
Sends up my soul to seek Thy face,
Thy blessèd eyes breed such desire,
I die in love's delicious fire.
  O Love! I am Thy sacrifice,
Be still triumphant, blessèd eyes;
Still shine on me, fair suns! that I
Still may behold though I still die.

Though still I die, I live again,
Still longing so to be still slain;
So gainful is such loss of breath,
I die even in desire of death.
Still live in me this loving strife
Of living death and dying life:
For while Thou sweetly slayest me,
Dead to myself, I live in Thee.

Lied

Wenn, Herr, Deine süße Gnade
Mich erweckt, daß meine Seele
Suchend sich zu dir emporschwingt,
Brüten deine heilgen Augen
Solche Lust in mir: wie köstlich
Ist das Feuer deiner Liebe,
Drin ich sterbe!
  Dir ein Opfer bin ich, Liebe.
Siegreich strahlet, heilge Augen;
Schöne Sonnen, scheint mir, scheinet
Unverwandt, ob ich schon sterbe.

Sterbend leb ich dennoch wieder;
Immer neu verlangt michs, immer
Den erneuten Schlag zu fühlen;
So den Atem zu verlieren,
Ist Gewinn; den Tod begehrend,
Sterbe ich in diesem Sehnen.
  Lebend tot, im Tod lebendig,
Dieser Liebesstreit, er lebe
Ohne Ende in mir; wenn du
Mich so süß erschlägst, ich lebe,
Tot mir selbst, in Dir.

Henry Vaughan

Silex Scintillans

Vain wits and eyes
Leave, and be wise:
Abuse not, shun not holy fire,
But with true tears wash off your mire.
Tears and these flames will soon grow kind,
And mix an eye-salve for the blind.
Tears cleanse and supple without fail,
And fire will purge your callous veil.
Then comes the light! which when you spy,
And see your nakedness thereby,
Praise Him, who dealt His gifts so free
In tears to you, in fire to me.

The Retreat

Happy those early days! when I
Shined in my angel-infancy.
Before I understood this place
Appointed for my second race,
Or taught my soul to fancy aught
But a white, celestial thought;
When yet I had not walked above
A mile or two from my first love,
And looking back (at that short space)
Could see a glimpse of his bright face;
When on some gilded cloud or flower
My gazing soul would dwell an hour,
And in those weaker glories spy
Some shadows of eternity;
Before I taught my tongue to wound
My conscience with a sinful sound,
Or had the black art to dispense

Henry Vaughan

Funkenschlagender Feuerstein

Eitle Augen, eitlen Geist
Tut ab, und seid gescheit:
Mißbraucht nicht, meidet nicht heilige Glut,
Mit wahren Tränen wascht ab euren Schmutz.
Rasch wird sich Träne mit Glut verbinden
Zur Augen-Salbe für die Blinden.
Träne reinigt, geschmeidigt ohne Fehl,
Feuer läutert den schwieligen Schleier hinweg.
Nun kommt das Licht! Wenn du es siehst
Und deine Nacktheit dann erblickst,
Preis Ihn, der Seine Gaben frei verteilt:
Dir Tränen, Feuer mir zum Heil.

Der Rückzug

Glücklich jene frühen Tage, als ich in meiner Engel-Kindheit leuchtete: Ehe ich diese Welt verstand, die mir zu einem zweiten Lauf bestimmt war; ehe meiner Seele anderes bewußt war als nur ein weißer, himmlischer Gedanke; als ich noch kaum ein oder zwei Meilen von meiner ersten Liebe fortgewandert war und, wenn ich mich umwandte, über den kurzen Raum hinweg noch einen Blick erhaschen konnte von ihrem Strahlenangesicht; als meine Seele bei einer goldenen Wolke oder Blume betrachtend stundenlang verweilen und in diesen matteren Herrlichkeiten einen Schatten der Ewigkeit erspähen konnte; ehe ich meine Zunge lehrte, mein Gewissen mit sündhaften Tönen zu verletzen, oder die schwarze Kunst verstand, jeden Sinn mit einer eigenen Sünde zu begaben, – als ich durch

A several sin to every sense,
But felt through all this fleshly dress
Bright shoots of everlastingness.
  Oh how I long to travel back
And tread again that ancient track!
That I might once more reach that plain
Where first I left my glorious train,
From whence the enlightened spirit sees
That shady city of palm trees;
But (ah!) my soul with too much stay
Is drunk, and staggers in the way.
Some men a forward motion love,
But I by backward steps would move,
And when this dust falls to the urn
In that state I came return.

The Revival

Unfold, unfold! take in His light,
Who makes thy cares more short than night.
The joys which with His day-star rise
He deals to all but drowsy eyes,
And what the men of this world miss,
Some drops and dews of future bliss.
Hark! how His winds have changed their note,
And with warm whispers call thee out;
The frosts are past, the storms are gone,
And backward life at last comes on;
The lofty groves in express joys
Reply unto the turtle's voice,
And here in dust and dirt, O here
The lilies of His love appear.

diese ganze fleischliche Hülle noch helle Schößlinge der Unvergänglichkeit verspürte.

Oh, wie verlangt es mich danach, zurückzureisen und den alten Spuren wieder zu folgen! Daß ich abermals dorthin gelange, wo ich zuerst mich trennte von dem hohen Zug, dem zugesellt der Geist, erleuchtet, im Schatten der Palmen jene Stadt erblickte; ach! aber meine Seele, von zu langem Verweilen trunken, taumelt sie auf dem Wege. Manche lockt es, vorwärts auszuschreiten, ich aber möchte meine Schritte rückwärtslenken, und wenn die Urne diesen Staub empfängt, heimkehren dort, woher ich kam.

Die Erweckung

Auf, öffne dich! zum Licht erwach,
Das dein Leid kürzer macht als Nacht.
Die Freuden, die Sein Tagstern bringt,
Sind unverschlafenem Blick bestimmt;
Und was der schnöden Welt entgeht,
Ist Morgentau der Seligkeit.
Horch! Sein Wind wechselte den Ton,
Ruft dich mit lindem Säuseln schon:
Fort ist der Frost, der Sturm vorbei,
Erstorbenes Leben keimt aufs neu;
Hör, wie der hohe Wald sich freut
Und gibt dem Turtelruf Bescheid –
Und hier, ja hier, dem Staub entstiegen,
Erblühn die Lilien Seiner Liebe.

The Waterfall

With what deep murmurs, through Time's silent stealth,
Doth thy transparent, cool, and watery wealth
    Here flowing fall,
    And chide and call,
As if his liquid, loose retinue stayed
Lingering, and were of this steep place afraid,
    The common pass,
    Where clear as glass
    All must descend,
    Not to an end,
But quickened by this deep and rocky grave,
Rise to a longer course more bright and brave.

    Dear stream! dear bank! where often I
    Have sat, and pleased my pensive eye!
    Why, since each drop of thy quick store
    Runs thither whence it flowed before,
    Should poor souls fear a shade or night,
    Who came – sure – from a sea of light?
    Or, since those drops are all sent back
    So sure to thee that none doth lack,
    Why should frail flesh doubt any more
    That what God takes He'll not restore?
    O useful element and clear!
    My sacred wash and cleanser here;
    My first consigner unto those
    Fountains of life, where the Lamb goes!
    What sublime truths and wholesome themes
    Lodge in thy mystical, deep streams!
    Such as dull man can never find,
    Unless that spirit lead his mind,
    Which first upon thy face did move
    And hatched all with his quickening love.
    As this loud brook's incessant fall
    In streaming rings restagnates all,
    Which reach by course the bank, and then

Der Wasserfall

Mit welchem tiefen Rauschen durch der Zeit schweigende Heimlichkeit fällt fließend durchsichtig hier dein kühler wäßriger Reichtum, und schilt, und ruft, als ob sein locker flüssiges Gefolge zaudernd stünde, und Furcht es hielte vor dieser Steile, dem Absturz, wo, klar wie Glas, alles hinab muß: nicht, um dort zu enden, sondern, daß es, durch dieses tiefe Felsengrab lebendigt, zu längerem Lauf sich aufmacht, heller und rüstiger.

Teurer Strom! teures Ufer, wo ich oft gesessen habe und nachdenklich meine Augen sich erfreuten: Warum sollten, da jeder Tropfen deines lebendigen Vorrats dorthin eilt, woher er kam, arme Seelen einen Schatten fürchten oder eine Nacht, die doch (gewiß) aus einem Meer des Lichtes kamen? Oder, da diese Tropfen alle so sicher zu dir zurückgesendet werden, daß keiner fehlt, wie sollte schwaches Fleisch noch ferner zweifeln, daß, was Gott nimmt, er auch zurückerstatten wird?
O nützliches und klares Element! mein heiliges Bad und Reiniger hier, der mich als erster jenen Quellen zuwendete, die des Lammes sind! Welche erhabenen Weisheiten und heilsame Gegenstände wohnen in deinen mystisch tiefen Strömen! wie der stumpfe Mensch sie nimmer finden kann, solange sein Gemüt der Geist nicht leitet, der zuerst auf deinem Angesicht schwebte und dessen Liebe brütend alles ins Leben rief. Wie dieses lauten Baches unaufhörlicher Fall in strömenden Ringen ganz sich wieder sammelt,

Are no more seen: just so pass men.
O my invisible estate,
My glorious liberty, still late!
Thou art the channel my soul seeks,
Not this with cataracts and creeks.

The Night

Through that pure virgin shrine,
That sacred veil drawn o'er Thy glorious noon,
That men might look and live, as glow-worms shine,
And face the moon,
Wise Nicodemus saw such light
As made him know his God by night.

Most blest believer he!
Who in that land of darkness and blind eyes
Thy long-expected healing wings could see
When Thou didst rise!
And, what can never more be done,
Did at midnight speak with the Sun!

O who will tell me, where
He found Thee at that dead and silent hour?
What hallowed solitary ground did bear
So rare a flower,
Within whose sacred leaves did lie
The fulness of the Deity?

No mercy-seat of gold,
No dead and dusty cherub, nor carved stone,
But His own living works did my Lord hold
And lodge alone;
Where trees and herbs did watch and peep
And wonder, while the Jews did sleep.

die an das Ufer treiben und dann nicht mehr gesehen werden, so auch vergehn die Menschen. O mein unsichtbarer Stand, meine Freiheit in der Herrlichkeit, nie früh genug! du bist das Flußbett, das meine Seele sucht, nicht dieses mit seinen Katarakten und Rinnsalen.

Die Nacht

Durch jenen reinen jungfräulichen Schrein, jenen heiligen Vorhang, der vor deinen strahlenden Mittag gezogen war, daß die Menschen sehen und leben möchten, wie die Glühwürmer im Angesicht des Mondes leuchten, erblickte der weise Nikodemus solch ein Licht, daß seinen Gott es ihn bei Nacht erkennen ließ.

Hochgesegnet er, der da glaubte! der in jenem Land des Dunkels und blinder Augen Deine heilenden Flügel, die lang erwarteten, sehen konnte, als Du aufstiegst! Und der – was nie wieder einem widerfahren wird – um Mitternacht Zwiesprache mit der Sonne hielt!

O wer wird mir erzählen, wo er Dich fand in jener toten und schweigenden Stunde? Welcher geweihte einsame Grund eine so seltene Blume trug, in deren heilige Blätter eingehüllt die Fülle der Gottheit lag?

Kein goldener Gnadenstuhl, kein toter staubiger Cherub, kein gemeißelter Stein, sondern seine eigenen lebendigen Werke allein hielten meinen Herrn und waren seine Wohnstatt; wo Bäume und Kräuter spähenden Auges wachten und staunten, indes die Juden schliefen.

Dear Night! this world's defeat;
The stop to busy fools; care's check and curb;
The day of spirits; my soul's calm retreat
Which none disturb!
Christ's progress, and His prayer-time;
The hours to which high Heaven doth chime;

God's silent, searching flight;
When my Lord's head is filled with dew, and all
His locks are wet with the clear drops of night;
His still, soft call;
His knocking-time; the soul's dumb watch,
When spirits their fair kindred catch.

Were all my loud, evil days
Calm and unhaunted as is Thy dark tent,
Whose peace but by some angel's wing or voice
Is seldom rent;
Then I in heaven all the long year
Would keep, and never wander here.

But living where the sun
Doth all things wake, and where all mix and tire
Themselves and others, I consent and run
To every mire:
And by this world's ill-guiding light,
Err more than I can do by night.

There is in God – some say –
A deep, but dazzling darkness; as men here
Say it is late and dusky, because they
See not all clear.
O for that Night! where I in Him
Might live invisible and dim!

Teure Nacht! die dieser Welt obsiegt; die den geschäftigen Narren Einhalt gebietet; allen Kummers Zaum und Zügel; der Geister Tag; meiner Seele stille Zuflucht, die keiner stören soll! Christi Hingang und Gebet im Garten; die Stunde, wenn der hohe Himmel von Glocken klingt;

Gottes schweigender, forschender Flug; wenn meines Herrn Haupt von Tau trieft und seine Locken alle feucht sind von den klaren Tropfen der Nacht; sein stiller, sanfter Ruf; die Zeit, da er anklopft; der Seelen stumme Wacht, wenn Geister ihre schönen Anverwandten fangen.

Wären meine lauten, schlimmen Tage alle ruhig und ohne dies Gewimmel hin und her, wie dein dunkles Zelt ist, dessen Frieden nur selten eines Engels Flügel oder Stimme bricht, wie wollte ich das ganze lange Jahr hindurch im Himmel weilen, und abstehn von meiner Wanderschaft hienieden.

Doch da ich lebe, wo die Sonne alle Dinge weckt, wo alle sich selber und die andern umtreiben und ermüden, tu ich desgleichen und renne in jeden Sumpf; und in die Irre leitet das Taglicht dieser Welt mich mehr, als es die Nacht vermöchte.

In Gott ist (sagen einige) eine tiefe Dunkelheit, und die doch blendet; wie Menschen hier sagen, es sei spät und düster, weil sie nicht alles hell und deutlich sehn. O um jene Nacht! wo mir in Ihm unsichtbar, unwahrnehmbar zu leben vergönnt sei!

The World

I saw Eternity the other night,
Like a great ring of pure and endless light,
All calm, as it was bright;
And round beneath it, time in hours, days, years,
Driven by the spheres
Like a vast shadow moved; in which the world
And all her train were hurled.
The doting lover in his quaintest strain
Did there complain;
Near him his lute, his fancy, and his flights,
Wit's sour delights;
With gloves, and knots, the silly snares of pleasure,
Yet his dear treasure
All scattered lay, while he his eyes did pour
Upon a flower.

The darksome statesman, hung with weights and woe,
Like a thick midnight-fog, moved there so slow,
He did nor stay, nor go;
Condemning thoughts – like sad eclipses – scowl
Upon his soul,
And clouds of crying witnesses without
Pursued him with one shout.
Yet digged the mole, and lest his ways be found,
Worked under ground,
Where he did clutch his prey; but One did see
That policy:
Churches and altars fed him; perjuries
Were gnats and flies;
It rained about him blood and tears, but he
Drank them as free.

Die Welt

Neulich des Nachts sah ich die Ewigkeit, gleich einem großen Ring aus reinem Licht ohne Ende, ganz Ruhe, wie sie ganz Glanz war, und ringsum unter ihr, in Stunden, Tagen, Jahren, von den Sphären umgetrieben, kreiste die Zeit gleich einem Riesenschatten, in dem die Welt und ihr Gefolge geschleudert jagten. Jammernd gefiel sich ein verliebter Narr dort in überkünstlich gedrechselten Liedern, und während seine Augen auf eine Blume sich ergossen, lagen neben ihm, verstreut, seine Laute, sein Wahn und seine Schwärmerei, des Scharfsinns saure Köstlichkeiten, mit Handschuhen und Liebesschleifen die Schlingen, die törichten, der Lust, die ihn köstlich dünkten.

Der finstere Staatsmann, mit Gewichten und Weh umhangen, schleppte dort gleich einem dicken Nebel der Mitternacht sich so träge hin, daß er nicht stand, nicht ging; quälende Gedanken (gleich Unheil-dräuenden Sonnenfinsternissen) starren seine Seele düster an, und Wolken weinender Zeugen ringsumher verfolgten ihn, ein einziges Wehgeschrei. Zwar grub der Maulwurf, und daß man seine Wege nicht entdeckte, wühlte er unter Tage, wo er die Krallen in seine Beute schlug; doch Einer durchschaute, was er bezweckte; Kirchen und Altare mästeten ihn, Meineide waren Mücken und Fliegen, Blut und Tränen regneten um ihn, doch, wie reichlich sie auch fielen, er trank sie auf.

The fearful miser on a heap of rust
Sate pining all his life there, did scarce trust
His own hands with the dust,
Yet would not place one piece above, but lives
In fear of thieves.
Thousands there were as frantic as himself,
And hugged each one his pelf;
The downright epicure placed heaven in sense,
And scorned pretence;
While others, slipped into a wide excess,
Said little less;
The weaker sort slight, trivial wares enslave,
Who think them brave;
And poor, despisèd Truth sate counting by
Their victory.

Yet some, who all this while did weep and sing,
And sing, and weep, soared up into the ring;
But most would use no wing.
«O fools» – said I – «thus to prefer dark night
Before true light!
To live in grots and caves, and hate the day
Because it shows the way;
The way, which from this dead and dark abode
Leads up to God;
A way where you might tread the sun, and be
More bright than he!»
But as I did their madness so discuss,
One whispered thus,
This ring the Bridegroom did for none provide,
But for His bride.

SILENCE AND STEALTH of days! 'tis now
Since thou art gone
Twelve hundred hours, and not a brow
But clouds hang on.
As he that in some cave's thick damp,
Locked from the light,

Sein Leben lang vergrämt, hockte der Geizhals ängstlich auf seinem Haufen Rost; kaum vertraut er diesen Staub den eignen Händen an, und will doch keine Münze dort oben anlegen, sondern lebt in Furcht vor Dieben. Tausende waren so Rasende wie er und hätschelten jeder seinen Mammon; schamlos legte der erklärte Epikuräer den Himmel in die Sinne; indessen andere, in wüstes Unmaß strauchelnd, auch nicht an sich hielten. Die Schwächern machten um geringer alltäglicher Waren willen, die sie für prachtvoll hielten, sich zu Sklaven, und arm, verachtet, saß die Wahrheit und führte über all diese Siege Buch.

Einige aber, die all die Weile weinten und sangen, sangen und weinten, schwangen sich in den Ring hinauf; die meisten jedoch mochten keines Flügels sich bedienen. «O ihr Narren (sagte ich), dunkle Nacht so dem Lichte vorzuziehn, in Höhlen zu leben und in Kellern, das Tageslicht zu hassen, weil es den Weg weist, der aus diesem toten und dunklen Aufenthalt hinauf zu Gott führt; einen Weg, wo ihr, die Sonne überstrahlend, sie unter euren Füßen sehen könntet!» Doch als ich über ihre Narrheit so mich ereiferte, schlug ein Flüstern an mein Ohr: *Diesen Ring, niemandem hat der Bräutigam ihn zugedacht als einzig Seiner Braut.*

Stehler, Hehler die Tage! Zwölf-
hundert Stunden ist es her,
Seit du gingst, und eine Wolke
Hängt auf jeder Braue noch.
Wie einer, der in einer Höhle
Dumpfem Dunst, vom Licht verbannt,

Fixeth a solitary lamp
  To brave the night,
And walking from his sun, when past
  That glimmering ray,
Cuts through the heavy mists in haste
  Back to his day,
So o'er fled minutes I retreat
  Unto that hour
Which showed thee last, but did defeat
  Thy light and power;
I search and rack my soul to see
  Those beams again,
But nothing but the snuff to me
  Appeareth plain,
That dark and dead sleeps in its known
  And common urn;
But those fled to their maker's throne,
  There shine and burn.
O could I track them! but souls must
  Track one the other,
And now the spirit, not the dust,
  Must be thy brother.
Yet I have one Pearl, by whose light
  All things I see,
And in the heart of earth and night,
  Find heaven and thee.

THEY ARE ALL gone into the world of light!
  And I alone sit lingering here;
Their very memory is fair and bright,
  And my sad thoughts doth clear.

It glows and glitters in my cloudy breast
  Like stars upon some gloomy grove,
Or those faint beams in which this hill is dressed
  After the sun's remove.

Eine einsame Lampe befestigt,
  Der Nacht zu trotzen;
Und da er, weiterwandernd, seine Sonne
  Hinter sich, des schwachen Schimmers Grenze überschreitet,
Durch schwere Nebel einen Weg sich eilig
  Zurück zu seinem Taglicht bahnt:
So durch fliehende Minuten
  Wende ich zu der Stunde mich zurück,
Die dich zuletzt gezeigt, doch
  Dein Licht und deine Kraft zerstörte;
Ich suche, martre meine Seele
  Nach jenen Strahlen, aber
Da ist allzu kenntlich
  Nur vermodert ein Docht noch,
Der tot und dunkel
  In der allbekannten Urne schläft;
Doch die zu ihres Schöpfers Thron
  Entflohn, die leuchten dort und brennen.
O könnt ich ihnen folgen! Aber Seelen müssen
  Eine der andren nachziehn,
Und Geist, nicht Staub
  Muß jetzt dein Bruder sein.
Eine Perle aber ist mein,
  In deren Licht ich alles sehe
Und finde tief in Nacht und Erde
  Den Himmel, und dich.

Sie alle sind dahingegangen in die Welt des Lichtes; indes ich hier allein noch zaudernd sitze;
Schön ist es ihrer zu gedenken, und ein Glanz, der meine traurigen Gedanken mir erhellt.

Es glüht und glitzert in meiner wolkigen Brust wie Sterne über einem düsteren Hain,
Oder wie jene schwachen Strahlen, die diesen Hügel hier umkleiden, wenn die Sonne schon hinab ist.

I see them walking in an air of glory,
   Whose light doth trample on my days;
My days, which are at best but dull and hoary,
   Mere glimmering and decays.

O holy hope, and high humility,
   High as the heavens above!
These are your walks, and you have showed them me
   To kindle my cold love.

Dear, beauteous death! the jewel of the just,
   Shining nowhere but in the dark;
What mysteries do lie beyond thy dust,
   Could man outlook that mark!

He that hath found some fledged bird's nest may know
   At first sight if the bird be flown;
But what fair well or grove he sings in now,
   That is to him unknown.

And yet, as angels in some brighter dreams
   Call to the soul when man doth sleep,
So some strange thoughts transcend our wonted themes,
   And into glory peep.

If a star were confined into a tomb,
   Her captive flames must needs burn there;
But when the hand that locked her up gives room,
   She'll shine through all the sphere.

O Father of eternal life, and all
   Created glories under thee!
Resume thy spirit from this world of thrall
   Into true liberty!

Either disperse these mists, which blot and fill
   My perspective still as they pass;
Or else remove me hence unto that hill
   Where I shall need no glass.

Ich seh sie wandern in einer Luft der Herrlichkeit, deren Licht meine Tage unter sich tritt:
Meine Tage, die bestenfalls öde und grau sind, ein Schimmer nur noch und ein Verfall.

O heilige Hoffnung! und hohe Demut, hoch wie der Himmel oben!
Dies sind die Wege, die ihr wandelt, und gezeigt habt ihr sie mir, meine kalte Liebe zu entfachen.

O teurer, schöner Tod! du Kleinod der Gerechten, das nirgends als im Dunkeln scheint;
Welche Geheimnisse liegen jenseits deines Staubes, wäre Menschen nur über diese Schranke hinauszublicken vergönnt!

Wer eines flüggen Vogels Nest entdeckt hat, mag auf den ersten Blick erkennen, ob der Vogel entflogen ist;
Doch an welchem schönen Quell, in welchem schönen Hain er jetzt singt, das ist ihm unbekannt.

Und doch, wie in helleren Träumen Engel manchmal der Seele rufen, wenn der Mensch schlafend liegt,
So übersteigen seltsame Gedanken, was für gewöhnlich uns beschäftigt, und lugen in die Herrlichkeit.

Wenn ein Stern in ein Grab eingeschlossen wäre, müßte seine Flamme dort gefangen brennen;
Doch wenn die Hand, die ihn verschloß, ihm Raum schafft, wird er durch alle Himmelskreise scheinen.

O Vater des ewigen Lebens und aller erschaffenen Herrlichkeiten unter dir!
Nimm den Geist, den du uns verliehen, aus dieser Welt der Leibeigenschaft zurück in die wahre Freiheit!

Entweder zerstreue diese Nebel, die immerzu, wie sie vorbeiziehn, mir die Sicht verdunkeln mit Gedränge;
Oder entrücke mich auf jenen Hügel, wo meine Augen keines Glases in die Ferne mehr bedürfen.

Andrew Marvell

The Coronet

When for the thorns with which I long, too long,
   With many a piercing wound,
   My Saviour's head have crowned,
I seek with garlands to redress that wrong:
   Through every garden, every mead,
I gather flowers (my fruits are only flowers),
   Dismantling all the fragrant towers
That once adorned my shepherdess's head.
And now when I have summed up all my store,
   Thinking (so I myself deceive)
   So rich a chaplet thence to weave
As never yet the King of Glory wore:
   Alas, I find the serpent old
   That, twining in his speckled breast,
   About the flowers disguised does fold,
   With wreaths of fame and interest.
Ah, foolish man, that wouldst debase with them,
And mortal glory, Heaven's diadem!
But Thou who only couldst the serpent tame,
Either his slippery knots at once untie,
And disentangle all his winding snare,
Or shatter too with him my curious frame,
And let these wither, so that he may die,
Though set with skill and chosen out with care:
That they, while Thou on both their spoils dost tread,
May crown Thy feet, that could not crown Thy head.

Bermudas

Where the remote Bermudas ride
In th' ocean's bosom unespied,
From a small boat, that rowed along,

Andrew Marvell

Die Krönung

Wenn statt der Dornen, die ich lange blind
  Mit stachelbitterer Hand
  Dem Herrn zur Krone wand,
Die Schuld zu lindern, ich ihm Kränze bind,
  Geh ich durch Gärten, geh durch Wiesen,
Zu pflücken – meine Ernte – was da blüht,
  Und plündre, was ich selbst gefügt,
Duftenden Kopfputz meiner Schäfer-Liebsten.
Nun, da ich meine Fülle froh betrachte,
  Und glaub (oh Wahn), ein Diadem
  Daraus zu flechten, schön, so schön,
Wie's keiner je dem Ruhmeskönig brachte,
  Muß ich, weh mir, die Schlange sehn,
  Die heimlich, mit geschecktem Leib,
  Züngelnd die Blütenpracht umfängt
  Als Band von Glanz und Eitelkeit.
Ich Narr! soll dieser Erden-Afterruhm,
Tand nur, der Himmelskrone Abtrag tun?
Du aber, einziger Schlangen-Überwinder,
Entflechte ihrer glatten Knoten Bund;
Entschling mir rasch dies tückische Gewirr,
Oder zerschlag mit ihr das Kunstgebinde:
Laß alles welken, geht sie nur zugrund,
War es auch wohlgewählt und fein gewirkt;
Daß, trittst Du beider Reste in den Staub,
Den Fuß Dir krönt, was Deiner Stirn nicht taugt.

Bermuda

Dort wo die ferne Insel liegt,
Sich unerspäht im Meere wiegt,
Vom kleinen Boot im Rudergang

The listening winds received this song:
«What should we do but sing his praise
That led us through the watery maze,
Unto an isle so long unknown,
And yet far kinder than our own?
Where He the huge sea-monsters wracks,
That lift the deep upon their backs.
He lands us on a grassy stage,
Safe from the storms, and prelates' rage.
He gave us this eternal spring,
Which here enamels everything;
And sends the fowls to us in care
On daily visits through the air;
He hangs in shades the orange bright,
Like golden lamps in a green night,
And does in the pomegranates close
Jewels more rich than Ormus shows;
He makes the figs our mouths to meet;
And throws the melons at our feet.
But apples plants of such a price,
No tree could ever bear them twice;
With cedars, chosen by His hand,
From Lebanon, He stores the land;
And makes the hollow seas that roar
Proclaim the ambergris on shore;
He cast (of which we rather boast)
The Gospel's pearl upon our coast,
And in these rocks for us did frame
A temple, where to sound His name.
Oh let our voice His praise exalt
Till it arrive at heaven's vault,
Which thence (perhaps) rebounding, may
Echo beyond the Mexique Bay.»
Thus sang they in the English boat,
An holy and a cheerful note;
And all the way to guide their chime,
With falling oars they kept the time.

Erlauschten Winde diesen Sang:
«Gewiß ein Preislied dem gebührt,
Der uns durch nasse Irrsal führt
Zum Eiland, lange unbekannt,
Weit milder doch als unser Land,
Wo Er das Untier stranden läßt,
Das diese Fluten rücklings trägt.
Er bringt uns in begraste Hut,
Sicher vor Sturm und Bischofswut.
Gab ewigen Lenz, der mit Glasur
Bunt überzieht die ganze Flur;
Vertraut uns diese Vögel an,
Die täglich durch die Luft sich nahn;
Hängt schattig der Orangen Pracht
Wie Lampengold in grüne Nacht,
Verschließt Juwelen im Granat
Reicher als Persiens Ormus hat;
Reicht uns die Feige an den Mund
Und wirft Melonen auf den Grund;
Pflanzt Äpfel von solch edlem Preis,
Nicht zweimal trüg sie andres Reis;
Versorgt mit Zedern, die Er fand
Im Libanon, nun dieses Land.
Das tosende und tiefe Meer
Gibt nur durch ihn sein Ambra her;
Er warf (gepriesen sei die Hand)
Die Bibel-Perle an den Strand;
Der Fels, mit dem Er uns umringt,
Wird Tempel, wo Sein Name klingt.
O, laßt uns preisen Seinen Ruhm,
Daß es erschallt zum Himmelsdom;
Dort widerhallend klingt dann froh
Das Echo bis nach Mexiko.»
So tönt aus Englands Boot ihr Sang
Mit heiligem und heiterem Klang;
Die Ruder senkend schlugen sie
Den Takt zu ihrer Melodie.

On a Drop of Dew

See how the Orient dew,
Shed from the bosom of the morn
  Into the blowing roses,
Yet careless of its mansion new,
For the clear region where 'twas born,
  Round in its self incloses;
  And in its little globe's extent,
Frames as it can its native element.
  How it the purple flower does slight,
    Scarce touching where it lies,
  But gazing back upon the skies,
    Shines with a mournful light
      Like its own tear,
Because so long divided from the sphere;
  Restless it rolls and unsecure,
    Trembling lest it grow impure:
  Till the warm sun pity its pain,
And to the skies exhale it back again.
    So the soul, that drop, that ray
Of the clear fountain of Eternal Day,
Could it within the human flower be seen,
    Remembering still its former height,
    Shuns the sweet leaves and blossoms green;
    And, recollecting its own light,
Does, in its pure and circling thoughts, express
The greater heaven in an heaven less.
    In how coy a figure wound,
    Everyway it turns away:
    So the world excluding round,
    Yet receiving in the day.
    Dark beneath, but bright above,
    Here disdaining, there in love.
    How loose and easy hence to go,
    How girt and ready to ascend;
    Moving but on a point below,
    It all about does upwards bend.

Auf einen Tautropfen

Sieh, wie der Orient-Tau
Vom Morgenbusen niederrann
In diese Rosenblüten,
Der achtlos für sein neues Haus
(Denn Klarheit war, wo er begann)
Das eigne Rund behütet:
So daß das Küglein in sich schließt,
Wie's kann, sein Ursprungsland, das es verließ.
Die Purpurblume ehrt er schlecht,
Liegt und berührt sie kaum,
Blickt nur zurück zum Himmelsraum,
Glänzt mit betrübtem Licht,
Sich selber Zähre,
Weil so lang abgetrennt von seiner Sphäre;
Ruhlos rollt er und ungeübt
Zitternd, daß ihn ja nichts trübt,
Bis Sonne, fühlsam für den Gram,
Ihn auf zum Himmel haucht, woher er kam.
So auch die Seele, Tropfen, Strahl
Der lichten Quelle ewig klar,
Säh man sie in der Menschenblume glühn,
Die nie die einstigen Höhn vergißt,
Die Blüten scheut und süßes Grün,
Und, in sich sammelnd eigenes Licht,
Bezeugt – durch reines, rundes Denken – klar
Im kleineren Himmel, was der größere war.
Scheu und spröde eingerollt,
Abgewendet allerseits,
Schließt sie rundum aus die Welt
Und läßt doch den Tag herein.
Dunkel unten, oben licht
Hier verschmähend, dort verliebt,
Wie leicht und lose, fortzugehn,
Nach oben schon im Reisekleid,
Auf kleinstem Punkte nur bewegt,
So ganz zur Höhe hin bereit.

Such did the manna's sacred dew distil;
White, and entire, though congealed and chill.
Congealed on earth: but does, dissolving, run
Into the glories of th'Almighty Sun.

The Picture of Little T. C. in a Prospect of Flowers

See with what simplicity
This nymph begins her golden days!
In the green grass she loves to lie,
And there with her fair aspect tames
The wilder flowers, and gives them names:
But only with the roses plays;
    And them does tell
What colour best becomes them, and what smell.

Who can foretell for what high cause
This Darling of the Gods was born!
Yet this is she whose chaster laws
The wanton Love shall one day fear,
And, under her command severe,
See his bow broke and ensigns torn.
    Happy, who can
Appease this virtuous enemy of man!

O, then let me in time compound,
And parley with those conquering eyes;
Ere they have tried their force to wound,
Ere, with their glancing wheels, they drive
In triumph over hearts that strive,
And them that yield but more despise.
    Let me be laid,
Where I may see thy glories from some shade.

Meantime, whilst every verdant thing
Itself does at thy beauty charm,

So tropfte heiliger Tau, der Manna ward,
Weiß, unversehrt und doch zu Frost erstarrt.
Irdisch erstarrt: und fließt doch, bald zerronnen,
Der Glorie zu, der allgewaltigen Sonne.

Bildnis der kleinen T[heophila] C[ornwall] in einer Landschaft mit Blumen

Sieh doch, wie schlicht und frohgemut
Beginnt dies Kind die goldne Zeit!
Wie es im grünen Grase ruht,
Wildblumen lächelnden Gesichts
Zahm macht und ihnen Namen gibt,
Doch spielt nur mit der Rosen Reiz
Und rät dazu,
Welche Farbe sie kleidet, welcher Duft.

Wer ahnt, zu welchem hohen Zweck
Der Götterliebling zu uns kam?
Wie bald wird ihr keusches Gesetz
Dem dreisten Amor zum Gericht:
Sein Banner fällt, sein Bogen bricht,
Berührt von ihrer strengen Hand.
O selig, wer
Solch tugendreichen Männerfeind bekehrt.

Vorsorglich räum ich drum das Feld,
Paktiere mit der Augen Macht,
Eh sie erprobt, was Wunden schlägt,
Eh noch ihr Sonnenwagen stolz
Beherzte Herzen überrollt,
Den höhnend, der sich feig ergab.
Abseits und frei
Wohn ich im Schatten deinem Glanze bei.

Indessen, während alles Grün
Sich froh an deiner Schönheit labt,

Reform the errors of the spring;
Make that the tulips may have share
Of sweetness, seeing they are fair;
And roses of their thorns disarm:
    But most procure
That violets may a longer age endure.

But, O young beauty of the woods,
Whom Nature courts with fruits and flowers,
Gather the flowers, but spare the buds;
Lest Flora angry at thy crime,
To kill her infants in their prime,
Do quickly make the example yours;
    And, ere we see,
Nip in the blossom all our hopes and thee.

To His Coy Mistress

Had we but world enough, and time,
This coyness, lady, were no crime:
We would sit down, and think which way
To walk, and pass our long love's day.
Thou by the Indian Ganges' side
Shouldst rubies find: I by the tide
Of Humber would complain. I would
Love you ten years before the Flood,
And you should, if you please, refuse
Till the Conversion of the Jews.
My vegetable love should grow
Vaster than empires, and more slow;
An hundred years should go to praise
Thine eyes, and on thy forehead gaze;
Two hundred to adore each breast –
But thirty thousand to the rest;
An age at least to every part,
And the last age should show your heart.
For, Lady, you deserve this state,

Mußt du den Frühling selbst erziehn:
Den Tulpen werde auch ihr Teil
An Süße, die der Schönheit gleicht;
Und Rosen brich den Stachel ab:
        Vor allem sieh,
Daß unsren Veilchen längeres Leben blüh.

Doch, zarter Zauber der Natur,
Die dich mit Frucht und Blüten ehrt,
Nicht Knospen brich, die Blüten nur,
Daß Flora, durch dein Tun gereizt,
Den Tod der Kinder vor der Zeit,
Ihr Los zu deinem nicht verkehrt
        Und wie der Wind
Dich, unsere Hoffnung, um die Blüte bringt.

An seine spröde Geliebte

Blieb uns nur Welt genug und Zeit,
Dein Sprödsein, Liebste, tät kein Leid.
Wir säßen nieder irgendwo,
Des langen Liebestages froh;
Du fändest wohl am Ganges dir
Rubine, und ich klagte hier
Am Humber. Ja, dann liebte ich
Zehn Jahre vor der Sintflut dich;
Und du dürftest dich gern verwehrn,
Bis daß die Juden sich bekehrn;
Mein Lieben wüchse pflanzengleich
Weiter und stetiger als ein Reich.
Es reichten wohl einhundert Jahr
Zum Preis für Stirn und Augenpaar,
Zweihundert dann für jede Brust –
Doch dreißigtausend für den Rest.
Für jedes Teil ein Zeitenlauf:
Der letzte schlöß dein Herz erst auf.
Denn du verdienst solch großen Staat –

Nor would I love at lower rate.
But at my back I always hear
Time's wingèd chariot hurrying near;
And yonder all before us lie
Deserts of vast eternity.
Thy beauty shall no more be found,
Nor, in thy marble vault, shall sound
My echoing song: then worms shall try
That long-preserved virginity,
And your quaint honour turn to dust,
And into ashes all my lust.
The grave's a fine and private place,
But none I think do there embrace.
Now therefore, while the youthful hue
Sits on thy skin like morning dew,
And while thy willing soul transpires
At every pore with instant fires,
Now let us sport us while we may,
And now, like amorous birds of prey,
Rather at once our time devour,
Than languish in his slow-chapped power:
Let us roll all our strength, and all
Our sweetness, up into one ball,
And tear our pleasures with rough strife
Thorough the iron gates of life!
Thus, though we cannot make our sun
Stand still, yet we will make him run.

The Garden

How vainly men themselves amaze
To win the palm, the oak, or bays;
And their uncessant labours see
Crowned from some single herb or tree,
Whose short and narrow-vergèd shade
Does prudently their toils upbraid;

Ich lieb nicht gern in minderem Grad.
Doch rückwärts braust mir Tag für Tag
Ans Ohr der Zeiten Flügelschlag,
Und dort vor uns – wie dehnt sich weit
Die Wüste leerer Ewigkeit!
Ach deine Schönheit, sie verfliegt;
Die Marmorgruft gibt meinem Lied
Kein Echo – und der Wurm benascht
Die langebewahrte Jungfernschaft,
Und dein verjährter Kranz wird Staub
Und Asche, was ich Lust geglaubt.
Das Grab ist ein verschwiegner Ort,
Doch niemand, glaub ich, küßt sich dort.
Drum, da noch Jugendschmelz dir jetzt
Wie Morgentau die Haut benetzt
Und deine Seele, rasch gewillt,
Aus jeder Pore feurig quillt,
Ergötzen wir uns jetzt und hier,
Daß wie verliebtes Raubgetier
Die Zeit wir schlingen, die uns bleibt,
Eh daß sie langsam *uns* zerreibt:
Ballen wir all die Kraft und all
Die Süße uns zu *einem* Ball
Der unsre Lust mit wilder Macht
Durchs Eisentor des Lebens jagt!
Und hemmt auch nichts der Sonne Fuß –
Wir machen, daß er rennen muß.

Der Garten

Wie eitel ist des Menschen Tanz
Um Palme, Eiche, Lorbeerkranz,
Bis er sich, abgekämpft und müd,
Von einem Laub gekrönt nur sieht,
Laub, dessen Schatten kurz und dünn
Spitzzüngig spottet seiner Mühn –

While all flowers and all trees do close
To weave the garlands of repose!

Fair quiet, have I found thee here,
And innocence, thy sister dear?
Mistaken long, I sought you then
In busy companies of men.
Your sacred plants, if here below,
Only among the plants will grow:
Society is all but rude
To this delicious solitude.

No white nor red was ever seen
So amorous as this lovely green.
Fond lovers, cruel as their flame,
Cut in these trees their mistress' name.
Little, alas, they know, or heed
How far these beauties hers exceed!
Fair trees, wheresoe'er your barks I wound,
No name shall but your own be found.

When we have run our passion's heat,
Love hither makes his best retreat.
The gods that mortal beauty chase
Still in a tree did end their race:
Apollo hunted Daphne so,
Only that she might laurel grow;
And Pan did after Syrinx speed,
Not as a nymph, but for a reed.

What wondrous life is this I lead!
Ripe apples drop about my head;
The luscious clusters of the vine
Upon my mouth do crush their wine;
The nectarine and curious peach
Into my hands themselves do reach;
Stumbling on melons, as I pass,
Ensnared with flowers, I fall on grass.

Wo alle Laub- und Blütenfülle
Vereint nur flicht den Kranz der Stille.

Du süße Ruh, hier fand ich dich,
Und Unschuld bei dir, schwesterlich;
Suchte dich irrend lange Zeit
Bei Menschen und Geschäftigkeit:
Wenn irgend, hat dein heiliges Blatt
Nur unter Blättern seine Statt;
Wie ist Gesellschaft arm an Reiz
Neben solch reicher Einsamkeit.

Kein Weiß und Rot, das so sich ziemt
Zur Liebe wie dies schöne Grün:
Liebende, arg wie ihre Flamme,
Schneiden ins Holz der Liebsten Namen,
Und ahnen nicht, wie sehr sein Reiz
Den ihrer Schönheit übersteigt; –
Ihr Bäume, schneid *ich* eure Rinde,
Soll man nur *eure* Namen finden.

All unsres Liebens hitzigen Lauf
Nimmt gnädig diese Zuflucht auf;
Der Götter Jagd auf irdische Lust
Endete stets in Baum und Busch:
Apollo jagte Daphne bloß,
Daß er als Lorbeer sie genoß,
Und Pan lechzte, als Syrinx floh,
Nicht nach der Nymphe, nach dem Rohr.

Wie wunderbar bin ich beglückt!
Äpfel falln um mich, ungepflückt;
Ein Traubenbündel, saftig rund,
Preßt seinen Wein mir in den Mund;
Der Pfirsich süß, die Nektarfrucht
Von selbst nach meinen Händen sucht;
Über Melonen strauchelnd, faßt
Mich Blütenwust – ich sink ins Gras.

Meanwhile the mind, from pleasure less,
Withdraws into its happiness;
The mind, that ocean where each kind
Does straight its own resemblance find;
Yet it creates, transcending these,
Far other worlds, and other seas,
Annihilating all that's made
To a green thought in a green shade.

Here at the fountain's sliding foot,
Or at some fruit-tree's mossy root,
Casting the body's vest aside,
My soul into the boughs does glide:
There like a bird it sits, and sings,
Then whets, and combs its silver wings;
And, till prepared for longer flight,
Waves in its plumes the various light.

Such was the happy garden-state,
While man there walked without a mate;
After a place so pure, and sweet,
What other help could yet be meet!
But 'twas beyond a mortal's share
To wander solitary there:
Two paradises 'twere in one
To live in paradise alone.

How well the skilful gardener drew
Of flowers and herbs this dial new,
Where from above the milder sun
Does through a fragrant zodiac run;
And, as it works, th' industrious bee
Computes its time as well as we.
How could such sweet and wholesome hours
Be reckoned but with herbs and flowers?

Den Geist zieht es, von minderen Freuden,
Indes zu eigenen Seligkeiten;
Den Geist – dies Meer, wo jeder Art
Sogleich ihre Entsprechung harrt;
Doch er schweift weiter, bildet selbst
Ganz neue Meere, neue Welt,
Und nichtet alles, was geschaffen,
Zu grüner Schau in grünem Schatten.

Hier an der Quelle munterem Fuß,
Am Stamm des Obstbaums, dichtbemoost,
Befreit von ihrem Körperkleid,
Schwingt sich die Seele ins Gezweig:
Dort sitzt sie wie ein Vogel, singend,
Und spreizt und putzt die Silberschwingen,
Übt sich für längeren Flug und flicht
In ihr Gefieder buntes Licht.

So selig war der Garten-Stand,
Eh Adam die Gehilfin fand –
Nach solchem himmlisch reinen Ort,
Tat da noch andere Hilfe not?
Doch Sterblichen wars nicht gegeben,
Dort einsam wandelnd hinzuleben –
Zwei Paradiese müßtens sein,
Wär man im Paradies allein.

Wie kunstreich hier des Gärtners Hand
Aus Blumen diese Uhr erfand,
Wo einer sanfteren Sonne Gold
Durch einen duftigen Tierkreis rollt,
Und wo die fleißige Biene Zeit
So gut wie wir zu messen weiß.
Solch heilsame, solch süße Stunden,
Wer zählte sie, wenn nicht die Blumen?

An Horatian Ode
Upon Cromwell's Return from Ireland

The forward youth that would appear
Must now forsake his muses dear,
  Nor in the shadows sing
  His numbers languishing:
'Tis time to leave the books in dust,
And oil the unused armour's rust,
  Removing from the wall
  The corslet of the hall.
So restless Cromwell could not cease
In the inglorious arts of peace,
  But through adventurous war
  Urgèd his active star;
And, like the three-forked lightning, first
Breaking the clouds where it was nursed,
  Did thorough his own side
  His fiery way divide.
(For 'tis all one to courage high
The emulous or enemy:
  And with such to enclose
  Is more than to oppose).
Then burning through the air he went,
And palaces and temples rent,
  And Caesar's head at last
  Did through his laurels blast.
'Tis madness to resist or blame
The force of angry heaven's flame;
  And, if we would speak true,
  Much to the man is due,
Who, from his private gardens, where
He lived reservèd and austere,
  As if his highest plot
  To plant the bergamot,
Could by industrious valour climb
To ruin the great work of time,
  And cast the kingdom old

Horazische Ode
auf die Rückkehr Cromwells aus Irland

Der Jüngling, den sein Ehrgeiz spornt,
Sagt nun den Musen Lebewohl;
  Will länger nicht im Schatten
  Verliebte Verse schmachten;
Verstauben mag die Bücherhöhle:
Jetzt heißts, die rostige Rüstung ölen;
  Nimmt von der Wand im Saal
  Herab den Harnisch alt;
So fand Cromwell, vom Ruhm getrieben,
An Friedenskünsten kein Genügen,
  Und hat durch Kriegsgefahr
  Den mächtigen Stern gejagt;
Gleich dem dreizackigen Blitzstrahl, erst
Die Wolke, die ihn trug, zerfetzt,
  Daß ihm die eigene Seite
  Die Feuerbahn zerteilte.
Der Hochgemute fragt nicht, ob
Eifer, ob Feindschaft ihn bedroht:
  Denn solche einzuengen
  Ist mehr als sie bedrängen.
Dann durch die Lüfte fuhr sein Brand,
Verheerte Tempel und Palast:
  Traf Caesars Haupt zuletzt,
  Vom Lorbeer ungeschützt.
Wahn ist Protest, und Widerstand,
Wenn wild der zornige Himmel flammt.
  Und daß wirs recht bedenken,
  Viel ist dem Mann zu danken,
Der aus privaten Gärten, wo
Er schlicht lebte und ruhevoll,
  Als sei das Obstspalier
  All seiner Wünsche Ziel,
Durch tapferen Eifer so hoch stieg,
Daß er das Werk der Zeit zerschlug,
  Und goß das Reich, so alt,

Into another mould,
Though Justice against Fate complain,
And plead the ancient rights in vain;
But those do hold or break
As men are strong or weak.
Nature, that hateth emptiness,
Allows of penetration less,
And therefore must make room
Where greater spirits come.
What field of all the Civil Wars,
Where his were not the deepest scars?
And Hampton shows what part
He had of wiser art,
Where, twining subtle fears with hope,
He wove a net of such a scope,
That Charles himself might chase
To Carisbrooke's narrow case;
That thence the royal actor borne
The tragic scaffold might adorn,
While round the armèd bands
Did clap their bloody hands.
He nothing common did or mean
Upon that memorable scene:
But with his keener eye
The axe's edge did try;
Nor called the gods with vulgar spite
To vindicate his helpless right,
But bowed his comely head
Down, as upon a bed.
This was that memorable hour
Which first assured the forcèd power.
So when they did design
The Capitol's first line,
A bleeding head where they begun
Did fright the architects to run;
And yet in that the State
Foresaw its happy fate.
And now the Irish are ashamed

In andere Gestalt.
Verklagt der Brauch auch das Geschick
Und fordert altes Recht zurück:
Rechte halten und brechen
Nach Menschkraft und Schwäche.
Natur duldet kein Vakuum,
Noch weniger Überlagerung:
So muß den Platz sie räumen,
Wenn Stärkere erscheinen.
Kein Feld in all dem Bürgerkrieg,
Das ihm nicht tiefste Wunden schlug.
Und Hampton zeigte, wie
Ihm weisere Kunst gedieh:
Verflocht dort Hoffnung fein mit Angst,
Und wob ein Netz von solchem Maß,
Daß Karl sich selbst damit
In Carisbrookes Enge trieb;
Daß er, der Königliche Spieler,
Zuletzt die tragischen Bretter ziere,
Indes die Schar in Waffen
Mit blutigen Händen klatschte.
Er tat nichts Niederes, nichts Gemeines,
In jener denkwürdigen Szene,
Prüfte mit schärferem Blick
Des Henkerbeiles Schnitt;
Rief nicht in kindischem Trotz die Götter,
Ihm sein verlorenes Recht zu retten;
Sein Haupt voll Anmut neigt
Er sanft, wie auf ein Bett.
Dies war die denkwürdige Stunde,
Die die geraubte Macht begründet.
So, als die Fundamente
Des Kapitols sie legten,
Trieb aus dem Grund ein Haupt voll Blut
Die Baumeister erst in die Flucht:
Doch sah sein großes Los
Darin der Staat voraus.
Nun findet Irland sich, beschämt,

To see themselves in one year tamed:
  So much one man can do,
  That does both act and know.
They can affirm his praises best,
And have, though overcome, confessed
  How good he is, how just,
  And fit for highest trust;
Nor yet grown stiffer with command,
But still in the Republic's hand,
  How fit he is to sway
  That can so well obey.
He to the Commons' feet presents
A kingdom, for his first year's rents:
  And, what he may, forbears
  His fame, to make it theirs;
And has his sword and spoils ungirt,
To lay them at the public's skirt.
  So when the falcon high
  Falls heavy from the sky,
She, having killed, no more does search
But on the next green bough to perch,
  Where, when he first does lure,
  The falconer has her sure.
What may not then our isle presume
While Victory his crest does plume?
  What may not others fear
  If thus he crowns each year?
A Caesar, he, ere long to Gaul,
To Italy an Hannibal,
  And to all states not free
  Shall climactèric be.
The Pict no shelter now shall find
Within his parti-coloured mind,
  But from this valour sad
  Shrink underneath the plaid:
Happy, if in the tufted brake
The English hunter him mistake,
  Nor lay his hounds in near

In einem einzigen Jahr gezähmt:
  Soviel vermag ein Mann,
  Der Wissen eint mit Tat.
Am besten seinen Ruhm bekennen,
Die, überwunden, eingestehen,
  Wie gut er, wie gerecht,
  Und höchster Ämter wert;
Nicht hochfahrend durch das Befehlen,
Stets nur der Republik ergeben:
  Wie taugt zur Obrigkeit,
  Wer so zu dienen weiß!
Ein Reich, des ersten Jahres Zinsen,
Legt er dem Parlament zu Füßen;
  Vermacht den eigenen Ruhm
  Dem Volk als Eigentum;
Entgürtet sich von Schwert und Beute,
Nur um den Staat damit zu kleiden.
  Dem Falken gleicht er, der
  Vom Himmel niederfährt,
Der nach dem Mord nicht länger schweift,
Ruht auf dem nächsten grünen Zweig,
  Und wenn der Falkner lockt,
  Kommt treulich er zurück.
Wie wird sich unser Land erhöhn,
Wenn Sieg ihm so den Helmbusch krönt!
  Wie wird den Andern bang
  Bei solchen Erntedank!
Ein Caesar ist er Gallien bald,
Italien ein Hannibal,
  Jedem unfreien Staat
  Umschwung und Schicksalsschlag.
Der Pikte findet kein Versteck
In seinem Herzen buntgescheckt
  Und unter seinem Plaid
  Schrumpft ihm der grimmige Mut:
Glück hat er, wenn ihn im Gestrüpp
Der englische Jäger nicht entdeckt,
  Und seinem Hund entwischt

The Caledonian deer.
But thou, the Wars' and Fortune's son,
March indefatigably on,
And for the last effect
Still keep thy sword erect:
Besides the force it has to fright
The spirits of the shady night,
The same arts that did gain
A power, must it maintain.

From The Last Instructions to a Painter

After two sittings, now our Lady State
To end her picture does the third time wait.
But ere thou fall'st to work, first, Painter, see
It be'nt too slight grown, or too hard for thee.
Canst thou paint without colours? Then 'this right:
For so we too without a Fleet can fight.
Or canst thou daub a signpost, and that ill?
'Twill suit our great debauch, and little skill.
Or hast thou marked how antic masters limn
The aly roof with snuff of candles dim,
Sketching in shady smoke prodigious tools?
'Twill serve this race of drunkards, pimps, and fools.
Paint then again Her Highness to the life,
Philosopher beyond Newcastle's wife.
She, nak'd, can Archimedes self put down,
For an experiment upon the crown.
She perfected that engine, oft assayed,
How after childbirth to renew a maid,
And found how royal heirs might be matured
In fewer months than mothers once endured.
Paint her with oyster lip and breath of fame,
Wide mouth that 'sparagus may well proclaim;
With Chancellor's belly, and so large a rump:
There, not behind the coach, her pages jump.

Der kaledonische Hirsch.
Doch Du, des Kriegs und Glückes Sohn,
Sollst unaufhaltsam weiterziehn;
Stets für den letzten Zweck
Halte Dein Schwert gezückt:
Nicht nur, weil es vermag, die Geister
Des Schattenreiches zu vertreiben –
Die Kunst, die Macht gewann,
Kann allein Macht bewahrn.

Aus Letzte Anweisungen an einen Maler

Zweimal saß ihrem Künstler Frau Britannia –
Das Bild zu enden, harrt sie nun aufs dritte Mal.
Doch eh du anfängst, Maler, schau zuerst,
Daß ja dein Können ausreicht für dies Werk!
Du kannst auch ohne Farben malen? Recht!
So ziehn wir ohne Flotte ins Gefecht.
Kannst einen Pfosten anschmiern, auf gut Glück?
Das paßt zu unserem schweinischen Tun, und Ungeschick.
Weißt du, wie Meister der grotesken Kunst
Mit rußigem Kerzendocht in bierigem Dunst
An Kneipenwänden Riesenschwänze malen?
Das reicht für dieses Volk von Säufern, Kupplern, Narren!
Mal Ihre Hoheit, wie sie lebt und leibt,
Naturkundiger als Newcastles Weib;
Nackt zeigt sie archimedische Talente
Beim neuartigen Kron-Experimente.
Sie hat die seltene Kunst perfektioniert,
Wie man im Kindbett wieder Jungfrau wird,
Und fand, daß Königserben in der Mutter Bauch
Viel schneller reifen als es früher Brauch.
Mal sie mit Famas Wangen, Austernzunge,
Und Mund, der «Spargel!» ruft aus voller Lunge,
Mit Kanzlerbauch und üppigem Hinterteil –
Auf dieses springt – nicht auf die Kutsche – ihr Lakai.

Robert Herrick

When He Would Have His Verses Read

In sober mornings do not thou rehearse
The holy incantation of a verse;
But when that men have both well drunk, and fed,
Let my enchantments then be sung, or read;
When laurel spurts i' th' fire, and when the hearth
Smiles to itself, and gilds the roof with mirth;
When up the thyrse is raised, and when the sound
Of sacred orgies flies around, around;
When the rose reigns, and locks with ointments shine,
Let rigid Cato read these lines of mine.

Delight in Disorder

A sweet disorder in the dress
Kindles in clothes a wantonness:
A lawn about the shoulders thrown
Into a fine distraction;
An erring lace, which here and there
Enthrals the crimson stomacher;
A cuff neglectful, and thereby
Ribbands to flow confusèdly;
A winning wave (deserving note)
In the tempestuous petticoat;
A careless shoestring, in whose tie
I see a wild civility –
Do more bewitch me, than when art
Is too precise in every part.

Robert Herrick

Wann er seine Verse gelesen haben will

Sprecht ja nie in der Frühe, kalt und nüchtern,
Was heiliger Taumel eingab euren Dichtern;
Sollt erst nach gutem Trunk und gutem Essen
Mein Zaubersprüchlein singen oder lesen;
Wenn Lorbeer in der Flamme prasselt, wenn der Herd
Sich selber zulacht, Gold die Sparren färbt,
Wenn sich der Thyrsus hebt und wenn der Lärm
Heiliger Orgien um und um uns schwärmt,
Wenn Rosen glühn, Haare von Salböl schimmern,
Dann mag der strenge Cato selbst mein Lied anstimmen.

Reiz der Unordnung

Reizvolle Unordnung im Kleid
Entzündet leicht Begehrlichkeit;
Ein zartes Tuch, das Hals und Rücken
Lässig umschlingt, erregt Entzücken.
Ein Spitzensaum, der hin und wieder
Hervorschaut aus dem roten Mieder:
Manschetten, nachlässig gekraust,
Und Bänder wirr und wie zerzaust.
Ein kesser Schwung, der Blicke lockt,
Im sturmgebauschten Unterrock:
Ein Schuh, der, unachtsam geschnürt,
Durch wilde Artigkeit verführt:
Dies findet eher meine Gunst
Als allzu ordentliche Kunst.

To the Virgins, To Make Much of Time

Gather the rosebuds while ye may,
Old Time is still a-flying;
And this same flower that smiles today,
Tomorrow will be dying.

The glorious lamp of heaven, the sun,
The higher he's a-getting,
The sooner will his race be run,
And nearer he's to setting.

That age is best which is the first,
When youth and blood are warmer;
But being spent, the worse, and worst
Times, still succeed the former.

Then be not coy, but use your time,
And while ye may, go marry;
For having lost but once your prime,
You may for ever tarry.

To Daffodils

Fair daffodils, we weep to see
You haste away so soon,
As yet the early rising sun
Has not attained his noon.
Stay, stay,
Until the hasting day
Has run
But to the even-song;
And having prayed together, we
Will go with you along.

We have short time to stay as you,
We have as short a spring;
As quick a growth to meet decay

An die Jungfrauen, daß sie ihre Frist nützen

Die Rosen pflückt, solang ihr könnt:
Die alte Zeit hat Flügel;
Die Blume, die heut fröhlich winkt,
Liegt morgen tot am Hügel.

Die Sonne, schönste Himmelspracht,
Je mehr sie steigt, je höher,
Je eher ist auch ihr Lauf vollbracht,
Dem Untergange näher.

Die erste ist die beste Zeit,
Wenn Blut und Jugend heiter;
Ist sie verbraucht, folgt bald schon Leid,
Und schlimmeres, immer weiter.

Solang ihr könnt, nützt eure Zeit,
Sträubt euch nicht, laßt euch freien!
Wenn ihr erst aus der Blüte seid,
Könnt ewig ihr verweilen.

An die Narzissen

Narzissen hold, uns schmerzt, wie ihr
So hastig hinnen bleicht,
Noch eh der Sonne Morgengang
Den Mittag hat erreicht.
Weilt, weilt,
Bis daß der Tag enteilt
Und sank
Dem Abendsegen zu;
Dann beten miteinander wir,
Gehn wir mit euch zur Ruh.

Auch unsere Zeit flieht so hinaus,
Wie bald der Lenz verging!
So schnell erblüht, so schnell verdorrt

As you or any thing.
  We die
As your hours do, and dry
  Away,
Like to the summer's rain;
Or as the pearls of morning's dew,
Ne'er to be found again.

To Electra

I dare not ask a kiss,
I dare not beg a smile,
Lest having that, or this,
I might grow proud the while.

No, no, the utmost share
Of my desire shall be
Only to kiss that air
That lately kissèd thee.

Upon the Nipples of Julia's Breast

Have ye beheld (with much delight)
A red rose peeping through a white?
Or else a cherry (double graced)
Within a lily? centre-placed?
Or ever marked the pretty beam
A strawberry shows half-drowned in cream?
Or seen rich rubies blushing through
A pure smooth pearl, and Orient too?
So like to this, nay all the rest,
Is each sweet nipplet of her breast.

Wie ihr, wie jedes Ding;
Verflogen,
Vom Winde aufgesogen
Und fort –
Verhaucht wie Sommerregen
Oder die Perle Morgentau,
Und ward nie mehr gesehen.

An Elektra

Ich wag nicht, einen Kuß,
Ein Lächeln nicht zu flehn;
Wem beides ward, der muß,
Ich glaub, vor Stolz vergehn.

Nein, nein, nichts Größeres wüßte
Mir zu begehren ich,
Als daß die Luft ich küßte,
Die erst noch küßte dich.

Über die Knospen auf Julias Brust

Saht ihr wohl jemals (voll Verlangen)
Ein rotes Röslein unter weißen prangen?
Oder ein Kirschlein (doppelt reizend)
Im Kelch der Lilie glühn und gleißen?
Entzückte euch das rosige Strahlen
Von Erdbeern, die in Rahm gefallen?
Saht ihr Rubin errötend schimmern
Durch allerreichstes Perlgeflimmer?
Wie dies – nein, wie der ganze Rest
Ist jedes Knöspchen ihrer Brust.

Lovers How They Come and Part

A Gyges ring they bear about them still,
To be, and not seen, when and where they will;
They tread on clouds, and though they sometimes fall,
They fall like dew, but make no noise at all;
So silently they one to the other come,
As colours steal into the pear and plum,
And air-like, leave no pression to be seen
Where'er they met, or parting place has been.

The Mad Maid's Song

Good-morrow to the day so fair,
Good-morning, sir, to you;
Good-morrow to mine own torn hair,
Bedabbled with the dew.

Good-morning to this primrose too,
Good-morrow to each maid
That will with flowers the tomb bestrew
Wherein my love is laid.

Ah! woe is me, woe, woe is me,
Alack and well-a-day!
For pity, sir, find out that bee
Which bore my love away.

I'll seek him in your bonnet brave,
I'll seek him in your eyes;
Nay, now I think th'ave made his grave
I'th bed of strawberries.

I'll seek him there; I know ere this
The cold, cold earth doth shake him;
But I will go or send a kiss
By you, sir, to awake him.

Liebende – wie sie zusammenkommen und scheiden

Den Ring des Gyges tragen sie bei sich:
Du siehst sie, wenn sie wollen, siehst sie nicht;
Sie gehn auf Wolken, fallen manchmal auch,
Doch so wie Tau fällt, sacht und ohne Laut;
Sie finden sich so heimlich und so still,
Wie Färbung sich in Birn und Pflaume stiehlt,
Und lassen, luftgleich, keine Spur zurück
Von ihres Kommens, Gehens Augenblick.

Lied des irren Mädchens

Guten Morgen, du mein Tag so klar,
Guten Morgen, Herr, auch dir;
Guten Morgen, du mein wirres Haar,
Vom Tau durchnäßt so sehr!

Guten Morgen dir, du Primel lieb,
Guten Morgen jeder Maid,
Die, wo mein bester Liebster liegt,
Aufs Grab ihm Blumen streut.

Oh weh mir! ach, ich armes Kind!
Oh, Ach und Weh genug!
Hilf, Herr, daß ich die Biene find,
Die meinen Schatz forttrug.

Ob ich sie unter deinem Hut,
In deinem Auge seh?
Nein, denk jetzt, daß man ihn begrub
Dort unterm Erdbeerbeet.

Nun weiß ich, wo ich suchen muß:
Kalt-kalte Erde deckt ihn.
Ich geh – nein, schick ihm einen Kuß
Durch dich, Herr, der erweckt ihn.

Pray, hurt him not; though he be dead,
He knows well who do love him,
And who with green turfs rear his head,
And who do rudely move him.

He's soft and tender (Pray take heed);
With bands of cowslips bind him
And bring him home; but 'tis decreed
That I shall never find him.

Grace for a Child

Here a little child I stand,
Heaving up my either hand;
Cold as paddocks though they be,
Here I lift them up to Thee,
For a benison to fall
On our meat, and on us all. Amen.

His Prayer to Ben Jonson

When I a verse shall make,
Know I have prayed thee,
For old religion's sake,
Saint Ben to aid me.

Make the way smooth for me,
When I, thy Herrick,
Honouring thee, on my knee
Offer my lyric.

Candles I'll give to thee,
And a new altar;
And thou ‹Saint Ben› shalt be
Writ in my psalter.

Tu ihm nicht weh: ist er auch tot,
  Er merkt wohl, wer ihn liebt,
Wer sanft sein Haupt aufs Grasstück hob,
  Wer allzu roh ihn rückt.

Er ist so zart (gib acht auf ihn!)
  Mußt Primeln um ihn winden;
Dann bring ihn heim; mir ist bestimmt,
  Ihn nimmermehr zu finden.

Kindes Tischgebet

Hier als kleines Kind ich steh,
Heb die Händchen in die Höh;
Sind zwar kalt wie Frösche mir,
Heb sie doch empor zu Dir,
Daß Dein Segen niederfalle
Auf dies Mahl und auf uns alle. Amen.

Sein Gebet an Ben Jonson

Wenn ich ein Verslein schreib,
Bet ich zu dir,
Im alten Glauben treu:
Heiliger Ben, sei bei mir.

Ebne den Pfad für mich,
Wenn ich, dein Herrick, dir
Kniend demütiglich
Mein Liedlein präsentier.

Kerzen stell ich dir hin,
Bau dir Altäre neu:
Schreib dich, ‹Sankt Benjamin›,
In meinen Psalter ein.

Eternity

O years and age, farewell!
    Behold I go
    Where I do know
Infinity to dwell.

And these mine eyes shall see
    All times, how they
    Are lost i' the sea
Of vast eternity,

Where never moon shall sway
    The stars; but she
    And night shall be
Drowned in one endless day.

His Prayer for Absolution

For those my unbaptisèd rhymes,
Writ in my wild unhallowed times,
For every sentence, clause, and word,
That's not inlaid with Thee, my Lord,
Forgive me, God, and blot each line
Out of my book that is not Thine.
But if, 'mongst all, Thou find'st here one
Worthy Thy benediction:
That one of all the rest shall be
The glory of my work and me.

His Book's End

To his book's end this last line he'ld have placed:
Jocund his Muse was, but his Life was chaste.

Ewigkeit

O Jahr und Zeit, lebt wohl!
  Seht, ich zieh fort
  An jenen Ort,
Wo Unendlichkeit wohnt;

Wo mein Aug alle Zeit
  Gänzlich vergehn
  Sieht in der See
Der tiefen Ewigkeit;

Wo Glanz des Mondes nicht
  Mehr über Sternen wacht;
  Wo Mond ertrinkt und Nacht
Im ewigen Tag aus Licht.

Sein Gebet um Vergebung

Für all die Verse, ungeweiht,
Erdacht in wild unheiliger Zeit,
Für jedes Wort, für jedes Lied,
Das nicht von Dir, mein Herr, durchglüht,
Vergib mir, Gott, lösch jeden Vers
Aus meinem Buch, der Dein nicht wert.
Doch wenn Du auch nur einen siehst,
Der würdig Deines Segens ist,
Soll er von allen mir allein
Des Werkes Ruhm und Krone sein.

Sein Buch-Ende

Als Schluß sei diesem Buch der Vers gegeben:
Munter war seine Muse, keusch sein Leben.

Richard Lovelace

To Lucasta, Going to the Wars

Tell me not, sweet, I am unkind,
   That from the nunnery
Of thy chaste breast and quiet mind
   To war and arms I fly.

True: a new mistress now I chase,
   The first foe in the field;
And with a stronger faith embrace
   A sword, a horse, a shield.

Yet this inconstancy is such
   As you too shall adore;
I could not love thee, dear, so much,
   Loved I not honour more.

To Althea, from Prison

When love with unconfinèd wings
   Hovers within my gates,
And my divine Althea brings
   To whisper at the grates;
When I lie tangled in her hair,
   And fettered to her eye,
The gods that wanton in the air
   Know no such liberty.

When flowing cups run swiftly round,
   With no allaying Thames,
Our careless heads with roses bound,
   Our hearts with loyal flames;
When thirsty grief in wine we steep,
   When healths and draughts go free,

Richard Lovelace

An Lucasta, als er in den Krieg zog

Mein Herz, o schilt mich lieblos nicht,
Daß ich von deiner treuen Brust
Fortstürmend folge meiner Pflicht
Zu Krieg und Waffenlust.

Traun! neuer Minne jag ich nach,
Dem ersten Feind im Schlachtgefild,
Und treu umfang ich jeden Tag
Das Schwert, das Roß, den Schild.

Und doch, mein unbeständiger Sinn
Gibt dir die sicherste Gewähr:
Was brächt mein Lieben dir Gewinn,
Liebt ich nicht Ehre mehr!

An Althea, aus dem Gefängnis

Wenn Liebe, schrankenlos, sich schwingt
Zum Kerker nachtumdüstert,
Und meine Herrin zu mir bringt,
Die an dem Gitter flüstert,
Wenn ihr Gelock umstrickt mich hält,
Ihr Blick die Seel umflicht: –
Der Vogel unterm Himmelszelt
Kennt solche Freiheit nicht.

Wenn goldner Wein im Becher glänzt,
Die Runde rückt zusammen,
Das Haupt mit Rosen froh umkränzt,
Das Herz voll edler Flammen,
Wenn Leid im Wein begraben ruht,
Die Zunge Wahrheit spricht: –

Fishes that tipple in the deep
  Know no such liberty.

When like committed linnets, I
  With shriller throat shall sing
The sweetness, mercy, majesty
  And glories of my king;
When I shall voice aloud how good
  He is, how great should be,
Enlargèd winds that curl the flood
  Know no such liberty.

Stone walls do not a prison make,
  Nor iron bars a cage;
Minds innocent and quiet take
  That for an hermitage:
If I have freedom in my love,
  And in my soul am free,
Angels alone that soar above
  Enjoy such liberty.

Der Fisch in tiefer Meeresflut
  Kennt solche Freiheit nicht.

Wenn ich, gefangenem Hänfling gleich,
  Besing in hellerer Weise
Den König mild und hoheitreich,
  Und seine Taten preise,
Wenn meinen Herren, gut und hehr,
  Das laute Wort verficht: –
Der Sturm, dem untertan das Meer,
  Kennt solche Freiheit nicht.

Den Käfig nicht und Kerker schafft
  Die Wand mit Eisenstäben:
Ein rein Gewissen hält die Haft
  Nur für ein Klausnerleben.
Beschränkt ihr meiner Liebe Schwur
  Und meine Seele nicht,
Dann kennen solche Freiheit nur
  Engel im Himmelslicht!

Sir John Suckling

Song

Why so pale and wan, fond lover?
   Prithee, why so pale?
Will, when looking well can't move her,
   Looking ill prevail?
   Prithee, why so pale?

Why so dull and mute, young sinner?
   Prithee, why so mute?
Will, when speaking well can't win her,
   Saying nothing do 't?
   Prithee, why so mute?

Quit, quit, for shame; this will not move,
   This cannot take her.
If of herself she will not love,
   Nothing can make her:
   The devil take her!

The Constant Lover

Out upon it! I have loved
   Three whole days together;
And am like to love three more,
   If it prove fair weather.

Time shall moult away his wings,
   Ere he shall discover
In the whole wide world again
   Such a constant lover.

But a pox upon't, no praise
   Is due at all to me:

Sir John Suckling

Lied

Warum so fahl und bleich, verliebter Narr?
  Ich bitte dich, warum so fahl?
Wird, wenn gesundes Aussehn sie nicht rührt,
  Des Kranken Blässe siegreich sein?
  Ich bitte dich, warum so fahl?

Warum so stumpf und stumm, du junger Sünder?
  Ich bitte dich, warum so stumm?
Wird, wenn Wohlredenheit sie nicht gewinnt,
  Wortlosigkeit es schaffen?
  Ich bitte dich, warum so stumm?

Laß ab! pfui über dich! das rührt sie nicht,
  So nicht gewinnst du sie.
Wenn sie dich nicht aus freien Stücken liebt,
  Bleibt alles sonst umsonst;
  Mag sie der Teufel holen!

Der standhafte Liebhaber

Heraus damit! Drei ganze Tage lang
  War ich verliebt.
Und wenn das Wetter schön bleibt,
  Häng ich drei andre dran.

Sämtliche Federn eher gehn der Zeit
  Aus ihren Flügeln aus, bevor sie
So standhaft einen Liebhaber
  Wie mich weitum entdeckt.

Doch rühmen soll, zum Henker! man
  Mich dessenthalben nicht:

Love with me had made no stays
   Had it any been but she.

Had it any been but she,
   And that very very face,
There had been at least ere this
   A dozen dozenin her place.

From A Ballad Upon a Wedding

The maid (and thereby hangs a tale,
For such a maid no Whitsun-ale
   Could ever yet produce) –
No grape that's kindly ripe could be
So round, so plump, so soft as she,
   Nor half so full of juice.

Her feet beneath her petticoat
Like little mice stole in and out,
   As if they feared the light:
But oh! she dances such a way!
No sun upon an Easter day
   Is half so fine a sight.

He would have kissed her once or twice,
But she would not, she was so nice,
   She would not do't in sight;
And then she looked as who should say
I will do what I list to-day –
   And you shall do't at night.

At length the candles out – and now
All that they had not done, they do:
   What that is, who can tell?
But I believe it was no more
Than thou and I have done before
   With Bridget, and with Nell.

So lang hätt Liebe nicht bei mir verweilt
  Um eine andere als sie.

Wärs eine andere als sie gewesen,
  Ein andres, ach! als ihr Gesicht,
Ein Dutzend Dutzend mindestens
  Wär mir statt ihrer angenehm!

Aus Ballade auf eine Hochzeit

Und dann die Braut – ich sage dir,
Noch nie hat kräftiges Maienbier
  Solche Maid hervorgebracht!
Kein Träublein, voll gereift, war je
So rund und weich und drall wie sie,
  Nicht halb so voller Saft.

Die Füßchen unterm Unterkleid
Huschten wie Mäuslein aus und ein,
  Als scheuten sie das Licht;
Doch, ach! wie wiegt sie sich im Tanz:
Am Ostertag kein Sonnenglanz
  Bietet so hübsche Sicht.

Ein-, zweimal wollte er sie küssen –
Sie mochte gar nichts davon wissen,
  Gab auf die Leute acht,
Und sah so aus, als wollt sie sagen:
Ich tue was ich will bei Tage,
  Und du dann bei der Nacht.

Endlich erlosch die Kerze – nun
Solln sie, was sie nicht taten, tun,
  Und wer weiß, was das ist?
Ich glaub, daß es nichts andres war,
Als du und ich zuvor getan
  Mit Bridget, Nell und Bess.

Thomas Carew

From An Elegy upon the Death of Doctor Donne, Dean of Paul's

The Muses' garden, with pedantic weeds
O'erspread, was purged by thee; the lazy seeds
Of servile imitation thrown away,
And fresh invention planted; thou didst pay
The debts of our penurious bankrupt age:
Licentious thefts, that make poetic rage
A mimic fury, when our souls must be
Possessed, or with Anacreaon's ecstasy,
Or Pindar's, not their own; the subtle cheat
Of sly exchanges, and the juggling feat
Of two-edged words, or whatsoever wrong
By ours was done the Greek or Latin tongue,
Thou hast redeemed, and opened us a mine
Of rich and pregnant fancy; drawn a line
Of masculine expression, which had good
Old Orpheus seen, or all the ancient brood
Our superstitious fools admire, and hold
Their lead more precious than thy burnished gold,
Thou hadst been their exchequer, and no more
They each in other's dust had raked for ore.
Thou shalt yield no precedence, but of time,
And the blind fate of language whose tuned chime
More charms the outward sense: yet thou mayst claim
From so great disadvantage greater fame,
Since to the awe of thy imperious wit
Our stubbborn language bends, made only fit
With her tough thick-ribbed hoops to gird about
Thy giant fancy, which had proved too stout
For their soft melting phrases.
    Though every pen should share a distinct part,
Yet art thou theme enough to tire all art;

Thomas Carew

Aus Elegie auf den Tod des Doktor Donne, Dechant von St. Paul's

Den Musengarten, überwuchert ganz
Vom Kriechkraut der Pedanterie, hast du gesäubert,
Feiger Nachahmung träge Saat zertreten, und
Erfindung frisch gepflanzt. Du hast die Schulden
Unsrer kargen, bankrotten Zeit beglichen:
Den dreisten Diebstahl, der poetische Raserei
Zu äffischer Tollheit macht und zur Besessenheit
Der Seele mit Anakreons, mit Pindars
Ekstase – nur nicht mit der eigenen. Feinen Trug
Schlauer Anleihen und das Gaukelstück
Zweischneidiger Worte, und welch Unrecht sonst
Den alten Sprachen unsere Zunge tat,
Hast du getilgt, hast einen Goldschacht uns
Von reicher Phantasie eröffnet, ihr die Prägung
Männlicher Ausdruckskraft verliehen. Hätte dies
Der gute Orpheus und die alte Brut gesehn,
Die unsere abergläubischen Narrn vergötzen, deren Blei
Sie höher halten als dein blankes Gold,
Du wärst ihr Schatzamt, und sie müßten länger nicht
Eins in des andern Staub nach Erzen wühlen.
Bist ihnen keinen Vorrang schuldig – nur an Zeit
Und blindem Schicksal einer Sprache, deren Wohlklang
Den äußeren Sinn bezaubert; doch du darfst
Für diesen Nachteil größeren Ruhm einfordern,
Da sich respektvoll deinem herrischen Witz
Unsre störrische Sprache beugt, einzig begabt,
Mit ihren harten, derbgerippten Dauben
Die Riesenphantasie zu fassen, deren Macht
Zu stark für solche schmelzend weiche Wendung wäre.
  Und zollte jede Feder eigens dir Tribut,
Dein Thema ist für alle Kunst zu groß;

Let others carve the rest; it shall suffice
I on thy tomb this epitaph incise:

Here lies a king, that ruled as he thought fit
The universal monarchy of wit;
Here lie two flamens, and both those the best:
Apollo's first, at last the true God's priest.

A Song

Ask me no more where Jove bestows,
When June is past, the fading rose;
For in your beauty's orient deep
These flowers, as in their causes, sleep.

Ask me no more whither doth stray
The golden atoms of the day;
For in pure love heaven did prepare
Those powders to enrich your hair.

Ask me no more whither doth haste
The nightingale, when May is past;
For in your sweet dividing throat
She winters, and keeps warm her note.

Ask me no more where those stars light
That downwards fall in dead of night;
For in your eyes they sit, and there
Fixèd become as in their sphere.

Ask me no more if east or west
The phoenix builds her spicy nest;
For unto you at last she flies,
And in your fragrant bosom dies.

Den Rest solln andere meißeln – mir genügt,
In deinen Grabstein diesen Spruch zu ritzen:

Hier ruht ein König, dessen mächtiger Hand
Des Witzes Weltreich unterstand;
Hier ruhn zwei Priester, und die besten beide:
Der erste dient' Apoll, dem wahren Gott der zweite.

Ein Lied

Frag mich nicht mehr, wo, wenn der Juni schwand,
Die Rose welkend eine Herberg fand.
Aus deiner Schönheit kam sie, und in dir
Schläft morgenrötlich heiter ihre Zier.

Frag mich nicht mehr, wohin der goldne Staub,
Der tanzende, sich aus dem Staube macht.
Aus reiner Liebe schuf der Himmel ihn,
Daß ihm dein Haar verdanke seine Pracht.

Frag mich nicht mehr: Wo blieb die Nachtigall,
Wohin entfloh sie, als der Mai entfloh?
Wo deine Brust sich teilt, fand sie ein Nest;
Dort überwintert sie, der Wärme froh.

Frag mich nicht mehr, wohin der Sterne Glanz
Entweicht, wenn Nacht herniedersinkt im West.
In deinen Augen sitzen sie, und dort
Stehn unveränderlich sie leuchtend fest.

Frag mich nicht mehr, in welchem Morgenland
Der Phönix stirbt, von Spezerein umloht.
In deines Busens Duft sucht er zuletzt
Und findet dort, den er gesucht, den Tod.

Thomas Traherne

From Wonder

How like an angel came I down!
How bright are all things here!
When first among His works I did appear,
O how their glory did me crown!
The world resembled His Eternity,
In which my soul did walk,
And everything that I did see
Did with me talk.

A native health and innocence
Within my bones did grow,
And while my God did all His glories show,
I felt a vigour in my sense
That was all Spirit. I within did flow
With seas of life like wine;
I nothing in the world did know
But 'twas divine.

On News

News from a foreign Country came
As if my Treasure and my Wealth lay there:
So much it did my Heart enflame!
'Twas wont to call my Soul into mine Ear.
Which thither went to meet
The approaching Sweet:
And on the threshold stood,
To entertain the Unknown Good.
It hovered there,
As if 'twould leave mine Ear;
And was so eager to embrace
The Joyful Tidings as they came,

Thomas Traherne

Aus Wunder

Wie engelgleich kam ich hernieder!
Wie leuchtet alles um mich her!
Als unter Seinen Werken ich zuerst erschien,
Wie krönte ihre Herrlichkeit mich da!
Die Welt glich Seiner Ewigkeit;
Wo meine Seele sich erging,
Und jedes Ding, das ich gewahrte,
Sprach zu mir.

Angeborene Gesundheit wuchs und Unschuld
Mir im innersten Mark;
Da Gott mir seine Herrlichkeiten zeigte,
Empfand ich eine Kraft in meinen Sinnen,
Die war ganz Geist: in Meeren
Des Lebens schwamm ich wie in Wein;
Die Welt, wie ich sie kannte,
War göttlich durch und durch.

Nachrichten

Nachrichten kamen mir aus einem fremden Land,
Als ob mein Schatz dort und mein Reichtum lägen:
So sehr entflammten sie mein Herz!
Es war gewohnt, die Seele in mein Ohr zu rufen.
Dort ging sie hin, der Süße
Zu begegnen, die zu ihr kam;
Und auf der Schwelle stand sie dort,
Das unbekannte Gute zu empfangen.
Sie schwebte dort,
Als wollte sie mein Ohr verlassen.
Und so begierig war sie, die freudigen
Botschaften zu umarmen, wenn sie kamen,

'Twould almost leave its dwelling place,
To entertain the same.

As if the Tidings were the Things,
My very Joys themselves, my foreign Treasure,
Or else did bear them on their wings –
With so much Joy they came, with so much Pleasure.
My Soul stood at the Gate
To recreate
Itself with Bliss: And to
Be pleased with speed. A fuller view
It fain would take
Yet journeys back would make
Unto my Heart: as if 'twould fain
Go out to meet, yet stay within
To fit a place to entertain
And bring the Tidings in.

What Sacred Instinct did inspire
My Soul in Childhood with a Hope so strong?
What Secret Force moved my Desire,
To expect my Joys beyond the Seas, so young?
Felicity I knew
Was out of view:
And being here alone,
I saw that Happiness was gone
From me! for this,
I thirsted Absent Bliss,
And thought that sure beyond the seas,
Or else in something near at hand
I knew not yet (since nought did please
I knew) my Bliss did stand.

But little did the Infant dream
That all the Treasures of the World were by:
And that himself was so the Cream
And Crown of all, which round about did lie!
Yet thus it was. The Gem,

Daß fast, denselben zu begegnen,
Es sie aus ihrer Wohnung drängte.

Als ob die Botschaften die Dinge wären,
Ja meine Freuden selbst, mein fremder Schatz,
Oder als ob sie auf ihren Flügeln sie mir brächten;
Mit soviel Freude, so vergnügend kamen sie.
Meine Seele stand im Tor,
An Seligkeit sich zu erlaben,
Und mehr noch,
Wenn sie rascher kämen; ein Verlangen ganz,
Das Auge voller zu ersättigen.
Doch zog es sie
Ins Herz zurück: als wollte gerne sie
Entgegen ihnen gehn, doch innen bleiben,
Eine Stätte ihnen zu rüsten, sie herein
Zu bitten und zu bewirten.

Was für ein heiliger Trieb gab meiner Seele,
Als ich ein Kind noch war, so starke Hoffnung ein?
Welche geheime Kraft erregte den Wunsch in mir,
So jung schon jenseits der Meere meine Freuden zu erwarten?
Glückseligkeit, ich wußte es,
Zu erblicken war sie nicht.
Ich stand allein
Und sah, verlassen
Hatte mich das Glück! Das weckte
Nach ferner Seligkeit
Mir einen Durst: jenseits der Meere
Lag, so schien mir, oder in einem Ding ganz nah,
Doch unbekannt noch (denn nichts Bekanntes
Gefiel mir), was mich beseligte.

Kaum aber ahnte das Kind,
Daß alle Schätze der Welt ihm nahe lagen;
Und daß es selbst das Edelste
Und aller Dinge Krone war, die es umgaben.
Dennoch, so war es. Das Juwel,

The Diadem,
The Ring Enclosing all
That stood upon this Earthy Ball;
The heavenly Eye,
Much wider than the sky,
Wherein they all included were;
The Glorious Soul that was the King
Made to possess them, did appear
A small and little thing!

From Thanksgivings for the Body

O Lord who art clothed with Majesty,
My desire is to praise thee.
Blessed be thy holy Name,
O Lord, my God!
For ever blessed be thy holy Name,
For that I am made
The work of thy hands,
Curiously wrought
By thy divine Wisdom,
Enriched
By thy Goodness,
Being more thine
Than I am mine own.
O Lord!
Thou hast given me a Body,
Wherein the glory of thy Power shineth,
Wonderfully composed above the Beasts,
Within distinguished into useful parts,
Beautified without with many Ornaments.
Limbs rarely poised,
And made for Heaven;.
Arteries filled
With celestial Spirits;
Veins, wherein Blood floweth,
Refreshing all my flesh,
Like Rivers.

Das Diadem,
Der Ring, der alles in sich faßte,
Was dieser Erdenball uns trägt;
Das Himmels-Auge
Viel weiter als der Himmel,
In dem dies alles beschlossen war;
Herrlich die Seele, die der König war,
Erschaffen, dies alles zu besitzen – ein wie geringes
Und kleines Ding erschien sie mir!

Aus Danksagungen für den Leib

O Herr, der du mit Majestät bekleidet bist,
Dich zu preisen verlangt mich.
Gesegnet sei dein heiliger Name,
O Herr, mein Gott!
Auf ewig gesegnet sei dein heiliger Name
Dafür, daß ich gemacht bin
Das Werk deiner Hände,
Köstlich gebildet
Durch deine göttliche Weisheit,
Reich gemacht
Durch deine Güte,
Mehr der Deinige
Als ich mein eigen bin.
O Herr!
Du hast mir einen Leib gegeben,
Darin die Herrlichkeit deiner Macht leuchtet,
Wunderbar gestaltet über die Tiere hinaus,
Innerlich unterschieden in nützliche Teile,
Äußerlich schön mit mancherlei Zierde.
Glied mit Glied in seltener Ausgewogenheit
Und für den Himmel geschaffen;
Arterien angefüllt
Mit himmlischen Geistern;
Venen, in denen Blut fließt,
Das all mein Fleisch erfrischt
Gleich Flüssen.

Sinews fraught with the mystery
Of wonderful Strength,
Stability,
Feeling.
O blessed be thy glorious Name!
That thou hast made it,
A Treasury of Wonders,
Fit for its several Ages;
For Dissections,
For Sculptures in Brass,
For Draughts in Anatomy,
For the Contemplation of the Sages.
The sons of men thou hast made my treasures,
Those Lords,
Incarnate Cherubims,
Angels of the World,
The Cream of all things,
And the sons of God,
Hast thou given to me, and made them mine,
For endless Causes ever to be enjoyed.
Were I alone,
Briars and thorns would devour me;
Wild beasts annoy me;
My Guilt terrify me;
The World itself be a Desert to me;
The Skies a Dungeon,
But mine Ignorance more.
The Earth a Wilderness;
All things desolate:
And I in solitude,
Naked and hungry,
Blind and brutish,
Without house or harbour;
Subject unto storms;
Lying upon the ground;
Feeding upon roots;
But more upon melancholy,
Because void of thee.

Sehnen, belebt durch das Geheimnis
Wunderbarer Stärke,
Festigkeit,
Empfindung.
O gesegnet sei dein ruhmreicher Name!
Daß du ihn gemacht hast
Zu einem Schatzhaus der Wunder:
Fähig, seine verschiedenen Lebensalter zu bestehen,
Seziert zu werden,
In Erz gegossen,
Abgebildet zu werden in anatomischen Werken,
Zur Betrachtung der Weisen.
Die Menschenkinder hast du zu meinen Schätzen gemacht!
Diese Herren,
Fleischgewordene Cherubim,
Engel der Welt,
Das Höchste der Dinge
Und die Söhne Gottes
Hast du mir gegeben und hast sie mein gemacht,
Zu endlosen Zwecken sie immerdar zu genießen.
Wär ich allein,
Dornen und Gestrüpp würden mich verschlingen;
Wilde Tiere mich plagen;
Meine Schuld mich entsetzen;
Die ganze Welt wär eine Wüste für mich;
Der Himmel ein Kerker,
Doch meine Unwissenheit noch mehr.
Die Erde eine Wildnis;
Alles öde ringsum;
Und ich in Einsamkeit,
Nackt und hungrig,
Blind und tierisch,
Ohne Haus noch Hafen;
Stürmen ausgesetzt;
Haltlos hingestreckt;
Von Wurzeln mich nährend;
Mehr noch schwermütig mich verzehrend,
Weil ich deiner leer wäre.

Therefore thou providest for me, and for me they build, and get and
provide for me
My Bread, Drink,
Clothes, Bed;
Books,
My Household stuff: Utensils,
Furniture.
The use of Meats, Fire, Fuel, &c.
They teach unto me, provide for me.

From A Thanksgiving and Prayer for the Nation

Thou, Lord, hast made thy Servant a sociable Creature; for which
I praise thy name.
A lover of company; a delighter in equals;
Replenish the inclination, which thy self hath implanted.
And give me Eyes
To see the beauty of that life and comfort,
Wherewith those by their actions
Inspire the Nations.
Their Markets, Tillage, Courts of Judicature, Marriages, Feasts and
Assemblies, Navies, Armies, Priests and Sabbaths,
Trades and Business, the voice of the Bridegroom, Musical Instruments, the light of Candles, and the grinding of Mills,
Are comfortable, O Lord, let them not cease.

CENTURIES OF MEDITATION: III

I

Will you see the infancy of this sublime and celestial greatness? Those pure and virgin apprehensions I had from the womb, and that divine light where-with I was born are the best unto this day, wherein I can see the universe. By the gift of God they attended me into the world, and by His special favour I remember them till now.

Deshalb hast du Vorsorge getroffen für mich: für mich bauen sie,
schaffen und geben mir
Mein Brot, meinen Trank,
Meine Kleider, mein Bett;
Bücher,
Mein Hausgerät: Werkzeug,
Tisch und Stuhl.
Den Gebrauch von Speisen, Feuer, Brennholz, &c.
Lehren sie mich und versorgen mich damit.

Aus Danksagung und Gebet für die Nation

Du, Herr, hast deinen Knecht erschaffen als ein geselliges Wesen:
Dafür preise ich deinen Namen;
Als einen Liebhaber der Geselligkeit; erquickt von Seinesgleichen.
Kräftige die Neigung, die du mir eingepflanzt hast.
Und gib mir Augen,
Die Schönheit zu sehen jenes Lebens und Behagens,
Womit die Menschen durch ihr Tun und Treiben
Die Völker vorwärtsbringen.
Ihre Märkte, Feldbau, Gerichtshöfe, Hochzeiten, Feste und Versammlungen, Flotten, Heere, Priester und Feiertage,
Handel und Gewerbe, die Stimme des Bräutigams, Musikinstrumente, das Licht der Kerzen, und das Mahlen der Mühlen
Sind erfreulich, o Herr: laß sie nicht enden.

Geistliche Betrachtungen: III

1

Willst du die Kindheit dieser erhabenen und himmlischen Größe erfahren? Jene reinen und jungfräulichen Vorstellungen, die ich von Mutterleib an hatte, und jenes göttliche Licht, mit dem ich geboren wurde, waren das Beste bis auf diesen Tag, darin ich das Universum sehen kann. Von Gott mir gegeben, begleiteten sie mich in diese

Verily they seem the greatest gifts His wisdom could bestow, for without them all other gifts had been dead and vain. They are unattainable by book, and therefore I will teach them by experience. Pray for them earnestly: for they will make you angelical and wholly celestial. Certainly Adam in Paradise had not more sweet and curious apprehensions of the world than I when I was a child.

2

All appeared new, and strange at the first, inexpressibly rare and delightful and beautiful. I was a little stranger, which at my entrance into the world was saluted and surrounded with innumerable joys. My knowledge was divine. I knew by intuition those things which since my apostasy I collected again by the highest reason. My very ignorance was advantageous. I seemed as one brought into the estate of innocence. All things were spotless and pure and glorious: yea, and infinitely mine, and joyful and precious. I knew not that there were any sins, or complaints, or laws. I dreamed not of poverties, contentions, or vices. All tears and quarrels were hidden from mine eyes. Everything was at rest, free and immortal. I knew nothing of sickness or death or rents or exaction, either for tribute or bread. In the absence of these I was entertained like an angel with the works of God in their splendour and glory, I saw all in the peace of Eden; heaven and earth did sing my Creator's praises, and could not make more melody to Adam than to me. All time was eternity, and a perpetual Sabbath. Is it not strange that an infant should be heir of the whole world, and see those mysteries which the books of the learned never unfold?

3

The corn was orient and immortal wheat, which never should be reaped, nor was ever sown. I thought it had stood from everlasting to everlasting. The dust and stones of the street were as precious as gold: the gates were at first the end of the world. The green trees when I saw them first through one of the gates transported and ra-

Welt, und dank Seiner besonderen Güte erinnere ich mich ihrer noch jetzt. Wahrhaftig, sie scheinen die größten Gaben, die Seine Weisheit verleihen kann, denn ohne sie wären alle anderen Gaben tot und eitel gewesen. Sie sind durch kein Buch zu erwerben, und darum will ich sie aus Erfahrung lehren. Bitte um sie ernstlich; denn sie werden dich zu einem Engel machen, und ganz himmlisch. Gewiß, Adam im Paradies hatte keine süßeren und wunderbarlicheren Vorstellungen von der Welt als ich, da ich ein Kind war.

2

Alles erschien neu, und seltsam zuerst, unaussprechlich selten und köstlich und schön. Ich war ein kleiner Fremder, den bei seinem Eintritt in die Welt unzählige Freuden begrüßten und umgaben. Mein Wissen war göttlich. Ich wußte aus Eingebung jene Dinge, die ich seit meinem Abfall wieder zu sammeln begann durch den höchsten Verstand. Eben meine Unwissenheit gereichte mir zum Vorteil. Ich schien wie einer, der in den Stand der Unschuld versetzt war. Alle Dinge waren makellos und rein und herrlich. Ich ahnte nichts von Armut, Streit und Laster. Alle Tränen und aller Hader waren meinen Augen verborgen. Alles ruhte, frei und unsterblich. Ich wußte nichts von Krankheit oder Tod oder Zins oder Abgaben, sei es als Tribut oder um Brot. Alles dessen entledigt, wurde ich wie ein Engel bewirtet mit den Werken Gottes in ihrem Glanz und ihrer Herrlichkeit, und sah alles in dem Frieden des Gartens Eden; Himmel und Erde sangen mir meines Schöpfers Preis, und ihr Lobgesang erklang Adam nicht melodischer als mir. Alle Zeit war Ewigkeit, und ein immerwährender Sabbath. Ist es nicht seltsam, daß ein Kind der Erbe der ganzen Welt sein sollte, und jene Geheimnisse erblicken durfte, die kein Buch der Gelehrsamkeit uns entfaltet?

3

Das Korn war glänzender unsterblicher Weizen, der nie geerntet werden sollte, noch je gesät war. Ich dachte, er stünde von Ewigkeit zu Ewigkeit. Der Staub und die Steine der Straßen waren so kostbar wie Gold. Die grünen Bäume, als ich sie zum ersten Mal durch eines der Tore unserer Stadt erblickte, entzückten und entrückten mich;

vished me, their sweetness and unusual beauty made my heart to leap, and almost mad with ecstasy, they were such strange and wonderful things. The men! Oh what venerable and reverend creatures did the aged seem! Immortal cherubims! And young men glittering and sparkling angels, and maids strange seraphic pieces of life and beauty! Boys and girls tumbling in the street, and playing, were moving jewels. I knew not that they were born or should die; but all things abided eternally as they were in their proper places. Eternity was manifest in the light of the day, and something infinite behind everything appeared, which talked with my expectation and moved my desire. The city seemed to stand in Eden, or to be built in heaven. The streets were mine, the temple was mine, the people were mine, their clothes and gold and silver were mine, as much as their sparkling eyes, fair skins and ruddy faces. The skies were mine, and so were the sun and moon and stars, and all the world was mine; and I the only spectator and enjoyer of it. I knew no churlish proprieties, nor bounds, nor divisions: but all proprieties and divisions were mine: all treasures and the possessors of them. So that with much ado I was corrupted, and made to learn the dirty devices of this world. Which now I unlearn, and become, as it were, a little child again that I may enter into the Kingdom of God.

ob ihrer Anmut und ungewohnten Schönheit hüpfte mir das Herz, und war wie trunken vor Wonne. Und die Menschen! O wie ehrwürdige und verehrungswürdige Geschöpfe waren die Alten! Unsterbliche Cherubim! Und die jungen Männer glitzernde und funkelnde Engel, die Jungfrauen seraphinische Wunder an Schönheit und Leben! Knaben und Mädchen, die auf den Straßen sprangen und spielten, waren lebendige Kleinode. Ich wußte nicht, daß sie geboren wurden oder daß sie sterben mußten. Vielmehr waren die Dinge von ewiger Dauer, als wären sie allesamt am rechten Platz. Die Ewigkeit offenbarte sich im Licht des Tages, und hinter jedem Ding erschien etwas von Unendlichkeit, das zu meiner Erwartung sprach und mein Verlangen weckte. Die Stadt schien in Eden zu liegen oder im Himmel erbaut zu sein. Die Straßen waren mein, der Tempel mein, die Leute mein, ihre Kleider, ihr Gold und Silber waren mein, ebenso wie ihre funkelnden Augen, helle Haut und blühenden Gesichter. Die Himmel waren mein, und ebenso Sonne, Mond und Sterne, und alle Welt war mein, und ich ihr einziger Betrachter, dem dies alles zum Genuß übergeben war. Ich kannte kein grobes Eigentum, noch Schranke, noch Teilung; sondern alles Eigentum und alles Geteilte war mein: alle Schätze und die sie besaßen. So daß es großen Aufwands bedurfte, mich zu verderben, und mich die garstigen Wahlsprüche der Welt zu lehren. Welche ich nun wieder verlerne, und werde wie ich war, ein kleines Kind wieder, daß ich eingehen möge in das Reich Gottes.

John Milton

From Il Penseroso

Hence vain deluding Joys,
  The brood of Folly without father bred,
How little you bestead
  Or fill the fixèd mind with all your toys;
Dwell in some idle brain,
  And fancies fond with gaudy shapes possess,
As thick and numberless
  As the gay motes that people the sunbeams,
Or likest hovering dreams,
  The fickle pensioners of Morpheus' train.
But hail thou goddess, sage and holy,
Hail divinest Melancholy,
Whose saintly visage is too bright
To hit the sense of human sight;
And therefore to our weaker view,
O'erlaid with black staid wisdom's hue.
Come pensive nun, devout and pure,
Sober, steadfast, and demure,
All in a robe of darkest grain,
Flowing with majestic train,
And sable stole of cypress lawn,
Over thy decent shoulders drawn.
Come, but keep thy wonted state,
With even step, and musing gait,
And looks commercing with the skies,
Thy rapt soul sitting in thine eyes:
There held in holy passion still,
Forget thyself to marble, till
With a sad leaden downward cast
Thou fix them on the earth as fast.
And join with thee calm Peace, and Quiet,
Spare Fast, that oft with gods doth diet,
And hears the Muses in a ring

John Milton

Aus Il Penseroso

Fort, eitle Freuden, täuschende,
   Der Torheit vaterlos erzeugte Brut!
Wie wenig fördert ihr und füllt
   Den festen Geist mit eurem Tand!
In müßigem Gehirn wohnt, weidet
   An leerem Prunk von Spukgebilden euch,
So dicht und zahllos wimmelnd
   Wie lustige Stäubchen in der Sonne Strahlen,
Oder wie Traumgewölk, das Morpheus
   Als wankelsinniges Gefolge bringt.
Doch heil dir, Göttin, hehr und weise,
Heil, göttlichste Melancholie;
Zu strahlend ist dein heiliges Gesicht,
Als daß der Menschen Auge dich gewahrte;
Mit Schwarz, der Farbe der gesetzten Weisheit,
Unsere schwache Sicht zu schonen, überzogen.
In Sinnen tief versenkt, komm, fromme
Und reine Nonne, standhaft, streng und spröde,
Ganz in ein dunkelstes Gewand gehüllt,
Das majestätisch seine Schleppe schleift,
Und eine Stola zyprischen Gewebes
Um deine keuschen Schultern schwarz gewunden.
Komm, aber ändre dein Betragen nicht,
Gleichmäßig schreitend, in Gedanken,
Die Blicke himmelwärts gerichtet und
Entrückt die Seele in den Augen sitzend:
Heilig ergriffen dort verweilend noch,
Vergiß zu einem Marmor dich, bis bleiern
Betrübt den Blick zur Erde senkend
Du dieses Niedere nicht minder fest betrachtest.
Und stillen Frieden bring mit dir, und Ruhe,
Und karges Fasten, das mit Göttern oft
Zu Tisch sitzt und die Musen allzeit rund

Ay round about Jove's altar sing.
And add to these retired Leisure,
That in trim gardens takes his pleasure;
But first, and chiefest, with thee bring,
Him that yon soars on golden wing,
Guiding the fiery-wheelèd throne,
The cherub Contemplation;
And the mute Silence hist along,
'Less Philomel will deign a song,
In her sweetest, saddest plight,
Smoothing the rugged brow of night,
While Cynthia checks her dragon yoke,
Gently o'er the accustomed oak;
Sweet bird that shun'st the noise of folly,
Most musical, most melancholy!
Thee chauntress oft the woods among
I woo to hear thy even-song;
And missing thee, I walk unseen
On the dry smooth-shaven green,
To behold the wandering moon,
Riding near her highest noon,
Like one that had been led astray
Through the heaven's wide pathless way;
And oft, as if her head she bowed,
Stooping through a fleecy cloud,
Oft on a plot of rising ground,
I hear the far-off curfew sound,
Over some wide-watered shore,
Swinging slow with sullen roar;
Or if the air will not permit,
Some still removèd place will fit,
Where glowing embers through the room
Teach light to counterfeit a gloom,
Far from all resort of mirth,
Save the cricket on the hearth,
Or the bellman's drowsy charm,
To bless the doors from nightly harm:
Or let my lamp at midnight hour,

Um Jovis Altar singen hört.
Und Muße bring mit ihnen, die, zurückgezogen,
An schmucken Gärten sich ergötzt;
Als wichtigsten Gefährten aber
Bring ihn, der drüben goldne Flügel
Schwingt, seinen Thron auf Feuerrädern lenkend,
Den Cherub der Betrachtung.
Lautlose Stille winke her, es sei denn
Die Nachtigall gewähre uns ein Lied
Der süßesten Schwermütigkeit
Und glätte die gefurchte Stirn der Nacht,
Indessen Cynthia ihr Drachenjoch
Sanft über der gewohnten Eiche zügelt;
Der du den Lärm der Narrheit meidest, süßer Vogel,
Ganz musikalische Melancholie!
Dich, Sängerin, dein Abendlied zu hören,
Durchforsche ich die Wälder oft;
Und dich verfehlend, streife ungesehn
Ich übers trockne, abgemähte Grün,
Und schau den Mond, wie er dort oben wandert,
Dem höchsten Punkte seiner Bahn entgegen,
Wie einer, der am weiten Himmel sich
Pfadlos verirrt hat; oftmals auch
Scheint er durch flockiges Gewölk
Geneigten Hauptes sich herabzubeugen.
Und oft, auf flacher Höhe überm Grund,
Hör ich von fern die Abendglocken läuten,
Wo weithin Wasser an die Küste branden,
Gedämpft mit dumpfen Tönen wandelnd.
Doch wenn die Witterung dies nicht erlaubt,
Sei abgelegen eine Hausung mir genehm,
Wo durch den Raum hinabgebrannte Glut
Das Licht ein Dunkel nachzuahmen lehrt,
Fern aller freudigen Geschäftigkeit,
Dem Heimchen auf dem Herde nur gesellt;
Schläfrig ertönt allein des Wächters Ruf die Türen lang,
Vor Schaden nachthindurch sie zu bewahren.
Oder laß zu mitternächtiger Stunde meine Lampe

Be seen in some high lonely tower,
Where I may oft outwatch the Bear,
With thrice great Hermes, or unsphere
The spirit of Plato to unfold
What worlds, or what vast regions hold
The immortal mind that hath forsook
Her mansion in this fleshly nook;
And of those demons that are found
In fire, air, flood, or under ground,
Whose power hath a true consent
With planet, or with element.
Sometime let gorgeous Tragedy
In sceptred pall come sweeping by,
Presenting Thebes, or Pelops' line,
Or the tale of Troy divine.
Or what (though rare) of later age,
Ennobled hath the buskined stage.
Thus, Night, oft see me in thy pale career,
Till civil-suited Morn appear,
Not tricked and frounced as she was wont
With the Attic boy to hunt,
But kerchiefed in a comely cloud
While rocking winds are piping loud,
Or ushered with a shower still,
When the gust hath blown his fill,
Ending on the rustling leaves,
With minute drops from off the eaves.
And when the sun begins to fling
His flaring beams, me, Goddess, bring
To archèd walks of twilight groves,
And shadows brown that Sylvan loves
Of pine, or monumental oak,
Where the rude axe with heavèd stroke
Was never heard the nymphs to daunt,
Or fright them from their hallowed haunt.
There in close covert by some brook,
Where no profaner eye may look,
Hide me from day's garish eye,

Im hohen Turmgemache einsam brennen,
Wo ich dem Bären oft mit Hermes,
Dem Dreimalgroßen, nachspähe, wie er kreist,
Oder aus seiner Sphäre Platos Geist herbanne,
Mir zu enthüllen, welche Welten oder weiten Reiche
Unsterblich unser Geist bewohnt,
Wenn er des Fleisches enges Haus verlassen;
Und über jene Geister mich belehre
In Feuer, Luft und Wasser, oder unter
Der Erde, deren Kräfte stets mit dem Planeten
Zusammenstimmen oder ihrem Element. Bisweilen laß ich
Prachtliebend die Tragödie, königlich
Den Mantel schleifend, mir vorüberziehn,
Thebens Geschick, des Tantalus Geschlecht und
Trojas, der göttlichen, Geschichte darstellend,
Oder was (ob selten auch) aus spätern Zeiten
Die Bretter adelte des Trauerspiels.
So soll die Nacht in ihrem schwachen Schimmer
Oft mich erblicken, bis die Morgenröte
Sittsam heraufkommt, nicht gekräuselt,
Nicht ausstaffiert, wie sie gewohnt war
Mit Cephalus zu jagen, sondern eine Wolke anmutig umgetan,
Wenn Winde laut pfeifend an den Wipfeln rütteln,
Oder von einem sanften Schauer
Begleitet, wenn der Nachtsturm ausgerast;
Sacht säuseln ihm die Blätter nach,
Des Daches Rinne tropfelt noch.
Und wenn die Sonne blendend ihre Strahlen
Zu werfen anhebt, Göttin, bringe
Auf Wege dämmernd unter Waldgewölben,
Zu braunen Schatten, die Silvanus liebt,
Der Fichte, oder ragend stolzer Eiche mich,
Wo nie die rauhe Axt erschallte,
Mit schwerem Schlag die Nymphen zu erschrecken
Oder von ihrem heiligen Aufenthalt zu scheuchen.
Dort, tief im Gebüsch versteckt, an Baches Ranft,
Wo ungeweiht kein Auge mich erspäht,
Verbirg mich vor des Tages frechem Blick, indes

While the bee with honied thigh,
That at her flowery work doth sing,
And the waters murmuring
With such consort as they keep,
Entice the dewy-feathered Sleep;
And let some strange mysterious dream
Wave at his wings, in airy stream
Of lively portraiture displayed,
Softly on my eyelids laid.
And as I wake, sweet music breathe
Above, about, or underneath,
Sent by some spirit to mortals good,
Or the unseen genius of the wood.
  But let my due feet never fail.
To walk the studious cloister's pale,
And love the high embowèd roof,
With antique pillars' massy proof
And storied windows richly dight,
Casting a dim religious light.
There let the pealing organ blow,
To the full-voicèd choir below,
In service high, and anthems clear,
As may with sweetness, through mine ear,
Dissolve me into ecstasies,
And bring all heaven before mine eyes.
And may at last my weary age
Find out the peaceful hermitage,
The hairy gown and mossy cell,
Where I may sit and rightly spell
Of every star that heaven doth shew,
And every herb that sips the dew;
Till old experience do attain
To something like prophetic strain.
  These pleasures, Melancholy, give,
And I with thee will choose to live.

Die Biene honigschwer an Blütenkelchen
Geschäftig summt und murmelnd das Konzert
Der Wasser sie begleitet, sanft den Schlaf
Auf seinem Taugefieder herzulocken;
Und laß seltsam geheimnisvoll
Auf Luftgewässern einen Traum die Flügel schwingen,
Was lebendig sich dort abmalt, sanft
Auf meine Lider mir zu legen.
Wenn ich dann wache, möge süße
Musik mich oben, ringsum oder unten
Umatmen, ausgesandt von einem
Uns Sterblichen geneigten Geist,
Oder vom unerblickten Genius des Waldes.
  Doch laß meine Füße oft
Im Kreuzgang der Beschaulichkeit
Ehrfürchtig wandern, laß das hochgewölbte Dach mich
Und seine alten schweren Pfeiler lieben,
Und das gedämpfte Licht, das durch die Fenster fallend,
Die reichbebilderten, zur Andacht stimmt.
Die Orgel brausend laß erschallen dort
Zum vollen Chor der Stimmen unten
Im Hochamt und im reinen Hymnenklang,
Die, süß erklingend, durch mein Ohr
Mich in Verzückung hinschmelzen lassen und
Die Himmel alle mir vors Auge bringen. Möge
Mein müdes Alter mich zuletzt
Die friedvolle Einsiedelei auffinden lassen,
Die härene Kutte, die bemooste Zelle,
Zu sitzen dort und, die der Himmel zeigt,
Die Sterne zu studieren und
Tautrinkend jedes Kraut,
Bis, vielerfahren, mein Gemüt
Fast weiszusagen Kräfte sich erwirbt.
  Solche Vergnügungen gib mir, Melancholie,
Und ich erwähle dich, mit dir zu leben.

From Lycidas

Yet once more, O ye laurels, and once more
Ye myrtles brown, with ivy never sere,
I come to pluck your berries harsh and crude,
And, with forced fingers rude,
Shatter your leaves before the mellowing year.
Bitter constraint, and sad occasion dear,
Compels me to disturb your season due:
For Lycidas is dead, dead ere his prime,
Young Lycidas, and hath not left his peer.
Who would not sing for Lycidas? he knew
Himself to sing, and build the lofty rhyme.
He must not float upon his watery bier
Unwept, and welter to the parching wind,
Without the meed of some melodious tear.
   For we were nursed upon the self-same hill,
Fed the same flock, by fountain, shade, and rill.
Together both, ere the high lawns appeared
Under the opening eye-lids of the morn,
We drove afield, and both together heard
What time the gray-fly winds her sultry horn,
Battening our flocks with the fresh dews of night,
Oft till the star that rose at evening bright
Toward heaven's descent had sloped his westering wheel.
   But O the heavy change, now thou art gone,
Now thou art gone, and never must return!
Thee shepherd, thee the woods and desert caves,
With wild thyme and the gadding vine o'ergrown,
And all their echoes mourn;
The willows, and the hazel copses green,
Shall now no more be seen,
Fanning their joyous leaves to thy soft lays.
As killing as the canker to the rose,
Or taint-worm to the weanling herds that graze,
Or frost to flowers, that their gay wardrobe wear,
When first the white-thorn blows,
Such, Lycidas, thy loss to shepherd's ear.

Aus Lycidas

Noch einmal laßt, o Lorbeern, und noch einmal,
Du Myrte braun, du Efeu immergrün,
Nach eurer Früchte harter bitterer Beere
Mit rauher Hand mich greifen,
Euer Laub verstreun noch vor des Jahres Reife.
Trauriger Grund, teurer Verpflichtung Schwere
Macht, daß ich vor der Zeit zu euch mich kehre,
Denn Lycidas ist tot, tot eh er blühte;
Der junge Lycidas – und wer denn wäre
Ihm gleich? Wer säng nicht Lycidas? Wußt er
Doch selbst zu singen, luftigen Reim zu türmen:
Nicht unbeklagt auf seiner nassen Bahre
Soll er hinziehn, treiben in heißen Stürmen,
Nicht unbelohnt von eines Sängers Zähre.
Am gleichen Hang aufwachsend, führten beide
Die gleichen Herden wir zu Bach und Weide;
Beisammen schon, eh über hohen Wiesen
Der Morgen sacht die Lider aufgetan,
Trieben wir feldwärts; lauschten spät dem tiefen
Käfergebrumm, indes sich reichen Trank
Die Herde nahm vom frischen Tau der Nacht –
Oft bis der Stern, der abends stieg, vollbracht
Nach Westen sinkend seine Himmelsbahn.
Doch, o der Wechsel schwer, seit du gegangen,
Seit du gegangen, nie mehr uns zu sehn!
Dich, Schäfer, ruft der Wald, dich ruft die Schlucht
Von Thymian und wildem Wein umhangen:
All ihre Echos flehn;
Die Weidenbäume, Haselstraucher grün,
Sie fächeln niemals wieder
Ihr Laub zum süßen Takte deiner Lieder.
So tödlich, wie die Rose trifft der Rost,
Des Erdwurms Biß die Jährlinge der Herden,
Blumen im bunten Kleid ein später Frost,
Wenn schon die Weißdornäste schneeig werden,
Ist, Lycidas, dem Ohr der Hirten dein Verlust.

Alas! what boots it with incessant care
To tend the homely slighted shepherd's trade,
And strictly meditate the thankless Muse?
Were it not better done, as others use,
To sport with Amaryllis in the shade,
Or with the tangles of Neaera's hair?
Fame is the spur that the clear spirit doth raise
(That last infirmity of noble mind)
To scorn delights, and live laborious days;
But the fair guerdon when we hope to find,
And think to burst out into sudden blaze,
Comes the blind Fury with the abhorrèd shears,
And slits the thin-spun life. «But not the praise»,
Phoebus replied, and touched my trembling ears;
«Fame is no plant that grows on mortal soil,
Nor in the glistering foil
Set off to the world, nor in broad rumour lies,
But lives and spreads aloft by those pure eyes,
And perfect witness of all-judging Jove;
As he pronounces lastly on each deed,
Of so much fame in heaven expect thy meed.»
Ay me! Whilst thee the shores and sounding seas
Wash far away, where'er thy bones are hurled,
Whether beyond the stormy Hebrides,
Where thou perhaps under the whelming tide
Visit'st the bottom of the monstrous world;
Or whether thou, to our moist vows denied,
Sleep'st by the fable of Bellerus old,
Where the great vision of the guarded mount
Looks toward Namancos and Bayona's hold;
Look homeward, angel, now, and melt with ruth,
And, O ye dolphins, waft the hapless youth.
Weep no more, woeful shepherds, weep no more,
For Lycidas your sorrow is not dead,
Sunk though he he beneath the watery floor;
So sinks the day-star in the ocean bed,
And yet anon repairs his drooping head,
And tricks his beams, and with new spangled ore

Was nützt es da, ach! daß wir stets beflissen
Das schlichte, arme Hirtenwerk versahen,
Der undankbaren Muse ganz ergeben?
Wärs da nicht besser, wie die andern leben,
Mit Amaryllis sich im Schatten küssen,
Und zärtlich spielen mit Neaeras Haaren?
Ruhm ist der Sporn, den lichten Geist zu reizen
(Die letzte Schwäche eines edlen Sinns),
Lust zu verachten, mit dem Tag zu geizen;
Doch wenn wir endlich glauben, des Gewinns
Lohn einzubringen und des Ruhmes Licht,
Kappt blind die Furie mit der Schreckensschere
Des Lebens Dünngespinst. «Doch den Ruhm nicht!»
Spricht Phoebus, daß ichs bebend höre;
«Ruhm ist kein Kraut, wächst nicht auf Erdengrund,
Nicht im Geflitter bunt,
Noch im Geschwätz der Welt – er lebt und spreitet
Sich hoch im Äther, unterm reinen Auge
Jupiters, des All-Richters, hingebreitet:
Und wie er deine Taten schätzt auf Erden.
Soviel wird dir an Ruhm im Himmel werden.»
Weh mir! während die Flut zu fernem Lande
Dich fortspült, weithin wirbelnd dein Gebein,
Ob du schon jenseits der Hebriden stürmischem Strande,
Mit mächtigem Wogenschwall hinabgetragen,
Den Grund begehst vom irdischen Schauerreich,
Ob du, entrückt den tränenfeuchten Klagen,
In Bellerus' Sagenwohnstatt schläfst,
Wo groß der Ausblick des beschützten Berges
Gen Namancos und gen Bayona steht –
Schau heimwärts, Engel! Schmilz hin in Erbarmen,
Und, o Delphine, leitet ihn, den Armen.
Wehklagt nicht mehr, weint, Hirten, weint nicht mehr:
Lycidas, euer Kummer, starb ja nicht,
Ob er gleich hinsank durch das feuchte Tor.
So sinkt im Ozean des Tagsterns Licht
Und hebt wie bald das Haupt aufs neue schon,
Um strahlenfrisch aus neuer Erze Gluten

Flames in the forehead of the morning sky:
So Lycidas sunk low, but mounted high,
Through the dear might of Him that walked the waves,
Where, other groves and other streams along,
With nectar pure his oozy locks he laves,
And hears the unexpressive nuptial song,
In the blest kingdoms meek of joy and love.
There entertain him all the saints above,
In solemn troops, and sweet societies,
That sing, and singing in their glory move,
And wipe the tears for ever from his eyes.
Now Lycidas the shepherds weep no more;
Henceforth thou art the genius of the shore
In thy large recompense, and shalt be good
To all that wander in that perilous flood.
Thus sang the uncouth swain to the oaks and rills,
While the still morn went out with sandals gray;
He touched the tender stops of various quills,
With eager thought warbling his Doric lay:
And now the sun had stretched out all the hills,
And now was dropped into the western bay;
At last he rose, and twitched his mantle blue:
Tomorrow to fresh woods, and pastures new.

On Shakespeare

What needs my Shakespeare for his honoured bones
The labour of an age in pilèd stones,
Or that his hallowed relics should be hid
Under a star-ypointing pyramid?
Dear son of memory, great heir of fame,
What need'st thou such weak witness of thy name?
Thou in our wonder and astonishment
Hast built thyself a live-long monument.
For whilst to the shame of slow-endeavouring art
Thy easy numbers flow, and that each heart
Hath from the leaves of thy unvalued book

Hoch an des Morgenhimmels Stirn zu lohn:
So sank auch Lycidas, so stieg er hoch,
Dank Seinem Walten, der einst schritt auf Fluten,
Daß andere Haine, anderen Strom entlang
Die schlammigen Locken er in Nektar bade,
Und unaussprechlich süßen Brautgesang
Vernehm im Reich der Lieb und Gnade.
Und dort empfangen alle Heiligen ihn,
Süßes Geleit und feierliche Schar,
Die in der Glorie singend ihn umziehn
Und ihm die Tränen trocknen immerdar.
Jetzt, Lycidas, weint kein Hirte mehr um dich,
Denn du bist Schutzgeist diesem Küstenstrich
Zu reichem Lohn, und hilfst jedwedem gut,
Der wandert auf der ungestümen Flut.
So sang der schlichte Hirt dem Bach, den Eichen vor,
Schon als der Morgen kam, auf grauen Sohlen, leise;
Er sang, den zarten Griff von jedem Rohr
Leicht rührend, fromm nach dorischer Weise.
Nun kriechen Schatten das Gebirg empor,
Nun senkt die Sonne westwärts ihre Reise;
Da steht er auf, den blauen Mantel greifend:
Morgen zu neuen Wäldern, neuen Weiden.

Auf Shakespeare

Braucht meines Shakespeare heiliges Gebein
Ein Denkmal, das ihm Menschen baun aus Stein?
Was sollte seinen kostbaren Reliquien
Ein Grab in Stern-bedrohenden Pyramiden?
Brauchst du, Erinnerungs-Sohn, Erb allen Ruhmes,
So schwaches Zeugnis deines Menschentumes?
In unserer staunenden Bewunderung
Schufst du ein Monument dir, ewig jung.
Denn wenn, schwerfällige Künste zu beschämen,
Frei und natürlich deine Verse strömen,
Wenn Blatt um Blatt dein unschätzbares Buch

Those Delphic lines with deep impression took,
Then thou our fancy of itself bereaving
Dost make us marble with too much conceiving,
And so sepulchred in such pomp dost lie,
That kings for such a tomb would wish to die.

On Time

Fly, envious Time, till thou run out thy race,
Call on the lazy leaden-stepping hours,
Whose speed is but the heavy plummet's pace;
And glut thyself with what thy womb devours,
Which is no more than what is false and vain,
And merely mortal dross;
So little is our loss,
So little is thy gain.
For when as each thing bad thou hast entombed,
And, last of all, thy greedy self consumed,
Then long Eternity shall greet our bliss
With an individual kiss;
And Joy shall overtake us as a flood,
When everything that is sincerely good
And perfectly divine,
With Truth, and Peace, and Love shall ever shine
About the supreme Throne
Of him, t'whose happy-making sight alone
When once our heavenly-guided soul shall climb,
Then all this earthy grossness quit,
Attired with stars, we shall forever sit,
Triumphing over Death, and Chance, and thee, O Time.

To the Lord General Cromwell

Cromwell, our chief of men, who through a cloud
Not of war only, but detractions rude,
Guided by faith and matchless fortitude

Tief in die Brust uns senkt delphischen Spruch,
Dann, unsere Phantasie sich selbst entreißend,
Machst du uns marmorn durch Zuviel-Begreifen;
Und, so umfangen, ruhst so reichgebahrt,
Daß gern ein König stürb für solches Grab.

An die Zeit

Flieh, neidische Zeit, bis du dein Ziel erreichet,
Beschleunige der Stunden schweren Gang,
Des Eile nur dem Schritt des Senkbleis gleichet;
Es sättige dich, was dein Rachen schlang,
Das Eitle, Falsche, denn nur das wird dein,
Nur Erdentand und Staub;
So wenig ist dein Raub,
Und der Verlust so klein.
Wirst endlich alles Böse du begraben,
Zuletzt die eigne Gier verzehret haben,
Dann nahet Ewigkeit mit hohem Gruß
Und bringt den unteilbaren Kuß;
Und einer Flut gleich wird die Freude steigen,
Wenn jedes wahrhaft Gute sich wird zeigen,
Das Göttliche hell scheinen
Und Wahrheit, Friede, Liebe sich vereinen,
Um dessen Thron zu schweben,
Zu dem wir uns im Himmelsflug erheben,
Ihn anzuschaun durch alle Ewigkeit;
Tief unter uns die dunkle Erdenbahn,
Ruhn ewig wir, in Sternen angetan,
Erhaben über Zufall, Tod und dich, o Zeit.

An Cromwell

Cromwell, du Stolz der Männer, durch die Nacht
Des Kriegs, durch der Verleumdung rohe Wut
Hast Du, geführt vom Glauben und von Mut,

To peace and truth thy glorious way hast ploughed,
   And on the neck of crownèd fortune proud
Hast reared God's trophies and His work pursued,
While Darwen stream with blood of Scots imbrued,
And Dunbar field resounds thy praises loud,
   And Worcester's laureate wreath; yet much remains
To conquer still; peace hath her victories
No less renowned than war, new foes arise
Threatening to bind our souls with secular chains:
   Help us to save free conscience from the paw
   Of hireling wolves whose gospel is their maw.

On the Late Massacre in Piedmont

Avenge, O Lord, thy slaughtered saints, whose bones
Lie scattered on the Alpine mountains cold:
Even them who kept thy truth so pure of old
When all our fathers worshipped stocks and stones,
   Forget not; in thy book record their groans
Who were thy sheep, and in their ancient fold
Slain by the bloody Piedmontese that rolled
Mother with infant down the rocks. Their moans
   The vales redoubled to the hills, and they
To Heaven. Their martyred blood and ashes sow
O'er all th' Italian fields, where still doth sway
   The triple tyrant, that from these may grow
A hundredfold, who, having learnt thy way,
Early may fly the Babylonian woe.

On His Deceased Wife

Methought I saw my late espousèd saint
Brought to me like Alcestis from the grave,
Whom Jove's great son to her glad husband gave,
Rescued from Death by force, though pale and faint.
   Mine, as whom washed from spot of child-bed taint

Frieden und Wahrheit glorreich Bahn gemacht.
Du hast den Herrn erhöht, Sein Werk vollbracht,
Das auf dem Sturz gekrönten Glückes ruht:
Des Darwen Wogen färbte Schottenblut,
Und deinen Ruhm verkündet Dunbars Schlacht,
Und Worcesters Lorbeer. Viel noch bleibt zu retten,
Des Friedens Siege tragen ihren Lohn
Wie die des Krieges. Neue Feinde drohn
Den Seelen Fesselung mit irdischen Ketten:
Wahr unser frei Gewissen vor der Rotte
Der Wölfe, die den Bauch erhöhn zum Gotte!

Auf das jüngst in Piemont verübte Blutbad

Räche, Herr, Deiner Heiligen Mord, deren Gebeine
Verstreut auf kalten Alpenhängen liegen:
Sie, die sich Deinen Glauben rein erhielten,
Da unsrer Väter Andacht Stöcken galt und Steinen,
Vergiß nicht! Deinem Buch schreib ihre Qualen ein,
Die Deine Schafe warn, in ihrer alten Hürde
Von Piemonts blutiger Hand gefällt: sie stürzte
Mutter samt Kind den Fels hinab – ihr Schrein
Warfen die Täler zwiefach zu den Bergen,
Und sie zum Himmel. Streu ihr Opferblut
Und ihre Asche auf Italiens Erde,
Noch in des dreifachen Tyrannen Hut,
Daß hundertfach die Schar der Deinen werde,
Die bald entflieht der babylonischen Not.

Auf seine abgeschiedene Gemahlin

Mir war, als säh mein seliges Gemahl
Ich heimkehrn, wie Alkestis aus dem Grab,
Die Jovis Sohn dem frohen Gatten gab,
Dem Tod mit Macht entrafft, doch schwach und fahl.
Wie eine, der des Kindbetts Fleckenmal

Purification in the old law did save,
And such as yet once more I trust to have
Full sight of her in heaven without restraint,
  Came vested all in white, pure as her mind.
Her face was veiled; yet to my fancied sight
Love, sweetness, goodness, in her person shined
So clear as in no face with more delight.
  But, oh! as to embrace me she inclined,
  I waked, she fled, and day brought back my night.

On his Blindness

When I consider how my light is spent
Ere half my days in this dark world and wide,
And that one talent which is death to hide
Lodged with me useless, though my soul more bent
  To serve therewith my Maker, and present
My true account, lest He returning chide,
«Doth God exact day-labour, light denied?»
I fondly ask. But Patience, to prevent
  That murmur, soon replies, «God doth not need
Either man's work or his own gifts. Who best
Bear his mild yoke, they serve him best. His state
  Is kingly: thousands at his bidding speed,
And post o'er land and ocean without rest;
They also serve who only stand and wait.»

PARADISE LOST

Of Man's first disobedience, and the fruit
Of that forbidden tree, whose mortal taste
Brought death into the World, and all our woe,
With loss of Eden, till one greater man
Restore us, and regain the blissful seat,

Alten Gesetzes Reinigung getilgt,
Und wie sie einstmals mein erstandener Blick
Gänzlich zu sehen hofft im Himmelssaal,
  So kam sie, ganz in Weiß, rein wie ihr Sinn.
Verhüllt die Züge; doch der Traumsicht zeigte
Sie soviel Lieb und Güte – niemals schien
Ein Antlitz heller. Dann, als sie sich neigte,
  Um mich zu küssen, ach! bin ich erwacht,
  Sie schwand, und Tag schlug wieder mich in Nacht.

Auf seine Blindheit

Wenn ich bedenke, wie mein Licht erlischt,
Eh halb mein Tag, in dieser dunklen Welt;
Mein Pfund, das ungenutzt dem Tod verfällt,
Vergraben liegt, so sehr mein Geist zum Dienst
  Sich drängt des Herrn, Ihm Rechnung abzulegen,
Daß Er nicht schilt, heimkehrend, Seinen Knecht –
«Verlangt Gott Tagwerk und verweigert Licht?»
So frag ich Tor. Dem Murren zu begegnen,
  Erwidert die Geduld: «Was kann Gott liegen
An Menschenwerk und -kraft? Gut dient Ihm, wer
Sein mildes Joch am besten trägt. Sein Stand
  Ist königlich: auf Seinen Wink hin fliegen
Tausende rastlos über Land und Meer –
Ihm dient auch, wer da ausharrt unverwandt.»

Das verlorene Paradies

Proöm

Des Menschen erste Sünde, den Genuß
Von des verbotnen Baumes Frucht, die Tod
Und alles Weh erzeugt hat und die Menschheit
Aus Eden bannte, bis ein Größrer einst
Sie wieder einführt in den Sitz des Heils –

Sing, Heavenly Muse, that on the secret top
Of Oreb, or of Sinai, didst inspire
That shepherd who first taught the chosen seed
In the beginning how the heavens and earth
Rose out of Chaos; or if Sion hill
Delight thee more, and Siloa's brook that flowed
Fast by the oracle of God, I thence
Invoke thy aid to my adventurous song,
That with no middle flight intends to soar
Above th'Aonian mount, while it pursues
Things unattempted yet in prose or rhyme;
And chiefly Thou, O Spirit, that dost prefer
Before all temples th' upright heart and pure,
Instruct me, for Thou know'st; Thou from the first
Wast present, and, with mighty wings outspread,
Dove-like sat'st brooding on the vast Abyss,
And mad'st it pregnant: what in me is dark
Illumine, what is low raise and support:
That, to the height of this great argument,
I may assert Eternal Providence,
And justify the ways of God to men.

A DUNGEON horrible, on all sides round,
As one great furnace flamed; yet from those flames
No light, but rather darkness visible
Served only to discover sights of woe,
Regions of sorrow, doleful shades, where peace
And rest can never dwell, hope never comes
That comes to all, but torture without end
Still urges, and a fiery deluge, fed
With ever-burning sulphur unconsumed.
Such place Eternal Justice had prepared
For those rebellious; here their prison ordained
In utter darkness, and their portion set,
As far removed from God and light of heaven

Sing, Himmelsmuse, die du auf des Horeb
Einsamer Höh und auf dem Sinai
Den Hirten hast begeistert, der zuerst
Dem auserwählten Volke kundgetan,
Wie Erd und Himmel aus dem Chaos stiegen;
Doch liebst du Sion und den Bach Siloah
Am Gott-Orakel mehr, fleh ich von dort
Um deinen Beistand für mein kühnes Lied,
Das über Aoniens Musenberg hinaus
Sich schwingen will, weil es nach Höherm strebt,
Als Vers bisher und Prosa noch gewagt;
Und du, o Geist, vor dem ein reines Herz
Mehr gilt als Tempelpracht, belehre mich –
Du kannst es, denn von Anbeginn warst du;
Die Tiefe deckend, einer Taube gleich,
Mit mächtigen Fittichen, befruchtetest
Du ihren Schoß: Was in mir dunkel ist,
Erhelle, und was niedrig, richt empor,
Daß, würdig des erhabnen Stoffes, ich
Die ewige Vorsehung und Gottes Wege
Rechtfertigen und den Menschen künden mag.

Satan

Ein fürchterlicher Kerker flammt ringsum
Gleich einem mächtigen Ofen; doch kein Licht
Gibt diese Glut, sichtbare Dunkelheit
Vielmehr, die nur des Grams und Jammers Stätten,
Nur traurige Schatten zu enthüllen dient,
Wo Ruh und Friede nimmer weilen kann,
Noch Hoffnung, die sonst jedem naht, wo Qual
Auf Qual sich endlos drängt, und stets sich neu
Ein Feuermeer mit Schwefelmassen nährt.
Dies war der Ort, den die Gerechtigkeit
Des Ewigen den Empörten schuf, dies ihr
Gefängnis, finster, und dreimal so weit
Wie von des Weltalls Mittelpunkt der Pol,

As from the centre thrice to th' utmost pole.
Oh, how unlike the place from whence they fell!
There the companions of his fall, o'erwhelmed
With floods and whirlwinds of tempestuous fire,
He soon discerns; and, weltering by his side,
One next himself in power, and next in crime,
Long after known in Palestine, and named
Beëlzebub. To whom th'Arch-Enemy,
And thence in heaven called Satan, with bold words
Breaking the horrid silence, thus began:
«If thou beest he – but oh, how fall'n! how changed
From him who, in the happy realms of light,
Clothed with transcendent brightness, didst outshine
Myriads, though bright! – if he whom mutual league,
United thoughts and counsels, equal hope
And hazard in the glorious enterprise
Joined with me once, now misery hath joined
In equal ruin; into what pit thou seest
From what height fallen – so much the stronger proved
He with his thunder – and till then who knew
The force of those dire arms? Yet not for those,
Nor what the potent Victor in his rage
Can else inflict, do I repent, or change,
Though changed in outward lustre, that fixed mind,
And high disdain from sense of injured merit,
That with the Mightiest raised me to contend
And to the fierce contention brought along
Innumerable force of Spirits armed,
That durst dislike his reign, and, me preferring,
His utmost power with adverse power opposed
In dubious battle on the plains of Heaven,
And shook his throne. What though the field be lost?
All is not lost –»

Von Gott und von des Himmels Licht entfernt:
Wie ungleich, ach, dem Ort, aus dem sie fielen!
Bald unterscheidet er, vom Wirbelwind
Der heftigen Glut erfaßt, auch seines Falls
Gefährten und an seiner Seite den,
Der an Gewalt ihm wie an Schuld der nächste,
In Palästina später unterm Namen
Beëlzebub bekannt. Zu ihm begann
Der Erzfeind – Satan hieß er drum im Himmel –
Mit trotzigem Wort das grause Schweigen brechend:
«Bist du's? – O wie gefallen! o wie ungleich
Dem, der im Reich des Lichts, mit Glanz umwallt,
Myriaden hellster Engel überstrahlte!
Bist du es, den ein wechselseitig Bündnis,
Dieselbe Kühnheit der Gedanken, gleiche
Gefahr und Hoffnung in dem Ruhmeswerk
Mit mir verband und elend jetzt vereint
In gleichem Sturze – sieh, von welcher Höh
In welche Tiefe! So bezwang uns Er
Mit seinem Blitz; wer kannte denn bis da
Der Schreckenswaffe Macht? Doch nicht um sie
Noch das, was sonst des starken Siegers Zorn
Verhängen mag, bereu ich oder beuge,
Ob auch an Glanz geschwächt, den festen Sinn,
Den tiefen Groll gekränkten Wertgefühls,
Der mit dem Mächtigsten mich kämpfen hieß
Und zum Gefecht ein zahllos Geisterheer,
Ihm abgeneigt und mir den Vorzug gebend,
Bewaffnete, das seiner Übermacht
Gewalt entgegentrug in offener,
Nicht zweifelloser Schlacht, ja seinen Thron
Erschüttert hat. Verloren ist die Schlacht;
Doch alles ist nicht hin! –»

HAIL HOLY LIGHT! offspring of heaven first-born,
Or of the Eternal co-eternal beam,
May I express thee unblamed? since God is light,
And never but in unapproachèd light
Dwelt from eternity, dwelt then in thee,
Bright effluence of bright essence increate;
Or hear'st thou rather: pure ethereal stream,
Whose fountain who shall tell? Before the sun,
Before the heavens thou wert, and at the voice
Of God, as with a mantle, didst invest
The rising world of waters dark and deep,
Won from the void and formless infinite.
Thee I revisit now with bolder wing,
Escaped the Stygian pool, though long detained
In that obscure sojourn, while in my flight
Through utter and through middle darkness borne,
With other notes than to the Orphean lyre
I sung of Chaos and eternal Night,
Taught by the heavenly Muse to venture down
The dark descent, and up to reascend,
Though hard and rare; thee I revisit safe,
And feel thy sovereign vital lamp; but thou
Revisit'st not these eyes, that roll in vain
To find thy piercing ray, and find no dawn;
So thick a drop serene hath quenched their orbs,
Or dim suffusion veiled. Yet not the more
Cease I to wander where the Muses haunt
Clear spring, or shady grove, or sunny hill,
Smit with the love of sacred song.

Thus with the year
Seasons return, but not to me returns
Day, or the sweet approach of even or morn,

Anrede an das Licht

Heil, heilig Licht dir! Himmels erstes Kind,
Oder des Ewigen mitewiger Strahl!
(Dürft ich so nennen dich:) denn Gott ist Licht
Und unzugangbar wohnt'er ewiglich
Im Lichte; wohnet ewig da in dir,
Du Ausfluß-Glanz vom unerschaffnen Glanze.
Oder hörst du lieber reinen Äther-Strom
Dich nennen? dessen Quell – wer zeigt ihn an?
Eh diese Sonn', eh dieser Himmel ward,
Warst du und kleidetest auf Schöpfers Wort
Die Welt, die aus der dunkeln Tiefe stieg,
Dem Unding abgewonnen, festlich an.
Dich seh ich wieder nun, mit kühnerm Flug,
Entronnen jenem Höllenpfuhle, der
Mich lang in seinen dunkeln Gründen, lang
In äußerster und mittler Finsternis
Aufhielt, als ich von Nacht und Chaos sang
Mit anderer als Orpheus' Leier: denn
Des Himmels Muse hatte mich gelehrt,
Hinab- und wieder aufzuschwingen mich
Ans Tagslicht (schwer' und seltne Rückkehr!). Dich
Besuch ich wieder unversehrt und fühle
Die große Lebenslampe. Du besuchst
Nicht diese Augen, die vergebens rollen,
Zu finden deinen scharfen Strahl; sie finden
Kein Dämmerlicht. So hat ein dicker Tropfe
Verfinstert sie, verschleirt mit Dunkelheit.
Und dennoch hör ich nicht zu wandeln auf,
Da wo die Musen ihren Silberquell,
Den Sonnenhügel und den Schattenhain
Besuchen; immer noch getroffen von
Dem Liebespfeil des heiligen Gesangs.
Mit dem Jahre kehren
Jahreszeiten wieder, aber mir nur kehrt
Der Tag nicht wieder, noch der süße Morgen,

Or sight of vernal bloom, or summer's rose,
Or flocks, or herds, or human face divine;
But cloud instead, and ever-during dark
Surrounds me, from the cheerful ways of men
Cut off, and from the book of knowledge fair
Presented with a universal blank
Of Nature's works, to me expunged and razed,
And wisdom at one entrance quite shut out.
So much the rather thou, Celestial Light,
Shine inward, and the mind through all her powers
Irradiate; there plant eyes, all mist from thence
Purge and disperse, that I may see and tell
Of things invisible to mortal sight.

THUS EVE with countenance blithe her story told;
But in her cheek distemper flushing glowed.
On the other side, Adam, soon as he heard
The fatal trespass done by Eve, amazed,
Astonied stood and blank, while horror chill
Ran through his veins, and all his joints relaxed;
From his slack hand the garland wreathed for Eve
Down dropped, and all the faded roses shed;
Speechless he stood and pale, till thus at length
First to himself he inward silence broke:
«O fairest of creation, last and best
Of all God's works, creature in whom excelled
Whatever can to sight or thought be formed,
Holy, divine, good, amiable or sweet!
How art thou lost, how on a sudden lost,
Defaced, deflowered, and now to death devote!
Rather how hast thou yielded to transgress

Der schöne Abend; nicht der Frühlingsanblick
Mit jungen Blüten; nicht die Sommer-Rose;
Die Herden; oder gar du, göttlich Menschen-Antlitz!
An deren Statt umringt mich eine Wolk'
Ein immerwährend Dunkel. Abgeschnitten
Bin ich von den liebvollen Menschenpfaden,
Und statt des Buchs der schönen Wissenschaft
Ist vor mir nur ein großes leeres Blatt,
Auf dem die Werke der Natur für mich
Verlöscht und ausgetilget sind. Der Weisheit
Ist dieser Eingang zu mir hart versagt.
Um so viel mehr, o du, des Himmels Licht,
Schein inwärts in mir und durchstrahle mir
Den Geist in allen Kräften. Pflanze da
Mir Augen und treib allen Nebel weg
Von innen, daß ich Dinge schau und sage,
Die nie ein sterblich Auge sehen wird.

Adams Versuchung

Also berichtet Eva heitern Blicks,
Doch Fieberglut auf ihren Wangen. Adam,
Als er die unheilvolle Tat vernahm,
Stand bleich und starr vor Schreck, ein Schauer rann
Eiskalt ihm durch die Adern, aufgelöst
Schien sein Gebein, aus seiner schlaffen Hand
Sank der für Evas Haupt gewundne Kranz,
Und alle Rosen fielen welk zur Erde;
Lang stand er sprachlos, bis er endlich so,
Das innre Schweigen lösend, zu sich sprach:
«O schönstes aller Wesen, letztes, bestes
Der Werke Gottes, das vollkommen war
In allem, was nur Aug und Sinn erfreut,
Gut, heilig, göttlich, hold und liebenswert –
Wie bist du nun auf einmal so verloren,
Entstellt, entblättert und dem Tod geweiht!
Wie wagtest du, dem göttlichen Befehl

The strict forbiddance, how to violate
The sacred fruit forbidden! Some cursed fraud
Of enemy hath beguiled thee, yet unknown,
And me with thee hath ruined, for with thee
Certain my resolution is to die;
How can I live without thee, how forgo
Thy sweet converse and love so dearly joined
To live again in these wild woods forlorn?
Should God create another Eve, and I
Another rib afford, yet loss of thee
Would never from my heart; no no, I feel
The link of nature draw me: flesh of flesh,
Bone of my bone thou art, and from thy state
Mine never shall be parted, bliss or woe.»

* * *

In recompense (for such compliance bad
Such recompense best merits) from the bough
She gave him of that fair enticing fruit
With liberal hand: he scrupled not to eat
Against his better knowledge, not deceived,
But fondly overcome with female charm.
Earth trembled from her entrails, as again
In pangs, and nature gave a second groan,
Sky loured, and muttering thunder some sad drops
Wept at completing of the mortal sin
Original; while Adam took no thought,
Eating his fill, nor Eve to iterate
Her former trespass feared, the more to soothe
Him with her loved society, that now
As with new wine intoxicated both
They swim in mirth, and fancy that they feel
Divinity within them breeding wings
Wherewith to scorn the earth: but that false fruit
Far other operation first displayed,
Carnal desire inflaming, he on Eve
Began to cast lascivious eyes, she him
As wantonly repaid; in lust they burn . . .

Zuwiderhandelnd, die verbotne Frucht,
Die heilige, zu genießen? Welcher Feind
Hat mit verruchter Arglist dich betört,
Uns beide zu verderben? Denn mit dir,
Das ist mein fester Vorsatz, sterb auch ich;
Wie könnt ich ferner leben ohne dich,
Wie deinen Umgang, deine Liebe missen
Und wieder einsam und verlassen sein!
Erschüf auch Gott aus einer andern Rippe
Mir eine zweite Eva: dein Verlust
Blieb unvergeßlich doch, nein, nein, ich fühls,
Die Bande der Natur ziehn mich zu dir,
Fleisch meines Fleisches, Bein von meinem Bein:
Nie laß ich von dir ab, in Freud und Leid.»

* * *

Zum Lohne – bessern Lohn verdiente nicht
Solch üble Hingebung – reicht' sie den Zweig
Voll der verführerischen Frucht ihm dar:
Und er, obgleich des Unrechts sich bewußt,
Er aß, nicht hintergangen, nicht getäuscht,
Nein, Weibes Reizen töricht unterliegend.
Der Erde Schoß erbebte wiederum,
In neuen Ängsten stöhnte die Natur,
Dumpf donnernd weinte der betrübte Himmel –
Der Todessünden erste war vollbracht,
Doch Adam achtet's nicht; er aß mit Gier.
Auch Eva wiederholte das Vergehn,
Um durch geselligen Mitgenuß noch mehr
Ihn zu gewinnen; beide schwammen bald
In Jubel, wie von neuem Weine trunken,
Schon wähnend, es erzeuge Göttlichkeit
In ihnen Flügel und sie schwebten leicht,
Der Erde Schranken spottend, himmelan;
Doch andre Wirkung tat die falsche Frucht:
Sie weckte brünstige Sinnenlust – begehrlich
Flammt Adams Blick auf Eva, den ihr Aug
Gleich lüstern wiedergab; sie tauschten Glut ...

To THEIR FIXED STATION, all in bright array,
The cherubim descended, on the ground
Gliding meteorous, as evening mist
Risen from a river o'er the marish glides,
And gathers ground fast at the labourer's heel,
Homeward returning. High in front advanced,
The brandished sword of God before them blazed,
Fierce as a comet; which with torrid heat,
And vapour as the Libyan air adust,
Began to parch that temperate clime; whereat
In either hand the hastening angel caught
Our lingering parents, and to the eastern gate
Led them direct, and down the cliff as fast
To the subjected plain; then disappeared.
They, looking back, all the eastern side beheld
Of Paradise, so late their happy seat,
Waved over by that flaming brand; the gate
With dreadful faces thronged and fiery arms.
Some natural tears they dropped, but wiped them soon;
The world was all before them, where to choose
Their place of rest, and Providence their guide.
They, hand in hand, with wandering steps and slow,
Through Eden took their solitary way.

Ausklang

Zum angewiesenen Ort in lichten Rängen
Zogen die Cherubim herab, am Grunde
Gleitendes Luftgebild; wie Abendnebel,
Dem Fluß entstiegen, über Marschen streichend,
Sich wogend an des Landmanns Fersen heften,
Der heimwärts kehrt. Vor ihnen, hocherhoben,
Stand flammend das gezückte Gottesschwert,
Grimmig wie ein Komet, das nun mit Sengen
Und Glühn begann, gleich Libyens Wüstenbrand
Den milden Landstrich auszudörrn. Sogleich
Nahm da der Engel unser Elternpaar,
Das zauderte, an seine Hand; führte es rasch
Zum Tor im Osten, dann den Felsenhang
Hinab ins Tiefland; und entschwand.
Rückschauend sahen sie die Morgenseite
Des Paradieses, seliger Sitz noch eben,
Rot überflammt vom Feuerschwert; das Tor
Von Schreckensfratzen voll und Waffengleißen.
Sie weinten Tränen, trockneten sie bald:
Vor ihnen lag die Welt, die Ruhestatt
Den Suchenden verhieß, von Vorsehung geleitet.
Sie, Hand in Hand, unsteten Schritts und schwer,
Nahmen durch Eden einsam ihren Weg.

Nachwort

Zwischen Chaucer und Milton, den Eckpfeilern dieses ersten Bandes einer neuen, umfassenden Anthologie englischer und amerikanischer Dichtung in deutscher Übertragung, liegen fast dreihundert Jahre. Sprachgeschichtlich fallen in diesen Zeitraum einschneidende grammatische und lautliche Veränderungen des Englischen an der Schwelle zur frühen Neuzeit. Die altenglische Poesie – hier zum Auftakt durch die große Elegie «The Seafarer» symbolisch vertreten – reicht ihrerseits noch um Jahrhunderte hinter die Romanisierung des Angelsächsischen zurück, die 1066 mit dem Sieg Wilhelms des Eroberers in der Schlacht von Hastings einsetzte.

Aus den mehrfachen Umbrüchen dieser gewaltigen Zeitspanne erklären sich die Vielfalt und der Mischcharakter der in diesem Band vereinigten Texte: ein in seiner Fülle überraschender Reichtum, dem wir in unserer Dichtung aus diesen Jahrhunderten nichts Vergleichbares an die Seite zu stellen haben. Dabei kommt (von den Volksballaden des schottischen Grenzgebietes abgesehen) die regionale Vielfalt Britanniens im 16. und 17. Jahrhundert noch nicht recht zu Wort, da die höfische Gesellschaft und ein hauptstädtisches Publikum die beiden wesentlichen Faktoren sind, die die Entstehung und Verbreitung von Literatur begünstigen. Freilich sollte nicht vergessen werden, daß Schottland bis 1603 als selbständiges Königreich bestand und auch danach ein eigenes kulturelles Zentrum besaß; ferner, daß in Wales, Schottland und Irland noch eine reiche keltische (kymrische und gälische) Literatur entstand; und daß in humanistischen Kreisen dem Lateinischen der Rang einer übernationalen Literatursprache zukam.

Doch bei aller Vielfalt der Epochen und Stile, bei aller Divergenz zwischen höfischer und volkstümlicher Kultur sind doch die Kontinuitäten im englischen Raum stärker ausgeprägt als beispielsweise in Frankreich und Deutschland, wo mehr oder minder autoritäre geschmacksrichterliche Instanzen das Feld einengen und manchen Gattungen das Bürgerrecht der Poesie- und Gesellschaftsfähigkeit absprechen. Solche Freiheit des Geschmacks und des Geltenlassens beleuchtet uns eine Äußerung Sir Philip Sidneys in seiner *Verteidigung der Poesie* (gegen deren puritanische Verächter), die als die maßgebliche Poetik der englischen Renaissance gelten darf. Während der umfassend gebildete Kenner der kontinentalen Literaturen an der Schwelle zur kulturellen Blütezeit unter Elisabeth I. sein Programm einer höfisch-klassizistischen Nationalliteratur entwirft, bekennt er – gleichsam errötend über solche Geschmacksverirrung – seine Schwäche für die alten Volksballaden: «Freilich muß ich zu meiner barbarischen Schande gestehen, daß ich nie das alte Lied von Percy und Douglas anhören konnte, ohne mein Herz stärker als von Trompetenschall bewegt zu fühlen; und doch wurde es nur von irgendeinem blinden Fiedler gesungen, mit rauher Stimme und nicht weniger derbem Vortrag.» (Bei diesem Spielmannslied handelt es sich um die von Herder übersetzte «Chevy-Jagd», die Rudolf Borchardt 1926 in seinen *Ewigen Vorrat deutscher Poesie* aufgenommen hat.)

Hier trifft das überlegene Kunstbewußtsein der neuen Zeit auf eine Ausdrucksform des Spätmittelalters und ist, gleichsam wider Willen, davon stark berührt. Doch durch eine kuriose Spekulation setzt Sidney die einen Augenblick lang wankend gewordene klassische Norm sogleich wieder in ihre herrschaftlichen Rechte ein: «Wenn dieses Lied in so schäbigem Gewand, in Staub und Spinnweben jener unzivilisierten Zeit, soviel vermag, wie müßte es dann erst geschmückt mit der prachtvollen Beredsamkeit eines Pindar wirken?»

Auch in der Ära des Buchdrucks geht, dank ihres geselligen Charakters, die Mündlichkeit der Poesie keineswegs verloren. Diese Geselligkeit kann stärker traditionell oder modisch ausgerichtet sein und dabei die Standesgrenzen überschreiten oder sich innerhalb ihrer Schranken vollziehen. Von den ländlichen Sprüchen und Weisen der jahreszeitlichen Feste bis zur Gedichtrezitation in ausgewählten höfischen und bürgerlichen Zirkeln ergibt sich ein breites Spektrum von Vortragsmöglichkeiten. Die hohe Liedkultur der elisabethanischen Ära, für die Namen wie Dowland und Campion stehen, bedient sich alter einheimischer ebenso wie neuer kontinentaler Formen und entwickelt dabei eine exquisite Musikalität der Lyrik. Das *Court* und *City* verbindende Volkstheater der Shakespearezeit spiegelt in seinen liedhaften Einlagen diese Kultur: seine großen Dramatiker sind zugleich bedeutende Lyriker.

Was das Mittelalter angeht, so ist es in der Renaissance nicht nur durch Balladen, Carols und poetischen Elfenzauber weiterhin gegenwärtig, sondern auch als traditioneller Bestandteil des Neuen. Dies läßt sich besonders schön am Werk Spensers ablesen, der nach dem klassischen Vorbild Vergils von der Hirtendichtung zum großen Nationalepos fortschreitet. Sein *Schäferkalender* – zugleich humanistischer, metrisch virtuoser Rückgriff auf antike und kontinentale Bukolik und Kompendium alter englischer Volksbräuche und Liedtraditionen in einer archaisierenden, Dialektwörter bewahrenden Sprache – versteht sich selbstbewußt als Auftakt einer neuen Epoche englischer Dichtung. Die pastorale Welt wird zum Spiegel und Echoraum der höfischen und verkörpert unter dem Szepter der Hirtenkönigin Eliza die zur großen Synthese strebende Spannung von Vergangenheit und Gegenwart, Land und Stadt, einfachen Ständen und Aristokratie. Als Feenkönigin präsidiert Eliza der Handlung von Spensers großem Epos *The Fairy Queen* und führt – wiederum in einer altertümlichen Kunstsprache – die Welt Vergils und Tassos mit der Chaucers, der Artusrunde und der mittelalterlichen Allegorie zu einer symbolischen Synthese von hoher Originalität zusammen. Solche Dichtung ist in ihrer Komposition aus heterogenen Bestandteilen zugleich ein getreuer Ausdruck der englischen Renaissancekultur und der politischen Einswerdung Englands unter Elisabeth.

Die Dialektik des Fremden und Eigenen, die Entfaltung der englischen (oder genauer, der britischen) Poesie im Dialog mit der europäischen, liegt auch als Leitgedanke dem folgenden knappen und skizzenhaften Überblick über die Wege der englischen Dichtung von Chaucer bis Milton zugrunde. Der erste individuell faßbare große Dichter Englands, Geoffrey Chaucer, bietet als Übersetzer des Boethius und des Rosenromans sowie als Bearbeiter Boccaccios und als Arrangeur der wunderbar vielseitigen *Canterbury Tales* eine poetische Summe mittelalterlicher Erzählkunst. Doch sein Eigenstes – Humor, Ironie, Psychologie und Lokalfarbe – verwandelt das Übernommene in etwas unverkennbar Neues und begründet damit eine Dichtungstradition, zu der sich viele der Späteren dankbar bekennen. Die mittelenglische Liedlyrik steht in enger Verwandtschaft zur volkssprachlichen und lateinischen Dichtung auf dem Kontinent mit ihrer Marienminne und ihrem Todesbewußtsein, ihrem Frühlingsjubel, ihrer Liebesfreude und Liebesklage. Aber die vitale Derbheit von «Sumer is icumen in» (S. 34), das

Waldesraunen in «Alison» (S. 38) oder die lyrische Verrätselung des metaphysischen Geschehens in «I sing of a maiden» (S. 28) und im «Corpus Christi Carol» (S. 32), zeigen eine hohe und selbstbewußte Freiheit im Spiel mit den lyrischen Konventionen Europas.

Im Spielraum der Topoi, der verbindlichen Gemeinplätze einer gemeinsamen Überlieferung, liegt die Chance zu Neuem und Eigenem – dies gilt bei aller Wandlung des kulturellen Kontexts für die mittelalterliche Dichtung Englands nicht minder als für die der Renaissance. Wie auf dem Kontinent hat auch in England – freilich verspätet durch die Wirren und Greuel der Rosenkriege, in denen sich der mächtige Feudaladel ausblutete, und begünstigt durch die neue Zentralmacht der Tudor-Könige – die Ästhetik der *imitatio*, der wetteifernden Nachahmung des Klassisch-Vorbildlichen, Fuß gefaßt; ging es doch darum, die eigene Sprache durch Anleihen bei den klassischen und fortgeschrittenen zeitgenössischen Literaturen nach einem neuen, rhetorisch geschulten Kunstverständnis erst einmal poesiefähig zu machen. In einem Milieu, in dem die Dichter und Gönner von Dichtern oft Männer (und Frauen) von Welt waren, die poetische Gabe als Zierde des vollendeten Hofmannes galt und selbst Monarchen zu den Gelegenheitsdichtern zählten, das heißt an den Höfen Heinrichs VIII. und seiner Tochter Elisabeth I., genoß die literarische Aneignung des Fremden ein hohes gesellschaftliches, ja patriotisches Prestige.

Die Übersetzung als erster Schritt zur Nachahmung des Musterhaften wird so zur exemplarischen Metamorphose. Dies läßt sich an der Einführung des Sonetts in England durch die Höflinge Heinrichs VIII., Wyatt und Surrey, beispielhaft ablesen. So verwandelt etwa Wyatt die «weiße Hindin» eines berühmten Petrarcasonetts, eine Vision der sterbenden Laura, die durch den Himmelsherrscher aller irdischen Leidenschaft entrückt wird, in das wilde, nicht einzufangende Objekt einer sehr irdischen Liebesjagd, das dem Jäger alle Lust an der Verfolgung verleidet, und das zudem ein weltlicher Herrscher für sich beansprucht (S. 80; das Gedicht wird meist auf das Verhältnis Heinrichs VIII. zu Anne Boleyn bezogen). Und wenn derselbe Wyatt, den der jähe Fall von der Höhe königlicher Gunst mehrmals in die Nähe des Schaffotts brachte, das Ende des zweiten Chorliedes aus Senecas Tragödie *Thyestes* «Stet quicumque volet potens/Aulae culmine lubrico» als «Stand, whoso list, upon the slipper top/Of court's estate» übersetzt, so verrät die Heftigkeit seiner harschen angelsächsischen Wörter und Rhythmen, wieviel existentielle Betroffenheit solche Klassikerübertragung ausdrücken konnte:

Illi mors gravis incubat,
Qui notus nimis omnibus
Ignotus moritur sibi.

For him death grippeth right hard by the crop
That is much known of other, and of himself, alas,
Doth die unknown, dazèd, with dreadful face. (S. 88)

Den packt mit harter Hand beim Schopf der Tod,
Der, andern wohlbekannt, sich selber, ach,
Als Fremder stirbt, betäubt, das Antlitz schreckensstarr.

Die intellektuelle Antithetik der Vorlage verwandelt sich unter Wyatts Hand in eine dramatische Folge bildlicher und syntaktischer Schocks. Der epigrammartige, sichtlich rauhe *plain style*, in den der Nachdichter hier das Original einkleidet (der rhetorische Schmuck galt als Stilgewand seines jeweiligen Gegenstands, das möglichst angemessen zu sein hatte), bleibt die folgenden Jahrhunderte hindurch ebenso eine lebendige Tradition wie der selbstbewußt eloquentere Stil von der mittleren Höhenlage der Sonettdichtung bis zur Gipfelregion des Versepos. Beides verlangt von den Autoren wie von ihrem Publikum Kennerschaft und Sinn für Komposition. Wyatt und sein Freund und jüngerer Zeitgenosse Surrey stellen den neuen Typus des *gentleman poet* in England dar, der sich im Gegensatz zu dem (auf aristokratisches Patronat angewiesenen) berufsmäßigen Dichter als erklärter Amateur nicht um den Druck seiner Werke kümmert, sondern sie handschriftlich im Kreis von Gleichgesinnten zirkulieren läßt, bis sie nach seinem Tod als Denkmal eigener Art von seinen Freunden herausgegeben werden. Im übrigen wird bei Autoren, die dem Zentrum der politischen Macht so nahestehen, sehr bald die höfische Desillusion zu einem Kernthema und das letzte Gedicht vor der Enthauptung zu einem festen Genre: Surrey selbst, Tichborne, der sich an einem Komplott zur Befreiung

Maria Stuarts beteiligte, und der große Raleigh haben dazu beigetragen. Der alte christliche Imperativ des Memento Mori erhält hier eine besondere lebensweltliche Dringlichkeit.

Nicht nur die Inhalte, auch die Formen wandeln sich in jenem umfassenden Übertragungsprozeß, der das Erbe der kontinentalen Renaissance in zwei Schüben – unter Heinrich VIII. und Elisabeth I. – an England vermittelt. Der eben genannte Earl of Surrey hat nicht nur die für das reimarme Englisch adäquate Sonettform entwickelt (das später so genannte Shakespearesonett aus drei Quartetten mit Wechselreim und abschließendem Reimpaar), sondern auch bei seiner Teilübertragung der *Aeneis*, als Entsprechung des klassischen Hexameters, den fünfhebigen Blankvers erfunden, der zum dominanten Langvers der englischen Dichtung vom Drama der Shakespearezeit über Miltons *Paradise Lost* bis hin zu Wordsworths *Prelude* werden sollte.

Obgleich bereits Wyatt und Surrey das Liebessonett nach England verpflanzten, zog die Mode der petrarkistischen Sonettzyklen erst in den neunziger Jahren in England ein, in der durch den Untergang der Armada 1588 eingeleiteten eigentlichen Blütezeit der elisabethanischen Literatur. In der Hand der besten Dichter ist das durch Petrarca in raffinierter Kunstsprache inszenierte Seelendrama von Begehren und Verweigerung, Anbetung und Anklage der unerreichbaren Geliebten, idealisierendem Überschwang und analytischer Zergliederung der Affekte, weit mehr als nur ein später Abklatsch dessen, was auf dem Kontinent längst zur Serienproduktion geraten war. Eine hochentwickelte Rhetorik paradoxer Bilder und Stilfiguren macht das europäische Sonett zu einer Schule des sublimierten Liebesverlangens und seines kunstvollen Ausdrucks, in der die Schüler ihre literarischen Meister erreichen oder übertreffen können. Sidneys aristokratische Selbstironie und witzige Dramatisierung der Rolle des schmachtenden Liebhabers und Shakespeares emotionale Hochspannung zwischen erhebender Freundesliebe und erniedrigender Hörigkeit der *dark lady* gegenüber erneuern das um diese Zeit schon recht betagte Genre des Sonettkranzes im Wechselspiel von Brillanz und Tiefsinn.

Freilich muß man sich bei dieser hochstilisierten Dichtungsform davor hüten, den Sprecher in seiner Doppelrolle als Liebender und Dichter vorschnell mit dem Autor gleichzusetzen. Dennoch hat dies, fast unvermeidlicherweise, ganze Generationen von Auslegern nicht daran gehindert, dem Zyklus Shakespeares ebenso unermüdlich wie vergeblich die innersten Geheimnisse eines uns letztlich unzugänglichen Dichterlebens entreißen zu wollen. Nicht minder naiv wäre es jedoch, diese größte Gedichtfolge der englischen Literatur als unverbindliche Stilübung abzutun. Letzter Ernst und rhetorische Stilisierung sind in der Shakespearezeit keine Gegensätze. Wir vergessen zu leicht, wie stark auch das elementare Gefühl gesellschaftlich situiert ist und wie sehr es zu seinem Ausdruck stilisierender Vermittlung bedarf.

Während Shakespeare sich der überkommenden Formensprache des Sonetts bedient, um zunächst für einen Einzelnen oder einen engeren privaten Kreis leidenschaftlich Gewagtes in Worte zu fassen, erhebt in London um die gleiche Zeit eine poetische Avantgarde im Widerspruch gegen eine Poetik der formalen Glätte und der damit verbundenen Variation geläufiger Schemata und Topoi den Ruf nach «more matter in less words» und nach «strong lines», nach dichterer und härterer Fügung. Das von dem Dramatikern der Zeit täglich neu entdeckte und demonstrierte Bewußtsein für das Ausdruckspotential der eigenen Sprache fördert im Verein mit Einflüssen barocker Metaphern- und Pointenkunst aus den Ländern der Gegenreformation die poetische Experimentierfreude. Mit Marlowes *Hero and Leander* beginnt ovidianische Sinnlichkeit und ein gelegentlich zynisch gefärbter urbaner Realismus in Liebesdingen der petrarkistischen Liebesmetaphysik Konkurrenz zu machen. Krisenhafte Entwicklungen in Kirche und Gesellschaft (die zunehmenden Spannungen zwischen anglikanischer und puritanischer Richtung, zwischen Monarchie und Bürgertum – Hauptgründe des späteren Bürgerkriegs) führen zu einer Mode rauher Verssatiren und bissiger Epigramme, aber auch – in Abwehr des grassierenden Macht- und Nützlichkeitsdenkens auf dem Weg innerer Sinn- und Heilssuche – zu einer großen Epoche geistlicher Lyrik. Das protestantische England ist auch in dieser Hinsicht ein Teil Europas in der Ära der Religionskriege.

Zwei Dichter, einander verwandt in ihrem Bestreben nach poetischer Verdichtung, gegensätzlich durch den mehr barocken Ausdruckswillen des ersten, und die mehr klassische Tendenz des zweiten, beherrschen die Szene und beeinflussen die poetische Entwicklung bis weit ins 17. Jahrhundert hinein: John Donne und Ben Jonson. Als satirischer, erotischer und geistlicher Dichter in einem, und in seiner ingeniösen Fähigkeit, blitzartig erhellende metaphorische Zusammenhänge zwischen weit auseinanderliegenden Bereichen zu stiften, ist Donne, den Thomas Carew in einer Elegie posthum als absoluten Herrscher der *Monarchy of Wit* (S. 404) feiert, den größten kontinentalen Barockdichtern Quevedo und Gongora ebenbürtig; in der dramatischen Vielfalt, der ingeniösen Verschränkung erotischer Perspektiven, in denen die leibseelische Erfüllung der Liebe nicht minder zum Ausdruck kommt als deren abgründige Desillusion, übertrifft er diese Meister schwindelnder Paradoxie und metaphorischer Waghalsigkeit. Donnes «Neigung zur Metaphysik, auch in seinen Liebesgedichten, wo allein Natürlichkeit herrschen sollte» (Dryden), hat ihm und seiner Schule nach der Geschmackswende der Restoration den Spottnamen der *Metaphysical Poetry* eingetragen, der sich nach Jahrhunderten der Geringschätzung in einen Ehrentitel verwandeln sollte.

George Herbert, mit Sidney verwandt und mit Donne befreundet, verbindet in seiner exemplarischen Sammlung *The Temple* Donneschen Witz, die reiche Tradition christlicher Symbolik und den schlichten Predigtstil des anglikanischen Landpfarrers zu einer höchst einflußreichen Form von geistlicher *Metaphysical Poetry.* Unter seinen wichtigsten ‹Schülern› wendet sich Crashaw als katholischer Konvertit den flamboyanten oder marinistischen Ausdrucksformen des kontinentalen Barock zu, während der Waliser Henry Vaughan neue naturmystische Töne anschlägt und den Geist der Kindheit feiert. Als obskurer Zeitgenosse Drydens gibt (der lange vergessene) Traherne dieser Metaphysik des Irdischen durch die ekstatischen Rhythmen und die dingliche Fülle seiner Gedichte und Prosameditationen eine in ihrer Exzentrik einzigartige Wendung.

Während die *Metaphysical Poetry* der ‹Schule Donnes› eine recht heterogene, freilich durch die zentrale Bedeutung kühner, concettistischer Metaphorik verbundene Richtung weltlicher und geistlicher Poesie darstellt, ist die ›Schule Jonsons‹, die die royalistischen *Cavalier Poets* der Bürgerkriegszeit einschließt, in sich nicht weniger vielgestaltig. Ben Jonson, der Freund und – als Dramatiker – der Gegentyp Shakespeares, der an Donnes Dichtung den Hang zur

Dunkelheit und die rauhe Metrik bemängelte, war in seiner geselligen und panegyrischen Dichtung eine wegweisende Figur. Im Unterschied und Widerspruch zu Donne kam es ihm bei seinen Pointen mehr auf epigrammatische Geschliffenheit als auf die Zurschaustellung virtuoser Spitzfindigkeiten an. Seine großen Preisgedichte, das Lob auf den Sidneyschen Landsitz Penshurst als Ort einer vollkommenen gesellschaftlichen Harmonie, der zugleich ein Ort der Dichtung ist (S. 256 ff.), und sein Nachruf auf Shakespeare (S. 266 ff.) lassen erkennen, welche bejahende, zum Preis des Exemplarischen berufene Funktion der Dichtung in der damaligen Gesellschaft zuerkannt wurde. Dieses Preisen nur als pflichtschuldiges Einstimmen der Dichter in den zeitgenössischen Diskurs der Macht zu verstehen, wie dies heutzutage weithin üblich geworden ist, heißt die geschichtliche Perspektive engstirnig zu verkürzen. Bei dem originellsten Vertreter der Schule Jonsons, die sich selber stolz «Der Stamm Benjamins» nannte, dem Landpfarrer Robert Herrick, ist diese bejahende Grundhaltung in der sinnenfrohen Feier einer hesperidenhaften Entrückung aus den Unbilden der Zeit gegenwärtig. Im Werk der Cavalier-Dichter Lovelace und Suckling kommt zum Element des Geselligen die patriotische Geste. Der *Tribe of Ben* fand begreiflicherweise für seinen Stil wie für seine Thematik nach der Restoration von 1660 ein empfänglicheres Publikum als die nunmehr des «false wit» verdächtigen *Metaphysical Poets.*

Am Ende des hier vorgestellten Großzeitraums englischer Poesiegeschichte stehen mit Marvell und Milton zwei Dichter, die jeder auf seine Art, und in höchster Originalität, eine Synthese ihrer Epoche bilden. Beide haben sich öffentlich für die Sache Cromwells eingesetzt und widerlegen mit ihrer unvergleichlich reichhaltigen, aus der klassischen wie aus der modernen Tradition Europas gesättigten Dichtung den pauschalen Vorwurf der Poesiefeindlichkeit an die Adresse der Puritaner. Marvell führt, offenbar ohne große zeitgenössische Resonanz, die weltliche und geistliche Linie der *Metaphysical Poetry* auf einen letzten Höhepunkt. Die Suggestionskraft seiner Bilder wird durch eine neue metrische Transparenz noch erhöht. Zugleich verleiht er, inspiriert durch die französische «Solitude»-Dichtung der Zeit, dem Ideal des *hortus conclusus* in einer von Bürgerkriegen gepeinigten Epoche erstaunliche deskriptive Leuchtkraft und metaphysische Tiefe. Rückzug aus der Welt und politische Hinwendung zur Welt sind die zwei komplementären Seiten seiner Existenz und seines Dichtertums: seine Ode auf Cromwell (S. 374 ff.), in ihrer zugleich maßvollen und entschiedenen Parteinahme ein großes politisches Gedicht, resümiert in denkwürdiger Weise einen geschichtlichen Schicksalsmoment; und seine während der Restoration entstandenen bissigen Verssatiren verstehen sich, in einer satirisch virulenten Zeit, als Fortsetzung der (antimonarchischen) Politik mit poetischen Mitteln. Als der blinde Milton, in der Nachfolge des im protestanischen Europa hochgeschätzten DuBartas, mitten in der Zeit eines neuen Klassizismus das unterschwellig virulent gebliebene Renaissanceprojekt des großen nationalen Epos verwirklicht, hat der Triumph seines *Paradise Lost* fast etwas Anachronistisches. Alles Gewohnte übersteigend, reißt diese Dichtung schwindelnde Himmelsperspektiven auf, in einer hochgespannten Syntax, deren barocker Grundgestus unverkennbar ist; und doch wird dieses Werk den Vertretern von Klassizismus und Romantik, einem Pope, Cowper, Blake, Wordsworth, Keats und Shelley als Maßstab und Modell des erhabenen poetischen Stils gelten, mit dem alle wahren englischen Dichter zu wetteifern haben. Wie in Miltons früher Lyrik sind auch in diesem Epos die klassische und die kontinentale Literatur durch höchste Kennerschaft und Integrationskunst gegenwärtig und werden zugleich demonstrativ überboten, so wie der biblische Horeb den heidnischen Helikon zu überbieten beansprucht. Miltons Synthesen beziehen, wie die seines Jahrhunderts, ihre Kraft aus ihrer inneren Spannung. Marvell, der letzte der großen *Metaphysicals*, und Dryden, der erste der neuen Klassizisten, huldigen ihm gleichermaßen in einem Widmungsgedicht zu *Paradise Lost*.

Marvell und Milton vor allem, doch nicht nur sie, liefern überdies eine Fülle von Schilderungen, die dem aufmerksamen Leser vor Augen führen, wie früh die englische Poesie einen neuen Natursinn, ein Landschaftsgefühl, eine ‹Sensibilität› für das atmosphärische Wechselspiel erkennen läßt, die sich von der stereotypen Verwendung botanischer und landschaftlicher Elemente – als Staffage, Szene oder Rahmen – durch eine körperlich vermittelte Wahrnehmung des jeweils Besonderen und Unverwechselbaren unterscheiden. Ableitbar ist dieser frühe Natursinn in der englischen Dichtung nicht, es sei denn, man wollte das Inselklima selber, seine durch die Haut dringende Frische, die Üppigkeit seiner Vegetation und die frühe ‹englische› Gartenkultur dafür verantwortlich machen; so sehr es auch dem modischen Diskurs widerstrebt, Welt, Erde und heimatlichen Lebensraum als inspirierende Gewalten gelten zu lassen.

Wie überall, hat sich der Kanon eines Kernbestands von Gedichten, die die Sprachgemeinschaft als repräsentativ empfindet, auch in England über Jahrhunderte hin herausgebildet, in einem Prozeß, der seinem Wesen nach nicht abschließbar ist. Epochale Umwertungen nach dem Gesetz des Generationenwechsels wie die Verwerfung der Barockdichtung durch den Klassizismus, der Klassizisten durch die Romantiker, der Romantik durch die Moderne, haben jeweils ihre spezifische nationale Ausformung erfahren. Die Wiederentdeckung des Mittelalters sowie der alten Balladen- und Volksdichtung, die Aufwertung der *Metaphysical Poets* durch die Poetik der Moderne, das tiefe Mißtrauen der Gegenwart gegenüber der Geschlossenheit des Kanonischen, ihre Vorliebe für marginale und verschüttete Traditionen, die Betonung weiblicher Autorschaft gegenüber der dominant männlichen Überlieferung: dies alles hat den Textkanon nachdrücklich und laufend verändert. Die Veränderungen lassen sich mit Händen greifen, wenn man etwa die von Ted Hughes und Seamus Heaney herausgegebenen Anthologien oder die neueste Ausgabe der großen *Norton Anthology of English Literature* mit der repräsentativen Sammlung der viktorianischen Ära, die bis weit in das 20. Jahrhundert hinein als Vorbild wirkte, vergleicht, mit F.T. Palgraves 1861 erschienenem *Golden Treasury of the Best Songs and Lyrical Poems in the English Language*. Trotzdem stimmt die vorliegende Auswahl aus der älteren englischen Dichtung mit dem alten Palgrave in über vierzig Texten überein: dabei handelt es sich vor allem um Sonette Shakespeares, um Lieder aus seinen Dramen und denen seiner Zeitgenossen, sowie um Gedichte Miltons, Texte also, die allesamt im 19. Jahrhundert längst klassischen Status hatten; doch auch Marvells «Garden» und seine «Horatian Ode» finden sich schon bei Palgrave. Freilich wurde sein enger spätromantischer Begriff des Lyrischen seither entscheidend erweitert – Expressivität, Freiheit und Dichte der sprachlichen Führung als lebendige Vergegenwärtigung vergangenen Begreifens und Empfindens sind heute die Kriterien für die Aufnahme älterer Gedichte in die besten englischsprachigen Anthologien. Und der Konsens darüber, was den Kernbestand anthologiefähiger Texte ausmacht, ist – zumindest für den hier dokumentierten Zeitraum – immer noch erstaunlich einhellig.

So konnte die Textauswahl durch die Herausgeber durchaus gebahnten Wegen folgen, was reizvolle Streifzüge ins Gelände nicht ausschloß. Da die englische Dichtung von etwa 1370 bis 1670 mit Ausnahme Shakespeares und Miltons von den deutschen Übersetzern lange vernachlässigt wurde, bedeutete die Entscheidung, die Auswahl nach dem poetischen Rang der Originale und nicht nach Maßgabe vorhandener Übertragungen zu treffen, daß in großem Umfang neu übersetzt werden mußte. Auf diese Weise werden so bedeutende Dichter wie Wyatt, Raleigh, Ben Jonson, Herrick, Herbert, Crashaw, Vaughan und Traherne erstmals in einer Weise auf deutsch sichtbar gemacht, die eine Vorstellung ihrer Vielseitigkeit und ihrer Sprachkunst vermittelt.

Die Übertragung älterer englischer Dichtung beginnt mit einer interessanten, aber seltsam marginalen und folgenlosen Episode. Im Jahre 1641 veröffentlichte Georg Rudolf Weckherlin, der damals in englischen Staatsdiensten stand, in seinen *Geistlichen und Weltlichen Gedichten* Übersetzungen einzelner Texte von Daniel, Wotton, Raleigh und Donne (von letzterem fünf Epigramme, deren Umfang er jeweils verdoppelte). Weckherlins Vorliebe für die Lyrik der französischen Pléiade mag ihn dazu verleitet haben, die Dichtung seiner Wahlheimat zu unterschätzen; im Schatten des Dreißigjährigen Krieges und politischer Turbulenzen im Vorfeld des englischen Bürgerkriegs war es vor allem die moralistische Tonlage, die ihn ansprach. An zwei ausdrucksstarken Strophen aus Raleighs Desillusionsgedicht «The Lie» sei die Problematik dieser frühen englisch-deutschen Lyrikübertragung illustriert. Der Sprecher des Gedichts, in Erwartung des eigenen Todes, weist die in Kürze vom Leib befreite Seele an, die trügerischen Mächte der Welt Lügen zu strafen.

Say to the Court, it gloweth
And shines like rotten wood;
Say to the Church, it showeth
What's good, and doth no good.

If Church and Court reply,
Then give them both the lie.
. . .

Tell Zeal it wants devotion;
Tell Love it is but lust;
Tell Time it metes but motion;
Tell Flesh it is but dust.
And wish them not reply,
For thou must give the lie.
. . .

Dem Hof sag, daß sein' Pracht und Ehr
Wie faul' Holz, unbeständig scheinen;
Der Kirche sag, was ihre Lehr'
Gut heißet, ihre Werk' verneinen;
Und sagen sie: du bist betrogen,
So sag ohn' Scham: es ist erlogen.
. . .

Sag, Buhlerei sei böse Lust,
Sag, Ehr mög bald verkehret werden,
Sag, Schönheit kürzlich werd' ein Wust,
Sag, Alter neig' sich zu der Erden
Antworten sie, man sei betrogen,
So sag du frech: es ist erlogen.
. . .

Obgleich der Übersetzer bemüht ist, die Form der Vorlage einschließlich der Zeilensprünge und des Wechsels zwischen männlichem und weiblichem Reim zu wahren, sind Stoßkraft und Prägnanz der Satire bei ihm kaum mehr zu ahnen. Der erste Versuch eines Brückenschlags zwischen englischer und deutscher Dichtung hat nur einen schmalen Steg von geringer Tragfähigkeit und Dauer hervorgebracht. Weckherlin zog sich nach der Hinrichtung von Charles I aus seinem Amt als *Latin Secretary* des Parlaments zurück; sein Nachfolger wurde John Milton.

Der eigentliche Auftakt des poetischen Dialogs zwischen England und Deutschland (der lange Zeit einseitig bleiben sollte) war

Johann Jacob Bodmers Übersetzung des *Paradise Lost*, die 1731 zum ersten Mal erschien: eine Prosafassung im Sinne der auf die Inhalte ausgerichteten Übersetzungspoetik der Zeit, und dennoch von großer poetischer Stimulationskraft für das deutsche Bedürfnis nach einer Entfesselung der Phantasie im Dienste des Erhabenen. Versübertragungen Miltons folgten später nach, während gleichzeitig Popes *Essay on Man* und Thomsons *Seasons* eingedeutscht wurden. Doch erst Herder und die Romantik erschlossen mit dem Dramatiker auch den Lyriker Shakespeare; Dorothea Tieck und Karl Lachmann nahmen sich seiner Sonette an, auf die sich auch in Zukunft die Energie der deutschen Übersetzer älterer englischer Dichtung konzentrieren sollte. Nur Gottlob Regis hat im Kontext seines Shakespeare-Almanachs als erster auch andere Proben der elisabethanischen Sonettdichtung übertragen.

Die umfangreiche Übersetzungstätigkeit des späteren 19. Jahrhunderts galt vorwiegend der romantischen und viktorianischen Dichtung und vermittelte von älteren Dichtern nur Weniges. Die Anthologien von Hans Hennecke, Georg von der Vring und Richard Flatter hingegen bieten deutlich mehr, wenn auch in sehr persönlich bestimmter, zuweilen beliebig wirkender Auswahl; dagegen stellt die Sammlung von Hans Feist mit dem Titel *Ewiges England* von 1944 nach Umfang und Qualität der ausgewählten Originaltexte einen wichtigen Fortschritt dar und berücksichtigt in stärkerem Ausmaß auch die inzwischen erfolgte Wiederentdeckung der *Metaphysical Poetry*.

In den mehr als fünfzig Jahren seither ist im Bereich von Chaucer bis Milton – sieht man von den Bemühungen um Donne und Marvell ab – erstaunlich wenig geschehen. Die Reclam-Anthologien mit ihren Interlinearversionen haben eine verdienstvolle Vermittlungsaufgabe erfüllt, ohne dabei dem Appell der großen deutschen Übersetzungstradition zur Bewegung der eigenen Sprache durch das Fremde zu folgen. Die Herausgeber dieses Bandes sind davon überzeugt, daß die Zeit für ein solches notwendiges Wagnis reif ist. Die englische Dichtung der Zeit Chaucers, Shakespeares und Miltons wird auch in der elektronischen Brave New World des neuen Jahrtausends im deutschen Sprachraum Leser finden, die sich – ausgestattet mit mehr als rudimentären Kenntnissen der modernen *lingua franca* – auf den spannenden Grenzgang zwischen den beiden

Sprachen begeben. Daß wir Europäer einander von Kultur zu Kultur, von Sprache zu Sprache nicht entbehren können, wenn wir europäisch miteinander (über)leben wollen, wissen wir längst. Und warum sollten wir gerade im Bereich der Poesie, die nach Shelley «das Zeugnis der besten und glücklichsten Augenblicke der glücklichsten und besten Geister» ist, angesichts des Reichtums auf allen Seiten, kleinmütig selbstgenügsam sein?

Friedhelm Kemp
Werner von Koppenfels

Anhang

Einführende Bemerkungen

Die Anordnung der Autoren dieser Anthologie folgt in der Regel schwerpunktartig der Chronologie ihrer wesentlichen Veröffentlichungen, doch gelegentlich auch dem Prinzip thematischer Gruppierung. Die Quellen und Textgrundlagen werden im Kommentar nachgewiesen. Die für diesen Band wichtige Literatur ist im nachfolgenden Verzeichnis aufgeführt; unter den Anthologien in englischer und deutscher Sprache sind auch repräsentative Textsammlungen für den gesamten Bereich der englischen Dichtung genannt. Kurztitel im Kommentar beziehen sich auf dieses Verzeichnis oder auf die Literaturhinweise zu den einzelnen Dichtern.

Der Kommentar enthält zu jedem Autor einen biographischen Abriß mit Angaben zu Werk und Wirkung; dazu selektive Hinweise auf zentrale Erstveröffentlichungen, Standardeditionen, kritische Einzelausgaben, Übersetzungen und wichtige Sekundärliteratur.

Die Erläuterungen zu den Gedichten umfassen einen genauen Quellennachweis für Texte und (bereits gedruckte) Übertragungen, sowie vor allem Wort- und Sacherklärungen. Die Zahl vor dem Gedichttitel oder -auftakt bezieht sich jeweils auf die Seite, die vor den einzelnen Anmerkungen auf den Vers des betreffenden Textes oder Textausschnitts.

Bibliographie

Ia. Anthologien in englischer Sprache

M. Abrams / S. Greenblatt, *The Norton Anthology of English Literature*, New York [7]1999.

K. Amis, *The New Oxford Book of Light Verse*, Oxford 1978.

W. H. Auden, *The Oxford Book of Light Verse*, Oxford 1938.

W. H. Auden / Ch. Kallman, *An Elizabethan Song Book*, New York 1955.

W. H. Auden / N. H. Pearson, *Poets of the English Language*, 5 Bde, London 1952.

N. Ault, *Elizabethan Lyrics*, New York 1949.

R. C. Bald, *17th Century Poetry*, New York 1959.

N. Besner, et al., *Uncommon Wealth. An Anthology of Poetry in English*, New York 1997.

C. Brooks / R. P. Warren, *Understanding Poetry. An Anthology for College Students*, New York 1938, rev. ed. 1950.

C. Brown, *English Lyrics of the 13th Century*, Oxford 1932.

C. Brown, *Religious Lyrics of the 14th Century*, Oxford 1924.

C. Brown, *Religious Lyrics of the 15th Century*, Oxford 1939.

G. Bullett, *Silver Poets of the 16th Century*, London 1947.

M. Caldwell / W. Kendrick, *The Treasury of English Poetry*, New York 1984.

E. K. Chambers, *The Oxford Book of 16th Century Verse*, Oxford 1932.

F. J. Child, *The English and Scottish Popular Ballads*, 5 Bde, London 1882–1898.

T. Clayton, *Cavalier Poets*, Oxford 1978.

J. P. Cutts, *17th Century Songs and Lyrics*, Columbia / Mo. 1959.

R. T. Davies, *Medieval English Lyrics*, London 1963.

T. Dawson / R. S. Dupree, *17th Century English Poetry*, New York 1994.

E. H. Fellowes, *English Madrigal Verse*, Oxford 1920, [2]1967.

A. Fowler, *The New Oxford Book of 17th Century Verse*, Oxford 1991.

H. Gardner, *The Metaphysical Poets*, Harmondsworth 1957.

H. Gardner, *The New Oxford Book of English Verse 1250–1950*, Oxford 1972.

G. Greer, et al., *Kissing the Rod. An Anthology of 17th Century Women's Verse*, London 1988.

H. J. C. Grierson, *Metaphysical Lyrics and Poems of the 17th Century*, Oxford 1921.

H. J. C. Grierson / G. Bullough, *The Oxford Book of 17th Century Verse*, Oxford 1934.

G. Grigson, *The Oxford Book of Satirical Verse*, Oxford 1983.

S. Heaney / T. Hughes, *The Rattle Bag*, London 1987.

S. Heaney / T. Hughes, *The School Bag*, London 1997.

D. Hopkins, *English Poetry*, London 1990.

R. G. Howarth, *Minor Poets of the 17th Century*, London 1953.
M. Hussey, *Poetry 1600–1660*, London 1981.
A. Huxley, *Texts and Pretexts*, London 1933.
E. Jones, *The New Oxford Book of 16th Century Verse*, Oxford 1991.
E. Kaiser, *Medieval English*, Berlin 1954, rev. ed. 1958.
P. J. Kavanagh / J. Michie, *The Oxford Book of Short Poems*, Oxford 1985.
H. Kenner, *17th Century Poetry: The Schools of Donne and Jonson*, New York 1964.
S. Lee, *Elizabethan Sonnets*, 2 Bde, London 1904.
J. W. Lever, *Sonnets of the English Renaissance*, London 1974.
A. Löffler / J.-Ch. Rojahn, *Englische Lyrik. Eine Anthologie für das Studium*, Heidelberg 1976; rev. ed. A. Löffler / E. Späth, 1994.
E. Lucie-Smith, *The Penguin Book of Elizabethan Verse*, Harmondsworth 1965.
E. Lucie-Smith, *The Penguin Book of Satirical Verse*, Harmondsworth 1967.
D. MacDonagh / L. Robinson, *The Oxford Book of Irish Verse*, Oxford 1958.
J. MacQueen / T. Scott, *The Oxford Book of Scottish Verse*, Oxford 1966.
L. L. Martz, *The Meditative Poem*, New York 1963.
H. Meller / R. Sühnel, *British and American Classical Poems*, Braunschweig 1966.
I. & P. Opie, *The Oxford Book of Narrative Verse*, Oxford 1983.
I. & P. Opie, *The Puffin Book of Nursery Rhymes*, Harmondsworth 1963.
F. T. Palgrave, *The Golden Treasury of the Best Songs and Lyrical Poems in the English Language*, London 1861.
A. M. Parker / M. Willhardt, *The Routledge Anthology of Cross-Gendered Verse*, London 1996.
W. Peacock, *English Verse*, 5 Bde, London 1928–1931.
J. Press, *Palgrave's Golden Treasury from Shakespeare to the Present*, Oxford 1964.
R. E. Pritchard, *Poetry by English Women, Elizabethan to Victorian*, Manchester 1990.
A. Quiller-Couch, *The Oxford Book of English Verse*, Oxford 1900, ²1939.
H. Read / B. Dobrée, *The London Book of English Verse*, London 1949.
R. H. Robbins, *Secular Lyrics of the 14th and* 15th Centuries, Oxford 1952.
M. L. Rosenthal, *Poetry in English*, New York 1987.
C. & K. Sisam, *The Oxford Book of Medieval English Verse*, Oxford 1970.
V. de Sola Pinto / A. E. Rodway, *The Common Muse. Popular British Ballad Poetry from the 15th to the 20th Century*, London 1957.
T. Stemmler, *Medieval English Love-Lyrics*, Tübingen 1970.
R. S. Sylvester, *The Anchor Anthology of 16th Century Verse*, New York 1974.
P. Thomson, *Elizabethan Lyrical Poetry*, London 1967.
J. Wain, *Everyman's Book of English Verse*, London 1981.
J. Wain, *The Oxford Library of English Poetry*, 3 Bde, Oxford 1986.
H. R. Woudhuysen, *The Penguin Book of Renaissance Verse 1509–1659*, Harmondsworth 1993.

I b. Anthologien übersetzter Texte (z. T. in zweisprachigen Ausgaben)

Anon., *Vermischte Schriften der Engländer*, 3 Bde, Rostock 1757–1760.
W. Arens / R. Schöwerling, *Mittelenglische Lyrik*, Stuttgart 1980 [Reclam].
A. Böttger, *Albion, Perlen britischer Lyrik in ausgewählten deutschen Übertragungen*, Leipzig 1857.
F. Braun, *Die Lyra des Orpheus*, Wien 1952.
R. Breuer / R. Schöwerling, *Altenglische Lyrik*, Stuttgart 1972 [Reclam].
G. Britting, *Lyrik des Abendlands*, München 1963.
J. J. Burckard, *Auserlesene Poesien aus den meisten und besten englischen Dichtern*, Zürich 1761.
Hans Feist, *Ewiges England. Dichtungen aus sieben Jahrhunderten von Chaucer bis Eliot*, Zürich 1944.
H. Fischer, *Englische Barock-Gedichte*, Stuttgart 1971 [Prosaübersetzung; Reclam].
R. Flatter, *Die Fähre*, 1936, Wien ²1954.
Th. Fontane, «Die alten englischen und schottischen Balladen», *Werke*, ed. W. Keitel, Abt. III, Bd 1, ed. J. Kolbe, München 1969, S. 340–380.
F. Freiligrath, *Werke, 5. Teil: Übersetzungen aus dem Englischen*, ed. J. Schwering, Berlin o. J.
M. Friedländer, *Blütenlese englischer Dichtung*, Leipzig 1897.
L. Goldscheider, *Die schönsten Gedichte der Weltliteratur*, Wien 1933.
J. Hart, *England und Amerika*, Minden 1885.
H. Hennecke, *Englische Gedichte*, Berlin 1938.
H. Hennecke, *Englische Gedichte von Shakespeare bis Ezra Pound*, Wiesbaden 1955 [erweiterte Fassung des Vorhergehenden].
J. G. Herder, *Stimmen der Völker in Liedern*, Stuttgart 1975 [Reclam].
G. Hoffmann, *Englische und amerikanische Balladen*, Stuttgart 1982 [Prosaübersetzung; Reclam].
K. Knortz, *Lieder und Romanzen Alt-Englands*, Köthen 1872.
G. Kranz, *Englische Sonette*, Stuttgart 1970 [Reclam].
O. Kuntze, *Ausgewählte englische Dichtungen in deutscher Übertragung*, 3 Bde, Stettin 1891–1901.
M. Lehnert, *Hier hatte ich einst viel Pläsir. Volkstümliche englische Dichtung des Mittelalters*, Berlin 1980.
D. Mehl, *Englische Gedichte*, Ebenhausen 1965 [Prosaübersetzung].
H. Mentzel, *Englische Liebeslyrik*, Köln 1946.
H. Pabst, *Die Nacht hat vieler Augen Licht. Nachdichtungen englischer Lyrik*, Hannover 1947.
L. v. Ploennies, *Britannia. Eine Auswahl englischer Dichtungen alter und neuer Zeit*, Frankfurt 1878.
G. Regis, *Shakespeare-Almanach*, Berlin 1836.

A. Fr. v. Schack, *Anthologie abendländischer und morgenländischer Dichtungen in deutschen Nachbildungen*, Stuttgart 1893.
W. Schmiele, *Poesie der Welt: England*, Berlin 1981.
L. L. Schücking, *Englische Dichtung*, Bremen 1956.
H. Simon, *Auswahl englischer Gedichte*, Leipzig 1863.
H. Stadelmann, *Leierklänge aus Albion*, Augsburg 1864.
P. Stern, *Lieb' ist genug. Englische Liebesgedichte*, Bonn o. J. [c. 1950].
Th. Vathke, *Alt-englische Dichtungen*, Berlin 1887.
G. Vincke, *Rose und Distel. Poesie aus England und Schottland*, Dessau 1853.
G. v. d. Vring, *Englisch Horn. Anthologie angelsächsischer Lyrik von den Anfängen bis zur Gegenwart*, Köln 1953.
G. v. d. Vring, *Angelsächsische Lyrik aus sechs Jahrhunderten*, Köln 1962 [erweiterte Fassung des Vorhergehenden].
F. H. v. Weddingen, *Auswahl englischer Gedichte*, Paderborn 1877.
M. v. Westen, *Album englischer Dichter in deutschen Nachdichtungen*, Hamburg 1884.
A. Wolfenstein, *Stimmen der Völker*, Amsterdam 1938.

II. Literatur

A. Alvarez, *The School of Donne*, London 1961.
T. R. Barnes, *English Verse*, Cambridge 1967.
F. W. Bateson, *English Poetry. A Critical Introduction*, London 1950.
W. H. Beale, *Old and Middle English Poetry to 1500*, Detroit 1976.
J. Bennett, *Four Metaphysical Poets*, Cambridge 1934, ²1953.
H. Bodden / H. Kaußen, *Modellanalysen englischer Lyrik*, Stuttgart 1974.
C. Brooks, *The Well-Wrought Urn. Studies in the Structure of Poetry*, London 1949.
J. R. Brown / B. Harris, ed., *Elizabethan Poetry*, London 1960.
W. J. Courthope, *A History of English Poetry*, 5 Bde, London 1895–1905.
P. Cruttwell, *The Shakespearean Moment*, London 1954.
D. Davie, *Articulate Energy*, London 1955.
H. J. Diller, *Metrik und Verslehre*, Bern / München 1978.
A. E. Dyson, ed., *English Poetry*, London 1971.
T. S. Eliot, «The Metaphysical Poets», in *Selected Essays*, London 1932.
R. Ellrodt, *Les Poètes Métaphysiques Anglais*, 3 Bde, Paris 1960.
W. Erzgräber, ed., *Englische Lyrik von Shakespeare bis Dylan Thomas*, Darmstadt 1969.
B. I. Evans, *Tradition and Romanticism. Studies in English Poetry from Chaucer to Yeats*, Hamden / Conn. 1978.
M. Evans, *English Poetry in the 16th Century*, London 1955.
B. Everett, *Poets in their Time*, London 1986.
H. N. Fairchild, *Religious Trends in English Poetry*, 5 Bde, New York 1949–1962.

R. A. Foakes, ed. *The Routledge History of English Poetry*, 6 Bde, London 1977.
L. Forster, *The Icy Fire. Five Studies in European Petrarchism*, Cambridge 1969.
R. Freeman, *English Emblem Books*, London 1948.
K. H. Göller, ed., *Die englische Lyrik*, 2 Bde, Düsseldorf 1968.
K. H. Göller, ed., *Epochen der englischen Lyrik*, Düsseldorf 1970.
S. B. Greenfield, *The Interpretation of Old English Poems*, London 1972.
H. J. C. Grierson / J. C. Smith, *A Critical History of English Poetry*, London 1956.
J. Grundy, *The Spenserian Poets*, London 1969.
R. Haas, *Wege zur englischen Lyrik*, Heidelberg 1962.
Ph. Hobsbaum, *Metre, Rhythm and Verse Form*, London 1996.
J. Hollander, *Rhyme's Reason*, New Haven 1982.
D. Hopkins, *English Poetry*, London 1990.
D. Hühn, *Die Geschichte der englischen Lyrik*, 2 Bde, Tübingen 1995.
C. Ing, *Elizabethan Lyrics*, London 1951.
W. Keach, *Elizabethan Erotic Narratives*, New Brunswick / N. J. 1977.
C. W. Kennedy, *The Earliest English Poetry*, Oxford 1943.
F. Kermode, *English Pastoral Poetry from the Beginnings to Marvell*, London 1952.
G. N. Leech, *A Linguistic Guide to English Poetry*, London 1969.
F. R. Leavis, *Revaluation*, London 1936.
L. Lerner, *An Introduction to English Poetry*, London 1975.
J. W. Lever, *The Elizabethan Love Sonnet*, London 1956.
C. S. Lewis, *English Literature in the 16th Century, Excluding Drama*, Oxford 1954.
M. M. Mahood, *Poetry and Humanism*, London 1950.
Ch. Malcolmson, ed., *Renaissance Poetry*, London 1998.
L. L. Martz, *The Poetry of Meditation*, New Haven 1954.
H. Meller, *Zum Verstehen englischer Gedichte*, München 1985
E. Miner, *The Metaphysical Mode from Donne to Cowley*, Princeton 1969.
E. Miner, *The Cavalier Mode from Jonson to Cotton*, Princeton 1971.
A. K. Moore, *The Secular Lyric in Middle English*, Lexington 1951.
D. Norbrook, *Poetry and Politics in the English Renaissance*, London 1984.
W. Nowottny, *The Language Poets Use*, London 1962.
H. Oppel / K. Schlüter, ed., *Englische Dichtung des 16. und 17. Jahrhunderts*, Frankfurt 1973.
G. Parfitt, *English Poetry of the 17th Century*, London 1985.
G. Parry, *The 17th Century: The Intellectual and Cultural Context of English Literature 1603–1700*, London 1989.
D. L. Peterson, *The English Lyric from Wyatt to Donne. A History of the Plain and Eloquent Styles*, Princeton 1967.
H. Read, *Phases of English Poetry*, London 1950.
D. Reid, *The Metaphysical Poets*, London 2000.

H. M. Richmond, *The School of Love. The Evolution of the Stuart Love Lyric*, Princeton 1964.
Ch. Ricks, *Poems and Critics*, London 1966.
I. Schabert, *Die Lyrik der Spenserianer*, Tübingen 1977.
H. Smith, *Elizabethan Poetry*, Cambridge / Mass. 1952, ^{2}1964.
S. Spender / D. Hass, *The Concise Encyclopedia of English and American Poetry*, New York 1963.
J. Stevens, *Music and Poetry in the Early Tudor Court*, London 1961.
U. Suerbaum, *Das elisabethanische Zeitalter*, Stuttgart 1989.
J. Thompson, *The Founding of English Metre*, London 1961.
E. M. W. Tillyard, *The English Epic and Its Background*, London 1954.
E. M. W. Tillyard, *The Elizabethan World Picture*, London 1943.
R. Tuve, *Elizabethan and Metaphysical Imagery*, Chicago 1947.
J. Wain, *Interpretations*, London 1955.
G. Waller, *English Poetry of the 16th Century*, London 1986.
R. Wallerstein, *Studies in 17th Century Poetic*, Madison 1950.
G. Walton, *Metaphysical to Augustan*, London 1955.
C. V. Wedgewood, *Poetry and Politics under the Stuarts*, Ann Arbor 1960.
W. Weiß, *Die elisabethanische Lyrik*, Darmstadt 1976.
E. K. Wells, *The Ballad Tree. A Study of British and American Ballads*, New York 1950.
E. Werlich, *Poetry Analysis*, Dortmund 1967.
F. P. Wilson, *Elizabethan and Jacobean*, Oxford 1945.
R. Woolf, *The English Religious Lyric in the Middle Ages*, Oxford 1968.
L. R. Zocca, *Elizabethan Narrative Poetry*, New Brunswick / N. J. 1950.

Kommentar

Anonym

ca. 9. Jahrhundert

2 The Seafarer (Text: G. P. Krapp / E. van Dobbie, ed., The Anglo-Saxon Poetic Records, Bd 3, New York 1936, S. 143–147; Ü: C. W. M. Grein, Dichtungen der Angelsachsen, Heidelberg 1930, Bd 2, S. 248–250, bearb. von F. Kemp). Dieses berühmte Beispiel für die Eigentümlichkeit und Ausdruckskraft der altenglischen – d. h. vor-normannischen – Dichtung ist im Exeter Book, einer Handschrift vom Ende des 10. Jahrhunderts, überliefert, dürfte aber erheblich älter sein. Wie sein Gegenstück, «The Wanderer», gehört es zu der (wohl in der altwalisischen Poesie beheimateten) Gattung der lyrischen Elegie in Form eines Rollengedichts: häufig hält darin ein fiktiver Sprecher desillusionierten Rückblick auf sein Leben, wobei er seine gegenwärtigen Entbehrungen glücklicheren Zeiten in der Vergangenheit gegenüberstellt. Im vorliegenden Fall läßt der Autor die persönlichen Lebensumstände des Klagenden eigentümlich unbestimmt, um seine conditio humana, das Leben als Irrfahrt und Pilgerschaft, hervorzuheben: der Aufbruch zu gefahrvoller Seefahrt ist zugleich Lockung und äußerste Gefährdung. Aus dieser Perspektive darf die traditionelle Betrachtung des Schlußteils über die Nichtigkeit irdischer Freuden, in der man eine Kontamination des Textes sehen wollte, als dessen angemessener Ausklang gelten (Vgl. I. L. Gordon, ed., *The Seafarer*, London 1960, «Introduction»). Metrische Grundeinheit ist hier wie in der altenglischen Poesie generell die in zwei jeweils zweihebige Kurzverse gegliederte Stabreimzeile; zu den stark betonten alliterierenden Silben – im ersten Halbvers meist zwei Stabreime, im zweiten einer – kommt eine nicht fixierte Zahl unbetonter Silben oder Senkungen. Der Dichtungsstil dieser ursprünglich von einem berufsmäßigen Sänger, dem *scop*, vorgetragenen Verse zeichnet sich aus durch wiederholende Variation, eine Fülle schmückender Beiwörter und Synonyma, sowie durch stilisierte Umschreibungen des Vertrauten. Die ‹gehobene› Prosaferne des Stils wird dabei durch schwierige, rare, archaische Begriffe ebenso betont wie durch – aus der altnordischen Skaldendichtung übernommene – sog. «kenningar» (kenning: verrätselnde bildliche Wiedergabe eines Begriffs durch ein Kompositum, dessen beide Teile in metaphorischer Spannung zueinander stehen, z. B. im altenglischen Heldenepos Beowulf «Feindbisse» für ‹Wunden›). – Bei der Erneuerung der englischen Dichtung in der Moderne haben Autoren wie G. M. Hopkins, E. Pound, W. H. Auden (in der Gegenwart S. Heaney und G. Hill) das herbe Lebensgefühl und die kraftvollen Ausdrucksmittel altenglischer Poesie neu belebt. Pound über-

setzte 1912 den «Seafarer» in die eigene Zeit, indem er dessen Sprecher zum Typus des ‹unbehausten› Dichters in der modernen Welt umdeutete und zugleich die Härte der altangelsächsischen Poesie programmatisch gegen die Weichheit spätromantischer Lyrik ausspielte. – 53 *geac* (Kuckuck): Der Trauer – und nicht wie sonst in mittelalterlicher Dichtung Frühlingsfreude – kündende Kuckucksruf nimmt ein Motiv altkeltischer Poesie auf. – 62 *anfloga* (der Einsamfliegende): wohl der Kuckuck. – 63 *hwaelweg* (Walweg): Kenning für die See. – 94 *flaeschoma* (Fleischgewand): Kenning für den Körper. – 113 *Wyrd* ... (Härter ist das Schicksal): gedanklicher Neuansatz nach einigen verderbten Versen, die hier weggelassen sind.

GEOFFREY CHAUCER

London 1343 (?) – London 1400

Der größte englische Dichter vor Shakespeare ist (in eigenen Werken sowie als Übersetzer des Boethius und des Rosenromans) Erbe und Vollender der allegorischen Erzähltradition des Mittelalters, und steht zugleich, nach seiner häufig ironischen Erzählhaltung und durch die Psychologisierung seiner Charaktere, an der Schwelle zur Renaissance. Dank seiner Nähe zum Königshof, und aufgrund zahlreicher öffentlicher Ämter wie Zollaufseher, Friedensrichter, Parlamentsmitglied und Aufseher für königliche Bauten, ist sein Lebenslauf für die Zeit ungewöhnlich gut dokumentiert; doch wie im Falle Shakespeares vermögen solche äußerlichen Wirkungsspuren den Komplex seiner schöpferischen Existenz nicht wirklich zu erhellen. Chaucers relativ hoher Kurswert bei Hofe ist schon früh daran abzulesen, daß sein König, Edward III, den in französische Kriegsgefangenschaft Geratenen 1360 für immerhin 16 £ – damals eine beträchtliche Summe – loskaufen ließ. Er genoß das Patronat des einflußreichen John of Gaunt und war offenbar durch seine Heirat mit der Familie von Gaunts dritter Gattin verschwägert. Richard II und Henry IV betrauten ihn mit zahlreichen diplomatischen Missionen auf dem Kontinent. Auf seiner Italienreise 1372/73 könnte der Dichter und Mann von Welt in Florenz mit Boccaccio zusammengetroffen sein, dessen Erzählungen ihm als wichtige Vorlagen dienten, wobei freilich eine Kenntnis des *Decamerone* nicht nachzuweisen ist. Mit seiner Beisetzung in Westminster Abbey bezeugten ihm schon die eigenen Zeitgenossen ‹nationalen› Rang. – Chaucers Werk wird üblicherweise in eine französische, italienische und englische Periode eingeteilt. Zur ersten gehört sein frühestes allegorisches Traumgedicht *The Book of the Duchess*, eine Elegie auf den Tod von Blanche, der ersten Gattin seines Gönners John of Gaunt; zur zweiten Periode – zwischen 1372 und 1386 – seine zwiespältige, von Dante beeinflußte Vision des Ruhmes, *The House of Fame*, die höfische Liebesdebatte *The Parlia-*

ment of Fowls, und vor allem der großartige erotische Versroman *Troilus and Criseyde* (um 1385); diese Phase zeigt den Übergang vom frühen vierhebigen Paarreimvers zur komplexen Erzählstrophe des fünfhebigen *rhyme royal*, auch Chaucer-Strophe genannt (ababbcc). Der letzten Phase von Chaucers Schaffen gehört sein bekanntestes Werk an, die unvollendet gebliebenen *Canterbury Tales* (1387–1400), die durch eine Rahmenerzählung vereinten Geschichten, mit denen sich eine Gruppe von Wallfahrern auf dem Weg nach Canterbury die Zeit vertreibt: ein höchst abwechslungsreiches Kompendium mittelalterlicher Erzählkunst, das einen bunten Querschnitt durch die englische Gesellschaft der Zeit präsentiert; wie im *Troilus* erscheint Komik mit Tragik vermischt, doch jetzt, mit größter erzählerischer Meisterschaft, in differenzierter ständischer Zuweisung. – Obgleich Chaucers Sprache durch den Sprachwandel des 15. Jahrhunderts (Vokalverschiebung) den späteren Epochen linguistisch und metrisch unvertraut wurde, sind seine großen Verserzählungen klassisches Lesegut geblieben: von den «Scottish Chaucerians» Dunbar und Henryson über die Elisabethaner bis zur Spätromantik und darüber hinaus haben sie die nachfolgenden Dichtergenerationen inspiriert.

Ausgaben: The Works, ed. W. Caxton, Westminster, c.1478. – F. N. Robinson, ed., *The Works of G. Chaucer*, Boston 1933, rev. ed. London 1957; rev. ed. als *The Riverside Chaucer*, ed. L. D. Benson, Boston 1987.

Übersetzungen: A. v. Düring, *Werke*, 3 Bde, Straßburg 1883–1886. – J. Koch, *Ausgewählte kleinere Dichtungen*, Leipzig 1880. – Übersetzungen der *Canterbury Tales* v. K. L. Kannegiesser, 2 Bde, Zwickau 1827 [Ausw.]; E. Fiedler, Dessau 1844 [Ausw.]; W. Hetzberg, 1866–1870; A. v. Düring, in *Werke*, 1886; A. Esch, Frankfurt/M. 1961 [Ausw.]; D. Droese, Zürich 1971 [Ausw.]; M. Lehnert, Leipzig 1981; München 1985; Frankfurt/M. 1987; H. Bergner et al., Stuttgart 1985 [Ausw.]; F. Kemmler, 3 Bde, München 1989 [zweisprachig; Prosaübersetzung; ausführlicher Kommentar].

Literatur: C. F. E. Spurgeon, *Five Hundred Years of Chaucer Criticism and Allusion*, 7 Bde, London 1908–1917. – W. Clemen, *Der junge Chaucer*, Bochum 1938; rev. ed. als *Chaucers frühe Dichtung*, Göttingen 1963. – D. Brewer, *Chaucer*, London 1953. – C. Muscatine, *Chaucer and the French Tradition*, Berkeley 1957. – A. Esch ed., *Chaucer und seine Zeit*, Tübingen 1968. – P. M. Kean, *Chaucer and the Making of English Poetry*, 2 Bde, London 1972. – D. Mehl, *G. Chaucer*, Berlin 1973. – D. Brewer, *Chaucer and His World*, New York 1978. – W. Erzgräber, *G. Chaucer – Erträge der Forschung*, Darmstadt 1983. – P. Boitani/J. Mann, ed., *The Cambridge Chaucer Companion*, New York 1987. – J. B. Holloway, *The Pilgrim and the Book*, Frankfurt/M. 1987. – S. Ellis, ed., *The Canterbury Tales*, London 1998.

10 PROLOGUE TO THE CANTERBURY TALES (V. 1–18, von 858; Text: Robinson 1957, S. 17; Ü: v. Koppenfels) Die Passage variiert den mittelalter-

lichen Topos des Frühlingserwachens in der Natur, der häufig zur Gedichteröffnung (z. B. bei Liebeslyrik) Verwendung fand. – 7 *yonge sonne*: Die Sonne ist noch jung, weil sie ihre Bahn im Zeichen des Widders, des ersten Sternkreiszeichens im Sonnenjahr, gerade halb durchmessen hat. – 10 *with open ye*: diese ornithologische Besonderheit findet sich erstmals bei Chaucer; gemeint ist wohl die Nachtigall. – 17 *blisful martir*: St. Thomas à Becket, der (nach seiner 1170 in königlichem Auftrag erfolgten Ermordung in der Kathedrale von Canterbury) durch den Papst heilig gesprochen wurde.

10 THE PARLIAMENT OF FOWLS (V. 169–210, von 699; Text: Robinson 1957, S. 314; Ü: Feist, Ewiges England, S. 29–33, bearb.) Der Sprecher dieser frischen und originellen Traumvision wird im Schlaf in einen herrlichen Garten entrückt, in dem sich am Sankt Valentinstag die Vögel in der Nähe des Venustempels vor der Göttin Natur versammeln, um ihre Partner zu wählen; drei Bewerber wetteifern um die Gunst eines schönen Adlerweibchens. Es liegt nahe, einen verdeckten allegorischen Bezug zu einer höfischen Werbung der Zeit anzunehmen. Unsere Textstelle beschreibt den ersten Eindruck des Gartens. – 1 *he:* der Führer des Träumenden, Scipio Africanus, Protagonist von Ciceros «Traum des Scipio», den der Erzähler vor dem Einschlafen gelesen hat. – 8 *The byldere ok*: Hier beginnt der Baumkatalog, ein aus der antiken Epik übernommener Topos der Ideallandschaft. Chaucer charakterisiert die Bäume seines ‹Mischwalds› nach ihrer Funktion für den Menschen. – 27 *The dredful ro*: Ein Tierkatalog beschließt die auf epische Fülle zielenden Aufzählungen von Bäumen, Blumen, Fischen und Vögeln. – 29 *instruments*: Der «locus amoenus» als Abglanz des Paradieses ist durch Musik, sanften Windhauch und ewigen Frühling charakterisiert; vgl. Spensers «Bower of Bliss», S. 112 ff.

TROILUS AND CRISEYDE

14 «THIS TROILUS ...» (Book III, V. 1184–1190; 1198–1211; 1226–1260; 1275–1281; 1296–1323; 1338–1344, von 1820; Text: Robinson 1957, S. 434 f.; Ü: v. Koppenfels) Die erste große Liebesnacht der englischen Literatur: Criseydes Onkel Pandarus (dessen Name dem englischen Wort für Kuppler, «pander», zugrunde liegt) hat seine sich bis dahin spröde gebende Nichte endlich dazu überredet, dem liebeskranken trojanischen Prinzen Troilus in seinem Haus ein Stelldichein zu geben; sein erotischer Pragmatismus kontrastiert mit der emotionalen Bewegung der beiden Liebenden. – 9 *as writen clerkes*: eine der häufigen halbernsten Berufungen des ‹Chronisten› auf seine Quellen (darunter vor allem Boccaccios «Filocolo»). – 58 *Citherea*: Beiname der Venus nach ihrem Heiligtum auf der Insel Kythera. – 61 *Imeneus*: Hymenaeus, der Hochzeitsgott. – 72 *trouth and diligence*: Der Liebes- und Treueschwur des Troilus wird von Criseyde (die sich später unter dem Druck gewandelter Verhältnisse opportunistisch einen neuen Liebhaber wählen wird) nicht mit einem eigenen Treueversprechen beantwortet.

18 Troilus' Song (Book III, V. 1744–1770, von 1820; Text: Robinson 1957, S. 440; Ü: Feist, Ewiges England, S. 33–35, bearb.) Den emotionalen Höhepunkt und Ausklang des 3. Buches bildet die Hymne des liebestrunkenen Troilus an die Liebe als oberstes Weltprinzip (Chaucer folgt hier nicht dem «Filocolo», sondern Boethius); danach leitet Fortuna die ‹fallende Handlung› der Liebestragödie ein. – 20 *asondre sholde lepe*: tragisch-ironische Andeutung der auf den Höhepunkt folgenden Entzweiung der Liebenden.

22 Chaucer's Words unto Adam (Text: Robinson 1957, S. 534; Ü: v. Koppenfels) Über den hier so herzhaft gescholtenen Schreiber Adam ist nichts weiter bekannt. Die Erwähnung des «Troilus» datiert das Gedicht in etwa auf die Mitte der achtziger Jahre des 14. Jahrhunderts. – 2 *Boece*: Chaucers Übertragung von Boethius' «Trost der Philosophie».

22 The Complaint of Chaucer (Text: Robinson 1957, S. 539 f.; Ü: Seume, Sämtliche Werke, Leipzig 1863, Bd 7, S. 315) Burleske Bettelelegie, ein besonders in Frankreich gepflegtes Genre. In einigen Handschriften folgt am Ende eine Geleitstrophe, die das Refraingedicht vollends zur (‹französischen›) Ballade macht: «O Eroberer von Brutus' Albion [Brutus war nach dem Mythos der trojanische Gründer Englands], der du durch Herkunft und freie Wahl wahrer König bist, ich sende dir dies Lied; und du, der all unser Elend wenden kann, erhöre mein Flehen!» Damit läßt sich der Adressat als Henry IV bestimmen, der nach der Absetzung von Richard II auf den Thron kam; und das Geleit ist zwischen 30. Sept. 1399, als das Parlament Heinrich zum König ausrief, und 3. Okt. datierbar, als Chaucer durch königliche Verordnung eine jährliche Zuwendung von 40 ‹Mark› zugesprochen bekam. Offenbar ist das Geleit ein späterer Nachtrag; möglicherweise wurde das Gedicht zuvor schon an Richard II gerichtet – seine Wiederverwendung wäre ein hübsches Beispiel für Chaucers Ironie. Seumes Fassung dürfte die erste poetische Übertragung Chaucers ins Deutsche sein. – 10 *colour*: der Glanz des Goldes. – 12 *stere*: Steuerruder. – 17 *Out of this toune*. Offenbar wollte Chaucer das teure London verlassen. – 19 *shave*: die Kahlheit der Mönchstonsur als lustiges Bild für den ‹abgebrannten› Bittsteller.

24 Balade de bon Conseyl (Text: Robinson 1957, S. 536; Ü: Feist, Ewiges England, S. 43, bearb.) Diese von Boethius' «Trost der Philosophie» inspirierte Ballade wird traditionell als Vermächtnis der Lebensweisheit des alten Chaucer angesehen; sie könnte jedoch schon Ende der achtziger Jahre entstanden sein. – 7 *trouthe thee shall delivere*: nach Joh. 8:32. – 9 *turneth as a bal*: Die wankelmütige Fortuna wurde auf einer rollenden Kugel dargestellt. – 11 *sporne ayeyns an al*: nach Apostelgesch. 9:5. – 12 *the crokke*: Variante der äsopischen Fabel vom irdenen und kupfernen Topf als Memento der menschlichen Gebrechlichkeit. – 18 *beste*: Der Mensch ohne transzendente Hoffnung ist nur ein Vieh. – 22 *thou Vache*: frz. ‹Kuh›; nimmt das Tierbild aus V. 18 in höchst ungewöhnlicher Weise auf; wahrscheinlich war der Adressat

dieses moralischen Ermunterungsgedichtes ein Chaucer nahestehender Adeliger, Sir Philip de la Vache, der bei Hofe in Ungnade fiel. – 27 *mede*: hier in der Primärbedeutung (himmlischer) ‹Lohn›; doch auch die Bedeutung ‹Wiese› (meadow) scheint in witzigem Bezug auf «vache» angesprochen.

ANONYM

(ca. 1375–1400)

26 SIR GAWAIN AND THE GREEN KNIGHT (V. 713–739, von 2530; Text: Sir Gawain, ed. J. A. Burrow, Harmondsworth 1972, S. 36 f.; Ü: v. Koppenfels) Über den Verfasser dieser ungewöhnlichen Artusdichtung ist nichts bekannt, außer daß er wahrscheinlich auch die im selben Manuskript überlieferten geistlichen Gedichte «Pearl», «Patience» und «Purity» verfaßt hat, deren erstes ebenfalls zu den Schätzen der mittelenglischen Dichtung gehört. Diese Werke sind in der Chaucer-Zeit, aber fern von London entstanden; ihr Dialekt der Nordwest-Midlands ist weit weniger normannisch überformt als das höfische Englisch Chaucers, und daher für den modernen Leser ungleich schwerer zugänglich. Sie verbinden in origineller Weise Stabreim und Endreim; in «Sir Gawain» folgt jeweils auf Strophen mit einer größeren, wechselnden Zahl von Langversen ein vierzeiliger Abschluß in endgereimten Kurzversen. – Unter den Ausgaben ist die von J. R. R. Tolkien/E. V. Gordon, Oxford 1925, ²1979, wichtig. Eine deutsche Prosafassung stammt von M. Markus, Stuttgart 1974 [mit englischem Original; Reclam]. Zur Deutung vgl. D. Fox, ed., Sir Gawain: 20th Century Interpretations, Englewood Cliffs 1968. – Zur Handlung: Ein hünenhafter Recke, der die Artusritter beim Neujahrsfest herausfordert, wird von Gawain mit einem Axthieb enthauptet, überlebt jedoch auf wunderbare Weise, und verpflichtet seinen Gegner, ein Jahr später an einem «Grüne Kapelle» genannten Ort in der Wildnis des Nordens (von Wales) sich zum Gegenstreich zu stellen. Das Enthauptungsritual steht in mythischem Zusammenhang mit dem winterlichen Sterben der Natur und ihrer Erneuerung im Frühling, ebenso wie die eisige Winterreise durch eine menschenleere, von wilden Tieren, Riesen, Trollen und Drachen bevölkerte Landschaft, die Gawain auf seinem Weg zur Grünen Kapelle durchqueren muß.

ANONYM
MITTELENGLISCHE LYRIK

(13. – frühes 16. Jahrhundert)

Die namenlos überlieferte, der lateinischen und romanischen Dichtung der Zeit nahestehende mittelenglische Lyrik zeigt volksliedhafte Transparenz, aber auch kunstvolle Komposition; sie vermag ihre konventionellen Themen wie Passionsbetrachtung, Marienminne, Memento Mori, Winterklage, Frühlingsjubel, leidende und erfüllte Liebe mit unvergleichlicher Frische neu zu beleben, sodaß ihre schönsten Schöpfungen heute noch unmittelbar zu uns sprechen. Aus dem schmalen, zufällig erhaltenen Bestand vor allem an weltlicher Lyrik kann man auf die Fülle des ursprünglich Vorhandenen schließen. – Unter den Gedichtformen ist das häufig belegte «carol» besonders bedeutsam, das von einem – nach jeder Strophe wiederholten – Kehrreim eingeleitet wird. Die Stücke unserer Auswahl sind nach geistlicher und weltlicher Motivik sowie nach Themenkreisen, unter Verzicht auf strenge Chronologie (die sich ohnehin meist nicht ermitteln läßt), gegliedert. Bei Texten, die bereits dem 16. Jahrhundert angehören, wurde die Schreibung modernisiert.

Ausgaben: E. K. Chambers/F. Sidwick, ed., *Early English Lyrics*, London 1907. – R. H. Robbins, ed., *Secular Lyrics of the 14th and 15th Centuries*, Oxford 1952. – R. T. Davies, ed., *Medieval English Lyrics*, London 1963. – C. & K. Sisam, ed., *The Oxford Book of Medieval English Verse*, Oxford 1970. – M. S. Luria/R. L. Hoffman, ed., *Middle English Lyrics*, New York 1974.

Übersetzungen: M. Lehnert, *Hier hatte ich einst viel Pläsier. Volkstümliche englische Dichtungen des Mittelalters*, Leipzig 1980. – W. Arens/R. Schöwerling, *Mittelenglische Lyrik*, Stuttgart 1980 [zweisprachig mit Prosafassungen; Reclam].

Literatur: E. K. Chambers, *English Literature at the Close of the Middle Ages*, Oxford 1945. – A. K. Moore, *The Secular Lyric in Middle English*, Lexington 1951. – J. Speirs, *Medieval English Poetry*, London 1957. – R. Woolf, *The English Religious Lyric in the Middle Ages*, Oxford 1968. – H. Bergner, ed., *Lyrik des Mittelalters*, 2 Bde, Stuttgart 1983.

28 NOW GOTH SONNE (Text: R. T. Davies, S. 54; Ü: v. Koppenfels) Passionsgedicht aus der ersten Hälfte des 13. Jahrhunderts, dessen Wortspiele in der Übertragung nicht zu bewahren sind. – 2 *rode*: Doppelbedeutung Kreuz/Antlitz; heilsgeschichtlich gesehen ist das Kreuz Christi «fair», d. h. rein, makellos. – 3 *tre*: Wortspiel Baum/Kreuz. – 4 *sone*: Sohn/Sonne.
28 I SING OF A MAIDEN (Text: R. T. Davies, S. 155; Ü: Kemp) Frühes 15. Jahrhundert. – 2 *makeles*: makellos/ohnegleichen/ohne Gatten, jung-

fräulich. – 7 *As dew*: Der auf Gras und Blumen fallende Himmelstau ist ein traditionelles Naturbild für das Mysterium der Empfängnis Mariae, das der Tau auf Gideons Fell als Erlösungssymbol in Richter 6:37 ff. präfiguriert.

28 Adam lay ibounden (Text R. T. Davies, S. 160 f.; Ü: Feist, Ewiges England, S. 49–51) Frühes 15. Jahrhundert; pseudonaive, humoristische Reflexion über die «felix culpa» von Adams Apfelbiß, der die Erlösung der Welt durch das Opfer Christi nach sich zog. – 1 *Adam*: steht für die Menschheit. – 2 *bond*: die Bande von Sünde und Tod. – 3 *Foure thousand*: Traditionell wurde die Schöpfung der Welt 4000 Jahre v. Ch. angesetzt. – 7 *clerkes*: die Gelehrten/Geistlichen. – 16 *deo gracias*: Gott sei Dank!

30 Wanne mine eyhnen misten (Text: R. T. Davies, S. 74 f.; Ü: v. Koppenfels) Drastisches Memento Mori mit einem «touch of humour» am Ende; 13. Jahrhundert. – 21 *hus uppe mine nose*: Gemeint ist die Grabplatte; die groteske Vorstellung vom Haus des Grabes auf der Nase des Begrabenen kehrt in der Barockzeit wieder bei F. Beaumont, S. 306, V. 9.

32 A Carol of St. George (Text: R. T. Davies, S. 185; Ü: v. Koppenfels) Preislied auf den englischen Nationalheiligen aus der Mitte des 15. Jahrhunderts. – 2 *our Lady knight*: Als Erretter der Jungfrau vor dem Drachen ist der ‹Streiter Gottes› der Jungfrau Maria besonders teuer. – 9 *At Agincourt*: 1415, beim großen Sieg von Henry V über die Franzosen im Hundertjährigen Krieg; die Engländer führten das Georgskreuz im Banner.

32 Corpus Christi Carol (Text: R. T. Davies, S. 272; Schreibung modernisiert; Ü: v. Koppenfels) Frühes 16. Jahrhundert; Fronleichnamslied, das als Wiegenlied einsetzt und seine Vision vom blutenden Leib des Herrn in die Welt des Rittertums versetzt. In der Gestalt des Gralskönigs, der an einer nicht zu stillenden Wunde leidet, hatte die Artuslegende alte Fruchtbarkeitsmythen mit dem Blutopfer Christi verschmolzen. Das Fest vom ‹Leichnam Christi› (Corpus Christi) war 1264 zur Feier der Eucharistie für die ganze Christenheit eingeführt worden. – 3 *he bare him up*: auch reflexiv lesbar als ‹er schwang sich hinauf›. – *a may*: Die ‹Magd› (im alten deutschen Wortsinn) oder Jungfrau ist Maria.

34 Sing! Cuccu (Text: R. T. Davies, S. 52; Ü: v. Koppenfels) Eine «reverdie» (Frühlingsfeier der sich erneuernden Natur) aus dem frühen 13. Jahrhundert in kräftigen englischen Farben.

34 Mirie it is (Text: R. T. Davies, S. 51; Ü: Lehnert, S. 55) Winterklage aus dem frühen 13. Jahrhundert.

34 Foweles in the Frith (Text: R. T. Davies, S. 52; Ü: v. Koppenfels) Liebesklage; späteres 13. Jahrhundert. – 1–2 *Foweles... flood*: verbloser Satz; die Frühlingsfreude der Kreatur wird mit dem folgenden Liebesleid des Sprechers assoziativ kontrastiert.

36 Lenten is come (Text: R. T. Davies, S. 84–86; Ü: v. Koppenfels) Detailreiche Ausführung des gleichen Themas aus der berühmten Sammlung der Harley Lyrics (so benannt nach einem um 1420 entstandenen Manuskript, das über die Hälfte der erhaltenen weltlichen «lyrics» vor 1400 über-

liefert). – 18 *fennel*: eigentlich ‹Fenchel›; die Metrik verlangt jedoch im Deutschen einen Einsilber. – 20 *Miles … makes*: (wörtl.) ‹jedes Tier ergötzt seinen Gefährten›; das ungewöhnliche «miles» wird auf das walisische «mil», ‹Tier›, zurückgeführt.

38 Alison (Text: R. T. Davies, S. 67 f.; Ü: Lehnert, S. 70–73, nach B. ten Brink; bearb.).

40 Ich am of Irlaunde (Text: R. T. Davies, S. 99; Ü: v. Koppenfels) Carol aus dem frühen 14. Jahrhundert; W. B. Yeats nimmt den Kehrreim zum Ausgangspunkt seines Gedichts «I am of Ireland». – 2 *holy londe*: In Irland hatte in den ‹finsteren› Jahrhunderten das Christentum überlebt; irische Missionare verbreiteten es auf dem Kontinent.

40 Al nist by the Rose (Text: R. H. Robbins, S. 12; Ü: v. Koppenfels).

40 Maiden in the Mor (Text: R. T. Davies, S. 102; Ü: v. Koppenfels) Ein Lied aus dem frühen 14. Jahrhundert, das sich geistlicher Allegorese entzieht, und dessen Nähe zur Liebesdichtung nur zu ahnen ist.

42 I have a gentil Cock (Text: R. T. Davies, S. 153 f.; Ü: v. Koppenfels) Frühes 15. Jahrhundert; Rätselgedicht mit diskreter Auflösung im Schlußvers.

44 Western Wind (Text: R. T. Davies, S. 291; Schreibung modernisiert; Ü: v. Koppenfels) Frühes 16. Jahrhundert.

44 I am as Light (Text: R. T. Davies, S. 283 f.; Schreibung modernisiert; Ü: Feist, Ewiges England, S. 53) Frühes 16. Jahrhundert. Von der Kritik wurde dieser Frauenpreis gelegentlich ironisch als frauenfeindlicher Sarkasmus gelesen.

44 This day day Dawes (Text: R. T. Davies, S. 262 f.; Ü: v. Koppenfels) Ein Liebeslied um 1500, das sich auch als Marienlied lesen läßt, und umgekehrt.

46 The Maidens came (Text: Archiv für das Studium der Neueren Sprachen, 107, 1901, S. 61, modernisiert; Ü: v. Koppenfels) Dieses geheimnisvolle Lied ist in einer Handschrift aus der Region von Durham enthalten, die möglicherweise schon in die elisabethanische Zeit gehört; in ihr vermischen sich Elemente einer Verserzählung mit eingestreuten Liedern in abrupter und kaum kontinuierlich zu klärender Weise. Unser Text wird von einer Frau gesprochen, die auf eine – hochzeitliche? – Liebesbegegnung zurückblickt.–4 *bailey*: eigentlich Amtsperson, Magistrat; der ‹Hochzeiter›(?).

48 When Adam dalf (Text: Lehnert, S. 218; Ü: Lehnert, S. 219; deutsche Version traditionell) Ein alter volkstümlicher Spruch, den John Ball in seiner Agitation beim Bauernaufstand von 1381 aufnahm.

48 Man be ware (Text: R. H. Robbins, ed., Historical Poems of the 14th and 15th Centuries, New York 1959, S. 54; Ü: v. Koppenfels) Richard II, der den Bauernaufstand grausam niederschlug, kam 1377 auf den Thron.

48 Swarte-smeked Smethes (Text: R. T. Davies, S. 213; Ü: v. Koppenfels) Dieses mittelalterliche Anti-Lärm Gedicht, ein Unicum, stammt aus der Mitte des 15. Jahrhunderts. Der Stabreim wird lautmalerisch eingesetzt, um die Kakophonie des Schmiedegetöses zu instrumentieren.

ANONYM
VOLKSBALLADEN

Die 305 Volksballaden, die in etwa 1300 Versionen in F. J. Childs grundlegender Sammlung von 1882–1898 erfaßt sind, enthalten einige der Schätze englischer Volksdichtung und stellen einen markanten Beitrag Englands und Schottlands zur Weltliteratur dar. (Viele Texte entstammen als sog. «Border Ballads» dem von kriegerischer Geschichte geprägten englisch-schottischen Grenzgebiet und sind in dessen Mundart überliefert.) Die wichtigste Quelle, eine um 1650 nach mündlichem Vortrag kompilierte Handschrift, wurde 1756 von dem späteren Bischof Thomas Percy im Haus eines Freundes, wo sie zum Feueranzünden diente, entdeckt und mit zahlreichen Zusätzen und Glättungen im klassizistischen Geschmack 1765 veröffentlicht, mit außerordentlicher Wirkung auf die europäische Literatur im Vorfeld und Umkreis der Romantik. In diesen oft dramatischen und intensiv emotionalen, dabei sprachlich rauhen, sprunghaft erzählten, in ferne Vorzeit zurückreichenden und durch lange mündliche Überlieferung zersungenen Texten sah man, wie in den Gesängen Ossians, Zeugnisse einer elementaren Ur-Poesie. Goethe fand in ihnen die epischen, dramatischen und lyrischen Grundelemente der Dichtung «noch nicht getrennt, sondern wie in einem lebendigen Ur-Ei zusammen». Unter den späteren Sammlungen ist in England diejenige Scotts (1802/3) bedeutsam. Über Herders *Stimmen der Völker* (1778 f./1807) wurde die englische Volksballade in Deutschland bekannt; in beiden Ländern inspirierte sie zahlreiche romantische Kunstballaden. – Die Volksballade konzentriert sich meist auf ein dramatisches Höhepunktgeschehen, bevorzugt direkte Wechselrede, reduziert Beschreibung und Reflexion zugunsten des unmittelbaren Dramas, und setzt das Menschengeschick vielfach in engen Bezug zur Dämonie der Natur und des Schicksals (Thematik des heroischen Kämpfertums, der Liebestragödie, des Übernatürlichen). Sie wurde urspünglich gesungen, worauf in der (vermutlich) älteren Form noch der Refrain in Verbindung mit einem paarweise gereimten Vierheber hinweist; eine stärker narrative Ausformung prägt die Struktur der ebenfalls meist vierhebigen Balladenstrophe (abcb). Durch die späte schriftliche Aufzeichnung ist eine genauere Datierung meist unmöglich, doch dürften die Bedingungen für solche Dichtung in England nach dem Ende des 15. Jahrhunderts nicht mehr gegeben sein.

Ausgaben: Thomas Percy, ed., *Reliques of Ancient English Poetry*, London 1765; dass. London 1910 [Everyman's Library]. – W. Scott, *Minstrelsy of the Scottish Border*, 3 Bde, London 1802–3; ed. T. F. Henderson, 4 Bde, London 1932. – F. J. Child, ed., *The English and Scottish Popular Ballads*, 5 Bde, Boston 1882–1898; [2]New York 1957. – G. Grigson, ed., *The Penguin Book of Ballads*, Harmondsworth 1975.

Übersetzungen: J. G. Herder, *Stimmen der Völker in Liedern*, Tübingen 1807 [ursprünglich: Leipzig 1778/79 als *Volkslieder*]; dass., ed. H. Rölleke, Stuttgart 1975 [Reclam]. – G. Hoffmann, ed., *Englische und amerikanische Balladen*, Stuttgart 1982 [zweisprachig mit Prosaversion; Reclam].

Literatur: M. J. C. Hodgart, *The Ballads*, London 1950, ^{2}1962. – M. Leach / T. P. Coffin, ed., *The Critics and the Ballads*, Carbondale 1961. – D. C. Fowler, *A Literary History of the Popular Ballad*, Durham/N. C. 1968. – E. Pflüger-Bouillon, ed., *Probleme der Volksballadenforschung*, Darmstadt 1975.

50 THE CHERRY TREE CAROL (Text: Child 54 A; Ü: v. Koppenfels) Beispiel einer religiös-legendenhaften Ballade, die bis ins späte 19. Jahrhundert volkstümlich blieb. Zur Steigerung des Wunderbaren wird eine traditionell mit der Flucht nach Ägypten verbundene Begebenheit auf die Zeit vor der Geburt Christi vorverlegt. – 8 *blood*: weist auf die Passion voraus. Vgl. «Sir Patrick Spens», S. 60, V. 2. – 18 *unkind*: Die Eifersucht Josefs ist ein altes volkstümliches Motiv. Einer Schwangeren die Erfüllung eines Speisegelüsts zu versagen, konnte nach dem Aberglauben früherer Epochen dem ungeborenen Kind schaden. – 37 *took her babe*: Durch einen genretypischen Erzählsprung wird der Hörer in die Zeit nach der Geburt versetzt.

52 EDWARD (Text: Child 13 B; Ü: Herder, Stimmen der Völker, 2. Teil, 3. Buch, Nr. 5) Ballade zu einem auch in Skandinavien verbreiteten Thema, die einen Gipfelpunkt der schottischen Volksdichtung darstellt, durch Herders Übertragung in der deutschen Romantik heimisch wurde und die deutsche Kunstballadendichtung anregte. «Könnte der Brudermord Kains in einem Populärliede mit grausenderen Zügen geschildert werden?» fragt Herder, und Goethe preist die Ballade in seiner «Wunderhorn»-Rezension als «das höchste, was wir in dieser Art kennen». Hier und in den folgenden Balladen werden alt-schottische Wörter durch ihre neuenglische Entsprechung wiedergegeben. – 1 *brand*: sword; *drap*: drip. – 4 *gang*: go. – 5 *guid*: good. – 7 *my hauke*: Herder ersetzt aus unerfindlichen Gründen den Falken durch einen Geier. – 8 *nae mair bot*: no more than. – 16 *frie*: free (stolz). – 20 *dule ye drie*: pain you suffer. – 33 *ha*: hall. – 41 *bairns*: children. – 46 *The warldis*: the world's. – 53 *frae me sall ye beir*: from me shall you bear. – 56 *Sic*: such.

56 THE THREE RAVENS (Text: Child 26; Ü: Fontane, Sämtliche Werke, ed. W. Keitel, Abt. I, Bd. 6, München 1964, S. 134 f.) Bereits in einer elisabethanischen Liedersammlung gedruckte Ballade zum Preis der (Lehens-) Treue; der Sicht der Aasvögel stellt sie die ideell-aristokratische Haltung von Hunden, Falken und Reh (der Geliebten) gegenüber: beispielhafte Treue über den Tod hinaus und bis in den eigenen Tod, denn die Dame des Ritters stirbt, sobald sie ihn bestattet hat. Im Original wird der erste Vers jeder Strophe dreimal wiederholt und mit dem Refrain «Down a down, hay down, hay down» verbunden, der zweite jeweils mit «With a down derrie, derrie,

derrie, down, down» abgeschlossen. – 11 *fallow doe*: die (hier nur metaphorische) Verwandlung der Geliebten in Tiergestalt ist ein häufiges Motiv in Volksballaden. – 16 *lak*: Grube; von Fontane mit «lake» verwechselt.

58 THE TWA CORBIES (Text: Child 26; Ü: Fontane, Sämtl. Werke, I, 6, S. 130) Zynische Parodie des Vorhergehenden, erstmals in Scotts «Minstrelsy». – 2 *corbies:* Krähen oder Raben; *mane*: moan (Klage). – 3 *tane*: the one. – 4 *sall we gang*: shall we go. – 5 *fail dyke*: grass embankment. – 6 *I wot*: I know. – 7 *kens*: knows. – 13 *hause-bane*: neck bone. – 14 *een*: eyes. – 15 *gowden*: golden. – 16 *theek*: thatch, cover.

60 SIR PATRICK SPENS (Text: Child 58 A; Ü: Fontane, Sämtl. Werke, III, 1, S. 372 f. [Fontanes Fassung letzter Hand ist dieser Erstfassung gegenüber leicht revidiert]) Bei seiner recht freien Übertragung fügt Fontane nach der 7. Strophe – wohl um die Sprunghaftigkeit des Erzählens abzumildern – die folgende Stanze ein, die keine Entsprechung in den Originalversionen hat: «Es kam der nächste Morgen,/sie gingen all' an Bord,/Sir Patrick und die Seinen/Und mancher schottische Lord.» – Berühmte Seeballade, in zwei Variantengruppen überliefert, von denen hier die knappere, poetisch ungleich stärkere Fassung mitgeteilt wird. Die zweite Gruppe ist detailreicher und verrät, daß es sich um eine Brautfahrt nach Norwegen handelt, vielleicht ursprünglich die Reise Margarets von Schottland zu ihrer Vermählung mit König Eric 1281; auf der Rückfahrt erlitt ihre Begleitung Schiffbruch. Das Gedicht ist zugleich Tragödie und Apotheose der Lehenstreue. – 1 *Dumferling*: Dumfermline, vor 1400 Sitz der schottischen Könige. – 2 *blude-reid* (blood red): wie in V. 8 des «Cherry Tree Carol», S. 50, Vorverweis auf kommendes Unheil. – 9 *braid*: broad, long. – 14 *lauchèd*: laughed. – 16 *ee*: eye. – 17 *wha is this has don*: who is this that has done. – 22 *the morne*: to-morrow. – 25 *yestreen*: yesterday evening. – 29 *richt laith*: right loath, very unwilling (Erzählironie). – 30 *weet... schoone*: wet their cork-heeled shoes. – 31 *Bot lang owre a'*: but long before all; soon. – 32 *aboone*: above. – 38 *kems*: combs. – 41 *Haf owre*: half over; halfway across. – *Aberdour*: Stadt in Südost-Schottland; das Meer vor ihrer Küste gilt als besonders tief. – 42 *fadom*: fathom (six feet).

62 BARBARA ALLAN (Text: Child 84 A; Ü: Fontane, Sämtl. Werke, I, 6, S. 124 f.) Eine der populärsten schottischen Liebesballaden, von Literaten des 18. Jahrhunderts wie Dr. Johnson und O. Goldsmith gerühmt. – 1 *Martinmas*: Sankt Martinstag. – 3 *West Country*: Westschottland. – 8 *Gin*: if. – 9 *hooly raise*: slowly rose, went up. – 13–18 *O I'm sick... reft him*: einschneidende Veränderung durch den Übersetzer. – 17 *dinna ye*: don't you. – 29 *a mile but twa*: no more than two miles. – 30 *knellin*: Childs Fassung hat «ringing», doch der wiederkehrende Reim mit dem Namen der Heldin ist ein markantes Gestaltungsmittel des Gedichts.

66 GAE OUT (Text: Child 275 A; Ü: Goethe, Sämtliche Werke, Münchner Ausgabe, Bd 18, 1, S. 13–15). Beispiel einer humoristischen Volksballade. Goethe schickte seine Version am 20. Juli 1827 mit einem Begleitbrief an

Carlyle; wenige Tage später schrieb er an Zelter: «Die Ballade steht sehr hoch; die glücklich lebendige Verschmelzung des Epischen und Dramatischen in höchst lakonischem Vortrag ist nicht genug zu bewundern.» – 2 *a gay time*: Zum Sankt Martinstag wurde kräftig gegessen. – 3 *puddings*: keine Süßspeise, sondern Blutwurst oder Preßsack. – 5 *sae cauld*: so cold. – 9 *hussyfskap*: Korb für Getreide oder Mehl.- 13 *paction:* pact. – 15 *whaeer*: whoever. – 23 *neer*: never. – 27 *muckle*: much. – 31 f. *take aff* ... *I'll kiss* ...: Goethe umgeht den derben Schabernack der beiden Besucher, deren einer dem Alten mit der siedenden Wurstbrühe den Bart abrasieren will, während der andere sich der Ehefrau zuwendet («kiss» fungiert hier wohl als Euphemismus).

HENRY VIII

Greenwich 1491 – Westminster 1547

Zweiter englischer König aus dem Hause Tudor und Vater Elisabeths I; starke Herrschergestalt, die eine Entwicklung vom glänzenden Renaissancefürsten zum Despoten nahm. Der anfängliche Gegner der Reformation machte sich 1534 aus nicht primär geistlichen Gründen zum Oberhaupt der englischen Kirche und löste die Klöster auf. Von seinen sechs Frauen ließ er zwei enthaupten, darunter Anne Boleyn, die Mutter Elisabeths I. Die unter seinem Namen in zeitgenössischen Handschriften überlieferten Gedichte können ihm nicht mit letzter Gewißheit zugeschrieben werden.

70 THE HOLLY (Text: Jones, New Oxford Book of 16th Century Verse, Nr. 19, S. 48 f.; Ü: K. Bartenschlager) Carol mit dem – wohl traditionellen, hier unübersetzten – Refrain «Green groweth the holly; so doth the ivy./ Though winter blasts blow never so high/Green groweth the holly.» – 1 *holly*: eigentlich die (immergrüne) Stechpalme. – 16 *and ever shall*: konventionelle lyrische Treuebekundung – in diesem Fall mehrfach durch die Realität widerlegt.

JOHN SKELTON

Diss 1460 (?) – Westminster 1529

Erzieher des Prinzen Henry, des späteren Henry VIII; seit 1503 Pfarrer seines Geburtsorts Diss in Norfolk; ab 1512 als «King's Orator» wieder am Hof. Origineller und schonungsloser Zeitkritiker, der in kräftigen Knittelversen (Skeltonics) gegen die Verderbtheit von Hof und Klerus, aber auch gegen die destabilisierenden Kräfte von Humanismus und Reformation wetterte, und zu diesem Zweck die mittelalterliche Ständesatire und moralistische Allegorie weiterentwickelte. Aller Ungeist der Zeit verkörperte sich für ihn in dem machthungrigen Günstling Heinrichs VIII, Kardinal Wolsey, seit 1515 Lordkanzler des Königsreichs; kurz vor seinem Tod erlebte Skelton noch den Sturz des Verhaßten. – Hauptwerke: *The Bouge of Court*, eine um 1500 erschienene ‹Narrenschiff›-Allegorie auf das Hofleben; *Philip Sparrow*, um 1505 entstandene parodistische Elegie einer jungen Frau, die – in der Nachfolge Catulls, aber viel wortreicher – um den Tod ihres Sperlings klagt; das Moralitätendrama *Magnificence*, 1516, zeigt in allegorischer Verbrämung den Herrscher unter dem Einfluß intriganter Ratgeber; *Colin Clout*, um 1520, übt durch die Maske eines scheinbar naiven, bäurisch ungeschliffenen Beobachters bittere Kritik am Verfall der kirchlichen Institutionen unter der Ägide Wolseys; *Speak, Parrot!*, 1521, und *Why Come Ye Not to Court?*, 1522, enthalten bittere Attacken auf Wolsey als eigentlichen Herrscher Englands. Skeltons Gedichte wurden im 16. Jahrhundert wiederholt gedruckt; außerdem war er der Held einer populären Anekdotensammlung. Spenser benützte die Persona Colin Clout für eigene, zeitkritische und pastorale Zwekke. Moderne Dichter wie R. Graves und W. H. Auden bewunderten Mut und Ausdruckskraft der «Skeltonics».

Ausgaben: The Complete Poems, ed. Ph. Henderson, London 1931, ^{3}1959. – *Poems*, ed. R. S. Kinsman, Oxford 1969 [Auswahl]. – *The Complete English Poems*, ed. J. Scattergood, Harmondsworth 1983.

Literatur: J. M. Berdan, *Early Tudor Poetry*, New York 1920. – I. A. Gordon, *J. Skelton, Poet Laureate*, London 1943, ^{2}1971. – A. R. Heiserman, *Skelton and Satire*, Chicago 1961. – M. Pollet, *J. Skelton*, Paris 1962. – S.E Fish, *J. Skelton's Poetry*, New Haven 1965. – A. F. Kinney, *J. Skelton: Priest as Poet*, Chapel Hill 1987.

72 WHY COME YE NOT TO COURT (V. 401–419; 953–994, von 1217; Text: Henderson, S. 320; 336 f.; Ü: v. Koppenfels) 4 *Hampton Court*: vor den Toren Londons von Kardinal Wolsey erbautes Prachtschloß, Demonstration der Machtfülle des Kanzlers. 1526, wenige Jahre nach Skeltons verwegener Attacke, als Wolseys Stern im Sinken war, übereignete dieser den Palast Hein-

rich VIII als ‹Geschenk›; bis Mitte des 18. Jahrhunderts diente er als königliche Residenz. – 10 *Yorkès Place*: Londoner Stadtpalast Wolseys. – 22 *straits of Marock*: Straße von Gibraltar. – 23 *Baldock*: Bagdad (Hauptstadt des Reiches der Ungläubigen). – 25 *nine kings*: wohl Anspielung auf die «Nine Worthies» (Helden) der heidnischen, jüdischen und christlichen Weltgeschichte (Hektor, Alexander, Caesar/Josua, David, Judas Makkabäus/König Artus, Karl der Große, Gottfried von Bouillon). – 55 *potestolate*: (Neuprägung) Machtvergötzer.

74 The Tunning of Elinor Rumming (V. 418–458, von 624; Text: Henderson, S. 124 f.; Ü: v. Koppenfels) Das Gedicht beschreibt in derb humoristischer Manier die sehr gemischte weibliche Gesellschaft, die, von unstillbarem Bierdurst getrieben, zum Brau-Ausschank (tunning) der Elinor Rumming in Leatherhead strömt, um vielfach ihre Zeche mit Naturalien zu begleichen. – 12 *Essex cheese*: besonders stark und würzig. – 33 *unset leek*: freiwachsender oder Jungfern-Lauch galt medizinisch für wertvoller als der Gartenlauch. – 36 *to Bordeaux sail*: Eine der Hexen in Macbeth I, 3 segelt in einem Sieb sogar bis nach Aleppo!

78 To Mistress Margery Wentworth (Text: Henderson, S. 377; Ü: v. Koppenfels) Aus der «Garland of Laurel», um 1495 für eine Feier unter aristokratischen Freunden verfaßt, nachdem Skelton von den Universitäten Oxford, Löwen und Cambridge mit dem Titel eines Poeta Laureatus ausgezeichnet worden war. – 1 *marjoram*: Wortspiel mit dem Vornamen der gepriesenen jungen Dame aus dem Geschlecht der Grafen von Surrey; dem Majoran wird zurückhaltende Schönheit und häuslicher Nutzen zugeschrieben.

Sir Thomas Wyatt

Allington Castle 1503 – Sherborne 1542

Auf dem Schloß seiner Familie in Kent geboren und in Cambridge erzogen, von anziehendem Äußeren, versiert im Waffendienst und in der Diplomatie, Gelehrter, Dichter und Übersetzer, vorzüglicher Kenner der verschiedensten europäischen Länder und Kulturen – mit diesen Eigenschaften verkörpert Wyatt den Renaissancedichter als umfassend gebildeten Mann von Welt. Er diente seinem König in unruhigen und gefährlichen Zeiten als Botschafter in Spanien und am Hof Karls V, sowie auf diplomatischen Missionen in Frankreich und Italien. Immer wieder mußte er sich gegen Neider und Intriganten zur Wehr setzen: zweimal wurde er verhaftet und im Tower eingekerkert: 1536 nach dem Sturz Anne Boleyns, die ihm einst nahestand, und 1541 nach dem Fall seines Gönners Thomas Cromwell; beide Male gewann er die Gunst Heinrichs VIII zurück. Seine eindringlichen Gedichte höfischer

Desillusion sind mehr als nur Stilübungen zu Standardthemen der Zeit. – Wyatt, der die Form und Thematik des italienischen Renaissancesonetts durch seine Nachdichtungen in England einführte, hat nicht nur im petrarkistischen Stil gedichtet, sondern auch in einem – heute wieder hochgeschätzten – frisch liedhaften, aber auch satirisch-moralistischen «plain style» englischer Prägung. Zu seinen Lebzeiten in Manuskriptform verbreitet, wurde sein Werk fünfzehn Jahre nach seinem Tod in größerer Auswahl (zusammen mit den Versen des Earl of Surrey und anderer Gentlemen) von dem Verleger Tottel unter dem Titel *Songs and Sonnets* gedruckt, wobei der Herausgeber Wyatts rauhe Metrik glätten zu müssen glaubte. Diese Anthologie, als *Tottel's Miscellany* bekanntgeworden, hatte enormen Einfluß: sie verbreitete die Formen und Themen der europäischen Renaissancedichtung in England und bewies, in Tottels Worten, «daß unsere Sprache in diesen Dingen ebenso Löbliches hervorzubringen vermag wie die übrigen».

Ausgaben: In *Songs and Sonnets*, ed. R. Tottel, London 1557; Nachdr. als *Tottel's Miscellany*, ed. H. E. Rollins, 2 Bde, Cambridge/Mass. 1928 f., ^{2}1965. – *The Poetry of Sir Th. Wyatt*: ed. E. M. W. Tillyard, London 1929, ^{2}1949. – *Collected Poems*, ed. K. Muir/P. Thomson, Liverpool 1969. – *Collected Poems*, ed. J. Daalder, London 1975.

Literatur: J. M. Berdan, *Early Tudor Poetry*, New York 1920. – K. Muir, *The Life and Letters of Sir Th. Wyatt*, Liverpool 1963. – R. Southall, *The Courtly Maker*, Oxford 1964. – P. Thomson, *Sir Th. Wyatt and His Background*, London 1964. – S. M. Foley, *Sir Th. Wyatt*, Boston 1990.

80 WHOSO LIST (Text: Daalder, S. 7; Ü: G. Kranz, Englische Sonette, S. 5, bearb.) Freie Nachdichtung von Petrarcas Sonett «Una candida cerva» (Nr. 190), wo das Bild der Hindin sich auf die geliebte und keusche Laura bezieht, die der irdischen ‹Liebesjagd› auf Geheiß des Allerhöchsten entzogen ist; Wyatt als – vermutlich – früherer Liebhaber Anne Boleyns überträgt das Motiv auf ihr Verhältnis zu Henry VIII, dessen zweite Gemahlin sie wurde. – 6 *deer*: rasch konventionalisiertes Wortspiel mit der Doppelbedeutung Hindin / Geliebte. – 8 *in a net. . .the wind*: sprichwörtliches Bild zum Ausdruck einer Unmöglichkeit (Adynaton). – 11 *diamonds*: Petrarca liest auf dem Halsband der Hindin mit Diamanten und Topasen eingeschrieben die Warnung «Nessun mi tocchi!» (Keiner berühre mich!), die Wyatt hier in die Worte des auferstandenen Jesus zu Maria Magdalena übersetzt: als Geheiß des Herrschers, daß dieses ‹Wild› von nun an ihm allein zusteht.

80 MADAM, WITHOUTEN MANY WORDS (Text: Daalder, S. 29; Ü: v. Koppenfels) Charakteristisches Beispiel für Wyatts unpetrarkistischen Ton in der Liebesdichtung.

80 AND WILT THOU LEAVE ME (Text: Daalder, S. 148; Ü: H. Feist, Ewiges England, S. 83).

82 THEY FLEE FROM ME (Text: Daalder, S. 32; Ü. H. Feist, Ewiges England, S. 79–81, bearb.) In «Tottel's Miscellany» erhält das – metrisch geglättete – Gedicht den Titel: «Der Liebende schildert, wie er von denen verlassen wurde, deren Liebe er einst genoß.» Die erste Strophe, die sich auch als Klage über den Verrat von Freunden zur Zeit höfischer Ungnade lesen ließe, verbirgt das erotische Thema unter einem Vogelgleichnis: die Liebesbeziehung gleicht der Bindung des zahmen Falken an seinen Falkner, der ihm Nahrung reicht; wenn der Falke wieder verwildert, löst er diese Bindung und ‹schweift› aus, um eigenmächtig Beute zu machen. – 7 *change*: ‹Treuebruch› des Falken / weibliche Wechselhaftigkeit. – 20 *kindly*: Doppeldeutigkeit im Sinn von freundlich / der (weiblichen) Natur gemäß.
84 LUX, MY FAIR FALCON (Text: Daalder, S. 217; Ü: v. Koppenfels) Entweder nach Anne Boleyns Fall, 1536, oder nach dem Sturz Cromwells geschrieben, als sich viele Höflinge von Wyatt abwandten; im Gegensatz zum vorhergehenden Gedicht werden die Jagdvögel hier zum Sinnbild unerschütterlicher Treue. – 5 *Like lice*: Das drastische Bild stellt die Menschen als blutsaugerische Insekten tief unter die Falken; die ‹Läuse› sehen ihren ‹Wirt› zu früh als Leichnam.
84 I AM AS I AM (V. 1–8; 21–28; 37–40; von 40; Text: Daalder, S. 179; Ü: H. Feist, Ewiges England, S. 79, bearb.) 3 *bond*: Liebes- oder Kerkerbanden.
86 THROUGHOUT THE WORLD (Text: Daalder, S. 230; Ü: H. Feist, Ewiges England, S. 85).
86 SATIRE I (V. 73–103, von 103; Ü: v. Koppenfels) Satirische Versepistel in Terzinen zum Thema Hofkritik und Preis des Landlebens; frei und persönlich nach Luigi Alamannis 10. Satire anglisiert und auf Wyatts Verbannung vom Hof nach dem Sturz Anne Boleyns bezogen. – 6 *Hang on their sleeves*: Bild für den Schmeichler. – 14 *a clog*: Der Hemmschuh, der Wyatt am Reisen hindert, ist die Verbannung auf seine Güter. – 17 *in France*: Hier folgen Gemeinplätze der zeitgenössischen Völkersatire. – 22 *Flanders*: Die Flamen galten (ähnlich wie die Deutschen) als Fresser und Säufer. – 26 *at Rome*: In «Tottel's Miscellany», die zur Zeit der Rekatholisierung Englands erschien, wurde diese antipäpstliche Pointe diskret emendiert zu «of some/A common practice.» – 28 *Kent and Christendom*: Kent galt im Hinblick auf die Christianisierung Englands und das Martyrium Thomas Beckets als Zentrum des englischen Christentums. – 30 *Poins*: Freund Wyatts, an den die Epistel gerichtet ist.
88 STAND, WHOSO LIST (Text: Daalder, S. 205; Ü: v. Koppenfels) Ausdrucksvolle und persönliche Übertragung des Chorliedes «Stet quicumque volet» aus Seneca, Thyestes, V. 391–403.
88 INNOCENTIA (Text: Daalder, S. 185 f.; Ü: v. Koppenfels) Offenbar während Wyatts Haft im Tower 1536 geschrieben, wo er von seiner Zelle im Bell Tower aus die Hinrichtung seiner, wie wir annehmen dürfen, früheren Geliebten Anne Boleyn als grausamen Sturz von der Höhe des Fortunarades

erleben mußte. Wyatt umgibt seinen Namen im Titel mit Unschuld, Wahrhaftigkeit und Treue, die ihn schützen sollen; lateinisch gelesen bedeutet «viat» ‹er geht / entfernt sich›, d. h. die genannten Tugenden haben keine Bleibe in der korrupten Welt. – Das Titelmotto stammt aus Psalm 17:9. – 5 *circa Regna*: ‹Um die (Spitze der) Reiche toben Gewitter›; aus Seneca, Phaedra, V. 1140; die ersten beiden Strophen Wyatts paraphrasieren Phaedra 1125 ff. – 11 *bloody days*: Bezieht sich auf die Exekution der angeblichen Liebhaber Annes, darunter ihres Bruders, die ihrer eigenen Hinrichtung vorausging. Wyatt schrieb ein Klagegedicht über diese Opfer der königlichen Eifersucht und Willkür.

HENRY HOWARD, EARL OF SURREY

Kenninghall 1517 (?) – London 1547

Als Sohn des Herzogs von Norfolk, als glänzender Hofmann (wenn auch von unruhigem Temperament), Dichter, Diplomat und militärischer Führer entspricht auch Surrey, wie sein Freund Wyatt, dem Renaissanceideal einer Einheit von Aristokratie, Bildung und kühner Tatkraft. Er stand hoch in Gunst, solange seine Kusine Catherine Howard, Heinrichs VIII vierte Gemahlin, Königin war. Unter dem Einfluß einer mißgünstigen Hofpartei wurde gegen ihn, der sich in den französischen Kriegen ausgezeichnet hatte, nach einer englischen Niederlage ein juristisch fragwürdiger Hochverratsprozeß angestrengt; dieser brachte ihn, kaum dreißigjährig, auf das Schaffott. – Als Dichter entwickelte Surrey die von Wyatt eingeführte Sonettform weiter und etablierte dabei jenes Reimmuster aus drei kreuzweise gereimten Quartetten mit abschließendem Reimpaar (abab cdcd efef gg), das die vorherrschende elisabethanische Sonettform werden sollte. In seiner Teilübersetzung von Vergils Aeneis führte er darüber hinaus den reimlosen Zehnsilber, den sogenannten Blankvers, als Pendant des lateinischen Hexameters in die englische Dichtung ein; auch dies eine Erfindung mit unabsehbaren Folgen. Surreys Gedichte wurden zusammen mit dem Werk Wyatts und anderer Hofdichter (Courtly Makers) posthum 1557 von Richard Tottel veröffentlicht. Sie unterscheiden sich von der ausdrucksstärkeren Poesie Wyatts durch größere Flüssigkeit und Eleganz, und wurden so zu einem wichtigen metrischen Modell für spätere Generationen.

Ausgaben: In *Songs and Sonnets*, ed. R. Tottel, London 1557. – *The Poems*, ed. F. M. Padelford, Seattle 1920, ^{2}1928. – In *Silver Poets of the 16th Century*, ed. G. Bullett, London 1947. – *Poems*, ed. E. Jones, Oxford 1964 [Auswahl].

Literatur: J. M. Berdan, *Early Tudor Poetry*, New York 1920. – E. Casady, *H. Howard, Earl of Surrey*, New York 1938. – A. Mason, *Humanism and Poetry in the Early Tudor Period*, London 1959. – H.W. Chapman, *Two Tudor Portraits*, London 1961. – C. W. Jentoft, *Sir Th. Wyatt and H. Howard, Earl of Surrey: A Reference Guide*, Boston 1980.

92 THE SOOTE SEASON (Text: Silver Poets, S. 114; Ü: G. Regis, Shakespeare-Almanach, S. 279) Sehr freie Nachdichtung von Petrarcas Liebesklage im Frühling «Zefiro torna» (Nr. 310): der Katalog der sich erneuernden Kreaturen ist hier entmythologisiert und weit bunter angelegt; freilich tritt in diesem Sonett mit nur zwei Reimen das subjektive Kontrastthema trauernder Liebe völlig zurück. – 1 *soote*: süß (sweet). – 2 *eke*: auch. – 11 *mings*: mischt zusammen (mingles). – 14 *springs*: antithetisches Wortspiel mit «spring», Frühling.

92 ALAS, SO ALL THINGS (Text: Silver Poets, S. 119; Ü: v. Koppenfels) Wie im vorigen Sonett aus dem Frühlingsglück der Natur ist der Liebende hier von der Wohltat des Schlafes ausgeschlossen; Nachdichtung von Petrarcas Sonett 164. – 4 *nightès car*: der Große Wagen (bei Petrarca «carro stellato»). – 9 *joy and woe*: die ‹süße Pein› der ewig unstillbaren und doch beseligenden petrarkistischen Liebe.

94 SARDANAPALUS (Text: Silver Poets, S. 142 f.; Ü: v. Koppenfels) Sardanapal oder Assurbanipal, syrischer König im 7. Jahrhundert v. Ch., Typus des degenerierten, von seinen Lüsten korrumpierten Herrschers; das Sonett wird häufig als verdeckte Anspielung auf Heinrich VIII gelesen.

94 THE HAPPY LIFE (Text: Silver Poets, S. 139; Ü: v. Koppenfels) Prägnanter Preis des goldenen Mittelmaßes im Leben, frei nach Martial X,47; in einer anderen Fassung Surreys beginnt das mehrstrophige Epigramm mit der Anrede Martials.

96 BONUM EST (Text: Silver Poets, S. 143 f.; Ü: v. Koppenfels) Nach dem Zeugnis seines Sohnes war dies das letzte Gedicht, das Surrey schrieb. – 6 *sweet revenge*: Die stoische Gefaßtheit des Sprechers verwandelt das Gefängnis in einen freien Ort. – 12 *glass*: der ‹reflektierende› Geist als Spiegel. – 15 *a wretch*: Dieser Hinweis auf den Intriganten, dem Surrey seine Haft und die bevorstehende Hinrichtung verdankt, ist noch nicht plausibel geklärt. – 16 *that blood*: Surreys eigenes Blut.

ELIZABETH I

Greenwich 1533 – Richmond 1603

Die Königin, die einer Epoche den Namen gab, ein religiös und politisch gespaltenes Land vereinte, dem spanischen Anspruch auf ein katholisches

Europa entgegentrat und die politischen Bedingungen einer großen kulturellen Blütezeit schuf, war vorzüglich gebildet; sie verfaßte zahlreiche eindrucksvolle Reden zu öffentlichen Anlässen, übersetzte Auszüge aus dem klassischen moralistischen Schrifttum, und behandelte in einigen Gedichten wichtige Ereignisse ihres Lebens im poetischen Stil der Zeit.

Ausgabe: The Poems of Queen Elizabeth I, ed. L. Bradner, Providence 1964.

98 WRITTEN ON A WALL (Text: Bradner, S. 3; Ü: G. Vincke, Rose und Distel, S. 24) Geschrieben, als Elisabeth unter der Herrschaft ihrer Halbschwester Maria, die den Katholizismus in England gewaltsam zu restaurieren versuchte, in Woodstock festgehalten wurde und um ihr Leben fürchten mußte. Der Text an der Wand des Hauses, dessen Abriß um 1640 erfolgte, wurde von dem deutschen Reisenden Paul Hentzner in seinem *Itinerarium* 1612 veröffentlicht.

98 ON MONSIEUR'S DEPARTURE (Text: Bradner, S. 5; Ü: v. Koppenfels) Der Gedichttitel benennt als Anlaß den 1582 erfolgten Abbruch der langhingezogenen Heiratsverhandlungen zwischen Elisabeth und dem Herzog von Anjou (‹Monsieur› war der Titel für den jeweils ältesten Bruder des französischen Königs). Elisabeth, die sich zeitlebens gern umwerben ließ, fand den Bewerber anziehend, versagte sich die Heirat jedoch aus politischen Gründen. (Ein Manuskript verbindet das Thema des Gedichts mit Elisabeths Neigung für den Earl of Essex, der 1601 nach einer gescheiterten Rebellion hingerichtet wurde.) Um den Widerstreit von Liebe und Staatsraison auszudrücken, bedient sich die Autorin der Antithesen und Hyperbeln des Petrarkismus. – 6 *another self*: der Geliebte als ‹zweites Ich›. Wie mehrfach in der kontinentalen Petrarca-Nachfolge, oder später bei Lady Mary Wroth, wird hier die Rolle des leidenden Liebhabers weiblich besetzt. – 14 *I am soft*: elegische Selbststilisierung oder Einblick in eine Seite der Monarchin, die der politischen Selbstbehauptung geopfert werden mußte?

GEORGE GASCOIGNE

Cardington 1539 (?) – Stamford 1577

Der Pionier zahlreicher literarischer Genres der frühelisabethanischen Ära entstammte einer angesehenen Familie aus Bedfordshire, erhielt eine gute juristische Ausbildung, leistete Kriegsdienst in den Niederlanden und war Parlamentsmitglied. In seiner Abwesenheit erschien 1573 eine Sammlung seiner Übertragungen und originalen Schriften unter dem Titel *A Hundred Sundry Flowers*. Er selbst besorgte 1575 eine verbesserte und erweiterte Ausgabe und betitelte sie *The Posies* (Die Gedichte/Blumensträuße). Diese Kollektion aus Vers und Prosa enthält u. a. eine Tragödie nach Euripides, eine Komödie nach Ariost, Gedichte, einen Traktat über Verskunst und eine originelle Liebesnovelle, *The Adventures of Master F. J.* Weiterhin trat der unermüdliche Experimentator mit höfischen «Entertainments» für Königin Elisabeth hervor, mit einer mythologischen Elegie, einer Blankverssatire und einem Bericht über die Eroberung von Antwerpen. Sein Wahlspruch «Tam Marti quam Mercurio» stellt der Kriegskunst die schönen Künste zur Seite (Merkur/Hermes als Erfinder der Leier und Flöte).

Ausgaben: The Pleasantest Works, London 1587. – *The Complete Works*, ed. J. W. Cunliffe; Bd 1: *The Posies*, Cambridge 1907; Bd 2: *The Glasse of Governement* etc., 1910; [2]New York 1969. – *A hundreth Sundrie Flowers*, ed. C. T. Prouty, Columbia/Miss. 1942.

Literatur: C. T. Prouty, *G. Gascoigne, Elizabethan Courtier, Soldier, and Poet*, New York 1942. – A. Anderau, *«The Adventures of Master F.J.»*, Bern 1966. – R. C. Johnson, *Gascoigne*, New York 1972.

100 The lullaby of a Lover (Text: The Posies, S. 44 f.; Ü: v. Koppenfels) Das bei Gascoigne häufig anklingendeThema des Alterns in der paradoxen Form eines Wiegenliedes. – 25 *will*: steht hier für den erotischen Impuls. – 34 *Robin*: scherzhafter Name für das männliche Glied.

102 A farewell (Text: The Posies, S. 452; Ü: v. Koppenfels) Schlußgedicht der «Adventures of Master F. J.»: letzte Antwort und Abschied des Protagonisten, der im ersten Vers ein Wort seiner Geliebten aufnimmt – das gleichgültige Eingeständnis ihrer Untreue. – 10 *fisherman*: topischer Vergleich der Liebe mit dem Fischfang.

Edmund Spenser

London 1552 – London 1599

Repräsentative und einflußreiche Dichtergestalt des elisabethanischen Zeitalters, die noch den Romantikern als «the poet's poet» galt, als englischer Dichter par excellence, Inbegriff vergangener poetischer Größe und Inspirator späterer dichterischer Begabung. Nach einer gründlichen humanistischen Erziehung und dem Studium in Cambridge widmete sich der wenig wohlhabende Dichter dem Lebensziel, die englische Dichtung zu erneuern, und der schwierigen Aufgabe, ein Staatsamt zu erhalten. Er gewann die Freundschaft von Sir Philip Sidney und Sir Walter Raleigh, und schließlich

1580 eine Sekretärstelle bei Lord Grey, dem Statthalter von Irland, wo er fortan fast ausschließlich lebte und wirkte. Als sein Wohnsitz beim irischen Aufstand 1598 von Rebellen niedergebrannt wurde, floh er nach London; er starb dort im folgenden Jahr und wurde in Westminster Abbey begraben. – Nach dem Vorbild Vergils begann Spenser seine ehrgeizige Dichterlaufbahn mit der Pastoraldichtung des *Shepherd's Calendar* (1579), um sie mit dem großen nationalen Versepos der *Fairy Queen* zu krönen. (1.–3. Buch 1590; 4.–6. Buch 1596; Fragment des 7. Buches posthum 1609). Die zwölf Monatseklogen des ‹Schäferkalenders› zeigen in ihrer Synthese aus klassischer und christlicher Tradition, in der Fülle ihrer poetischen, erotischen, religiösen Themen, in ihrer auf Chaucer und einheimisches Dialektvorkabular zurückgreifenden archaisierenden Kunstsprache und ihrer virtuosen Formenvielfalt die Dimensionen von Spensers selbstgewählter Mission: dieses Werk eröffnet die Blütezeit elisabethanischer Dichtung. Das großangelegte, unvollendet gebliebene Hauptwerk *The Fairy Queen* schildert die Abenteuer ritterlicher Helden im Dienste des Königs Arthur (Artus) und der Feenkönigin, in der das Werk allegorisch verschlüsselt der englischen Königin huldigt. Über Anleihen bei klassischer und italienischer Renaissance-Epik, mittelalterlicher Erzähltradition, Neuplatonismus und englischer Folklore, und mit Hilfe einer eigens von ihm entwickelten Strophenform, gelingt Spenser die Schöpfung eines großen protestantisch-patriotischen Nationalgedichts von schwelgerischer Detailfülle, abenteuerlicher Phantastik, hoher Ernsthaftigkeit und sprachkünstlerischer Reife. In Spensers neuplatonisch inspiriertem lyrischen Werk nimmt der an seine Braut und spätere Frau gerichtete und mit einem Hochzeitslied (*Epithalamion*) abschließende Sonettkranz *Amoretti* (1595) eine besondere Stelle ein. Ungeachtet einzelner Kritik an der altertümlichen Stilisierung seiner Dichtung genoß Spenser hohes Ansehen unter den Zeitgenossen, und übte auf die «Spenserian Poets» des 17. Jahrhunderts, sowie auf spätere Epochen erheblichen Einfluß aus.

Ausgaben: The Shepherd's Calendar, 1579. – *Amoretti*, 1595. – *The Fairy Queen*, 1590, 1596, 1609. – Alle London. – *The Works* (Variorum Edition), ed. E. A. Greenlaw u. a., 11 Bde [mit der Biographie von A. C. Judson], Baltimore 1932–1947. – *The Faerie Queene*, ed. A. C. Hamilton [mit Kommentar], London 1977, [2]2000.

Übersetzungen: J. v. Hammer-Purgstall, *Sonette*, Wien 1815. – G. Schwetschke, *Fünf Gesänge der Feenkönigin*, Halle 1854.

Literatur: R. Ellrodt, *Neoplatonism in the Poetry of E. Spenser*, Gent 1960. – P. E. MacLane, *Spenser's Shepherdes Calendar*, Notre Dame/Ind. 1961. – G. Hough, *A Preface to the Faerie Queene*, London 1962. – R. Sale, *Reading Spenser*, New York 1968. – K.W. Gransden, *A Critical Commentary on Spenser's «The Faerie Queene»*, London 1969. – W. Iser, *E. Spensers Arkadien*, Krefeld

1970. – A. C. Hamilton, ed., *Essential Articles for the Study of E. Spenser*, Hamden 1972. – J. Nohrnberg, *The Analogy of the Faerie Queene,* Princeton 1976. – I. Schabert, *Die Lyrik der Spenserianer,* Tübingen 1977. – A. Hume, *E. Spenser, Protestant Poet*, Cambridge 1984. – S. K. Heninger, *Sidney and Spenser,* Philadelphia 1989. – J. H. MacArthur, *Critical Contexts of Sidney's «Astrophel and Stella» and Spenser's «Amoretti»*, Victoria 1989. – T. A. Hadfield, *E. Spenser,* London 1996.

106 The Shepherd's Calendar («April», V. 37–81; 127–153, von 161; Text: The Works, Minor Poems, Bd 1, S. 38–41; Ü: M. Walter) In einem Rahmendialog unterhalten sich zwei Hirten über einen dritten, Colin Clout (pastoraler Deckname Spensers), der aus lauter Liebeskummer aufgehört habe, zu dichten; um Colins Begabung auf dem Gebiet der Liederdichtung zu illustrieren, trägt der eine seinem Gefährten ein Preislied auf Eliza, die Königin der Hirten (Königin Elisabeth), vor, das Colin zur Musik eines rauschenden Baches komponiert habe. – 6 *Helicon*: Der griechische Musenberg steht hier, wie öfter in der spätmittelalterlichen Tradition, für die Musenquelle. – 14 f. *Syrinx... Pan*: mythologische Verbrämung für Anne Boleyn und Henry VIII; vgl. Ovid, Metamorphosen, I,689 ff. – 29 *Phoebe*: die Mondgöttin, mit Assoziation der Jungfräulichkeit. – 32 *red rose ... white*: Elisabeths Großvater Henry VII, der erste König aus dem Hause Tudor, hatte die Rosenkriege beendet, indem er durch seine Heirat die Fraktionen der Weißen und der Roten Rose vereinte; Rot und Weiß in harmonischer Mischung bilden den Idealteint weiblicher Schönheit. – 37 *Phoebus*: der Sonnengott; die Überbietung des Sonnenlichtes durch den Glanz der umworbenen Dame ist ein Topos der petrarkistischen Liebeslyrik. – 54 *tawdry lace*: ein Spitzenband vom Jahrmarkt St. Audrey, auf dem sich das Landvolk mit ‹Galanteriewaren› versorgte. – 57 *sops in wine*: in Wein getauchtes Gebäck, das Hochzeitspaare nach der Trauung in der Kirche zu sich nahmen; volkstümlicher Name für die rosa Nelke. – 66 *damsels*: die Musen, Grazien und Nymphen, die zuvor Eliza gehuldigt haben.

Amoretti

110 Nr. 37 (Text: The Works, Minor Poems, Bd 2, S. 210; Ü: R. Flatter, Die Fähre, S. 35) Das Sonett variiert den petrarkistischen Topos vom Blondhaar der Geliebten, das den Anbeter in seinem goldenen Netz fängt.

110 Nr. 75 (Text: Minor Poems, Bd 2, S. 226; Ü: F. Freiligrath, Werke, ed. J. Schwering, Bd 5, S. 364) Variation des ‹Verewigungs›-Topos: der Liebende als Dichter verheißt seiner Dame Ewigkeit im Gedicht.

112 Nr. 89 (Text: Minor Poems, Bd 2, S. 232; Ü: G. Regis, Shakespeare-Almanach, S. 290 f.) Schlußgedicht der Sequenz zum Thema einer zeitweiligen Abwesenheit der Geliebten; Anregung ist ein vollendetes Madrigal Tassos («O vaga tortorella»), eine Liebesklage, deren Untröstlichkeit Spenser

zum Leiden an einer letzten kleinen Bewährungsprobe vor der endgültigen Liebeserfüllung reduziert.

THE FAIRY QUEEN

112 BOWER OF BLISS (Book II, Canto 12, Str. 70–75, von 87; Text: Hamilton, S. 294 f.: Ü: Feist, Ewiges England, S. 113 ff.; bearb.) Das 2. Buch des Epos ist den Taten des Ritters Sir Guyon und der von ihm verkörperten Tugend der «Temperance» (Mäßigkeit, Triebbeherrschung) gewidmet. Den hier geschilderten ‹Garten der Wonne›, in dem die Zauberin Acrasia oder ‹Unmäßigkeit› – Nachfolgerin der Homerschen Circe und der Versucherinnen bei Ariost und Tasso – die christlichen Ritter durch Sinnentrug umgarnt, wird Guyon zerstören. – Dieser ganz im Zeichen des seelenverderbenden Scheins stehende Lustort ist ein Gegenstück zu Chaucers unschuldigerem ‹locus amoenus› aus dem Vogelparlament; vgl. oben S. 10 ff. – 8 *consorted:* Die fünf harmonisch vereinten Töne bilden eine Tonleiter, die durch das Gehör alle Sinne überwältigt. – 31–34 *depasturing... suck:* Die Verben betonen das Vampirhafte dieser Beziehung. – 37 *lovely lay*: Dieses Lied mit der Aufforderung zum Liebesgenuß (‹Pflücke die Rose!›) ist die virtuose Nachbildung einer glanzvollen Vorlage, des Vogelliedes aus Tassos Epos «Das Befreite Jerusalem», XVI, Str. 14 f. – 54 *crime:* Der protestantische Moralist setzt deutlichere Signale als Tasso, bei dem die Stelle lautet: ‹Jetzt laß uns lieben, solange der Liebe Gegenliebe winkt›.

116 MUTABILITY CANTOS (Buch VII, Canto 7, Str. 46–49; 54–59, von 59; Text Hamilton, S. 732–735; Ü: M. Walter) Aus dem erst 1609 veröffentlichten Bruchstück eines 7. Buches, das vermutlich der Tugend der Beständigkeit gewidmet war. Der Anspruch der Unbeständigkeit vor dem Richterstuhl der Natur, ihre unumschränkte Herrschaft über Kosmos, Götter und Menschen anzuerkennen, spiegelt die tiefe – auch in Shakespeares Sonetten spürbare – Beunruhigung der Epoche durch die Unbeständigkeit der Zeitläufe. – 10 *Titaness*: Als Abkömmling von Saturns älterem Bruder Titan, der um die Herrschaft des Himmels betrogen wurde, und als Verwandte der himmelstürmenden Titanen macht Mutability Zeus / Jupiter die Herrschaft streitig. – 82 *Daughter*: Die Natur betrachtet Mutability, die sich als Tochter des Chaos versteht, als ihr selbst zugehörig. – 85 *time shall come*: am Jüngsten Tag; vgl. 1. Kor. 15:51 ff.

SIR PHILIP SIDNEY

Penshurst 1554 – Zutphen/Niederlande 1586

Der umfassend gebildete Aristokrat, Diplomat und Hofmann konnte sein Lebensziel, eine zentrale Rolle für eine protestantische Bündnispolitik in Europa zu spielen, aufgrund des vorsichtigen Taktierens seiner Königin nicht verwirklichen. Von entscheidenden Ämtern ferngehalten, nutzte er seine Muße in einer Weise zur Erneuerung der englischen Literatur, die ihn – und dies nicht nur für die Zeitgenossen – zur poetischen Leitfigur der Epoche werden ließ. Ausgedehnte Reisen führten ihn nach Frankreich, Italien, Österreich und Deutschland, wo er 1576 die Stelle eines Gesandten innehatte. Als er 1580 wegen seiner undiplomatischen Vorhaltungen gegen die französischen Heiratspläne Elisabeths vom Hof verbannt war, schrieb er für seine Schwester, die Gräfin Pembroke, nach kontinentalen Vorbildern den ersten englischen Schäferroman *Arcadia*, der freilich zugleich auch ein Ritter- und Staatsroman ist; eine gründliche Umarbeitung vier Jahre später blieb unvollendet. Um 1582 verfaßte er als Reaktion auf eine – ihm gewidmete – puritanische Invektive gegen Poesie und Theater seine *Apology for* (oder *Defence of*) *Poetry*, einen wegweisenden Essay, der Würde und Wert der Dichtung in der Gesellschaft verteidigt und zu einer kundigen – nicht volkstümlichen – Bereicherung der nationalen Literatur auffordert. Wie eine solche «Illustration», d. h. ein Literaturfähig-Werden des Englischen, aussehen konnte, zeigte er in seinem um die gleiche Zeit entstandenen Sonettkranz *Astrophil and Stella*: hier wird, mit autobiographischem Bezug auf seine vergebliche Werbung um die schöne Penelope Devereux, das petrarkistische Huldigungsschema mit Witz, aristokratischer Eleganz, und kolloquialer Dramatik anglisiert. Der Zyklus war das wichtigste Vorbild für die elisabethanische Sonettmode der neunziger Jahre. – 1584 wurde Sidney zum Gouverneur der englischen Garnison Vlissingen in den Niederlanden ernannt, wo er bei einem kühnen Entlastungsangriff für die von Spaniern belagerte Stadt Zutphen eine tödliche Wunde erhielt. Sein früher Tod machte ihn vollends zur Lichtgestalt der Epoche und löste eine niegesehene Flut poetischer Nachrufe aus, aber auch den posthumen Druck seiner Werke; sein Name steht bis heute für Ethos und Eloquenz der englischen Renaissance.

Ausgaben: The Countess of Pembroke's [New] *Arcadia*, 1590. – *Astrophil and Stella*, 1591. – [Neue, mit Ende der Alten] *Arcadia*, 1593. – *The Apology for Poetry*, 1595. – Alle London. - *The Prose Works*, ed. A. Feuillerat, Cambridge 1912–1926, ²1962. – *The Poems*, ed. W. A. Ringler, Oxford 1962. – *A Denfence of Poetry*, ed. J. A. van Dorsten, Oxford 1966.

Übersetzungen: M. Opitz, *Arcadia der Gräfin von Pembrock*, Frankfurt 1629; rev. ⁴1643; Nachdr. Darmstadt 1971. – M. v. Lanckoronska, *Astrophel und Stella*, Potsdam 1936, ²Krefeld 1947.

Literatur: J. Buxton, *Sir Ph. Sidney and the English Renaissance,* London 1954, ^{2}1966. – R. L. Montgomery, *Symmetry and Sense: The Poetry of Sir Ph. Sidney,* Austin 1961. – D. Kalstone, *Sidney's Poetry,* Cambridge/Mass. 1965. – R. Kimbrough, *Sir Ph. Sidney,* New York 1971. – A. F. Kinney, ed., *Essential Articles for the Study of Sir Ph. Sidney,* Hamden / Conn., 1986. – D. Kay, ed., *Sir Ph. Sidney,* Oxford 1987. – K. Duncan-Jones, *Sir Ph. Sidney, Courtier Poet,* New Haven 1991.

122 MY TRUE LOVE (V. 1–10, von 16; Text: Ringler, S. 75 f.; Ü: Feist, Ewiges England, S. 117) Zum Topos des Herzenstauschs der Liebenden; aus dem 3. Buch der ursprünglichen Arcadia.

122 WHEN TO MY DEADLEY PLEASURE (Text: Ringler, S. 154 f.; Ü: F. Kemp) Aus «Certain Sonnets», einer offenbar vor «Astrophil» entstandenen Sammlung, die unabhängig von den Liebesgedichten an Stella zu sein scheint; Experiment in einem reimlosen, klassisch silbenmessenden Versmaß. Das Gedicht beschreibt den schmerzlich-lustvollen Moment des Sich-Verliebens mit einer Fülle paradoxer Antithesen aus der Rhetorik des Petrarkismus. – 10 *heart's fort*: Bildwelt des Liebeskrieges; die Herzensfestung wird von der Liebe bestürmt und erobert. – 12 *beamy suns*: die Augen der Geliebten. – 15 *silly sylvan*: Bezug auf eine populäre Fabel, die in einigen Äsopausgaben des 16. Jahrhunderts erscheint. – 25 *flower*: die Sonnenblume, die sich zu jeder Tageszeit der Sonne zuwendet.

ASTROPHIL AND STELLA

124 Nr. 1 (Text: Ringler, S. 165; Ü: F. Kemp) Das Auftaktgedicht der Sequenz, mit einer ungewöhnlichen Verslänge von 12 Silben, exponiert den für Sidneys Liebenden charakteristischen Ton der Selbstironie und polemisiert gegen die übliche Art, Liebesgedichte als rhetorische Übungen und Stilimitate zu verfassen: «Wäre ich eine Geliebte, sie könnten mich niemals von ihrer Verliebtheit überzeugen, so kalt applizieren sie ihre feurigen Reden», sagt er in der «Apology for Poetry» über die Nachahmer Petrarcas – zu denen er als Liebesdichter ganz wesentlich gehört, jedoch mit dem Unterschied ironischer Kennerschaft. – 8 *sunburnt*: von Liebeshitze ausgedörrt. – 11 *feet*: Vorgänger / Versfüße.

124 Nr. 2 (Text: Ringler, S. 165; Ü: F. Kemp) Wieder betont Sidney seine Unabhängigkeit von den Konventionen, indem er sich vom Gemeinplatz der ‹Liebe auf den ersten Blick› absetzt. – 3 *mine:* militärisches Bild einer Festungsmauer, die unterminiert wird. – 10 *Muscovite*: Die Russen galten als Sklavenseelen.

126 Nr. 27 (Text: Ringler, S. 178; Ü: F. Kemp).

126 Nr. 31 (Text: Ringler, S. 180; Ü: F. Kemp) Dieses berühmteste Sonett des Zyklus entdeckt auf witzige Weise die üblichen Symptome der Liebeskrankheit in Aussehen und Gangart des Mondes, der den schlaflosen Liebenden von jeher nahesteht.

128 Nr. 38 (Text: Ringler, S. 180 f.; Ü: F. Kemp) Im Traum erscheint Stella, deren Wesen ganz Harmonie ist, dem Liebenden als Singende. – 14 *slain*: Das Traumbild hat durch seine Intensität den Schlaf, der es beherbergte, getötet, und damit seine eigene Fortsetzung als Verlängerung des Genusses verhindert.
128 Nr. 41 (Text: Ringler, S. 185; Ü: F. Kemp) Eine autobiographische Vignette: Sidney als Turnierritter; das Eigenlob des erfolgreichen Lanzenstechers wird zum Kompliment an die Dame. – 4 *sweet enemy*: üblicherweise petrarkistisches Attribut für die Dame, hier auf den – vielfach für seine Kulturleistung bewunderten – ‹Erbfeind› übertragen.
130 Nr. 47 (Text: Ringler, S. 188; Ü: F. Kemp) 2 *black:* dunkle Augenfarbe Stellas/unheilbringende Strahlen. – *burning marks*: Brandmal des Sklaven. – 14 *the lie*: Die Rebellion wird, wie so oft in der Sonettradition, von der Schlußpointe widerrufen.
130 Nr. 56 (Text: Ringler, S. 192 f.; Ü: F. Kemp) 2 *learn without book*: memorieren. – 7 *leaden*: schwer und öde. – 11 *phlegmatic*: Das Phlegma hat als kalte Körperflüssigkeit traditionell eine Affinität zur Kälte.
132 Nr. 71 (Text: Ringler, S. 201; Ü: F. Kemp) Den unauflösbaren Konflikt zwischen der platonischen Schau, die in der Schönheit der Dame den Inbegriff des ethisch Guten sieht, und dem Begehren, das diese Schönheit physisch genießen will, drückt die Schlußantithese mit unbeschönigter Leidenschaft aus.

132 Splenidis Longum (Text: Ringler, S. 161 f.; Ü: H. Hennecke, Englische Gedichte, 1955, S. 49, bearb.) Das Oxymoron der ‹glänzenden Nichtigkeiten› meint sowohl die Liebesleidenschaft wie die Liebesdichtung; Schlußstück von «Certain Sonnets», doch auch für die spätere Astrophil-Sequenz nicht ungeeignet; zum Topos der geistlich motivierten Liebesabsage vgl. unten, Shakespeares Sonett 146, S. 186. – 3 *rust*: vgl. Matth. 6:19.

Christopher Marlowe

Canterbury 1564 – Deptford 1593

Der Sohn eines Schusters aus Canterbury, der als Stipendiat in Cambridge studierte, als Agent des Geheimen Staatsrates tätig war, wegen Totschlags, Blasphemie und Homosexualität verfolgt wurde und, noch nicht dreißigjährig, bei einer obskuren Wirtshausrauferei zu Tode kam, teilt mit seinem aristokratischen Zeitgenossen Sir Philip Sidney die kurze Lebensspanne und die außerordentliche Pioniertätigkeit für die Literatur seiner Epoche; letztere freilich vor allem in einem Genre, das Sidney verabscheute: dem elisabethanischen Volkstheater. Sein erfolgreichstes Stück, *Tamburlaine the Great* (2 Teile, 1587/88) dramatisiert in weitausgreifenden, bilderreichen Blankversen den Aufstieg des skythischen Hirten Tamerlan zum machtbesessenen Weltherrscher. Nach dem ins Englische übersetzten deutschen Volksbuch von Doktor Faustus gestaltet Marlowe als erster die Tragödie des unersättlichen Durstes nach Wissen und Macht über die Naturkräfte. *Edward II*, das bedeutendste Geschichtsdrama vor Shakespeare, verfolgt das Schicksal eines charakterschwachen, von homosexuellen Günstlingen korrumpierten Herrschers. Mit dem mythologisch-erotischen Kleinepos *Hero and Leander* (unvollendet; 1598 zusammen mit Chapmans Fortsetzung gedruckt) schuf er das beliebteste und beste Beispiel eines in den neunziger Jahren florierenden elisabethanischen Genres. Möglicherweise schon während seiner Studentenzeit übersetzte er die Liebesgedichte Ovids in paarweise gereimte Zehnsilber (gedr. 1597). Marlowes poetische und dramatische Leistung wurde von den zeitgenössischen Dichtern, auch von Shakespeare, gewürdigt; Ben Jonson prägte dafür den treffenden Begriff «Marlowe's mighty line» (s. S. 264). Die geheimnisvollen Lebens- und Sterbensumstände des Dramatikers haben mancherlei romanhafte Rekonstruktionen seines Lebens angeregt, so unter anderem A. Burgess, *A Dead Man in Deptford* (1989) und A. Höfele, *Der Spitzel* (1997).

Ausgaben: Tamburlaine, 1590. – *Hero and Leander,* 1598. – *Doctor Faustus* 1604. – Alle London. – *The Complete Works*, ed. F. Bowers, 2 Bde, Cambridge 1973. – *Complete Works*, ed. R. Gill, Oxford 1987 ff. – *The Poems*, ed. M. Maclure, London 1968. – *The Complete Poems and Translations*, ed. S. Orgel, Harmondsworth 1971.

Übersetzungen: M. Vöhl, *Tamerlan der Große,* Teil I, Helmstedt 1893; dass. Teil I und II, F. Lichius u. a., Stuttgart 1979, [Reclam]. – A.W. Heymel, *Edward II.,* Leipzig 1912; dass., H. Bolte, Stuttgart 1981 [Reclam]. – W. Müller, *Doktor Faustus*, Berlin 1818; dass. A. Böttger, Leipzig 1857; A. Seebaß, Stuttgart 1964; Athanor, Nördlingen 1986. W. Schlüter, *Sämtliche Dramen*, Berlin 1999.

Literatur: U. M. Ellis-Fermor, *Ch. Marlowe*, London 1927, ^{2}Hamden/Con. 1967. – F. S. Boas, *Ch. Marlowe*, Oxford 1940, ^{2}1966. – H. Levin, *The Overreacher*, Cambridge/Mass. 1952. – J. B. Steane, *Marlowe*, Cambridge 1964, ^{2}1970. – E. S. Donno, *Elizabethan Minor Epics*, London 1963. – B. Morris, ed., *Ch. Marlowe*, London 1968. – W. M. Meehan, *Ch. Marlowe, Poet and Playwright,* Den Haag 1974. – M. Kelsall, *Ch. Marlowe*, Leiden 1981. – C. Leech, *Ch. Marlowe: Poet for the Stage*, New York 1986. – H. Bloom, ed., *Ch. Marlowe*, New York 1986. – R. Sales, *Ch. Marlowe*, London 1991.

134 THE PASSIONATE SHEPHERD (Text: Orgel, S. 211; Ü: v. Koppenfels) Dieses wohl beliebteste elisabethanische Liebesgedicht hat eine Reihe poetischer ‹Antworten› angeregt, darunter je eine von Raleigh (S. 206) und

Donne («The Bait»). – Die pastorale Liebeseinladung, erstmals 1599 gedruckt, wirft mit ihren teils schlichten, teils kostbaren Geschenkangeboten an die Hirtin ein etwas ironisches Licht auf den arkadischen Lustort.

136 Hero and Leander (Part II, V. 227–304, von 334; Text: Orgel, S. 37 ff.; Ü: v. Koppenfels) Die tragische Liebesgeschichte Leanders, der den Hellespont durchschwimmt, um zu seiner geliebten Hero zu gelangen, und der nach anfänglichem Liebesglück von den feindlichen Wellen verschlungen wird, hat Marlowe nach dem spätgriechischen Gedicht des Musaios im ovidianischen Geist (mit Anleihen bei den Heroiden, den Metamorphosen und vor allem den Amores) bis zur ersten glücklichen Vereinigung der beiden frei und witzig nacherzählt und damit einen poetischen ‹Beststeller› seiner Zeit verfaßt. Die Fortsetzung bis zum tragischen Ende schrieb – nach Marlowes frühem Tode – Chapman in merklich ernsterer Tonart, ohne daß die beiden Hälften dadurch unvereinbar würden. – 4 *tower*: Die zu paradoxer Keuschheit verpflichtete Venus-Priesterin Hero wohnt in einem alleinstehenden Turm unweit der Küste von Abydos, der hier zum Symbol ihrer zur Übergabe bereiten ‹Festung› wird. – 8 *dolphin*: Die Delphine galten als musikalische Tiere, die zu Matrosenliedern tanzten. – 32 *dreary*: hier in der alten Bedeutung ‹blutig›; inkongruente Bilder wie dieses weisen mitten im Liebesglück auf das bittere Ende voraus. – 35 *Actaeon*: mythischer Jäger, der Diana beim Bade belauscht, worauf er von ihr in einen Hirsch verwandelt und von seinen eigenen Hunden zerrissen wird; ein verbreitetes Sinnbild selbstzerstörerischen Begehrens. – 36 *dived*: Die Quelle, Ovids Metamorphosen, III, 190, weiß von solcher Tauchkunst der Göttin nichts. – 44 *Harpy*: Harpyen sind räuberische Vogeldämonen mit Frauenköpfen; sie quälten König Phineus von Thrakien, indem sie ihm alle Speisen vom Mund wegrissen. – 49 *globe*: die Brust als Globus, der dem erotischen Entdecker den Weg zu den Seligen Inseln weist. – 51 *Sisyphus*: der dazu verdammt war, im Hades ewig einen Felsblock bergauf zu wälzen. – 71 *Hercules*: Das Pflücken der goldenen Hesperidenäpfel war eine der Aufgaben des Herakles.

140 Tamburlaine (II, 7, 18–29; Text: Bowers, Bd 1, S. 105; Ü: v. Koppenfels) Der mongolische Welteroberer spricht als ‹Renaissancemensch›; der Wissenstrieb ist dem Machttrieb untergeordnet.

Doctor Faustus

140 Was this the Face (V. 1768–1787; Text: Bowers, Bd. 2, S. 220; Ü: Feist, Ewiges England, S. 129 ff.; bearb.) In der Schlußphase des Dramas sucht Faustus in den Armen der schönsten Frau der Weltgeschichte seine Verzweiflung zu betäuben; doch die Poesie seines Begehrens verschwendet sich an ein Phantom der Hölle, einen ‹Buhlteufel›. – 2 *topless*: so hoch, daß man ihre Zinnen nicht sieht. – 4 *my soul*: Topos der Liebesdichtung, nach dem im Kuß die Seele des Liebenden in den Körper der Geliebten hinüberfließt, und umgekehrt – 17 *Semele*:Tochter des Kadmos, die von Zeus ge-

schwängert wurde; als sie ihn, von der eifersüchtigen Hera angestiftet, in seinem vollen Glanz zu schauen begehrte, wurde sie von den Flammen des Donnergottes verzehrt und gebar sterbend den Dionysos. – 19 *Arethusa*: Die Quellnymphe Arethusa war nicht die Geliebte des Zeus, sondern wurde von dem Flußgott Alpheios bedrängt und von Artemis in eine Quelle verwandelt.

142 AH FAUSTUS (V. 1926–1946; Text: Bowers, Bd 2, S. 225; Ü: H. Feist, Ewiges England, S. 131 ff.; bearb.) Der größte Moment der vor-shakespeareschen Tragödie: aus dem Schlußmonolog des Faustus, der vom Stundenschlag der Uhr kontrapunktiert wird. – 6 *Nature's eye*: die Sonne. – 10 *lente currite*: nach Ovids Liebeselegie I, 13, 40 (wo die Liebenden aus ganz anderen Gründen die Nacht verlängern möchten): ‹Langsam trabt mir, ihr Rosse der Nacht.› – 14 *Christ's blood*: Faustus glaubt am Firmament Spuren der Morgenröte zu entdecken; doch wenig später verfinstert sich der Himmel wieder.

GEORGE PEELE

London 1556 – London 1596

Stammte aus dem Londoner Bürgertum, studierte in Oxford, und genoß schon als Student einen gewissen Ruf als Dichter. Sein unbürgerlicher Lebenswandel und die Entscheidung für eine Laufbahn als Dramatiker (und wohl auch als Schauspieler) bedeuteten den Bruch mit dem Elternhaus. Seine Beliebtheit und Leichtlebigkeit bezeugt eine zeitgenössische Anekdotensammlung. Unter seinen Theaterstücken ragen die Romanzenparodie *The Old Wives' Tale* und das Bibeldrama *David and Bethsabe* hervor. Die in seine Dramen eingefügten «Lieder» sind ein besonders anziehender Teil seines Werkes.

Ausgaben: The Old Wives' Tale, 1595. - *David and Bethsabe*, 1599. – Beide London. – *The Life and Works of G. Peele*, ed. C. T. Prouty, 3 Bde, New Haven 1952–1970.

Literatur: G. K. Hunter, *Lyly and Peele*, London 1968. – M. Roston, *Biblical Drama in England*, Evanston 1968. – A. R. Braunmuller, *G. Peele*, Boston 1983.

144 HOT SUN (David and Bethsabe, V. 24–33; Text: Works, Bd 3, S. 193; Ü: v. Koppenfels) Dieses Lied eröffnet das Drama über König Davids sündige Liebe zu der schönen Bathseba (2. Samuel 11): Bathseba badet in einer

Quelle, während ihr David vom «Dach des Königshauses» (d. h. wohl von der Oberbühne des Theaters) herab heimlich zusieht. – 1 *cool fire*: Die Sonnenhitze wird durch die erfrischende Brise zum ‹kühlen Feuer›. – 2 *nurse*: Attribut des Schattens, der die Schönheit Bathsebas ‹umhegt›; oder Anrede an die ebenfalls anwesende, stumm bleibende Dienerin.

144 WHEN AS THE RYE (Old Wives' Tale, V. 75–81; Text: Works, Bd 3, S. 390; Ü: v. Koppenfels) Übermütiges Nonsenslied, das lauter Unmöglichkeiten aufreiht, zur Unterhaltung am abendlichen Herd gesungen. – 2 *chop-cherry*: unübersetzbarer Hinweis auf ein elisabethanisches Spiel, bei dem es darum ging, an Fäden aufgehängte Kirschen mit dem Mund zu ‹pflücken›.

144 THE HEADS SPEAK (Old Wives' Tale, V. 776–786; Text: Works, Bd 3, S. 415; Ü: v. Koppenfels) Zur Märchenmotivik der Nebenhandlung gehörig: Zwei Mädchen, ein böses und ein gutes, werden durch die Häupter, die aus einer Quelle aufsteigen und gekämmt und gestreichelt werden wollen, auf die Probe gestellt, und nach ihrem Verhalten bestraft oder belohnt. Die Bühnenanweisung zur 1. Strophe lautet: «Ein Kopf mit Kornähren taucht auf, und sie kämmt sie in ihren Schoß»; die zur zweiten: «Ein Kopf voller Gold[haar] taucht auf, und sie kämmt es in ihren Schoß». Der magische Akt ist zugleich ein Fruchtbarkeitsritual. – 3 *white and red*: die Lilien und Rosen des weiblichen Idealteints. – 5 *cocklebread*: ursprünglich ein magischer Kuchen, als Liebeszauber verwendet; der Teig wurde angeblich auf weiblichen Hinterbacken geknetet.

146 HIS GOLDEN LOCKS (Aus Polhymnia, 1590; Text: Works, Bd 1, S. 244; Ü: Feist, Ewiges England, S. 121, bearb.) 1590 gab Sir Henry Lee seinen Titel als «Queen's Champion» (Ritter der Königin) wegen seines vorgerückten Alters an den Earl of Cumberland ab. Das von John Dowland vertonte Gedicht feiert diesen Anlaß. – 7 *helmet . . . hive*: nach einem verbreiteten Emblem mit dem Motto «Ex bello pax», ‹Aus dem Krieg der Friede›, das einen Helm mit Visier als Bienenstock zeigt. – 18 *beadsman*: ein Greis (häufig Armenhäusler), der seinen Unterhalt durch fromme Fürbitten entgilt; «beads» sind urspünglich die Perlen des Rosenkranzes.

JOHN LYLY

Weald 1553 (?) – London 1606

Aus einer angesehenen Gelehrtenfamilie stammend, gehört Lyly wie Peele und Nashe zu den akademisch gebildeten Schriftstellern der Zeit, den «University Wits». Er hatte großen Erfolg mit seinen beiden in hochrhetorischer Kunstprosa geschriebenen Romanzen: *Euphues: The Anatomy of Wit* und *Euphues and his England.* Als Spielleiter des privaten Blackfriars Theatre ließ er seine witzigen, höfisch-mythologischen Prosakomödien, wie *Campaspe* oder *Endymion*, durch eine Knabentruppe aufführen.

Ausgaben: Euphues, 1578. - *Euphues and his England*, 1580. – *Campaspe* 1584. – *Endymion*, 1591. – Alle London. – *The Complete Works*, ed. R. W. Bond, 3 Bde, Oxford 1902, ^{2}1967. – *Campaspe*, ed. G. K. Hunter, Manchester 1991. – *Endymion*, ed. D. Bevington, Manchester 1996.

Übersetzung: F. A. Gelbke, «Campaspe», in ders., *Die englische Bühne zu Shakespeares Zeit*, Bd 1, Leipzig 1890.

Literatur: A. Feuillerat, *J. Lyly*, Cambridge 1910. – G. K. Hunter, *J. Lyly*, Cambridge/Mass. 1962. – P. Saccio, *The Court Comedies of J. Lyly*, Princeton 1969. – J. W. Houppert, *J. Lyly*, Boston 1975.

148 SONG OF APELLES (Campaspe, III, 5, 71–84; Text: Hunter, S. 104 f.; Ü: v. Koppenfels) Der Maler Apelles ist in dieser Liebeskomödie der – erfolgreiche – Rivale Alexanders des Großen um die Gunst der schönen Campaspe. – 4 *doves ... sparrows*: Die turtelnden Tauben ebenso wie die als lüstern geltenden Sperlinge sind Vögel der Venus, der Mutter Cupidos. – 8 *crystal*: für die Reinheit und den Glanz der Stirn.
148 A FAIRY SONG (Endymion, IV,3,33–45; Text: Bevington, S. 155 f.; Ü: v. Koppenfels) Die Feen der Mondgöttin Cynthia bestrafen den ungetreuen Wächter Corsites für seinen Versuch, den schlafenden Endymion, Cynthias Geliebten, zu entführen. – 1 *Pinch him*: Elisabethanische Elfen haben etwas Koboldartiges; vgl. Campion, «Hark, all you ladies», Str. 2, S. 274. – 13 *heidegeyes*: lebhafte Bauerntänze.

THOMAS NASHE

Lowestoft 1567 – London 1601

Als wortgewaltiger Prosasatiriker und Pamphletist, Erzähler (er schrieb den ersten englischen Schelmenroman, *The Unfortunate Traveller*) und Dramatiker war Nashe einer der originellsten unter den elisabethanischen Berufsliteraten. Als Stückeschreiber arbeitete er mit Marlowe und Ben Jonson zusammen; seiner satirischen Respektlosigkeit wegen geriet er mit den Behörden in Konflikt. Seine zur Pestzeit verfaßte allegorische Komödie *Summer's Last Will and Testament* enthält einige der schönsten elisabethanischen «lyrics».

Ausgaben: The Unfortunate Traveller, 1594. – *Summer's Last Will and Testament,* 1600. – Beide London. – *The Works,* ed. R. B. McKerrow, 5 Bde, London 1904–1910, ²Oxford 1960. – *Selected Writings,* ed. S. Wells, London 1964.

Übersetzungen: W. v. Koppenfels, *Der unglückliche Reisende,* München 1970. – J. Schlösser, *Der glücklose Reisende,* Berlin 1982.

Literatur: G. R. Hibbard, *Th. Nashe,* London 1962. – S. S. Hilliard, *The Singularity of Th. Nashe,* Lincoln/Neb. 1986.

150 FAIR SUMMER (Summer's Last Will, V. 105–116; Text: Wells, S. 93; Ü: v. Koppenfels) Lied, mit dem der Sommer sich in dieser Jahreszeitenkomödie einführt, während er sich geschwächt auf die Schultern von Herbst und Winter stützt.

150 A LITANY (Summer's Last Will, V. 1574–1615; Text: Wells, S. 129 ff.; Ü: v. Koppenfels, Der unglückliche Reisende, S. 158 f.) Trauerlied über die Vergänglichkeit aller irdischen Werte, das den Sommer auf sein nahes Ende einstimmt. – 5 *darts*: Die Pfeile des Todes sind zugleich die Ansteckungspfeile der Pest, die um diese Zeit in London wütete. – 7 *Lord, have mercy*: Mit diesen Worten waren die Pesthäuser gezeichnet. – 32 *no ears*: Der Tod, dargestellt als Gerippe mit Totenschädel, ist ohrenlos.

A. W.

Autor einiger eigentümlicher elisabethanischer Gedichte, der in Davisons Anthologie *A Poetical Rhapsody* von 1602 nur mit diesen Initialen bezeichnet wird, und sich bisher allen Identifikationsversuchen entzogen hat.

Ausgabe: F. Davison, *A Poetical Rhapsody,* ed. A. H. Bullen, 2 Bde, London 1890.

154 ETERNAL TIME (Text: Davison, Bd 2, S. 94, Ü: v. Koppenfels) Definition des Zeitphänomens in einer Serie paradoxer Antithesen. – 18 *All are in thee*: Hier mündet die Zeitdefinition in den Gottesbegriff.

ROBERT SOUTHWELL

Horsham 1561 – London 1595

Einer angesehenen katholischen Familie aus Norfolk entstammend, besuchte Robert Southwell in seiner Jugend das Englische Seminar für Katholiken in Douai in der Normandie, trat in Rom in den Jesuitenorden ein, und kehrte 1586 als Seelsorger englischer Katholiken in sein Heimatland zurück: eine gefährliche Mission, die als Hochverrat geahndet wurde. Auf seine Gefangennahme 1592 folgte eine dreijährige Kerkerhaft und schließlich die Hinrichtung durch Hängen und Vierteilen. Southwell stellte seine dichterische Gabe im Einklang mit der Ästhetik der Gegenreformation, die alle Künste für die Kirche in Anspruch nahm, in den Dienst der Seelsorge. Seine meist posthum veröffentlichten Gedichte genossen erhebliches Ansehen: kein Geringerer als Ben Jonson erklärte, er würde viele seiner eigenen Verse opfern, wenn er dafür ein Gedicht wie «The Burning Babe» geschrieben hätte.

Ausgaben: Saint Peter's Complaint, With Other Poems, London 1595. – *The Poems*, ed. J. H. McDonald/N. P. Brown, Oxford 1967.

Literatur: P. Janelle, *R. Southwell the Writer*, London 1935. – L. L. Martz, *The Poetry of Meditation*, New Haven 1954. – Ch. Devlin, *The Life of R. Southwell, Poet and Martyr*, London 1956.

156 THE BURNING BABE (Text: Poems, S. 15 f.; Ü: H. D. Gelfert) In diesem seinem berühmtesten Gedicht bezieht Southwell die Paradoxien und Hyperbeln der modischen Liebesdichtung auf die Christusliebe, getreu seiner Devise «to weave a web in their own loom», auf dem Webstuhl der weltlichen Dichter seine geistlichen Texte zu weben.

158 DECEASE, RELEASE (V. 1–8; 13–16; 21–28, von 36; Text: Poems, S. 46 f.; Ü: v. Koppenfels) Sprecherin ist Maria Stuart, deren aus politischen Gründen 1587 erfolgte Hinrichtung Southwell als Glaubensverfolgung und Martyrium deutet: die irdische Passion erweist sich als verborgene Gnade des Himmels.

CHIDIOCK TICHBORNE

Southampton 1558 (?) – London 1586

Der glühende Anhänger der katholischen Religion und der gefangenen Maria Stuart schloß sich der Babington-Verschwörung zur Befreiung Marias an, die von Anfang an von Regierungsspitzeln unterwandert war. Zusammen mit anderen Verschwörern wurde er gefoltert und am 20. September 1586 grausam hingerichtet.

160 On the eve (Text: Jones, New Oxford Book of 16th Century Verse, Nr 244, S. 393; Ü: E. Hesse) Paradoxe Meditation über den Tod mitten im Leben: eine Bilanz der Desillusion, deren geistliche Gegenbewegung allenfalls zu ahnen ist.

Thomas Bastard

Blanford 1566 – Dorchester 1618

In Dorset geboren, Fellow des New College, Oxford (eine Position, die er aufgrund seiner satirischen Neigung wieder verlor), danach Hausgeistlicher des Earl of Suffolk und Pfarrer von Hamer in Dorset. 1598 erschien seine Epigrammsammlung *Chrestoleros* [‹Nützliche Possen›], die viele Ereignisse und Figuren der Zeit satirisch spiegelt. Der offenbar weltzugewandte Geistliche geriet später in Schulden und starb im Schuldgefängnis.

Ausgaben: Chrestoleros: Seven Books of Epigrams, London 1598. – *Poems English and Latin*, ed. A. B. Grosart, London 1880.

162 Our Fathers (Text: Chrestoleros, IV, vii; Ü: v. Koppenfels) 7 *The woods*: Für den Aufbau der Flotte wurden die britischen Eichenwälder abgeholzt.
162 In getam (Text: Chrestoleros, V, iv; Ü: v. Koppenfels) Der neureiche Wollbaron wird als Gete bezeichnet (zur Römerzeit ein Volk an der unteren Donau); also etwa: Hinterwäldler.
162 India, which so long feared (Text: Chrestoleros IV, xxvi; Ü: v. Koppenfels) 1 *India*: Westindien, genauer, die Küste Panamas, vor der der Sarg des britischen Seehelden und Freibeuters im Dienst der Königin, der den Spaniern manche goldene Galleone abgejagt hatte, 1596 versenkt wurde.

William Shakespeare

Stratford-upon-Avon 1564 – Stratford 1616

Die Dürftigkeit und die äußerliche Ereignisarmut der bezeugten Biographie Shakespeares steht in wundersamem Gegensatz zur Unvergleichlichkeit und Unausschöpfbarkeit seiner 37 Historiendramen, Komödien und Tragödien, und seiner Sonette. Er stammte aus dem wohlhabenden landbürgerlichen Milieu der Midlands, besuchte vermutlich die Lateinschule seiner Vaterstadt, heiratete 1582 die acht Jahre ältere Ann Hathaway (mit der er drei Kinder hatte), und erschien ein knappes, völlig undokumentiertes Jahrzehnt später in London als Schauspieler und Stückschreiber für das elisabethanische Volkstheater. Die genaue Datierung, Reihenfolge und letztlich auch die Textgestalt zahlreicher Stücke ist umstritten, da die Autoren solche Gebrauchsliteratur nicht selbst zum Druck beförderten, und Zusammenarbeit mehrerer Autoren sowie Textänderungen durch die Aufführungspraxis an der Tagesordnung waren. (Die posthume Folioausgabe, in der seine Schauspielerkollegen 1623 Shakespeares Werk sammelten, bietet aber insgesamt eine relativ verläßliche Textgestalt). Um 1592, als die Theater wegen der Pest geschlossen blieben, machte Shakespeare sich mit zwei seinem Gönner, dem Earl of Southampton, gewidmeten mythologischen Kleinepen, *Venus and Adonis* und *The Rape of Lucrece*, auch als kunstreicher Dichter einen Namen. An der Sonettmode der neunziger Jahre beteiligte er sich mit einer höchst originellen Gedichtsequenz, die zunächst nur im Manuskript zirkulierte und erst 1609 mit einer rätselhaften Widmung, in teilweise fragwürdiger Gedichtfolge, und möglicherweise ohne sein Einverständnis gedruckt wurde; durch das Fehlen biographischer Dokumente eher begünstigt als gehemmt, schoß und schießt die Spekulation über die erotische Intimsphäre des sonst immer hinter seinen Figuren verborgenen Dramatikers üppig ins Kraut. – Als wichtigster und höchst erfolgreicher Autor für die Truppe der *Lord Chamberlain's Men* (ab 1603 *The King's Men*) genoß Shakespeare auch höfisches, ja königliches Wohlwollen und brachte es als Aktionär seiner Theatergesellschaft zu einigem Wohlstand; er erwarb eines der bedeutendsten Häuser in Stratford und zog sich, nachdem er sein dramatisches Werk mit *The Tempest* (um 1611) im wesentlichen abgeschlossen hatte, in seine Heimatstadt zurück, wo er 1616 starb. Sein etwas kruder Grabspruch in der Holy Trinity Church verflucht die Hand, die sich je unterfangen sollte, seine Gebeine von ihrem Ort zu entfernen; doch sein eigentliches Epitaph ist die Elegie, die sein Freund und Konkurrent Ben Jonson für die große Folioausgabe verfaßte (S. 266).

Ausgaben: Unzählige. – *Venus and Adonis*, 1593. – *The Rape of Lucrece*, 1594. – *Sonnets*, 1609. – *Comedies, Histories and Tragedies*, 1623. – Alle London. – *The Riverside Shakespeare*, ed. G. B. Evans, Boston 1974. – *The Complete Works: Original Spelling Edition*, ed. S. Wells/G. Taylor, Oxford 1987. – *Sonnets*, Variorum Edition, ed. H. E. Rollins, 2 Bde, Philadelphia 1944. – Dass., ed. W. G. Ingram / Th. Redpath, London 1964; ed. S. Booth, New Haven 1977; ed. S. Wells, Oxford 1985; ed. J. Kerrigan, Harmondsworth 1986; ed. G. B. Evans / A. Hecht, Cambridge 1996. – *Poems*, ed. F. T. Prince, London 1960. – Dass., ed. J. C. Maxwell, Cambridge 1966; ed. J. W. Lever, Harmondsworth 1971; ed. J. Roe, Cambridge 1992.

Übersetzungen: des dramatischen Werks u. a. von Ch. M. Wieland, Schlegel/Tieck, F. Gundolf, R. Flatter, E. Fried und F. Günther. – *Die Sonette,* u. a. von K. Lachmann, Berlin 1820; D. Tieck c. 1825, erstmals gedr. Tübingen 1992; G. Regis, in *Shakespeare-Almanach,* Berlin 1836; O. Gildemeister, Leipzig 1871; E. Saenger, Leipzig 1909; S. George, Berlin 1909, in *Werke,* München 1983, Bd 3; K. Kraus, Wien 1933; P. Celan, *Einundzwanzig Sonette,* Frankfurt 1967; [in ausgew. deutschen Versübersetzungen], ed. R. Borgmeier, Stuttgart 1974 [Reclam]; H. Helbling, Zürich 1983; Ch. Schuenke, Straelen 1994, ²München 1999; *Shakespeare Sechsundsechzig: Variationen über ein Sonett,* ed. U. Erckenbrecht, Göttingen 1996. – *Venus und Adonis,* übs. H. C. Albrecht, Halle 1783; (mit *Tarquin und Lukrezia*); Mannheim 1785; F. Freiligrath, Düsseldorf 1849; W. Jordan, (*Gedichte,* Berlin 1861); – *Lucretia,* übs. E. v. Bauernfeld (*Sämtliche Gedichte,* Wien 1827); W. Jordan (*Gedichte,* Berlin 1861); M. Kahlenberg, Berlin 1920; Th. Robinson (*Sämtliche Werke,* ed. L. L. Schücking, Berlin 1955, Bd 6).

Literatur: S. Butler, *Shakespeare's Sonnets Reconsidered,* London 1899, ²1925. – L. W. Kahn, *Shakespeares Sonette in Deutschland,* Bern 1935. – E. Hubler, *The Sense of Shakespeare's Sonnets,* Princeton 1952. – J. W. Lever, *The Elizabethan Love Sonnet,* London 1956. – G. Wilson Knight, *The Mutual Flame,* London 1961. – J. Winny, *The Master-Mistress,* London 1968. – S. Booth, *An Essay on Shakespeare's Sonnets,* London 1968. – R. Borgmeier, *Shakespeares Sonett «When forty winters...» und die deutschen Übersetzer,* München 1970. – G. Melchiori, *Shakespeare's Dramatic Meditation,* Oxford 1976. – P. Jones, ed., *The Sonnets: A Casebook,* London 1977. – K. Muir, *Shakespeare's Sonnets,* London 1979. – H. Vendler, *The Art of Shakespeare's Sonnets,* Cambridge/Mass. 1997. – I. Donaldson, *The Rapes of Lucrece,* Oxford 1982. – H. Dubrow, *Shakespeare's Narrative Poems and Sonnets,* Ithaca 1987. – A. D. Consins, *The Sonnets and Narrative Poems,* London 2000.

164 Venus and Adonis (V. 523–564, von 1194; Text: Riverside Shakespeare, S. 1711; Ü: Albrecht, 1785, S. 57–61) Venus umwirbt den widerstrebenden Adonis, der die Jagd der Liebe vorzieht; nur um den Preis eines Kusses kann er sich den abendlichen Abschied von der liebeskranken Liebesgöttin erkaufen. Am nächsten Morgen treibt es ihn nicht in die Arme der Venus, sondern zur Eberjagd, bei der er den Tod findet. Das Gedicht, wohl die erste Publikation Shakespeares, endet mit der Totenklage der verschmähten Liebenden. – Albrechts Übersetzung ist ein interessantes Experiment in freier Metrik. – 2 *strangeness*: abweisende Kühle. – 4 *fry*: Adonis entschuldigt sich mit erotischer Unreife. – 7 *the world's comforter*: die Sonne. – 18 *Incorporate*: zu einem Leib vereint. – 28 *insulter*: Der siegreiche Angreifer ist hier weiblich, das wehrlose Opfer männlich. – 34 *careless*: rücksichtslos.

The Sonnets

Diese berühmteste Sonettfolge englischer Sprache verteilt die petrarkistischen Grundthemen des idealisierenden Liebespreises und der selbstquälerischen Liebesklage neu und anders. Gegenstand der Idealisierung ist ein jugendschöner, adeliger Mann (in der Widmung des Verlegers 1609 als «only begetter» [einziger Erzeuger] der Sonette mit den Initialen W. H. angesprochen), während die keusche und blonde Sonettdame zu einer von Haar- und Seelenfarbe gleichermaßem dunklen Geliebten mutiert, an die den Liebenden eine entwürdigende sexuelle Hörigkeit kettet, und die ihn zeitweise mit seinem Freund betrügt. Die – keineswegs unerotische – Freundschaftsbindung wird turmhoch über die bloße Geschlechterliebe erhoben. Freundesliebe und eigenes (Liebes-)Dichten müssen sich der Herausforderung einer allbedrohenden Zeit stellen. – Während die Identität der Dame nicht zu klären ist und wohl unklärbar bleiben wird, gab es mehr oder minder plausible Versuche, den Freund zu identifizieren, u. a. mit William Herbert, Earl of Pembroke, oder Henry Wriothesley, Earl of Southampton. Angesichts der emotionalen Hochspannung der Sequenz scheint die so beliebte akademische Frage, ob es sich am Ende nur um eine virtuose Stilübung im Rahmen einer poetischen Mode handeln könnte, ziemlich müßig. – Während die lyrischen Schätze der elisabethanischen Zeit von den Übersetzern lange vernachlässigt wurden, war dieser geheimnisumwitterte und zugleich poetisch überragende Zyklus von der Romantik bis heute das Tummelfeld bedeutender und weniger bedeutender Nachdichter.

168 Nr. 2 (Text: Kerrigan, S. 77; Ü: P. Celan, S. 9) Aus der Auftaktfolge der sog. Zeugungs-Sonette, die dem Freund raten, angesichts der Vergänglichkeit aller Dinge seine Schönheit durch Heirat und Kinderzeugen zu verewigen. – 1 *forty*: hier allgemein für eine Vielzahl. – 2 *trenches*: die Falten des Alters. – 3 *livery*: Livree, Schmuckgewand, gängiges Bild für das schöne Äußere. – 4 *weed*: verwildertes Gewächs/zerschlissenes Gewand. – 6 *treasure*: Anspielung auf das Gleichnis von den anvertrauten Talenten (Matth. 25: 14–30). – 9 *use*: Gebrauch des Kapitals/sexueller Genuß. – 12 *succession*: Nachfolge im Sinn des Erbrechts. – 14 *blood*: Nach der Vorstellung der Zeit ist das väterliche Blut am Zeugungsakt beteiligt.

168 Nr. 18 (Text: Kerrigan, S. 85; Ü: S. George, 1983, S. 159) 3 *May*: Da der englische Kalender dem Gregorianischen um einige Tage hinterherhinkte, war der Mai ein Frühsommermonat. – 5 *eye of heaven*: die Sonne. – 7 *fair... declines*: Das Schöne weicht gelegentlich vom Idealzustand der Schönheit ab. – 10 *thou ow'st*: das du besitzt (own'st). – 14 *this*: das Gedicht.

170 Nr. 20 (Text: Kerrigan, S. 86; Ü: S. George, 1983, S. 160) Dieses Sonett benützt im Zusammenhang mit dem Thema der frauenhaften Schönheit des Freundes als einziges durchgehend weibliche Reime. – 1 *painted*: von der Natur gemalt und nicht geschminkt (wie viele Frauengesichter). – 2 *master-mistress*: Der Freund vereint alle Liebe auf sich, die üblicherweise einer ‹Herrin› zukäme; V. 12 nimmt die mögliche homosexuelle Bedeutung dieser Zeile ausdrücklich zurück. – 7 *hue*: schöne Gesichtsfarbe und Erscheinung. – 11 *me of thee defeated*: entzog dich mir. – 13 *pricked thee out*: wählte dich aus/versah dich mit einem Penis.

170 Nr. 23 (Text: Kerrigan, S. 88; Ü: D. Tieck, S. 65) Das einzige Sonett, das Theatermetaphorik verwendet – für die Liebesbefangenheit des Sprechers. – 2 *fear*: das Lampenfieber eines ungeübten Schauspielers. – 3 *fierce thing*: ein wildes Geschöpf, das sein Übermaß an Wut handlungsunfähig macht. – 5 *fear of trust*: mangelndes Selbstvertrauen. – 9 *books*: aufgeschriebener ‹Text›, mit Bezug auf die (noch ungedruckten) Sonette. – 10 *presagers*: Herolde. – 14 *fine wit*: Scharfsinn.

170 Nr. 29 (Text: Kerrigan, S. 91; Ü: H. Helbling, S. 63) 3 *bootless*: vergeblich. – 12 *sullen*: von düsterer Farbe, träge, melancholisch. – 14 *state*: Zustand/Reich/Reichtum.

172 Nr. 40 (Text: Kerrigan, S. 96; Ü: H. Helbling, S. 85) Thema ist der Liebesverrat, den der Freund mit der Geliebten des Sprechers, der «dark lady», begangen hat. – 5 *for my love*: aus Liebe zu mir/als Ersatz für meine Liebe. – 10 *thou steal thee*: du raubst dir. – 12 *love's wrong*: ein von dem Geliebten begangenes Unrecht. – 14 *spites*: Kränkungen.

172 Nr. 60 (Text: Kerrigan, S. 106; Ü: S. George, 1983, S. 180) Diese intensive Meditation über Zeit und Vergänglichkeit folgt in freier Entfaltung des Themas der elisabethanischen Version von Ovids Metamorphosen, XV, 178–185 (vgl. zum Thema Spenser, S. 116 ff.). – 4 *sequent toil*: drängendes Nacheinander. – 5 *Nativity*: das Neugeborene. – 7 *crooked*: von üblem astrologischen Einfluß/gekrümmt vom Alter. – 9 *flourish*: Jugendblüte. – 10 *parallels*: Das Wellenmuster des ersten Verses verwandelt sich in die Furchen, die das Alter der Stirn eingräbt. – 13 *times in hope*: bis in fernste, nur zu ahnende Zukunft.

174 Nr. 62 (Text: Kerrigan, S. 107; Ü: H. Helbling, S. 129) Zum Topos des Geliebten als zweites Ich. – 10 *Beated*: wettergegerbt. – *tanned*: (durch das Alter) sonnengebräunt; in elisabethanischer Zeit das Gegenteil von schöner Hautfarbe (vgl. das Selbstportrait des gealterten Liebenden bei J. Donne, S. 236).

174 Nr. 66 (Text: Kerrigan, S. 109; Ü: L. Feuchtwanger, in Shakespeare Sechsundsechzig, S. 133; aus dem Roman «Exil») Feuchtwangers Version bezieht Shakespeares satirischen Katalog auf die Situation in Deutschland unter den Nazis, und verzichtet damit auf den zur Liebesthematik zurückführenden Schlußvers: ‹nur daß ich im Tod meinen Geliebten verlassen müßte!› – 1 *these*: die folgenden Ungerechtigkeiten. – 2 *beggar born*: Verdienst ist schon bei der Geburt zum Bettlertum bestimmt. – 6 *strumpeted*: prostituiert. – 10 *doctor-like*: mit dem Anschein der Gelehrsamkeit.

176 Nr. 71 (Text: Kerrigan, S. 112; Ü: P. Celan, S. 29) 3 *warning*: Nachricht. – 12 *even*: (einsilbig) zusammen mit. – 13 *look into*: nachforschen. – *moan*: Klage.

176 Nr. 73 (Text: Kerrigan, S. 113; Ü: S. George, 1983, S. 187) Die Quartette entwickeln drei Bilder der Vergänglichkeit von abnehmender raumzeitlicher Ausdehnung: Spätherbst, Abenddämmer, letzte Aschenglut. – 4 *choirs*: entlaubte Äste, auf denen einst die Vögel, Chorsänger der Natur,

sangen; beschwört zugleich das Bild der durch Henry VIII dem Verfall preisgegebenen Abteikirchen. Der Liebende/Dichter sieht für sich die Zeit des (kahlen) Alters und Verstummens gekommen. – 8 *Death's second self*: der Schlaf.

178 Nr. 95 (Text: Kerrigan, S. 124; Ü: S. George, 1983, S. 198) 6 *sport*: (Liebes-)Spiel.

178 Nr. 98 (Text: Kerrigan, S. 125; Ü: D. Tieck, S. 215) Rückblick auf eine Trennung vom Freund, in der die Maienfreude der Natur keinen Trost, sondern nur den fernen Abglanz der entzogenen Schönheit bot. – 2 *April*: vom Übersetzer nicht nur aus metrischen Gründen in Mai verwandelt; vgl. Anm. zu Nr. 18, V. 3. – 4 *Saturn*: der Gott und Planet der Melancholie. – 8 *lap*: Schoß der Erde. – 9 f. *lily's white ... rose*: Lilien- und Rosenfarbe zusammen bilden das Ideal von (weiblicher) Schönheit. – 11 *figures*: Metaphern und Präfiguration. – 14 *shadow*: Schatten/Abbild.

178 Nr. 104 (Text: Kerrigan, S. 128; Ü: H. Helbling, S. 213) 3 *Three winters*: Sonett zum topischen Thema des Gedenktages der ersten Begegnung; die in diesen Fällen häufig genannte Dreizahl ist wohl auch hier nicht ganz wörtlich zu nehmen. – 9 *hand*: Uhrzeiger und räuberische Hand der Zeit. – 11 *stand*: zeigt keinerlei Bewegung/überdauert unversehrt.

180 Nr. 107 (Text: Kerrigan, S. 130; Ü: P. Celan, S. 39) Der Sprecher vergleicht seine seelische Erlösung aus Liebesängsten, die sich als unbegründet erwiesen, mit einer gleichzeitigen tiefen Krise des Staates, wo auf eine Periode von Umsturzängsten eine Blütezeit neuer Stabilität folgte; das faszinierend dunkle Sonett wird meist auf den Tod der Königin und den Regierungsantritt von James II (1603) bezogen. – 1 *prophetic soul*: unbegründet düstere Vorahnungen. – 4 *Supposed as forfeit*: anscheinend zum Verfall bestimmt. – 5 *mortal moon*: Elisabeth wurde als ‹jungfräuliche Königin› mit der Mondgöttin Diana/Cynthia verglichen. – *eclipse*: Mondfinsternis/Tod. – 8 *peace*: James II verstand sich als Friedenskönig. – 9 *balmy*: balsamisch/heilend/königlich (Balsam wurde bei der Krönungszeremonie verwendet und war Symbol königlicher Macht). – 13 *monument*: der Horaz'sche Gedanke der Dichtung als unzerstörbares Denkmal. – *crests*: Helmbüsche als Wappenzier auf adeligen Gräbern.

180 Nr. 110 (Text: Kerrigan, S. 131; Ü: G. Regis, Shakespeare-Almanach, S. 114) Der Sprecher bezichtigt sich des Gefühlsverrats. – 2 *motley*: ein Narr im buntscheckigen Gewand. – 3 *Gored*: verwundet/entehrt/in buntes Tuch gekleidet. – 5 *truth*: Wahrheit/Treue. – 7 *blenches*: Abweichungen/Schandflecken. – 9 *done*: das Narrengewand/die Schuld ist abgetan. – 10 *appetite... grind*: Nie mehr will ich meinen Appetit ‹wetzen›.

182 Nr. 116 (Text: Kerrigan, S. 134; Ü: P. Celan, S. 43) Dieses berühmte Sonett wird unterschiedlich als metaphysische Liebesdefinition oder hyperbolische Bestimmung einer Unmöglichkeit gelesen. – 2 *impediments*: Bezug auf eine Passage in der anglikanischen Hochzeitsliturgie, die die Gemeinde auffordert, etwaige Ehehindernisse bekanntzugeben. – 2 ff. *love is not love*:

Anklang an das ‹Hohelied der Liebe› aus 1. Kor. 13. – 5 *mark*: wie ein Leuchtturm auf einer Klippe. – *star*: der richtungsweisende Polarstern. – 7 *bark*: Spätestens seit Petrarca vergleicht der Liebende gern sein Schicksal mit einer stürmischen Schiffahrt. – 10 *sickle's compass*: die Zeit als Schnitter- und Todesfigur; im Sensenbereich («compass») steckt unterschwellig und in Fortführung der nautischen Metaphern das Bild eines Zirkels, dessen beweglicher Fuß gleich der Sense einen Kreis schlägt. – 14 *nor no man:* überemphatische Negation; oder doppelte Verneinung, die sich aufhebt?

182 Nr. 129 (Text: Kerrigan, S. 141; S. George, 1983, S. 215) Kraß negatives Gegenstück der konventionellen ‹Liebesdefinition›: der sexuelle Akt als schändlicher Ausdruck der Hörigkeit und völlig illusorische Befriedigung. Das Sonett ist Teil der Auseinandersetzung mit der ‹dunklen Dame›, der lockenden und zugleich vampirhaften fleischlichen Geliebten. Der emotionale Überdruck der formsprengenden Wortkaskaden steht in wirkungssteigerndem Kontrast zum äußerlich unpersönlichen Duktus des Sonetts; vgl. eine ähnlich radikale Liebesabsage bei J. Donne, S. 242. – 1 *spirit*: Geist/Vitalenergie/Samen. – *waste*: Wüstenei/weiblicher Schoß (waist). – 6 *Past reason*: bis zum Wahnsinn. – 8 *bait*: Es handelt sich wohl um einen Köder von Rattengift. – 10 *Had ... to have*: grammatisches Spiel mit den Zeitstufen von Vergangenheit, Gegenwart und Zukunft, die im Wahnwitz zusammenfallen. – 11 *in proof*: im Akt. – 14 *heaven*: Der Begriff verkehrt sich in diesem Kontext (ebenso wie die ‹Seligkeit› aus V. 11) sarkastisch in sein Gegenteil.

184 Nr. 137 (Text: Kerrigan, S. 145; Ü: P. Celan, S. 47) Eine Schmähung Amors und des Eros, die zusammen mit der eigenen hörigen Liebe den äußeren und inneren Wert der Dark Lady kraß herabsetzt. – 1 *blind fool*: Der blinde Liebesgott wird zum Narren degradiert. – 2 *see not*: vgl. Psalm 115:5. – 6 *ride*: vor Anker gehen/sexuelle Aktivität. – 7 *hooks*: Der Liebesbetrug der Augen zieht das Herz am Haken nach sich (wie einen gefangenen Fisch). – 9 *that*: den Schoß der Geliebten. – 10 (Übersetzung) *Allmend*: gemeinsam genutztes Weidegelände, Gemeindewiese. – 12 *fair truth*: Schönheit und Treue/unverfälschte Schönheit. – *foul*: häßlich/verderbt. – 14 *transferred*: Auge und Herz sind zur Strafe für die durch sie verschuldete Wertverkehrung dieser Geliebten und Liebesqual verfallen.

184 Nr. 143 (Text: Kerrigan, S. 148; Ü: H. Helbling, S. 291) 2 *One of her... creatures*: der Rivale als ein (aufgeplustertes?) Stück Federvieh; der Sprecher sieht sich selbst in der Rolle des verlassenen Kleinkindes. – 12 *kind*: freundlich/naturgemäß (wie Mutterliebe). – 13 *Will*: das Gewünschte/sexuelle Befriedigung/William. – 14 *If thou turn*: In diesem Fall müßte die Geliebte das Objekt ihrer Jagd laufenlassen.

186 Nr. 144 (Text: Kerrigan, S. 148; Ü: H. Helbling, S. 293) Schärfstmögliche Kontrastierung der beiden Lieben als Seelenkampf zwischen Gut und Böse. – 1 *loves*: Lieben/Geliebte. – 2 *suggest*: in Versuchung führen. – 3 *fair*: schön/blond/edel. – 4 *ill*: moralisch verderbt/dunkelfarben. – 5 *win me ... to hell*: um mir das Leben zur Hölle zu machen/meine Seele zu

verderben. – 8 *foul pride*: verderbliche Überhebung/schlimme sexuelle Lockung. – 12 *hell*: hier für das Sexualorgan des ‹bösen Engels›. – 14 *fire … out*: davonjagen/ausräuchern (wie einen Fuchs in seinem Bau)/mit Syphilis infizieren.

186 Nr. 146 (Text: Kerrigan, S. 149; Ü: Ch. Schuenke, S. 153) Geistliches Gedicht in der Tradition der Dialoge von Leib und Seele, das man sich eher als Abschluß der Sequenz vorstellen kann als die verspielten Nichtigkeiten, mit denen die Druckfassung von 1609 endet. – 2 *My sinful… array*: gängige Straffung der redundant überlieferten Zeile. – 6 *fading mansion*: der verfallende Leib; vgl. 2. Kor. 5:1 ff. – 8 *thy charge*: was dir all diese Kosten verursacht/dir anvertraut ist. – 9 *loss*: Auszehrung und Verlust des Leibes ist Nahrung und Gewinn der Seele. – 11 *terms*: Frist/Vertragsbedingungen. – 14 *no more dying*: vgl. 1. Kor. 15:26.

FROM THE PLAYS

188 HOW SWEET THE MOONLIGHT (Merchant of Venice, V, 1, 54–65; 83–88; Text: Riverside Shakespeare, S. 280 f.; Ü: Herder, Stimmen der Völker, I, 3, Nr. 25) Nachdem die Drohung eines tragischen Umschwungs abgewendet worden ist, leitet ein lyrisch-musikalisches ‹Liebesduett› von Lorenzo und Jessica den heiteren Schlußakt ein. Hier spricht Lorenzo. – 6 *patens*: metallene Scheiben. – 8 *in his motion … sings*: die (Menschenohren unhörbare) Harmonie der Sphärenklänge. – 11 *vesture*: der Leib als Kleid der Seele. – 17 *Erebus*: der Hades.

188 TELL ME (Merchant of Venice, III, 2, 63–71; Text: Riverside Shakespeare, S. 269; Ü: A.W. Schlegel) Lied, das bei der märchenhaften ‹Kästchenwahl› Bassanios (die ihm die Hand der Protagonistin Portia gewinnt) erklingt und vor dem augenberückenden äußeren Schein warnt. – 1 *fancy*: die oberflächliche Augen-Liebe. – 7 *cradle*: hier für die Flüchtigkeit des Augen-Blicks.

190 COME AWAY (Twelfth Night, II, 4, 51–66; Text: Riverside Shakespeare, S. 420; Ü: A.W. Schlegel) Lied zum konventionellen Thema des Liebestodes, das der Narr Feste für den Liebesmelancholiker Orsino singt. – 1 *away*: hierher. – 2 *cypress*: Sarg aus Zypressenholz oder Zypressenzweige als Schmuck der Totenbahre. – 5 *yew*: Eibenzweige – ein weiteres Friedhofsgewächs. 7–8 *My part… share it*: (wörtlich) ‹Keiner war so getreu, mein Todesgeschick zu teilen.›

190 TOMORROW IS SAINT VALENTINE'S (Hamlet, IV, 5, 48–55; 58–66; Text: Riverside Shakespeare, S. 1173; Ü: A.W. Schlegel) Drastische Ballade über einen Liebesverrat, die die wahnsinnige Ophelia vor der Hofgesellschaft singt. – 1 *Valentine's day*: der Tag (14. Februar), an dem nach dem Volksglauben die Vögel ihre Weibchen wählten, und bis heute Anlaß für mancherlei Liebesgrüße; das erste Mädchen, das ein Mann an diesem Tag sieht, gilt als sein «Valentine» oder ‹Eintagsschatz›. – 9 *Gis*: für Jesus. – 12 Cock: (sexuell motivierte) Verballhornung von «God».

192 TAKE, O TAKE (Measure for Measure, IV, 1, 1–6; Text: Riverside Shakespeare, S. 572; Ü: W. v. Baudissin) Mariana, die verlassene Geliebte, singt dieses Lied der Sehnsucht, ehe sie ihrem treulosen Geliebten Angelo durch einen «bed-trick» erneut verbunden wird.

192 FEAR NO MORE (Cymbeline, IV, 2, 258–281; Text: Riverside Shakespeare, S. 1548; Ü: D. Tieck, bearb.) Totenklage, gesprochen über der scheintoten Imogen in Männerkleidung. Zum Thema des unentrinnbaren Todes als Gleichmacher vgl. Nashe, S. 150 ff.

194 WHERE THE BEE SUCKS (The Tempest, V, 1, 88–94; Text: Riverside Shakespeare, S. 1633; Ü: F. Günther, in Shakespeare, Der Sturm, München 1996, S. 149) Lied, das der Luftgeist Ariel singt, ehe ihn sein Meister Prospero in die freie Natur entläßt.

194 FULL FATHOM FIVE (Tempest, I, 2, 397–405; Text: Riverside Shakespeare, S. 1617; Ü: F. Günther, in Shakespeare, Der Sturm, München 1996, S. 43) Lied des Luftgeistes Ariel, das dem gestrandeten Königssohn Ferdinand den (vermeintlichen) Tod seines Vaters, aber zugleich auch die Metamorphose des ‹Verstorbenen› zu einer geläuterten Existenzform verkündet.

194 HAMLET (Hamlet, III, 1, 56–88; Text: Riverside Shakespeare, S. 1160: Ü: Moses Mendelssohn, in Kleinere Schriften, ed. E. J. Engel, Stuttgart 1981, S. 275) Mendelssohn übersetzte den großen Hamlet-Monolog erstmals 1757; hier gedruckt in der erweiterten Fasssung von 1770/71. – Hamlets Nachgrübeln über die Sinnlosigkeit des Lebens und über Schrekken und Lockung des Selbstmordes geht seinem lebens- und liebesfeindlichen Dialog mit Ophelia voraus. – 12 *coil*: der Wirrwarr des Lebens, abgestreift wie eine Schlangenhaut. – 20 *quietus*: Entlassung aus der Schuld (des Lebens). – 25 *puzzles*: es bestürzt. – 28 *conscience*: das Nachdenken als gesteigertes Bewußtsein/Gewissen. – 29 *native hue*: natürliche, kräftige Hautfarbe. – 30 *thought*: melancholisches Brüten.

ANONYM
LIEDER

Die elisabethanische Ära, in der Vokal- und Instrumentalmusik zu den Fertigkeiten der Gebildeten gehörten und die viele bedeutende Komponisten hervorgebracht hat, war eine Blütezeit liedhafter Lyrik, die vielfach in den Liederbüchern der Zeit anonym überliefert ist. Neben religiösen oder konvivialischen Themen steht dabei die Liebesthematik im Vordergrund.

Ausgaben: English Madrigal Verse, ed. E. Fellowes, Oxford 1920, ³1967. – *Elizabethan Lyrics*, ed. N. Ault, New York, 1949. – *An Elizabethan Song Book*, ed. W. H. Auden / Ch. Kallman, New York 1955. – *17th Century Songs and Lyrics*, ed. J. P. Cutts, Columbia 1959.

198 BACK AND SIDE (Aus der anonymen Komödie «Gammer Gurton's Needle», gedr. 1575, Akt II, V. 1–43; Text: Three 16th Century Comedies, ed. Ch. W. Whitworth, London 1984, S. 18 f.; Ü: v. Koppenfels) Das populäre Lied, von dem auch eine längere Version überliefert ist, wird in passender Weise bei einer Wirtshausszene gesungen. – 8 *hood*: Doktorhut oder Mönchskapuze? – 14 *crab*: möglicherweise für «crab apple», Holzapfel; aber auch Taschenkrebse waren keine Luxusnahrung.

200 THULE, THE PERIOD (Text: Jones, New Oxford Book of 16th Century Verse, Nr. 536, S. 735; Ü: v. Koppenfels) Das «Ultima Thule», die menschenferne Eisregion am Rand der Welt, steht hier für Island, und als geographische Metapher für das petrarkistische Liebesparadox von Feuer und Eis. – 2 *Hecla*: Vulkan auf Island. – 4 *Trinacria*: griechische Bezeichnung für Sizilien, nach der Dreiecksform der Insel. – 8 *cochineal*: aus Schnecken gewonnene kostbare Purpurfarbe. – 9 *Fogo*: Tierra del Fuego, die eisige Südspitze Südamerikas, die das Feuer im Namen führt.

200 MY LOVE IN HER ATTIRE (Text: Chambers, Oxford Book of 16th Century Verse, Nr. 414, S. 819; Ü: v. Koppenfels).

202 FAIN WOULD I CHANGE (Text: Ault, Elizabethan Lyrics, S. 375; Ü: v. Koppenfels).

202 THERE IS A LADY (V. 1–8; 21–24, von 24; Text: Ault, Elizabethan Lyrics, S. 391; Ü: R. Flatter, Die Fähre, S. 69).

204 WEEP YOU NO MORE (Text: Jones, New Oxford Book of 16th Century Verse, Nr. 532, S. 723 f.; Ü: v. Koppenfels) 1 *sad fountains*: Die Augen des Liebenden sind Tränenquellen. – 5 *my sun*: die Geliebte, deren Sonnen-Augen im Schlaf geschlossen sind, sodaß sie das – von ihr verursachte – Weinen des Sprechers nicht sieht. – 12 *rise smiling*: die Sonnenanalogie als Trostargument; der Schlaf der Geliebten verheißt einen strahlenden Sonnenaufgang, d. h. einen freundlichen Blick beim Erwachen.

SIR WALTER RALEIGH

Hayes Barton 1552 (?) – Westminster 1618

Sir Walter Raleigh (auch Ralegh geschrieben), Sohn eines Landedelmannes aus Devonshire, Günstling Elisabeths und *bête noire* ihres Nachfolgers, Höfling, Kriegsmann, Entdecker, Kolonisator Virginias – das er nach der «Virgin Queen» benannte –, Geschichtsschreiber und Förderer von Dichtern, war nicht zuletzt selbst einer der bedeutenden Dichter seiner glanzvollen und spannungsreichen Epoche. Impulsiv, mit Neigung zu Prunk und Extravaganz, ein Skeptiker in religiösen Dingen, in der Politik ein unermüdlicher Spanienhasser, gewann er mächtige Freunde und Feinde. Für einige Zeit verspielte er sich die Gunst seiner Königin, als er 1592 eine ihrer Hofdamen verführte und heimlich heiratete; aus der Zeit seiner Buße im Tower stammt das nur bruchstückhaft erhaltene große Huldigungsgedicht an Elisabeth «The Ocean to Cynthia». Nach der Thronbesteigung von James II, der in Raleigh einen persönlichen Feind und einen Gegner seiner Friedenspolitik sah, wurde er in einem fragwürdigen Hochverratsprozeß zum Tode verurteilt und mit seiner Familie 13 Jahre lang im Tower gefangengehalten. Hier entstand seine *History of the World* (1614), die mit der Schöpfung beginnt und im 2. Jahrhundert v. Chr. abbricht. Im Jahr 1616 wurde ihm erlaubt, zu seiner Rehabilitierung eine Expedition an den Orinoko zu unternehmen, um mit goldener Beute die Staatskasse zu füllen, unter dem ausdrücklichen Verbot feindlicher Handlungen gegen die Spanier. Das Unternehmen war in Hinsicht auf beide Bedingungen ein Fiasko; nach seiner Rückkehr wurde Raleigh am 29. Oktober 1618 aufgrund des alten Urteils und der spanischen Friedenspolitik zuliebe enthauptet. – Unter diesen Umständen erschien keine posthume Ausgabe seiner Gedichte, deren Kanon bis heute umstritten ist. In den etwa drei Dutzend Texten, die als authentisch gelten, und die in einem ausdrucksstarken «plain style» gehalten sind, dominiert der moralistische Ton und die Thematik der Desillusion.

Ausgaben: The Works, 8 Bde, Oxford 1829, [2]New York 1965. – *The Poems*, ed. A. Latham, London 1929, [2]1951. – *A Choice of Sir W. Raleigh's Verse*, ed. R. Nye, London 1972. – *Selected Writings*, ed. G. Hammond, Manchester 1984.

Literatur: M. C. Bradbrook, *The School of Night*, London 1936. – E. A. Strathman, *Sir W. Raleigh*, New York 1951. – W. Oakshott, *The Queen and the Poet*, London 1960. – S. J. Greenblatt, *Sir W. Ralegh*, New Haven 1973. – B. Rawlinson, *Sir W. Raleigh*, London 1982.

206 The Nymph's Reply (Text: Latham 1951, S. 16 f.; Ü: v. Koppenfels) Diese bittere ‹Antwort› auf Marlowes berühmte pastorale Liebeseinladung (S. 134) erschien 1600 in einer Sammlung von Hirtengedichten.

208 A Vision (Text: Latham 1951, S. 13; Ü: G. Regis, Shakespeare Almanach, S. 282) Ein Widmungsgedicht für Spensers «Fairy Queen», 1590: Petrarcas Verherrlichung der Tugenden Lauras wird durch Spensers Preis der Feenkönigin (Elisabeth) überboten und damit dem Vergessen anheimgegeben. – 2 *vestal*: dem Kult der Jungfräulichkeit geweiht. – 8 *graces*: Liebe und Tugend als Hüterinnen von Lauras Grab. – 13 *Homer's sprite*: Selbst der Vater der Dichtkunst erschrickt über den Umsturz des Ruhms, den die «Fairy Queen» als verherrlichte Frau und geniales Epos bewirkt.

208 OUR PASSIONS (Text: Latham 1951, S. 18; Ü: Hilde Mentzel, Englische Liebeslyrik, S. 13, bearb.) Das Gedicht trägt in einer Handschrift den Titel: «Sir Walter Raleigh an die Königin».
208 MY BODY IN THE WALLS (Text: Latham 1951, S. 24 f.; Ü: v. Koppenfels) Vermutlich um 1592 entstandenes Gedicht, mit dem Ralegh im Tower in der Pose des petrarkistischen Anbeters seiner Königin deren Groll zu besänftigen sucht. – 3 *thralled mind*: der Geist in Liebesbanden, die früher ein leidvolles Glück waren, doch jetzt, da der materielle Kerker die Härte seiner Herrin verkörpert, den Liebenden in Verzweiflung stürzen.
210 TO HIS SON (Text: Latham 1951, S. 49; Ü: G. v. d. Vring, Angelsächsische Lyrik, S. 35, bearb.) Vermutlich an Raleighs ältesten Sohn Walter gerichtet, der wie sein Vater dazu neigte, über die Stränge zu schlagen; genaugenommen mußten beide Raleighs ein Ende am Galgen nicht fürchten, denn als Gentlemen hatten sie ein ständisches Anrecht auf das Beil.
210 ON THE LIFE OF MAN (Text: Latham 1951, S. 51 f.; Ü: v. Koppenfels) – 8 *curtains*: Vorhänge gab es nur in den Privattheatern, nicht auf der elisabethanischen Volksbühne.
210 THE PASSIONATE MAN'S PILGRIMAGE (Text: Latham 1951, S. 49 ff.; Ü: v. Koppenfels) Raleigh wurde am 17. November 1603 zum Tod verurteilt und erst Wochen später zu lebenslanger Haft begnadigt; das leidenschaftlich bewegte Gedicht wird allgemein als persönlicher Akt der «mortification», der seelischen Einstimmung Raleighs auf den Tod, gelesen. – 1 *scallop-shell*: die Jakobsmuschel, die wie Stab, Umhängetasche, Wasserflasche und Mantel zur Ausstattung des (Jakobs-)Pilgers gehörte. – 11 *silver mountains*: Landschaft der Verheißung auf dem Weg ins Paradies. – 21 *gowns of clay*: der Leib als Gewand, das im Tod für ein Kleid der Unschuld eingetauscht wird. – 32 *rubies*: Die Edelsteine sind Teil der Architektur des Himmlischen Jerusalem. – 35 *bribeless*: Raleigh attackiert seine parteiischen Ankläger und Richter. – 42 *angels*: Engel/Goldmünzen (mit Engelskopf). – 54 *a head to dine*: grimmiger Humor mitten im Gebet um Erlösung.
214 THE AUTHOR'S EPITAPH (Text: Latham 1951, S. 72; Ü: G. Vincke, Rose und Distel, S. 41) Dieser Text, nach der Überlieferung von Raleigh in der Nacht vor seiner Hinrichtung in seine Bibel eingetragen, nimmt mit kleinen Abwandlungen die Schlußstrophe eines früheren Gedichtes auf.

SAMUEL DANIEL

Taunton 1562 – Beckington 1619

In Somerset als Sohn eines Musikers geboren, Studium in Oxford, Patronat des Sidney-Pembroke-Kreises; Hauslehrer in aristokratischen Häusern, später kleinere Ämter am Königshof, für den er Maskenspiele verfaßte. Daniel, nach dem Urteil Ben Jonsons «ein ehrenwerter Mann, doch kein Dichter», literarisch versiert, unermüdlich im Revidieren seiner Texte, betätigte sich erfolgreich in vielen Genres der Zeit: Er schrieb klassizistische Tragödien, einen Sonettkranz (*Delia*), ein Epos über die Rosenkriege, *The Civil Wars*, Versepisteln und Elegien, eine *Defence of Rhyme*, die die einheimische Dichtungstradition gegen klassizistische Kritiker wie Campion verteidigt, und eine unvollendet gebliebene *History of England* in Prosa.

Ausgaben: Delia, 1592. – *The Civil Wars* 1594/1609. – *A Defence of Rhyme*, 1603. – Alle London. – *The Complete Works*, ed. A. B. Grosart, 5 Bde, London 1885, ²New York 1963. – *Poems and A Defence of Ryme*, ed. A. C. Sprague, Cambridge/Mass. 1930, ²London 1950.

Literatur: J. Rees, *S. Daniel*, Liverpool 1964. – C. Seronsy, *S. Daniel*, New York 1967. – P. Spriet, *S. Daniel*, Paris 1968.

216 Care-charmer Sleep (Delia, Nr. 45; Text: Sprague 1950, S. 33; Ü: v. Koppenfels) Die topische Anrufung des Schlafes, der dem Liebenden Vergessen seiner Liebespein schenken soll, wird hier durch die Bitte ergänzt, ihm nicht länger in trügerischen Träumen Liebesglück vorzugaukeln. – 14 *disdain*: die sprichwörtliche Unnahbarkeit der Dame.

216 Are they Shadows (Tethy's Festival, 1610, V. 341–358; Text: Grosart, Bd. 3, S. 320 f.; Ü: H. Feist, Ewiges England, S. 127).

Michael Drayton

Hartshill 1563 – London 1631

Der aus Warwickshire stammende, dem ländlichen England eng verbundene Dichter und Berufsschriftsteller hat in seiner langen und erfolgreichen Laufbahn zunächst (als Mitautor) Dramen verfaßt, sodann Sonette, pastorale Lyrik, Oden, Episteln, eine Satire, ein historisches Epos *The Barons' Wars* (1603), und ein 30 000 Verse langes topographisches Preisgedicht auf England und Wales mit dem Titel *Poly-Olbion*, das ‹Viel-Gesegnete› (1612/1622). Die Dame, die er in seiner – mehrfach revidierten – Sonettsequenz *Idea's Mirror* (1594; später *Idea*) platonisch umwirbt, war vermutlich Anne, die Tochter seines frühen Gönners Sir Henry Goodyere, in dessen Haushalt er als Page erzogen worden war.

Ausgaben: Idea's Mirror, 1594; als *Idea* 1599, 1600, 1605, 1619. – Alle London. – The *Complete Works*, ed. J. W. Hebel et al., 5 Bde, Oxford 1931–1941, ²1962.

– *Poems*, ed. J. Buxton, 2 Bde, London 1953. – *«Idea's Mirror» und «Idea»*, ed. I. Schabert, Diss. München 1969.

Literatur: B. Newdigate, *M. Drayton and His Circle*, Oxford 1941. – P. G. Buchloh, *M. Drayton: Barde und Historiker,* Neumünster 1964. – J. A. Berthelot, *M. Drayton*, New York 1967. – R. F. Hardin, *M. Drayton and the Passing of Elizabethan England*, Lawrence/Kans. 1973.

218 SINCE THERE'S NO HELP (Idea Nr. 61, 1619; Text: Buxton, Bd 1, S. 17; Ü: R. Flatter, Die Fähre, S. 66).
218 ODE (Text: Buxton, Bd 1, S. 123 ff.; Ü: v. Koppenfels) Dieses patriotische Gedicht, das den Appell zur Kolonisation Amerikas mit der Vorstellung einer paradiesischen Neuen Welt motiviert, entstand 1606 zur bevorstehenden Ausfahrt dreier Schiffe nach Virginia. – 16 *Aeolus*: Gott der Winde. – 36 *sassafras*: Baum aus der Gattung der Lorbeergewächse, dessen Rinde ätherische Öle enthält und dessen Holz für Heilmittel verwendet wurde. – 49 *kenning*: Sicht. – 68 *Hakluyt*: 1552(?)–1616, Geograph und Verfasser der vielbändigen «Principal Navigations... of the English Nation» (1589).

FULKE GREVILLE, LORD BROOKE

Beauchamp Court 1554 – Warwick 1628

Sohn aus vornehmem Hause, enger Freund und späterer Biograph von Sir Philip Sidney; Hofmann unter Elisabeth, James I und Charles I; seine eigentümliche, philosophisch geprägte, Härte und Dunkelheit nicht scheuende Dichtung übt sich im freien Umgang mit überlieferten Formen wie dem Drama (orientalisierende Lesedramen *Mustapha* und *Alaham* mit eindrucksvollen Chorliedern) und der Sonettsequenz (*Caelica*, wo strophische Gedichte und metaphysische Themen mit Liebessonetten wechseln). Fulke Greville wurde in hohem Alter von einem Diener tödlich verwundet, der sich von seinem Herrn schlecht behandelt fühlte. Fast alle seine Werke erschienen in posthumen Ausgaben.

Ausgaben: Mustapha, London 1609. – *The Remains*, London 1670; ed. G. A. Wilkes, Oxford 1965. – *The Works in Verse and Prose Complete*, ed. A. B. Grosart, 4 Bde, London 1870, [2]New York 1966. – *Caelica*, ed. M. F. Crow, London 1898. – *Poems and Dramas*, ed. G. Bullough, 2 Bde, Edinburgh 1939. – *Selected Poems*, ed. Th. Gunn, London 1968. – *Selected Writings*, ed. J. Rees, London 1973.

Literatur: J. Rees, *F. Greville*, London 1971. – R. A. Rebholz, *The Life of F. Greville*, Oxford 1971.

224 Caelica, I Overnight (Caelica, Nr. 38; Text: Crow, S. 73; Ü: v. Koppenfels) Liebestraum als sinnliche Verzauberung und Vertreibung aus dem Paradies. – 5 *knowledge*: Bezug auf den Baum der Erkenntnis und den Akt des fleischlichen ‹Erkennens›. – 11 *glassy*: zerbrechlich. – 12 *seraphim*: der Engel als Paradieswächter. – 14 *common field*: allgemeines Acker- und Weideland; vgl. Shakespeare, Sonett 137, V. 10, S. 184.

224 Chorus Sacerdotum (Schlußchor zu Mustapha; Text: Rees, S. 138; Ü: v. Koppenfels) Grevilles Lesedrama über die Ermordung des osmanischen Thronerben Mustapha im Auftrag seines (durch korrupte Höflinge gelenkten) Vaters Soliman im Jahr 1553 konfrontiert in der Gestalt Mustaphas spirituelle Reinheit und politische Größe mit der Halbheit und Bosheit von Leidenschaft und Eigennutz des Hofes. Der berühmte Priesterchor lastet die Unvollkommenheit des eigenen Glaubensvermögens der naturgegebenen Selbstentzweiung des Menschen an. – 2 *Born … bound*: das Gesetz der Sünde und das Gesetz des Geistes; vgl. Römer 7 f. – 21 *still*: einflößen (instil).

226 Whenas Man's Life (Caelica, Nr. 88; Text: Crow, S. 161; Ü: v. Koppenfels) 8 *eternal glass*: Gegensatz zum trüben Spiegel irdischer Erkenntnis nach 1. Kor. 13:12.

George Chapman

Hitchin 1559 – London 1634

Nach dem Zeugnis seiner Werke von gründlicher klassischer Bildung und nachdenklichem Naturell, hat Chapman seinen Dichtungen wie seinen geschichtlichen Tragödien eine markante moralistische und philosophische Färbung gegeben. 1598 veröffentlichte er seine Fortsetzung von Marlowes *Hero and Leander*, und den ersten Teil seiner Ilias-Übersetzung in gereimten Langversen (vollständig 1611), der er 1614–16 die Odyssee und die homerischen Hymnen folgen ließ. Auch als Komödienautor war Chapman erfolgreich, teilweise in Zusammenarbeit mit Ben Jonson, der ihn «a learned and honest man» nannte. Auf den jungen Keats wirkte die Lektüre von Chapmans Homer wie eine poetische Weltentdeckung (vgl. Bd 2, S. 302).

Ausgaben: The Shadow of Night, 1594. – *Ovid's Banquet of Sense*, 1595. – *Hero and Leander*, 1598. – Alle London. – The *Plays and Poems*, ed. T. M. Parrot, 2 Bde, London 1910/14. – *Chapman's Homer*, 2 Bde, ed. A. Nicoll, London 1957. – *The Poems*, ed. Ph. R. Bartlett, New York 1967.

Literatur: J. Jacquot, *G. Chapman*, Paris 1951. – M. MacLure, *G. Chapman*, Toronto 1966. – R. B. Waddington, *The Mind's Empire: Myth and Form in G. Chapman's Narrative Poems*, Baltimore 1974. – M. C. Bradbrook, *G. Chapman*, London 1977.

228 THOU WRETCHED MAN (Euthymiae Raptus: The Tears of Peace, 1609, V. 266–81; Text: Bartlett, S. 179; Ü: v. Koppenfels) Aus einer ‹Klage des Friedens›, die dem Friedenskönig James II zugedacht ist. Hier spricht der Friede vorwurfsvoll zum Dichter: Chapmans hoher Begriff von Dichtertum zeichnet sich ab.

228 MUSES THAT SING (A Coronet for His Mistress Philosophy, 1595 [Anhang zu Ovid's Banquet], Nr. 1; Text: Bartlett, S. 83; Ü: Hennecke, Englische Gedichte, S. 52) Auftaktgedicht eines Zyklus, der in charakteristischer Weise die übliche Sonettkranz-Dame durch die Verkörperung platonisch-idealistischer Philosophie ersetzt. – 3 *bonfires*: Freudenfeuer. – 5 *painted cabinet … jewels*: Scheinhaftigkeit leiblicher im Vergleich zu seelischer Schönheit.

JOHN DONNE

London 1572 – London 1631

Der große erotische und geistliche Dichter der Shakespearezeit, dessen Affinität zum elisabethanischen Theater im dramatischen Sprechton seiner Verse spürbar wird, stammte aus einer wohlhabenden katholischen Kaufmannsfamilie, und war mütterlicherseits mit dem Dramatiker Heywood und dem katholischen Märtyrer Sir Thomas More verwandt. Nach dem Studium in Oxford bezog er die Londoner Juristenschule Lincoln's Inn, galt als «großer Liebhaber von Frauen und Theateraufführungen», und glänzte mit dem erotischen und satirischen Witz seiner Gedichte. Die Aussichtlosigkeit, als Katholik eine seiner Begabung entsprechende Position zu finden, und seine Desillusion angesichts der konkurrierenden christlichen Konfessionen führten zu einer Entfremdung vom Glauben seiner Väter und zu einer Phase der Skepsis, deren Ausdruck nicht zuletzt seine bewußt in rauhem Stil gehaltenen Verssatiren, sowie seine herausfordernd frivolen Liebeselegien und verwandte Gedichte sind. Sein leidenschaftliches Streben nach Auszeichnung veranlaßte ihn zur Teilnahme an zwei gefährlichen Kaperexpeditionen, die Essex und Raleigh gegen die Spanier unternahmen. Er wurde Sekretär des Lordsiegelbewahrers Lord Egerton, zog ins Unterhaus ein, und ruinierte seine weltlichen Aussichten, als er 1601 heimlich die Nichte Egertons, Anne More, heiratete. Mit bitterem Sprachwitz machte er aus der Katastrophe das

Epigramm «John Donne, Anne Done, Undone.» Donnes in der Ungunst der Verhältnisse bewährte Liebe dürfte einige seiner großen Gedichte, die die leib-seelische Erfüllung des Eros feiern, inspiriert haben; da jedoch die Chronologie der Texte ungesichert bleibt – seine Liebesdichtung erscheint erstmals in der posthumen Ausgabe von 1633 im Druck – ist bei einseitigen Zuweisungen Vorsicht geboten. Donnes Dichtung jedenfalls, deren kühne Metaphorik und Stilistik ihn zur prägenden Leitfigur der (später abschätzig so benannten) «Metaphysical Poetry» macht, drückt eine bis dahin unerhörte Perspektivenvielfalt des Eros zwischen Ekstase und Ernüchterung aus. – Donne nützte die erzwungene Muße nach seiner Heirat, um sich mit der ihm eigenen «maßlosen, trunksüchtigen Wissensgier» in die theologischen Kontroversen der Zeit zu vertiefen; er unterstützte James II in der internationalen Religionsdebatte durch die antikatholische Kampfschrift *Pseudo-Martyr* (1610) und die Jesuitensatire *Ignatius His Conclave* (1611), und warb gleichzeitig in zwei langen, hochbarocken Preisgedichten, den *Anniversaries* (1611/12), um die Gunst des einflußreichen Sir Robert Drury. Nachdem er von all seinen Gönnern, einschließlich des Königs, zu einer kirchlichen Laufbahn gedrängt wurde, erhielt er nach langer Bedenkzeit 45jährig die Weihen und stieg als wortgewaltiger Hofprediger zum Dekan von St. Paul's auf. Das Zeugnis seiner Schriften – viele Predigtbände, die Todesmeditationen der *Devotions* (1624), und vor allem die geistlichen Hymnen und Sonette – läßt keinen Zweifel am aufrichtigen, aber auch schmerzhaften Charakter dieser Entscheidung, die den eigenen Ehrgeiz gleichsam heiligte. Der so oft imaginativ vorweggenommene Tod ereilte ihn, nachdem er zuvor mit «Death's Duel» seine eigene Totenpredigt gehalten hatte, am 31. März 1631. – Die klassizistische Stilwende um 1660 verdrängte die Dichtung der Metaphysicals aus dem öffentlichen Bewußtsein; der Bruch der Moderne mit der spätromantischen Ästhetik führte zu ihrer triumphalen Neuentdekkung.

Ausgaben: Poems, London 1633. *The Poems*, ed. H. J. C. Grierson, 2 Bde, Oxford 1912. – *The Divine Poems*, ed. H. Gardner, 1952. – *The Elegies and The Songs and Sonnets*, ed. H. Gardner, 1965. – *The Satires, Epigrams and Verse Letters*, ed. W. Milgate, 1967. – Alle Oxford. – *The Complete English Poems*, ed. A. J. Smith, Harmondsworth 1971. – *Complete English Poems*, ed. C. A. Patrides, London 1985. – *The Sermons*, ed. G. R. Potter/E.M Simpson, 10 Bde, Berkeley 1953–1962. – *Selected Prose*, ed. H. Gardner / T. Healy, Oxford 1967. – *Devotions Upon Emergent Occasions*, ed. A. Raspa, Oxford 1987.

Übersetzungen: W. Vordtriede, *Metaphysische Dichtungen*, Frankfurt 1961. – A. Schimmel, *Nacktes denkendes Herz*, Köln 1969. – M. Hamburger / Ch. Schuenke, *Zwar ist auch Dichtung Sünde*, Leipzig 1983, ^{2}1985. – W. v. Koppenfels, *Alchimie der Liebe*, Berlin 1986, ^{3}Zürich 1996. – W. Breitwieser, *Hier lieg ich von der Lieb erschlagen*, Frankfurt 1994.

Literatur: J. B. Leishman, *The Monarch of Wit*, London 1951, ²1955. – A. Esch, *Religiöse Lyrik des 17. Jahrhunderts*, Tübingen 1955. – R. Ellrodt, *Les Poètes métaphysiques anglais*, 3 Bde, Paris 1960. – H. Gardner, ed., *J. Donne*, Englewood Cliffs, 1962. – V. Deubel, *Tradierte Bauformen und lyrische Struktur*, Stuttgart 1971. – M. Roston, *The Soul of Wit*, Oxford 1974. – A. C. Patrides, *J. Donne: Language and Style*, London 1978. – J. Carey, *J. Donne: Life, Mind, and Art*, London 1981. – W. Zunder, *The Poetry of J. Donne*, Brighton 1982. – P. G. Pinka, *This Dialogue of One*, Alabama 1982. – H. Bloom, ed., *J. Donne and the 17th Century Metaphysical Poets*, New York 1986. – C. Summers / T. L. Petworth, ed., *The Eagle and the Dove: Reassessing J. Donne*, Columbia 1986. – J. Carey, ed., *J. Donne*, Oxford 1990.

230 THE FLEA (Text: Smith, S. 58 f.; Ü: v. Koppenfels 1996, S. 87) Donnes Beitrag zur Renaissancemode erotischer Flohgedichte: Da man im Liebesakt eine Blutvermischung beider Partner annahm, kann der Sprecher den doppelten Flohbiß als Vorwegnahme der verweigerten Vereinigung deuten. – 16 *to kill me*: Nach petrarkistischer Liebeslogik ist das Nein der Dame für den Anbeter tödlich. – 26 *honour*: Das zynische Verführungsargument setzt den Verlust der Unschuld mit der Einbuße eines Blutströpfchens gleich.

232 TO HIS MISTRESS (Elegy 19; Text: Smith, S. 124 ff.; Ü: v. Koppenfels 1996, S. 89 ff.) 3 *The foe*: Bildersprache des Liebeskrieges (nach Ovid). – 4 *standing*: sexuelles Wortspiel. – 9 *chime*: Das Mieder ist offenbar mit Glöckchen behängt. – 21 *Mahomet's Paradise*: ein Himmel sinnlicher Genüsse. – 30 *discovering*: die erotische Enthüllung als geographische Weltentdeckung. – 36 *Atlanta's balls*: Die leichtfüßige Atalanta versprach ihre Hand demjenigen, der sie im Wettlauf besiegen könne; Hippomenes überlistete sie, indem er ihr im Lauf drei goldene Äpfel vor die Füße warf, nach denen sie sich bückte; vgl. Ovid, Metamorphosen, X, S. 560 ff. – 38 *theirs, not them*: Das falsche Begehren richtet sich auf das Geschmeide, und nicht auf den Leib, den es schmückt. – 40 *lay-men*: die Lese-Unkundigen / Uneingeweihten. – 42 *imputed grace*: Diese Anspielung auf die kalvinistische Erwählungslehre betont die Allmacht der Dame bei der Gnadenwahl ihres Liebhabers. – 45 *white linen*: Unschulds- oder Armsünderkleid; die zynischere Variante dieses Verses lautet: «There is no penance, much less innocence.» – 48 *than a man*: (mehr Bedeckung) als ein Mann (trägt)/als einen Mann.

234 THE GOOD MORROW (Text: Smith, S. 60; Ü: v. Koppenfels 1996, S. 11) 4 *seven sleepers' den:* Die ‹Siebenschläfer› waren nach der Legende sieben junge Christen, die während der Verfolgung unter Decius in eine Höhle eingemauert wurden und durch einen zweihundertjährigen Wunderschlaf überlebten. – 15 *in thine eye*: Die Liebenden betrachten sich jeweils im Auge des Partners, zugleich Konvexspiegel und Welt(halb)kugel. – 19 *not mixed equally*: Die alte Medizin führte Krankheit und Tod des Menschen auf ein Mißverhältnis in der Mischung seiner Elemente zurück.

236 His Picture (Elegy 5; Text: Smith, S. 100 f.; Ü: v. Koppenfels 1996, S. 41) Vermutlich handelt es sich um eine Portraitminiatur, eine zu dieser Zeit beliebte Art von Andenken; ein autobiographischer Hintergrund des Gedichts könnte Donnes Teilnahme an den Kaperfahrten von Essex und Raleigh gegen die Spanier sein. – 4 *shadows*: als Abbild / Schattenstatus des Verstorbenen. – 20 *disused*: kräftiger Speise ungewohnt; zum Bildfeld der Liebe als ‹Appetit› und ‹Speise›.

236 A valediction (Text: Smith, S. 84 f.; Ü: v. Koppenfels 1996, S. 31 ff.) Abschied der Liebenden bedeutet Trennung des Körpers von der Seele (die im Leib des Geliebten weilt), und damit metaphorisch den Tod. Donne plädiert in diesem berühmten Gedicht für ein sanftes ‹Scheiden› und ‹beweist› den scheinhaften Charakter der Trennung. – 8 *laity*: die profane Menschheit, unberührt vom göttlichen Mysterium der Liebe. – 21 *trepidation*: die irdischer Wahrnehmung entzogene Bewegung der himmlischen Kristallsphären. – 12 *innocent*: unschädlich. – 13 *sublunary*: Der irdische Raum ‹unter dem Mond› steht im Zeichen des Wechsels. – 15 *Absence*: Abwesenheit/Entzug der Sinne (ab-sense). – 24 *Like gold*: Die Hammerschläge des Schicksals zerstören das Gold der liebenden Seelen nicht, sondern verfeinern und dehnen es. – 26 *compasses*: die Liebenden in der Trennung als zwei Schenkel eines Zirkels; der bewegliche Fuß kreist um das Zentrum des stabilen, d. h. der sich Entfernende und die Zurückbleibende bewegen sich in Wirklichkeit gemeinsam, und im Aufbruch ist die Rückkehr beschlossen. – 35 *circle*: der Kreis als Unendlichkeitssymbol.

238 Song (Text: Smith, S. 77 f.; Ü: v. Koppenfels 1996, S. 115) 2 *mandrake*: Alraune oder ‹Galgenmännlein›; angeblich menschenähnliche Wurzel, die nach dem Aberglauben der Zeit einem Samenerguß von Gehenkten ihren Ursprung verdankt; das Schwängern der Alraune ist nur ein Punkt in der übermütigen Reihung von Unmöglichkeiten (Adynata), die die Unvereinbarkeit von Schönheit und weiblicher Treue beweisen sollen. – 19 *pilgrimage*: Im petrarkistischen Liebesdiskurs wird die unnahbare Dame zur Heiligen erhoben.

240 The Apparition (Text: Smith, S. 42 f.; Ü: v. Koppenfels 1996, S. 119) Die konventionelle poetische Werbungsstrategie, die eigene Todeserwartung als Druckmittel gegen die grausame Geliebte einzusetzen, ist hier zu einer alptraumartigen Geisterszene konkretisiert. – 5 *vestal*: (der Jungfräulichkeit geweihte) Vestalin; die Dame hat fälschlich ihre Keuschheit gegen das Drängen des Liebenden ins Feld geführt. – 11 *aspen*: zitternd wie Espenlaub. – 15 *my love is spent*: Der Anfang (Tod durch Abweisung) und das Ende des Gedichts (Tod der Liebe) widersprechen sich auf nicht ganz unplausible Weise.

242 Love's Alchemy (Text: Smith, S. 65; Ü: v. Koppenfels 1996, S. 121) Der Begriff der Alchemie (als vergebliche Goldmacherkunst und Suche nach dem Elixier des Lebens) wird hier auf die Desillusionserfahrung physischer Liebe bezogen. Vgl. Shakespeare, Sonett 129, S. 182 f. – 12 *winter-*

seeming summer's night: in Verbindung von Kälte und Kürze. – 22 *spheres*: menschlichen Ohren unhörbare Musik kosmischer Harmonie. – 24 *mummy*: totes Fleisch / ein angeblich aus Mumien zubereiteter Heilextrakt. Die alternative Zeichensetzung «At their best,/Sweetness and wit they are, but mummy, possessed» ergibt den Sinn: ‹Bestenfalls sind sie Süße und Witz, aber nur mehr totes Fleisch, sobald man sie in Besitz nimmt.›

244 SATIRE III (V. 43–84 von 110; Text: Smith, S. 162 f.; Ü: v. Koppenfels) Eine Satire auf das gewagte Thema der konkurrierenden christlichen Konfessionen in der biblischen Metaphorik der Brautsuche; vgl. das Sonett «Show me, dear Christ», S. 248. – 1 *Mirreus*: Anhänger der römischen Kirche (von ‹Myrrhe›, hier für Weihrauch). – 5 *rags*: Die puritanische Richtung lehnte Meßgewänder etc. als «rags of Rome» ab. – 6 *statecloth*: der Baldachin über dem Thron; vor dem Thron mußte man sich auch in Abwesenheit des Königs verneigen. – 7 *Crants*: Der holländische Name steht hier für den in den Niederlanden verbreiteten Kalvinismus. – 8 *Geneva*: der Gottesstaat Kalvins. – 9 *plain*: kalvinistisches Prinzip der Schmucklosigkeit von Ritual und Kirchenraum. – 13 *Graius*: ‹Grieche›, hier verstanden als epikureischer «merrygreek», lustiger Vogel. – 18 *Tender... tender*: Zuerst Verbum, dann Adjektiv; offerieren/in zartem Alter, leicht beeinflußbar. – 20 *Pay values*: Mündel, die eine von ihrem Vormund vorgeschlagene Ehe ausschlugen, mußten eine Entschädigungssumme zahlen. – *Phrygius*: vielleicht Hinweis auf die Vielgötterei im alten Phrygien. – 22 *Gracchus*: ein Sproß der aufgeklärten und liberalen römischen Sippe der Gracchen. – 26 *light*: Subjekt des Satzes; zuviel (vermeintliche) Erleuchtung macht blind. – 33 *adore or scorn*: römischer Bilderkult und kalvinistische Bildverachtung. – *protest*: wie die ‹Protestanten› oder Lutheraner. – 41 *in that night*: «es kommt die Nacht, da niemand wirken kann» (Joh. 9:4).

246 AN ANATOMY OF THE WORLD (The First Anniversary, V. 205–218, von 474; Text: Smith, S. 276; Ü: v. Koppenfels) Die beiden langen, von hymnischen Lobeserhebungen strotzenden «Anniversaries» von 1611/12 stilisieren den frühen Tod der Tochter von Sir Robert Drury, den Donne als Gönner gewinnen wollte, zum Angelpunkt einer Weltkrise empor. – 1 *new philosophy*: die neue Astronomie der Kopernikus und Galilei, die die Erde aus dem Mittelpunkt des Kosmos vertrieb. – 2 *fire ... put out*: Die neue Theorie widersprach dem alten Glauben an eine Feuersphäre (Empyreum) als äußerste Hülle des Kosmos. – 7 *so many new*: Galileis Forschungen gaben der Spekulation über bewohnte Sternenwelten Auftrieb. – 13 *phoenix*: Der mythische Vogel existiert nur in einem Exemplar ohne Familie; der Zusammenhalt der Gesellschaft erscheint ebenso zerrüttet wie der des Kosmos.

HOLY SONNETS

Donne, der in seiner Liebesdichtung das Sonett seiner Konventionalität wegen meidet und höchst individuelle Strophenformen pflegt, erfüllt diese

Gedichtform in seiner geistlichen Poesie – seine Sonette sind meist Meditationen über die Letzten Dinge – mit großer Spannung und Dramatik.

246 Batter my Heart (Text: Smith, S. 314 f.; Ü: v. Koppenfels 1996, S. 131) 1 *batter*: (ursprünglich erotische) Belagerungsmetaphorik; das Herz als Festung, die von der – hier himmlischen – Liebe bestürmt wird. – 9 *I love you*: Wechsel von der Kriegs- zur Liebesmetaphorik (die Seele als Braut Christi). – 14 *ravish*: äußerste Steigerung der Paradoxa des Sonetts: die Seele erfleht ihre Überwältigung, ja Vergewaltigung.

248 Death, be not proud (Text: Smith, S. 313; Ü: Vordtriede, S. 77, bearb.) 7 *soonest ... go:* Die Besten sterben jung / wehren sich am wenigsten gegen das Sterben; vgl. «A Valediction», S. 236, V. 1 f.

248 Show me, dear Christ (Text: Smith, S. 316: Ü: v. Koppenfels 1996, S. 129) Das Sonett nimmt die Frage nach der wahren christlichen Kirche als der echten Braut Christi und der Seele auf, die Donne schon in seiner 3. Satire (S. 244) gestellt hatte. – 3 *richly painted*: Die ‹Geschminkte› ist die römische Kirche. – 4 *Laments and mourns*: vielleicht (wenn das Sonett so spät zu datieren ist) ein Bezug auf den Rückschlag der protestantischen Sache durch die Schlacht am Weißen Berg, Oktober 1620, eine Niederlage, die die Engländer als ihre eigene empfanden. – 8 *On one, on seven, or on no hill*: der Jerusalemer Tempelberg, die sieben Hügel Roms, und die Niederung des Genfer Sees.

250 A Hymn to Christ (Text: Smith, S. 346 f.; Ü: v. Koppenfels 1996, S. 133 ff.) Donne begleitete den Earl of Doncaster bei seiner Mission einer Vermittlung zwischen den protestantischen Fürsten Deutschlands von Mai 1619 bis Januar 1620 als Geistlicher, und predigte bei dieser Gelegenheit am Hof zu Heidelberg. Das Gedicht, wohl während der winterlichen Vorbereitung auf die lange und nicht ungefährliche Reise geschrieben, verfolgt das Thema des irdischen Liebesverlustes als Weg zum Seelenheil. – 20 *jealous*: eifrig / eifersüchtig (nach 2. Mose 20:5). – 32 *everlasting night*: der Tod, den der Sprecher herbeiwünscht.

252 Hymn to God my God (Text: Smith, S. 347 f.; Ü: v. Koppenfels) Das Gedicht entstand entweder während einer schweren Krankheit Donnes, 1623, oder, wie sein pietätvoller erster Biograph, Izaak Walton, annimmt, tatsächlich 1631 auf seinem Totenbett. – 4 *instrument*: die Dichtergabe, als irdische Einstimmung auf die himmlische Harmonie. – 7 *I their map*: Als Mikrokosmos oder ‹Kleine Welt› ist der Mensch ein Auszug der Weltgeographie. – 9 *South-west discovery*: Schiffsweg in die Neue Welt; der Süden steht für Fieberhitze, der Westen für die schwindende Lebenskraft – beide führen zu Tod und Paradies. – 10 *Per fretum febris*: lateinisches Wortspiel; durch die Meerenge / wallende Hitze des Fiebers. – 11 *straits*: Meeresengen / Leiden. – 13–15 *As west... resurrection*: Auf flachen Welt-Karten (im Gegensatz zum Globus) sind äußerster Westen und Osten eins – wie Tod und Auferstehung, die traditionell als Sonnenuntergang und -aufgang verbildlicht

werden. – 16 f. *Pacific... Jerusalem*: Pazifik, Jerusalem (in beiden steckt die Wortwurzel ‹Frieden›) und die legendären Reichtümer Indiens als topographische Paradiesmetaphern. – 18 *Anyan... Magellan... Gibraltar*: Meerengen als Zugänge zu den ‹Paradiesörtern›; die sagenhafte Straße von Anian, eine eisfreie Nordwestpassage vom Atlantik zum Pazifik, wurde bis zum 18. Jahrhundert vergeblich gesucht; die Magellanstraße verläuft zwischen dem südamerikanischen Festland und Feuerland. – 20 *Japhet... Shem*: Söhne Noahs, durch die nach der Sintflut die Welt neu bevölkert wurde; Japhets Nachkommen bewohnen Europa, die ‹Hamiten› Afrika und die ‹Semiten› Asien. – 21 f. *Paradise... one place*: Nach einer mittelalterlichen Überlieferung ist Jerusalem der Ort des Paradieses, und das Kreuz wurde aus dem Holz des Baumes der Erkenntnis gemacht. – 23 *Adams*: der Erlöser als ‹zweiter Adam›, da er die Schuld des Sündenfalls tilgt. – 24 *sweat*: nach 1. Mose 3:19. - 26 *purple*: Christi Blut/königlicher Purpur/der fiebergerötete Leib des Sterbenden. – 27 *thorns*: die Todesqualen als ‹Passion›. – 29 *mine own*: für meine eigene Seele.

BEN JONSON

London 1572 – London 1637

Der Kollege, Freund und Rivale Shakespeares, dessen satirische Komödien *Volpone* (1605), *The Alchemist* (1610) und *Bartholomew Fair* (1614) Höhepunkte des jakobäischen Theaters darstellen, war zugleich einer der eigenständigsten und einflußreichsten Dichter seiner Zeit und ein Meister lyrischer Liedeinlagen in den Dramen. Als Sohn eines Geistlichen erhielt er, nach einer Lehrzeit im Maurerbetrieb seines Stiefvaters, eine vorzügliche humanistische Ausbildung unter dem – zeitlebens verehrten – William Camden an der Westminster School. Er verdingte sich als Soldat in den Niederlanden (wo er einen Spanier im Zweikampf zwischen den Fronten tötete), konvertierte für einige Zeit zum Katholizismus, und begann für die Theater Londons zu schreiben. Dabei landete er dreimal im Gefängnis (wegen einer aufrührerischen Komödie, wegen Totschlags, begangen an einem Schauspieler, und wegen Verunglimpfung der Schotten in einem Bühnenstück), erregte mit seiner politisch brisanten Römertragödie *Sejanus* (1603) das unliebsame Interesse des Geheimen Staatsrats, und gewann dennoch das Patronat des Hofes, für den er in Zusammenarbeit mit dem Bühnenarchitekten Inigo Jones viele erfolgreiche Maskenspiele schrieb. 1616 wagte er es als erster Dramenautor, seine Stücke zusammen mit den Gedichten als ‹Gesammelte Werke› herauszubringen, und erhielt vom König eine Pension ausgesetzt. Macht ihn seine – freilich vitale – klassische Regelstrenge als Dramatiker zum Antipoden Shakespeares, so ist seine Dichtung in ihrer Transparenz,

Geschliffenheit und Pflege klassischer Genres wie Epigramm, Ode und Epistel ein Gegenstück zum *metaphysical style* eines John Donne. Daher konnte der weder zum Understatement noch zu kleinlicher Eifersucht neigende Jonson über seine Freunde sagen, daß es Shakespeare an Kunst fehle, und daß Donne wegen seiner metrischen Sprunghaftigkeit den Strick verdiene. In der Mermaid Tavern und anderen Londoner Schenken sammelte er Freunde und Bewunderer um sich, die sich stolz dem Stamme Benjamin oder *tribe of Ben* zurechneten – darunter namhafte Dichter aus dem Kreis der späteren Cavalier Poets. Für ein durch Krankheit, Bühnenmißerfolg, höfische Ungunst und den Brand der geliebten Bibliothek verdunkeltes Alter wurde Jonson mit einem Grab in Westminster Abbey entschädigt; darüber setzte ein Bewunderer die sprechenden Worte «O rare Ben Jonson.» – Als Bühnenautor und Dichter konnte er dank seiner klassizistischen Tendenz den Geschmackswandel der Restoration fast unbeschadet überstehen, um dann freilich seit der Vorromantik als trockener Pedant verschrieen zu werden. Die Revision dieses Urteils in der Moderne wurde von T. S. Eliot eingeleitet. Während Jonsons dramatische Hauptwerke seit der Romantik – im Bannkreis des Shakespeare-Kultes – übersetzt wurden, ist er als Dichter im deutschen Sprachbereich noch unbekannt.

Ausgaben: Works, London 1616; erw. 1640. – *Ben Jonson*, ed. C. H. Herford / P. Simpson, 11 Bde, Oxford 1925–1952. – *The Complete Poetry*, ed. W. B. Hunter, New York 1963. – *B. Jonson*, ed. Th. Gunn, Harmondsworth 1974. – *Poems*, ed. I. Donaldson, London 1975. – *The Complete Poems*, ed. G. Parfitt, Harmondsworth 1988.

Übersetzungen: L. Tieck, *Die Fuchsprelle*, Berlin 1798. – Ders., *Epicoene*, Berlin 1799. – W. v. Baudissin, *Der Alchemist*; *Der dumme Teufel*, Leipzig 1836; dass. in *Shakespeares Zeitgenossen*, ²Heidelberg 1956. – M. Mauthner, *Der Sturz des Sejanus*; *Volpone; Der Bartholomäusmarkt*, Berlin 1912. – S. Zweig, *Volpone* [frei bearbeitet], Potsdam 1927. – A. Schlösser, *Volpone; Der Alchemist*; *Der Bartholomäusmarkt*, Leipzig 1973. – H. Fischer, in *Englische Barockgedichte* [Prosaversionen].

Literatur: T. S. Eliot, «Ben Jonson», in *The Sacred Wood*, London 1920. L. C. Knights, *Drama and Society in the Age of Jonson*, London 1937. – G. B Johnston, *B. Jonson: Poet*, New York 1945. – W. Trimpi, *B. Jonson's Poems*, Palo Alto 1962. – J. G. Nichols, *The Poetry of B. Jonson*, London 1969. – *B. Jonson and the Cavalier Poets*, ed. H. Mac Lean, New York 1974. – G. Parfitt, *B. Jonson: Public Poet and Private Man*, London 1976. – R. S. Peterson, *Imitation and Praise in the Poems of B. Jonson*, New Haven 1981. – D. E. Wayne, *«Penshurst»*, London 1984. – D. Riggs, *B. Jonson: A Life*, Cambridge/Mass. 1989. – R. Miles, *B. Jonson*, London 1990. – W. D. Kay, *B. Jonson: A Literary Life*, London 1995.

254 ON MY FIRST DAUGHTER (Text: Donaldson, S. 16; Ü: v. Koppenfels) Die Lebensdaten von Jonsons erster Tochter sind nicht bekannt.
254 ON MY FIRST SON (Text: Donaldson, S. 26 f.; Ü: v. Koppenfels) Jonsons ältester Sohn Benjamin, geboren 1596, starb 1603 an der Pest; in seinen Gesprächen mit dem schottischen Dichter W. Drummond berichtet der Vater, wie ihm, während er nichtsahnend bei Freunden auf dem Land weilte, sein Sohn im Traum mit einem blutigen Kreuz auf der Stirn erschienen sei. – 1 *child of my right hand*: wörtliche Bedeutung des hebr. Namens Benjamin, im Sinn von ‹glücksbegünstigt›. – 9 *piece of poetry*: ‹Werkstück›; Poesie wörtlich verstanden als etwas (handwerklich) Hergestelltes.
256 ON THE UNION (Text: Donaldson, S. 9; Ü: v. Koppenfels) Epigramm auf die Vereinigung von England und Schottland beim Regierungsantritt von James I im Jahr 1603.
256 TO PENSHURST (V. 1–14; 39–74; 89–102; von 102; Text: Donaldson, S. 87–91; Ü: v. Koppenfels) Mit diesem vielfach nachgeahmten Preisgedicht auf Penshurst Place in Kent, den Stammsitz der Sidneys, begründet Jonson das Genre des Country House Poem, den topographisch formulierten Preis des Dichters auf Gastfreundschaft und Patronat einer dichterfreundlichen Aristokratie. – 6 *these grudged at*: Penshurst als Gegenbild hochmütiger neureicher Herrensitze, und Symbol einer intakten Beziehung von Gutsherr und Pächtern. – 10 *dryads*: Baumnymphen; klassische Mythologisierung des Ortes. – 14 *His great birth*: Am Tage der Geburt Sir Philip Sidneys, dem sich Jonson als Dichter verbunden fühlt, wurde eine Eiche gepflanzt. – 60 *mysteries*: (handwerkliche) Fertigkeiten und Künste, die einer Einweihung bedürfen.
260 TO CELIA (Text: Donaldson, S. 101; Ü: v. Koppenfels) Freie Umdichtung mehrerer Passagen des hellenistischen Autors Philostratos im Geist griechischer Epigrammatik.
260 QUEEN AND HUNTRESS (Cynthias Revels, V, 6, 1 ff.; Text: Donaldson, S. 348; Ü: v. Koppenfels) Hesperus, der Abendstern, singt im Drama dieses Lied an Cynthia, die Göttin der Keuschheit, der Jagd (als Diana) und des Mondes – und zugleich Verkörperung der «Virgin Queen» Elisabeth.
262 HER TRIUMPH (The Devil Is an Ass, II, 6, 94 ff.: mit einer Zusatzstrophe um 1622 in die Sequenz «Charis» aufgenommen; Text: Donaldson, S. 132; Ü: v. Baudissin, «Der dumme Teufel», in Ben Jonson und seine Schule, Leipzig 1836, Bd 1, S. 210; bearb.) Delikate lyrische Einlage inmitten einer derbkomischen Verführungsszene.
262 STILL TO BE NEAT (Epicoene, I, 1, 91 ff.; Text: Donaldson, S. 351 f.; Ü: M. Friedländer, S. 91) Mit diesem Lied protestiert der Galan Clerimont gegen die kosmetischen Künste zumal der betagteren Damen der Gesellschaft; vgl. das themenverwandte Gedicht «Delight in Disorder» (S. 382) von Robert Herrick, der auch dem ‹Stamme Benjamin› angehörte.
264 MY PICTURE (Text: Donaldson, S. 145; Ü: v. Koppenfels) Nach der Rückkehr von seiner Wanderung nach Schottland 1618/19 schickte Jonson

dieses selbstironische Gedicht seinem dortigen Gastgeber, dem Dichter William Drummond. Über die Dame, in die er sich auf dieser Reise verliebte, ist nichts bekannt. – 6 *language ... sweet*: Die akustische Verführung durch den Dichter kommt gegen die optisch abschreckende Wirkung seiner Erscheinung nicht an. – 16 *waste*: Wortspiel mit «waist», (fehlende) Taille.

264 A FRAGMENT (Text: Donaldson, S. 279; Ü: v. Koppenfels) Übertragung des (Petronius zugeschriebenen) Epigramms «Brevis est in coitu et foeda voluptas».

266 TO THE MEMORY (V. 1–4; 17–34; 41–46; 55–80, von 80; Text: Donaldson, S. 307–310; Ü: H.Hennecke, 1955, S. 73–77, bearb.) Dieses differenzierteste und schönste Lob des großen Dramatikers aus der Feder eines Zeitgenossen eröffnet die Folio-Ausgabe der Werke Shakespeares von 1623, die ohne das Vorbild von Jonsons «Works» (1616) nicht denkbar wäre. – 2 *ample*: Die Größe des Gegenstandes verlangt ausführliche Würdigung. – 8 *Chaucer ... Spenser... Beaumont*: Alle drei sind in Westminster Abbey bestattet, Shakespeare in seiner Heimatkirche in Stratford; da er so unvergleichlich ist, muß er ‹für sich› ruhen, dem das eigene Werk Denkmal genug ist; diesen Gedanken macht Milton (S. 432) zum Zentrum seiner Huldigung. – 17 f. *Lyly... Marlowe*: Dramenautoren, die (auch heute noch) als Wegbereiter Shakespeares gelten. – 19 *small Latin*: Ungeachtet seiner (aus der Sicht des Humanisten) geringen klassischen Bildung ist Shakespeare den größten antiken Dramatikern ebenbürtig. – 24 *all scenes ... homage owe*: Was 1623 wilde Übertreibung war, haben spätere Zeiten glanzvoll bestätigt. – 33 *Thy art*: Dem späteren Mythos von Shakespeare als reinem Naturgenie setzt Jonson vorsorglich den Hinweis auf seine hohe Kompositionskunst entgegen. – 48 *shake a lance*: Wortspiel mit dem Namen Shake-speare. – 53 *Eliza... James*: Königin Elisabeth und ihr Nachfolger waren der Dramenkunst ihrer Zeit zugetan; Shakespeares Truppe, unter James I «The King's Men» genannt, spielte vor beiden Monarchen. – 55 *constellation*: klassische Form der Apotheose von Heroen und Halbgöttern der Antike, die nach ihrem Tod unter die Sterne versetzt wurden; mit diesem Bild krönt der Autor seine antikisierende Huldigung an Shakespeare. – 56 f. *rage or influence*: Der Einfluß der Gestirne auf irdische Dinge kann strafender oder hilfreicher Art sein: Shakespeare als Maßstab und Zuchtmeister der englischen Bühne.

270 ODE TO HIMSELF (Text: Donaldson, S. 354 ff.; Ü: v. Koppenfels) Als seine Komödie *The New Inn* 1629 bei den Londonern durchfiel, ‹rächte› Jonson sich mit dieser Publikumsbeschimpfung.- 18 *Husks, draff ... swill*: drei ausdrucksstarke Einsilber für Schweinefraß. – 22 *Pericles*: Das romanzenhafte Märchendrama, zumindest teilweise aus Shakespeares Feder, hatte er einen Erfolg, wie er Jonsons der zeitgenössischen Realität weit näherem Stück versagt blieb. – 23 *shrieve's crusts*: Ein vor dem Gefängnistor aufgestellter Korb für Nahrungsspenden zugunsten mittelloser Insassen hieß ‹Sheriffskübel›. – 33 *orts*: alte Lumpen; die Schauspielergarderobe bestand oft aus abgelegter Kleidung der besseren Gesellschaft – hier Sinnbild für den Para-

sitenstatus der ‹Kritiker›. – 35 *stage-wrights*: Bühnenschreiber. – 37 *comic socks*: Hinweis auf den ‹soccus›, den ‹niederen› Komödienschuh des klassischen Theaters im Gegensatz zum hohen Kothurn der Tragödie. – 42 *Alcaic lute*: der griechische Dichter Alkaios als Inbegriff des Lyrikers. – 44 *Pindar's fire*: Als Odendichter beruft sich Jonson auf den inspirierten, leidenschaftlich hohen Stil der Oden Pindars. – 50 *no palsy's in thy brain*: Jonson hatte einen Schlaganfall erlitten. – 60 *his Wain*: unübersetzbares Wortspiel: der Große Wagen heißt auf englisch «Charles' Wain», ‹Karls Wagen› (nach Karl dem Großen); seinem König Charles (der ihn vernachlässigte) verheißt der Dichter Verkündigung seines Ruhms bis hinauf zum höchsten Sternenhimmel.

THOMAS CAMPION

London 1567 – London 1620

Campion verkörpert wie kein anderer bedeutender Dichter seiner Zeit die Einheit von lyrischer und musikalischer Kultur im damaligen England. Der früh verwaiste Sohn aus gutbürgerlichem Milieu wandte sich nach halbherzigen juristischen Studien der Medizin zu, für die er sich – wohl als katholischer Konvertit – in Caen ausbilden ließ. Die klassische Prägung seines Dichtertums zeigt eine Sammlung lateinischer Gedichte von 1595 ebenso wie seine *Observations on the Art of English Poesy* (1602), die gegen den Reim polemisieren und die Vorbildfunktion antiker Metrik für die englische Lyrik vertreten (Samuel Daniel antwortete darauf 1603 mit seiner *Defence of Rhyme*). Campion verfaßte allegorische Maskenspiele für den Hof von James I, und vor allem zwischen 1601 und 1617 fünf Bücher mit Liedern, deren Texte und Musik eng aufeinander bezogen sind («Mein Hauptziel war es, Wort und Weise einander in Liebe zu verbinden»), und die – auch sie vielfach klassisch inspiriert – von schwelgerischem Wohlklang zu strengerer Diktion und Thematik fortschreiten.

Ausgaben: A Book of Airs, 1601. – *Two Books of* Airs, 1613(?). – *The Third and Fourth Book of Airs*, 1617(?). – Works, ed. P. Vivian, Oxford 1909. – *The Works*, ed. W. R. Davis, London 1969. – *Ayres and Observations*, ed. J. Hart, Cheadle 1976.

Literatur: M. M. Kastendieck, *England's Musical Poet Th. Campion*, New York 1938. – B. Pattison, *Music and Poetry in the English Renaissance*, London 1948. – E. Lowbury/Th. Salter/A. Young, *Th. Campion*, London 1970. – D. Lindley, *Th. Campion*, Leiden 1986.

274 THERE IS A GARDEN (Text: Davis, S. 174; Ü: v. Koppenfels) 3 *paradise*: Spiel mit der ursprünglichen Wortbedeutung ‹Garten›. – 6 *Cherry-ripe*: Ruf der Londoner Obstverkäufer. – 8 *orient pearl*: die Zähne. – 13 *like angels*: die Augen als Zutritt-wehrende Engel vor dem Paradiestor.
274 HARK, ALL YOU LADIES (Text: Davis, S. 44; Ü: F. Kemp) Eine Kreuzung der spätantiken ‹Nachtfeier der Liebe› («Pervigilium Veneris», erstmals 1577 gedruckt) mit elisabethanischem Feenzauber. – 2 *Proserpina*: Die Göttin der Nacht und Unterwelt ersetzt hier die Venus des «Pervigilium» und verwandelt sich zugleich in die elisabethanische Feenkönigin. – 11 *pinch*: vgl. Lylys «Fairy Song», S. 148. – 24 *Dione*: hier für die Liebesgöttin, der die Tauben heilig waren. – 35 *Apes in Avernus*: In der Unterwelt Affen an der Leine zu führen galt als sprichwörtliche Strafe alter Jungfern für ihre einstige Sprödigkeit.
276 SHALL I COME (Text: Davis, S. 152; Ü: R. Flatter, S. 106) 9 f. *prey* ... *despite*: ‹ob ein Dieb mich um Beute oder ein Feind aus Bosheit tötet› (vom Übs. mißverstanden). – 11 f. *unredrest* ... *possessed*: ‹dann müßte ich ohne Liebeserfüllung sterben› (mißverstanden). – 17 *In thy bed*: Situation der klassischen Klage des Liebenden vor der verschlossenen Tür der Geliebten.
278 ROSE-CHEEKED LAURA (Text: Davis, S. 310; Ü: v. d. Vring, 1962, S. 57) Gedicht in horazischer Odenform, mit dem Campion in seinem Verstraktat die Wirksamkeit quantifizierender Metrik im Englischen demonstriert: Lauras Schönheit ‹erklingt› in einer Wortmusik, die die Harmonie des kosmischen Prinzips offenbart. – 10 *Discords*: Gewöhnliche Töne brauchen zu ihrer Wirkung den Kontrast des Disharmonischen; vom Übs. mißverstanden. – 14 *springs*: Quellen (mißverstanden).
278 FOLLOW, FOLLOW (Text: Davis, S. 311 f.; Ü: v. Koppenfels) Metrisches Experiment in Form einer anakreontischen Ode.
280 FIRE, FIRE, FIRE, FIRE (Text: Davis, S. 156; Ü: v. Koppenfels) Witziges Spiel mit der petrarkistischen Bildersprache des Liebesfeuers. – 17 *Some then you spared*: Noah und die Seinen in der Arche.
282 THRICE TOSS (Text: Davis, S. 154; Ü: v. Koppenfels) Dieser Liebeszauber ist nach dem Vorbild der magischen Beschworungen in der klassischen Pastorale angelegt. Aus Vergils 8. Ekloge, V. 64 ff., kommen die Motive der Asche, des Liebesknotens und der giftigen Kräuter.
282 WHEN THOU MUST HOME (Text: Davis, S. 46: Ü: v. d. Vring, 1962, S. 55) Das Gedicht ist von der Beschwörung mythischer Frauenschönheit im Hades bei Properz, II, 28, 49 ff. angeregt. – 4 *Iope*: Gattin des Theseus. – 12 *murder me*: überraschende Wendung vom Preis zur Liebesklage – die Dame hat ihren Liebhaber nicht erhört und damit getötet.
282 THE CYPRESS CURTAIN (Text: Davis, S. 32; Ü: v. Koppenfels) Der traditionell schlaflose Liebende fürchtet hier den Schlaf wegen seiner Höllenvisionen. – 1 *cypress*: dunkler Zypernstoff, Trauerschleier. – 13 *still endure*: Zum Motiv des posthumen Liebesleids vgl. Properz, I,19,5.
284 NOW WINTER NIGHTS (Text: Davis, S. 147; Ü: v. Koppenfels).

286 TO MUSIC BENT (Text: Davis, S. 66; Ü: R. Flatter, S. 107).
286 AWAKE, AWAKE (Text: Davis, S. 76; Ü: R. Flatter, S. 100) 9 *yields ... span*: ‹Deine irdischen Schritte durchmessen nur einen winzigen Raum, verglichen mit der Ewigkeit von Himmel und Hölle, über die ihre Richtung entscheidet› (vom Übs. frei behandelt).

ANONYM
LIEDER

288 LOVE WILL FIND OUT (V. 1–24; 33–40, von 56; Text: Gardner, Oxford Book of English Verse, 1987, S. 462 ff.; Ü: J. G. Herder, Stimmen der Völker, II, i, Nr. 14) Herder hat seine das Original kürzende Fassung schon 1773 mit der Bemerkung veröffentlicht: «Konnte der Gedanke [der unwiderstehlichen Liebe] sinnlicher, mächtiger, stärker ausgeführt werden? und mit welchem Fluge! mit welchem Wurfe von Bildern!» (in «Art und Kunst»). Herders Version verfährt, um den Liedton zu wahren, recht frei mit der Vorlage. – 21 *if she*: Statt der Geliebten ist es in der Übersetzung Amor selbst, der (vergeblich) hinter Schloß und Riegel gesetzt wird.
290 TOM O'BEDLAM (V. 33–36; 45–52; 61–68, von 68; Text: Bald, 17th Century English Poetry, S. 413 f.; Ü: v. Koppenfels) «Poor Tom», der herumstreunende Tollhäusler, ist aus «King Lear» bekannt. Rollengedichte von Wahnsinnigen waren ein beliebtes Genre; der Wahnwitz wird durch Entfesselung einer phantastischen Bildflut poetisch produktiv. (Zum Motiv des Liebeswahns vgl. Shakespeare, S. 190; Herrick, S. 388). – 6 *Apollo*: hier als Sonnengott. – 11 *her shepherd*: der Hirte Endymion war der Geliebte der Mondgöttin. – 12 *her warrior*: Mars als Geliebter der Venus. – 15 *heavenly farrier*: der ‹Himmelsschmied› Vulkan als Gatte der Venus.
292 TOBACCO (Text: Grierson, Oxford Book of 17th Century Verse, S. 242; Ü: v. Koppenfels) 1 *Indian weed*: Die Europäer lernten das Rauchen von den Indianern. – 3 *flesh is hay*: nach 1. Petrus 1:24. – 4 *drink*: Das Inhalieren des ‹berauschenden› Tabakrauchs wurde als Trinkvorgang verstanden.

SIR HENRY WOTTON

Maidstone 1568 – Eton 1639

Wotton, einer der geistreichsten und weltläufigsten Männer seiner Zeit, hochtalentierter Gelegenheitsdichter und Freund von Dichtern wie Donne, diente erst dem Earl of Essex als ‹Auslandskorrespondent›, danach dem König in zahlreichen diplomatischen Missionen, besonders als langjähriger Botschafter in Venedig; von 1624 bis zu seinem Tod war er Provost (Vorsteher) des Eton College. Eine posthume Ausgabe seiner Gedichte und ausgewählter Schriften erschien unter dem Titel *Reliquiae Wottonianae.*

Ausgaben: Reliquiae Wottonianae, London 1651. – *The Poems of Sir Walter Raleigh and Sir Henry Wotton*, ed. J. Hannah, London 1891.

Literatur: I. Walton, «Life of Sir H. Wotton» (1651), in *Lives* (1670), ed. G. Saintsbury, Oxford 1927 u. ö. – L. P. Smith, *Life and Letters of Sir H. Wotton*, London 1907.

294 ON HIS MISTRESS (Text: Hannah, S. 95; Ü: G. Vincke, S. 42) Elisabeth, die älteste Tochter von James II, heiratete 1613 den Kurfürsten Friedrich von der Pfalz, der zu Beginn des Dreißigjährigen Krieges 1619 die böhmische Krone annahm, und als ‹Winterkönig› 1620, nach der Schlacht am Weißen Berg, aus Böhmen vertrieben wurde. Elisabeth, deren Schönheit und Charme ihr den Namen ‹Herzkönigin› eintrugen, war die Mutter von Prinz Rupert, der im Englischen Bürgerkrieg die königlichen Truppen führte, und Großmutter des Kurfürsten Georg August von Hannover, der 1714 den englischen Thron bestieg. – Nach dem Zeugnis eines Freundes wurde das Gedicht im Sommer 1620 im Park von Greenwich geschrieben. – 10 *Philomel*: die Nachtigall. – 20 *eclipse*: da Elisabeths Schönheit die aller anderen Frauen verdunkelt.

294 UPON THE SUDDEN RESTRAINT (Text: Hannah S. 93; Ü: v. Koppenfels) Robert Carr, Earl of Somerset, war ein Günstling von James I; Ende 1615 wurde er mit seiner Gattin, der berüchtigten Frances Howard, geschiedenen Gräfin Essex, wegen eines sensationellen Giftmordes gefangengesetzt und später vor Gericht gestellt, schuldig gesprochen und vom König begnadigt. Wottons pointierte Bilanz seines Sturzes steht in einer Tradition moralistischer Hofkritik, zu der auch Texte von Wyatt (S. 86–90), Surrey (S. 96) und Cleveland (S. 298) gehören.

JOHN CLEVELAND

Loughborough 1613 – London 1658

Sohn eines Geistlichen, Professor für Rhetorik in Cambridge, engagierter Royalist, Parlamentsmitglied, Kriegsgerichtsrat in Newark, das er gegen die (von ihm mit satirischem Hohn verfolgten) Schotten verteidigte, von Cromwell eingekerkert und begnadigt – und nicht zuletzt ein zu seiner Zeit angesehener Dichter mit einer Reputation für Witz und satirische Verve.

Ausgaben: Poems, London 1653; [Faksimile] Menston 1971. – *The Poems*, ed. B. Morris / E. Whitington, Oxford 1967.

298 EPITAPH (Text: Morris / Whitington, S. 66; Ü: v. Koppenfels) Clevelands Verfasserschaft ist nicht völlig gesichert. – Thomas Wentworth, Earl of Strafford, rechte Hand von Charles I und eiserner Verfechter der königlichen Prärogative, wurde von seinem Monarchen unter dem Druck der Gegenseite im Stich gelassen, auf Parlamentsbeschluß des Hochverrats angeklagt, und am 12. Mai 1641 hingerichtet – wie der König selbst, acht Jahre später. – 14 *speechless*: nicht wie das Blut Abels, das zum Himmel schreit (1. Mose 4:10).

298 THE REBEL SCOT (V. 47 f.; 63–70; 91–94, von 126; Text: Morris / Whitington, S. 29–32; Ü: v. Koppenfels) In diesem (seinem bekanntesten) Gedicht faßt Cleveland seinen Zorn, und den vieler Zeitgenossen, über den Abfall der Schotten von Charles I (1639) in Worte.

LADY MARY WROTH

Penshurst ca. 1587 – Woodford (?) ca. 1651

Als Nichte Sir Philip Sidneys und der Gräfin Pembroke war Lady Mary Wroth in einem Milieu der Literatur und des Patronats von Dichtung zu Hause; John Donne und Ben Jonson wurden von ihr gefördert. Eine Zeitlang spielte sie als Vertraute der Königin eine bedeutende Rolle am Hof. Ihr Schäfer- und Staatsroman *Urania* (nach dem Vorbild von Sidneys *Arcadia)*, reich an Anspielungen auf höfische Personen und Vorgänge der Zeit, der bei seinem Erscheinen 1621 eine Skandal auslöste, ist das erste bedeutende Prosawerk einer englischen Autorin der Renaissance. Der Text ist, wie der Sidneys, reich an lyrischen Einlagen, und enthält im Anhang eine Sonettsequenz aus weiblicher Perspektive: *Pamphilia to Amphilantus.* In ihrer Thematik weiblicher Beständigkeit gegenüber männlichem Wankelmut darf man wohl eine dichterische Transposition der Beziehung Lady Marys zu ihrem Vetter und Liebhaber William Herbert (einem Gönner Shakespeares und Jonsons) sehen, dem sie nach dem Tod ihres Gatten zwei Kinder gebar. Eine Fortsetzung der *Urania* und ihr Pastoraldrama *Love's Victory* blieben ungedruckt. In ihren späteren Lebensjahren zog sie sich weitgehend aus der höfischen Sphäre zurück.

Ausgaben: The Countess of Montgomery's Urania, London 1621. – *Pamphilia to Amphilantus*, ed. G. F. Waller, Salzburg 1977. – *Poems*, ed. J. A. Roberts, Baton Rouge 1983, ²1992.

Literatur: N. J. Miller / G. Waller, ed., *Reading Mary Wroth*, Knoxville, 1991. – N. J. Miller, *Changing the Subject: Mary Wroth and Figurations of Gender*, Lexington 1996.

300 Song (Text: Roberts 1992, S. 155; Ü: v. Koppenfels) Am Ende des 1. Buches der «Urania» singt ein liebesenttäuschter Hirte dieses Lied, das zum poetischen Genre der Liebesdefinition gehört. – 15 *humour*: Gemütsstimmung. – 20 *babes*: im Hinblick auf den ‹Kindgott› Amor.
302 Am I thus conquered? (Text: Roberts 1992, S. 94 f.; Ü: v. Koppenfels) Eine Rebellion der Sprecherin gegen Amor, die (nach konventionellem Muster) in den Schlußversen zurückgenommen wird. – 3 *it*: die Liebe. – 5 ff. *Love first shall leave* ... Eine Reihung von Unmöglichkeiten (Adynata) bekräftigt die Verweigerung der Kapitulation vor Amor.
302 In this strange Labyrinth (Text: Roberts 1992, S. 127 f.; Ü: v. Koppenfels).

John Webster

London ca. 1580 – (?) ca. 1630

Websters Biographie ist nur in vagen Umrissen rekonstruierbar. Er stammt aus dem Londoner Handwerkermilieu, studierte möglicherweise Jura, und arbeitete mit anderen Autoren in einer Reihe von Komödien zusammen, die von seinen eigenen Tragödien *The White Devil* (1612) und *The Duchess of Malfi* (1614) in ihrer Poesie des Abgründigen weit übertroffen werden. Charakteristisch für seine Liedeinlagen ist ein intensiver Lyrismus im Zeichen des Todes.

Ausgaben: The White Devil, ed. J. R. Brown, London 1960. – *The Duchess of Malfi*, ed. E. M. Brennan, London 1964.

Literatur: M. C. Bradbrook, *J. Webster*, London 1980. – C. R. Forker, *Skull Beneath the Skin: The Achievement of J. Webster*, Carbondale 1986.

304 A DIRGE (The White Devil, V, 4, 95 ff.; Text: Brown, S. 165; Ü: v. Koppenfels) Totenlied der Mutter Cornelia für ihren Sohn, der vom eigenen Bruder ermordet wurde. – 1 *robin*: Daß das Rotkehlchen einen unbegrabenen Leichnam mit Blättern und Erde zudeckt, war ein verbreiteter Aberglaube der Zeit. – 10 *dig them up*: nach zeitgenössischer Vorstellung ein sicheres Indiz für Mord.

304 HARK! NOW EVERYTHING IS STILL (The Duchess of Malfi, IV,2,175 ff.; Text: Brennan, S. 73; Ü: v. Koppenfels) Lied, das der Duchess vor ihrer Ermordung zur «mortification» (Einstimmung auf den Tod) vorgesungen wird.

FRANCIS BEAUMONT (?)

Grace-Dieu 1584 – London 1616

Sohn einer angesehenen Familie aus Leicestershire; in der Zusammenarbeit mit John Fletcher einer der erfolgreichsten Dramenautoren seiner Zeit, der die Gattung der Tragikomödie pflegte und mit spektakulären dramatischen Umschwüngen und Leidenschaftsrhetorik den gehobenen Theatergeschmack der Zeit bediente.

Ausgabe: «Poems by Beaumont», in *The Works of Beaumont and Fletcher*, ed. A. Dyce, Bd 11, London 1846, S. 443–513. – *The Lyric Poems of Beaumont and Fletcher*, ed. E. Rhys, London 1897.

306 ON THE TOMBS (Text: Poems by Beaumont, S. 497; Ü: v. Koppenfels) Die Zuweisung dieses Gedichts, von dem auch eine längere Fassung existiert (vgl. Ault, Elizabethan Lyrics, S. 491 f.), ist nicht völlig gesichert. – 9 *flats the nose:* Vgl. «Wanne mine eyhnen», S. 30, V.21. – 8 *flesh is grass*: 1. Petrus 1:24. – 24 *easily*: zweisilbig zu lesen.

George Herbert

Montgomery 1593 – Bemerton 1633

Jüngerer Sohn eines bedeutenden Adelsgeschlechtes, mit Sir Philip Sidney verwandt, Bruder des Dichters Lord Herbert of Cherbury; seine Mutter, Magdalen Herbert, berühmt für ihre Frömmigkeit und ihr literarisches Patronat, war mit Donne befreundet, der auch Herberts poetischer Mentor wurde. Fellow des Trinity College, Reader in Rhetoric, und von 1620–1627 Public Orator (Verantwortlicher für die lateinischen Festreden) der Universität Cambridge. Nachdem sich mit dem Tod von James I seine weltlichen Hoffnungen zerschlagen hatten, ließ er sich ordinieren, heiratete, und übernahm ab 1630 die bescheidene Pfarre von Bemerton bei Salisbury; dort führte er ein exemplarisches Leben als Seelsorger, hielt in einer Zeit wachsender puritanischer Opposition die Rituale der anglikanischen Kirche hoch und verfaßte die geistlichen Gedichte seines sorgfältig komponierten Bandes *The Temple.* Diese wichtigste religiöse Gedichtsammlung der Epoche wurde 1633 von seinem Freund Nicholas Ferrar posthum veröffentlicht, und war von prägendem Einfluß auf spätere Metaphysical Poets wie Crashaw und Vaughan. Der concettistische ‹Witz› dieser Dichtung wurzelt tief in homiletischer Tradition und biblischer Typologie; er gewinnt seine besondere Wirkung aus dem Kontrast von predigthafter Schlichtheit und frappanter Bildlichkeit, von (häufig leidvollem) individuellem Erleben und dem Bewußtsein der Gotteskindschaft. Der Titel des Bandes bezieht sich ebenso auf die Symbolik des Kirchengebäudes wie auf die ‹Architektur› des Kirchenjahres, auf die Natur und den Status des Menschen als «Tempel des Heiligen Geistes.» Die Dichte, spirituelle Frische, Dynamik und innere Ruhe dieser Lyrik hat bis heute nichts von ihrer Anziehung verloren.

Ausgaben: The Temple, London 1633. -- *The Works*, ed. F. E. Hutchinson, Oxford 1941. – *The Poems*, ed. H. Gardner, London 1961.

Übersetzung: H. Fischer, *Englische Barockgedichte*, S. 112–125 [in Prosa].

Literatur: I. Walton, *Life of Mr. George Herbert* (1670), in *Lives*, ed. G. Saintsbury, London 1927 u. ö. – J. H. Summers, *G. Herbert*, London 1954 – A. Esch, *Englische religiöse Lyrik des 17. Jahrhunderts*, Tübingen 1955. – A. Stein, *G. Herbert's Lyrics*, Baltimore 1968. – H. Vendler, *The Poetry of G. Herbert*, Cambridge/Mass. 1975. – S. Fish, *The Living Temple*, Berkeley 1978. – *Essential Articles for the Study of G. Herbert's Poetry*, ed. J. R. Roberts, Hamden 1979. – S. Stewart, *G. Herbert*, Boston 1986. – M. W. Singleton, *God's Courtier*, Cambridge 1987. – J. B. White, «*This Book of Starres*»: *Learning to Read G. Herbert*, Ann Arbor 1994. – H. Wilcox / R. Todd, ed., *G. Herbert: Sacred and Profane*, Amsterdam 1995. – E. Clarke, *Theory and Theology in G. Herbert's Poetry*, Oxford 1997.

308 JORDAN (I) (Text: Hutchinson, S. 56 f.; Ü: F. Kemp) Eines von zwei poetologischen Gedichten (vgl. S. 318), die die heiligen Wasser des Jordan der Musenquelle des Helikon, d. h. dem Inspirationsquell klassisch-weltlicher Dichtung, kontrastieren, einer Poesie, gegen deren Künstlichkeit und Unwahrheit der geistliche Dichter Einspruch erhebt. – 1 *false hair*: die ‹falsche› Qualität irdischer Schönheit. – 3 *winding stair*: Plädoyer für eine schlichte, «ungewundene» Kunst. – 5 *painted chair*: Die Verneigung vor einem bloß gemalten Thron bedeutet Reverenz vor dem Scheinhaften. – 6–8 *groves ... streams*: Bildlichkeit der modischen Romanze und Pastorale. – 9 *veiled*: gegen affektierte Sinndunkelheit in der zeitgenössischen Dichtung. – 15 *plainly*: Bekenntnis zu (biblischer und gebetshafter) Schlichtheit.

308 EASTER WINGS (Text: Hutchinson, S. 43; Ü: v. Koppenfels) Figurengedicht, in dem nach hellenistischem Modell die Typographie die Zentralmetapher abbildet. In den zeitgenössischen Ausgaben laufen die Zeilen senkrecht zur normalen Richtung, was die Flügelform noch deutlicher macht. Die Dialektik von Absturz und Aufschwung, durch Verjüngung der Verse zur Bildmitte und anschließendes Anschwellen optisch sinnfällig, behandelt die erste Strophe im Hinblick auf die Heilsgeschichte der Menschheit, die zweite aus der Sicht von Herberts Leben. – 9 *this day*: an Ostern. – 10 *fall... flight*: Der Fall Adams hat als «felix culpa» Tod und Auferstehung Christi zur Folge. – 15 *Most thin*: Herbert deutet die eigene Kränklichkeit als Auszehrung durch die Sünde. – 19 *imp*: ‹wenn ich meinen Flügel auf Deinen pfropfe›.

310 PRAYER (Text: Hutchinson, S. 51; Ü: v. Koppenfels) Dieses Sonett ohne Verbum reiht eine Überfülle von Bildern und Paradoxen im Versuch der Definition des Undefinierbaren und unerschöpflich Wunderbaren aneinander. – 5 *Engine*: im Sinn einer Belagerungsmaschine, die den Himmel ‹bestürmt›. – *tower*: für das Streben ‹nach oben›. – 6 *thunder*: von der Erde zum Himmel ‹dröhnend›. – *Christ-side-piercing*: (als Höhepunkt der gewaltsamen Bildfolge) die in den Gottesleib eindringende Gewalt des Gebets.

310 LIFE (Text: Hutchinson, S. 94; Ü: H. Feist, S. 227, bearb.) 1 *posy*: unübersetzbares Wortspiel mit Strauß/Dichtung (poesy). – 15 *for cures*: getrockente Blüten als Heilkräuter. – 17 *scent*: Bezug auf die alte Bedeutung (guter) ‹Ruch› oder Ruf, den ein Mensch hinterläßt.

312 THE COLLAR (Text: Hutchinson, S. 159 f.; Ü: H. Feist, S. 229 ff., bearb.) Das nur im emblematischen Titel erscheinende Halsband oder Geschirr (der Kragen des Priesterornats?) spielt im verborgenen Wortspiel auf die gängige Etymologie von «re-ligio» als ‹Rück-Bindung› an. – 6 *in suit*: als Bittsteller. – 14 *bays*: zur Krönung des Erntejahres, mit Bezug auf den Dichterlorbeer. – 17 *Not so*: Hier beginnt die Antwort des Verstandes auf die rebellischen Fragen des Herzens. – 22 *rope of sands*: sprichwörtlich für eine scheinhafte, eingebildete Halterung oder Fessel, hier im Rahmen der Bindungs-Thematik. – 29 *thy death's head*: das Memento Mori als Popanz zur Abschreckung von weltlichen Genüssen. – 35 *one*: Gottes Stimme.

314 The Pulley (Text: Hutchinson, S. 159 f.; Ü: F. Kemp) Der ‹Flaschenzug› der emblematischen Überschrift, der im Text nicht vorkommt, ist die Unfähigkeit des Menschen, in der Welt Frieden zu finden, d. h. transzendenzlos zu leben; vgl. den Auftakt von Augustins Bekenntnissen: «Denn zu dir hin hast du uns geschaffen, und unruhig ist unser Herz, bis es ruhet in dir» (übs. W. Thimme). Herbert deutet hier den Mythos von der Büchse der Pandora christlich um. – 5 *a span*: der Mensch als Mikrokosmos, d. h. Kompendium der Welt im Kleinen.

316 Virtue (Text: Hutchinson, S. 87 f.; Ü: v. Koppenfels) 11 *closes*: Kadenzen wie die refrainartige Kurzzeile dieser Strophen. – 14 *seasoned timber*: hartes, abgelagertes Bauholz galt als resistent gegen Feuer. – 15 *to coal*: beim letzten Weltenbrand.

316 The Agony (Text: Hutchinson, S. 37; Ü: F. Kemp) Im Paradox des Kreuzestodes findet sich der tiefste Inbegriff von Sünde und Liebe zugleich verbildlicht. – 18 *as wine*: im Abendmahl.

318 Jordan (2) (Text: Hutchinson, S. 102 f.; Ü: v. Koppenfels) Vgl. Kommentar zu Jordan (1), S. 308. – Herbert transponiert hier das Auftaktgedicht zu «Astrophil and Stella» seines Verwandten Sir Philip Sidney (S. 124) in die geistliche Tonart. – 12 *those joys*: die Freuden des Paradieses, das – ptolemäisch gesprochen – ‹über› der Sonne liegt.

320 The Forerunners (Text: Hutchinson, S. 176 f.; Ü: F. Kemp) 1 *harbingers*: Vorboten, die bei einer Staatsreise des Monarchen vorausgeschickt wurden, um durch Kreidezeichen an den Türen Unterkunft zu requirieren; hier für die grauen Haare als Boten des Todes. – 3 *dispark*: vertreiben/die Funken löschen (dis-spark). – 13 *sweet phrases*: Abschied von der kunstreichen Sprache als Verführung des geistlichen Dichters zur Eitelkeit. – 16 *wash*: Als religiöser Lyriker hat Herbert die profane Liebessprache gereinigt. – 23 *broidered coat*: Die schöne Sprache als schmuckreiches Stilgewand (Ornatus) könnte sich nach Herberts Tod wieder der weltlichen Lust andienen.

322 Love (Text: Hutchinson, S. 188 f.; Ü: F. Kemp) Schlußgedicht des «Temple»; Allegorie des Abendmahls, die aus einem verborgenen Wortspiel mit «host» (Gastgeber/Hostie) entwickelt wird. – Auch Gedichte «haben ihr ‹Erlebtes›, das ihnen nicht entzogen werden kann». Die französische Sozialistin und Mystikerin Simone Weil hatte Herberts Gedicht «Love», das sie auch für sich übersetzte, auswendig gelernt: «Oft, wenn meine heftigen Anfälle von Kopfschmerzen auf ihrem Höhepunkt waren, habe ich mich geübt, es herzusagen, indem ich meine ganze Aufmerksamkeit darauf versammelte und von ganzer Seele der Zärtlichkeit zustimmte, die es in sich schließt. Ich glaubte, nur ein schönes Gedicht zu sprechen, aber dieses Sprechen hatte, ohne daß ich es wußte, die Kraft eines Gebetes.» (An Pater Jean-Marie Perrin, Mai 1942; in «Zeugnis für das Gute», Zürich/Düsseldorf 1998, S. 111.)

JOHN HALL

Durham 1627 – Durham 1656

Der entschiedene Parteigänger Cromwells studierte in Cambridge und veröffentlichte seine Gedichte 1647; außerdem ein Emblembuch, Essays, polemische Schriften, einen Vorschlag zur Reform der Universitäten und eine Übersetzung des Longinus unter dem Titel *The Height of Eloquence* (1652).

Ausgaben: Poems, London 1647. – *Caroline Poets*, ed. G. Saintsbury, Bd 2, Oxford 1906, S. 175–226. – *Emblems with Elegant Figures* (1658), [Faks.] Menston 1970.

324 ON AN HOUR-GLASS (Text: Saintsbury, S. 218 f.; Ü: v. Koppenfels)
45 *tennis-ball*: der hin- und hergeschleudert wird. – 46 *ship of glass*: verdecktes Wortspiel mit «vessel» im Doppelsinn von Schiff/Gefäß (der Leib als ‹Gefäß› der Seele).

RICHARD CRASHAW

London 1612 – Loreto 1649

Sohn eines puritanischen Geistlichen, ausgebildet in Cambridge, wo er 1634 ein Buch lateinischer Epigramme zu religiösen Themen veröffentlichte; seit 1635 Fellow von Peterhouse, damals ein Zentrum der hochkirchlichen Fraktion; verließ 1643 England, nachdem eine Parlamentskommission die College-Kapelle und andere Kirchen in Cambridge von «abergläubischem Bildschmuck» gereinigt hatte; trat zum Katholizismus über, hielt sich in Paris und Rom auf, und wurde 1649 Kanonikus an der Wallfahrtskirche von Loreto, wo er kurze Zeit später starb. – Obgleich Crashaw sich mit seinem ersten englischen Gedichtband *Steps to the Temple* von 1646 schon durch die Titelwahl in die Nachfolge Herberts stellt, ist sein poetischer Stil in einer für England einmaligen Weise vom flamboyanten Barock der Gegenreformation geprägt, besonders von Giambattista Marino, dessen «Martyrium der Unschuldigen Kindlein» er teilweise übersetzt hat. Die endgültige Fassung seiner Gedichte erschien posthum 1652 in Paris.

Ausgaben: Steps to the Temple, London 1646. – *Carmen Deo Nostro*, Paris 1652. – *The Poems*, ed. L. C. Martin, Oxford 1927, ^{2}1957. – *The Complete Poetry*, ed. G. W. Williams, New York 1970.

Übersetzung: H. Fischer, *Englische Barockgedichte*, S. 234–249 [in Prosa].

Literatur: R. Wallerstein, *R. Crashaw*, Madison 1935, ²1962. – A. Warren, *R. Crashaw*, Chicago 1939, ²1957. – M. Praz, *The Flaming Heart*, New York 1958. – L. L. Martz, *The Poetry of Meditation*, London 1962. – J. Bennett, *Five Metaphysical Poets*, Cambridge 1964. – R. T. Peterson, *The Art of Ecstasy*, London 1970. – M. F. Bertonasco, *Crashaw and the Baroque*, Alabama 1971.

328 UPON THE GUNPOWDER TREASON (Text: Martin 1957, S. 387 f.; Ü: F. Kemp) Eines von drei frühen Gedichten, die Crashaw auf die Pulververschwörung von 1605 schrieb; allesamt hochrhetorisch, von düsterer Bildfülle und heftig antikatholischem Affekt. – 1 *a feast*: Das allegorische Bankett, das der Papst für Tod, Zerstörung, die Furien, Nacht, Verrat, Furcht und Grauen zurichtet, ist die von englischen Katholiken gelegte, im letzten Moment entdeckte Pulverladung, mit der König und Parlament in die Luft gesprengt werden sollten. – 14 *brand*: die Fackel der Furien (die hier mit den Parzen identisch sind) erlischt, weil das reine Element des Feuers die Unreinheit dieser Umgebung nicht erträgt – ein Bild für das Scheitern der Pulververschwörung. – 35 *virgin sacrifice*: Die jungfräuliche Muse des Dichters bietet den höllischen Gewalten ihre Schönheit als Ersatzmahl an, um ihre Gier nach der Vernichtung von Unschuld zu stillen und die Bedrohten zu retten; doch selbst diese kannibalischen Mächte zögern, zuzugreifen. – 52 *they*: die zum Verzehr angebotenen Brüste der Muse? – 54 *snatched away*: die Götter als Harpyen, die die Leckerbissen den gierigen Lippen entreißen; zugleich eine Allegorie für das Scheitern des Komplotts. – 56 *closet of eternity*: lesbar als Selbstverheißung ewigen Dichterruhms.

330 UPON THE BODY (Text: Martin 1957, S. 290; Ü: F. Kemp) 2 *garment*: das eigene Blut, mit dem der nackte Leichnam Christi ‹bekleidet› ist. – 4 *wardrobe:* Die Speerwunde wird mit einem Kleiderschrank verglichen, da die Kriegsknechte aus ihr das rote ‹Gewand› hervorholten. Zum Blut Christi als Passionskleid und Königspurpur vgl. Donne, S. 252, Schlußstrophe.

332 I AM THE DOOR (Text: Martin 1957, S. 90; Ü: v. Koppenfels) Titel nach Joh. 10:9. – 1 *the spear's ... art*: vgl. Joh. 19:34.

332 AND HE ANSWERED THEM (Text: Martin 1957, S. 91; Ü: v. Koppenfels) Übersetzung eines eigenen lateinischen Epigramms durch Crashaw; Titel nach Matth. 27.12.

332 THE FLAMING HEART (V. 1–30; 47–54; 59–74; 79–80; 85–108, von 108; Text: Martin 1957, S. 324–387; Ü: F. Kemp) Im 29. Kapitel ihrer Lebensbeschreibung schildert die Heilige Teresa von Avila, eine der großen Gestalten der Gegenreformation, die Vision eines Engels, der ihr einen goldenen Speer ins Herz stieß und sie mit dem Brand und der Ekstase göttlicher Liebe erfüllte. Diese Szene mit ihrer Erotik des Göttlichen wurde zu einem Lieblingsmotiv der kontinentalen Barockkunst; sie ist am vollkommensten in Berninis Statuengruppe in der römischen Kirche Santa Maria della Vittoria

dargestellt, die während Crashaws Romaufenthalt entstand – und der pointierten Rollenvertauschung in seinem Gedicht entspricht: Berninis Seraph ist eine ätherisch jünglingshafte Figur, die Heilige dagegen zeigt sich erfüllt von sinnlich-religiöser Leidenschaft. – Zum Titel: *the Book*: die Lebensbeschreibung der Heiligen Teresa (gedr. 1588). – *a Seraphim*: im Hebräischen eine Pluralform; die Seraphim sind Feuerengel. – 20 *thy pencil ... her pen*: ‹hätte dich ihr Buch wirklich inspiriert›. – 24 *female... manly*: Die übliche Darstellung Teresas wird in ihrer weiblichen Kühle der männlich-engelshaften Liebesleidenschaft der Heiligen nicht gerecht. – 44 *Give me the suffering seraphim*: ‹Male sie mir, wenn schon nicht als heldenhaften, dann als leidenden Seraph› (Crashaw bedient sich der zeitgenössischen poetischen Konvention einer Anweisung an einen imaginären Maler; vgl. S. 380). – 52 *weapon ... wound*: Teresas Passivität als Überwundene wird zur Aktivität der Überwinderin (Heiligung der weltlichen Bildersprache des Liebeskrieges). – 58 *cold heart*: Der Dichter will den Liebespfeil auf sein eigenes Herz lenken. – 60 *books of day*: erleuchtende Schriften. – 67 *eagle... dove*: Christus- und Mariensymbol, männliche und weibliche Eigenschaft, die sich vereint in Teresa finden.

338 A SONG (Text: Martin 1957, S. 327; Ü: F. Kemp) Dieses Lied schließt in Thematik und Bildersprache direkt an die vorausgehende Hymne an: der Sprecher erfährt die mystische Ekstase der Gottesliebe.

HENRY VAUGHAN

Newton-by-Usk 1622 – Llansaintffraed 1695

Aus einer alten walisischen Familie stammend, studierte er zusammen mit seinem Zwillingsbruder Thomas – einem später bedeutenden hermetischen Philosophen – in Oxford; anschließend ging er zum Jurastudium nach London, und schrieb wenig originelle weltliche Gedichte in der Nachfolge Donnes und anderer Dichter der Zeit. Der Bürgerkrieg und sein Ausgang ließen für den überzeugten Royalisten und Anglikaner eine Welt zusammenbrechen; hier dürften die Ursachen für die geistliche Wende in seiner Dichtung liegen, die ihn zu einem der bedeutendsten Metaphysical Poets werden ließ. Seine wichtigste Sammlung, *Silex Scintillans* (1650, 2. Teil 1655) trägt den emblematischen Titel ‹Funkenschlagender Kieselstein› und meint damit die Öffnung des eigenen ‹versteinten› Herzens für das Feuer göttlicher Liebe: «Gewisse göttliche Strahlen brechen, wenn sie in Not ist, aus der Seele wie Feuerfunken aus dem geschlagenen Stein.» Neben dem starken Einfluß George Herberts, der die eigene Originalität eher freisetzt als behindert, zeigt seine Lyrik auch eine gewisse Nähe zur hermetischen Spekulation seines Bruders. Es ist nicht bekannt, wo Vaughan Medizin studierte, aber er praktizierte als Arzt in Brecknock und Newton-by-Usk, am Ufer des Flusses, den sein Band weltlicher Gedichte von 1651, *Olor Iscanus* (‹Schwan des Usk›), im Titel beschwört. Mit seiner spirituellen Deutung von Natur und Kindheitserfahrung führt Vaughan eine neue Tonlage und Motivik in die geistliche Lyrik der Zeit ein.

Ausgaben: Silex Scintillans, London 1650/1655. – *The Works*, ed. L. C. Martin, 2 Bde, Oxford 1914, ²1957. – *The Complete Poetry*, ed. F. Fogle, New York 1965. – *The Complete Poems*, ed. A. Rudrum, Harmondsworth 1976.

Übersetzung: H. Fischer, Englische Barockgedichte, S. 340–351 [in Prosa].

Literatur: E. Blunden, *On the Poetry of H. Vaughan*, London 1927, ²New York 1967. – F. E. Hutchinson, *H. Vaughan*, Oxford 1947. – R. Garner, *H. Vaughan*, Chicago 1959. – E. C. Pettet, *Of Paradise and Light*, Cambridge 1960. – L. L. Martz, *The Paradise Within*, New Haven 1964. – J. D. Simmonds, *Form and Theme in the Poetry of H. Vaughan*, Pittsburgh 1972. – K. Friedenreich, *H. Vaughan*, Boston 1978. – A. Rudrum, ed., *Essential Articles for the Study of H. Vaughan*, Hamden 1987. – A. Rudrum, *H. Vaughan*, Cardiff 1981. – N. K. Thomas, *H. Vaughan: Poet of Revelation*, Worthing 1986.

340 Silex Scintillans (Text: Martin, 1957, S. 396; Ü: v. Koppenfels) Auftaktgedicht von 1655, in dem das Titelemblem von 1650, ein vom himmlischen Blitz getroffenes brennendes und tränendes Herz, verbal umschrieben wird. Das Feuer des göttlich inspirierten Dichters soll sich mit den Bußtränen des Lesers zu einer Heilsalbe verbinden, die das blinde Auge für Gottes Licht öffnet. – 8 *callous veil*: Die Linsentrübung durch den grauen Star stellte man sich als Verschleierung des Auges durch eine undurchsichtige Hornhaut vor; vgl. Miltons Schilderung seiner Erblindung, S. 444/446.

340 The Retreat (Text: Martin, 1957, S. 419; Ü: F. Kemp) Berühmter Preis der Kindheit als dem Göttlichen nahe Existenzphase der Unschuld; in – freilich spezifisch christlicher – Vorwegnahme Rousseaus wird das Erwachsenwerden als Verfallsprozeß und Weg in die falsche Richtung gedeutet. – 4 *my second race*: impliziert eine Präexistenz der Seele im metaphysischen Raum. – 8 *my first love*: Gott. – 26 *city*: das himmlische Jerusalem.

342 The Revival (Text: Martin, 1957, S. 663; Ü: v. Koppenfels) Frühlings- und Tagesanbruch als Doppelmetapher für die Erweckung zum geistlichen Leben.

344 The Waterfall (Text: Martin, 1957, S. 537 f.: Ü: F. Kemp) Der Wasserfall, zunächst Symbol für den Abstieg zum Tode, wird über den Kreislauf des Wassers zum Bild des Seelenaufstiegs zu Gott. – 31 *upon thy face*: der Geist Gottes auf den Wassern, nach 1. Mose 1:2. – 34 *streaming rings*: die sich auflösenden Wasserringe als Sinnbild des Todes.

346 THE NIGHT (Text: Martin, 1957, S. 522 f.; Ü: F. Kemp) Joh. 3:2 berichtet von Nikodemus, einem Pharisäer, «der kam zu Jesus bei der Nacht» und grüßte ihn als Gottgesandten. – 1 *virgin shrine*: die Nacht als Verhüllung und Offenbarung göttlicher Mysterien. – 12 *Sun*: die Sonne/der Sohn Gottes. – 19 f. *mercy seat ... cherub*: Gott hieß die Israeliten ihre Bundeslade mit einem Gnadenstuhl und zwei Cherubim aus Gold bedecken (2. Mose 24:17 ff.); mit dem Alten Bund kontrastiert der Dichter den Neuen Bund Christi. – 25–36 *Dear night ... catch*: Die ekstatischen Definitionsreihungen folgen dem Modell von Herberts «Prayer», S. 310. – 47 *light*: das (weltliche) Tageslicht als Irrlicht. – 50 *dazzling darkness*: Begriff der Mystik.

350 THE WORLD (Text: Martin, 1957, S. 466 f.; Ü: F. Kemp) 5 *spheres*: die konzentrisch kreisenden ptolemäischen Kristallsphären mit ihren Sternenhimmeln. – 26 *policy*: die Schlauheit des lichtscheuen Politicus. – 51 *caves*: Anspielung auf Platons Höhlengleichnis für die umnachtete Existenz. – 58 *One whispered*: vgl. Herberts «Jordan (2)», S. 318.

352 SILENCE AND STEALTH (Text: Martin, 1957, S. 425 f.; Ü: F. Kemp) 2 *thou*: Vaughans jüngerer Bruder William, der im Juli 1648 starb; das Gedicht gedenkt seiner fünfzig Tage nach seinem Tod. – 14 *that hour*: die Todesstunde des Bruders. – 19 *snuff*: der abgebrannte Kerzendocht, hier für die tote leibliche Hülle ohne das ‹Seelenlicht›. – 29 *one Pearl*: die leuchtende und lichtspendende Perle des Evangeliums; vgl. Marvell, S. 360.

354 THEY ARE ALL GONE (Text: Martin, 1957, S. 483 f.; Ü: F. Kemp) Sonnenuntergangs-Meditation über die Lichtexistenz der abgeschiedenen Seelen. – 38 *perspective*: Teleskop/Blick in die Ferne. – 39 *hill*: nimmt den realen Hügel aus V. 7 wieder auf und verwandelt ihn in den Berg Zion, den Ort des Himmlischen Jerusalem.

ANDREW MARVELL

Winestead 1621 – London 1678

Der (dem Publikationsdatum nach) letzte und – trotz seiner wohldokumentierten öffentlichen Laufbahn – geheimnisvollste unter den großen Metaphysical Poets wurde als Sohn eines puritanischen Geistlichen in Yorkshire geboren, studierte in Cambridge, und hielt sich mehrere Jahre, vermutlich als Privatlehrer und Begleiter adliger Bildungsreisender, auf dem Kontinent auf. 1651 wurde er nach General Fairfax' Zerwürfnis mit Cromwell Tutor von Fairfax' Tochter in Appleton House, Yorkshire; hier dürften viele seiner Gedichte entstanden sein, die Tiefsinn mit lyrischer Anmut verbinden, barocken Concettismus mit einem – durch die Bürgerkriegsrealität besonders sensibilisierten – lebendigen Naturgefühl. Nach anfänglichen Sympathien für die gemäßigten Kräfte der Politik wurde er zu einem Bewunderer Cromwells, der ab 1657 in offizieller Funktion Milton als «Latin Secretary», d. h. als Propagandisten des Commonwealth, unterstützte. Von 1659 bis zu seinem Tod war Marvell als Parlamentsmitglied seiner Heimatstadt Hull und als politischer Satiriker ein streitbarer Verteidiger verfassungsmäßiger Freiheiten, der es offenbar verstand, Milton nach dem Machtwechsel von 1660 vor Verfolgung zu schützen. Seine Gedichte, eine der erstaunlichsten Publikationen der englischen Dichtungsgeschichte, erschienen posthum, ohne viel Aufsehen zu erregen – zu sehr hatte sich der poetische Geschmack gewandelt. Seit ihrer Wiederentdeckung durch die Generation T. S. Eliots genießen sie mit epochaler Verspätung in der englischsprachigen Welt umso höheres Ansehen.

Ausgaben: Miscellaneous Poems, London 1681. – *Poems and Letters,* ed. H. M. Margoliouth, 2 Bde, Oxford 1927, rev. ed. 1971. – *Complete Poetry,* ed. G. de F. Lord, New York 1968, ²1984. – *Complete Poems*, ed. E. S. Donno, Harmondsworth 1972.

Übersetzung: W. Vordtriede, *Gedichte*, Berlin 1962, ²1982.

Literatur: T. S. Eliot, «Andrew Marvell» (1921), in *Selected Essays,* London 1932 u. ö. – P. Legouis, *A. Marvell*, Paris 1928, rev. engl. Fassung Oxford 1965. – H. E. Toliver, *Marvell's Ironic Vision*, New Haven 1965. – J. B. Leishman, *The Art of Marvell's Poetry*, London 1966. – J. M. Wallace, *Destiny His Choice: The Loyalism of A. Marvell*, London 1968. – J. Carey, ed., *A. Marvell*, Harmondsworth 1969. – A. E. Berthoff, *The Resolved Soul*, Princeton 1970. – C. A. Patrides, ed., *Approaches to Marvell*, London 1978. – J. Turner, *The Politics of Landscape*, Oxford 1979. – R. Wilcher, *A. Marvell*, Cambridge 1985. – M. Stocker, *Apocalyptic Marvell*, Brighton 1986. – C. Condren/A. D. Cousins, ed., *The Political Identity of A. Marvell*, Aldershot 1990. – C. J. Summers/T.-L. Pebworth, ed., *On the Celebrated and Neglected Poems of A. Marvell*, Columbia/Mo. 1992. – T. Healy, ed., *A. Marvell*, London 1998.

358 The Coronet (Text: Margoliouth, 1971, Bd 1, S. 14 f.; Ü: v. Koppenfels) 4 *garlands*: ‹Kränze› von Gedichten. – 7 *towers*: aufgetürmte Haarpracht. – 8 *sheperdess*: hier für die profanen Geliebten generell. – 13 *serpent*: Anspielung auf das Emblem der unter Blumen verborgenen Schlange, hier als Warnung vor der eigenen Dichter-Eitelkeit, die die Absicht des Demutsopfers zu durchkreuzen droht. – 22 *curious*: kunstvoll.
358 Bermudas (Text: Margoliouth, 1971, Bd 1, S. 17; Ü: Vordtriede, 1982, S. 63 ff., bearb.) Vermutlich 1653 entstanden, als Marvell im Haus des puritanischen Geistlichen John Oxenbridge in Eton wohnte, der 1634, zur Zeit der Puritanerverfolgung, zweimal zu den Bermudas gefahren war. – 7 *unkown*: Die Inseln wurden 1515 entdeckt. – 9 *sea-monsters*: Wale; ein bur-

leskes Gedicht von E. Waller, das Marvell kannte, beschreibt den Kampf der Eingeborenen mit zwei gestrandeten Walen. – 20 *Ormus*: Hormus am Persischen Golf steht hier für die Kostbarkeiten des Orients. – 23 *apples*: Ananas (pineapples). – 28 *ambergris*: graue Ambra, ein kostbares, moschusartiges Sekret der Pottwale.

362 ON A DROP OF DEW (Text: Margoliouth, 1971, Bd 1, S. 12 f.; Ü: Vordtriede, 1982, S. 11 ff.; bearb.) Ingeniös emblematischer Vergleich des Tautropfens auf dem Rosenblatt mit der Seele im Exil der (lockenden) materiellen Welt; von diesem Gedicht existiert auch eine lateinische Fassung. – 1 *orient dew*: Der Morgentau/orientalischer, d. h. perlenartiger Tau. – 6 *Round... incloses*: die Kugelgestalt als ein Sich-Abschließen des Tropfens, um die Berührung mit der Rose zu verringern. – 24 *recollecting*: Wieder-Sammeln/Erinnern. – 34 *girt*: gegürtet, reisebereit. – 37 *manna*: Die wunderbare Nahrung der Juden in der Wüste fiel mit dem Tau vom Himmel wie weißer Reif. – 39 *dissolving*: Die nicht gesammelte Manna taute in der Mittagshitze (2. Mose 16:21).

364 THE PICTURE OF LITTLE T. C. (Text: Margoliouth, 1971, Bd 1, S. 40 f.; Ü: v. Koppenfels) Das hier nach Malerart vor dem Hintergrund einer Blumenlandschaft präsentierte junge Mädchen hat man überzeugend mit Theophila Cornwall identifiziert, die 1644 geboren wurde und deren ältere Schwester gleichen Namens nach der Geburt starb (worauf der Schlußvers anzuspielen scheint). – 5 *gives them names*: eine paradiesische Handlung. – 10 *Darling of the Gods*: wörtliche Bedeutung des Namens Theophila. – 36 *Flora*: Göttin der Blumen.

366 TO HIS COY MISTRESS (Text: Margoliouth, 1971, Bd 1, S. 27 f.; Ü: Vordtriede, 1982, S. 59 f./v. Koppenfels) Dieses berühmte Liebesgedicht steht als Appell zum augenblicklichen Genuß angesichts der Vergänglichkeit des Lebens in der Tradition des horazischen «carpe diem». Die extravagante Bildersprache wird in einer streng argumentativen Struktur von Hypothese, Widerlegung und Schlußfolgerung zu einer bestürzenden Durchdringung des Galanten mit dem Elementaren entwickelt. – 6 *rubies*: Motiv der orientalischen Kostbarkeiten, wie sie der Schönheit der Dame entsprechen. – 7 *Humber*: Marvells Heimatstadt Hull liegt an der Mündung des Humber. – 10 *Conversion of the Jews*: d. h. kurz vor dem Jüngsten Tag. – 11 *vegetable love*: Das Pflanzenreich, engl. «vegetable kingdom», war nach Aristoteles durch die Eigenschaft des Wachstums charakterisiert. – 16 *the rest*: Das Mißverhältnis der Zahlen suggeriert eine anstößige Bedeutung. – 22 *wingèd chariot*: Kronos und Chronos – der seine Kinder verschlingende Saturn (vgl. V. 40) und der geflügelte «Father Time» – sind in der barocken Emblematik zusammengewachsen. – 40 *in his slow-chapped power*: in der Gewalt seiner langsam mahlenden Kinnbacken; durch die Aktivität der Liebenden wird die alles verschlingende Zeit selbst verschlungen: augenblickliche Fülle des Lebens gegen allmählichen Verfall. – 42 *one ball*: Kraft und Süße, Essenz des Männlichen und Weiblichen, zur vollkommenen Rundform, zur Donneschen

Kugel (vgl. S. 234), vereint. – 44 *iron gates of life*: kühnes und schwieriges Bild, das die geographische Metapher des Donaudurchbruchs (Eisernes Tor) beschwört, und zugleich unterschwellig warnend auf die sprichwörtlichen «gates of death» anspielt. – 45 f. *make our sun Stand still*: Dieses Wunder bewirkte Josua in der Schlacht gegen die Amoriter, als auf sein Gebet hin die Sonne stillstand zu Gibeon (Josua 10:12).

368 The Garden (Text: Margoliouth, 1971, Bd 1, S. 51 ff.; Ü: v. Koppenfels, z. T. nach Vordtriede) Das vielschichtigste unter den zahlreichen Gartengedichten der Zeit, die den «hortus conclusus» als Ort kontemplativer Zurückgezogenheit aus den lästigen und gefährlichen Welthändeln feiern; vermutlich während Marvells Aufenthalt auf dem Landsitz des Generals Fairfax entstanden, mit dessen Rückzug aus dem aktiven Dienst das Gedicht thematisch in einem gewissen Einklang steht. Auch von diesem Gedicht gibt es eine lateinische Fassung. – 1 *amaze*: sich in die Irre führen lassen. – 2 *the palm, the oak, or bays*: als Auszeichnung für militärische, staatsbürgerliche oder dichterische Leistungen. – 4 *single herb*: im Gegensatz zu ihrer ‹Gesamtheit› im Garten. – 15 *rude*: rauh, ungesittet; eine Eigenschaft, die für gewöhnlich der einsamen Natur zugeschrieben wird. – 16 *To*: im Vergleich zu.- 17 *white... red*: der weibliche Idealteint (Lilien und Rosen). – 18 *amorous*: zur Liebe einladend. – 29 *Apollo ... Daphne*: Die Nymphe Daphne wurde durch Verwandlung in einen Lorbeer der Nachstellung des Apoll entzogen (Ovid, Met. I, 452 ff.); Marvell allegorisiert den Lorbeer (des Dichters) zum eigentlichen Ziel der Jagd. – 31 *Pan ... Syrinx*: Die von Pan verfolgte Nymphe Syrinx wurde in ein Schilfrohr verwandelt, das Emblem der pastoralen Lyrik. (Ovid, Met. I, 691 ff.). – 33 *What wondrous life*: Die Gartenextase dieser und der zwei folgenden Strophen wird in ihrer Wirkung auf Leib, Geist und Seele beschworen. – 44 *its own resemblance*: nach der damaligen Vorstellung, daß alle Pflanzen und Tiere des Landes im Meer ihre Entsprechung hätten. – 46 *other worlds*: Schöpfungen der Phantasie, inspiriert von der grünen Welt des Gartens. – 48 *green shade*: Echo von Vergils Ekloge 9, 20. «aut viridi fontes induceret umbra». Der «grüne Gedanke» ist eine kühne Neuschöpfung. – 55 *longer flight*: der Himmelsflug des Seelenvogels. – 60 *help ... meet*: Eva als ‹Gehilfin› Adams heißt in der englischen Bibel «help meet» (1. Mose 2:18). – 66 *dial*: ein Beet, das eine Sonnenuhr aus Blumen darstellt.

374 An Horatian Ode (Text. Margoliouth, 1971, Bd 1, S. 91–94; Ü: v. Koppenfels) Das von den Römeroden des Horaz und der Schilderung Caesars in Lucans Pharsalia geprägte große politische Gedicht muß zwischen Cromwells Rückkehr von der irischen Kampagne im Mai 1650 und seinem Einfall in Schottland im Juli desselben Jahres entstanden sein. Die Ode erreicht eine Horaz'sche Balance zwischen der Trauer für die unterlegene Sache des Königs und der Anerkenung Cromwells als Mann der Schicksalsstunde. Der Text wurde aus fast allen erhaltenen Exemplaren der Folioausgabe von 1681 entfernt. – 3 *in the shadows*: römisches Bild für die private

Existenz (vita umbratilis). – 15 *his own side*: Vernichtung von Widersachern in der eigenen Partei. – 22 *temples rent*: die puritanische Kirchenverwüstung/ Attacke auf die Staatskirche. – 23 f. *Caesar's ... laurels blast*: Obgleich der Lorbeer traditionell gegen Blitz gefeit ist, konnte sein Königslorbeer das Haupt von Charles I nicht schützen. – 29 *from his private gardens*: Cromwell hat, wie der junge Mann des Gedichtauftaktes, in der Stunde der Not seine kostbare ‹privacy› geopfert. – 32 *bergamot*: eine wohlschmeckende Birnenart. – 42 *penetration*: die physikalische Unmöglichkeit, daß zwei Körper gleichzeitig denselben Raum einnehmen. – 47–52 *Hampton ... Carisbrooke*: Im November 1647 floh Charles I von Hampton Court nach Carisbrooke auf der Insel Wight, das für ihn zur Falle wurde; zeitgenössische Beobachter nahmen – wohl zu Unrecht – an, daß diese Flucht eine Figur im Kalkül Cromwells war. – 69 *A bleeding head*: Livius I,55 berichtet, daß beim Bau der Fundamente des Capitolinischen Tempels in Rom ein unverwestes Menschenhaupt (caput) gefunden wurde, das man als Vorzeichen für die Rolle Roms als Haupt der Welt (caput mundi) deutete; «bleeding» ist Marvells Zutat. – 73 *the Irish*: Im August 1649 landete Cromwell in Dublin und unterwarf das Land in einer grausamen militärischen Strafaktion. – 79 *How good he is, how just*: Die (katholischen) Iren waren mit Sicherheit anderer Ansicht. Wie den meisten englischen Zeitgenossen fehlte Marvell das Verständnis für die Zwangslage Irlands. – 91 *the falcon*: Die Beziehung des gezähmten Jagdfalken zu seinem Herren, ein traditionelles Bild für feudale und erotische Bindung (vgl. Wyatt, S. 82/84), steht hier für das Verhältnis Cromwells zum Parlament; Marvell spricht ihn, etwas voreilig, von allem persönlichen Ehrgeiz frei. – 93 *having killed*: Das Verbum beschönigt nichts. – 101 f. *Caesar... Hannibal*: als Invasoren Galliens und Italiens. – 104 *climactèric*: im Sinne einer schicksalhaften Wende. – 105–108: *The Pict ... plaid*: Marvell spielt mit der lateinischen Etymologie ‹bemalt› (pictus) für die alten Einwohner Schottlands im Sinne von Kriegsbemalung/Verstellung, und mit dem Doppelsinn von «parti-coloured» (bunt wie der schottische Plaid/in viele Parteien zerstritten). – 110 *mistake*: weil seine Buntscheckigkeit dem Schotten als Tarnung dient (Fortführung der Jagdbilder). – 111 *lay... in near*: auf die Fährte setzen. – 117 f. *to fright The spirits*: Nach Odyssee 11,48 und Aeneis 6,260 fürchten die Geister oder Toten der Unterwelt das Schwert; hier soll es dazu dienen, die Geister der Opfer Cromwells, und besonders den des Königs, zu bannen.

380 THE LAST INSTRUCTIONS (V. 1–12; 49–56; 61–64, von 990; Text: Margoliouth, 1971, Bd 2, S. 147 ff.; Ü: v. Koppenfels) Diese kräftige Satire auf die skandalösen politischen Ereignisse der Jahre 1666/67, anonym erschienen, aber Marvell mit großer Sicherheit zuzuschreiben, zeigt den Dichter in erstaunlicher stilistischer Nähe zu den bedeutenden Verssatirikern der Restoration, besonders zu Dryden; Marvell parodiert hier die panegyrischen ‹Anweisungen an einen Maler›, in denen Edmund Waller 1666 ein arg geschöntes Bild des desaströsen Seekriegs mit Holland gezeichnet hatte. –

1 *After two sittings*: Drei Sitzungen waren die übliche Zahl, um ein Portrait zu entwerfen, für das der Auftraggeber dem Maler häufig detaillierte Anweisungen gab. Nach dem weithin akzeptierten Analogieprinzip von Malerei und Poesie ließ sich die Situation auf das ‹Wortgemälde› beschreibender Dichtung übertragen (vgl. Crashaw, S. 332 ff.). – 6 *without a fleet*: Die Flotte wurde im Mai 1667 ‹stillgelegt›; einen Monat später segelten die Holländer die Themse und den Medway hinauf und zerstörten, ohne auf viel Widerstand zu treffen, zahlreiche englische Schiffe. – 13 *Her Highness*: Anne Hyde, Tochter des Lordkanzlers Clarendon und Gattin des Duke of York, des Bruders von Charles II. Marvell, dessen Satire auf Clarendon zielt, gibt den boshaften, im Bereich der derberen Vorwürfe sicherlich unbegründeten Klatsch der Zeitgenossen pointiert wieder. – Anne, die zuvor mit dem Duke of York verlobt und wohl auch heimlich verheiratet war, gebar ihm zwei Monate nach der offiziellen Heirat einen Sohn; man sagte ihr ein ausschweifendes Leben vor und nach der Eheschließung nach. – 14 *Newcastle's wife*: Die Duchess of Newcastle veröffentlichte einige naturphilosophische Werke, die mancherlei Spott bei den Zeitgenossen ernteten. – 15 f. *Archimedes . . . crown*: Bei der Untersuchung, ob eine goldene Krone eine Silberlegierung enthielt, entdeckte Archimedes im Bad das Gesetz des spezifischen Gewichts; er rannte daraufhin, der Legende nach, nackt durch Syrakus und rief «Heureka!»; Annes ‹Experiment mit der Krone›, so wird insinuiert, bestand darin, daß sie, da der König ohne Thronerben war, ihren ‹Bastardkindern› den Weg zum Thron bahnte. – 20 *In fewer months*: im Hinblick auf ihre Entbindung bald nach der Hochzeit. – 21 f. *oyster . . . proclaim*: Aufgrund ihrer (bös verzeichneten) Physiognomie wird Anne dem ordinären Frauenschlag der Austern- und Spargelhändlerinnen zugerechnet (beide Speisen galten als aphrodisisch); die Göttin des Ruhmes, Fama, wurde trompetenblasend, d. h. mit geblähten Backen, dargestellt.

Robert Herrick

London 1591 – Dean Prior 1674

Der brillante ‹Schüler› Ben Jonsons studierte nach einer Londoner Goldschmiedelehre in Cambridge, wurde mit fast vierzig Jahren ordiniert, und erhielt ein Landpfarre in Devonshire; als Royalist verlor er unter der Puritanerherrschaft seine Pfründe und zog nach Westminster; nach der Restoration wurde er wieder in sein Amt eingesetzt. Bei seiner unfreiwilligen Rückkehr nach London hatte er 1647 einen Band geistlicher Epigramme, *His Noble Numbers*, und 1648 seine etwa 1300 meist kürzere und recht weltliche Gedichte umfassende Sammlung *Hesperides* erscheinen lassen; benannt nach den Hesperiden oder Inseln der Seligen im Westen, die der christliche Epikureer aus Südwestengland schon zu Lebzeiten zu seinem Terrain des weisen Lebensgenusses erklärte. In seinen Gedichten verträgt sich der Einfluß von Horaz, Catull, sowie der klassischen Epigrammatik und Anakreontik in bunter Formenvielfalt mit sehr englischen Szenen ländlicher Verliebtheit und Geselligkeit: so entsteht eine durchaus von leiser Melancholie gezeichnete spielerische Gegenwelt der Kunst zur Epoche des Bürgerkriegs.

Ausgaben: Hesperides, London 1648. – *The Poetical Works*, ed. L. C. Martin, Oxford 1956. – *The Complete Poetry*, ed. J. M. Patrick, New York 1963.

Literatur: G.W. Scott, *R. Herrick*, London 1974. – A. L. Deneef «*This Poetic Liturgie*», Durham/N. C. 1974. – R. H.Henning, *Ceremony and Art: R. Herrick's Poetry*, Den Haag 1974. – R. B. Rollin / J. M. Patrick, *Trust to Good Verse: Herrick Tercentenary Essays*, Pittsburgh 1977.

382 WHEN HE WOULD HAVE HIS VERSES READ (Text: Martin, S. 7; Ü: v. Koppenfels) 4 *enchantments*: Spiel mit der Grundbedeutung von lat. «carmen» (Lied, Gedicht) als heiliger/magischer Spruch. – 7–10 *When up ... lines of mine*: nach Martial, X, 20, 18 ff. – 7 *thyrse*: weinlaubumkränzter Stab, Attribut der Bacchantinnen und ihrer dionysischen ‹Orgien› (ekstatischer Tänze und Gesänge). – 10 *Cato*: Typ des strengen Moralisten.
382 DELIGHT IN DISORDER (Text: Martin, S. 28; Ü: H. D. Gelfert) Vgl. zu diesem Thema Ben Jonson, S. 262/264.
384 TO THE VIRGINS (Text: Martin, S. 84; Ü: v. Koppenfels) Zum «carpe diem»-Motiv vgl. Spenser, S. 114/116; Marvell, S. 366/368.
384 TO DAFFODILS (Text: Martin, S. 125; Ü: H. Feist, S. 219, bearb.) Vgl. G. Herbert, S. 310/312.
386 TO ELECTRA (Text: Martin, S. 386; Ü: H. Feist, S. 221).
386 UPON THE NIPPLES (Text: Martin, S. 164; Ü: v. Koppenfels).
388 LOVERS HOW THEY COME (Text: Martin, S. 250; Ü: v. Koppenfels) 1 *A Gyges ring*: ein Ring, der unsichtbar macht, wie ihn der lydische König Gyges besaß.
388 THE MAD MAID'S SONG (Text: Martin, S. 156 f.; Ü: v. d. Vring, Englisch Horn, S. 57 f., bearb.) Vgl. die Rollengedichte der Geistesverwirrung S. 190 (Ophelia) und S. 290 (Mad Tom).
390 GRACE FOR A CHILD (Text: Martin, S. 364; Ü: H. Feist, S. 219).
390 HIS PRAYER TO BEN JONSON (Text: Martin, S. 212 f.; Ü: v. Koppenfels) 3 *For old religion's sake:* Anspielung auf den Bund des «Tribe of Ben», der Anhängerschaft Ben Jonsons, aber auch auf die vom Puritanismus bedrohte Staatskirche, und auf Jonsons zeitweise angenommenen katholischen Glauben mit seinem Heiligenkult.
392 ETERNITY (Text: Martin, S. 354; Ü: v. Koppenfels).
392 HIS PRAYER FOR ABSOLUTION (Text: Martin, S. 339; Ü: v. Koppenfels).

392 HIS BOOK'S END (Text: Martin, S. 335; Ü: v. Koppenfels) Die Zeilen sind das letzte Verspaar der «Hesperides». – 2 *Jocund his Muse*: nach Ovid, Tristia 2, 354 «Vita verecunda est, Musa iocosa mea.»

RICHARD LOVELACE

Woolwich 1618 – Woolwich 1658

Sohn einer angesehenen Familie in Kent; Studium in Oxford; als glänzender Hofmann und Kämpfer für die Sache seines Königs (wobei er sein Vermögen einbüßte und zeitweise in den Kerker kam), als romantischer Liebhaber und anziehende Dichterfigur verkörpert Lovelace beispielhaft den Typus des *Cavalier Poet*.

Ausgaben: Lucasta, London 1649. – *Works*, ed. C. H. Wilkinson, 2 Bde, Oxford 1925; [in einem Band] ^{2}1930. – In R. G. Howarth, ed., *Minor Poets of the 17th Century*, London 1933, ^{2}1953.

Literatur: E. Miner, *The Cavalier Mode from Jonson to Cotton*, Princeton 1971.

394 TO LUCASTA (Text: Wilkinson, 1930, S. 18; Ü: G. Vincke, S. 44) Dieses Gedicht richtete Lovelace wohl 1645, als er zu den Fahnen seines Königs aufbrach, an seine Verlobte Lucy Sacheverell, die später, als das Gerücht aufkam, Lovelace sei gefallen, einen anderen Mann heiratete. Es gilt als exemplarischer Ausdruck des Cavalier-Ethos.

394 TO ALTHEA (Text: Wilkinson, 1930, S. 78 f.; Ü: G. Vincke, S. 45) Nachdem Lovelace 1642 im Unterhaus eine inopportune Petition für die Grafschaft Kent eingebracht hatte, wurde er eine Zeitlang im Gatehouse-Gefängnis festgesetzt; dort schrieb er dieses Lied über die Freiheit in Fesseln. – 5 f. *tangled . . . fettered*: petrakistischer Topos der weiblichen Haare und Augen als Liebesfesseln. – 10 *no allaying Thames*: unverdünnt von (Themse-)Wasser. – 14 *healths and draughts*: Trinksprüche und tiefe Züge aus dem Becher.

SIR JOHN SUCKLING

Whitton 1609 – Paris 1641 (?)

Wie Lovelace war Sir John Suckling ein sprichwörtlicher Repräsentant des *Cavalier Mode* in Dichtung und Leben. Er entstammte einer bedeutenden und wohlhabenden Familie; Studium in Cambridge; ausgedehnte Reisen in

Frankreich, Italien und Holland; weilte später in dipomatischer Mission in der Umgebung Gustav Adolfs; nach seiner Rückkehr wechselvolle Karriere als Dichter, der den erotischen Witz eines Donne zu weltläufiger Eleganz glättete, als Dramatiker, Höfling, Frauenheld und Spieler im großen Stil. 1641 in eine Verschwörung zur Befreiung des Earl of Strafford aus dem Tower verwickelt, mußte er überstürzt nach Frankreich fliehen, wo er bald darauf – vermutlich durch Selbstmord – starb.

Ausgaben: Fragmenta Aurea, London 1646. – In R. G. Howarth, ed., *Minor Poets of the 17th Century*, London 1933, ^{2}1953. – *The Works*, 2 Bde, ed. L. A. Beaurline/Th. Clayton, Oxford 1971.

Literatur: E. Miner, *The Cavalier Mode from Jonson to Cotton*, Princeton 1971.

398 SONG (Text: Works, Bd 1, S. 64; Ü: F. Kemp) Ursprünglich in Sucklings Drama Aglaura, IV, 2, 14 ff.; die Popularität des Liedes wird durch zahlreiche Vertonungen bezeugt, darunter eine von William Lawes.
398 THE CONSTANT LOVER (Text: Works, Bd. 1, S. 55 f.; Ü: F. Kemp).
400 A BALLAD (V. 31–36; 43–54; 127–132, von 132; Text: Works, Bd 1, S. 80–84; Ü: v. Koppenfels) Mit diesem rasch ungemein populären Gedicht, aus dem nur eine kleine Kostprobe mitgeteilt wird, hat Suckling das Genre des ‹ländlichen Hochzeitsgedichts›, eine Parodie der höfischen Epithalamien, begründet. – 2 *Whitsun-ale*: Pfingstbier, das bei dörflichen Festen zur Pfingstzeit getrunken wurde und als sexuell anregend galt. – 47 *sun … Easter*: Hinweis auf den Volksglauben, daß die Sonne zu Ostern am Himmel ‹tanzt›.

THOMAS CAREW

(Kent) ca. 1595 – St. Dunstan's 1640

Sohn eines in den Adelsstand erhobenen Anwalts; Studium in Oxford und am Middle Temple; Botschaftssekretär in Venedig, Den Haag und Paris; Höfling, Libertin, Autor eines erfolgreichen Maskenspiels («Coelum Britannicum», 1634) sowie geistlicher und (vorwiegend) erotischer Gedichte, die *metaphysical wit* und Lyrismus der *cavaliers* miteinander verbinden. Genoß Hofgunst und literarisches Ansehen, und begleitete den König 1639 auf seinem Feldzug gegen Schottland.

Ausgaben: Poems, London 1640. – In R. G. Howarth, ed., *Minor Poets of the 17th Century*, London 1933, ^{2}1953. – *Poems*, ed. R. Dunlap, Oxford 1949.

Übersetzung: H. Fischer, Englische Barockgedichte, S. 124–143 [in Prosa].

Literatur: E. I. Selig, *The Flourishing Wreath: A Study of Th. Carew's Poetry*, New Haven 1958.

402 AN ELEGY (V. 25–53; 91–98, von 98; Text: Dunlap, S. 72 ff.; Ü: v. Koppenfels) Dies ist die poetologisch aufschlußreichste unter den Elegien, die im Anhang der posthumen Erstausgabe von Donnes Gedichten 1633 erschienen. – 3 *servile imitation*: Betonung der Originalität Donnes gegenüber der Poetik der Renaissance, die den Dichter zur Nachahmung – vorwiegend antiker – Modellautoren verpflichtete. – 8 f. *Anacreon... Pindar*: als Odendichter Muster ekstatisch-inspirierter Lyrik. – 10 *exchanges... two-edged words*: Übernahme gelehrter Latinismen und Spiel mit der antiken Grundbedeutung von Wörtern. – 18 *lead... gold*: polemische Abwertung der antiken Dichter gegenüber Donne, in der Bildersprache des ‹Wortes als Münze›; Donnes hochwertiger (goldener) ‹Wortschatz› gegenüber dem minderwertigen Sprachmetall (Blei) klassischer Dichter – die Carew selbst häufig nachahmte. – 26 *stubborn language*: Das Englische, weniger wohlklingend als die klassischen – und kontinentalen? – Sprachen, leistet starken Widerstand gegen seine Poetisierung. – 29 *soft melting phrases*: Gegen die effeminierte Weichheit älterer Dichtungssprachen und -stile spielt Carew die männliche Härte Donnes aus. – 36 *flamens*: (lat.) Priester; Donne als weltlicher Lyriker und als christlicher Dichter/Geistlicher.

404 A SONG (Text: Dunlap, S. 102 f.; Ü: F. Kemp) Ein mehrfach vertontes, in mehreren Varianten existierendes Gedicht. – 4 *as in their causes*: Wie bei Shakespeare, Sonett 98, S. 178, ist Menschenschönheit Ursprung und Inbegriff der Blumenschönheit. – 6 *atoms of the day*: Die Sonnenstäubchen, Essenz des Lichtes, funkeln im Goldhaar der Geliebten. – 11 *dividing throat*: melodische Kehle/sich teilender Busen. – 18 *The phoenix*: mythischer Vogel, der in den Gewürzbäumen Arabiens nistet, und sich am Ende seines Lebens selbst verbrennt, um neu aus der eigenen Asche zu erstehen.

THOMAS TRAHERNE

Hereford, ca. 1637 – Teddington 1674

Sohn eines Schusters, der auf Kosten eines Verwandten in Oxford studierte, eine Landpfarre in Herefordshire erhielt, 1667 als Hausgeistlicher des Lordsiegelbewahrers Sir Orlando Bridgman nach London ging, und diesem bei seinem Eintritt in den Ruhestand nach Teddington in Middlesex folgte, wo er starb. Als Verfasser zweier unbedeutender theologischer Schriften wäre er längst vergessen, wenn nicht 1896/97 Manuskripte seiner Gedichte und Prosameditationen von außerordentlicher Frische und Originalität einem Londoner Buchhändler in die Hände gefallen wären, der sie veröffentlichte. Unter den Metaphysical Poets steht Traherne mit seiner spirituellen Verherrlichung der Kindheit Vaughan besonders nahe.

Ausgaben: Poems, ed. B. Dobell, London 1903. – *Poems of Felicity*, ed. H. I. Bell, Oxford 1910. – *Centuries, Poems, and Thanksgivings*, 2 Bde, ed. H. M. Margoliouth, Oxford 1958. – *Poems, Centuries and Three Thanksgivings*, ed. A. Ridler, London 1966.

Literatur: G. I. Wade, *Th. Traherne*, Princeton 1944. – K. W. Salter, *Th. Traherne, Mystic and Poet*, London 1964. – A. L. Clements, *The Mystical Poetry of Th. Traherne*, Cambridge/Mass. 1969. – W. S. Stewart, *The Expanded Voice*, San Marino 1970. – R. D. Jordan, *The Temple of Eternity: Th. Traherne's Philosophy of Time*, Port Washington 1972. – A. L. Deneef, *Traherne in Dialogue*, Durham/N. C. 1988.

406 WONDER (V. 1–8; 17–24, von 64; Text: Margoliouth, Bd 2, S. 7 f.; Ü: F. Kemp).
406 ON NEWS (Text: Margoliouth, Bd 1, S. 125 ff.; Ü: F. Kemp) 44 *all the Treasures of the World*: Die eigene Seele ist der Inbegriff aller Schätze der Welt.
410 THANKSGIVINGS FOR THE BODY (V. 10–11; 31–66; 284–318, von 548; Text: Margoliouth, Bd 2, S. 214–222; Ü: F. Kemp).
414 A THANKSGIVING AND PRAYER (V. 215–227; Text: Margoliouth, Bd 2, S. 326; Ü: F. Kemp).
414 CENTURIES OF MEDITATION (III,1–3; Text: Margoliouth, Bd 1, S. 110 f.; Ü: F. Kemp) Traherne verfaßte vier ‹Hundertschaften› geistlicher Meditationen in rhapsodischer Prosa, die gelegentlich in Verse übergeht. Auch hier gehört zu den Glücksquellen der geistlichen Wunderwelt ganz wesentlich die erinnerte eigene Kindheitserfahrung.
416 (NR. 3) 3 f. *as precious as gold*: Die Heimatstadt wird zum Himmlischen Jerusalem (Offenb. 21:18). – 28 *become . . . a little child*: nach Matth. 18:3.

JOHN MILTON

London 1608 – London 1674

Das Erbe von Renaissance und Reformation kulminiert in der englischen Literatur im Werk des *poeta doctus* und leidenschaftlichen Streiters für den puritanischen Gottesstaat John Milton. Sein Leben und Schreiben läßt sich sinnvoll in drei Phasen gliedern. Die erste Phase ist die einer intensiven Vorbereitung auf die frühgewählte Mission, Englands Nationalepiker zu werden; in dieser Zeit betrieb der Sohn eines wohlhabenden und kultivierten Londoner Geschäftsmannes zuerst in Cambridge und dann in der Abgeschiedenheit des väterlichen Landhauses umfangreiche Studien und schrieb seine frühen Dichtungen; ihren Höhepunkt bildet das Maskenspiel *Comus* (1634) und die Pastoralelegie *Lycidas* (1637); abgeschlossen wurde diese Phase durch eine große Bildungsreise nach Italien, von der ihn 1639 die explosive politische Situation nach England zurückrief. Von 1640 bis buchstäblich zum Vorabend der Restoration stellte Milton sein gewaltiges polemisches Talent als Pamphletist in den Dienst der puritanischen Revolution – von der Hinrichtung des Königs an und über die eigene Erblindung hinaus als *Latin Secretary* in Cromwells Staatsrat. In die Teilnahme an der öffentlichen Debatte mischten sich auch persönliche Motive: die Tatsache, daß ihn seine erste Ehefrau nach wenigen Wochen verließ, führte zu einer Reihe als anstößig empfundener Plädoyers für eine Liberalisierung der Scheidungspraxis. Als der Skandal dieser Schriften den Ruf nach Zensur verstärkte, schrieb Milton mit *Areopagitica* (1644) eine großartige Verteidigung der Pressefreiheit gegen die eigenen Glaubensbrüder – die zu ihrer Zeit freilich wirkungslos blieb. (Seine Frau kehrte drei Jahre später zu ihm zurück und gebar ihm drei Töchter; nach ihrem Tod heiratete Milton noch zweimal.) Die krönende Schlußphase beginnt mit dem Scheitern des ‹Gottesstaates›. Während der Dichter mit der Restoration die ‹Gottlosen› triumphieren sah – zunächst mußte er um Freiheit und Leben bangen – vollendete er in *Paradise Lost* (1667/1674) den Renaissancetraum vom Nationalepos als Synthese aus Klassik und Christentum glanzvoll, doch gleichsam gegen die eigene Zeit. Die Enttäuschung über den ‹Abfall› Englands ließ ihn mit der Rebellion Satans und Adams Fall einen Gegenstand wählen, der die ‹Schmach› der Gegenwart in den Rahmen einer universalen heilsgeschichtlichen Perspektive stellt. Es folgte 1671 das biblische Kurzepos *Paradise Regained*, in dem Christus, ein ‹passiver Held› wie Adam, der Versuchung Satans widersteht; und, im Stil einer griechischen Tragödie, *Samson Agonistes*. – Die überragende Leistung des großen Epos wurde, auch unter den politisch und ästhetisch vergleichsweise ungünstigen Bedingungen des neuen Klassizismus, von Kritikern wie Dryden und Addison erkannt. Allmählich konnte sich *Paradise Lost* als Meisterwerk des höchsten Stils im allgemeinen Bewußtsein etablieren; die Romantiker (allen voran Blake und Byron) waren von der düsteren Majestät und revolutionären Energie der Figur Satans fasziniert. Mit der Wiederentdeckung der Metaphysical Poets durch die Moderne war eine Abwertung des ‹rhetorischen› Milton verbunden (T. S. Eliot); von ihr hat sich der – in Sprache und Materie dem modernen Leser freilich schwer zugängliche – Dichter inzwischen wieder erholt. Für die deutsche Literatur ist unter den zahlreichen Übertragungen vor allem Johann Jacob Bodmers bewegte Prosafassung als Fanal der Vorromantik bedeutsam geworden.

Ausgaben: Poems, London 1645. – *Paradise Lost*, London 1667/1674. – *Works*, ed. F. A. Patterson, 18 Bde, New York 1931–1938. – *Complete Prose Works*, ed. D. M. Wolfe, 8 Bde, New York 1953–1982. – *The Complete Poetical Works*, ed. D. Bush, Boston 1965. – *The Poems*, ed. J. Carey/S. Fowler, London 1968.

Übersetzungen: A. Böttger, *Sämtliche poetische Werke*, Leipzig 1843. – B. Schuhmann et al., *Poetische Werke*, Leipzig 1909. – [Th.Haak und] E. G. v. Erge, *Das verlustigte Paradeis*, Herbst 1682. – J. J. Bodmer, *Verlust des Paradieses*, Zürich 1732; als *Episches Gedichte von dem Verlornen Paradiese*, 1742 [6]1780. – B. Schuhmann, *Das verlorene Paradies*, Stuttgart 1855; ed. D. Mehl/S. Schmitz, München 1966. – Dass., H. H. Meier, Stuttgart 1969 [Reclam]. – S. Grynaeus, *Wiedererobertes Paradies*, Basel 1752. – Dass., F. W. Bruckbräu, München 1828; B. Schuhmann, *Das wiedergewonnene Paradies*, Stuttgart 1855; München 1966. – Anonym, *Simson*, Mannheim 1781; H. Hirsch, *Simson Agonistes*, Berlin 1840; B. Schuhmann, *Simson der Kämpfer*, Leipzig 1909. – Dass. H. Ulrich, Freiburg 1947. – H. Hirsch, *Comus*, in *Dramatische Werke*, Berlin 1846. – K. U. Szudra, *Zur Verteidigung der Freiheit: Sozialphilosophische Traktate*, Leipzig 1987.

Literatur: T. S. Eliot, *Milton. Two Studies* (1936/1947), London 1968. – C. S. Lewis, *A Preface to Paradise Lost*, London 1942. – J. B. Broadbent, *Some Greater Subject*, London 1960. – F. Kermode, ed., *The Living Milton*, London 1960. – C. A. Patrides, ed., *Milton's «Lycidas»*, New York 1961, [2]1983. – J. H. Summers, *The Muse's Method: An Introduction to «Paradise Lost»*, London 1962. – Ch. Ricks, *Milton's Grand Style*, Oxford 1963. – N. Frye, *The Return of Eden*, Toronto 1965. – C. A. Patrides, *Milton and the Christian Tradition*, Oxford 1966. – S. Fish, *Surprised by Sin*, London 1967, [2]1997. – W. R. Parker, *Milton: A Biography*, 2 Bde, Oxford 1968. – J. Carey, *Milton*, London 1969. – J. B. Leishman, *Milton's Minor Poems*, London 1969. – D. Bush et al., ed., *A Variorum Commentary of J. Milton*, 7 Bde, London 1970 ff. – H. D. Kreuder, *Milton in Deutschland*, Berlin 1971. – J. M. Steadman, *Epic and Tragic Structure in «Paradise Lost»*, Chicago 1976. – Ch. Hill, *Milton's Poetry*, Pittsburgh 1978. – L. L. Martz, *Poet of Exile*, New Haven 1980. – H. Schrey, *Das Verlorene Paradies ...Untersuchungen zur Rezeptionsgeschichte ...*, Sankt Augustin 1980. – B. K. Lewalski, *«Paradise Lost» and the Rhetoric of Literary Forms*, Princeton 1985. – W. B. Hunter, ed., *Milton's English Poetry*, Lewisburg 1986. – J. Wittreich, *Feminist Milton*, Ithaca 1987. – J. S. Bennett, *Reviving Liberty*, Cambridge/Mass. 1989. – M. Lieb, *Milton and the Culture of Violence*, Ithaca 1994. – S. P. Revard, *Milton and the Tangles of Neaera's Hair: The Making of the 1645 Poems*, Columbia/Mo. 1997.

420 IL PENSEROSO (V. 1–16; 31–102; 121–176, von 176: Text: Poems, 1968, S. 140–146; Ü: F. Kemp) Gegenstück zu dem formal analog angeleg-

ten Gedicht «L'Allegro» als lyrische Inszenierung eines Temperaments, hier des kontemplativen, tiefsinnigen und einsamkeitsverliebten (Melancholie als Merkmal des Geistes- und Seelenadels und ohne das Stigma des Krankhaften ist letztlich für Milton das höherwertige der beiden Temperamente). Äußerer Rahmen des Gedichts ist der Tagesablauf. Gedruckt 1645, entstanden um 1630. – 16 *black*: Wappenfarbe des ‹schwarzgalligen› Melancholikers. – 19 *grain*: Farbe. – 29 f. *leaden... earth*: Dem Melancholikergott Saturn war das schwere Metall Blei und das schwere Element Erde zugeordnet; der Blick des Sinnenden ist bald zu den Sternen, bald zur Erde gerichtet. – 40 *cherub*: Die Betrachtung Gottes ist traditionell die Aufgabe der Cherubim. – 42 *Philomel*: die Nachtigall. – 45 *Cynthia*: die Mondgöttin. – *dragon yoke*: In ihrer Eigenschaft als Unterweltsgöttin Hekate läßt Cynthia ihren Wagen von einem Drachenpaar ziehen. – 49 *the woods among*: inmitten der Wälder. – 74 *thrice great Hermes*: Hermes Trismegistos, Schutzpatron der Hermetiker, Magier und Alchemisten. – *unsphere*: durch Beschwörung (aus seiner Himmelssphäre) herbeirufen. – 85 *pall*: königliches Gewand. – 85 *Thebes ... Pelops' line*: Tragödien um die Mythen von Ödipus, bzw. Agamemnon und seine Kinder. – 88 *buskined*: mit dem hohen Kothurn der Tragödie ausgestattet. – 92 *the Attic boy*: Cephalus, in den sich Aurora verliebte, wurde von ihr auf der Jagd begleitet.

428 Lycidas (V. 1–14; 23–31; 37–49; 64–84; 151–193, von 193; Text: Poems, 1968, S. 239–254; Ü: H. Feist, S. 249–255, bearb.) Anlaß dieser großen pastoralen Elegie nach Vorbildern aus Antike und Renaissance war der Tod auf See von Miltons Cambridger Studienfreund Edward King, der als Dichter und Sänger (er hatte einige lateinische Gedichte verfaßt) und als ‹Seelenhirte› (er bereitete sich auf das geistliche Amt vor) gefeiert wird. Im ersten Teil beantwortet Apoll die Frage nach dem Lohn des Dichters; im zweiten, hier ausgesparten, verkündet Petrus die Strafe pflichtvergessener Seelenhirten; im dritten wird Lycidas in das Paradies des ‹Guten Hirten› aufgenommen. «Lycidas» erschien 1638 als eines von 36 Gedichten in einem Erinnerungsband für Edward King. – 1 f. *laurels ... myrtles... ivy*: drei immergrüne Pflanzen, Symbole dichterischer Inspiration und Dauer. – 3 *crude*: Die Beeren sind unreif, da ‹vor der Zeit› gepflückt. – 41 f. *Amaryllis... Neaera*: konventionelle Namen für Schäferinnen. – 48 *the blind Fury*: die Parze (Schicksalsgöttin) Atropos, deren Schere den Lebensfaden abschneidet; die Parzen wurden oft mit den Furien identifiziert. – 64 *Bellerus*: Der Riese Bellerus liegt der Sage nach in Land's End, der südwestlichsten Ecke Englands, begraben. – 65 f. *guarded mount ... Namancos... Bayona*: Der Erzengel Michael blickt von St. Michael's Mount in Cornwall nach Süden über den Atlantik bis zur Küste des katholischen Erbfeindes Spanien (Namancos und Bayona bezeichnen den Golf von Biscaya). – 67 *Look homeward*: Der Engel soll einen Augenblick lang nicht mehr seinen Blick streng auf die feindliche Fremde, sondern mitleidvoll auf die Heimat richten. – 68 *dolphins*: Delphine

brachten der Sage nach, verzaubert von seinem Lied, den griechischen Sänger Arion, als er von den Schiffsleuten bedroht ins Meer sprang, sicher ans Land. – 72 *day-star*: die Sonne. – 80 *nuptial*: bezogen auf die «Hochzeit des Lamms» in Offenbarung 19:7. – 90 *uncouth*: schlicht, ungebildet – eine Berufung auf die Pastoralkonvention, die im Falle Miltons besonders ironisch klingt. – 92 *quills*: die Rohre der Pansflöte. – 93 *Doric*: die kunstlose Tonart der Hirtenweise.

432 ON SHAKESPEARE (Text: Poems, 1968, S. 123 f.; Ü: H. Feist, S. 247; bearb.) Miltons Tribut an Shakespeare erschien anonym in der zweiten Folioausgabe von dessen Werken, 1632; er beantwortet – wie derjenige Ben Jonsons in der ersten Folio (S. 266) – die Frage, ob Shakespeare nicht ein prächtigeres Grab benötige als das bescheidene in Stratford. – 5 *son of memory*: d. h. Bruder der Musen, die Töchter der Erinnerung sind. – 12 *Delphic*: von der Weisheit eines göttlichen Orakels. – 14 *make us marble*: Das Denkmal des Dichters sind seine zur Reglosigkeit gebannten Leser.

434 ON TIME (Text: Poems, 1968, S. 165; Ü: A. Schopenhauer, in Britting, Lyrik des Abendlands, S. 277.) Ursprünglicher handschriftlicher Titel: «Inschrift auf einem Uhrkasten». – 2 *leaden-stepping*: bleiern einherschreitend (da von Bleigewichten reguliert). – 12 *individual*: (im ursprünglichen Sinn des Wortes) unteilbar, d. h. unendlich. – 14 *sincerely*: ungemischt, rein. – 10 *quit*: ledig.

434 TO THE LORD GENERAL (Text: Poems, 1968, S. 326 f.; Ü: G. Vincke, S. 51, bearb.) Im Manuskript auf den Mai 1652 datiert und mit dem Zusatz versehen: «Auf die Vorschläge gewisser Geistlicher vor dem Ausschuß für die Verbreitung des Evangeliums». Die Vorschläge liefen auf die Wiedereinrichtung einer Staatskirche mit dogmatisch überwachter und öffentlich besoldeter Geistlichkeit hinaus. – 7 ff. *Darwen* ... *Dunbar* ... *Worcester*: Schauplätze der Siege Cromwells über die Schotten 1648, 1650 und 1651. – 14 *hireling wolves*: käufliche Geistliche, die aus Hirten zu Wölfen ihrer Herde werden.

436 ON THE LATE MASSACRE (Text: Poems, 1968, S. 411 f.; Ü: v. Koppenfels) Die im 12. Jahrhundert begründete und vielfach verfolgte Sekte der Waldenser, die in den Bergdörfern an der Grenze von Frankreich und Italien eine gewisse Glaubensfreiheit genoß, wurde 1655 durch eine Truppe des Herzogs von Savoyen grausam dezimiert; das protestantische Europa war über die Aktion empört, und Milton als Sekretär des Staatsrates verfaßte offizielle Protestbriefe. – 4 *stocks and stones*: Die Waldenser teilten mit den Puritanern die Ablehnung jeglichen Bilderkultes als Götzendienst; vgl. Jeremia 2:27. – 9 *redoubled*: Das Bergecho verdoppelt die Schreie. – 12 *triple tyrant:* der Papst mit seiner dreistufigen Tiara. – 14 *Babylonian woe*: protestantische Gleichsetzung der römischen Kirche mit der ‹Hure Babylon› aus der Offenbarung.

436 ON HIS DECASED WIFE (Text: Poems, 1968, S. 415 f.; Ü: H. Feist, S. 257, bearb.) Das undatierte Sonett paßt eher auf Miltons zweite Gemah-

lin, Catherine Woodcock, die nach nur einjähriger Ehe (und wenige Monate nach der Geburt einer Tochter) am 3. 2. 1658 starb, als auf seine erste Frau Mary Powell (Mary starb unmittelbar nach einer Geburt im Mai 1652). – 2 *Alcestis*: Sie wurde nach ihrem Tod durch Herakles dem Hades entrissen und ihrem Gatten Admetos zurückgegeben. – 6 *the old law*: 3. Mose 12:5 legt für Wöchnerinnen nach der Geburt eines Mädchens im Anschluß an zwei Wochen der ‹Unreinheit› eine weitere Reinigungsfrist von 66 Tagen fest – doppelt soviel wie bei der Geburt eines Knaben!

438 On his Blindness (Text: Poems, 1968, S. 330; Ü: v. Koppenfels) Nachdem sein Sehvermögen sich immer mehr verschlechtert hatte, wurde Milton Anfang 1652, mitten über seiner anstrengenden Schreibarbeit für Cromwells Staatsrat, völlig blind (vgl. S. 444/446). – 2 *Ere half my days*: entweder im Hinblick auf das hohe Alter, das sein Vater erreichte, oder im Sinne des ‹Arbeitslebens›; Milton war um diese Zeit 42 Jahre alt. – 3 *that one talent*: Das Gleichnis von den vergrabenen Talenten (Matth. 25) war von zentraler Bedeutung für das puritanische Weltverständnis; Milton wollte seine großen Gaben rückhaltslos für die ‹Sache Gottes› einsetzen. – 7 *light denied*: lateinische Konstruktion (luce negata). – 8 *prevent*: zuvorkommen. – 11 *mild yoke*: nach Matth. 11:30. – 12 *Thousands*: vgl. Psalm 68:18 «Der Wagen Gottes sind vieltausendmal tausend.»

Paradise lost

438 Of Man's first Disobedience (Buch I, V. 1–26; Text: Poems, 1968, S. 458–462; Ü: Schuhmann, 1966, S. 8) Epische Vorrede (Proöm) nach klassischem Vorbild mit Benennung von Thema und Ursprung des zentralen Konfliktes, und Anrufung der Muse, den Dichter zu inspirieren; danach geht das Epos mit der Präsentation des gestürzten Satan und seiner Heerscharen in der Hölle «medias in res». – 4 *one greater man*: Christus als Menschensohn und ‹zweiter Adam›. – 6 *Heavenly Muse*: Urania, in der griechischen Mythologie die Muse der Astronomie, wird hier über die heiligen Orte Horeb (wo Moses den brennenden Busch sah) und Sinai mit dem Heiligen Geist der Bibel identifiziert, der den Hirten Moses dazu inspirierte, für das Erwählte Volk die fünf Bücher des Pentateuch niederzuschreiben. – 10 f. *Sion hill ... Siloa's brook*: der Tempelberg und der diesem nahegelegene Bach in Jerusalem (Musen lieben Berge und Gewässer). – 12 *Fast*: dicht bei. – 15 *Above the Aonian mount*: Helikon, Heimstatt der klassischen Musen; Milton will die großen Epiker der Antike übertreffen. – 16 *Things unattempted... rhyme*: übersetzt (und überbietet damit) Ariosts stolzen Anspruch aus dem Proöm seines «Rasenden Roland» «Cosa non detta in prosa mai, nè in rima». – 21 *Dovelike ... abyss*: Verbindet den Geist Gottes über den Wassern aus 1. Mos. 1:2 mit der Taube des Heiligen Geistes aus Matth. 3:16. – 26 *justify the ways of God*: die Gottes Wegen innewohnende Gerechtigkeit vor Augen führen.

440 A DUNGEON (Buch I, V. 61–106; Text: Poems, 1968, S. 465–468; Ü: Schuhmann, 1966, S. 9 f.) 6 *hope never comes*: nach Dantes Inschrift über dem Höllentor: «Lasciate ogni speranza», Inferno III, 9. – 14 *centre ... pole*: Entfernung von der Erde zur höchsten Himmelssphäre (im ptolemäischen Weltbild). – 22 *Satan*: Der Name bedeutet ‹Widersacher›.

444 HAIL HOLY LIGHT! (Buch III, V. 1–29; 40–55; Text: Poems, 1968, S. 559–564; Ü: J. G. Herder, Vom Geist der Ebräischen Poesie, 1. Teil, Leipzig 1787, S. 86 ff.) Ein neues Proöm, da der Schauplatz von der Hölle zum Himmel, von der Finsternis zum ewigen Licht wechselt: Gottvater sieht Satan aus dem Abgrund zur neugeschaffenen Erde auffliegen und sagt den Fall des ersten Menschenpaares voraus. – 1 *first-born*: Die Erschaffung des Lichts war der erste Schöpfungsakt. – 3 *unblamed*: Das ungewöhnliche Attribut «co-eternal» könnte Anstoß erregen; Milton begründet es im folgenden. – 6 *increate*: unerschaffen, d. h. ewig. – 16 *utter and ... middle darkness*: Hölle und Chaos. – 17 *Orphean lyre*: eine der Orphischen Hymnen ist an die Nacht gerichtet; der Sängergott Orpheus ist wie Milton in die Unterwelt hinabgestiegen und wieder ans Licht zurückgekehrt. – 23 *that roll in vain*: Der blinde Dichter spricht; vgl. S. 438. – 25 *a drop serene*: «gutta serena», heller Tropfen, war der medizinische Begriff für den grauen Star, der zu Miltons Erblindung führte. – 26 *dim suffusion*: «suffusio nigra», dunkler Überzug, ein weiterer Fachausdruck der Augenmedizin. – 37 *book of knowledge*: das Buch der Natur als – nach der Bibel – zweite Offenbarung Gottes. – 42 *Shine inward*: die äußere Blindheit als Anlaß für die Erleuchtung des geistigen Auges.

446 THUS EVE (Buch IX, V. 886–916, 994–1015; Text: Poems, S. 907–910; 913 ff.; Ü: Schuhmann, 1966, S. 224 f.; 227) Eva, durch die Schlange verführt, hat Adam von der wunderbaren Wirkung des verbotenen Apfels berichtet, und ihn aufgefordert, diese Erfahrung mit ihr zu teilen, damit «gleiches Geschick, gleiche Freude und gleiche Liebe» beiden zufalle. – 21 *with thee ... to die*: der Fall Adams als Akt menschlicher Ur-Solidarität. – 29 *flesh of flesh*: nach 1. Mose 2:23. – 37 *fondly overcome*: vgl. 1. Timotheus 2:14 «Adam ward nicht verführt; das Weib aber ward verführt ...» – 41 f. *the mortal sin Original*: Nur an dieser Stelle des Epos spricht Milton von der Ursünde, die sich vom ersten Elternpaar auf alle Menschen vererbt und deren Folge der Tod ist. Diese Lehre ist allen christlichen Konfessionen gemeinsam, als Vorbedingung der Erlösungstat Christi. – 51 *Carnal desire*: Die eheliche Liebe des ersten Menschenpaares wird durch den Fall mit fleischlicher Begierde infiziert.

450 TO THEIR FIXED STATION (Buch XII, V. 627–649; Text: Poems, 1968, S. 1058 ff.; Ü: v. Koppenfels) Schlußpassage von «Paradise Lost»: durch den Erzengel Michael gestärkt, der ihnen mit seinem Panorama der künftigen Heilsgeschichte einen Ausblick auf das Erlösungswerk Christi gegeben hat, verlassen Adam und Eva den Garten Eden, um sich den Prüfungen einer unparadiesischen Welt zu stellen. – 4 *marish*: alte Form für «marsh». –

9 *adust*: von lat. «adustus» (verbrannt). – 14 *subjected*: darunterliegend (Latinismus). – 17 *brand*: Schwert, mit Assoziation des Flammenden. – 20 *The world was all before them*: Der Paradiesverlust bedeutet die Chance der Weltzuwendung und innerweltlichen Bewährung – ein puritanischer Impuls, der die politische und wirtschaftliche Geschichte Englands und Amerikas wesentlich geprägt hat.

Register der Gedichttitel und -anfänge

Übersetzerregister

Quellennachweis

Ein Großteil der Gedichte wurde für diese Ausgabe neu übersetzt; die Rechte an diesen Neuübersetzungen bleiben bei den Übersetzern. Der Verlag dankt den folgenden Inhabern von Übersetzungsrechten für die freundliche Erteilung der Abdruckgenehmigung:

Anonyme Mittelenglische Lyrik (S. 28ff.)
Paul Egon Rohde: *Adam lay ibounden; I am as light*: Übersetzungen von Hans Feist in: H. Feist, Ewiges England. Dichtungen aus sieben Jahrhunderten von Chaucer bis Eliot, Zürich 1944

Thomas Campion (S. 274ff.)
Langewiesche-Brandt KG Verlag: *Rose-cheeked Laura; When thou must home*: Übersetzungen von Georg von der Vring in: G. von der Vring, Angelsächsische Lyrik aus sechs Jahrhunderten, Köln 1962

George Chapman (S. 228ff.)
Gustav Kiepenheuer Verlag: *Muses that sing*: Übersetzung von Hans Hennecke in: H. Hennecke, Englische Gedichte, Berlin 1938

Geoffrey Chaucer (S. 10ff.)
Paul Egon Rohde: *The Parlement of the Foules* (Auszug); *Troilus' Song*; *Balade de Bon Conseyl*: Übersetzungen von Hans Feist in: H. Feist, Ewiges England. Dichtungen aus sieben Jahrhunderten von Chaucer bis Eliot, Zürich 1944

Samuel Daniel (S. 216)
Paul Egon Rohde: *Are they shadows*: Übersetzung von Hans Feist in: H. Feist, Ewiges England. Dichtungen aus sieben Jahrhunderten von Chaucer bis Eliot, Zürich 1944

John Donne (S. 230ff.)
Diogenes Verlag: *The Flea*; *To His Mistress Going to Bed*; *The Good Morrow*; *His Picture*; *A Valediction: Forbidding Mourning*; *Song*; *The Apparition*; *Love's Alchemy*; *Batter my heart*; *Show me, dear Christ*; *A Hymn to Christ*: Übersetzungen von Werner von Koppenfels in: J. Donne, Alchimie der Liebe, übertragen von W. von Koppenfels, © 1996 by Diogenes Verlag AG Zürich

George Herbert (S. 308ff.)
Paul Egon Rohde: *Life; The Collar*: Übersetzungen von Hans Feist in: H. Feist, Ewiges England. Dichtungen aus sieben Jahrhunderten von Chaucer bis Eliot, Zürich 1944

Robert Herrick (S. 382ff.)
Langewiesche-Brandt KG Verlag: *The Mad Maid's Song*: Übersetzung von Georg von der Vring in: G. von der Vring, Englisch Horn, Köln 1953
Paul Egon Rohde: *To Daffodils*; *To Electra*; *Grace for a Child*; *His Prayer for Absolution*: Übersetzungen von Hans Feist in: H. Feist, Ewiges England. Dichtungen aus sieben Jahrhunderten von Chaucer bis Eliot, Zürich 1944

Ben Jonson (S. 266ff.)
Gustav Kiepenheuer Verlag: *To the Memory of My Beloved, The Author, Mr. William Shakespeare* (Auszug): Übersetzung von Hans Hennecke in: H. Hennecke, Englische Gedichte von Shakespeare bis Ezra Pound, Wiesbaden 1954

Christopher Marlowe (S. 134ff.)
Paul Egon Rohde: *Was this the face*; *Ah, Faustus*: Übersetzungen von Hans Feist in: H. Feist, Ewiges England. Dichtungen aus sieben Jahrhunderten von Chaucer bis Eliot, Zürich 1944

Andrew Marvell (S. 358ff.)
Diogenes Verlag: *Bermudas*; *On a Drop of Dew*; *To his Coy Mistress*: Übersetzungen von Werner Vordtriede in: A. Marvell, Gedichte, übertragen von W. Vordtriede © 1994 by Diogenes Verlag Ag Zürich

John Milton (S. 420ff.)
Paul Egon Rohde: *Lycidas* (Auszug); *On Shakespeare*; *On His Deceased Wife*: Übersetzungen von Hans Feist in: H. Feist, Ewiges England. Dichtungen aus sieben Jahrhunderten von Chaucer bis Eliot, Zürich 1944

George Peele (S. 144ff.)
Paul Egon Rohde: *His golden locks*: Übersetzung von Hans Feist in: H. Feist, Ewiges England. Dichtungen aus sieben Jahrhunderten von Chaucer bis Eliot, Zürich 1944

Sir Walter Raleigh (S. 206ff.)
Langewiesche-Brandt KG Verlag: *To His Son*: Übersetzung von Georg von der Vring in: G. von der Vring, Angelsächsische Lyrik aus sechs Jahrhunderten, Köln 1962

William Shakespeare (S. 164ff.)
Aufbau-Verlag: *Tired with all these*: Übersetzung von Lion Feuchtwanger in: L. Feuchtwanger, Ges. Werke, Bd. 12, © Aufbau-Verlag, Berlin 1963
Insel Verlag: *When forty winters*; *No longer mourn for me*; *Not mine own fears*; *Let me not to the marriage*; *Thou blind fool*: Übersetzungen von Paul Celan in: P. Celan, Einundzwanzig Sonette, Frankfurt 1967

Klett-Cotta: *Shall I compare*; *A woman's face*; *Like as the waves*; *That time of year*; *How sweet and lovely*; *Th'expense of spirit*: Übersetzungen von Stefan George in: Ders., Werke. Ausgabe in 2 Bänden. Hrsg. v. Robert Boehringer, Bd. 2, Stuttgart 1958, [4]1984
Manesse-Verlag: *When, in disgrace*; *Take all my loves*; *Sin of self-love*; *To me, fair friend*; *Lo, as a careful housewife*; *Two loves I have*: Übersetzungen von Hanno Helbling in: W. Shakespeare, Die Sonette, Zürich 1983
Straelener Manuskripte-Verlagsgesellschaft: *Poor soul*: Übersetzung von Christa Schuenke in: W. Shakespeare, Die Sonette, Straelen 1994
Theaterverlag Ute Nyssen & J. Bansemer: *Where the bee sucks*; *Full fathom five*: Übersetzungen von Frank Günther in: W. Shakespeare, Der Sturm, München 1996

Sir Philip Sidney (S. 122 ff.)
Gustav Kiepenheuer Verlag: *Splendidis longum valedico nugis*: Übersetzung von Hans Hennecke in: H. Hennecke, Englische Gedichte von Shakespeare bis Ezra Pound, Wiesbaden 1954
Paul Egon Rohde: *My true love*: Übersetzung von Hans Feist in: H. Feist, Ewiges England. Dichtungen aus sieben Jahrhunderten von Chaucer bis Eliot, Zürich 1944

Edmund Spenser (S. 106 ff.)
Paul Egon Rohde: *The Bower of Bliss* (Auszug): Übersetzung von Hans Feist in: H. Feist, Ewiges England. Dichtungen aus sieben Jahrhunderten von Chaucer bis Eliot, Zürich 1944

Sir Thomas Wyatt (S. 80 ff.)
Paul Egon Rohde: *And wilt thou leave*; *They flee from me*; *I am that I am*; *Throughout the world*: Übersetzungen von Hans Feist in: H. Feist, Ewiges England. Dichtungen aus sieben Jahrhunderten von Chaucer bis Eliot, Zürich 1944
Philipp Reclam jun.: *Whoso list to hunt*: Übersetzung von Gisbert Kranz in: G. Kranz, Englische Sonette, Stuttgart 1970

Leider konnten die Inhaber der Rechte nicht in allen Fällen ausfindig gemacht werden. Der Verlag bittet deshalb gegebenenfalls um Mitteilung, um berechtigte Ansprüche abzugelten.

Buchanzeigen

Lyrikanthologien

Französische Dichtung

Band 1: Von Villon bis Théophile de Viau
Herausgegeben von Friedhelm Kemp
und Werner von Koppenfels.
1990. XXXVI, 592 Seiten. Leinen

Band 2: Von Corneille bis Gérard de Nerval
Herausgegeben von Hanno Helbling
und Federico Hindermann.
1990. XII, 504 Seiten. Leinen

Band 3: Von Baudelaire bis Valéry
Herausgegeben von Friedhelm Kemp und Hans T. Siepe.
1990. XVI, 559 Seiten. Leinen

Band 4: Von Apollinaire bis zur Gegenwart
Herausgegeben von Bernhard Böschenstein
und Hartmut Köhler.
Band 4 ist als Einzelband vergriffen

Ludwig Reiners (Hrsg.)
Der ewige Brunnen
Ein Hausbuch deutscher Dichtung
Reich geschmückt von Andreas Brylka.
592. Tausend. 2000.
1024 Seiten mit zahlreichen Abbildungen.
Illustrierte Sonderausgabe auf der Grundlage der zweiten,
durchgesehenen und erweiterten Ausgabe 1959. Leinen

Stefan Weidner (Hrsg.)
Die Farbe der Ferne
Moderne arabische Lyrik
Herausgegeben und übersetzt von Stefan Weidner.
2000. Etwa 320 Seiten. Leinen.
Neue Orientalische Bibliothek

Verlag C. H. Beck München